운명론자 자크와 그의 주인

Jacques le fataliste et son maître

세계문학전집 311

운명론자 자크와 그의 주인

Jacques le fataliste et son maître

드니 디드로

김희영 옮김

민음사

차례

운명론자 자크와 그의 주인 7

일러두기

이 번역문의 원 텍스트는 이봉 벨라발(Yvon Belaval)이 주석을 붙인 『운명론자 자크와 그의 주인(*Jacques le Fataliste et son maître*, Folio classique, Gallimard, 1973)이다. 『운명론자 자크와 그의 주인』은 디드로 사후에 출판된 책이기 때문에 그 판본이 여러 개 있으나, 러시아 레닌그라드에서 보낸 필사본을 바탕으로 출판했다는 드로즈 출판사 판(Simone Lecointre et Jean Le Galliot, *Jacques le Fataliste et son Maître*, Droz, 1976)이 가장 원본에 가깝다는 평을 듣는다. 그러나 그 내용은 앞의 텍스트와 거의 동일하며 다만 문장 배열에 약간 차이가 있을 뿐이다. 따라서 이 책에서는 보다 많이 알려지고 대중적으로 평판이 좋은 갈리마르 출판사의 폴리오 판을 택했다. 이 번역서의 주석과 작가 연보는 위에 인용한 책들과 장 루이 뢰트라(J. L. Leutrat)의 평전 『디드로』(Ed. Universitaire, 1967)와 시몬 르쿠앵트르(Simone Lecointre)가 주석을 붙인 『운명론자 자크와 그의 주인』(Bordas, 1986)을 참조하여 작성했다.

그들은 어떻게 만났는가? 모든 사람들처럼 어쩌다 우연히. 그들의 이름은 무엇인가? 그게 당신과 무슨 상관인가? 그들은 어디서 오고 있었는가? 가장 가까운 곳에서. 그들은 어디로 가고 있었는가? 사람들은 자기가 가는 곳을 안단 말인가? 그들은 무슨 말을 하고 있었는가? 주인은 아무 말도 하지 않았고, 자크는 그의 전 주인인 대위가 "여기 우리에게 일어나는 모든 좋고 나쁜 일은 저기 높은 곳에 씌어 있다."라고 말했다고 했다.

주인   그 말은 아주 거창하구나.
자크   또 대위님께서는 총알의 방향은 이미 정해졌다고 말씀하셨죠.[1]

주인   그의 말이 옳아…….

짧은 침묵 후 자크는 소리 질렀다. "주막집 주인과 주막집은
악마에게나 잡혀가라!"

주인   이웃을 어떻게 악마에게 보낸단 말인가? 기독교인답
        지 않은 일이야.
자크   제가 그의 싸구려 포도주에 취해 말을 물 먹는 곳에
        데려가는 걸 잊어버렸기 때문입니다. 아버지가 아시
        고 화를 내셨죠. 전 고개를 저었지만 아버지는 막대기
        로 제 어깨를 조금 세게 때렸습니다. 그때 마침 퐁트
        누아[2] 진영으로 가는 군대가 지나가기에 홧김에 입대
        를 했습니다. 우리가 그곳에 도착했을 때 이미 전투는
        시작되었죠.
주인   그래서 네게로 날아오는 총알을 맞았단 말이지?
자크   잘 맞히셨네요. 총알 한 방을 무릎에 맞았죠. 다음에
        일어나는 모든 좋고 나쁜 모험도 이 총알 한 방 때문
        이라는 건 틀림없는 사실입니다. 그것들은 모두 재갈
        사슬의 고리처럼 연결되어 있죠. 그 총알이 없었더라
        면 예컨대 저는 평생 사랑도 해 보지 못하고, 절름발

---

[1] 영국 작가 스턴(Sterne)이 쓴 『트리스트램 샌디』에서 윌리엄 황제가 병사
들에게 한 말이다. 이 소설의 앞부분에 끼친 스턴의 영향은 주목할 만하다.
[2] Fontenoy. 벨기에의 마을 이름. 1745년 프랑스 군대가 네덜란드, 오스트
리아 연합군과 교전한 곳이다.

이도 되지 않았을 테니 말입니다.

주인 그래, 네가 사랑한 적이 있었단 말이지?

자크 그렇습니다.

주인 그리고 그건 총알 한 방 때문이라는 거지?

자크 그렇죠. 총알 한 방 때문입니다.

주인 그런 말은 한 번도 한 적이 없었잖느냐.

자크 아마도 그럴 겁니다.

주인 왜지?

자크 조금 일찍도, 조금 늦게도 말할 수 없는 이야기이기
      때문입니다.

주인 그렇다면 이제 그 사랑 이야기를 알 때가 왔단 말이냐?

자크 누가 아나요?

주인 어쨌든 시작해 보게나.

자크는 그의 사랑 이야기를 하기 시작했다. 점심 식사 후였다. 날씨는 무겁고 주인은 잠이 들었다. 그들이 들판 한가운데 있을 때 어둠이 기습했다. 그들은 길을 잃었다. 주인은 몹시 화가 나 회초리로 하인을 세게 매질하기 시작했다. 불쌍한 하인은 매를 맞을 때마다 "이런 일도 필경 저기 높은 곳에 씌어 있겠지."라고 말하곤 했다.

독자여, 그대도 보다시피 내 이야기는 순조롭게 진행되고 있다. 내 마음대로 자크와 주인을 헤어지게 하고 그들을 온갖 위험에 처하게 하여, 그대로 하여금 자크의 사랑 이야기를 일 년, 이 년 혹은 삼 년 후에나 듣게끔 기다리게 하는 것도 오로

지 내 손에 달렸다. 주인을 결혼시켜 아내를 빼앗긴 남편으로 만들거나, 섬으로 가는 배에 자크를 태워 주인도 그쪽으로 인도하고, 그리하여 그 두 사람을 같은 배에 태워 프랑스로 돌아오게 한다 해도 누가 뭐라 할 것인가? 콩트를 쓴다는 것은 얼마나 쉬운 일인가![3] 하지만 그들은 다만 불편한 하룻밤을 보내기만 하면 되었고 그대는 그동안만 기다리면 되는 것이다.

새벽이 밝았다. 그들은 다시 말에 올라타 가던 길을 계속 갔다. 그들은 어디로 가는가? 그대가 이런 질문을 하는 것도 두 번째요, 내가 그대에게 그게 무슨 상관이 있느냐고 대답하는 것도 두 번째다. 내가 만약 그들의 여행 이야기를 하기 시작한다면 자크의 사랑 이야기와는 작별해야 할 텐데……. 그들은 잠시 침묵 속에 길을 걸었다. 각자 화가 약간 풀리자, 주인은 하인에게 "네 사랑 이야기를 어디까지 했지?"라고 물었다.

자크   아마도 적의 군대가 패주했다는 데까지 했을 겁니다. 그들은 도망을 쳤고 또 추격당했죠. 각자 자신만을 생각했으니까요. 전 수많은 시체와 부상병 들로 뒤덮인 전쟁터에 남아 있었죠. 이튿날 누군가가 절 다른 열두어 사람들과 함께 병원으로 가는 마차에 내던졌죠. 아, 나리! 무릎 부상보다도 더 끔찍한 부상은 없다고 생각합니다.

---

3) 프랑스의 18세기 작가 볼테르(Voltaire)의 작품이 대부분 콩트이며, 일반적으로 여행이나 모험을 다루었다는 데 대한 디드로의 풍자다.

주인 자크, 너 농담하는구나.

자크 농담이 아닙니다. 나리, 얼마나 많은 뼈와 힘줄 또 그
      밖에 이름 모를 것들이 무릎에 있는지 아십니까?

농부처럼 보이는 사람이 말 엉덩이에 여자를 태우고 따라
오다 그들의 이야기를 엿듣고 말을 걸었다. "나리 말씀이 옳
습니다……."

누구를 보고 나리라고 했는지는 모르지만 그 말이 자크와
주인의 비위에 거슬렸다. 자크는 그 무례한 상대방에게 말했
다. "무슨 일인 줄 알고 참견하는 거요?"

"난 내 직업에 참견하는 거요. 난 당신들을 보살피는 외과
의사요. 증명해 보이겠소……."

말 엉덩이에 타고 있던 여자가 말했다. "의사 나리, 그냥 가
요. 저분들은 증명해 보이는 걸 좋아하지 않으니……."

"아니오, 난 그들에게 증명해 보이고 싶소. 증명해 보이겠
소……."라고 외과 의사는 말했다.

외과 의사가 증명해 보이려고 몸을 돌리다 자신의 동반자
를 떠밀자 균형을 잃은 동반자는 땅바닥에 넘어졌다. 한쪽 발
에 늘어진 옷자락이 휘감겨 속치마가 머리까지 뒤집혔다. 자
크는 말에서 내려 그 가련한 여인의 발을 끄집어내고 속치마
를 내려 주었다. 그녀의 비명 소리로 보아 심한 부상을 입은
것 같았다. 자크의 주인이 외과 의사에게 말했다. "당신이 증
명해 보인다는 게 바로 이거였군."

그러자 외과 의사는 "증명하는 걸 원치 않는 게 바로 이거

요."라고 대답했다.

자크는 땅에 넘어진 여인을 안아 일으키면서 이렇게 말했다. "자, 기운을 내세요. 이건 당신 잘못도, 의사 나리 잘못도, 제 주인 잘못도, 또 제 잘못도 아닙니다. 바로 오늘 이 길에서, 바로 이 시각에 의사 나리는 수다쟁이가 될 것이고, 제 주인과 저는 두 명의 무뚝뚝한 사람이 될 것이며, 부인은 머리에 타박상을 입게 될 것이고, 또 사람들이 부인 엉덩이를 보게 될 것이라고 저기 높은 곳에 씌어 있기 때문입니다⋯⋯."

독자여, 내가 문득 그대를 실망시키고 싶은 생각이 든다면, 이 모험은 내 손에서 어떻게 될까? 아마도 이 여인에게 중요성을 부여하여 이웃 마을 신부의 조카로 만들고, 그 마을 농부들을 선동하여 사랑과 싸움을 준비했을지도 모르지. 왜냐하면 그 농부 여인의 속옷 속 모습이 꽤나 괜찮았고, 자크와 주인도 그걸 알아차렸으니까. 사랑은 항상 이렇게 매력적인 기회를 기다리지 않았던가? 자크가 두 번째 사랑을 하지 말라는 법이 어디 있단 말인가? 그리하여 그가 두 번째로 연적이, 그것도 주인이 좋아하는 연적이 되지 말라는 법은 또 어디 있단 말인가?[4] ── 그렇다면 이미 그런 적이 있었단 말인가? ── 또 질문이군. 그대는 자크가 그의 사랑 이야기를 하는 것을 원치 않는단 말인가? 이번에야말로 그대 생각을 진짜로 말해 봐라. 이 이야기가 마음에 드는가? 아니면 들지 않는가? 이 이야기

---

[4] 18세기 프랑스 작가 르사주(Lesage)의 『주인의 연적 크리스팽』을 패러디했다.

가 그대 마음에 든다면 농부 여인을 다시 말 꽁무니에다 놓고 그들이 길을 가게 내버려두고, 우리의 두 여행자에게로 다시 돌아가자. 이번에는 자크가 먼저 말을 시작했다.

자크   세상사란 다 이런 거죠. 한 번도 부상을 입어 본 적 없는 나리께서, 또 무릎에 총알이 박힌다는 게 어떤 건지 모르는 나리께서 이렇게 무릎 때문에 이십 년 전부터 다리를 저는 제게 그런 말씀을 하시다니…….

주인   네 말이 맞을지도 모르지. 하지만 그 무례한 외과 의사 때문에 너는 여전히 네 전우들과 함께 마차 위에 있으니. 병원과도, 회복이나 사랑 이야기와도 멀리 떨어진 채로…….

자크   나리께서 어떻게 생각하고 싶어 하시든 제 무릎의 고통은 대단했습니다. 딱딱한 마차와 울퉁불퉁한 길 때문에 더 심해져 갔어요. 마차가 흔들릴 때마다 전 비명을 질렀죠.

주인   네가 비명을 지른 것도 저기 높은 곳에 씌어 있기 때문이란 말이지?

자크   물론이죠. 전 온몸의 피를 거의 다 흘렸어요. 전열 맨 마지막에 있던 우리 마차가 초가 앞에서 멈추지 않았다면 전 이미 죽은 사람이었을 겁니다. 초가 앞에 내려 달라고 사정했죠. 그러자 누군가가 절 땅에다 내려 놓더군요. 그때 초가 문 앞에 서 있던 아낙네가 집 안으로 들어가더니 곧 포도주 한 병을 들고 나오더군요.

단숨에 한두 잔을 들이켰죠. 우리 앞에 가던 마차들이 다시 행진을 시작했죠. 누군가가 또 절 전우들 한가운데로 내던지려고 했어요. 하지만 전 아낙네의 옷과 주위 모든 것에 몸을 꽉 붙들어 맨 채, 어차피 죽을 바에야, 10킬로는 더 멀리 가서 죽느니 차라리 여기서 죽는 편이 더 낫다고 소리를 고래고래 지르면서, 다시는 마차에 타지 않겠다고 항변했죠. 그러고는 바로 기절했어요. 깨어나 보니 옷을 벗은 채 초가 한 모퉁이 침대에 누워 있더군요. 제 옆에는 그 집 주인인 농부와 조금 전에 저를 구해 준 아낙네와 아이들이 있었죠. 아낙네는 앞치마 한끝을 식초에 적셔 제 코와 관자놀이를 문질러 주더군요.

주인   아, 이 뻔뻔스러운 바람둥이 녀석 같으니라고. 난 네놈이 뭘 말하려는지 알아.

자크   나리께서는 아무것도 모르십니다.

주인   네가 사랑하게 될 여인이 바로 그 아낙네가 아니란 말이냐?

자크   제가 그 아낙네를 사랑한다고 해서 뭐 어디 잘못인가요? 사랑을 하거나 사랑을 하지 않는 일이 어디 우리 마음대로 되는 일인가요? 그리고 우리가 사랑할 때, 사랑하지 않을 때처럼 마음대로 행동할 수 있나요? 제가 사랑하게 될 거라고 저기 높은 곳에 씌어 있다면, 나리께서 말씀하시려는 모든 것을 저 스스로도 말했을 겁니다. 그러니 아무리 뺨을 때리고 벽에다 머리를 처박고 머리카락을 쥐어뜯은들 모든 일은 예정대로 진행되었을 거고, 또 제 은인은 바람 난 아내를 둔 남편이 되었을 겁니다.

주인   네 논리를 따르자면 어떤 죄를 저질러도 후회하는 법이 없겠군.

자크   나리께서 반박하시는 것이 제 머리를 스쳐 가지 않은 것도 아닙니다. 하지만 그 모든 사실에도 불구하고, 그리고 제가 바보가 아닌데도, 전 항상 대위님의 말씀으로 돌아가죠. 즉 여기 우리에게 일어나는 모든 좋고 나쁜 일은 저기 높은 곳에 씌어 있다는 말씀 말입니다. 나리, 나리께서는 그 글을 지워 버릴 수 있는 방법을 아시나요? 저는 제가 아닐 수 있나요? 동시에 제가 다른 사람일 수 있나요? 제가 이 세상에 태어난 이래 그것이 진리가 아니었던 적이 단 한 번이라도 있었나요? 원하신다면 마음대로 설교하십시오. 어쩌면 나리 말씀이 옳을지도 모릅니다. 하지만 제 마음속이나 저기 높은 곳에, 제가 옳지 않게 여길 거라고 적혀 있다면, 제가 도대체 무엇을 할 수 있단 말입니까?

주인   지금 하나 생각 났는데 저기 높은 곳에 씌어 있기 때문에 네 은인이 바람 난 아내를 둔 남편이 되는 것이냐, 아니면 네가 네 은인을 바람 난 아내를 둔 남편으로 만들려고 하기 때문에 저기 높은 곳에 씌어 있다고 하는 것이냐?

자크   둘 다 나란히 씌어 있습니다. 모든 것은 한꺼번에 씌어 있습니다. 마치 커다란 두루마리가 조금씩 펼쳐지는 것과도 같죠.

독자여, 그대는 내가 도대체 이 대화를 어디까지 끌고 갈 수 있다고 생각하는가? 이천 년 전부터 그렇게도 많이 이야기되어 왔고 또 씌어 온, 그러나 단 한 발짝의 진전도 보지 못한 이 주제에 대해서 말이다. 내가 말하는 것을 탐탁하게 여기지 않는다면, 내가 말하지 않는 것에 대해서는 고맙게 생각하라.

우리의 두 신학자들이 의견 일치를 보지 못한 채 ─ 신학 분야에서는 종종 있는 일이지만 ─ 논쟁을 계속하는 동안 밤이 다가왔다. 그들은 여느 때에도 그랬지만 당시에는 잘못된 행정과 빈곤 때문에 악당 수가 한없이 늘어나 더욱 안전하지 못한 한 마을을 통과하고 있었다. 그들은 형편없는 주막집에서 길을 멈췄다. 틈이 벌어진 칸막이로 사방이 둘러싸인 방 안에 누군가가 가죽 띠를 두른 침대 두 개를 갖다 놓았다. 저녁 식사를 주문하자 늪에서 길어 온 물과 검은 빵, 변질된 포도주를 가져왔다. 주막집 주인과 여주인, 아이들 그리고 하인들까지도 모두 음산한 표정이었다. 옆방에는 그들보다 먼저 와 주막집의 모든 음식물을 독차지한 악당 열두어 명의 호탕한 웃음소리와 희희낙락하는 소리가 들렸다. 자크는 꽤 침착했지만, 침착한 것과는 거리가 먼 주인은 불안한 마음으로 방 안을 왔다 갔다 했다. 하인은 얼굴을 찌푸리며 검은 빵 몇 조각과 변질된 포도주 몇 잔을 단숨에 들이켰다. 그때 누군가가 그들 방문을 두드렸다. 그 무례하고도 위험한 옆방 사람들이 하인을 시켜 그들이 먹은 닭고기의 뼈를 모두 접시에 담아 우리 두 여행자에게로 가져다주게 한 것이었다. 분개한 자크가 주인 총을 손에 쥐었다.

"어디로 가는 거냐?"

"절 내버려 두십시오."

"어디로 가느냐고 묻지 않느냐?"

"저 악당놈들이 알아듣게 해 주려고요."

"그들이 열두 명이나 된다는 걸 아는 거냐?"

"백 명이나 된다 해도…… 수는 중요하지 않죠. 저기 높은 곳에 충분치 않다고 적혀 있기만 하면……."

"또 그 엉뚱한 격언이냐. 제발 집어치워라."

자크는 주인의 손아귀에서 빠져나와 양손에 권총을 들고 악당들의 방으로 들어갔다. "빨리 자리에 누워. 첫 번째로 움직이는 사람은 대갈통을 쏘아 줄 테니." 자크의 어조나 표정이 너무도 진지해 보였기에 높은 사람들만큼이나 그들의 생명을 중요시하는 악당들은 끽소리 없이 식탁에서 일어나 옷을 벗고 침대에 누웠다. 이 모험이 어떤 식으로 끝날지 몰라 전전긍긍하던 주인은 몸을 벌벌 떨며 자크를 기다리고 있었다. 자크는 악당들이 벗은 옷을 팔에 잔뜩 들고 돌아왔다. 그들이 다시 일어나지 못하게끔 옷을 빼앗아 온 것이었다. 또 그들 방의 불을 끄고 방문을 이중으로 잠그고는 열쇠를 권총과 함께 가지고 돌아왔다. "나리, 이젠 우리 침대를 방문에 밀어붙이고 편안히 자기만 하면 됩니다."라고 주인에게 말했다. 그런 다음 그 탐험의 세부 사항을 간략하고도 냉정하게 말하면서 침대 미는 일에 착수했다.

주인　자크, 도대체 네놈은 어떻게 생겨 먹은 놈이냐! 그렇
　　　다면 네가 믿기엔…….

자크　전 믿지도 안 믿지도 않습니다.

주인　만약에 그놈들이 자리에 눕기를 거부했다면.

자크　그건 불가능합니다.

주인　왜지?

자크　그들이 그렇게 하지 않았기 때문이죠.

주인　만약에 그들이 다시 일어난다면…….

자크　할 수 없죠, 뭐.

주인　만약에…… 만약에…… 만약에…….

자크　만약에 바닷물이 끓는다면, 사람들의 말처럼 익은 생
　　　선이 많을 테고. 제기랄, 나리께서는 조금 전에 제가
　　　커다란 위험에 처했다고 믿었는데 사실이 아니었습
　　　니다. 이제 나리께서는 자신이 큰 위험에 처했다고 믿
　　　으시는 모양인데 그 역시 사실이 아닐지도 모릅니다.
　　　이 집 안에 있는 사람들은 모두 서로를 무서워하는 모
　　　양인데, 그건 우리가 전부 바보라는 걸 증명합니다.

　이렇게 말하면서 자크는 옷을 벗고 침대에 누워 잠을 잤다.
주인은 자크가 조금 전에 한 것처럼 검은 빵 한 조각을 먹고
변질된 포도주를 마시며 주위에 귀를 기울였다. 그러고는 코
를 골며 자는 자크를 바라보며 "도대체 저 녀석은 어떻게 생

겨 먹은 놈일까!"라고 중얼거렸다. 주인은 하인을 따라 침대에 누웠지만 잠이 오지 않았다. 새벽이 되자마자 자크는 그의 몸을 흔드는 손길을 느꼈다. 낮은 소리로 "자크! 자크!"하며 부르는 주인의 손길이었다.

자크   무슨 일입니까?

주인   날이 밝았다.

자크   그럴 수도 있죠.

주인   그러니 일어나거라.

자크   왜요?

주인   여기서 빨리 빠져나가야 하니까.

자크   왜요?

주인   여기서는 편치 못하니까.

자크   다른 곳에 가면 더 나아진다고 누가 보장하죠?

주인   자크?

자크   자크! 자크! 나리는 도대체 어떻게 생겨 먹은 인간입니까?

주인   넌 도대체 어떻게 생겨 먹은 인간이냐? 자크, 내 친구여, 제발 빈다.

자크는 눈을 비비며 몇 번 하품을 하고는 팔을 쭉 뻗으며 자리에서 일어나더니 천천히 옷을 입고 침대를 치우고 방을 나갔다. 아래층으로 내려간 그는 마구간에 가 말에 안장을 얹고 굴레를 씌웠다. 그런 다음 아직 자고 있던 주막집 주인을 깨워 숙박료를 지불하고는 열쇠 두 개를 가진 채 그곳을 떠났다.

　주인은 빠른 속도로 가고 싶어 했지만, 자크는 여전히 그의 시스템[5]에 따라 보통 속도로 가려 했다. 그들이 그 음산한 주막집으로부터 꽤나 멀어졌을 때 주인은 자크의 주머니에서 딸랑거리는 소리를 듣고 무슨 소리냐고 물었다. 방 열쇠 두 개라고 자크가 대답했다.

주인　왜 돌려주지 않았느냐?

자크　문 두 개를 부수게 하려고요. 우리 옆방에 있던 악당들을 그들의 감옥에서 꺼내기 위해서는 방문을 부숴야 할 테고, 또 그들의 옷을 꺼내기 위해 우리 방문을 부숴야 할 테니까 그만큼 시간을 버는 셈이죠.

주인　아주 잘했다! 하지만 왜 시간을 벌어야 하지?

자크　왜냐고요? 정말이지 저도 모르겠는데요.

주인　시간을 벌길 바라면서 왜 이리 천천히 가는 거냐?

자크　우리가 저기 높은 곳에 씌어 있는 것을 알지 못하므로 우리가 무얼 원하는지 또 무얼 하는지도 모르기 때문이죠. 그래서 다만 이성이라 불리는 충동적인 생각, 또는 어떤 때는 좋게 어떤 때는 나쁘게 끝나는, 다만 위험스러운 충동에 지나지 않는 자신의 이성을 따를

---

5) 각각의 구성 요소가 상호 연관 관계에 따라 하나의 제도나 학설을 구축한다는 의미의 이 단어는 18세기 초, 로(Law)의 화폐 제도 실패로 한때 낮게 평가되기도 했으나, 계몽주의 철학자들의 빈번한 사용과 학설로 곧 유행어가 되었다. 자크도 어떻게 보면 운명론이라는 자신의 '시스템'의 노예인 셈이다.

뿐입니다.

주인 그렇다면 너는 누가 광인이고 누가 현인인지 말할 수 있느냐?

자크 물론입니다. 광인은…… 잠깐만요…… 불행한 사람 이죠. 따라서 현인은 행복한 사람이고요.

주인 그렇다면 누가 행복한 사람이고 누가 불행한 사람이냐?

자크 그거라면 쉽죠. 행복한 사람은 저기 높은 곳에 행복하다고 씌어 있는 사람이고, 불행한 사람은 저기 높은 곳에 불행하다고 씌어 있는 사람입니다.

주인 그렇다면 저기 높은 곳에 행복과 불행을 쓴 사람은 누구지?

자크 모든 것이 씌어 있는 저 커다란 두루마리를 만든 사람은 누구입니까? 제 전 주인의 친구인 대위는 그걸 알기 위해 비싼 은화라도 주었을 겁니다만, 저희 대위님이나 저는 동전 한 푼도 안 주었을 겁니다. 그걸 안다고 해서 무슨 소용이란 말입니까? 그렇다고 해서 제목이 부러질 곳이라고 정해진 저 구멍을 피할 수 있단 말입니까?

주인 난 그럴 거라고 믿는다.

자크 저는 믿지 않습니다. 만약 그렇게 된다면 진실을, 오로지 진실만을, 모든 진실을 담고 있는 저 커다란 두루마리에 오류가 있다는 말이 될 테니까요. 저 커다란 두루마리에 "자크는 어느 어느 날 목이 부러져 뒈질 것이다.”라고 적혀 있는데, 자크의 목이 부러지지 않는다면 어떻게 될까요? 그 두루마리의 저자가 누구든 간에 그런 일이 가능하리라고 생각하십니까?

주인 그 점에 대해서는 할 말이 많다.

자크 또 대위님께서는 신중함이란 하나의 가정이며, 경험은 현재 우리가 처한 상황을, 기대하거나 두려워할 미래 결과들의 원인으로 여기게 한다고 생각하셨죠.

주인 그 말뜻을 이해하고 하는 말이냐?

자크 물론입니다. 전 조금씩 대위님의 말투에 익숙해졌어요. 또 대위님께서는 충분히 경험했다고 자랑할 수 있는 사람이 어디 있느냐고 하셨죠. 경험을 많이 했다고 자만하는 사람들도 실수를 하지 않은 적이 있느냐고요. 게다가 자기가 처한 상황을 정확히 판단할 줄 아는 사람은 또 어디 있느냐고요. 우리 머릿속에서 일어나는 계산과 저기 하늘에서 하는 계산은 아주 다르다고요. 우리가 운명을 이끌고 가는 것일까요, 아니면 운명이 우리를 이끌고 가는 것일까요? 지혜롭게 상의해서 결정된 계획들이 얼마나 많이 실패했으며 또 실패할 거냐고요! 대위님께서는 이 말씀을 베르그옵줌[6]과 포르마옹[7] 전투 후에 여러 번 하셨습니다. 또 대위님은 신중함이란 성공을 확실하게 보장해 주진 않지만,

6) Berg-op-Zoom. 1747년 프랑스 군대가 함락한 네덜란드 요새 이름.
7) Port-Mahon. 지중해 미노르카 섬의 항구. 1756년 프랑스 군대가 영국으로부터 탈취했다.

그래도 우리를 안심시켜 주며 나쁜 일을 피하게 해 준다고 하셨죠. 그리하여 전투 전날 밤 야영 텐트 안에서도 주둔지에 머무를 때와 마찬가지로 잘 주무셨고, 무도회에 가는 것처럼 전쟁터에 나가셨죠. 주인님께서 "도대체 어떻게 생겨 먹은 인간이지!"라고 외치신다면 아마도 제 대위님을 두고 하는 말일 겁니다.

그들이 이런 이야기를 하고 있을 때 멀리서 고함 소리가 들려왔다. 고개를 돌려 쳐다보자 장대와 갈퀴로 무장한 사람들 한 무리가 그들을 향해 전속력으로 달려오고 있었다. 그대는 그들이 우리가 이미 언급한 적 있는 주막집 사람들과 하인들, 그리고 악당들이라고 생각하겠지. 아침이 되자 사람들은 열쇠가 없어 방문을 부수었고, 악당들은 우리의 두 여행자가 그들의 옷을 가지고 도망쳤다고 여기고 쫓아오고 있는 것이라고 말이다. 자크도 그렇게 생각하고서는 "빌어먹을 놈의 열쇠! 그리고 그걸 가져오게 한 이성인지 충동인지 하는 고약한 것 같으니라고! 빌어먹을 놈의 신중함!" 하며 혼자 중얼거렸다. 또 그대는 이 작은 부대가 자크와 주인에게 덤벼들어 막대기로 후려갈기고 권총으로 쏘는 등등 피비린내 나는 싸움이 벌어졌다고 생각하겠지. 이 모든 일이 일어나는 것은 오로지 내 손에 달렸다. 하지만 그렇게 되면 이야기의 진실과도, 자크의 사랑 이야기와도 작별을 고해야 한다. 아니, 우리의 두 여행자는 쫓긴 것이 아니었다. 그들이 출발한 후에 주막집에서 벌어진 일은 나도 모른다. 그들은 여전히 그들이 가는 곳을 알지 못한 채, 물론 대충은 가고 싶은 곳을 알았지만, 그들의 여정을 계속했다. 길을 가는 사람들이 항시 그런 것처럼, 또 때로는 앉아 있는 사람도 그렇긴 하지만, 침묵과 수다로 여행의 피로와 무료함을 달래며 길을 갔다.

내가 소설을 쓰고 있지 않다는 것은 확실하다. 소설가라면 틀림없이 사용했을 것을 무시하고 있으니까 말이다. 내가 쓰는 것을 진실로 간주하는 자는 허구나 우화로 간주하는 자보다는 오류를 덜 범하는 셈이다.

이번에는 주인이 먼저 말을 걸었다. 항상 똑같은 후렴구로 시작되었다. "자크야, 네 사랑 이야기는?"

자크　어디까지 했는지 모르겠는데요. 하도 여러 번 중단해서 처음부터 시작하는 편이 더 낫겠는데요.

주인　아니, 그럴 필요 없다. 초가 문 앞에서 기절했다 깨어나 보니 그곳에 사는 사람들로 둘러싸인 채 침대에 누워 있었다.

자크　그렇군요. 가장 시급한 일은 외과 의사를 데려오는 일이었죠. 사방 4킬로미터 내에는 의사가 없었어요. 집주인이 말에다 아이를 태우고 가장 가까운 곳으로 의사를 찾으러 보냈죠. 그동안 아낙네는 싸구려 포도주를 데우고, 남편의 헌 셔츠를 찢어 그걸로 제 무르팍을 소독하고 습포를 덮은 다음 셔츠로 감더군요. 제 상처를 치료하는 데 쓴 포도주에다 개미에게서 빼앗은 설탕 몇 조각을 넣어 마시라고 주더군요. 전 단숨에 들이켰죠. 그런 다음 좀 참고 기다리라고 하더군요. 그때는 좀 늦은 시각이었죠. 그들은 식탁에 앉아 식사를 했어요. 식사가 끝나도 여전히 아이는 돌아오지 않았고 의사도 보이지 않았죠. 아이의 아버지가 화를 내더군요. 그 작자는 천성적으로 침울한 사람인 데다, 아내에게 토라져 모든 것에 트집을 잡았어요. 아이들을 매정하게 침대로 보내더군요. 마누라는 의자에 앉아 실톳을 잡았고 그 작자는 왔다 갔다 하면서 매사에 시비를 걸었죠. "내가 말한 대로 당신이 방앗간에만 갔더라도……."라고 말하면서 제 침대 쪽을 바라보며 고개를 흔들더군요.

"내일 갈게요."

"내가 말한 대로 오늘 갔어야 했어. 그리고 헛간에 있는 나머지 밀짚들을 거둬야 하는데 왜 늑장이지?"

"내일 할게요."

"우리가 가진 건 이제 바닥났어. 내가 말한 대로 오늘 거두었더라면 더 좋았을걸……. 그리고 지붕 밑 다락방에서 망가져 가는 보릿단들은? 맹세컨대 당신은 그걸 휘저을 생각도 안 했겠지?"

"아이들이 했어요."

"당신이 했어야지. 당신이 거기 있었더라면 문 앞에 나가지 않았을 텐데……."

그러는 동안 첫 번째 외과 의사가 도착했고, 두 번째 외과 의사가 도착했고, 초가 아이와 함께 세 번째 외과 의사가 도착했죠.

주인   너는 모자로 둘러싸인 로크 성인[8]처럼 외과 의사로 둘러싸였겠군.

자크   아이가 첫 번째 외과 의사 집에 갔을 때 의사가 없어서, 의사 아내가 두 번째 의사에게 알렸죠. 그리고 세 번째 의사는 아이와 동행한 거고요. "아, 안녕하시오, 동업자 양반들. 이렇게 만나다니."라고 첫 번째 외과 의사가 다른 두 의사에게 말했죠. 그들은 서둘러 왔기 때문에 몹시 더웠고 목이 말랐죠. 그래서 아직 식탁보가 치워지지 않은 식탁으로 가 앉았죠. 초가 아낙네가 지하실로 내려가 술 한 병을 들고 왔죠. 남편이 또 투덜거렸어요. "저 여편네가 도대체 문 앞에서 뭘 하고 있었지?" 외과 의사들은 술을 마시며 그 지역 질병과 환자 들 이야기를 늘어놓기 시작했죠. 제가 아프다고 하자 "조금만 기다리시오, 곧 보아 드릴 테니."라고 말하더군요. 그들은 술 한 병을 다 마시자 두 번째 술병을 주문했죠. 제 치료비에 포함시키는 걸로 말입니다. 그러고는 세 번째, 네 번째 술병을…… 여전히 제가 부담하는 걸로요. 술병이 나올 때마다 남편은 "저 여편네가 도대체 문 앞에서 뭘 하고 있었지?"라고 처음 한 말을 되풀이하더군요.

---

8) Saint Roch. 14세기 초반 프랑스 성인으로, 그의 초상화에는 항상 모자 세 개가 그려진 걸로 유명하다. 지나치게 많은 것을 소유하는 세태를 풍자하는 표현이다.

다른 사람 같았으면, 이 세 외과 의사들, 그들이 네 번째 술병을 마시며 나눈 대화, 그들의 수많은 찬란한 치료 업적들, 자크의 초조함, 초가 주인의 불쾌한 기분, 자크의 무릎을 둘러싼 우리 시골 아스클레피오스[9] 의신들의 이야기, 그들의 서로 다른 견해, 이 모든 것들을 써먹지 않고는 못 배겼을 것이다. 한 의사는 자크의 다리를 서둘러 자르지 않는다면 죽을 거라고 했고, 다른 의사는 총알과 함께 들어간 옷 조각만을 끄집어 내고 이 불쌍한 녀석의 다리는 그냥 보존해 주자고 주장했다. 그때 자크는 마치 뒤푸아르 의사와 루이 의사[10] 사이에 있는 우리 장군들 중 한 사람처럼, 침대에 앉아 자신의 다리를 측은하게 바라보며 마지막 작별 인사를 고하고 있었을는지도 모른다. 그리고 세 번째 외과 의사는 다른 두 의사가 논쟁을 하다 욕설과 손찌검에 이를 때까지 멍청하게 앉아 시간만 보내고 있었을 것이다.

독자여, 그러나 나는 그대에게 소설이나 고전 희극, 사회에서 발견하게 될 이 모든 일들을 면제해 주겠다. 초가 주인이 그의 아내에게 "저 여편네가 도대체 문 앞에서 뭘 하고 있었지?"라고 외쳤을 때, 난 몰리에르의 「수전노」에서 아르파공이

---

9) Asklepios. 그리스 신화에 나오는 의신으로 의사들의 현학적인 자만심을 비꼬는 말로 쓰였다. 특히 여기서는 시골이란 수식어가 이런 아이러니를 강조한다.
10) 18세기 유명한 외과 의사들로, 1756년 카스트리 후작이 웨스트팔리아 대전에서 심한 부상을 입자 루이 의사는 팔을 절단하자고 주장했지만, 뒤푸아르는 절단하지 않고 고쳤다.

그의 아들에게 "저 녀석은 도대체 뭣 때문에 갤리선으로 갔지?"[11] 라고 하던 말을 떠올린다. 또 진실만으로는 충분하지 않으며 거기다 더 재미가 있어야 한다고 생각한다. 바로 그런 이유로 사람들은 "저 녀석은 도대체 뭣 때문에 갤리선으로 갔지?"라고는 말해도 "저 여편네는 도대체 문 앞에서 뭘 하고 있었지?"라는 내 농부의 말은 결코 격언으로 통용되지 못할 것이다.

내가 그대를 대할 때와 같은 신중함을 자크는 주인에게 보여 주지 않았다. 그는 아주 세세한 것까지, 비록 주인을 두 번째로 잠들게 할 위험이 있을지언정, 하나도 빠뜨리지 않고 이야기했다. 여하간 세 외과 의사 중 가장 유능한 의사가 아니라면 적어도 가장 힘센 사람이 환자를 다루게 되었다.

그대는 내게 이렇게 말하겠지. "당신은 우리 눈앞에서 외과용 메스를 꺼내 살을 자르고 피를 흘리는 수술은 보여 주지 않겠지?"라고. 당신 생각에는 그런 건 좋은 취향이 아닌 것 같은가? 그렇다면 외과 수술은 그냥 건너뛰기로 하자. 그러나 자크가 주인에게 한 말을 인용하는 것은 허락해 달라. 자크가 주인에게 "나리, 부러진 다리를 다시 맞춘다는 건 얼마나 끔찍한 일인지요!"라고 말하자 주인은 앞에서 말한 것처럼 "자크,

---

11) 디드로가 몰리에르(Molière)의 「수전노」에서 인용했다는 이 구절은 실은 「수전노」가 아닌 「스카팽의 간교」에서 제롱트가 한 말이다. 고의적이었던 또는 착각이었던, 몰리에르에 대한 디드로의 호감이 두드러지는 대목이다. 이 두 문장의 통사론적 구조나 의미는 비슷한데, 의역하면 "도대체 뭣 때문에 그런 일에 걸려들었지?"란 뜻이다. 그러나 갤리선이 상기하는, 이국적인 정취가 물씬 드러나는 몰리에르의 문장에 비해, 초가 주인의 말은 너무도 일상적이어서 문학적인 표현으로 승화될 수 없다는 디드로 자신의 논평이다.

너 농담하는구나."라고 대답했다. 하지만 내가 세상 모든 황금을 줘도 바꾸지 않고 그대에게 알려야 할 것이 있다면, 그건 자크의 주인이 그 무례한 대답을 하자마자 말이 비틀거리며 쓰러졌고, 그래서 주인의 무릎이 뾰족한 돌덩이에 세차게 부딪혔다는 사실이다. 그러자 주인은 목이 터져라 "아이고, 나 죽네! 무릎이 부서졌어!"라고 외치는 것이었다.

아무리 자크가 선량하고 또 주인에 대한 충성심이 크다 할지라도, 난 자크가 마음 깊숙이 무슨 생각을 했는지 알고 싶다. 비록 주인이 부상당한 바로 그 순간은 아니라 하더라도, 그 낙마가 별로 대단치 않으리라는 걸 확신했을 때, 이 사건이 주인에게 무릎 부상이 어떠하다는 걸 가르쳐 주리라고 생각하고 남몰래 기뻐하지는 않았는지. 그리고 또 한 가지는 독자 그대가 직접 내게 말해 주기를 바란다. 아마도 주인은 보다 심한 부상을 입는다 할지라도 무릎이 아닌 다른 곳이기를 바랐을 것이며, 고통보다는 수치심에 더 민감했을 거라고 말이다.

주인이 낙마와 그 고통에서 벗어나 다시 말에 올라타 대여섯 번 박차를 가하자 말은 번개같이 달려갔다. 그러자 자크의 조랑말도 마찬가지로 달려갔다. 두 기수 사이에 흐르는 것과 같은 교감이 두 말 사이에도 있었기 때문이다. 그들은 한 쌍의 친구들이었다.

두 마리 말이 헐떡거리며 다시 보통 속도로 돌아왔을 때, 자크가 주인에게 물었다. "나리, 어떻게 생각하십니까?"

주인   뭘 말이냐?

자크	무릎 부상 말입니다.
주인	나도 너와 의견이 같다. 가장 끔찍한 부상 중 하나다.
자크	나리의 부상 말입니까?
주인	아니, 네놈의 부상, 나의 부상, 이 세상 모든 무릎 부상이 말이다.
자크	나리, 나리께서는 신중히 생각하지 않으시는군요. 우리는 우리 자신에 대해서만 불쌍하게 생각한답니다.
주인	미쳤군.
자크	제가 생각하는 대로 말할 수만 있다면 얼마나 좋을까요! 그러나 저기 높은 곳에, 생각은 잘하는데 말이 따라가지 않을 거라고 적혀 있으니.

여기서 자크는 아주 미묘하고도 어쩌면 정말로 진실된 형이상학 문제에 부딪혀 쩔쩔맸을 것이다. 그는 주인에게 고통이란 말이 아무것도 의미하지 않으며, 다만 우리가 경험한 적 있는 감각을 기억 속에서 떠올릴 때에만 뭔가 의미하기 시작한다는 것을 설득하려고 애썼다. 그러자 주인이 그에게 애를 낳은 적이 있느냐고 물었다.

"아니요."라고 자크가 대답했다.

"분만의 고통이 클 거라고 생각하느냐?"

"물론이죠."

"분만 중인 여인네들을 불쌍하게 생각하느냐?"

"매우 불쌍하게 생각하죠."

"그렇다면 너는 때로 너 자신이 아닌 다른 사람들에 대해서도 불쌍하게 생각하는 것이 아니냐?"

"저는 팔이 비틀렸거나 머리를 쥐어뜯거나 비명을 지르는 여자나 혹은 남자 들을 불쌍히 여기죠. 제 경험상, 그러는 게 아프다는 것을 알기 때문입니다. 하지만 애를 낳는 고통으로 말할 것 같으면, 저는 그 고통이 어떤지를 모르기 때문에 — 다행히도! — 불쌍히 여기지 않죠. 하지만 이제 우리 두 사람이 다 아는 고통, 낙마 사건 후 나리 것이 되기도 한, 무릎 이야기로 돌아가면 어떨까요……."

주인   아니다, 자크. 지나간 슬픔에 의해 내 것이 되기도 한 네 사랑 이야기로 돌아가자.

자크   붕대를 감고 통증이 좀 가시자 의사가 떠났고, 주인 부부도 물러가 잠자리에 들었죠. 그들 방과 제 방은 사이가 떠 있는 판자로만 분리되었는데, 그 판자에는 회색 종이가 붙어 있고 또 회색 종이 위에는 울긋불긋 한 그림 몇 개가 그려져 있었답니다. 저는 자지 않고 있었는데 아내가 남편에게 하는 소리가 들리더군요. "절 좀 내버려둬요. 전 웃고 싶은 생각이 없어요. 우리 옆에서 한 불쌍한 사람이 죽어 가는데……." "마누라, 그 이야기는 나중에 해." "아뇨, 그럴 순 없어요. 당신이 멈추지 않는다면 전 일어날 거예요. 제 마음이 울적한데 이런 짓 하는 게 기쁘겠어요?" "오! 이렇게 빌게 한다면 당신 후회하게 될 거야."

"빌게 하려는 게 아니에요. 당신은 때로 너무 지독해요. 그건…… 그건……."

짧은 침묵 후에 남편이 말했죠.

"마누라, 당신은 격에 맞지 않는 동정심으로 우리 모두를 빠져나올 수 없는 궁지로 몰아넣었다는 걸 인정해. 금년은 흉년이고, 아이들에게나 우리에게 필요한 것을 겨우 충당할까 말까 할 정도야. 곡식은 비싸고 포도주도 전혀 없어! 게다가 일자리라도 있으면 좋으련만 그것도 없으니. 부자들은 절약하고 가난한 사람들은 아무 일도 하지 않아. 하루를 일해도 나흘은 놀아야하니. 아무도 빚을 갚으려 하지 않고 또 채권자들은 얼마나 악착스러운지. 그런데 바로 이런 때에 모르는 사람을, 낯선 자를 집 안으로 거두어들이다니! 그는 하느님이 원하는 만큼 또는 치료를 서두르지 않는 외과의사가 원하는 만큼 우리 집에 머물 거야. 외과 의사들은 되도록 오래 병을 끌려고 할 테니. 그에게 만약 돈이 없다면, 우리 지출을 두 배, 세 배로 늘일 텐데. 자, 마누라, 저 작자로부터 어떻게 벗어나려는지 말 좀 해봐. 뭔가 이치에 맞는 말을 해 보란 말이야."

"당신하고 말이나 할 수 있나요."

"왜, 내가 화를 내고 야단을 쳐서? 이런 일에 그렇게 하지 않을 사람이 어디 있어? 아직은 지하실에 포도주가 약간 남긴 했지만 이런 속도로 가면 그것도 금방없어질 거야. 외과 의사들은 우리와 아이들이 일주일 동안 마실 것보다 더 많은 양을 어제 저녁에 마셨어. 또 외과 의사가 공짜로 오는 게 아니라는 건 당신도 잘 알 텐데, 그 비용은 누가 내지?"

"말 잘했어요. 우리가 궁핍하기 때문에 아이를 만들려는 거예요? 마치 아이들이 아직도 모자란 것처럼!"

"아! 그건 아니야."

"아니긴 뭐가 아니에요. 임신할 게 틀림없는데!"

"당신은 매번 그런 말을 하지."

"제 귀가 가려울 때에는 한 번도 틀려 본 적 없는걸요. 그런데 지금은 여느 때보다 더 가렵단 말이에요."

"당신 귀는 당신이 뭐라고 말하는지 모를걸."

"건드리지 마. 내 귈 그냥 둬! 당신 미쳤어? 당신 틀림없이 병날 거야."

"아니, 괜찮아. 세례요한 축일[12] 밤 이후 한 번도 하지 않았잖아."

"당신은 틀림없이 저질러 버릴……. 그리고 한 달 후에는 마치 내 잘못인 양 날 나무라겠지."

"아냐, 아냐."

"그리고 아홉 달 후에는 더 화를 낼 테고."

"아냐, 아냐."

"그렇다면 당신이 그걸 원한 거야!"

"그래그래."

---

12) 6월 24일. 일 년 중 밤이 제일 짧은 날이다.

아냐, 아냐에서 그래그래가 된 남편은, 인도적인 감정을 따른 아내에게 화가 나서는 말했죠…….

주인 나도 바로 그런 생각을 하고 있었지.

자크 남편이 아주 무분별한 것만은 아니었죠. 그는 젊었고 아내는 예뻤으니까요. 사람들은 항상 궁핍할 때 아이를 많이 만드는 법이죠.

주인 가난한 자들이 아이를 더 많이 만드는 법이지.

자크 게다가 아이를 하나 더 낳았다 해도 그들에겐 아무 문제도 안 되죠. 자선 단체가 먹여 줄 테니까요. 유일하게 돈이 안 드는 오락거리죠. 낮 동안 받은 수모를 밤에 돈도 내지 않고 달래는 셈이니까요. 하지만 남편 생각은 틀리지 않았죠. 제가 혼자 이렇게 생각하고 있을 때 무릎에서 격렬한 통증이 느껴졌죠. 그래서 "내 무릎!" 하고 소리를 지르자 남편은 "아, 마누라!"라고 소리 질렀고, 아내는 "내 남자! 하지만 저기 있는 남자는…….” 하고 외쳤죠.

"저 남자라니?"

"아마 우리가 하는 말을 들었을 거예요.”

"들으면 들으라지.”

"내일 전 그 사람 얼굴을 쳐다볼 수 없을 거예요.”

"왜? 당신은 내 아내 아닌가? 또 난 당신 남편 아닌가? 남편이 아내를, 아내가 남편을 가지는 게 아무 이유 없단 말이야?”

"아! 아!"

"그래! 무슨 일이야?"

"내 귀가……."

"당신 귀가?"

"여느 때보다도 더 심해."

"자, 그러면 괜찮아질 테니."

"몰라. 아, 내 귀, 내 귀!"

"내 귀, 내 귀……."

　그들 사이에 무슨 일이 있었는지는 말하지 않겠다. 하지만 아내는 다급하고도 나지막하게 여러 번 내 귀, 내 귀라고 반복하더니, 구…… 이…… 이 하고 말을 끊어 가며 더듬었고, 그런 다음 긴 정적이 뒤를 이었다. 뭣 때문에 그런 생각이 들었는지는 나도 모르겠지만, 난 그녀의 귀 통증이 이런저런 방법으로 가라앉았다는 생각이 들었다. 여하간 그래서 기뻤고, 그녀 또한 기뻐했으리라고 생각한다.

주인　양심에 손을 대고 네가 사랑한 사람이 그 여인이 아닌지 맹세해 봐라.

자크　맹세하죠.

주인　그거 안됐군.

자크　'안됐군.' 또는 '잘됐군.'이겠지요. 나리께서는 필경 귀가 그런 여자들은 남자를 기꺼이 받아들인다고 생각하시겠죠?

주인　그건 저기 높은 곳에 씌어 있다고 생각하는데.

자크   그런 여자들은 오랫동안 한 남자의 말만을 듣지 않으며, 다른 남자에게 쉽게 귀를 빌려 주는 경향이 있다는 것도 씌어 있겠죠.

주인   그럴 수도 있겠지.

그들은 여자에 대해 끝없는 논쟁을 하기 시작했다. 한 사람은 여자가 선량하다고 했고, 또 한 사람은 심술궂다고 했다. 그들은 둘 다 옳았다. 한 사람은 어리석다고 했고, 또 한 사람은 재치 있다고 했다. 그들은 둘 다 옳았다. 한 사람은 위선자라고 했고, 또 한 사람은 진실되다고 했다. 그들은 둘 다 옳았다. 한 사람은 인색하다고 했고, 또 한 사람은 관대하다고 했다. 그들은 둘 다 옳았다. 한 사람은 아름답다고 했고, 또 한 사람은 추하다고 했다. 한 사람은 수다스럽다고 했고, 또 한 사람은 신중하다고 했다. 한 사람은 솔직하다고 했고, 또 한 사람은 엉큼하다고 했다. 한 사람은 무식하다고 했고, 또 한 사람은 박식하다고 했다. 한 사람은 얌전하다고 했고, 또 한 사람은 방종하다고 했다. 한 사람은 미쳤다고 했고, 또 한 사람은 분별 있다고 했다. 한 사람은 위대하다고 했고, 또 한 사람은 하찮은 존재라고 했다. 그들은 둘 다 옳았다.

이런 논쟁을 하면서 그들은 한순간도 말을 멈추지 않은 채 그렇다고 의견 일치도 보지 못하면서 지구를 한 바퀴는 돌았을 것이다. 그때 폭우가 쏟아져 그들은 어딘가를 향해 갈 수밖에 없었다. ─ 어디로? ─ '어디로'라니? 독자여, 그대의 호기심은 귀찮을 정도군. 그게 도대체 그대와 무슨 상관이란 말인가? 그곳이 퐁투아즈나 생제르맹, 노트르담드로레트 또는 생자크드콩포스텔이라고 말한다 해서 그게 그대와 무슨 상관이란 말인가? 그대가 계속 고집을 부린다면 난 그들이 향하는 곳을 말할 수 있지, 그렇군, 이런 식으로 말하지 말라는 법은 없으니…… 그들은 기대한 성을 향해 가고 있었다. 그런데 그 성 정면에는 이런 글이 씌어 있었다. "난 어느 누구에게도 속하지 않으며 동시에 누구에게나 속한다. 당신은 여기 들어오기 전에 이미 있었으며, 나간 후에도 여전히 있을 것이다." — 그렇다면 그들은 성안으로 들어갔는가? — 아니다, 그 표지판은 가짜다. 혹은 그들은 들어가기 전에 이미 거기 있었다. — 그렇다면 그들은 적어도 거기서 나왔는가? — 아니다, 표지판은 가짜다. 혹은 그들은 나온 후에도 여전히 거기 있었다. — 그렇다면 그들은 거기서 뭘 했는가? — 자크는 저기 높은 곳에 씌어 있는 것을 말했고, 주인은 자기가 원하는 것을 말했다. 그리고 그들은 둘 다 옳았다. — 거기서 그들은 어떤 사람들을 만났는가? — 가지각색의 사람들을.

　— 거기서 사람들은 무슨 말을 하고 있었는가? — 몇 마디의 진리와 수많은 거짓말들을. — 거기에는 재치 있는 사람들이 있었는가? — 그런 사람들이 없는 곳도 있단 말인가? 그리고 거기에는 우리가 흑사병처럼 피하는 저 가증스러운 질문자들도 있었다. 자크와 주인이 산책하는 동안 그들을 가장 화나게 한 것은……. — 그렇다면 자크와 주인은 산책하고 있었나? — 앉아 있거나 잠들지 않으면 그밖에 또 다른 할 일이 있나? 자크와 주인을 가장 화나게 한 것은 한 스무 명쯤 되는 뻔

뻔스러운 작자들이 표지판의 진짜 의미도, 공동 권리도 무시한 채 그 비좁은 장소에서 가장 훌륭한 방을 독차지했다는 사실이다. 그들은 성의 전 소유권을 물려받았다고 주장하며, 그들이 고용한 몇몇 건달들의 도움을 받아 그 사실을 다른 사람들도 믿게 하려고 했다. 돈 몇 푼만 줘도 그런 건달들은 그들의 말에 반박하는 자들을 가차 없이 목 매달거나 죽이는 자들이다. 하지만 자크와 그 주인의 시대에는 감히 그런 자들에 대항해서 싸우는 사람도 있었다. ── 그들은 무사했나? ── 그건 경우에 따라 다르다.

그대는 내가 장난친다고 생각하겠지. 우리의 두 여행자들을 어떻게 해야 할지 모르기 때문에 상상력이 고갈된 사람들이 늘 하는 저 '비유(allégorie)'라는 걸로 달려든다고 말이다. 나는 비유나 거기서 끌어낼 수 있는 모든 풍요로움을 희생하고 그대가 원하는 것은 모두 받아들이겠다. 다만 한 가지 조건이 있다. 자크와 주인이 마지막으로 머무른 숙소에 대해서는 더 이상 날 괴롭히지 않는 것이다. 어쩌면 그들은 대도시에 도착해 여자들이 있는 집에서 잤을 수도 있고, 그들을 반갑게 맞이하는 오랜 친구 집에서 밤을 보냈을 수도 있으며, 탁발수도사에게로 피신했는데 하느님에 대한 사랑 때문에 잘 먹지도 자지도 못했을 수도 있다. 또는 쓸데없는 것들은 많으나 정작 필요한 것은 하나도 없는 대귀족의 집에서 머물렀을 수도 있으며, 은식기에다 형편없는 식사를 제공하고, 다마스쿠스 산 직물로 만든 커튼은 쳤지만 새것이 아닌 축축한 시트 안에서 밤을 보내게 한 후 비싼 값을 받는 커다란 호텔에서 아침에 나왔을 수도 있다. 또는 닭고기 찜이나 오믈렛을 먹기 위해서는 신도들의 가금 사육장에 도움을 청해야만 하는, 아주 형편없는 생활비로 살아가는 시골 사제 집에서 환대를 받았을 수도 있고, 또는 성 베르나르회의 부유한 수도원에서 진수성찬을 대접받고 최상급 포도주에 취해 소화 불량에 걸렸을지도 모른다. 이 모든 것이 그대에게는 똑같이 가능해 보이겠지만, 자크의 의견은 달랐다. 그에게 진짜로 가능한 것은 저기 높은 곳에 씌어 있는 것뿐이었다. 그리고 사실인 것은 그대가 그들을 어떤 장소에 내버려두기를 원하든, 그들이 채 스무 걸음도 가기 전에, 비록 주인이 습관에 따라 코담배를 들이마신 후긴 하지만 "자크, 네 사랑 이야기는?" 하고 말했다는 것이다.

그러자 자크는 대답하는 대신 "빌어먹을 놈의 사랑 이야기 같으니라고! 두고 왔잖아……." 하고 말했다.

주인   뭘 두고 왔는데?

자크는 대답하는 대신 주머니를 이리저리 뒤져 보았지만 헛수고였다. 머리맡에다 여행 지갑을 두고 온 것이었다. 자크가 그 말을 하자마자 주인도 소리쳤다. "빌어먹을 놈의 사랑 이야기! 내 시계도 벽난로에 걸어 둔 채 왔군."

자크는 주인이 부탁하기도 전에 곧 길을 돌려 천천히 갔다. 그는 결코 서두르는 법이 없었기 때문이다.

— 그 성은 거대한가? — 아니다, 아니다. 내가 앞에서 나열한 여러 숙소들 중에서 지금 상황에 가장 적합하다고 생각

하는 곳을 그대가 선택하라.

　그렇지만 주인은 여전히 앞을 향해 갔고, 그리하여 주인과 하인은 서로 헤어졌다. 그 두 사람 중 누구를 따라가야 할지는 나도 모른다. 만약 그대가 자크를 따라가기를 원한다면 조심하라. 지갑과 시계를 찾는 일은 아주 복잡하고 시간이 오래 걸릴 것이기 때문에 그는 오랫동안 자기 사랑 이야기의 유일한 청취자인 주인과 만나지 못할 것이다. 그렇게 되면 자크의 사랑 이야기와도 작별을 고해야 한다. 그러나 만약 그대가 자크 혼자 지갑과 시계를 찾게끔 내버려두고 주인과 동반하기로 한다면, 그대는 예의 바른 사람이 되기는 하겠지만 권태로울 것이다. 그대는 아직 이런 사람은 알지 못한다. 그의 머리에는 거의 든 것이 없다. 그가 뭔가 이치에 맞는 말을 한다면, 암기한 것이거나 아니면 순간적인 충동에 따라서다. 그에게도 당신이나 나처럼 눈이 있긴 하지만 대부분의 경우 보고 있는지 안 보고 있는지도 알 수 없다. 그렇다고 해서 자는 것은 아니지만 깨어 있는 것도 아니다. 그는 자신을 존재하게끔 내버려두며 그것이 그의 일상적인 기능이다. 그 자동 인형은 때때로 자크가 오고 있는지 어떤지를 보기 위해 뒤를 돌아다보며 앞으로 나아갔다. 말에서 내려 걸어가다 말에 올라타 한 1킬로미터쯤 가다가 다시 말에서 내려 팔에 말고삐를 걸고 두 손에 머리를 기댄 채 땅바닥에 주저앉았다. 그런 자세로 앉아 있는 게 지겨워지자 다시 일어나 멀리 바라보았지만, 자크의 모습은 여전히 보이지 않았다. 초조해진 주인은 자기가 말하는지 어떤지도 의식하지 못한 채 중얼거렸다. "이 망나니 녀석 같으니라고, 개자식, 불한당! 도대체 어디 있는 거지? 뭘 하는 거지? 지갑과 시계를 찾는 일이 이렇게 오래 걸린단 말인가? 그놈을 사정없이 때려야지. 그래, 반드시 그렇게 할 거야. 사정없이 때려야지." 그러고는 호주머니에서 시계를 찾아보았지만 시계는 없었다. 애통한 마음을 금할 수 없었다. 시계, 담뱃갑, 자크 없이는 어떻게 해야 할지를 몰랐기 때문이다. 그건 그의 커다란 소일거리 세 개였다. 그는 대부분의 시간을 코담배를 들이마시거나 시계를 들여다보거나 자크에게 질문하는 걸로 보내 왔으며, 그것도 여러 다른 방식으로 섞었다. 그러므로 이제 시계를 잃어버린 그에게는 담뱃갑만이 남아 있었고, 그래서 그는 담뱃갑을 열었다 닫았다 했다. 마치 내가 권태로울 때면 하는 것처럼 말이다. 저녁때 내 담뱃갑에 남은 담배는 내 하루 일과의 즐거움에 정비례하거나 또는 권태로움에 반비례한다. 독자여, 내가 이렇게 기하학에서 빌린 용어로 말하는 것을 용서해 주기를 바란다. 나는 그 용어가 정확하다고 생각하기 때문에 앞으로도 자주 사용할 것이다.

자, 이제 그대는 주인에게 싫증이 났는가? 그렇다면 하인이 우리를 향해 오지 않으니 우리가 그를 만나러 가 보면 어떻겠는가? 우리가 이렇게 말하는 동안 저 불쌍한 자크는 "같은 날 큰 길에서 도적으로 체포되어 감옥으로 끌려가고 또 여자를 유혹했다고 고발당하는 것도 저기 높은 곳에 씌어 있단 말인가!"라고 고통스럽게 외치고 있었다.

그가 천천히 성에, 아니, 그들이 마지막으로 머물렀던 곳에 다가가고 있었을 때, 마침 행상인이라고 불리는 잡화 상인이 지나가며 "기사 양반! 스타킹 고정 밴드, 허리띠, 시곗줄, 최신식 담배 케이스, 진짜 파리 제품들입니다. 반지며 봉인된 시계 주머니며 시계, 진짜 금시계, 새것이나 다름없는 이중 케이스에 조각된 시계가 있습니다……."라고 외치는 것이었다. 그러자 자크는 "나도 시계를 하나 찾고 있긴 하지만 당신 것은 아니오."라고 대답했다. 그러고는 여전히 천천히 나아갔다. 길을 가다가 갑자기 행상인이 사라고 한 시계가 주인 것이라고 저기 높은 곳에 씌어 있다는 생각이 들었다. 그래서 가던 길을 되돌아가 행상인에게 말했다. "여보게, 그 도금 케이스에 든 시계를 좀 보여 주구려. 그것이 내게 어울리리라는 생각이 문득 드는구려."

"정말로 전 놀라지 않습니다. 무척이나 근사한 시계죠. 쥘리앵 르 루아[13]가 만든 이 시계가 제 손에 들어온 건 얼마 안 됩니다. 아주 헐값에 샀으니 싼값에 팔도록 하죠. 전 적은 이익으로 많이 파는 걸 좋아하니까요. 하지만 요즘은 사정이 별로 좋지 않습니다. 석 달 안에 이런 횡재는 아마 찾아보기 힘들걸요. 나리께서는 신사처럼 보이니, 다른 사람이 이득을 취하게 하는 것보다는 나리께 팔고 싶군요."

이렇게 말하면서 행상인은 봇짐을 땅에 내려 풀고서는 시계를 꺼냈다. 자크는 금방 알아보았다. 놀라지도 않았다. 왜냐하면 그는 결코 서두르는 법도 놀라는 법도 없었기 때문이다. 그는 시계를 자세히 들여다보며 "바로 이거야."라고 중얼거리

---

13) 18세기 프랑스의 유명한 시계 제조인.

더니 행상인에게 "당신 말이 맞소, 아주 근사하군. 훌륭한 시계라는 걸 난 잘 알고 있소……."라고 말하며 주머니에다 시계를 집어넣고는 행상인에게 "대단히 고맙소!"라고 말했다.

"뭐라고요! 대단히 고맙다뇨?"

"그렇소. 이건 내 주인 시계요."

"난 당신 주인을 몰라요. 이건 내 시계예요. 돈을 주고 산 거예요……."

행상인은 자크의 멱살을 붙잡으며 시계를 빼앗으려 했다. 자크는 자기 말에게 다가가 권총을 꺼내더니 행상인의 가슴팍에다 대고서는 "자, 꺼져 버려, 그렇지 않으면 죽을 테니."라고 말했다. 겁에 질린 행상인이 그를 놓아주었다. 자크는 다시 말에 올라타 천천히 도시를 향해 가며 중얼거렸다. "시계를 찾았으니 이젠 지갑을 알아봐야겠군……." 행상인은 서둘러 봇짐을 싸고 어깨에 메더니 소리를 지르며 자크를 쫓아왔다. "도둑이야, 도둑, 살인자야, 사람 살려, 사람 살려!" 마침 추수기여서 밭은 일꾼들로 덮여 있었다. 모두들 낫을 놓고 행상인 주위로 달려와 도적이, 살인자가 어디 있는지 물었다.

"저기 가는 저 사람이오."

"뭐라고요? 성문을 향해 천천히 가는 사람 말이오?"

"그렇소, 바로 저자요."

"당신 미쳤소? 전혀 도적 같은 거동이 아니잖소."

"도적이오, 도적이라고 내가 말하지 않소. 내게서 강제로 금시계를 뺏어 갔단 말이오."

사람들은 무엇을 믿어야 할지 몰랐다. 행상인이 외치는 말을 믿어야 할지, 아니면 자크의 그 침착한 거동을 믿어야 할지.

"하지만 친구들, 그대들이 도와주지 않으면 난 망할 거요. 30루이[14]나 나가는 시계라오. 날 도와주시오. 저 사람이 내 시계를 뺏어 갔소. 그가 만약 말에 박차를 가하는 날이면 내 시계는 영영 찾지 못할 것이오……."라고 행상인이 말했다.

비록 이 말을 듣기에는 좀 멀리 떨어져 있었다 할지라도 자크는 사람들이 모여든 모습을 충분히 볼 수 있었다. 그렇지만 그는 서두르지 않았다. 드디어 행상인이 상금을 걸자 농부들이 자크를 쫓아 나섰다. 수많은 남자들과 여자들, 아이들이 "도적이야 도적, 살인자야!"라고 소리 지르며 자크를 쫓아갔고, 행상인도 어깨에 멘 봇짐이 허락하는 한 그들 가까이 쫓아가면서 "도적이야 도적, 살인자야!"라고 외쳤다.

그들은 도시 안으로 들어섰다. 지금에야 기억이 나는데 자크와 주인이 전날 머무른 곳도 도시였다. 주민들은 집을 나와 농부들과 행상인에게 합류했다. 그들은 모두 함께 "도적이야 도적, 살인자야!"라고 외쳤다. 모두가 동시에 자크를 붙잡았고 행상인이 그에게 달려들었다. 자크가 장화 신은 채로 발길질을 하자 행상인은 땅바닥에 쓰러지면서도 소리를 질렀다. "이 망나니, 사기꾼, 악당! 내 시계를 돌려줘. 넌 틀림없이 돌려주게 될 거야. 돌려줘도 교수형에 처해지는 건 마찬가지겠지만." 자크는 침착함을 잃지 않고 매 순간마다 불어나는 군

---

14) 프랑스의 옛 화폐 단위. 1루이(금화)는 4에퀴(은화)이며 1에퀴는 6리브르(6프랑), 1리브르는 20수다.

중을 향해 말했다. "여기 사법관 계시죠. 제발 저를 그에게로 데려가 주십시오. 제가 악당이 아니라는 걸, 그리고 어쩌면 저 작자가 악당일지도 모른다는 걸 증명해 보일 테니. 제가 그에게서 시계를 빼앗은 건 사실입니다. 하지만 이건 우리 주인 시계입니다. 전 이 도시에서 전혀 낯선 사람이 아닙니다. 그저께 저녁 우리 주인과 저는 이곳에 도착해 주인의 옛 친구인 국왕 대리관[15] 댁에서 머물렀는걸요."

내가 그대에게 자크와 주인이 콩슈[16]를 거쳐 갔으며, 그곳 국왕 대리관 관저에서 머물렀다는 사실을 미리 말하지 않은 것은 바로 지금에야 생각났기 때문이다. 자크는 "저를 국왕 대리관님에게 데려가 주십시오."라고 말하며 말에서 내렸다. 자크와 말, 그리고 행상인이 행렬 한가운데 있었다. 그들은 걸어서 국왕 대리관 관저에 도착했다. 자크와 말, 행상인이 안으로 들어갔다. 자크와 행상인은 서로서로 단춧구멍을 붙들고 있었다. 그리고 군중은 문밖에 있었다.

그동안 자크의 주인은 무엇을 하고 있었는가? 그는 팔에다 말고삐를 걸친 채 자고 있었다. 말은 그 잠자는 사람 옆에서 고삐 길이가 허락하는 한 멀리서 풀을 뜯고 있었다.

국왕 대리관이 자크를 보자마자 외쳤다. "불쌍한 자크야, 바로 너구나! 어떻게 여기 혼자 왔느냐?"

---

15) Lieutenant général. 당시에 국왕 대리관은 사법관 일도 대행했다.
16) Conches. 이 지명이 가리키는 도시는 프랑스 북쪽 외르(Eure)와 일드프랑스 주 센에마른(Seine-et-Marne)에 각각 있어 이 작품을 사실주의적 표현으로 간주하려는 사람들에게는 당혹감을 불러일으킨다.

"주인님 시계 때문입니다. 주인님께서 벽난로 구석에다 시계를 매단 채 두고 오셨는데, 저기 저 사람의 봇짐에서 다시 찾았습니다. 제 머리맡에 두고 온 지갑도 명령만 해 주신다면 다시 찾게 될 것입니다."

"그리고 그것이 저기 높은 곳에 씌어 있기를……." 하고 대리관이 덧붙였다.

그는 즉시 부하들을 불렀다. 그러자 행상인이 그 집에 새로 고용된 안색이 나쁘고 키가 큰 한 녀석을 가리키며 "제게 시계를 판 녀석이 바로 저자입니다."라고 말했다.

대리관은 아주 근엄한 표정을 지으며 행상인과 하인에게 "너는 시계를 팔았고, 또 너는 그걸 샀으니 너희 두 사람은 모두 중형에 처해질 것이다."라고 말했다. 그리고 하인에게 "이 사람에게 돈을 돌려주고 당장 그 제복을 벗어라."라고 말하고, 행상인에게는 "평생 동안 네 목이 교수대에 매달려 있는 것을 원치 않는다면 이 고장에서 당장 떠나라. 너희 두 사람은 모두 불행을 초래하는 일을 하고 있구나……. 또 자크, 이제는 네 지갑 이야긴데……." 하고 말하는 바로 그때 지갑을 착복한 여자가 부르지도 않았는데 나타났다. 몸매가 균형 잡힌 성숙한 여자였다. "주인님, 제가 그 지갑을 가지고 있습니다. 하지만 전 훔치지 않았습니다. 저 사람이 제게 줬습니다."라고 그녀는 자기 주인에게 말했다.

"제가 당신에게 지갑을 줬다고요?"

"그래요."

"그럴 수도 있겠죠. 하지만 전혀 기억이 나지 않는데

요……."

대리관은 자크에게 "자크, 이 문제는 더 이상 거론하지 말자."라고 말했다.

"나리……."

"내가 보기에도 저 여자는 예쁘고 탐나게 생겼다."

"나리, 맹세컨대……."

"지갑에 얼마나 들어 있었지?"

"917리브르쯤 있었습니다."

"아, 자보트.[17] 하룻밤에 917리브르라니! 네게도 자크에게도 너무 큰 액수야. 자, 지갑을 이리 내 봐……."

여자가 자기 주인에게 지갑을 내밀자 주인은 거기서 6프랑짜리 은화 하나를 꺼내더니 그녀에게 던지면서 "자, 이게 네일의 대가다. 물론 네 값어치는 자크가 아닌 다른 사람에게라면 훨씬 더 나가겠지만. 난 네가 매일 그것보다 두 배나 더 되는 금액을 받기를 바란다. 하지만 내 집 밖에서 하도록 해라. 알아듣겠나. 그리고 자크 넌 말을 타고 서둘러 네 주인에게 돌아가도록 해라." 하고 말했다.

자크는 대리관에게 인사를 하고 대답을 하지 않은 채 그곳을 떠났다. 그러나 마음속으로는 혼자 이렇게 중얼거렸다. "저 뻔뻔스러운 방탕한 여자 같으니라고! 잠은 다른 작자와 자고 돈은 자크가 대신 낸다는 것도 저기 높은 곳에 씌어 있단 말인가! ……하지만 자크, 자, 기운을 내자. 그래도 이렇게 몇

---

17) 수다쟁이 또는 교활한 여자를 뜻한다.

푼 안 들이고 주인님의 시계와 지갑을 되찾았는데 기쁘지 않단 말인가?"

자크는 다시 말에 올라타 국왕 대리관의 집 문 앞에 모여든 군중 틈새로 끼어들었다. 그러나 그렇게 많은 사람들이 자신을 불량배로 여기는 게 괴로워 주머니에서 시계를 꺼내 시간을 보는 척하다 말에 박차를 가했다. 거기에 익숙하지 않은 말은 더 빠른 속도로 달렸다. 말이 질주할 때 멈추게 하는 것은 천천히 갈 때 빨리 달리게 하는 것만큼이나 불편한 일이기에, 자크에겐 말을 제멋대로 가게 내버려 두는 습관이 있었다. 우리가 운명을 이끌고 간다고 믿지만, 실은 운명이 우리를 이끌고 가는 것이다. 그리고 자크에게서 운명이란 그에게 다가오거나 그를 건드리는 모든 것이었다. 즉 그의 말, 그의 주인, 수도승, 개, 여자, 수노새, 까마귀. 그렇게 해서 말은 그를 전속력으로, 내가 조금 전에 말한 것처럼 팔에 고삐를 걸치고 대로변에서 잠들어 있는 주인 곁으로 데리고 갔다. 조금 전에 주인의 말은 고삐에 붙어 있었지만 자크가 그곳에 도착했을 땐 고삐만 그대로 있고 말은 더 이상 보이지 않았다. 필경 강도가 잠자는 사람 옆으로 다가와 슬그머니 고삐를 자르고 말을 끌고 간 모양이었다. 자크의 말발굽 소리에 주인은 잠에서 깨어났다. 그의 첫 번째 말은 "여기로 와라, 와. 이 불한당 같은 녀석!……해 줄 테니."라는 것이었다. 그러고는 크게 하품을 했다.

"하품을 하십시오, 나리. 뭐든지 하시고 싶은 대로 하십시오. 하지만 말은 어디 있죠?"

"내 말 말이냐?"

"네, 나리 말요."

주인은 금방 누군가가 말을 훔쳐 갔다는 걸 알아채고 자크를 고삐로 후려치려고 했다. 그러자 자크가 말했다. "참으십시오, 나리. 전 오늘 매를 맞을 기분이 아닙니다. 첫 번째 매는 그대로 맞겠지만 두 번째 매에는 말에 박차를 가하고 나리 곁을 떠나겠습니다."

이런 자크의 협박에 주인의 화가 즉시 가라앉았다. 주인이 부드럽게 말했다.

"내 시계는?"

"여기 있습니다."

"네 지갑은?"

"여기 있습니다."

"오래 걸렸네?"

"제가 한 모든 일에 비하면 그리 오래 걸린 것도 아닙니다. 제 말을 잘 들어 보십시오. 저는 그곳에 가서 싸움을 했고, 시골 농부들과 도시 주민들을 모두 모이게 했고, 큰길에서 도적으로 체포되어 사법관에게 인도되었고, 심문을 두 번 받았고, 거의 두 사람을 교수형에 처하게 할 뻔했고, 하인 한 명이 해고되게 했고, 하녀 한 명을 쫓겨나게 했고, 생전 본 적도 없는, 하지만 제가 돈을 지불한 여자와 잤다고 설득당했고, 그리고 이렇게 돌아왔습니다."

"그리고 난 널 기다리면서……."

"절 기다리면서 나리께서 잠들 것이며 또 누군가 나리 말을 훔쳐 갈 거라고 저기 높은 곳에 씌어 있었죠. 나리, 거기에 대해서는 더 이상 생각하지 마십시오. 말은 잃어버린 겁니다. 또누가 압니까? 말을 되찾을 거라고 저기 높은 곳에 씌어 있을지도!"

"내 말, 내 불쌍한 말!"

"나리께서 내일까지 한탄하신들 달라질 게 없을걸요."

"그럼 어떻게 하지?"

"제가 나리를 제 말 꽁무니에 태우든가 아니면 나리께서 원하신다면 장화를 벗어 말 안장에다 묶고 함께 걸어가든가 하는 거죠."

"내 말, 내 불쌍한 말!"

그들은 걸어서 가기로 했다. 때때로 주인은 "내 말, 내 불쌍한 말!"이라고 소리쳤고, 자크는 자신의 모험 이야기를 장황하게 늘어놓았다. 그렇게 해서 여자가 고발하는 부분까지 이르렀을 때 주인이 말했다. "자크, 정말로 그 여자와 자지 않았느냐?"

자크   안 잤습니다, 나리.

주인   그런데도 돈을 냈단 말이지?

자크   예.

주인   내 평생 너보다 더 불행한 적이 한 번 있었다.

자크   자고 나서 돈을 내셨군요?

주인   그래, 네 말대로다.

자크   그 이야기를 해 주지 않으시겠습니까?

주인   내 사랑 이야기로 들어가기 전에 네 사랑 이야기를 끝내야지. 자크, 난 네 사랑을, 콩슈의 국왕 대리관 하녀와의 모험에도 불구하고 너의 첫 번째 사랑이자 네 생의 유일한 사랑으로 간주할 것이다. 왜냐하면 네가 비록 그 여자와 잤다 할지라도 그 때문에 사랑에 빠지지는 않았을 테니 말이다. 매일같이 사람들은 사랑하지 않는 여자와 자거나 또는 사랑하는 여자와는 자지 않는 법이란다. 하지만…….

자크   하지만이라뇨? 무슨 일인데요?

주인   내 말! ……자크, 내 친구여, 화내지 말게. 네가 내 말이라면, 그래서 내가 널 잃어버렸다면, 내가 "자크, 내 불쌍한 자크!"라고 외치는 소리를 들으면 넌 날 더 높이 평가하지 않겠느냐?

자크는 미소를 지으며 말했다. "아마도 제가 첫 번째로 붕대를 감은 날 밤 농부와 아내가 대화를 나눈 데까지 이야기했을걸요. 전 휴식을 조금 취했고, 다음 날 아침 농부와 아내는 보통 때보다 좀 늦게 일어났죠."

주인   그랬을 테지.

자크   잠에서 깨어나서 커튼을 살며시 열어 보았습니다. 농부와 아내 그리고 외과 의사가 문 가까이에서 비밀 회담을 하는 걸 보았죠. 밤사이 엿들은 걸로 미루어 그들이 무슨 이야기를 하는지 쉽게 짐작이 가더군요. 기침을 했죠. 그러자 외과 의사가 남편에게 "그가 깨어났군. 여보게, 지하실로 내려가 포도주를 가져오게. 한잔 마시세. 한잔 마시면 내 손놀림이 더 정확해질 테니. 그러고 나서 붕대를 풀고 나머지는 그때 보세.”라고 말했죠.

술병이 도착하고 비워졌죠. 한잔 마신다는 것은 전문용어로는 적어도 한 병을 마신다는 것을 의미하죠. 외과 의사가 제 침대로 다가오더니 “밤사이 좀 어땠소?”라고 묻더군요.

“그럭저럭 괜찮았습니다.”

“당신 팔…… 좋군. 맥박도 그리 나쁘지 않고, 열도 거의 없군. 자, 이젠 무릎을 들여다봐야겠군. 아주머니, 여기 와서 우릴 좀 도와주시오.” 하고 커튼 뒤 내 침대 끝에 서 있던 부인에게 말하더군요. 그러자 부인은 아이들 중 한 명을 불렀죠. “아니, 아이가 아니라 당신이 필요한 거요. 조금이라도 잘못하면 한 달을 더 일해야 되니. 자, 다가오시오.” 부인은 눈을 내리깔고 다가왔죠. “자, 이 다리를 붙드시오. 난 다른 쪽을 잡을 테니. 천천히 내 쪽으로 조금만 움직여 보시오. 여보게, 조금만 더 오른쪽으로 몸을 돌려 보게나. 오른쪽으로…… 그래, 됐네.”

전 두 손으로 매트리스를 꽉 붙들고 이를 갈았죠. 땀이 얼굴에서 쏟아지더군요.

“그리 쉬운 일은 아닐 거요.”

“저도 그렇게 느낍니다.”

"자, 됐소. 아주머니, 이젠 다리를 놓고, 베개를 가져다 저 의자를 끌어당겨 그 위에 놓으세요. 너무 가까워요…… . 조금 멀리…… 여보게, 내게 손을 주고 날 꽉 붙들게나. 아주머니, 저기 침대 옆으로 가서 팔 아래를 붙드세요. 아주 좋아요. 여보게 주인장, 술병에 술이 조금 안 남았나?"

"안 남았네."

"그렇다면 자네 부인 대신 이걸 붙들게. 자네 부인이 가서 술 한 병을 가져올 수 있게. 좋소, 좋소…… . 가득 부으시오…… . 아주머니, 남편은 그냥 두고 제 옆으로 오세요…… ." 아내는 다시 아이들 중 한 명을 불렀죠. "젠장! 이미 말하지 않았소. 우리에게 필요한 건 아이가 아니라고요. 무릎을 꿇고 장딴지 아래에다 손을 대세요. 아주머니, 무슨 나쁜 짓이라도 하는 것처럼 몸을 떠는군요. 자, 용기를 내세요. 왼손을 엉덩이 아래쪽 저기 붕대 감은 위쪽에다 대세요. 아주 좋아요!" 붕대를 자르고 풀어내자 상처가 드러났죠. 의사는 이쪽저쪽을 만져 보았죠. 만질 때마다 그는 "무식한 녀석 같으니라고! 당나귀 같은 녀석, 바보! 그것도 외과 의사라고! 이 다리를, 한쪽 다리를 잘라야 한다고? 이 다리는 다른 쪽 다리만큼이나 오래갈 거요. 내가 보증하겠소." 하고 말했다.

"나을까요?"

"난 다른 사람들도 많이 고쳤소."

"걸을 수 있을까요?"

"걸을 수 있소."

"다리를 절지 않고요?"

"그건 다른 문제요. 제기랄! 도가 지나치군. 다리를 구해 준 것만 해도 충분치 않소? 요컨대 다리를 좀 전다 해도 대수롭지 않은 거요. 춤추는 걸 좋아하오?"

"아주 좋아합니다."

"잘 걷지 못한다 해도 춤은 잘 출 수 있소……. 아주머니, 데운 포도주를 좀 주시오. 아니, 우선 마실 포도주부터……. 한잔 마시고 나면 치료도 더 잘할 수 있을 테니……."

의사는 포도주를 마시고 나서 데운 포도주로 상처를 소독하고 다시 붕대를 감더니 절 침대에 눕히더군요. 그리고 잘 수 있으면 자라고 말했어요. 커튼을 닫고, 마개를 딴 포도주를 끝내고 다시 한 병을 가져오게 하더니 외과 의사와 농부, 그리고 아내 사이에 다시 회담이 전개되었죠.

농부   여보게, 오래 걸릴까?

외과 의사   아주 오래 걸리지. 자, 자네를 위해 건배.

농부   얼마나? 한 달?

외과 의사   한 달이라니! 두 달, 석 달, 넉 달이라고 해 두지. 누가 알겠나? 무릎뼈를 다쳤고, 넙다리뼈, 정강이뼈……. 부인, 부인의 건강을 위해.

농부 넉 달이라니! 하느님, 맙소사! 왜 그를 받아들였지? 저 여편네가 도대체 문 앞에서 뭘 하고 있었지?

외과 의사 날 위해 건배해야겠군. 일을 많이 했으니까.

아내 당신 또 시작이네. 어젯밤 약속한 건 이게 아니잖아. 조금만 두고 보라고. 당신이 한 말을 또 하게 될 테니.

농부 하지만 저 작자를 어떻게 하지? 흉년이 아니라면 또 몰라도!

아내 당신이 원하면 내가 신부님에게 갈게.

농부 거기 발만 들여놔 봐. 사정없이 때려 줄 테니.

외과 의사 왜 그러지? 내 아내도 자주 가는데.

농부 그건 자네 일이고.

외과 의사 내 대녀(代女)를 위해 건배. 대녀는 어떻게 지내지?

아내 잘 있어요.

외과 의사 여보게, 자네 아내와 내 아내를 위해 건배하세. 둘 다 착한 여자들이야.

농부 자네 아내는 더 신중하지. 이런 바보 같은 짓은 하지 않았을 테니까.

아내 하지만 자선 단체의 수녀들[18]도 있잖아요?

외과 의사 아주머니, 남자가 수녀들한테 가다니요? 거기에는 손가락보다 조금 더 큰 어려움이 있죠. 자, 수녀들을 위해 건배. 착한 여자들입니다.

---

18) Sœur grise. 수녀가 아니면서 동정을 지키는 자선 단체 여자들로, 보통 회색 제복을 입었다.

아내   어떤 어려움인데요?

외과 의사   당신 남편은 당신이 신부한테 가는 걸 원치 않고, 내
         아내는 내가 수녀에게 가는 걸 원치 않고……. 여보게,
         한 잔 더 들지. 무슨 수가 생각날지도 모르니. 저 작자
         에게 물어보았나? 돈이 없는 게 아닐지도 모르니.

농부   병사가?

외과 의사   병사에게도 아버지, 어머니, 형, 누이, 친척, 친구,
         하늘 아래 누군가는 있게 마련이야. 자, 한 잔 더 들지.
         그런 다음 나가게, 내가 알아서 할 테니.

　

    이것이 문자 그대로 외과 의사와 농부, 그리고 그의 아내 사
이에 있었던 대화다. 그러나 이 선량한 사람들 사이에 악당을
끌어들여 이 대화에 다른 색채를 부여하는 것도 내 마음 아닌
가? 그러면 당신은 사람들이 침대에서 자크를 끌어내어 큰길
이나 웅덩이에 처박는 모습을 보았을 테고, 또는 자크가 그런
모습으로 보이기도 했을 텐데. ── 왜 죽이지 않았나? ── 죽이
다니? 그건 안 되지. 아마 난 그를 구하기 위해 누군가를 불렀
을 테고, 그 누군가가 그의 전우였을지도 모른다. 하지만 그렇
게 되면 그건 『클레블랑 기사 이야기』[19]에 오염된 냄새를 풍
겼을 테지. 진실, 진실, 오로지 진실만이 중요하다. 아마도 그
대는 진실이란 종종 차디차고 상투적이며 진부하다고 말하

---

19) 18세기 프랑스 작가 아베 프레보(Abbé prévost)의 소설. 우연이나 만남,
불시에 닥치는 일, 기적적인 구원 등으로 이루어진 이 작품의 인위적인 기교
를 디드로는 비판했다.

겠지. 이를테면 당신이 앞에서 한 자크의 치료 이야기도 사실일지는 모르지만 재미는 없다고 말이다. ── 당신 말에 동의하네. ── 진실이기 위해서는 몰리에르나 르냐르, 리처드슨, 스텐처럼 써야 한다네.[20] 진실에는 재미있는 부분이 있기 마련이며, 재능 있는 작가만이 그걸 포착할 수 있다. ── 재능이 있을 때는 그렇지만 재능이 없을 때는 어떡하는가? ── 재능이 없다면 글을 쓰지 말아야지. 그러나 불행하게도 내가 퐁디셰리[21]에 보낸 시인과 흡사하다면 어떻게 하지? ── 그 시인은 누구인가? ── 그 시인은…… . 하지만 독자여, 그대가 내 말을 중단하고 또 나도 매번 중단한다면 자크의 사랑 이야기는 어떻게 될 것인가? 자, 시인 이야기는 그만하자…… 농부와 아내가 방을 나갔다…… . ── 아니, 퐁디셰리 시인 이야기, 퐁디셰리 시인 이야기를 해 달라. ── 외과 의사가 자크의 침대로 다가갔다…… . ── 퐁디셰리 시인 이야기, 퐁디셰리 시인 이야기를 해 달라. ── 어느 날 한 젊은 시인이 찾아왔다. 그런 일은 내게 매일 일어나지만, 그러나 독자여, 그 이야기가 운명론자 자크와 주인의 여행 이야기와 무슨 상관이란 말인가? ── 퐁디셰리 시인 이야기를 해 달라. ── 그는 내 지성과 재능, 취향, 관대함

---

20) 르냐르(Regnard)는 18세기 프랑스 작가다. 리처드슨(Richardson)은 18세기 영국 작가로 그의 『파멜라』와 『클래리사 할로』는 디드로의 소설 기법에 많은 영향을 미쳤다. 스텐(Sedaine)은 18세기 프랑스 극작가로 디드로의 친구였다.
21) Pondichéry. 인도 동해안 쪽에 있는 항구. 1653년 이후 프랑스의 식민지였다가 1962년 인도에 반환되었다.

과 기타 등등에 대해 찬사를 늘어놓은 다음(물론 나는 그 말을 한마디도 믿지 않았지만, 그의 말이 진심에서 우러나왔는지는 모르지만, 그런 말은 이십 년 전부터 반복해서 들어왔다.) 종이 한 장을 주머니에서 꺼내며 말했다네.

"시를 써 왔습니다."

"시라고요?"

"네, 선생님. 이 시에 대한 선생님 의견을 말씀해 주시면 고맙겠습니다."

"진실을 원하시오?"

"네, 선생님, 제가 원하는 것이 바로 진실입니다."

"당신은 곧 알게 될 거요."

— 뭐라고? 당신은 시인이 진실을 찾으러 왔다고 믿을 만큼 그렇게 어리석단 말인가? — 그렇다네. — 그리고 그걸 그에게 말할 만큼 어리석단 말인가? — 물론이네. — 솔직히 말할 것인가? — 물론이네. 아무리 용의주도하게 돌려 말한다 할지라도 오히려 조잡한 모욕이 될 테니까. 그 말을 정확히 해석해 보면, '당신은 형편없는 시인이오. 그러나 당신이 진실을 알아들을 만큼 그렇게 강한 사람이라고 믿지 않기 때문에 이렇게 말하는 것이오. 당신은 아직도 한 평범한 사람에 지나지 않소.'라는. — 그런 솔직함이 항상 먹혀들었단 말인가? — 거의 대부분은 그렇다네…… 젊은 시인의 시를 읽고 난 후 난 그에게 이렇게 말했다네.

"당신 시는 형편없을 뿐만 아니라 당신이 앞으로도 결코 좋은 시를 쓸 수 없다는 걸 입증해 주었소."

"그렇다면 형편없는 시라도 써야 합니다. 전 쓰지 않고는 못 배깁니다."

"지독한 저주를 받았군! 당신이 어떤 전락의 구렁텅이로 떨어지려고 하는지 알기나 하시오? 신도 인간도 기둥도 시인의 저속함은 용서하지 않았소. 호라티우스[22]의 말이오."

"저도 압니다."

"당신은 부자요?"

"아닙니다."

"가난하오?"

"네, 아주 가난합니다."

"그렇다면 당신은 그 가난함에 형편없는 시인으로서의 웃음거리를 덧붙이려 하는군. 당신은 인생을 완전히 헛되게 보내고 늙을 것이오. 늙고 가난하고 형편없는 시인이라니! 당신은 그게 어떤 건지 짐작이나 하시오?"

"압니다. 하지만 저 자신도 어쩔 수 없습니다."(여기서 자크 같으면 "하지만 그건 저기 높은 곳에 씌어 있는데요."라고 말했을 것이다.)

"부모가 있소?"

"네."

"직업이 뭐요?"

---

22) Horatius. 로마 시대의 유명한 시인. 그는 『시학』에서 "시인에겐 저속할 권리가 없다. 그 권리는 일반 대중과 신, 기둥에 의해 거부된다."라고 말했다. 여기서 기둥이란 로마 시대에 회랑의 기둥에다 신간 서적을 게시한 데서 연유하는 것으로 대중적인 명성을 의미한다.

"보석상입니다."

"그들이 당신을 위해 뭔가 해 주리라고 생각하오?"

"아마도 그럴 겁니다."

"그렇다면 부모님을 만나 조그만 보석 꾸러미 하나를 빌려 달라고 부탁해 보시오. 그리고 그걸 가지고 퐁디셰리로 가는 배를 타시오. 가는 도중에 당신은 형편없는 시를 쓸 수도 있을 것이오. 그곳에 도착하거든 한 재산 만드시오. 한 재산 만들면 여기로 돌아와 당신이 원하는 대로 형편없는 시를 계속해서 쓰도록 하시오. 단지 어느 누구도 망하게 하면 안 되니까 그걸 출판하지는 마시오."

내가 이런 조언을 하고 십이 년이 지났을 무렵 그가 다시 나타났다. 난 그를 알아보지 못했다. "선생님, 접니다. 선생님이 퐁디셰리에 보낸 사람입니다. 그곳에 가서 수십만 프랑을 벌었습니다. 그래서 이렇게 돌아와 다시 시를 쓰기 시작했습니다. 자, 여기 시를 가져왔습니다. 제 시가 여전히 형편없습니까?"

"여전히 마찬가지요. 하지만 당신 형편이 좋아졌으니, 형편 없는 시를 계속 쓰는 걸 허락하겠소."

"바로 그것이 제 계획입니다."

외과 의사가 자크의 침대 곁으로 다가왔다. 자크는 그에게 말할 틈을 주지 않았다. "전부 다 들었습니다."라고 자크는 의사에게 말했다. 그러고는 자기 주인을 향해 덧붙였다. 그가 말을 덧붙이려고 했을 때 주인이 말을 중단했다. 걷는 데 지친 주인은 길가에 주저앉아 그들을 향해 오고 있는 여행자 쪽으로 고개를 돌렸다. 여행자는 팔에다 말고삐를 걸친 채 그들 쪽으로 걸어오고 있었고 말이 그 뒤를 따르고 있었다.

독자여, 그대는 이 말이 자크의 주인에게서 훔친 말이라고 생각하겠지. 그러나 틀렸다. 물론 그런 일은 소설 속에서 이런 저런 방식으로, 조금 일찍, 또는 조금 늦게 일어나는 법이긴 하지만, 이건 절대 소설이 아니다. 그대에게 이미 말한 적 있지만 다시 한 번 반복한다. 주인이 자크에게 물었다. "우리 쪽으로 오는 사람이 보이느냐?"

자크   네, 보입니다.
주인   그의 말이 아주 훌륭해 보이는구나.
자크   전 보병대에 근무해서 말에 대해서는 잘 모릅니다.
주인   난 기병대에서 지휘한 적이 있기 때문에 잘 알지.
자크   그래서요?
주인   그래서라니? 가서 저 작자에게 말을 우리에게 양보하라고 제안해 봐라. 물론 돈을 내고 말이야.
자크   좀 정신나간 짓같아 보입니다만, 하여간 가 보죠. 얼마나 내시려고요?
주인   100에퀴까지는 내지.

자크는 주인에게 자지 말라고 당부하고 여행자를 만나 말을 팔라고 제안했다. 그러고는 돈을 지불하고 말을 끌고 왔다. 주인이 말했다. "자크, 너에게만 예감이 있는 게 아니라 내게도 이렇게 예감이 있단다. 이 말은 아주 훌륭하구나. 아마도 그 장사꾼은 아무 결함 없는 말이라고 장담했을걸. 하지만 말에 관해서는 모든 사람이 다 말 장수[23]인 셈이니."

자크   그들이 그렇지 않은 적도 있나요?
주인   네가 이 말을 타고 네 말은 내게 다오.
자크   그렇게 하죠.

그리하여 그들은 둘 다 말을 탔고 자크가 말을 이었다.
"제가 집을 떠날 때 아버지, 어머니, 대부 모두가 얼마 안 되는 액수이긴 하지만 각자 사정에 따라 제게 주었죠. 이외에도 전 별도로 5루이를 지니고 있었는데, 제 형인 장이 리스본으로 그 불행한 여행을 떠나기 전에 준 돈이었습니다……."(여기서 자크는 울기 시작했고, 주인은 그것도 저기 하늘에 씌어 있다고 상기시켰다.) "그건 사실입니다. 저도 백 번이나 같은 말을 했지만, 그 모든 것에도 불구하고 울음이 나오는 걸 참을 수가 없군요."

자크는 울음을 터뜨리더니 더 심하게 울었다. 주인은 코담배를 들이마시며 시각을 보려고 시계를 들여다보았다. 자크는 말고삐를 입에다 물고 두 손으로 눈물을 닦으며 이야기를 계속했다. "장이 준 5루이와 입대할 때 받은 돈, 부모와 친구들이 준 선물로 제 주머니는 두둑했습니다, 한 푼도 안 썼으니까요. 때마침 그 숨겨둔 돈이 생각났죠. 나리, 어떻게 생각하

---

23) maquignons. 교활한 중개인이란 뜻도 있다.

십니까?"

주인 그 초가에 머무르는 게 더 이상 불가능했겠지?

자크 돈을 내고서도요.

주인 그런데 네 형인 장은 리스본에 뭘 하러 갔지?

자크 나리께서는 일부러 제가 길을 잃게 하려고 애쓰시는 것처럼 보입니다. 나리의 모든 질문에 대답하려면 제 사랑 이야기의 결말에 도달하기 전에 세계 일주라도 할 수 있을 겁니다.

주인 그게 무슨 상관이란 말이냐? 너는 말하고, 나는 들으면 되는 게 아니냐? 이 두 가지가 중요한 게 아니냐? 내게 감사해야 할 텐데 오히려 불평을 하다니.

자크 제 형은 리스본에 휴식을 찾으러 갔습니다.[24] 제 형인 장은 머리가 좋은 사람이었는데 바로 그 점이 그의 불행을 초래했죠. 저처럼 바보였더라면 더 나았을 텐데 말입니다. 하지만 그것도 저기 높은 곳에 씌어 있었으니. 카르멜 수도회의 탁발 수도사가 철마다 우리 마을로 달걀이나 대마, 과일, 포도주를 구걸하러 왔는데, 그가 제 아버지 집에 머무를 것도, 그래서 제 형인 장을 유혹하고 수도사의 옷을 입게 하리라는 것도 저기 높은 곳에 씌어 있었으니.

---

24) 1755년 일어난 리스본 지진에 대한 암시로, 이 재앙은 낙관론에 대한 논란의 계기가 되었다. 볼테르의 「캉디드」나 칸트의 「낙관론과 리스본 지진에 대하여」는 모두 이 재앙에 대한 글이다.

주인   네 형이 카르멜 수도사였느냐?

자크   그렇습니다, 나리. 맨발의 카르멜 수도사[25]였습니다. 그는 활동적이고 똑똑했으며 트집쟁이였는데 마을 법률고문으로 일했습니다. 읽을 줄도 알고 쓸 줄도 알 았는데, 일찍부터 고문서를 해독하고 베끼는 일에 종 사해 왔죠. 그는 수도회의 모든 직종을 거쳤는데 문지 기, 식품 담당자, 정원사, 성당지기, 사무장 조수이자 회계원 등, 그가 출세하는 속도로 보아 우리 모두에게 한밑천 만들어 줄 것 같았어요. 그는 우리 여동생 중 두 명을 좋은 데 시집보냈고, 몇몇 마을 여자들도 시 집보내 줬죠. 그가 지나가면 마을 아버지, 어머니, 아 이 들이 모두 나와 "안녕하세요, 장 수도사님, 건강이 어떠세요."라고 소리를 지르지 않은 적이 없었어요. 형이 어떤 집에 들어가면 하느님의 축복도 함께 들어 가는 것이 확실했어요. 그 집에 시집보낼 딸이 있는 경우 형이 방문하고 나서 두 달 후에는 시집을 갔으 니까요. 불쌍한 장, 야심이 그를 파멸시켰죠. 형을 조 수로 고용한 사무장은 나이가 많았습니다. 수도사들 은 그가 죽으면 형이 그 자리를 계승하려고 음모를 꾸 미고 있다고 말했죠. 사실 그렇게 하기 위해 형은 고 문서 보관실을 뒤죽박죽으로 만들고 옛 장부를 태운

---

25) 맨발의 카르멜 수도회는 스페인의 데레사 성녀와 십자가의 성 요한의 가 르침에 따라 청빈한 생활 원칙을 준수하던 신자들의 모임을 가리킨다.

다음 새 장부를 만들었는데, 사무장이 죽자 악마조차도 수도회의 서류를 알아보지 못할 정도였어요. 서류가 필요해도 찾으려면 한 달이나 걸렸고, 게다가 찾지 못하는 일이 더 많았죠. 신부들이 수도사 장의 계략과 목적을 알아차렸어요. 그들은 그 사실을 심각하게 받아들여 장이 자랑하고 다녔던 사무장을 시켜 주기는커녕 그가 장부의 비밀을 다른 사람에게 전달해 줄 때까지 빵과 물만 주며 감시했답니다. 수도사들은 냉혹하니까요. 그들은 장에게서 필요한 설명을 모두 듣고 나자 그를 카르멜 증류수를 정제하는 작업실의 석탄지기로 보냈죠. 얼마 전만 해도 수도원 회계원이자 사무장 조수였던 장이 석탄지기라니! 형은 용기 있는 사람이어서 막대한 지위와 찬란함으로부터 이렇게 인간쓰레기로 실추된 것을 참을 수 없어 그 수치심에서 빠져나갈 기회만을 찾았죠.

그런데 그 수도원에, 설교단에서나 고해소에서 비범한 사람으로 통하는 한 젊은 신부가 도착했어요. 앙주 신부였는데, 아름다운 눈과 잘생긴 얼굴, 팔과 손이 돋보이는 사람이었죠. 그가 설교를 하고 고해 성사를 하면 할수록 여신도들은 그들의 나이 든 지도 신부를 떠나 모두 이 젊은 앙주 신부에게로 몰려드는 거였어요. 일요일이나 대축일 전날 앙주 신부의 가게는 남녀 고해자들로 가득 찼지만, 늙은 신부들은 아무리 그들의 텅 빈 가게에서 고객을 기다려 봐야 헛수고였답니

다. 그들은 몹시 마음이 상했죠. 나리, 형 장의 이야기
는 이제 그만하고 제 사랑 이야기를 하면 어떨까요?
더 즐거울 텐데.

주인   안 돼. 자 우리, 코담배를 들이마시고 시계를 들여다
볼까. 계속하게나.

자크   나리께서 원하시니 그렇게 하죠…….

그러나 자크가 탄 말은 의견이 달랐다. 말은 갑자기 날뛰기
시작하더니 늪으로 달려갔다. 자크가 무릎을 꽉 죄고 고삐를
짧게 쥐고 늪 가장 낮은 지대에서 말을 멈추게 하려고 아무리
애를 써 봐야 소용없었다. 그 고집 센 짐승은 전속력으로 돌진
하여 언덕을 올라가더니 갑자기 멈췄다. 자크가 주위를 돌아
다보니 자신이 교수대 사이에 서 있는 것이었다.

독자여, 다른 사람 같았으면 이 교수대에 한 악당을 매달아
놓고 자크와의 서글픈 해후를 주선했을 것이다. 그리고 만약
내가 그렇게 말했다 해도 당신은 그 말을 믿었을 것이다. 왜냐
하면 이 세상에는 그보다 더 기이한 우연도 있는 법이고, 그렇
다고 해서 사실이 아닌 것은 아니니까. 그러나 교수대는 비어
있었다.

자크가 말이 숨을 돌리도록 잠시 내버려 두자 말은 스스로
언덕을 내려와 늪을 건너더니 자크를 주인 옆에 다시 내려놓
았다. 주인이 말했다. "얼마나 걱정했는지 아느냐? 난 네가 죽
은 줄 알았다……. 하지만 넌 다른 생각을 하고 있구나, 무슨
생각을 하는 거지?"

자크   제가 거기서 본 것에 대해서요.

주인   뭘 봤는데?

자크   교수대, 형장요.

주인   제기랄, 나쁜 징조군. 하지만 네 원칙을 기억해라. 그 것이 저기 높은 곳에 씌어 있다면 네가 무슨 짓을 한들 넌 결국 교수형에 처해질 것이고, 만약 씌어 있지 않다면, 말이 거짓말한 셈이 되겠지. 말이 영감을 받은 것이 아니라면, 변덕을 부리는 경향이 있으니 조심해야겠군…….

잠시 침묵 후에 자크는 마치 사람들이 불길한 생각을 떨쳐 버리려고 할 때처럼 이마를 비비며 귀를 흔들었다. 그러다 갑자기 말했다. "늙은 수도사들은 회의를 열어 그들을 모독한 그 젊은 풋내기를 무슨 수단을 써서라도 해치우기로 작정했죠. 그들이 무슨 일을 했는지 아십니까? 나리께서는 제 말을 듣지 않으시는군요?"

주인   아냐, 듣고 있어. 계속해.

자크   그들은 그들처럼 악당인 한 나이 든 문지기를 매수했죠. 늙은 악당은 젊은 신부가 여신도들 중 한 사람과 응접실에서 나쁜 짓을 했다고 고발했고, 또 자기가 그걸 직접 보았다고 맹세했어요. 사실일 수도 있고 사실이 아닐 수도 있죠. 누가 아뇨? 하지만 희극적인 것은 이 고발 다음 날 수도원장이 외과 의사의 이름으로 그 문지기 악당의 성병을 치료하기 위해 처방한 약값과 치료비를 내도록 소환되었다는 사실이죠. 나리, 나리께서는 제 말을 듣지 않고 다른 생각을 하시는군요. 맹세컨대 저 교수대 때문이죠?

주인 그 말을 부정하지는 않겠다.

자크 나리께서는 제 얼굴을 뚫어지게 쳐다보시는군요? 왜, 제 안색이 불길해 보입니까?

주인 아니다, 아냐.

자크 다시 말하면 그렇다는 거겠죠. 제가 그렇게 나리를 무섭게 하면 헤어지는 수밖에 없겠군요.

주인 자크, 정신 나갔군. 넌 자신에 대해 확신하지 않느냐?

자크 아닙니다, 나리. 하지만 어느 누가 자신에 대해 확신할 수 있단 말입니까?

주인 누구든지 선인이라면. 정직한 자크는 조금 전에 죄악에 대해 강한 증오감을 느끼지 않았던가? 자, 이제 논쟁은 그만하고 네 이야기를 다시 듣자.

자크 문지기의 험담 또는 중상모략의 결과로, 사람들은 머리가 돈 것처럼 보이는 저 가련한 앙주 신부에게 수많은 흉계와 사악한 짓을 해도 된다고 믿게 되었어요. 그래서 그들이 매수한 의사를 불렀고, 의사는 신부가 미쳤으며 고향 공기를 마셔야 한다고 말했죠. 신부를 멀리 보내거나 감금하는 일만이 문제였다면 쉽게 처리되었을 겁니다만, 그가 인기를 독차지한 여신도들 사이에는 비위를 거스르면 안 되는 귀부인들이 있었습니다. 그래서 그들은 위선적인 동정심으로 귀부인들의 지도 신부에 대해 이렇게 말하곤 했어요. "저 가련한 앙주 신부는 정말로 안됐어요. 얼마나 애석한 일입니까? 우리 수도원의 재사(才士)였는데." "도대체 신부님에게 무슨 일이 일어난 거죠?" 이 질문에 신부들은 깊은 한숨을 쉬거나 하늘만 쳐다보곤 했답니다. 그래도 질문을 계속하면 고개를 푹 숙이고는 침묵을 지켰죠. 그런 우스꽝스러운 몸짓에다 때로는 이런 말을 덧붙였어요. "아, 하느님! 우리를 어떻게 하시려는 겁니까? 그에게는 아직도 영감이 번득이는 놀라운 순간이 있습니다. 어쩌면 정신이 돌아올지도 모릅니다. 하지만 그럴 희망은 거의 없으니…… 교회로서는 얼마나 큰 손실입니까……!" 그렇지만 그들의 악랄한 짓은 더 심해져 갔고, 그들은 자신들이 중상모략한 것을 앙주 신부가 실제로 행하도록 갖은 수단을 다 썼답니다. 아마도 장 수도사가 그를 불쌍히 여기지 않았더라면 그들은 성공했을 겁니다. 더 이상 무슨 말을 할 수 있겠습니까? 어느 날 밤 우리 가족이 자고 있는데 문 두드리는 소리가 들려서 일어나 문을 열어 보니 변장한 앙주 신부와 장이 서 있더군요. 그들은 집에서 하루를 보낸 후 다음 날 새벽에 도망을 갔죠. 수중에 돈이 두둑한 채로요. 왜냐하면 장이 제게 키스하며 이렇게 말했으니까요. "난 네 누이를 두 명이나 시집보냈어. 내가 수도원에서 이 년만 더 그전 신분으로 있었다면 넌 이 지역에서 가장 부유한 농장주가 되었을 텐데. 하지만 이젠 모든 게 변했다. 이것이 널 위해 내가 할 수 있는 전부란다. 잘 있어, 자크, 신부와 내가 운이 있다면 너도 덕을 볼 수 있을 거다." 그렇게 말하고서는 제가 나리께 말씀드린 5루이를 제 손에 쥐여 주더군요. 그리고 또 다른 5루이는 마을 여자 중 최하층민이었는데, 장이 시집을 보냈고 최근에 장과 꼭 닮은 사내 녀석을 낳은 여자아이 몫으로 남기더군요.

주인 (담뱃갑을 열고 시계를 주머니에 넣으며) 그들은 리스본에 뭘 하러 갔지?

자크 지진을 찾아서 간 모양입니다. 마치 그들 없이는 지진이 일어날 수 없다는 것처럼 말입니다. 그들은 저기 높은 곳에 쓰인 대로 짓밟히고 삼켜지고 불길에 휩싸였죠.

주인 아, 수도승들! 수도승들!

자크 아무리 훌륭한 수도승이라 하더라도 형편없죠.

주인 너보다 더 잘 알지.

자크 나리께서는 그들 손에 자라셨나요?

주인 언젠가는 말해 주지.

자크 그들은 왜 그렇게 악랄할까요?

주인 아마도 수도승이기 때문이겠지……. 자, 네 사랑 이야기로 돌아가자.

자크 안 됩니다, 나리. 돌아가지 마요.

주인 넌 내가 그 이야기를 아는 것을 더 이상 원치 않느냐?

자크   여전히 원해요. 하지만 운명이 원치 않는 것 같네요. 제가 그 말을 하려고 입을 열기만 하면 악마가 끼어드는 모양인지 제 말을 방해하는 사건이 일어나는 것을 나리께서도 보지 않으셨습니까? 전 제 사랑 이야기를 끝내지 못할 겁니다. 저기 높은 곳에 그렇게 씌어 있어요.

주인   그래도 해 보게나, 내 친구여.

자크   나리의 사랑 이야기를 시작하면 어떨까요? 어쩌면 그것이 마법을 깨뜨려 그 후에는 제 사랑 이야기도 순조롭게 진행될 것 같군요. 그렇게 해야만 된다는 생각이 떠오르는군요. 나리, 때로는 운명이 제게 말하는 것처럼 여겨집니다.

주인   그리고 넌 그 운명의 소리를 듣는 게 항상 이롭다고 생각한단 말이지?

자크   네, 나리 시계가 행상인의 등에 있다고 운명이 제게 말한 날이 그 증거죠…….

주인은 하품하기 시작했다. 하품을 하면서 담뱃갑을 손으로 톡톡 쳤고, 담뱃갑을 치면서 먼 곳을 봤고, 또 먼 곳을 보면서 자크에게 말했다. "네 왼편에 뭔가 보이지 않느냐?"

자크   네. 그 뭔가가 제 이야기를, 또 나리 이야기를 시작하는 것도 원치 않는다는 걸 전 확신할 수 있습니다.

자크의 말이 옳았다. 보이는 것이 그들을 향해 다가왔고 또 그들이 그것을 향해 다가갔으므로, 반대 방향에서의 이런 두 움직임이 거리를 좁혔다. 곧 그들은 관보(官褓)가 덮인 마차를 보게 되었다. 마차는 머리에서 발끝까지 검은 마의로 덮인 네 마리 검은 말이 끌고 있었다. 그 뒤로 검은 옷을 입은 두 하인이 따라오고 있었고 그들 뒤에는 역시 검은 옷을 입은 두 남자가 검은 마의로 덮인 말을 타고 따라오고 있었다. 마차 좌석에는 검은 옷에 챙이 쳐진 모자를 쓴 마부가 왼쪽 어깨를 따라 내려뜨려진 긴 크레이프 조각에 휘감겨 있었다. 마부는 고개를 푹 숙인 채 말 고삐를 늦추고 있어 그가 말을 끌고 가는지 아니면 말이 그를 끌고 가는지도 모를 정도였다. 바로 이 장례 마차 옆에 우리의 두 여행자가 도착한 것이었다. 그 순간 자크가 소리를 지르며, 말에서 내렸다기보다는 떨어졌다고 할 정도로 쏜살같이 내려와 머리카락을 쥐어뜯고 땅바닥에 뒹굴며 외쳤다. "나의 대위님, 불쌍한 대위님, 바로 그분입니다. 틀림없습니다. 그분의 문장입니다." 정말로 사륜마차 안에는 관보를 두른 긴 관이 있었고, 그 관보 위에는 기사를 나타내는 리본이 달린 검이 놓여 있었다. 관 옆에서는 기도서를 손에 든 사제가 시편을 낭송하고 있었다. 마차는 계속해서 앞으로 나아갔고 자크는 눈물을 흘리며 그 뒤를 쫓아갔으며 주인은 욕을 하며 자크를 쫓아갔다. 하인들은 자크에게 이 장례 행렬이 이웃 마을에서 사망한 그의 대위의 것이라면서 조상들의 묘소로 운반하는 중이라고 말했다. 같은 연대에 있던 대위의 친구인 또 다른 대위가 죽자, 적어도 일주일에 한 번은 결투하던 즐거움을 빼앗겨서 깊은 우울증에 빠져 몇 달 후에 죽었다는 것이다. 자크는 자신의 대위에게 찬사와 애도, 눈물로 경의를 표한 후에 주인에게 용서를 빌고 다시 말에 올라타 침묵 속에 길을 갔다. — 작가여, 제발 좀 그들이 어디로 가는지 말해 달라. — 하지만 독자여, 제발 좀. 사람들은 자기가 가는 곳을 안단 말인가? 그리고 그대는 어디로 가는가? 당신에게 이솝의 모험을 상기시켜야 할까? 이솝의 주인인 크산티페[26]가 어느 여름날 또는 겨울날 저녁, 왜냐하면 그리스인들은 매 계절마다 목욕을 했으니까, 그에게 이렇게 말했다. "이솝, 목욕하러 가거라. 사람들이 많지 않으면 우린 목욕할 수 있을 거다." 그래서 이솝은 길을 떠났고, 길을 가는 도중 아테네의 순찰대를 만났다. "어디로 가느냐?" "어디로 가느냐고요? 모르겠는걸요."라고 이솝이 대답했다. "뭐라고, 모른다고? 그렇다면 감옥으로 가거라." "제가 어디로 가는지 모른다고 말하지 않았습니까?"라고 이솝이 대답했다. "저는 목욕탕으로 가고 싶었는데 이렇게 감옥에 가게 되다니." 그대가 그대 주인을 따라다니는 것처럼, 자크도 그의 주인을 따라다닌다. 그리고 자크의 주인은 자크가 그를 따라다니는 것처럼 자기 주인을 따라다닌다. — 그렇다면 자크의 주인의 주인은 누구인가? — 이 세상에 주인이 부족하기라도 하단 말인가? 당신처럼 자크의 주인에게도 수많은 주인이 있다. 하지만 자크의 주인의 그 수많은 주인들 가

---

26) 주인 크산투스(Xanthus)에 의해 노예 상태에서 해방된 그리스 우화 작가 이솝(Aesop)의 일화다. 아마도 디드로는 크산투스를 소크라테스의 부인인 크산티페(Xantippe)와 착각한 듯하다.

운데는 한 사람도 좋은 사람이 없는 것처럼 보인다. 매일같이 주인을 바꾸기 때문이다. ─ 그도 사람이다. ─ 독자여, 그도 당신처럼 정열적인 사람이며, 독자여, 그도 당신처럼 호기심 많은 사람이며, 독자여, 그도 당신처럼 귀찮게 구는 사람이며, 독자여, 그도 당신처럼 질문하기를 좋아하는 사람이다. ─ 왜 그는 질문하는가? ─ 좋은 질문이다. 독자여, 그도 당신처럼 배우고 되풀이하기 위해 질문하는 것이다…….

주인이 자크에게 말했다. "넌 네 사랑 이야기를 다시 시작하고 싶은 기분이 아닌 모양이구나."

자크　불쌍한 대위님. 대위님께서는 우리 모두가 가는 곳으로 가는군요. 더 일찍 돌아가시지 않은 게 놀라울 뿐입니다. 아……!

주인　자크, 그대가 우는군. "거리낌 없이 우시오. 그대는 수치심 없이 눈물을 흘릴 수 있을 것이오. 그의 죽음이 그가 살아 있는 동안 그대를 괴롭혔던 그 까다로운 예절로부터 그대를 해방해 줬으니. 행복을 감춰야 하는 이유와 고통을 감추는 이유는 같지 않다오. 사람들은 그대 눈물에서 그대가 기쁠 때 느끼는 것과 같은 결론을 끌어내지는 않을 것이오. 불행은 너그럽게 보아주는 법이라오. 그리고 이 순간 그대는 슬퍼하든지 배은망덕하게 보이든지 해야 하고, 그렇다면 모든 걸 따져 봐도 악한 사람으로 의심받기보다는 연약함을 드러내는 편이 나을 것이오. 난 그대가 고통을 덜기 위해 슬픔을 마음대로 쏟아 내기를 바라오. 그리고 그 슬픔이 오래가지 않도록 더 격렬해지기를 바라오. 그가 어떤 사람이었는지 과장해서 회상해 보시오. 가장 심오한 주제를 다루는 그의 통찰력, 가장 까다로운 문제를 다루는 그 섬세함, 중요한 것만을 가려내는 단단한 취향, 빈약한 것을 풍요롭게 만드는 재능, 피고인을 변호하는 기술. 그의 관대함이 죄인들에게 이해관계나 자만심보다 얼마나 더 많은 용기를 주었소! 그는 오직 자신에 대해서만 가혹했다오. 본의 아니게 저지른 잘못에 대해서도 변명하기는커녕 가장 악랄한 적이 하는 것처럼 자신의 잘못을 과장해서 생각했으며, 자기도 모르게 행한 행동의 동기에 대해서도 질투하는 사람의 원한을 품고 엄격히 반성함으로써 자신의 미덕을 폄하했다오. 그대의 슬픔에 대해, 시간이 가면 사라진다는 처방 외에 다른 처방은 내리지 마시오. 친구를 잃었을 때 보편적 법칙에 따르도록 합시다. 우리를 마음대로 처분해도 우리가 그 법칙에 복종하듯이 말이오. 운명이 우리가 원하지 않는 심판을 내려도 아무 저항 없이 받아들이는 것처럼, 우리 친구들에게 내려진 운명의 심판을 절망하지 말고 그냥 받아들이도록 합시다. 장례 의무는 친구의 마지막 의무가 아니라오. 지금 파헤쳐진 땅은 곧 그대 연인의 무덤 위에서 단단해질 것이오. 하지만 그대 영혼은 그의 모든 감수성을 간직하게 될 것이오."[27]

자크 나리, 나리의 연설은 무척 훌륭합니다만 그게 저와 무슨 상관이란 말입니까? 저는 제 주인을 잃어서 슬퍼하는데, 마치 나리께서는 앵무새처럼 한 남자나 여자가 자신의 애인을 잃은 여자에게 지껄이는 것 같은 그런 애도의 말을 내뱉으시니.

주인 여자의 말이라고 생각하는데.

자크 전 남자의 말이라고 생각하는데요. 하지만 남자건 여자건, 다시 한 번 말하지만, 그게 무슨 상관이란 말입니까? 나리께서는 제가 제 대위님의 정부였다고 생각하시는 겁니까? 대위님은 훌륭한 분이셨고, 전 항상 그의 충실한 하인이었는데요.

주인 누가 그대 말을 부정한 적이 있는가?

자크 그렇다면 도대체 한 남자 또는 여자가 또 다른 여자에게 하는 그 애도의 말은 무슨 뜻으로 하신 거죠? 이렇게 질문을 하다 보면 아마 대답하실지도 모르니까요.

주인 아닐세. 혼자서 찾아보도록 해 보게.

자크 제 평생을 심사숙고해도 찾아내지 못할 겁니다. 아마도 마지막 심판 때까지 그럴 겁니다.

주인 그대는 내 말을 주의 깊게 들은 모양이군.

자크 그런 우스꽝스러운 말에 귀 기울이지 않을 수 있단 말

---

27) 큰따옴표가 붙은 부분은 주인이 읽는 추도사로서, 그 과장된 어조가 당시에 유행하던 추도사에 대한 풍자임을 말해 준다.

입니까?

주인 아주 좋네, 자크.

자크 제 대위님이 살아 있는 내내 절 괴롭혀서 그의 죽음 덕분에 제가 드디어 그 엄격한 예의범절에서 해방됐다는 식으로 말씀하실 때는 정말 화를 낼 뻔했습니다.

주인 좋네, 자크. 난 내가 원하는 걸 이룬 모양이군. 그대를 위로하기 위해 그보다 더 나은 방법이 있다면 어디 말해 보게나? 그대는 울고 있는데 내가 만약 그대 고통의 대상에 대해 말했더라면 어떤 일이 일어났겠는가? 아마도 그대는 더 심하게 울었을 테고, 난 그대를 더 비통하게 만들었겠지. 그래서 난 그대를 속였다네. 우스꽝스러운 추도사와 그 뒤를 이은 우리의 작은 논쟁으로. 이제 대위에 대한 생각은 그를 마지막 처소로 데리고 가는 장례 마차만큼이나 그대에게서 멀어졌다는 걸 인정하겠지. 따라서 난 그대가 사랑 이야기를 계속할 수 있으리라고 생각하네.[28]

자크 저도 그렇게 생각합니다.

"의사 나리,(전 외과 의사에게 말했죠.) 여기서 멀리 사십니까?"

"적어도 1킬로는 되는 곳에 산다네."

---

28) 앞의 추도사와 이 대화 부분은 주인이 자크에게 그대 또는 당신이라고 부르며(vouvoyer) 존대하는 부분이다. 일반적으로 주인은 자크에게 하대하고(tutoyer) 자크는 주인에게 존대를 하나, 이처럼 때에 따라서는 주인이 하인에게 존대하는 부분도 있다.

"숙소가 편안한 편인가요?"

"그런 셈이지."

"남는 침대가 있습니까?"

"없네."

"돈을 내도요? 그것도 많이요."

"돈을 낸다면, 그것도 많이 낸다면 사정이 다르지. 하지만 여보게, 자네는 돈을, 그것도 많이 낼 것 같지 않아 보이는데."

"그건 제 일이니 상관할 바가 아닙니다. 댁에서 간호는 받을 수 있나요?"

"물론이지. 평생 동안 환자를 돌보아 온 내 아내가 있고, 거기다 나만큼이나 붕대를 잘 풀고, 오는 사람이라면 누구에게나 면도를 해 주는 내 큰딸이 있지."

"숙박비, 식비, 치료비로 얼마나 받으시겠습니까?"

외과 의사는 귀를 긁적이며 이렇게 말했죠.

"숙박비, 식비, 치료비…… 하지만 누가 그 지불을 보증하는 거지?"

"제가 매일 지불하죠."

"바로 이런 게 말할 줄 안다는 거지. 그건……."

하지만 나리, 제 말을 듣지 않으시는군요.

주인   그래, 자크. 이번에는 네가 듣는 사람 없이 말할 거라고 저기 높은 곳에 씌어 있구나. 이번이 마지막은 아니겠지만 말이다.

자크   말하는 사람의 말을 듣지 않는다는 건 아무것도 생각하지 않거나, 아니면 다른 생각을 하고 있다는 걸 의미하는데, 그 둘 중 어느 편입니까?

주인 후자지. 장례 마차를 뒤따르던 그 상복 입은 하인들이 네 대위가 친구의 죽음으로 적어도 한 번은 결투의 즐거움을 빼앗겼다고 말했는데, 그 말을 생각하고 있었다. 그 말이 무슨 뜻인지 이해가 가느냐?

자크 물론입니다.

주인 그 수수께끼는 꼭 설명해 줘야 한다.

자크 도대체 그걸 알아서 뭘 하시게요?

주인 대수롭지 않은 거지. 하지만 네가 말할 때 필경 네 말을 들어 주기를 바라겠지?

자크 말할 필요도 없죠.

주인 그러면 그 이해할 수 없는 말이 내 머리를 혼란하게 하는 한 난 약속할 수 없구나. 제발 날 거기서 구해 다오.

자크 좋습니다, 나리. 하지만 적어도 더 이상 제 말을 중단하지 않겠다고 약속하십시오.

주인 어쨌든 약속하지.

자크 제 대위님께서는 선량한 진짜 신사였고, 유능한 사람이었고, 군대에서도 가장 훌륭한 장교 중 한 사람이었지만, 조금 괴짜였습니다. 그런 대위님께서 같은 부대에 있던 장교와 만나 우정을 나누었는데, 그 역시 선량한 진짜 신사였고 유능하고 훌륭한 장교였으나 그분과 마찬가지로 괴짜였죠……

자크가 대위 이야기를 하려고 했을 때 그들 뒤에서 한 무리 사람들과 말들이 달려오는 소리가 들렸다. 조금 전에 그들이 본 장례 마차가 되돌아가는 소리였다. 마차는 ······로 둘러싸였다. ─ 세무원으로? ─ 아니다. ─ 기마 헌병대로? ─ 아마 그럴지도 모르지. ─ 여하튼 행렬 앞에는 성직자의 수단을 입고 중백의를 걸친 사제가 등 뒤로 손이 묶인 채 걸어가고 있었고, 그 뒤로 상복을 입은 마부와 두 하인이 마찬가지로 등 뒤에는 손이 묶인 채 따라가고 있었다. 어느 누가 놀라지 않을 수 있단 말인가? 자크가 놀라 소리쳤다. "대위님, 대위님께서는 돌아가시지 않으셨군요. 하느님, 감사합니다!" 자크는 말에 박차를 가하고 가던 길을 되돌려 전속력으로 소위 장례 행렬이란 무리 앞으로 달려나갔다. 자크가 채 서른 걸음도 가기 전에 세무원인지 기마 헌병대인지가 총을 겨누며 소리쳤다. "멈춰, 돌아가. 그러지 않으면 넌 죽는다." 자크는 즉시 길을 멈추고 운명을 타진해 보았다. 운명이 돌아가라고 말하는 듯 보였고 그래서 그렇게 했다. 주인이 말했다. "자크, 저게 뭐냐?"

자크　　정말이지 저도 모르겠는데요.

주인　　왜 저럴까?

자크　　역시 모르겠는걸요.

주인　　밀수업자들이 관을 밀수품으로 채우고 가다, 바로 그들에게서 밀수품을 산 악당들에 의해 세무원에게 고발당한 걸 거다.

자크　　그렇다면 왜 그 사륜마차에는 제 대위님 문장이 새겨져 있었을까요?

주인   혹은 유괴인지도 모르지. 그 관 안에 여자나 소녀, 또는 수녀를 감추었을지 누가 아느냐? 수의를 입었다 해서 다 죽은 사람은 아니니까.

자크   그렇다면 왜 사륜마차에는 제 대위님 문장이 새겨져 있었을까요?

주인   네 마음대로 생각하렴. 하지만 네 대위 이야기는 끝내야지.

자크   아직도 그 이야기를 원하십니까? 어쩌면 제 대위님께서 살아 있는지도 모르는데요?

주인   그게 무슨 상관이란 말이냐?

자크   전 살아 있는 사람에 대해 말하는 걸 좋아하지 않아요. 우리가 말했던 선행이나 악행에 대해 때로 얼굴이 붉어지기 때문이죠. 선행을 했던 사람도 나쁜 짓을 할 수 있고, 악행을 했던 사람도 속죄할 수 있으니까요.

주인   진부한 아첨꾼도 준엄한 심판관도 되지 말고, 그냥 있는 그대로 말하거라.

자크   쉬운 일이 아니에요. 우리에겐 각자 자기만의 개성이나 관심, 취향, 열정이 있어서 그에 따라 말을 과장하기도 하고 축소하기도 하죠. 있는 그대로 말하라니요! 그런 일은 도시 전체를 뒤져도 아마 하루에 한 번 찾아보기도 힘들걸요. 게다가 듣는 사람은 말하는 사람보다 사정이 더 나은가요? 말하는 것을 있는 그대로 이해시키는 일도 도시 전체를 뒤져 하루에 한 번 찾아보기도 힘들걸요.

주인 제기랄! 혀와 귀의 사용을 금지하는 격언이구나. 아무것도 말하지 말고, 아무것도 듣지 말고, 아무것도 믿지 말라는. 그렇지만 자크야, 네가 생긴 대로 말하거라. 나도 내가 생긴 대로 들을 테니. 또 내가 할 수 있는 만큼 그 말을 믿을 테니.

자크 나리, 인생이란 오해의 연속이죠. 사랑, 우정, 정치, 재정, 교회, 사법관, 상인, 아내, 남편 들의 오해들.

주인 오해 운운하는 건 집어치워라. 역사적인 사실을 논할 때 도덕적인 훈계로 시작하는 것은 매우 무례한 짓이라는 걸 명심하여라. 네 대위 이야기는?[29]

자크 이 세상에서 말한 대로 이해되는 게 하나도 없다면, 그보다 더 나쁜 일은 자기가 한 행동이 달리 평가되는 일이죠.

주인 이 하늘 아래 네 머리보다 더 많은 역설을 소유한 자도 없을 거다.

자크 그게 뭐 나쁜 일인가요? 역설이란 항시 오류만은 아니니까요.

주인 그건 사실이다.

자크 제 대위님과 제가 오를레앙을 지나가고 있을 때, 그곳에서는 르 펠티에라고 불리는 사람에게 최근 일어난

---

29) 여기서 이야기라고 번역한 프랑스어 histoire에는 '이야기'와 '역사'라는 뜻이 함께 있다. 주인은 일종의 말장난을 하고 있는 셈이다.

일에 대한 소문이 자자했어요. 그는 가난한 사람들을 깊이 동정한 나머지 지나친 적선으로 많은 재산을 탕진하여 아주 옹색하게 되어서 자기 지갑에서 더 이상 퍼 올릴 수 없는 도움을 다른 사람들의 지갑에서 찾기 위해 이 집에서 저 집으로 돌아다녔답니다.

주인   그래, 그 사람 처신에 대해서도 서로 다른 견해가 있었단 말이냐?

자크   가난한 사람들 사이에서는 없었지요. 하지만 부자들은 거의 모두가 그를 미치광이로 여겼어요. 자칫하면 그의 친척들이 그를 금치산자로 선고받게 할 뻔했으니까요. 우리는 주막집에서 목을 축이고 있었는데, 할 일 없는 사람들 한 무리가 연설가라고 할 법한 거리의 이발사에게로 모여들었죠. "당신은 거기에 있었으니까 우리에게 그 일이 어떻게 일어났는지 좀 말해 주시오." "기꺼이 말해 드리죠." 하고 말할 기회만을 찾던 그 거리의 연설가가 말했죠. "제 고객 중에는 오베르토 씨란 사람이 있었는데, 그의 집은 카퓌생 교회 맞은편에 있었답니다. 그가 자기 집 문 앞에 서 있는데 르 펠티에 씨가 다가와서 '오베르토 씨, 제 친구들을 위해 뭔가 주지 않겠습니까?' 여러분도 알다시피 그는 가난한 사람들을 이렇게 불렀답니다.
'오늘은 안 되오, 르 펠티에 씨.'
그래도 르 펠티에 씨는 고집을 부렸죠. '제가 누구를 위해 적선을 베풀기를 간청하는지 아신다면! 막 아기

를 낳은 불쌍한 여인인데 아기를 쌀 누더기조차 없는
걸요.'

'난 모르오.'

'일거리도 먹을 빵도 없는 젊고 아름다운 여자랍니다.
당신의 적선이 아마도 그녀를 혼란스러운 생활로부
터 구해 줄 겁니다.'

'난 모르오.'

'살기 위해 가진 것이라곤 단지 두 팔밖에 없는 일꾼
을 위해섭니다. 사다리에서 떨어져 한쪽 다리마저도
부러졌으니.'

'모른다고 하지 않소.'

'오베르토 씨, 좀 측은하게 생각하십시오. 이렇게 보
람 있는 행동을 할 기회도 다시는 없을 겁니다.'

'난 모르오, 모르오.'

'자비로우신 오베르토 씨.'

'르 펠티에 씨, 날 좀 그만 내버려 두구려, 주고 싶을
때에는 말하지 않아도 줄 테니……..'

이렇게 말하고서 오베르토 씨는 등을 돌려 문을 열고
가게 안으로 들어갔답니다. 르 펠티에 씨가 그 뒤를
쫓아 가게 안으로, 가게 안에서 다시 가게 뒷방으로,
가게 뒷방에서 다시 살림집으로 따라갔죠. 그러자 르
펠티에 씨의 간청에 녹초가 된 오베르토 씨가 따귀를
때렸죠."

이 말을 듣던 저희 대위님께서는 갑자기 일어서더니

그 연설가에게 말했죠. "죽이지는 않았소?"

"아닙니다, 대위님. 그런 일로 죽이기도 하나요?"

"제기랄, 따귀라니! 따귀라니! 그렇다면 그는 어떻게 했소?"

"따귀를 맞고 나서 말입니까? 그는 미소를 지으며, 오베르토 씨에게 이렇게 말했어요. '이건 제 몫이지만 제 불쌍한 사람들을 위해서는요?'" 이 말에 청중들이 모두 감탄하는 소리를 질렀죠. 저희 대위님만을 제외하고요. 대위님께서는 그들에게 이렇게 말했죠. "그대들의 르 펠티에 씨는 단지 거렁뱅이에 불과하오. 한심하고도 치사한 비겁쟁이요. 내가 거기 있었더라면 이 검으로 신속하게 정당한 처벌을 해 주었을 텐데. 그리고 그대들의 오베르토 씨도 달아난 것이 자기 코와 두 귀밖에 없다는 걸 알게 되면 다행으로 생각했을 거요." 연설가가 대위님에게 대답했죠. "나리께서는 그 무례한 자가 자신의 잘못을 시인하고 르 펠티에 씨의 발밑에 꿇어앉아 지갑을 내놓을 시간을 주지 않으시겠군요."

"물론 아니오."

"나리께서는 군인이고 르 펠티에 씨는 기독교인이니 따귀에 대해 의견이 같을 수가 없죠."

"명예를 소중히 여기는 인간의 뺨은 모두 동일하오."

"그건 전적으로 복음서의 의견은 아닌데요."

"복음서는 내 심장 속에, 그리고 이 칼집 속에 있소.

난 다른 것은 모르오…….”

나리, 나리의 복음서가 어디 있는지는 저도 모르지만, 제 복음서는 저기 높은 곳에 씌어 있습니다. 사람들은 각자 자기 방식대로 모욕과 선행을 판단하는 법입니다. 또 어쩌면 시간이 달라지면 판단하는 것도 달라질 테고요.

주인 이 빌어먹을 수다쟁이야, 그다음에는 어떻게 됐지?

자크의 주인은 화가 났고, 자크는 침묵을 하며 생각하기 시작했다. 그런데 그 침묵은 머릿속에서는 연결되지만 대화에서는 마치 책을 몇 장 건너뛰고 읽을 때처럼 지리멸렬한 이야기 때문에 자주 깨뜨려지곤 했다. 그가 “나리.”라고 부르며 말하기 시작했을 때 바로 그런 일이 일어났다.

주인 마침내 네 말문이 열렸구나! 우리 두 사람을 위해 기쁘다. 난 말을 듣지 않아서 지루해졌고, 넌 말을 하지 않아 지루해졌으니, 자, 어디 말을 해 봐라.

자크가 대위 이야기를 하려 했을 때, 말이 두 번째로 갑자기 큰길 오른쪽으로 뛰어들더니 긴 벌판을 가로질러 한 1킬로쯤 달려가다가 별안간 교수대 사이에서 멈췄다. 교수대 사이에서! 자신의 기사를 형장으로 끌고 가는 말의 이상야릇한 거동이라니……! “이건 뭘 뜻하는 걸까요?”라고 자크가 물었다. “운명의 경고일까요?”

주인　친구여, 더 이상 의심하지 말게. 그대의 말은 영감을 받은 거라네. 그러나 유감스러운 건 이런 예언이며 영감이며 꿈이나 환영을 통한 저기 하늘의 경고가, 이 모든 것이 아무 소용없다는 거라네. 그렇다고 해서 일어날 일이 안 일어나는 건 아니니까. 친구여, 내가 그대에게 충고하는데, 양심을 거리낌 없는 상태로 만들고, 그대의 작은 문제들을 처리한 다음, 내게 서둘러 그대의 대위 이야기와 사랑 이야기를 하게나. 그 이야기를 듣지 않고 그대를 잃으면 내가 애석해할 테니. 걱정을 한다 해서 사정이 달라지겠는가? 그대의 말〔馬〕이 두 번이나 내린 운명의 선고는 그대로 이루어질 걸세. 혹시 다른 사람에게 되돌려 줄 것은 없는가? 그대 유언을 말하게. 충실히 이행될 테니. 그대가 내게서 뭔가를 가져갔다면 그냥 줄 테니 하느님에게만 용서를 빌도록 하게. 그리고 앞으로 우리가 같이 살도록 주어진 이 얼마쯤의 짧은 시간에 더 이상 내게서 훔치지 말게나.

자크　아무리 과거를 되돌아봐도 사람 도리에 어긋난 일은 한 적이 없는걸요. 사람을 죽이지도 도적질을 한 적도 강간을 한 적도 없는데요.

주인　그거 안됐군. 모든 걸 따져 봐도 죄를 이미 저지른 편이 죄를 저지르려는 편보다는 나을 테니 말이다. 그 이유야 말할 필요도 없겠지만.

자크　하지만 나리, 제가 교수형에 처해지는 건 제가 아닌 다른 사람 때문일지도 모릅니다.

주인　　그럴 수도 있겠지.

자크　　그리고 어쩌면 제가 죽은 다음에나 교수형에 처해질
　　　　지도 모르고요.

주인　　그것도 그럴 수 있겠지.

자크　　어쩌면 절대 교수형에 처해지지 않을지도 모릅니다.

주인　　그 말에는 의심이 가는데.

자크　　어쩌면 제가 단지 다른 사람의 교수형에 참석하게 될
　　　　거라고 저기 높은 곳에 씌어 있는지도 모릅니다. 그
　　　　다른 사람이 누구인지는 누가 알 수 있을까요? 가까
　　　　이 있는 사람인지, 아니면 멀리 있는 사람인지?

주인　　자크 선생, 운명이 원하고 그대 말이 그걸 말하고 있
　　　　으니, 교수형에 처해지도록 하시오. 하지만 무례하게
　　　　굴지는 마시오. 자, 이젠 그대의 그 부적절한 억측은
　　　　그만하고 대위 이야기나 빨리 하시지요.

자크　　나리, 화내지 마십시오. 때로는 아주 정직한 사람들도
　　　　교수형에 처해진 적이 있으니까요. 법정의 오해로 말
　　　　이죠.

주인　　그런 오해는 가슴 아프지. 다른 이야기나 하자.

　자크는 말이 보여 준 징조에 대해 여러 다른 해석을 내릴 수
있다는 데 마음이 좀 놓였다. "제가 입대했을 때, 나이도, 출생
신분도, 군 경력도, 공적도 거의 비슷한 두 장교가 있었답니
다. 제 대위님이 그중 한 사람이었죠. 그 두 사람 사이에 유일

하게 다른 점은 한 사람은 부자였고 다른 한 사람은 그렇지 못하다는 거였어요. 제 대위님은 부자였죠. 이런 일치감은 가장 강한 호감이나 반감을 불러일으키기 마련인데, 두 사람의 경우는 두 가지 모두를 불러일으켰죠……."

여기서 자크는 말을 멈췄다. 그가 이야기하는 도중에 그의 말(馬)이 이쪽저쪽으로 머리를 돌릴 때마다 자주 일어나는 일이었다. 그래서 그는 말을 계속하기 위해 마치 딸꾹질이 난 것처럼 마지막 구절을 반복했다.

자크　　두 가지 모두를 불러일으켰죠. 그들은 어떤 때는 세상에서 가장 절친한 친구였고, 또 어떤 때는 가장 증오하는 원수였어요. 친할 때는 서로를 찾고 반가워하며 껴안고, 고통과 기쁨, 필요한 것을 나누었죠. 가장 내밀한 일도, 가정사도, 희망이나 두려움, 진급에 대한 계획조차도 함께 상의했어요. 그러다가도 이튿날 만나면, 본 척도 하지 않고 그냥 지나치거나 거만하게 상대방을 쳐다보고 서로를 선생이라 부르며 심한 말을 내뱉고 칼을 뽑아 결투를 했죠.[30] 둘 중 한 사람이 부상당하면 다른 한 사람이 친구에게로 달려가 눈물을 흘리고 절망하며 그를 숙소에 데려다 주고 회복될 때까지 그의 침대 옆에서 살곤 했어요. 그러다가 일

---

30) 루이 14세 때 금지되었던 결투가 오를레앙 공 섭정 시대에는 사회 여러 계층에 만연해 그 폐해가 대단했다.

주, 이 주, 한 달 후에는 다시 시작하는 거였죠. 그 착한 두 사람은, 진정한 두 친구는 이제나저제나 상대방 손에 죽을 위험이 있었지만 아마도 죽은 자보다 살아남은 자가 더 불행했을 겁니다. 사람들이 여러 번 그들의 기이한 처신에 대해 말했고, 저 자신도 대위님께서 허락하셔서 이렇게 말하곤 했어요. "하지만 나리, 만약 친구분을 죽이게 되면 어떻게 하실려고요?" 그러면 대위님은 두 손으로 얼굴을 감싸고 울기 시작했고, 마치 미치광이처럼 친구 집으로 달려가곤 했어요. 두 시간 후에는 친구가 부상당한 대위님을 숙소로 데리고 오거나, 대위님이 그 친구를 숙소로 데리고 가든지 했죠. 제 간언도…… 다른 사람의 충고도 아무 소용없었어요. 그들을 헤어지게 하는 수밖에는 다른 방법이 없었죠. 국방장관이 극단적으로 대립되는 이들 성향의 기이한 끈질김을 알게 되어서 제 대위님을 요새 부대장으로 발령한 뒤 즉시 임지로 가서 그곳을 떠나면 안 된다는 긴급 명령을 내렸죠. 그리고 그의 친구에게는 연대에서 꼼짝하지 말라는 명령을 내렸답니다……. 이 빌어먹을 말이 절 미치광이로 만들 것 같은데요……. 장관의 명령이 하달되자마자 제 대위님은 후의에 감사드린다는 구실 아래 궁정으로 갔죠. 거기서 그는 자신은 부자이고 자신의 가난한 친구에게도 성은을 받을 권리가 있으며, 자신에게 부여된 직위를 친구에게 준다면 그동안 봉사한 것에 대한 보답이 될 것이며 또 친구의 얼마 안 되는 재산을 보충하는 데에도 큰 도움이 될 것이고, 또 그렇게 된다면 자신도 무척 기쁠 거라고 말했어요. 이 말을 들은 장관은 그 두 기인들을 갈라놓는 것 외에는 다른 방도가 없다고 봤고, 또 이런 너그러운 마음씨에는 항상 감동하게 마련이기 때문에 결정…… 이 빌어먹을 짐승아, 머리 좀 똑바로 쳐들고 있지 않겠니? ……저희 대위님이 연대에 남고 친구는 요새 부대장으로 보내기로 결정했죠.

그들은 헤어지자마자 서로가 필요하다는 걸 느껴서 깊은 우울증에 빠졌어요. 제 대위님은 고향 바람을 쐬기 위해 반년간 휴가를 요청했답니다. 그러나 주둔지에서 8킬로쯤 멀어졌을 때 말을 팔고 농부로 가장하여 친구가 지휘하는 요새로 향했어요. 둘 사이에 합의된 계획이라는 말도 있었죠. 대위님이 그곳에 도착했어요…… 이 짐승아, 어디 네가 가고 싶은 대로 가 봐. 아직도 방문하고 싶은 형장이 있단 말이냐? 웃으십시오, 나리, 사실 아주 재미있습니다……. 대위님이 도착했어요. 하지만 아무리 그들이 재회의 기쁨을 감추려고 조심하고, 또 농부가 요새 부대장에게 복종하는 등 겉으로는 형식을 준수했다고 해도, 그들이 대화하는 모습을 우연히 엿보게 된 병사들과 몇 장교들이 그들의 모험에 대해 알게 되어서 의혹을 품고 요새 파견 부관에게 알리러 갈 거라고 저기 높은 곳에 씌어 있었답니다.

신중한 사람인 부관은 그 말을 웃어넘겼지만 그래도 그 일에 중요성을 부여하여 부대장 주변에 스파이를 매복시켰어요. 그들의 첫 번째 보고는 부대장은 거의 외출하지 않으며 농부는 전혀 외출하지 않는다는 거였죠. 두 남자가 그들의 기이한 괴벽을 다시 시작하지 않고 일주일을 같이 보낸다는 건 불가능한 일이었고, 드디어 그런 일이 일어나고야 말았답니다.

독자여, 그대도 보다시피 나는 얼마나 친절한가! 검은 관보를 두른 마차를 끌고 가는 말에 채찍질을 하고, 가까운 숙소 앞에 자크와 주인, 세무원 또는 기마 헌병대, 그리고 그 행렬의 나머지 사람들을 불러모아 자크의 대위 이야기를 중단하고 그대를 초조하게 기다리게 하는 것도 오로지 내 손에 달렸다……. 그러나 그렇게 하기 위해서는 거짓말을 해야 하는데, 나는 꼭 필요하거나 유용할 때가 아니라면 거짓말하는 것을 좋아하지 않는다. 사실인즉 자크와 주인은 관보를 두른 마차를 더 이상 보지 못했으며, 자크는 여전히 말의 거동에 불안해하며 그의 이야기를 계속했다.

자크　　어느 날 저녁 스파이들은 요새 파견 부관에게, 부대장과 농부 사이에 격렬한 논쟁이 벌어졌고 그 후에 외출을 했는데, 농부가 앞장을 섰고 부대장은 마지못해 그 뒤를 따라갔으며, 그들은 도시 은행가에게 간 뒤 아직까지 그곳에 있다고 보고했죠.

나중에 안 사실이지만 그들은 다시 만날 수 있으리라고 기대하지 않았기 때문에 한번 철저히 싸워 보기로 작정했던 거죠. 믿을 수 없을 만큼 잔인하면서도 가장 다정한 우정의 의무에 민감한, 나리께도 이미 말씀드렸지만, 부자인 제 대위님께서는 자기가 죽어도 외국에서 충분히 살아갈 수 있도록 2만 4,000리브르짜리 어음을 받으라고 친구에게 강요했답니다. 그리고 이런 조건을 수락하지 않는다면 결코 결투하지 않겠다고 고집을 부렸죠. 이 제안에 친구는 "내가 자네를 죽이고도 살아갈 수 있으리라 생각하는가?"라고 대답했어요. 나리께서는 제가 이 이상한 말 위에서 우리 여행을 마치도록 선고하지는 않으시겠지요…….

그들이 은행가의 집에서 나와 도시 성문을 향해 걸어가고 있을 때 부관과 몇몇 장교들이 모여들었어요. 물론 우연히 만난 것처럼 꾸미긴 했지만, 우리의 두 친구는, 또는 나리께서 원하신다면, 우리의 두 적수는 잘못 생각하지 않았죠. 농부는 자신의 정체를 드러낼 수밖에 없었어요. 그들은 외딴집에서 하룻밤을 보냈죠. 이튿날 동이 트자마자 제 대위님은 친구와 여러 번 포옹하고 나서는 영원히 헤어졌답니다. 그러고는 고향에 도착하자마자 돌아가셨죠.

주인　누가 네게 대위가 죽었다고 말했지?

자크　그러면 그 관은요, 그분 문장이 새겨진 마차는요? 제 대위님은 돌아가셨어요. 전 그 사실을 의심할 수 없어요.

주인   그렇다면 두 손이 등 뒤로 묶인 사제며, 역시 두 손이 등 뒤로 묶인 하인들이며 세무원 또는 기마 헌병대는? 그리고 도시를 향해 돌아오던 그 행렬은 또 어떻게 된 거지? 네 대위는 살아 있다. 난 의심하지 않는다. 하지만 그의 친구에 관해서는 더 이상 아는 게 없느냐?

자크   대위님의 친구 이야기는 저 커다란 두루마리 또는 저기 높은 곳에 쓰인 것의 좋은 본보기죠.

주인   바라건대…….

자크가 탄 말은 주인이 말을 마치는 것을 허락하지 않았다. 말은 번개처럼 출발하더니 오른쪽 왼쪽으로 벗어나지 않고 큰길을 따라 달렸다. 자크의 모습은 더 이상 보이지 않았다. 주인은 그들이 교수대를 향해 간다고 생각하면서 배를 잡고 웃었다. 그러나 자크와 주인은 함께 있어야만 가치가 있고 헤어져서는 아무런 가치도 없었다. 마치 산초 판사 없는 돈키호테나 페라우 없는 리날도처럼. 그런데 이 점을 세르반테스의 후계자[31]와 아리오스테[32]의 모방자인 포르티게라[33] 추기경은

─────────

31) 스페인에서 1614년 아벨라네다(Avellaneda)라는 필명을 쓰던 사람이 『돈키호테』 후편을 발표한 것을 가리킨다. 르사주가 『돈키호테의 새 모험』이란 이름으로 프랑스에 소개하여 더욱 유명해졌다.

32) Arioste. 16세기 이탈리아 시인으로 희극적 영웅시 「광란의 오를란도」를 썼다. 페라우는 바로 이 작품에 나오는 인물로 오를란도와 열흘간 결투를 벌인다.

33) Forti-guerra. 18세기 이탈리아 시인으로 아리오스테풍 글쓰기, 즉 진지

충분히 이해하지 못했다. 독자여, 그들이 다시 만날 때까지 우리 잡담이나 하자.

　그대는 자크의 대위 이야기를 콩트로 간주하겠지. 그렇다면 그대는 틀렸다. 자크가 주인에게 이야기한 바로나, 또는 어느 해인지는 모르겠지만 성 루이[34] 축일에 내가 앵발리드[35]관에서 그 건물 행정 책임자인 생테니엔 씨와 식사를 하다 들은 바에 따르면 정말이다. 그 사실을 아는 여러 장교 앞에서 이야기를 하던 화자는 전혀 익살꾼 같지 않은 아주 진지한 사람이었다. 나는 이 말을 지금 그리고 다음에 일어날 일을 위해 반복한다. 자크와 주인의 대화에서 진실을 거짓으로, 거짓을 진실로 간주하지 않기 위해서는 제발 신중해질 것을 당부하는 바다. 이렇게 그대에게 경고했으니 이젠 내 책임이 아니다. 아마도 그대는 내게 "그 둘은 아주 괴상한 사람들이군!"이라고 말하겠지. 바로 그 점이 그대의 불신을 불러일으키는가? 그러나 첫 번째로, 자연은 너무도 다양하며 특히 인간 본능과 성격에 관해서라면, 자연으로부터 그 관찰과 체험을 취하는 시인의 상상력에서 괴상한 것은 아무것도 없다. 그런데 지

한 것과 희극적인 것을 혼합해서 쓰는 것이 얼마나 쉬운지 보여 주기 위해 「리치아르테토」의 처음 노래 편을 단 하루 만에 완성한 것으로 유명하다.
34) 1279년에 성인품을 받았으며 축일은 8월 25일이다.
35) 루이 14세 때 세워진 건물로 재향 군인의 숙소 및 생계를 담당하던 곳이다. 오늘날에는 군사 박물관으로 이용되며 나폴레옹의 무덤이 있는 곳으로 더욱 유명하다.

금 당신에게 말하고 있는 나는 그와 비슷한 성향을 「본의 아닌 의사」[36]에서 발견했다. 지금까지 쓰인 것 중 난 그 작품이 가장 엉뚱하고 재밌다고 생각한다. 뭐라고? "전 세 아이를 팔에 걸머지고 있어요."라고 말하는 아내에게 "그렇다면 아이들을 땅에 내려놓으시오."라고 말하는 남편의 성향 말인가? 또는 "아이들이 빵을 달라고 해요."라고 아내가 말하자 "그렇다면 매질을 하시오."라고 말하는 남편 말인가? 바로 그렇다. 여기 내 아내와 구스의 대화가 있다.

"구스 선생님이시군요?"

"네, 부인, 저는 다른 사람이 아닙니다."

"어디서 오는 길이세요?"

"제가 갔던 곳에서요."

"거기서 뭘 하셨는데요?"

"고장 난 방아를 고쳤죠."

"누구 건데요?"

"모르겠는걸요. 방앗간 주인을 고치러 간 건 아니니까요."

"오늘은 평소와는 달리 옷을 잘 입으셨네요? 그런데 왜 깨끗한 양복 속에 더러운 셔츠를 입으셨죠?"

"셔츠가 하나밖에 없으니까요."

"왜 하나밖에 없죠?"

"한 번에 몸뚱어리가 하나밖에 없기 때문입니다."

---

36) 몰리에르의 3막 산문 희극으로, 중세 운문 우화에서 힌트를 얻어 쓴 작품이다.

"제 남편은 없지만 식사하고 가세요."

"아닙니다. 전 댁 남편에게 제 위도 식욕도 맡기지 않았습니다."

"댁 부인의 건강은 어떠세요?"

"그녀가 원하는 대로죠. 그녀 일이니까요."

"아이들은요?"

"최고죠!"

"특히 눈이 아름답고 피부가 좋고 아주 건강해 보이는 아이는요?"

"다른 아이들보다 훨씬 나은 셈입니다. 죽었으니까요."

"아이들에게 뭘 좀 가르치시나요?"

"안 가르칩니다, 부인."

"뭐라고요? 읽는 것도 쓰는 것도 교리 문답도 안 가르친단 말이에요?"

"읽기도 쓰기도 교리 문답도 안 가르칩니다."

"왜죠?"

"사람들이 제게 아무것도 안 가르쳤어도 제가 무식하진 않으니까요. 아이들이 똑똑하다면 저처럼 될 테고, 바보라면 아무리 가르쳐 봐야 바보밖에 더 되겠습니까?"

그대가 언젠가 이 괴짜를 만나면 그에게 접근하기 위해 굳이 그를 알 필요는 없다. 그를 술집으로 데리고 가서 그대 용건을 말하고 80킬로미터를 쫓아오라고 하면 쫓아올 테니까. 그리고 그를 고용한 다음에는 한 푼도 안 주고 내쫓아도 그는 만족한 채 돌아갈 것이다.

그대는 파리에서 수학에 관해 공개 강좌를 하던 프레몽발[37]에 대해 들어 본 적 있는가? 그는 구스의 친구였다……. 하지만 자크와 주인이 이제 서로 만났을지도 모르는데……. 그대는 우리가 그들에게로 돌아가기를 원하는가? 아니면 나와 함께 있기를 원하는가?

구스와 프레몽발은 함께 학교를 운영했는데, 떼를 지어 몰려드는 학생들 가운데 피종 양이라는 한 젊은 여자가 있었다. 그녀는 아름다운 평면 구형도 두 개를 만든 재능 있는 예술가의 딸이었는데, 그 구형도는 나중에 식물원에서 과학원으로 운반되었다. 그녀는 매일 아침마다 팔짱에는 서류 가방을 끼고 외투 토시 속으로 제도기 케이스를 든 채 학교에 가곤 했다. 교수들 중 한 사람인 프레몽발이 그녀를 사랑하게 되었고, 천체에 기재된 별들에 대한 여러 명제들을 강의하다 실제로 한 아이가 만들어졌다. 피종 양의 아버지는 이 당연한 결과가 보여 주는 진실을 인내하며 들을 사람이 아니었다. 그래서 두 연인의 상황은 아주 난처해졌고 아무리 서로 상의를 해 봐야 가진 것이라곤 아무것도 없는 그들에게는 소용없는 일이었다. 그들은 친구인 구스에게 도움을 청했고 이야기를 들은 구스는 아무 말도 하지 않고 자기가 가진 모든 것, 시트며 옷이며 기계며 가구며 책 등을 팔아 돈을 조금 만든 다음, 그 두 사람을 역마차에 태워 전속력으로 달리게 하며 알프스 산

---

37) 1740년경 프랑스에서 완벽한 판단력을 위해서는 수학이 필요하다는 강의를 했고, 자기가 가르치던 피종 양을 납치해서 결혼했으며, 한림원 회원이면서도 가난한 방랑 생활을 한 실제 인물이다.

까지 그들과 동행했다. 그곳에 도착해서는 몇 푼 안 되는 남은 돈을 다 털어 주고서는 즐거운 여행이 되기를 바란다고 작별 인사를 한 다음 자기는 구걸을 하며 리옹까지 걸어서 갔다. 리옹에서는 수도원 칸막이 벽에다 그림을 그려 준 덕분에 구걸하지 않고 파리로 돌아왔다. ── 참 훌륭하군! ── 물론이지. 그리고 이 영웅적인 행동 덕분에 그대는 구스를 도덕군자라고 생각하겠지만 틀렸다. 그는 도덕심이라고는 눈곱만큼도 없는 사람이다. ── 불가능한 일이다. ── 사실이다. 내가 그를 고용한 적이 있는데, 내 대리인이 지불하는 것인 양 80리브르짜리 어음을 그에게 준 적이 있다. 아라비아 숫자로 씌어 있었는데, 그가 무슨 짓을 했는지 아는가? 거기에다 0을 하나 덧붙여 800리브르를 지불하게 한 것이다. ── 아, 정말 가증스러운 짓이군! ── 그가 친구를 위해 빈털터리가 되었을 때 정직하지 않은 것처럼, 내 돈을 훔쳤을 때도 부정직한 것은 아니다. 다만 원칙 없는 괴짜일 뿐이다. 80리브르가 충분치 않았으므로 펜을 들어 자기가 필요로 하는 800리브르를 손에 넣은 것이다. 그리고 그가 내게 선물한 그 귀중한 책들은 또 어떻고? ── 어떤 책들인가? ── 하지만 자크와 주인은? 자크의 사랑은? 아, 독자여, 그대가 인내심을 품고 내 말을 듣는 걸 보니, 내 두 인물들에 대해 그다지 관심이 없는가 보군. 그렇다면 그들을 그냥 내버려 두자……. 난 귀중본 한 권이 필요했다. 그러자 그가 가져왔다. 값을 치르려고 하자 그가 거절했다. 세 번째 귀중본이 필요하자 그는 이렇게 말했다. "그 책은 가지지 못하실 겁니다. 너무 늦게 말씀하셨어요. 저희 소르본 대학교 박사님께서 돌아가셨거든요."

"내가 원하는 책과 당신네 소르본 대학교 박사의 죽음이 무슨 상관이란 말이오? 혹시 그의 서가에서 다른 책 두 권도 가져왔단 말이오?"

"물론이죠!"

"그의 허가도 받지 않고?"

"분배의 정의를 구현하는 데 꼭 그럴 필요가 있나요? 저는 최선을 다해서 책을 옮긴 것뿐인데요. 책이 필요 없는 곳에서 책이 올바르게 사용될 곳으로요⋯⋯." 이 말을 듣고 나서 인간의 행동에 대해 판단해 봐라! 하지만 구스와 그의 아내 이야기는 훌륭했다! ⋯⋯그대 말이 들린다. 그대는 이제 지겨워진 것이다. 그대는 우리의 두 여행자에게 가기를 원한다. 독자여, 그대는 날 자동인형 취급하고 있다. 점잖지 못한 일이다. 자크의 사랑 이야기를 해 달라, 하지 말라, 구스의 이야기를 해 달라, 지겹다 등등. 아마도 때로는 그대 기분에 따라야겠지만 내 마음대로 할 필요도 있다. 게다가 내가 이야기를 하도록 허락한 청취자들은 모두 그 결말을 들으려 할 테니.

조금 전에 나는 첫 번째라고 말했다. 그런데 첫 번째라고 말한 것은 적어도 두 번째가 있다는 걸 예고한다. 그러니 두 번째로⋯⋯ 내 말을 잘 들으라, 또는 듣지 말라, 난 혼자서 말할 테니⋯⋯.

자크의 대위와 친구는 은밀하고도 격렬한 질투심으로 괴로워했을 것이다. 우정도 사라지지 못하게 하는 감정이다. 다른 사람의 가치를 인정하는 것보다 더 어려운 일은 없다. 그들은 자신들 모두를 모욕하게 될 그 불공평한 특권을 두려워하지 않았던가? 물론 그들은 위험한 경쟁자로부터 벗어나려고 애를 썼고, 또 그럴 기회가 오기만을 호시탐탐 노렸다. 그러나 그렇게도 관대하게 자신의 요새 사령관 자리를 자신의 가난한 친구에게 양보한 자에 대해서 우리는 어떻게 생각해야 한단 말인가? 그가 양보한 것은 물론 사실이다. 하지만 그 자리를 빼앗겼더라면 그는 총검을 들이대고서라도 뺏었을 것이다. 군인들 사이에 존재하는 불공평한 특권이란 그것을 받은 자에게도 명예롭지 못한 일이지만 받지 못한 경쟁자에게도 수치스러운 법이다. 그러나 이 모든 것은 그만두고, 그들 광기의 구석이라고 해 두자. 어떤 사람에게 그런 광기스러운 구석이 없단 말인가? 하지만 두 장교의 광기는 몇 세기 동안 전 유럽에서 이어졌으며 사람들은 그걸 기사도 정신이라고 불러왔다. 머리에서 발끝까지 무장하고, 다양한 사랑의 표시로 장식하고, 의장 마차 위에서 이리저리 날뛰고, 창을 쥐고 투구 면갑을 높였다 낮췄다 하고, 상대방을 거만하게 위아래로 훑어보고 협박하고, 먼지 속에 넘어져 거대한 경마장을 부서진 무기 조각들로 채우며 날뛰는 그 찬란한 무리들은, 결국 인기 있고 유능한 자를 질투하는 친구들이었다. 이 친구들이 경마장 양끝에 서서 창을 겨누며 준마의 옆구리에 박차를 가하는 순간에는 가장 무시무시한 적이 되는 것이었다. 그들은 전쟁터에서와 마찬가지로 서로 격렬하게 덤벼들었다. 우리의 두 장교는 옛사람들의 관습을 지니고 이 시대에 태어난 두 방랑 기사에 불과했다. 미덕과 악덕이라는 것은 잠시 유행하다 시간이 지나면 사라지는 법이다. 마찬가지로 육체의 힘도 한철이요, 마상(馬上) 기술도 한철이다. 용맹이란 것도 때로는 좋게 때로는 나쁘게 평가되는 법이다. 평범할수록 별 가치 없으며 사람들의 찬미도 덜하다. 인간 성향을 살펴봐라. 그러면 개중에는 이 세상에 너무 늦게 태어난 사람들도 있다는 걸 알게 될 것이다. 그들은 다른 세기 사람들이다. 우리의 두 군인도 다만 경쟁자의 약점을 발견하여 경쟁자에 대한 자신의 우월성을 확보할 욕망으로 매일매일 그 위험한 싸움을 했다는 걸 어떻게 믿지 않을 수 있단 말인가? 결투는 모든 형태로 우리 사회에서 반복된다. 성직자, 법관, 문인들, 철학자들 사이에서. 그리고 각 신분마다에는 그에 적합한 창과 기사가 있는 법이다. 가장 존경받고 가장 우스꽝스러운 우리 의회라는 것도 따지고 보면 때로 가슴 깊숙이에다 혹은 어깨 위에다 사랑의 표시를 달고 싸우는 작은 경마장에 불과하다. 구경하는 사람이 많으면 많을수록 싸움은 격렬해지며, 여성의 존재는 열기와 끈질김으로 싸움을 더 부추긴다. 만약 여성 앞에서 진다면 그 수치심은 결코 잊지 않을 것이기 때문이다.

그런데 자크는? 자크는 도시 성문을 통과하여 아이들이 환호하는 거리를 지나 도시 반대쪽 교외에 도착했다. 거기서 말은 낮고 작은 문 아래로 달려 들어갔고, 그 문의 가로목과 자크의 머리 사이에 심한 충돌이 일어났다. 가로목이 자리를 비키든가 자크가 뒤로 넘어지든가 해야 했는데 사람들이 생각한 대로 후자가 일어났다. 자크는 넘어졌고 머리에 금이 간 채의식을 잃었다. 누군가 그를 일으키고 강심제로 정신을 차리게 했다. 난 그 집주인이 자크의 피도 빨아 주었으리라 생각한다.[38] — 그렇다면 그 집주인은 외과 의사인가? — 아니다. 그 동안 자크의 주인이 도착해서 만나는 사람마다 자크의 소식을 물어보았다. "얼룩말을 탄 키가 크고 마른 사람을 못 보셨습니까?"

"금방 여길 지나갔습니다. 마귀에 들린 것처럼 쏜살같이 달려갔으니 아마 지금쯤은 자기 주인집에 도착했을 겁니다."

"그의 주인이 누군데요?"

"사형 집행인입니다."

"사형 집행인이라고요?"

"그렇습니다. 그가 그렇게 말했어요."

"그가 어디 사는데요?"

"여기서 좀 멉니다. 하지만 거기까지 가실 필요가 없군요. 저기 당신이 물어본 그 마른 사람을 그의 하인들이 데리고 오는군요. 우리는 그 사람이 사형 집행인의 하인인 줄 알았습니다……."

누가 이렇게 자크의 주인과 이야기하고 있었는가? 그는 주막집 주인이었는데 그의 집 문 앞에서 자크의 주인이 잠시 길을 멈춘 것이었다. 틀림없는 사실이다. 그는 술통처럼 뚱뚱하고 땅딸막했으며 팔꿈치까지 셔츠를 걷어붙이고 머리에는 끈 달린 면 모자를 쓰고 앞치마를 두른 채 옆에는 큰 칼을 차고

---

38) 예전에 프랑스에서는 사람이 기절하면 다른 사람의 피를 넣어 주는 게 아니라 오히려 나쁜 피를 빨아내야 한다고 생각했다고 한다.

있었다. "자, 빨리빨리. 이 불쌍한 녀석을 위해 침대를 준비하고 외과 의사나 의사 또는 약제사를 불러 주시오."라고 자크의 주인이 그에게 말했다. 그러는 동안 하인들이 자크를 주인 발밑에 내려놓았다. 자크의 이마에는 커다랗고 두꺼운 습포가 덮여 있었고 눈은 감겨 있었다. "자크, 자크?"

"나리, 바로 나리십니까?"

"그래, 나다. 날 좀 쳐다봐라."

"그럴 수 없는데요."

"무슨 일이 있었던 거냐?"

"아! 그 말, 그 저주받은 말 때문입니다. 제가 만일 밤사이에 죽지 않는다면 내일 전부 말씀 드리죠."

사람들이 자크를 방으로 옮기며 올라가는 동안 주인이 감시하며 소리쳤다. "조심하시오. 자, 천천히, 제기랄! 그렇게 하면 아플 거요. 자네, 다리를 붙들고 있는 자네는 오른쪽으로 돌고, 머리를 붙들고 있는 자네는 왼쪽으로 돌게." 그러자 자크는 낮은 목소리로 "이것도 저기 높은 곳에 씌어 있었단 말인가!"라고 말했다.

자크는 잠자리에 들자마자 깊은 잠에 빠졌다. 주인은 맥박을 짚어 보고 쉴 새 없이 약초 액으로 습포를 적시며 그의 머리맡에서 밤을 보냈다. 잠에서 깨어난 자크는 그런 주인을 발견하고 말했다. "나리, 여기서 뭘 하십니까?"

주인   널 간호하는 거란다. 내가 아프거나 건강할 때면 네가 나의 시종이지만, 네가 아플 땐 내가 너의 시종이란다.

자크   나리께서 인정 많은 분이라는 걸 알게 되어서 무척 기쁩니다. 하지만 그다지 하인에 대한 주인의 자질은 아닌 것 같은데요.

주인   머리는 어떤가?

자크   머리와 부딪친 대들보만큼이나 괜찮습니다.

주인   이 시트를 이로 물고 힘차게 흔들어 보거라.[39] 어떠냐?

자크   아무것도 못 느끼겠는걸요. 머리통에 금이 간 것 같지는 않네요.

주인   다행이군. 넌 일어나고 싶겠지?

자크   제가 침대에서 뭘 하기를 원하는데요?

주인   네가 좀 쉬기를 원하지.

자크   제 생각은 점심을 먹고 떠나는 건데요.

주인   말은 어떡하고?

자크   말은 원래 주인에게 돌려줬죠. 그는 예의 바르고 품위 있는 신사였습니다. 우리에게 판 값으로 다시 샀으니까요.

주인   그 예의 바르고 품위 있는 신사[40]가 도대체 누구이기나 한지 너는 아느냐?

자크   모르는데요.

주인   길을 떠나면 말해 주지.

---

39) 뇌를 다쳤을 때 프랑스에서 실제로 했던 방법이다.
40) honnête homme. 17세기 고전주의 시대의 이상적인 인간상이다.

자크 왜 지금은 안 되죠? 무슨 비밀이라도 있나요?

주인 비밀이든 아니든, 이 순간이 아니면 다른 순간에라도 꼭 알아야 하는 필연성이라도 있단 말이냐?

자크 없습니다.

주인 하지만 네게 말이 필요하구나.

자크 주막집 주인이 아마 기꺼이 그의 말 중 하나를 양보할 걸요.

주인 좀 더 자도록 하자. 그 일은 내가 알아서 처리할 테니.

　자크의 주인이 아래층으로 내려가 식사를 주문하고 말을 사고 다시 올라와 보니 자크가 옷을 입은 채 앉아 있었다. 그들은 식사를 하고 다시 길을 떠났다. 자크는 그의 집 문에 부딪쳐 거의 죽을 뻔했던 자신을 친절하게 구해 준 시민에게 인사를 하지 않고 떠나는 것은 예의에 벗어난다고 주장했고, 주인은 자크를 주막집까지 옮겨 준 하인들에게 대신 충분히 보상했으니 걱정하지 말라고 하면서, 자크의 자상한 마음씨를 진정시켰다. 그러나 자크는 하인들에게 돈을 몇 푼 줬다 해서 그 집 주인의 은혜를 갚은 것은 아니며, 바로 이런 점이 선행을 베푼 사람에게는 후회와 혐오감을 낳게 하고 또 자신을 배은망덕한 사람으로 만드는 결과를 낳는다고 주장했다. "나리, 만약 그분이 제 입장이고 제가 그분 입장이라면 그분이 저에 대해 어떤 말을 할 것인지 제가 그분에 대해 할 말에 의해 다들을 수 있습니다."

　그들이 도시 밖으로 나왔을 때 키가 크고 건장하며 장식줄이 달린 모자를 쓰고 옷 솔기마다 줄줄이 장식줄을 단 예복을 입은 남자를 만났다. 앞에 가고 있는 큰 개 두 마리를 제외하면 그는 혼자 걸어가는 셈이었다. 그를 보자마자 자크는 말에서 내리며 "바로 그분입니다."라고 소리 질렀다. 그러고는 그의 목에 달려들어 재빨리 키스했다. 개 두 마리와 함께 가고 있던 사나이는 자크의 키스에 당황한 것처럼 보였다. 그는 자크를 부드럽게 밀치면서 말했다. "저를 지나치게 환대하시는 군요."

"아닙니다. 제가 살아 있는 것은 오로지 당신 덕분입니다. 아무리 감사를 드려도 충분치 않을 겁니다."

"당신은 제가 누구인지 모르는 모양이군요?"

"당신은 저를 구해 주고 제 피를 빨아 주고 치료해 준 그 친절한 시민 아니십니까? 제 말이⋯⋯."

"사실입니다."

"당신은 제게 판 값으로 말을 다시 산 그 정직한 시민 아니십니까?"

"그렇습니다."

그러자 자크는 그의 한 뺨과 또 다른 뺨에다 다시 키스했다. 주인은 미소를 지었고, 개 두 마리는 처음 보는 광경에 감동이라도 한 듯 코를 벌름거렸다. 자크는 이런 감사 표시 외에도 여러 번 경의를 표했지만 은인은 응답하지 않았고, 또 여러 번 행복을 기원하는 말을 해도 냉정하게 받아들이는 것이었다. 자크는 말에 올라타 주인에게 말했다. "나리께서 곧 그 신분을 알려 주실 분에 대해 전 깊은 존경심을 품고 있습니다."

주인 그 사람이 왜 그토록 자네 눈에 존경스러운 건가?

자크 자기가 베푼 일을 저렇게 대수롭게 여기지 않는 걸 보니, 아마도 천성적으로 친절한 사람이거나 아니면 선행을 베푸는 것이 오랜 습관인 모양이죠.

주인 뭘 보고 그렇게 판단하는 거냐?

자크 저의 감사 표시를 받아들이는 그분의 무관심하고도 냉정한 태도로요. 마치 저를 모르는 것처럼 인사도 하지 않고 한마디 말도 하지 않잖습니까? 아마도 그분은 지금쯤 약간 경멸 섞인 어조로 자신에게 이렇게 말하고 있는지도 모릅니다. "선행이란 것이 저 여행자에게는 아주 낯선 모양이지. 또 정의의 실현이 고통스러운 모양이지. 저렇게 감동하는 걸 보니……." 제 말 어디가 그렇게 터무니없는 거죠? 나리를 그토록 웃게 하니 말입니다. 여하튼 그분 이름은 무엇입니까? 수첩에다 적어 놓으려고요.

주인 기꺼이 그렇게 하지. 자, 쓰게.

자크 말씀하십시오.

주인 쓰게. 내가 가장 숭배하는 사람은…….

자크 가장 숭배하는 사람은…….

주인 ○○이다.

자크 ○○이다.

주인 ○○의 사형 집행인이다.

자크 사형 집행인이라뇨?

주인 그렇다네, 사형 집행인이라네.

자크 그 농담의 의미가 무엇인지 말씀해 주시겠습니까?

주인 농담하는 게 아닐세. 자네의 그 재갈 사슬 이론을 따라 보게. 자네는 말 한 마리가 필요했고 그래서 운명이 자네로 하여금 한 행인에게 말을 걸게 했다네. 그런데 그 행인이 사형 집행인이었지. 그 말은 자네를 두 번이나 교수대로 끌고 갔고 세 번째는 사형 집행인 집에다 내려놓았다네. 거기서 자네는 의식을 잃었고 사람들이 옮겨 왔네. 어디로? 주막집, 숙소, 공동 휴식처로. 자크, 자네는 소크라테스의 죽음에 대한 이야기를 아는가?

자크 모르는데요.

주인 그는 아테네의 현인이었네. 오래전부터 현인의 역할은 미치광이들 사이에서는 위험했다네. 그래서 그의 동료 시민들이 독약을 마시라는 선고를 내렸지. 그런데 소크라테스는 조금 전 자네처럼 독약을 내미는 사형 집행인에게도 아주 예의 바르게 대했다네. 자크, 자네는 일종의 철학자일세. 인정하게. 철학자란 권세가들에게는 무릎을 꿇지 않아 가증스러운 자이고, 직업상 특권 계급의 보호자인 법관들에게는 그들을 고발하는 가증스러운 자이며, 성전 제단 밑에서 그들을 거의 보지 못하는 사제들에게도 가증스러운 자이며, 원칙 없는 인간이자 철학을 예술의 파괴자로 간주하는 시인들에게도 가증스러운 자라네. 게다가 풍유시라는 가증스러운 장르를 택한 시인들은 다만 권력자의 아첨꾼에 지나지 않는다네. 그리고 여느 때나 민중을 탄압하는 독재자들, 민중을 배반하는 사기꾼들, 민중을 즐겁게 하는 어릿광대들의 노예인 민중에게도 가증스러운 자이네. 자네도 알다시피 난 자네 직업의 모든 위험을, 또 내가 요구하는 고백의 중요성을 안다네. 그렇다고 자네 비밀을 남용하지는 않겠네. 자크, 내 친구여, 자네는 철학자네. 그대를 위해서는 안 된 일이지만, 지금 우리가 당면한 사실에서 미래에 일어날 일을 읽는 것이 허용된다면, 그리고 저 높은 곳에 씌어 있는 것이 때로 일어날 일보다 먼저 나타날 수 있다면, 난 자네 죽음이 철학적일 것이며, 또 소크라테스가 독약 든 잔을 기꺼이 받아 마신 것처럼 자네도 밧줄을 그렇게 받아들일 거라는 사실을 감히 추정하는 바네.

자크 나리, 어떤 예언자도 나리만큼 그렇게 말을 잘하지 못할 겁니다. 하지만 다행히도…….

주인 자네는 내 말을 믿지 않는군. 바로 그 점이 내 예감에 힘을 실어 주네.

자크 나리, 나리께서는 그 말을 믿으십니까?

주인 믿지. 하지만 내가 그 말을 믿지 않는다 해도 별로 중요하지 않다네.

자크 왜요?

주인 그걸 말하는 사람에게만 위험이 따르는 법이니까. 고로 난 입을 다물겠네.

자크 그럼 예감은요?

주인 난 예감을 비웃지. 하지만 고백하건대 몸을 떨면서 비웃지. 그중에는 아주 놀라운 것도 있으니까. 어렸을 때부터 우린 그런 이야기를 들으면서 자라 왔지. 그대 꿈이 대여섯 번 실현되었을 무렵, 어느 날 그대 친구가 죽는 꿈을 꾼다면, 그대는 이튿날 아침 무슨 일이 일어났는지 알아보기 위해 당장 친구 집으로 달려갈 걸세. 하지만 결코 부정할 수 없는 예감도 있는 법이라네. 이를테면 멀리서 일어나는 일에 대해 바로 그 순간 예감을 느끼는 경우인데, 즉 상징적인 예감 말일세.

자크 나리께서는 때로 너무 심오하시고 너무 숭고하셔서, 무슨 말씀인지 이해하지 못하겠는걸요. 예를 들어 가며 설명해 주실 수는 없나요?

주인 그보다 쉬운 일은 없네. 한 여인이 담석증에 시달리는 여든 살 된 남편과 함께 시골에서 살고 있었다네. 그런데 남편이 수술을 받기 위해 아내를 두고 도시로 갔다네. 수술 전날 그는 아내에게 "이 편지를 받는 순간 난 콤 수도사[41]의 메스 아래 있을 거요……."라고 썼네. 자크, 자네는 반지 두 개를 하나로 붙여 각각에 남편 이름과 아내 이름을 새겨 놓은 결혼반지를 아는가? 남편 편지를 받았을 때 아내도 그런 반지를 끼고 있었네.

---

41) Cosme 또는 Côme(1703~1781). 실제 인물로, 그날 저녁에 운송하려던 해부용 시체에 그가 너무 많은 강심제를 놓았더니 죽은 사람이 살아났다는 일화를 디드로는 한 편지에 썼다.

그런데 편지를 여는 순간 반지가 두 개로 갈라지며 아
내 이름이 새겨진 것은 그대로 손가락에 있는데 남편
이름이 새겨진 것은 그녀가 읽고 있는 편지 위로 떨어
지더니 깨졌다네. 그런 상황에서 그런 일을 보고도 동
요하지 않을 만큼 머리나 마음이 확고한 사람이 있다
고 생각하는가? 그 아내도 꼭 죽는 줄만 알았네. 수술
이 잘 끝나 이제 위험한 고비는 다 넘겼으며 월말 전
에 그녀에게 키스할 기대로 부풀어 있다는 남편의 다
음 편지를 받을 때까지 그녀의 불안은 계속되었다네.

자크   진짜로 키스했나요?

주인   그렇다네…….

자크   제가 이런 질문을 하는 것은 운명이 용의주도하다는
걸 여러 번 목격했기 때문입니다. 사람들은 처음에는
운명이 자신들을 속인다고 말하지만 두 번째에는 운
명이 옳았다는 걸 알게 되죠. 고로 나리께서는 제 경
우가 상징적 예감이라고 믿으시는 거죠. 그리고 나리
뜻과는 달리 제가 철학자의 죽음이라는 위험에 처했
다고 믿으시는 거고요.

주인   네게 감출 수가 없구나. 하지만 이런 울적한 생각에서
벗어나기 위해 네가…….

자크   제 사랑 이야기를 하란 말씀이시죠?

    자크가 다시 사랑 이야기를 했다. 아마도 우리는 그를 외과
의사와 함께 내버려 뒀을 것이다.

외과 의사   당신 무릎을 고치려면 오래 걸릴 거요.

자크   정확히 저기 높은 곳에 쓰인 것만큼 걸릴 텐데 무슨 상관이란 말입니까?

외과 의사   날마다 숙박비며 식비며 치료비며 상당한 금액이 들 거요.

자크   그 모든 기간 동안의 총액이 아니라, 하루에 얼마죠?

외과 의사   25수인데 너무 많소?

자크   너무 많습니다. 전 가난한 사람입니다. 자, 절반으로 하고, 되도록 빨리 당신 집으로 옮기는 것에 대해서나 생각하시죠.

외과 의사   12수 반이라니! 너무 적은데요. 자, 13수로 합시다.

자크   12수 반, 13…… 좋습니다.

외과 의사   그리고 매일매일 지불하는 거요?

자크   그게 조건인데요.

외과 의사   농담을 잘 받아들이지 않는 무서운 여편네가 있기 때문이라오.

자크   의사 양반, 자, 당신의 무서운 부인 곁으로 날 빨리 데려다 놓도록 하시오.

외과 의사   날마다 13수씩…… 한 달이면 19리브르 10수인데, 20프랑으로 합시다.

자크   좋습니다. 20프랑으로 하죠.

외과 의사   식사도 훌륭하고 치료도 잘 받고, 빨리 회복되기를 원하겠지요? 식비나 방세, 치료비 외에도 아마 약값, 침대 시트 값이 있을지도 모르겠소. 또……

자크   또 뭐가 있는데요?

외과 의사   정말이지 전부해서 24프랑 합시다.

자크   그렇다면 24프랑 하죠. 하지만 더 이상 추가하는 일은 없기요.

외과 의사   한 달에 24프랑이면 두 달에 48리브르, 석 달이면 72리브르. 당신이 도착하면서 미리 72리브르의 절반만 낼 수 있어도 아내가 무척 기뻐할 텐데!

자크   그렇게 하죠.

외과 의사   더 기뻐할 방법도 있는데…….

자크   석 달 치를 내야 한다면 그렇게 하죠.

자크가 덧붙였다. "외과 의사는 초가 주인에게로 가 합의 사항에 대해 말했어요. 그러자 남편이며 아내, 아이들이 안심했다는 표정으로 제 침대 곁으로 몰려왔죠. 그들은 제 건강과 무릎에 대해 끝없이 질문한 다음 그들의 대부인 외과 의사와 그 아내에 대해서도 칭찬을 늘어놓고 또 제게도 끝없는 축복을 했죠. 그 감동적인 친절함이라니! 나를 보살피려는 그 열성이며 관심이라니! 외과 의사는 물론 제게 돈이 있다는 걸 말하지 않았지만, 그들은 의사의 됨됨이를 알아서 그가 데리고 간다고 하자 다 알아차린 거죠. 전 그들에게 신세 진 것도 다 갚았어요. 아이들에게도 조그만 선물을 했지만 부모가 그들 손에 오래 두지 않았죠. 그때는 아침이었어요. 주인은 밭에 나갔고, 여주인은 어깨에다 커다란 바구니를 지고 나갔죠. 아이들은 돈을 뺏긴 게 서러워 불만스러운 표정으로 사라졌죠. 침대에서 저를 꺼내 옷을 입혀 주고 들것에 실어 줄 사람은 의사 외에는 아무도 없었어요. 의사는 목이 터져라 외쳤지만 아무 소리도 들리지 않았죠."

주인　그래서 혼잣말하기를 좋아하는 자크는 분명 이렇게 말했겠지. "푸대접받기를 원치 않는다면 절대로 미리 돈을 내지 마시오."라고.

자크　아닌데요, 나리. 그때는 도덕적인 고찰을 할 때가 아닌, 초조해서 욕설을 퍼부을 때였죠. 그래서 전 초조해서 욕설을 퍼부었어요. 그러고 나서야 도덕적 고찰을 했죠. 제가 도덕적인 고찰을 하는 동안, 외과 의사는 절 혼자 두고 나가더니 잠시 후에 두 농부와 함께 다시 나타났어요. 절 옮기려고 제가 지불하는 걸로 그들을 고용했다는 거였죠. 그는 그 점을 분명히 했어요. 그들은 막대기 위에다 매트리스를 깐 일종의 들것 같은 데에다 절 눕히기 위해 모든 채비를 하더군요.

주인　그거 잘됐군! 드디어 외과 의사 집에 안착하여 그의 부인이나 딸을 사랑하게 되었으니.

자크　나리께서는 잘못 생각하고 계시는군요.

주인　넌 내가 네 사랑 이야기의 첫마디도 듣지 못한 채 의사 집에서 석 달이나 기다릴 거라고 생각하느냐? 제발 그 집 묘사나 의사 성격, 의사 부인의 기분, 네 회복의 진전 같은 건 생략해 다오. 그 모든 건 건너뛰고 본론으로 들어가 다오, 본론으로. 자, 이젠 네 무릎이 거의 완쾌되고 건강해져서 사랑하게 되었다.

자크 나리께서 그렇게 서두르시니, 전 사랑하게 되었어요.

주인 누굴 사랑한 거지?

자크 키가 큰 갈색 머리에다 몸매가 근사한 열여덟 살 여자죠. 커다란 검은 눈동자와 새빨간 작은 입술과 예쁜 팔과 손…… 아, 나리, 정말 예쁜 손이었어요……! 그런데 그 손이…….

주인 그 손을 아직도 잡고 있는 것 같으냐?

자크 나리께서도 그 손을 잡은 적이 있어요. 그것도 한 번 이상 몰래 잡았죠. 하지만 나리께서 원하는 걸 하도록 내버려 두는 건 오로지 그 손에 달려 있었어요.

주인 정말로 난 그런 이야기를 들으리라고는 기대하지 않았는데.

자크 저도 마찬가지예요.

주인 아무리 생각해 봐도 갈색 머리에 키 큰 여자나 예쁜 손은 기억나지 않는데, 자세히 설명해 봐라.

자크 그러죠. 하지만 오던 길로 되돌아가서, 외과 의사 집으로 다시 들어간다는 조건이라면 하죠.

주인 그것이 저기 높은 곳에 씌어 있다고 믿느냐?

자크 그걸 제게 가르쳐 줄 사람은 바로 나리입니다. 하지만 여기 이곳에는 "천천히 가는 사람은 안전하다.(chi va piano va sano.)"라고 적혀 있습니다.

주인 그리고 "안전하게 가는 사람은 멀리 간다.(chi va sano va lontano.)"지. 하지만 난 빨리 알고 싶은데.

자크   자, 어떻게 결정하셨습니까?

주인   네가 바라는 대로 하지.

자크   그렇다면 우린 다시 외과 의사 집에 있습니다. 그리고 우리가 그곳으로 돌아가리라는 건 저기 높은 곳에 씌어 있죠. 의사와 의사 아내, 아이들은 온갖 노략질로 제 지갑을 탕진하려고 애를 썼고 곧 그렇게 하는 데 성공했죠. 제 무릎 부상도 많이 회복된 것처럼 보였지만 실제로는 그렇지 않았어요. 상처는 대강 아물었죠. 지팡이를 짚고 외출할 정도로요. 제게는 아직도 18프랑이 남아 있었어요. 말더듬이만큼 말하기를 좋아하는 사람도, 절름발이만큼 걷기를 좋아하는 사람도 없는 법이죠. 어느 가을날 점심 식사 후 날씨가 아주 화창했기 때문에 전 좀 오래 산책하기로 계획했어요. 제가 사는 마을에서 이웃 마을로 가려고 작정했는데 8킬로나 되는 거리였죠.

주인   그 마을 이름이 뭐였지?

자크   제가 그 마을 이름을 말한다면 나리께서는 모든 걸 알아차릴 텐데요. 그곳에 도착해서 전 주막으로 들어가 목을 축이며 쉬고 있었어요. 해가 지기 시작해서 숙소로 돌아가려고 했는데, 제가 있던 주막에서 한 여자의 날카로운 비명 소리가 들렸어요. 나와 보니 한 여자 옆에 사람들이 몰려 있더군요. 그 여자는 땅바닥에 주저앉아 머리칼을 쥐어뜯으며 커다란 항아리의 부서진 조각들을 가리키며 말했죠. "전 망했어요. 한 달

동안 완전히 망했어요. 그동안 누가 우리 아이들을 먹여 살리죠? 돌보다 더 냉혹한 집사는 1수도 면해 주지 않을 거예요. 전 얼마나 불행한가요! 망했어요, 망했어……!" 모든 사람들이 그녀를 동정했고 제 옆에서 "불쌍한 여자 같으니라고!" 하는 소리가 들렸지만 아무도 주머니에 손을 넣는 사람은 없었어요. 제가 불쑥 다가가서 그 여자에게 물어보았죠. "아주머니, 무슨 일입니까?" "무슨 일이냐고요? 저기 보이지 않습니까? 기름 항아리 심부름을 하다가 그만 발을 헛짚어 이렇게 넘어져서 항아리가 깨져 버렸어요. 항아리 가득 기름이 들어 있었는데……." 그때 부인의 아이들이 나타났는데 거의 벌거숭이였어요. 부인의 남루한 옷차림은 그들이 얼마나 궁핍하게 사는지 말해 주었어요. 어머니와 아이들이 울기 시작했죠. 나리께서도 아시겠지만 그보다 열 배나 사소한 일에도 감동하는 저 아닙니까? 오장육부까지 연민의 감정으로 휩싸인 저에게서 눈물이 다 나오더군요. 그래서 부인에게 여러 번 끊어지는 목소리로 항아리에 있는 기름이 얼마나 하느냐고 물어보았죠. 그러자 부인은 손으로 하늘을 가리키며 "얼마나 하느냐고요? 9프랑어치나 된답니다. 제가 한 달에 버는 것보다 더 많은 금액인걸요."라고 대답하더군요. 전 즉시 지갑을 열고 6프랑짜리 에퀴 두 개를 던지면서 "자, 가지세요, 부인. 여기 12프랑이 있으니……." 하고는 감사하다는 소리도 들지 않고 마을로 돌아가는 길로 들어섰죠.

주인   아주 훌륭한 일을 했구나.

자크   실례지만 바보짓을 한 거죠. 적어도 그 마을에서 한 백 보쯤 멀어졌을 때 전 그렇게 말했어요. 그리고 한 절반쯤 멀어졌을 때에는 정말로 바보짓을 했다고 중얼거렸고, 외과 의사 집에 도착해서 텅 빈 호주머니를 볼 때는 정말로 달리 느꼈죠.

주인   네 말이 옳을지도 모르지. 그리고 내 칭찬이 네 동정심만큼이나 부적절한지는 모르겠지만, 하여간 난 내 첫 번째 판단을 고수하겠다. 네 행동의 주된 가치는 바로 네게 필요한 것을 잊어버렸다는 데 있다. 다음 날 일어났을 일도 짐작이 가는군. 넌 외과 의사와 그 아내의 냉혹함에 직면하여 그 집에서 쫓겨났겠지. 그러나 네가 아무리 그들 집 문 앞에서 비참한 상태로 죽는다 할지라도 넌 그 비참한 상태에서도 자신에게 만족할 것이다.

자크   나리, 제게 그런 힘은 없는걸요. 전 그럭저럭 걸어 나갔죠. 나리께 고백하지만 은화를 준 걸 후회하면서요. 후회한다고 해서 되찾을 수 있는 것도 아닌데 제가 한 일을 후회하는 것으로 기분을 다 잡쳐 버리면서요. 그 두 마을 사이의 중간쯤 되는 곳에 이르렀을 때 해가 완전히 져서 캄캄했어요. 그때 강도 셋이 길가 가시덤불 속에서 나와 갑자기 덤벼들며 저를 때려눕히더니 호주머니를 뒤졌어요. 그러고는 돈이 거의 없다는 걸 알고 아주 놀라워했죠. 더 나은 노획품을 기대했는데 말이에요. 그들은 제가 마을에서 적선하는 걸 보고, 저렇게 빨리 반 루이를 포기하는 걸 보면 아직도 20 루이는 더 가졌을 거라고 상상한 거죠. 그들의 기대가 어긋났고, 또 제가 그들 얼굴을 알아보고 고발해서 붙잡히면 구리 돈 몇 푼 때문에 교수대에서 뼈가 부러질지도 모른다고 생각하니 몹시 화가 났던지 잠시 동안 저를 죽일까 말까 망설이더군요. 다행히도 그때 무슨 소리가 들렸고 그들은 도망갔어요. 덕분에 전 넘어지면서 입은, 또는 그들이 훔치는 동안 입은 몇몇 타박상을 제하고는 별 탈이 없었죠. 강도들이 멀어지자 전 그 자리에서 물러나 마을을 향해 최선을 다해 걸어갔는데 그곳에 도착해 보니 새벽 2시더군요. 얼굴은 창백했고 옷차림은 흐트러졌으며 무릎 통증은 점점 심해만 갔고, 제가 입은 타박상으로 몸 여기저기가 쑤셨어요. 의사는……. 나리, 무슨 일이십니까? 나리께서는 마치 적과 마주친 것처럼 이를 꽉 물고 흥분하고 계시니.

주인 그래, 맞아. 손에 검이 있다면 당장 달려가서 그 강도들에게 복수하고 싶구나. 저 큰 두루마리를 쓴 자가 어떻게 자비로운 행동에 대한 보상이 그렇게 될 거라고 쓸 수 있단 말이냐? 결점투성이인 한 가련한 자에 불과한 나도 이렇게 너를 옹호하는데, 모든 완벽함의 집대성이라고 불리는 그자는 어떻게 네가 공격받고

넘어지고 학대받고 발길질당하는 것을 가만히 보고
만 있었는지……!

자크　나리, 제발 조용히, 조용히 하십시오. 나리 말씀에서
　　　는 이단자의 냄새가 풍깁니다.

주인　그런데 넌 뭘 바라보고 있느냐?

자크　우리 주위에서 누군가가 나리 말씀을 듣고 있지나 않
　　　은지 살펴보고 있습니다……. 의사가 맥박을 짚어 보
　　　고 열이 있다고 했어요. 전 제 모험에 대해 아무 말도
　　　하지 않고 초라한 침대에 드러누워 어떻게 대처해야
　　　할지를 생각하고 있었죠. 아, 하느님, 그들이 어떤 인
　　　간이었는데요! 돈이 한 푼도 없으니 내일 아침 깨어
　　　나면 매일 내기로 합의한 돈을 요구할 게 틀림없었
　　　어요.

　　이 부분에서 주인은 자크의 목을 감싸며 소리 질렀다. "내
불쌍한 자크, 어떻게 할 거지? 네가 어떻게 될까? 네 처지가
걱정되는구나."

자크　안심하십시오, 나리. 여기 이렇게 있지 않습니까?

주인　그걸 생각하지 않았구나. 난 네가 의사 집에서 깨어나
　　　사람들이 돈을 요구하러 온 그 이튿날 아침 네 옆에
　　　있었구나.

자크　나리, 우리는 인생에서 무엇을 슬퍼해야 할지 무엇을
　　　기뻐해야 할지도 모르는 법입니다. 좋은 것은 나쁜 것

을, 또 나쁜 것은 좋은 것을 가져오는 법이니까요. 우리는 저기 높은 곳에 쓰인 것 아래서 우리 소망과 기쁨, 슬픔 속에 제정신이 아닌 채 어둠 속을 걸어가는지도 모릅니다. 전 눈물을 흘릴 때 제가 자주 바보라는 생각이 듭니다.

주인 그렇다면 웃을 때는?

자크 웃을 때도 여전히 바보라는 생각이 듭니다. 어쨌든 전 울거나 웃을 수밖에 없죠. 바로 그 점이 저를 화나게 합니다. 백 번이나 시도해 봤지만…… 밤새도록 눈을 붙일 수가 없었어요.

주인 아니, 네가 시도한 것이 무엇인지 먼저 말해 보거라.

자크 모든 일에 아랑곳하지 않는 거죠. 아! 제가 성공할 수만 있다면.

주인 그게 무슨 도움이 되지?

자크 근심으로부터 해방되거나 아무것도 필요로 하지 않는 데에, 또는 자신을 완전히 지배하여 길모퉁이 말뚝에 부딪혀도 베개 위에 드러누울 때만큼이나 편안하게 느끼는 데에 도움이 되죠. 때로 제가 하는 것처럼 말입니다. 하지만 오래가지 않는다는 게 문제입니다. 아주 중요한 순간에는 바위처럼 단단하고 확고해도 아주 작은 반대나 하찮은 일에는 자주 당황하니 말입니다. 스스로 따귀를 때리고 싶을 정도랍니다. 그래서 전 체념했어요. 자신을 있는 그대로 받아들이기로 결심했죠. 그리고 곰곰이 생각해 보니 이러나저러나 거의 마찬가지더군요. 단지 덧붙일 게 있다면 "내가 어떻게 생겨 먹었든지 무슨 상관이란 말인가?"라는 거죠. 그건 다른 종류의 체념으로, 더 쉽고 더 편해요.

주인 편하다는 건 확실하지.

자크 아침이 되자마자 외과 의사는 커튼을 걷고 말했어요. "자, 무릎을 좀 봅시다. 난 오늘 먼 곳에 가야 하니까." "의사 선생님, 졸린데요."라고 전 고통스럽게 말했어요. "잘됐군, 좋은 징조요." "자게 내버려 두세요. 치료를 안 받아도 괜찮으니까요." "별 지장은 없지만…… 그렇다면 잘 자시오." 그 말을 하고 의사는 커튼을 닫았죠. 전 자지 않았어요. 한 시간 후에 의사 부인이 커튼을 열며 말했어요. "자, 설탕 친 토스트를 드세요." "부인, 식욕이 없는데요." 전 고통스럽게 대답했죠. "잡수세요. 돈을 더 낼 것도 덜 낼 것도 아닌데요." "전 먹고 싶지 않아요." "할 수 없죠, 뭐. 애들과 저나 먹죠." 그 말을 하고서 부인은 커튼을 닫았고 아이들을 불러 설탕 친 제 토스트를 먹어 치우기 시작했어요.

독자여, 내가 여기서 잠깐 쉬고, 한 번에 몸뚱어리가 하나밖에 없기 때문에 셔츠 한 벌만 가진 사람 이야기를 다시 한다면 당신이 어떻게 생각할지 알고 싶다. 그대는 내가 어떻게 빠져 나올지 모르는, 볼테르식으로 말하면 '막다른 길' 또는 저속하게 말하면 '궁지'[42]라는 것에 몰려서 시간을 벌려고 또는 내가 시작한 것으로부터 빠져나올 방법을 찾으려고 제멋대로 꾸민 콩트에 달려든다고 생각하겠지. 독자여, 그대 생각은 완전히 틀렸다. 난 자크가 어떻게 곤경에서 빠져나올지 잘 알고, 또 몸뚱어리가 하나밖에 없기 때문에 셔츠 한 벌만 가진 사람인 구스에 대해 하려는 이야기도 절대 콩트가 아니다.

어느 성신 강림 축일[43] 아침, 난 구스로부터 자기가 갇힌 감옥으로 와 달라고 간청하는 쪽지를 받았다. 옷을 입는 동안 난 그의 모험에 대해 상상해 보았다. 아마도 그의 양복쟁이, 빵집 주인, 포도주 가게 주인, 또는 집주인이 구인장을 획득하고 집행한 것이 아닐까 생각했다. 내가 도착했을 때 그는 음산한 사람들과 한 방에 있었다. 그들이 누구냐고 물어보았다.

"코에 안경을 걸친 저 늙은이는 계산에 아주 능한 사람으로 자기 계산에 맞추어 장부를 위조하는 사람입니다. 아주 어려운 일이죠. 우린 그 일에 대해 함께 얘기했습니다. 하지만 난 그가 성공하리라는 걸 믿어 의심치 않습니다."

"그리고 저자는?"

"저자는 바봅니다."

"그 외에 또?"

---

42) 볼테르(Voltaire)는 프랑스어로 궁지, 막다른 길을 의미하는 단어 cul-de-sac(직역하면 자루 밑바닥 또는 엉덩이란 뜻이다.)이 너무 저속하다 하여 같은 뜻을 지닌 영어 impasse를 쓸 것을 제안했다. 이에 대해 디드로는 민중의 언어나 속어 사용에 적극 찬성하는 입장을 표명했다.
43) 부활절로부터 오십 일 후임.

"공공 어음을 위조하는 기계를 발명한 바보인데, 스무 군데나 결함이 있는 아주 형편없는 불량 기계입니다."

"세 번째 작자는? 저기 하인 제복을 입고 첼로를 켜는 사람 말이오."

"그는 다만 기다리는 중입니다. 사건이 대수롭지 않아서 아마 오늘 저녁이나 내일 아침쯤은 비세트르[44]로 이송될걸요."

"그리고 당신은?"

"저요? 제 사건은 더 대수롭지 않습니다."

이렇게 대답하고 나서 그는 자리에서 일어나더니 침대 위에다 모자를 놓았다. 그러자 즉시 옆에 있던 감옥 동료 셋이 사라졌다. 내가 그곳에 갔을 때 구스는 실내 가운 차림으로 탁자 앞에 앉아 마치 자기 집에 있는 것처럼 조용히 기하학 도형을 그리며 공부를 하고 있었다. 우리 둘만이 남았다. "여기서 무얼 하는 거요?"

"저요? 보시다시피 공부하고 있습니다."

"누가 당신을 여기에 집어넣었소?"

"제가요."

"어떻게 당신이?"

"네, 제가 그랬습니다."

"어떻게 했기에?"

"다른 사람을 집어넣을 때와 마찬가지죠. 저 자신에게 소송

<hr />

44) Bicêtre. 루이 13세 때 부상병을 위한 파리 근교의 병원이었으나 앵발리드를 건축한 후에는 감옥으로 쓰였다. 그곳 환경이 무척 고통스러웠던 것으로 알려져 있다.

을 걸었고, 이겼습니다. 저 자신에 대한 판결과 그 후속 조치인 집행 명령에 의거해 체포되었고, 여기로 이감된 겁니다."

"당신 미쳤소?"

"아닙니다, 선생님. 전 일이 일어난 그대로 말씀드리는 겁니다."

"당신은 당신 자신에게 또 다른 소송을 걸어 이겨서 또 다른 판결과 시행령으로 석방될 수는 없소?"

"그건 안 됩니다. 선생님."

구스는 자기 아내보다 더 자주 필요로 하는 예쁜 하녀를 두었는데, 이 불공평한 배분이 가정의 평화를 깨뜨렸다. 소문에 별 신경을 쓰지 않는 사람들 가운데서도 가장 신경을 쓰지 않는 이 남자를 괴롭히는 것은 무척 어려운 일이었는데도 그는 아내를 떠나 하녀와 살기로 결심했다. 하지만 그의 전 재산은 가구와 기계, 그림, 연장, 또 다른 동산들로 이루어져 있어 자기가 빈손으로 가는 것보다는 아내를 빈털터리로 남겨 놓고 가는 편을 더 좋아했으므로 그는 다음과 같은 계획을 세웠다. 즉 하녀에게 어음을 써 주어 하녀가 지불을 요구하며 동산을 차압하고 매매할 권리를 획득하면, 그 동산들을 하녀와 함께 살 생미셸 다리 근처 집으로 옮기는 것이었다. 그는 그 계획에 매료되어 어음을 쓰고 서명했다. 소송 대리인도 두 명 고용했다. 그는 이 사람 저 사람을 좇아다니며 맹렬히 자신을 기소하게 했다. 하지만 자신을 공격하는 일은 잘했지만 방어하는 데는 서툴렀다. 그는 유죄 판결로 모든 걸 갚으라는 명령을 받았다. 머릿속에서는 자신의 집에 있는 걸 모두 확보했지만, 실제로는 그렇게 되지 않았다. 그는 아주 교활한 하녀를 상대했는데, 그녀는 그 명령을 가구에 집행하는 대신 사람에게 적용하여 그를 체포하게 하고 감옥에 가두게 했다. 그러므로 구스가 나에게 한 그 수수께끼 같은 대답은 좀 이상하게 들릴지는 모르지만 사실이었다.

그대가 콩트로 간주하는 이 이야기를 말하는 동안…….

— 첼로를 켜는 그 제복 입은 사나이 이야기는? — 독자여, 내 명예를 걸고 약속하지만 그대는 결코 그 이야기를 놓치지 않을 것이다. 하지만 지금은 내가 자크와 주인에게 돌아갈 수 있도록 허락해 달라. 자크와 주인은 하룻밤을 보내게 될 숙소에 다달았다. 늦은 시각이었다. 도시 성문이 닫혀서 그들은 성문 밖 교외에 머물러야 했다. 거기서 시끄러운 소리가 들린다……. — 들린다고? 당신은 거기 없는데? 당신과 전혀 상관없는 일이다. — 사실이다. 하지만 자크와 주인은…… 엄청난 소리가 들린다. 두 남자가 보인다. — 당신은 아무것도 보지 않는다. 당신 이야기가 아니다. 당신은 거기 없다. — 사실이다. 두 남자가 그들이 머무르는 방문 가까이에 있는 식탁에서 조용히 이야기를 나누고 있었다. 그 옆에는 한 여자가 주먹을 허리에 대고 쉴 새 없이 욕설을 퍼붓고 있었다. 자크가 그녀를 진정하려 했지만 그녀는 그 평화적인 충고에 전혀 귀를 기울이지 않았다. 마찬가지로 그 두 남자도 그녀가 퍼붓는 욕설에 전혀 개의치 않았다. 자크가 그녀에게 말했다. "조금만 참으세요. 좀 진정하시고, 자, 무슨 일이죠? 저 사람들은 신사같아 보이는데."

"신사라고요? 인정도 감정도 동정심도 없는 폭도들이에요. 가련한 니콜이 도대체 무슨 짓을 했기에 이렇게 학대한 거죠? 아마도 니콜은 여생을 불구로 보내게 될 거예요."

"부인이 생각하는 것처럼 부상이 그렇게 심하지 않을지도 모릅니다."

"충격이 대단했다고 했잖아요. 불구가 될 거예요."

"두고 봐야 합니다. 외과 의사를 찾으러 보내야 합니다."

"벌써 보냈어요."

"니콜을 침대에 눕히세요."

"벌써 눕혔어요. 니콜의 비명 소리에 가슴이 찢어질 것만 같군요. 아, 불쌍한 니콜!"

이런 탄식 가운데서도 사람들은 옆에서 소리를 지르고 종을 울렸다. "여주인, 포도주를 주시오……." "곧 가요."라고 그녀는 대답했다. 또 한쪽에서는 "여주인, 시트를 주시오."라고 소리쳤고 "곧 가요."라고 그녀는 대답했다. "커틀릿과 오리고기를 주시오." "곧 가요." "술병과 요강을 주시오." "곧 가요. 가요." 여인숙 다른 한구석에서는 몹시 화가 난 남자가 소리쳤다. "이 저주받은 수다쟁이야! 지독한 수다쟁이야! 도대체 무슨 일에 참견하는 거지? 내일까지 나를 기다리게 할 작정이냐? 자크, 자크!" 고통과 분노를 약간 진정시킨 여주인이 자크에게 말했다. "이젠 절 내버려 두세요. 당신은 정말 친절하시군요."

"자크, 자크!"

"빨리 가세요. 당신이 이 불쌍한 것의 불행에 대해 모두 아신다면……."

"자크, 자크!"

"가세요. 당신을 부르는 사람이 당신 주인인가 보군요."

"자크, 자크!"

정말 자크의 주인이었다. 혼자서 옷을 벗고 배가 고파 미칠 지경인데도 식사를 주지 않아 초조해진 주인이었다. 자크는 방으로 올라갔고 잠시 후에 여주인이 아주 낙담한 표정으로 올라왔다. "나리, 죄송해요."라고 그녀가 자크의 주인에게 말했다. "우리 인생에는 정말로 소화할 수 없는 것들도 많답니다. 나리, 무얼 드시겠어요? 닭고기, 비둘기 고기, 질 좋은 산토끼 등심, 집토끼 고기가 있답니다. 이 지역은 특히 질 좋은 토끼 고기로 유명하죠. 아니면 물새 고기가 더 나으시겠어요?" 자크는 습관대로 자신의 식사와 주인의 식사를 주문했다. 식사가 나왔고 주인은 게걸스럽게 먹으면서 자크에게 말했다. "네 녀석은 도대체 거기서 뭘 하고 있었느냐?"

자크 어쩌면 좋은 일이고 어쩌면 나쁜 일일지 누가 아나요?

주인 어떤 좋은 일, 어떤 나쁜 일을 하고 있었지?

자크 저기 있는 두 작자들에게 여주인이 얻어맞을 뻔한 걸 막았죠. 저 작자들이 여주인 하녀의 팔을 적어도 하나는 부러뜨렸어요.

주인 그렇다면 얻어맞는 게 그녀를 위해 좋은 일인지도 모른단 말이냐…….

자크 더 나은 이유들이 수없이 많기 때문이죠. 제 인생에 있어 가장 행복했던 일 중 하나도…….

주인   얼어맞았기 때문이라는 거지. 마실 것을 다오.

자크   네, 나리. 한밤중에 큰길에서 얼어맞았기 때문이죠. 나리께 말씀드린 것처럼, 제 의견으로는 바보짓이고 나리 의견으로는 돈을 주는 착한 일을 한 후에 마을에서 돌아오는 길에 말입니다.

주인   기억 나는군……. 마실 것을 다오. 네가 아래층에서 진정시켰다는 싸움과, 여주인의 딸인지 아니면 하녀인지에게 한 그 가혹 행위의 원인은 무엇이냐?

자크   정말이지 저도 모르겠는걸요.

주인   어떤 사건인지도 모르면서 끼어들다니! 자크, 그건 신중함도, 정의도, 원칙도 아니다. 마실 것을 다오…….

자크   전 원칙이란 것이 뭔지 잘 모릅니다. 다만 자신을 위해 다른 사람을 지배하려고 내리는 규칙이 아니라면 말입니다. 생각하는 것과 행동하는 건 다르니까요. 모든 서약은 왕이 내리는 칙령의 전문과도 흡사하죠. 모든 설교자들은 우리가 더 나아질 거라고 하면서 그들의 교훈을 실천해 주기를 바라지만 그들 자신은 틀림없이…… 미덕이란…….

주인   미덕은 좋은 것이다. 악인이나 선인이나 다 좋다고 말하니. 마실 것을 다오.

자크   그건 그들이 거기서 이득을 보기 때문이죠.

주인   구타당한 것이 어째서 네게 커다란 행복을 가져다주었단 말이냐?

자크   시간이 너무 늦었군요. 나리께서는 배불리 드셨고 저도 잘 먹어서 우리 두 사람 다 피곤하니 그만 잠자리에 들도록 하죠.

주인 　그럴 수는 없다. 아직도 여주인이 가져올 게 있으니 그동안 네 사랑 이야기나 해 보거라.

자크 　어디까지 했나요? 이번뿐만 아니라 다음번에도 제 이야기 진로를 바르게 인도해 주세요.

주인 　그건 내가 맡지. 대사 일러 주는 사람의 역할을 해 본다면, 넌 돈이 없어 어찌할 바를 모르고 침대에 누워 있었지. 그동안 의사 아내와 아이들은 설탕 친 네 토스트를 먹고 있었고.

자크 　그때 문 앞에서 마차 멈추는 소리가 들렸죠. 한 하인이 들어오더니 묻더군요. "여기가 지팡이를 짚고 다니며 어젯밤 이웃 마을에서 돌아온 불쌍한 병사가 살고 있는 곳입니까?"

　　　"그렇습니다만." 하고 의사 아내가 대답했죠. "그에게 무슨 볼일이 있으신 건가요?"

　　　"이 마차에 태워 모시고 가려고요."

　　　"저기 침대에 있어요. 커튼을 열고 말씀해 보세요."

여주인이 들어와 그들에게 "디저트로 뭘 드시겠어요?"라고 물었을 때 자크는 거기까지 이야기했다.

주인 　있는 걸로 아무거나 주시오.

여주인은 내려가지 않고 방에서 소리쳤다. "나농, 과일과 비스킷 그리고 잼을 가져와라……." 나농이라는 말에 자크는 혼자서 중얼거렸다. "아, 저 여자의 딸을 때렸구나. 그렇다면 그보다 더 작은 일에도 화를 내는 게 당연하지……." 주인이 여주인에게 말했다. "좀 전에 몹시 화가 났었다면서요?"

여인숙 여주인 화를 내지 않을 사람이 어디 있겠어요? 그 불쌍한 것이 아무 짓도 안 했는데. 그 녀석이 그들 방에 들어가자마자 비명 소리가 들렸어요. 비명 소리요. 하지만 이제 좀 진정되는군요. 외과 의사가 대단치 않다고 했으니. 머리와 어깨에 커다란 타박상을 두 개 입긴 했지만.

주인 데리고 있은 지가 오래되오?

여인숙 여주인 기껏해야 이 주죠. 이웃 역참에 버려졌었어요.

주인 뭐라고? 버려지다니?

여인숙 여주인 네, 그래요. 때로는 돌보다 더 냉혹한 사람들이 있는 법이죠. 근처 강을 지나오면서 물에 빠지는 줄 알았대요. 여기까지 온 것도 기적이에요. 자비를 베풀어 받아들였죠.

주인 몇 살이오?

여인숙 여주인 한 살 반 조금 더 됐을 거예요…….

이 말에 자크가 웃음을 터뜨리며 소리쳤다. "아, 암캐로군요!"

여인숙 여주인   세상에서 가장 귀여운 짐승이죠. 10루이를 준
               다 해도 바꾸지 않을 거예요. 불쌍한 니콜!

주인   부인은 인정이 많군요.

여인숙 여주인   나리께서도 지적하셨지만 전 짐승이나 하인 들
               에게 애착이 많아요.

주인   아주 훌륭하시군요. 그런데 당신의 니콜을 학대한 저
        자들은 누군가요?

여인숙 여주인   이웃 도시의 두 부르주아랍니다. 그들은 쉴 새
               없이 귀에다 소곤거리는데 사람들이 그들이 말하는
               거나 그들에게 일어난 일을 모른다고 생각하는 모양
               이에요. 그들이 여기 온 지 세 시간도 안되었지만 전
               그들에게 일어난 일을 하나도 빼놓지 않고 다 안답
               니다. 재미있는 일이에요. 저처럼 자는 게 급하지 않
               으시다면 말씀드리지요. 그들 하인이 제 하녀에게 말
               한 그대로요. 우연히 알고 보니 그들 하인이 제 하녀
               와 동향 사람이었고, 그래서 제 하녀는 들은 이야기를
               제 남편에게 말했고, 또 남편은 제게 말해 줬죠. 저 두
               사람 중 젊은 사람의 장모가 여길 지나간 지 채 석 달
               도 안 되었는데, 그녀는 본의 아니게 시골 수도원으로
               갔지만 오래 살지도 못하고 곧 죽었답니다. 그래서 저
               두 젊은이가 상복을 입은 거랍니다. 저도 모르는 사이
               에 그들 이야기를 시작했군요. 자, 나리들, 안녕히 주
               무세요. 포도주는 괜찮았나요?

주인   아주 훌륭했소.

여인숙 여주인 식사는 마음에 드셨나요?

주인 아주 만족스러웠소. 시금치가 좀 짜긴 했지만.

여인숙 여주인 가끔 전 양념을 너무 많이 치죠. 나리들께서는 세탁한 시트에서 편히 주무실 수 있을 거예요. 우린 시트를 절대 두 번 쓰지 않는답니다.

이렇게 말하고 여주인이 물러갔다. 자크와 주인은 암캐를 여주인의 딸 또는 하녀로 착각한 데 대하여, 또 이 주 전부터야 기르게 된 버려진 개에 대한 여주인의 열정에 대해 웃음을 터뜨리며 자리에 들었다. 자크는 주인이 잘 때 쓰는 모자 끈을 묶으면서 말했다. "이 주막집에 살아 있는 모든 존재 중에서 저 여자가 사랑하는 건 오로지 니콜뿐이라는 걸 전 확신할 수 있죠." 그러자 주인이 대답했다. "그럴 수도 있겠지. 하지만 자자."

자크와 주인이 쉬는 동안 내가 그대에게 약속한 감옥 속 첼로를 켜는 남자 이야기, 아니 그의 동료인 구스가 한 이야기를 들려주겠다. 그는 내게 이렇게 말했다.

"저 세 번째 남자는 대저택 집사인데 파리 유니베르시테 거리[45]에 있는 제과점 여주인을 사랑하게 되었죠. 그녀 남편은 아내 처신보다는 자기 화덕에 더 관심 많은 호인이었어요. 두 연인에게는 남편의 질투심보다 그의 부단한 출현이 더 거추장스러웠죠. 그런 구속에서 벗어나기 위해 그들은 과연 어떤

---

45) rue de l'Université. 파리 7구에 있는 거리로 귀족들의 저택이 많았다.

짓을 했을까요? 집사는 자기 주인에게 진정서를 제출했는데, 거기에는 제과점 주인의 품행이 방탕하여 늘 술집에서 사는 술주정뱅이이다, 여자들 중에서도 가장 정숙하며 불행한 그의 아내를 때린다는 내용이 적혀 있었어요. 집사는 이 진정서로 국왕의 봉인장[46]을 얻는 데 성공했어요. 제과점 주인의 자유를 박탈할 수 있는 봉인장은 즉시 집행되도록 한 체포 담당 경관 손에 넘겨졌죠. 그런데 그 경관은 우연히도 제과점 주인의 친구였는데, 그들은 때때로 포도주 파는 가게에 가서 제과점 주인이 고기 파이를 내면 경관은 술을 사곤 하는 사이였죠. 봉인장을 가진 경관이 제과점 문 앞을 지나면서 약속된 신호를 보냈고 두 사람은 고기 파이를 안주로 술을 마셨어요. 경관이 친구에게 물었죠. '요즘 장사가 어때?'

'아주 잘되네.'

'나쁜 일은 없나?'

'전혀 없네.'

'자넬 싫어하는 적은 없나?'

'적이란 건 모르는걸.'

'자네 부모와 이웃 사람, 그리고 아내와의 관계는 어떤가?'

'우정과 평화 속에 지낸다네.'

'그렇다면 자네를 체포하라는 이 명령은 도대체 어디서 온 걸까? 내 임무를 수행해야 한다면 자네 목덜미를 붙잡고 저기

---

46) Lettre de cachet. 재판을 하지 않고도 마음대로 체포, 구금할 수 있는 봉인장 제도는 왕의 사적인 목적으로도 쓰여 그 폐해가 대단했다. '앙시엥 레짐'의 가장 큰 실책 중 하나로 간주된다.

준비된 마차에 실어 이 봉인장에 지시된 장소로 데려가야 한다네. 자, 읽어 보게나.' 제과점 주인은 그걸 읽고 얼굴이 창백해졌어요. 경관이 말했죠. '안심하게나. 내 안전과 자네 안전을 위해 어떤 게 최선인지 곰곰이 생각해 보세나. 자네 집에 요즘 자주 드나드는 사람이 누군가?'

'아무도 없네.'

'하지만 자네 부인은 애교도 많고 예쁜 편이지.'

'자기가 하고 싶은 대로 하게 내버려 둔다네.'

'자네 부인을 노리는 사람은 없나?'

'정말이지 없네. 한 집사 녀석이 때때로 찾아와 악수를 하고 헛소리를 늘어놓긴 하지만, 내 가게 안에서 나나 종업원들이 보는 앞에서인데…… 그들 사이에 순수한 의도 외에는 아무 일도 없을걸세.'

'자넨 호인이군!'

'그럴 수도 있겠지. 하지만 최선은 자기 아내가 정숙하다고 믿는 게 아니겠나. 그래서 난 그렇게 한다네.'

'그 집사는 어느 댁 집사인가?'

'드 생플로랑탱[47] 각하의 집사네.'

'이 봉인장이 어느 집무실에서 나왔다고 생각하나?'

'어쩌면 드 생플로랑탱 각하 집무실에서?'

'자네 입으로 말했네.'

---

47) Saint-Florentin. 18세기에 국무위원 및 성직자 관할 장관을 지낸 실제 인물로 봉인장 제도와 관계있다.

'아! 내 과자를 먹고 내 아내와 사랑을 하고서는 날 감옥에 가둬! 너무 사악한 짓이야. 난 도저히 믿을 수 없네.'

'자넨 너무 호인이야. 요즘 자네 부인 태도가 어땠나?'

'명랑하다기보다는 슬픈 편이었지.'

'그리고 집사는? 그를 보지 않은 지 오래되었나?'

'어저께, 그래, 어저께 봤네.'

'아무것도 눈에 띄는 게 없었나?'

'난 사람을 잘 보지 않는다네. 하지만 그들이 헤어지면서 뭔가 머리로 한쪽은 예라고 하고 다른 한쪽은 아니라고 하는 것 같았네.'

'예라고 하는 쪽 머리는 누구 것이었나?'

'집사 머리였네.'

'그들은 결백하거나 공범일세. 자, 내 말을 잘 듣게. 자네는 집으로 돌아가지 말고 교회나 수도원 같은 안전한 곳으로 피신하게. 나머지는 내가 알아서 할 테니. 하지만 특히 잊지 말게……'

'침묵을 지키고 나타나지 말라고?'

'그렇다네.'

바로 그 순간 제과점은 염탐꾼으로 둘러싸였죠. 온갖 옷을 입은 정보원들이 제과점 여주인에게 남편 소식을 물어보았고, 여주인은 이 사람에게는 남편이 아프다고 했고, 저 사람에게는 남편이 축제 때문에 외출했다고 했고, 또 다른 사람에게는 결혼식 때문에 길을 떠났다고 했죠. 그가 언제 돌아오느냐는 질문에 대해서는 모른다고 대답했죠.

사흘째 되던 날 밤 새벽 2시에, 외투로 얼굴을 가리고 길가 쪽 문을 살며시 열어 집 안으로 들어가는 사람을 목격했다고 누군가가 경관에게 알려왔어요. 그 즉시 경관은 경찰서장과 열쇠공, 마부, 그리고 순경 몇 명을 데리고 그곳으로 갔죠. 문을 쇠고리로 열고 담당 경관과 서장이 조용히 올라가 여주인 방문을 두드렸어요. 아무 대답도 없었죠. 또 두드렸어요. 여전히 대답이 없었죠. 세 번째 노크 소리에 안에서 '누구세요?'라고 물었죠.

'문을 여시오.'

'누구신데요?'

'문을 여시오. 국왕의 이름으로 왔으니.'

'아, 좋소!' 집사가 잠자리를 같이한 여주인에게 말했죠. '아무 위험도 없소. 담당 경관이 명령을 집행하러 온 것이니 문을 여시오. 내 이름을 말하면 곧 물러갈 거요. 그러면 다 끝난 것이오.'

속옷 바람 여주인이 문을 열고서는 다시 침대 안으로 들어갔죠.

담당 경관 남편은 어디 있소?

제과점 여주인 없는데요.

담당 경관 (커튼을 젖히면서) 그렇다면 저자는 누구요?

집사 접니다. 드 생플로랑텡 각하의 집사입니다.

담당 경관 거짓말하는군. 당신은 제과점 주인이오. 제과점 주인은 제과점 여주인과 자는 사람이니까. 일어나서 옷을 입고 따라오시오.

그는 명령을 따라야만 했고, 그래서 사람들이 여기로 데려온 거랍니다. 장관이 집사의 사악한 행동에 대해 보고받고 경관의 행동을 승인한 거죠. 오늘 저녁 해가 지면 경관이 저 녀석을 감옥에서 비세트르로 이송하기 위해 올 겁니다. 거기서 저 녀석은 관리들의 절약 덕분에 100그램짜리 형편없는 빵과 젖소 고기를 조금 먹으며 아침부터 저녁까지 첼로를 켜겠죠……." 자크와 주인이 깨어나는 걸 기다리며 나 역시 베개에 머리를 대고 잠을 잔다면 그대는 어떻게 할까?

이튿날 아침 자크는 자리에서 일어나 창문에 머리를 대고 날씨를 살펴보았지만 아주 고약해서 주인과 나를 실컷 자게 내버려 두고는 다시 잠자리에 들었다.

자크와 주인, 그리고 같은 숙소에 머물렀던 사람들은 날씨가 정오쯤에는 갤 것이라 믿었지만 전혀 그렇지 않았다. 성 밖과 도시를 갈라놓는 강물이 폭우로 철철 넘쳐흘러 강을 건너기란 무척 위험한 일이었다. 그쪽 방향으로 가려는 사람들은 모두 기다리는 일로 하루 종일을 보내야만 했다. 어떤 이들은 한담을 하기 시작했고, 또 어떤 이들은 방 안을 왔다 갔다 하다 문에다 코를 박고 하늘을 쳐다보며 발길질을 하거나 욕설을 퍼부으며 돌아서곤 했다. 또 어떤 이들은 정치에 대해 토론하거나 술을 마셨다. 그러나 사람들 대부분은 카드놀이를 했고, 나머지 사람들은 담배를 피우거나 잠을 자거나 혹은 아무 일도 하지 않았다. 주인이 자크에게 말했다. "난 자크가 사랑 이야기를 하길 바라는데, 하늘도 내가 그 결말을 듣기를 원하는지 이렇게 나쁜 날씨로 우리를 잡아 두는구나."

자크   하늘이 원한다뇨? 하늘이 원하는 것이나 원치 않는 것을 우리는 결코 알지 못한답니다. 어쩌면 하늘 자신도 모를걸요. 이제는 더 이상 이 세상 사람이 아닌 제 대위님께서도 백 번이나 그렇게 말씀하셨어요. 나이를 먹으면 먹을수록 대위님 말씀이 옳다는 생각이 드는군요. 자, 나리님 차례입니다.

주인   알았네. 마차와 하인 이야기까지 했지. 그런데 의사 아내가 하인에게 커튼을 열고 말하라고 했지.

자크   하인이 제 침대로 다가와 말했죠. "여보시오, 일어나 옷을 입고 출발합시다." 제 머리가 시트와 담요에 둘러싸여 있어 전 그의 얼굴을 볼 수 없었고 그 또한 제 얼굴을 보지 못한 채 대답했죠. "여보시오, 날 내버려 두고 혼자 가시오." 그러자 하인은 주인의 명령을 받았다며 그 명령을 꼭 시행해야 한다고 대답했어요.
"알지도 못하는 사람에게 명령을 내리는 당신 주인은 내 빚을 갚으라는 명령도 내렸소?"
"이미 끝난 일이오. 서두르시오. 모두 성에서 당신을 기다리니. 내가 보증하지만 당신은 여기서보다 훨씬 더 잘 지낼 거요. 만약 당신에 대한 그들의 호기심에 부응하기만 하면 말이오."

저는 그 말에 설득되어 일어나 옷을 입었어요. 그들이 제 팔을 붙들었죠. 의사 아내에게 작별 인사를 하고 마차에 오르려는데 그녀가 제 곁에 다가와 소매를 끌어당기며 할 말이 있으니 구석으로 가자고 하더군요.

"거기 가서서 우리를 원망하시지는 않겠지요? 우리 남편이 당신 다리 하나를 구해 줬고 또 저도 당신을 잘 간호했으니, 성에 가도 우리를 잊지는 않으시겠지요."

"부인을 위해 할 수 있는 일이 뭔데요?"

"당신을 치료하기 위해 제 남편이 와야 한다고 부탁하세요. 그곳에는 사람들이 많거든요! 이 지역에서는 제일 좋은 고객이죠. 성주님은 아주 관대한 사람이라 후하게 지불한답니다. 우리가 한몫 챙기는 일은 오로지 당신 손에 달렸어요. 제 남편은 그곳에 들어가려고 몇 번이나 시도했지만 실패했어요."

"하지만 부인, 성에는 외과 의사가 없나요?"

"물론 있어요."

"그렇다면 만약 당신 남편이 그 외과 의사라면 그를 방해하고 내쫓아도 마음이 편하겠소?"

"당신은 그 의사에겐 아무것도 빚지지 않았잖아요. 제 남편에게는 빚을 졌지만요. 당신이 이전처럼 두 발로 걸을 수 있는 것도 다 제 남편 덕분이잖아요."

"당신 남편이 내게 잘했기 때문에 내가 남에게 해를 끼쳐야 한단 말이오? 그 자리가 비어 있다면 또 몰라도……."

자크가 이야기를 계속하려는데 여주인이 배내옷을 입힌 니콜을 안고 들어왔다. 뽀뽀를 하고 애처롭게 어루만지면서 마치 친자식에게처럼 말을 걸었다. "내 불쌍한 니콜! 밤새도록 소리를 단 한 번밖에 안 질렀어. 나리들께서는 편히 주무셨나요?"

주인　　잘 잤소.

여인숙 여주인　날씨가 온통 흐리군요.

자크　　그래서 기분이 언짢다오.

여인숙 여주인　멀리 가시나요?

자크　　모르오.

여인숙 여주인　누군가를 따라가시나요?

자크　　아무도 따라가지 않소.

여인숙 여주인　그렇다면 가는 도중에 볼일이 있어 그에 따라가다 멈췄다 하시는 거군요.

자크　　볼일은 없소.

여인숙 여주인　재미로 여행하시나요?

자크　　또는 고통 때문에?

여인숙 여주인　재미로 여행하시길 바라요.

자크　　당신 소망은 아무 소용 없을 거요. 저기 높은 곳에 쓰인 대로 이루어질 테니.

여인숙 여주인　아, 결혼에 관한 거군요?

자크　　그럴 수도 있고 그렇지 않을 수도 있소.

여인숙 여주인　나리들, 조심하세요. 우리 니콜을 난폭하게 다룬 저기 아래층에 있는 자가 괴상한 결혼을 했답니다.

142

불쌍한 니콜, 자, 뽀뽀해 줄게. 이젠 그런 일은 더 이상 없을 거야. 약속할게. 이거 좀 보세요. 다리를 온통 떨고 있잖아요!

주인   왜 저 사람의 결혼이 괴상하다는 거요?

자크 주인의 질문에 여주인이 말했다. "아래층에서 소리가 들리는군요. 원하는 걸 챙겨 주고 다시 올라와 이야기해 드릴게요." "부인, 부인." 하고 부르는 데 지친 남편이 올라왔다. 그를 따라 한 친구도 올라왔는데 그는 보지 못했다. 여인숙 주인이 아내에게 말했다. "도대체 여기서 뭘 하는 거요?" 그러고는 뒤로 돌아서다 친구를 보았다. "자네, 내 돈 가져왔나?"

친구   아냐, 내게 돈이 없다는 건 자네도 잘 알잖나.
여인숙 주인   돈이 없다고? 쟁기나 말, 소, 침대를 팔면 돈을 만들 수도 있을 텐데. 이 건달 같으니라고!
친구   난 건달이 아닐세.
여인숙 주인   그렇다면 뭐지? 자네는 너무 궁핍해서 밭에 심을 씨앗을 어디서 구해야 할지도 모르잖는가? 자네 지주조차도 가불하는 데 지쳐 더 이상 아무것도 주려 하지 않지. 그래서 자네는 내게로 왔고. 저 빌어먹을 수다쟁이 여편네가 끼어들어서……. 내 평생 모든 어리석은 짓의 근원인 저 여편네가 자네에게 돈을 빌려 주라고 했지. 그래서 빌려 줬고, 자네는 갚겠다고 약속했지만 열 번도 더 어겼지. 두고 보세, 이젠 더 이상 자넬 놓치지 않을 테니. 여기서 나가게, 나가…….

자크와 주인이 그 불쌍한 남자를 변호하려 하자 여주인이 입에 손을 대고 조용히 하라는 신호를 보냈다.

여인숙 주인　여기서 나가게.

친구　여보게, 자네 말은 전부 사실이네. 집달리가 지금 우리 집에 와 있고 잠시 후면 내 딸과 아들, 내가 거지 신세가 되리라는 것도 사실이고.

여인숙 주인　자네가 받아 마땅한 운명이지. 그런데 오늘 아침 도대체 여기는 뭣 하러 왔나? 지하실에서 포도주 통을 채우고 올라왔을 때도 없었는데, 여기서 당장 나가게.

친구　조금 전에 왔다가 자네가 날 어찌 대할지 겁이 나 돌아갔다네. 다시 돌아가겠네.

여인숙 주인　그러는 게 좋을 걸세.

친구　내 불쌍한 마르그리트, 그렇게도 착하고 예쁜 내 딸이 남의 집에 살러 파리로 가야 한다니!

여인숙 주인　남의 집에 살러 파리로 간다고? 자네는 그 애가 불행해지기를 바라는가?

친구　내가 원하는 게 아닐세. 나랑 얘기하고 있는 이 냉혹한 사람이 원하는 거지.

여인숙 주인　내가 냉혹하다고! 난 전혀 그렇지 않네. 옛날에도 결코 그런 적 없다는 걸 자네도 잘 알지 않는가?

친구　난 내 딸과 아들을 더 이상 먹여 살릴 수 있는 처지가 아니라네. 내 딸은 남의 시중을 들 거고 아들은 군대에 갈 거네.

여인숙 주인   그리고 그게 나 때문이라는 말이지? 그렇게 되지는 않을 걸세. 자네는 잔인한 사람이야. 평생 자네는 내게 형벌이 될 걸세. 자, 얼마나 필요한지 말해 보게.

친구   아무것도 필요하지 않네. 자네에게 빚을 져서 미안하네. 하지만 앞으로는 결코 빚을 지지 않을 걸세. 자네 도움이 날 이롭게 하는 것보다 자네 욕설이 훨씬 더 많은 해를 끼친다네. 돈이 있다면 자네 면상에 던져 주겠네. 하지만 돈이 없으니. 내 딸은 하느님이 원하는 대로 될 거고, 아들은 필요하다면 죽어야겠지. 그리고 난 거지 노릇을 하겠지만 결코 자네 집 문 앞에서는 하지 않을 걸세. 자네 같은 사악한 인간에게는 더 이상 신세를 안 질 걸세. 자네는 배은망덕한 사람들을 만들기 위해 태어났지만 난 그렇게 되기를 원치 않네. 잘 있게.

여인숙 주인   부인, 그가 가니 붙잡으시오.

여인숙 여주인   친구 양반, 당신을 도울 수 있는 방법을 생각해 보죠.

친구   난 저런 작자의 도움은 필요없어요. 대가가 너무 비싸요…….

여인숙 주인이 낮은 소리로 아내에게 말했다. "그를 가지 못하게 하시오, 붙잡으시오. 딸은 파리로 가고 아들은 군대에 가다니! 그리고 자신은 교회 문 앞에 서 있겠다니! 난 그런 건 결코 견딜 수 없소."

하지만 아내의 노력은 헛수고였다. 감성이 풍부한 농부는 아무것도 받으려 하지 않아서 네 사람이 달려들어 그를 붙잡아야만 했다. 여인숙 주인이 눈물을 흘리며 자크와 주인에게 말했다. "제발 저 사람의 마음을 달래 주십시오." 그리하여 자크와 주인이 그 일에 끼어들게 되었고 네 사람은 한꺼번에 농부에게 간청했다. 이런 일은 나는 일찍이 본 적이 없었다……. ─ 일찍이 본 적이 없다고? 당신은 거기에 없었잖은가? 차라리 사람들이 일찍이 본 적이 없었다고 말하라. ─ 어쨌든 좋다. 돈을 거절하자 당황하던 사람이, 돈을 받자 열광하는 모습이란 일찍이 본 적이 없었다. 그것이 바로 여인숙 주인이었다. 그는 아내와 친구에게, 자크와 주인에게도 키스를 하고 소리를 질렀다. "그의 집으로 달려가 고약한 집달리를 내쫓아라."

친구   하지만 인정하겠는가…….

여인숙 주인   내가 모든 걸 망쳤다는 걸 인정하겠네. 하지만 어
         떡하겠나. 그렇게 생겨 먹은걸. 자연이 날 가장 냉혹
         한 동시에 가장 다감한 사람으로 만들었으니. 난 줄
         줄도 거절할 줄도 모른다네.

친구   달라질 수는 없나?

여인숙 주인   전혀 버릇을 고칠 수 없는 나이에 이른걸. 하지만
         처음에 내게 부탁하러 왔던 사람들이 자네처럼 딱 부

러지게 거절했더라면 더 나은 사람이 됐을지도 모르지. 여보게, 자네 교훈에 감사하네. 어쩌면 내게 도움이 될지도 모르니까. 부인, 빨리 내려가서 저 친구에게 필요한 걸 주시오. 자, 빨리 가시오. 제기랄, 그가 기다리지 않게 좀 서두를 수는 없소. 이 양반들과 마음이 잘 맞는 것 같으니 그러고 나서 다시 올라오구려.

아내와 친구가 아래로 내려갔다. 여인숙 주인이 잠시 남아 있다 내려가자 자크가 주인에게 말했다. "묘한 사람이군요! 나리께서 사랑 이야기를 듣도록 이렇게 나쁜 날씨를 보내 우리를 붙잡아 둔 하늘이 이제는 뭘 원하나요?"

주인은 안락의자에 드러누워 하품을 하고 담뱃갑을 치며 대답했다. "자크, 우린 아직도 하루 이상을 함께 살아야 하지. ……하지 않는다면."

자크   다시 말하면 오늘은 하늘이 제가 침묵을 지키거나 여인숙 여주인이 말하기를 바란다는 뜻이겠죠. 여주인은 수다쟁이이니 더 이상 바랄 게 없을걸요. 그 여자 보고 말하라고 하시죠.

주인   화났구나.

자크   저도 말하기를 좋아하니까요.

주인   네 차례도 올 거다.

자크   또는 오지 않겠죠.

독자여, 그대 말이 들리는군. 이건 바로 「자선을 베푼 통명스러운 사나이」[48] 결말이 아닌가라는. 나도 그렇게 생각한다네. 내가 만약 그 작품의 저자라면, 사람들이 한 번 나오고 말 인물로 여길 ― 실제는 전혀 그렇지 않은데 말이다. ― 그런 인물을 등장시켰을 것이다. 그 인물은 가끔 출현하며 그의 이런 출현에는 어떤 동기가 있었을 것이다. 처음에는 용서를 빌러 왔을 테지만 문전박대당할까 두려워 제롱트가 도착하기 전에 집 밖으로 나갔을 것이다. 하지만 집달리들이 집으로 쳐들어오자 다급한 심정에 제롱트를 기다릴 용기를 내었을 것이고, 제롱트는 이런 그를 안 만나겠다고 거절했을 것이다. 드디어 나는 그를 결말로 인도하고 거기서 그는 여인숙 주인과 농부가 한 것과 똑같은 역할을 했을 것이다. 그도 농부처럼 의상실 주인집에 보내 살게 할 딸이 있었을 테고, 고용살이를 시키기 위해 학교 다니는 도중에 끄집어낼 아들이 있었을 것이다. 그리고 자신은 사는 게 지겨워질 때까지 거지 노릇을 하기로 결심했을 것이다. 우리는 자선을 베푼 통명스러운 사나이가 그의 발밑에 꿇어앉아 들어 마땅한 훈계 소리를 듣는 것을 보게 될 것이다. 그 통명스러운 사나이는 자신을 둘러싼 모

---

48) 18세기 이탈리아 작가 골도니(Goldoni)가 프랑스어로 쓴 희극 작품이다. 한때 디드로의 부르주아 드라마 「사생아」가 골도니의 「진짜 친구」를 표절한 작품이라는 구설수에 휘말린 적이 있다. 따라서 「자선을 베푼 통명스러운 사나이」와 동일한 내용을 반복하면서도 다르게 표현할 수 있다는 주장은 다만 골도니의 작품에 국한되지 않으며, 『운명론자 자크와 그의 주인』에 많은 영향을 준 스턴의 『트리스트램 샌디』에 대해서도 적용된다.

든 가족들에게 채무자의 마음을 돌려 다시 도움 받을 수 있게 해 달라고 간청했을 것이고, 그래서 벌을 받았을 것이고, 자신의 버릇을 고친다고 약속했을 것이다. 그러나 여전히 예전 버릇을 못 고쳐 집에 돌아가려고 관객들에게 정중히 인사를 하는 배우들에게 갑자기 "빌어먹을 의식 같은 것은…… 꺼져 버려!"라고 소리쳤을 것이다. 그러나 중간에 갑자기 말을 멈추고는 부드러운 어조로 조카들에게 "얘들아, 손을 다오. 자, 가자."라고 말했을 것이다. ― 그리고 당신은 그 인물을 연극에 보다 완벽하게 연결하려고 제롱트 조카의 피보호자로 만들었을 테고? ― 아주 훌륭하다. ― 조카의 간청 때문에 삼촌이 돈을 빌려 주었을 테고. ― 놀랍군. ― 그리고 돈을 빌려 주는 것이, 삼촌이 조카에게 불만을 품게 된 원인이 되었을 테고? ― 바로 그렇다. ― 그리고 이 연극의 유쾌한 결말은 조금 전에 각자 혼자서 하던 연습을 전 단원이 모여서 하는 총연습일 테고? ― 그대 말이 맞다. ― 내가 만약 골도니 씨를 만난다면 그에게 여인숙 장면을 낭송해 주겠네. ― 잘해야 할걸세. 그는 아주 유능한 사람이어서 그걸 이용하려 할 테니까.

여주인이 여전히 니콜을 품에 안은 채 올라와 말했다. "만족할 만한 식사가 되기를 바라요. 밀렵꾼이 방금 도착했으니 영주의 산림 감시원도 곧 나타날 거예요." 그녀는 의자에 앉았고 마침내 이야기가 시작되었다.

여인숙 여주인   하인들을 경계해야 해요. 주인에게는 그보다 더 나쁜 적은 없으니…….

자크 부인, 부인은 자신이 말하는 것을 잘 알지 못하는구
려. 개중에는 좋은 사람도 있고 나쁜 사람도 있는 법
이오. 아마도 좋은 주인보다는 좋은 하인이 더 많을
거요.

주인 자크, 신중하지 않구나. 네게 충격을 준 무례함을 똑
같이 저지르고 있으니.

자크 그건 주인들이…….

주인 그건 하인들이…….

독자여, 내가 이 세 인물들 사이에 격렬한 싸움을 일으키지
말라는 법이 어디 있단 말인가? 그리하여 자크가 여주인의 어
깨를 붙잡아 방 밖으로 내던지고, 주인은 자크의 어깨를 붙잡
아 방 밖으로 내쫓아, 한 사람은 이쪽으로 가고 다른 한 사람
은 저쪽으로 가서, 그대가 여주인 이야기도 자크의 사랑 이야
기도 이어서 듣지 못한다면 어떻게 될 것인가? 안심하라, 난
그렇게는 하지 않을 테니. 여주인이 말을 계속했다. "사악한
남자도 많지만 사악한 여자도 많다는 걸 인정해야 돼요."

자크 그리고 그런 사람을 발견하기 위해서는 멀리 갈 필요
가 없다는 것도요.

여인숙 여주인 무슨 일에 끼어드는 거죠? 전 여자니까 여자에
대해 마음대로 이야기할 수 있어요. 당신 동의는 필요
없어요.

자크   내 동의는 다른 사람 것만큼이나 가치 있어요.

여인숙 여주인   나리, 나리께서는 모든 것을 아는 체하면서 무
         례하게 구는 하인을 두셨군요. 제게도 하인들이 있지
         만 하인들이 그걸 좀 알아주었으면 좋겠어요!

주인   자크, 입 다물게. 부인이 이야기하도록 내버려 두게.

　여인숙 여주인은 이런 주인의 말에 용기를 얻어 자크를 공
격하려고 일어서다가 자신이 니콜을 안고 있다는 걸 잊어버
리고 두 주먹을 허리에 갖다 대었다. 그래서 니콜을 손에서 놓
쳐 버렸고 니콜은 타일 바닥에 떨어져 배내옷 속에서 발버둥
치며 목청껏 짖어 댔다. 그 소리에 여주인의 비명 소리가 섞였
고, 자크의 웃음소리도 개가 짖는 소리와 여주인의 비명 소리
에 섞였으며, 주인은 담뱃갑을 열어 코담배를 들이마셨지만
웃음이 나오는 걸 참을 수가 없었다. 그렇게 하여 온 여인숙이
소란스러워졌다.

　"나농, 나농, 빨리 브랜디 병을 가져와. 내 불쌍한 니콜이 죽
었어…… 배내옷부터 벗겨야지. 넌 참 서투르구나!"

　"최선을 다하는데요."

　"비명 소리를 들어 봐! 자, 비켜, 내가 할 테니. 니콜이 죽었
어! 이 키 큰 멍청아, 그래, 웃어라. 그래, 웃을 만한 일이지. 내
불쌍한 니콜이 죽었어!"

　"아니에요, 마님. 살아날 거예요. 자, 보세요. 움직이잖아요."

　나농은 브랜디로 개의 코를 문지르며 향을 맡게 했다. 여주
인은 탄식하며 무례한 하인들에 대해 분통을 터뜨렸고, 나농

은 이렇게 말했다. "마님, 자, 눈을 뜨잖아요. 마님을 쳐다보는데요."

"불쌍한 짐승, 말을 다 하다니! 어느 누가 감동하지 않겠니?"

"마님, 그러니 어루만져 주세요. 뭔가 대답해 주세요."

"이리 온, 내 불쌍한 니콜. 내 아기, 소리를 질러라. 그렇게 해서 네 마음이 진정된다면 마음껏 질러 봐. 사람과 마찬가지로 짐승에게도 운명이 있는 법이란다. 그 운명이란 것이 소리를 지르며 게걸스럽게 먹어 대는 저 고약한 게으름뱅이들에게는 행복을, 세상에서 가장 선량한 너에게는 불행을 보냈구나!"

"마님 말씀이 맞아요. 이 세상에는 정의란 게 없어요."

"입 닥쳐. 다시 배내옷을 입히고 내 베개 밑으로 데려다 놔. 니콜이 조금만 소리를 질러도 네 책임이니. 자, 이리 온, 이 불쌍한 것, 널 데리고 가기 전에 다시 한 번 안아 보자. 가까이 가지 못해, 이 바보 같은 년. 개들이 얼마나 착한데. 개들은 더 낫지……."

자크   아버지, 어머니, 형제, 자매, 아이들, 하인, 남편보다…….

여인숙 여주인   그렇고 말고요. 웃지 마세요. 개들은 순진하고, 충실하고, 전혀 해를 끼치지 않아요. 반면에 다른 것들은…….

자크   개 만세! 하늘 아래 그보다 더 완벽한 존재는 없소.

여인숙 여주인　　더 완벽한 존재가 있다 하더라도 남자는 아니에요. 당신이 방앗간 주인의 개를 알았더라면 좋았을 텐데. 그 개는 우리 니콜의 애인이죠. 당신들 수가 아무리 많다 할지라도 그 개를 보고 수치심으로 얼굴을 붉히지 않을 사람은 한 명도 없을 거예요. 개는 동이 트자마자 4킬로도 더 되는 곳에서 여기까지 와 이 창문 앞에 서서는 한숨만 푹푹 쉬죠. 보기에도 애처로운 그런 한숨을요. 아무리 날씨가 나빠도 그대로 서 있어요. 비가 자기 몸뚱이로 떨어져 몸뚱이가 모래 속에 처박혀도, 그래서 귀와 코끝만 겨우 보일까 말까 해도 그 자리에 그대로 있어요. 당신은 당신이 가장 사랑하는 여인을 위해 그렇게 할 수 있나요?

주인　　그 개는 여자에게 참 친절하군.

자크　　하지만 당신의 니콜만큼 보살핌을 받을 만한 가치가 있는 여자가 또 어디 있단 말이오?

　그렇지만 동물에 대한 여주인의 열정은 우리가 상상하는 것만큼 그녀의 주된 열정은 아니었다. 오히려 말하는 것이 그녀의 주된 열정이었다. 그녀의 말을 인내하거나 즐겁게 들을수록 그럴 만한 가치가 있었다. 그래서 그녀는 그 중단된 괴상한 결혼 이야기를 하기 위해 사람들이 간청할 때까지 기다리지 않았다. 단지 자크가 침묵을 지킨다는 조건으로. 주인이 자크 대신 침묵을 지킬 것을 약속했고, 자크는 눈을 감고 모자를 귀까지 덮어쓴 채 여주인을 반쯤 등지고 방 한구석에 나른하게 드러누웠다. 주인은 기침을 하고 가래를 뱉고 시계를 들여다보고 담뱃갑을 치며 코담배를 들이마셨다. 그리고 여주인은 감미롭게 재잘거리는 기쁨을 맛볼 준비를 하고 있었다.

여주인이 막 이야기를 시작하려 했을 때 개가 짖어 대는 소리가 들렸다. "나농, 그 불쌍한 것을 잘 보살펴라……. 저것이 날 혼란스럽게 하는군. 이야기를 어디까지 했는지 모르겠는걸요."

자크 아직 아무것도 하지 않았소.

여인숙 여주인 나리, 나리께서 도착하셨을 때 불쌍한 니콜 때문에 저와 싸우고 있었던 그 두 남자는…….

자크 나리들이라고 말하게나.

여인숙 여주인 왜요?

자크 지금까지 사람들이 우릴 그렇게 정중하게 대해 왔고, 또 난 거기에 익숙하니까. 내 주인은 날 자크라고 부르지만 다른 사람들은 자크 나리라고 부른다오.

여인숙 여주인 난 당신을 자크 나리라고도 자크라고도 부르지 않아요. 난 당신에게 말하고 있지 않아요.("마님!" "무슨 일이지?" "5번 손님 계산서요!" "벽난로 구석에 봐.") 저 두 사람은 훌륭한 귀족들이죠. 파리에서 오는 길인데 두 사람 중 나이가 더 많은 사람의 영지로 가는 중이에요.

자크 누가 그걸 안단 말이오?

여인숙 여주인 그들요. 그들이 그렇게 말했으니까요.

자크 멋진 이유군……!

자크의 주인이 여주인에게 자크가 약간 돌았다는 시늉을 하자 여주인은 동정한다는 듯 어깨를 들썩이며 말했다. "그 나이에 참 안됐군요."

자크 어디로 가는지 결코 알지 못하는 게 안됐지.

여인숙 여주인 그 둘 중 나이 든 사람은 아르시 후작인데 그는 여자의 미덕을 거의 믿지 않는 바람둥이로, 아주 다정한 사람이었죠.

자크 그가 옳아.

여인숙 여주인 자크 나리, 제 말을 가로막으시는군요.

자크 그랑세르 여인숙 마님, 당신에게 말한 게 아니오.

여인숙 여주인 그런데 후작은 그에게 아주 까다롭게 구는 한 이상한 여자를 알게 되었어요. 드 라 포므레 부인이라고, 품행도 단정하고 혈통도 좋고 재산도 있고 신분도 높은 과부였어요. 아르시 후작은 지금까지 알던 여자들과의 관계를 모두 끊고 오직 그녀에게만 전념하여 끈질기게 구애하며 그녀에 대한 사랑을 증명하려고 전부를 희생했답니다. 청혼까지도 했어요. 하지만 첫 번째 남편과 너무도 불행했던 그녀는…… ("마님!" "무슨 일이지?" "귀리통 열쇠가 어디 있죠?" "못에 걸려 있는지 살펴봐. 없으면 궤짝 속도 찾아보고.") 두 번째 결혼의 위험보다는 온갖 다른 불행을 감내하는 편이 더 낫다고 생각했죠.

자크 아! 그것이 저기 높은 곳에 씌어 있었다면!

여인숙 여주인   그 여인은 은둔 생활을 하고 있었는데, 후작이 남편의 옛 친구였기 때문에 그의 방문을 받아들였고 또 계속해서 받아들인 거죠. 여자의 환심을 사려는 후작의 유약한 취향을 사람들이 봐준 건 후작이 신의를 소중히 여기는 사람이었기 때문이죠. 후작의 집요한 구애는 그의 개인적인 자질과 젊음, 외모, 진실된 듯 보이는 그의 열정이나 고독, 다감한 성향, 한마디로 말해 우리 모두를 남자들의 유혹에 굴복케 하는 그런 점의 도움을 받아…… ("마님!" "무슨 일이지?" "집배원이 왔어요." "녹색 방에 안내하고 보통 식사로 대접해.") 드디어 효력을 나타내기 시작했어요. 포므레 부인은 여러 달 동안 후작과 자기 자신과 싸우고 나서, 관례대로 가장 엄숙한 서약 과정을 거쳐 후작의 애정을 받아들였어요. 만약 후작이 그의 연인에게 서약한 감정을, 그리고 그의 연인이 그에 대한 감정을 그대로 지킬 수만 있었다면 후작은 아마도 가장 감미로운 행복을 누렸을 거예요. 자, 보세요, 나리, 여자들만이 사랑할 줄 안답니다. 남자들은 사랑에 대해 아무것도 몰라요……. ("마님!" "무슨 일이지?" "탁발 수도사가 왔어요." "여기 나리들 몫으로 12수, 내 몫으로 6수를 주렴. 그리고 다른 방에도 가 보라고 하고.") 이렇게 몇 년이 지나자 후작은 포므레 부인의 생활이 너무 단조롭다는 생각이 들기 시작해서 그녀에게 사교 모임에 드나들 것을 제안했죠. 부인은 후작의 제안을 받아들였죠. 몇몇 남자와 여자를 집 안에 받아들이는 데에 동의했고 만찬을 베푸는 데에도 동의했어요. 그런데 후작은 하루 이틀 서서히 그녀를 보러 오지 않았고, 자신이 주최한 만찬에도 오지 않는가 하면 사업 핑계로 방문 횟수도 줄였어요. 그녀를 보러 오는 날에도 몇 마디 말만 하고는 안락의자에 드러누워 책을 잡았다 던지거나 개에게 말을 걸거나 잠을 자곤 했죠. 저녁이 되면 그녀 건강이 나빠졌기 때문에 일찍 물러가야 한다고 했어요. 트롱생 의사[49]의 의견이라면서요. "트롱생 의사는 아주 훌륭한 사람이오. 다른 사람들이 포기한 우리 친구를 그가 틀림없이 구해 주리라는 걸 난 믿어 의심치 않소."라고 말했어요. 그러면서 지팡이와 모자를 들고 때로는 포므레 부인에게 키스하는 것도 잊어버리고 나갔죠……. ("마님!" "무슨 일이지?" "통장이가 왔는데요." "지하실에 내려가 포도주 통 두 개를 살펴보라고 해.") 포므레 부인은 그녀가 더 이상 사랑받지 못한다는 걸 예감해서 확인해 보기로 결심했어요. 그녀가 어떻게 행동했는지 말씀해 드리죠……. ("마님!" "그래, 갈게, 갈게.")

사람들이 방해하는 것에 지친 여주인은 아래층으로 내려가 더 이상 방해하지 못하도록 조처를 취하고 온 모양이었다.

---

49) Tranchin. 제네바 출신 의사로 천연두 예방 접종을 대중화했으며 계몽주의 철학자들의 친구였다.

여인숙 여주인 어느 날 점심 식사 후 그녀는 후작에게 이렇게
말했죠. "당신은 깊은 생각에 잠겨 있군요?"

"당신도 그렇소, 부인."

"사실이에요. 그것도 서글픈 마음으로요."

"무슨 일이오?"

"아무것도 아니에요."

"사실이 아니잖소. 부인, 자, 말해 보구려."

그는 하품을 하면서 말했죠. "그 이야기가 나나 당신
을 덜 권태롭게 할 테니."

"권태로운가요?"

"아니오. 하지만 때로는……."

"권태로울 때도 있단 말이죠."

"틀렸소. 정말 틀렸소. 하지만 사실 어떤 때는…… 무
엇 때문인지는 모르지만."

"오래전부터 당신에게 속내 이야기를 하고 싶었는데,
하지만 당신 마음이 아플까 봐."

"당신이 날 아프게 할 수 있소? 당신이?"

"어쩌면…… 하지만 하늘이 제 결백을 증명하겠
죠……." ("마님! 마님!" "누가 와도 절대로 날 부르지 말라고
했잖아! 남편을 불러." "안 계신데요.") 나리들, 용서하세요.
금방 다시 올게요.

여주인이 내려갔다 다시 올라와 이야기를 계속하였다.

여인숙 여주인   "……제 동의 없이, 저도 모르게 일어난 거죠. 나 자신도 거기서 벗어나지 못하는 걸 보니 모든 인간에게 내려진 저주인가 봐요."

"아! 당신 얘기였소? 겁이 나는군……. 무슨 일이오?"

"후작님, 그건…… 죄송해요. 당신 마음을 아프게 할 거예요. 아무리 생각해 봐도 입을 다무는 게 좋겠어요."

"아니오, 말하시오. 당신 마음 깊숙한 곳에 혹시 나에 대한 비밀이라도 있다는 거요? 우리가 처음으로 했던 서약은 서로의 마음을 남김없이 열어 보인다는 것 아니었소?"

"사실이에요. 바로 그 점 때문에 제 마음이 무거운걸요. 그 점이 저 자신에 대한 비난을 더욱 무겁게 해요. 당신은 제가 더 이상 예전처럼 명랑하지 않다는 걸 알아차리지 못하셨나요? 식욕도 잃었고, 필요할 때만 먹고 마시고, 잠도 잘 안 와요. 가장 친밀한 모임도 마음에 안 들어요. 밤이 되면 스스로에게 질문을 해 보죠. 그가 전보다 다정하지 않은 걸까? 아냐. 그렇다면 그에게 수상쩍은 관계라도 생겼단 말인가? 아냐. 당신에 대한 그의 애정이 식었단 말인가? 아냐. 당신 애인은 한결같은데 그렇다면 당신 마음이 변했단 말인가? 그래, 마음이 변했어. 당신은 그걸 감출 수가 없어. 당신은 더 이상 그를 예전처럼 초조하게 기다리지 않아. 그를 보아도 더 이상 예전 기쁨을 느끼지 못하

고, 그가 늦으면 그 불안하던 마음도, 그의 마차 소리
가 들리고 그의 도착을 알리거나 그가 나타날 때면 느
끼던 그 감미로운 감동도 더 이상 느끼지 못해."

"뭐라고요, 부인!"

그러자 포므레 부인은 손으로 눈을 가리고 고개를 푹
숙이더니 잠시 침묵을 지키다 말을 이었죠. "후작님,
전 당신이 놀라실 거라는 걸 알아요. 그리고 제게 온
갖 가혹한 비난을 퍼부으리라는 것도 예상해요. 너그
럽게 봐주세요, 아니, 봐주지 마세요. 그리고 말씀하
세요. 비난을 들어 마땅하니 순순히 들을게요……. 그
래요, 사랑하는 후작님, 사실이에요. 그래요, 전……
하지만 이런 일이 일어난 것만 해도 큰 불행 아닌가
요. 게다가 당신에게 숨긴다면 수치심이나 자신의 위
선적인 모습에 대한 모멸감은 또 어떻고요? 당신은
변함없는데 당신 친구는 변했어요. 당신 친구는 당신
을 똑같이, 아니 전보다 더 높이 평가하고 존경한답니
다. 하지만 그녀처럼 영혼 가장 내밀한 부분까지 살펴
보는 데, 그리고 어떤 자기기만도 용납하지 않는 데
익숙한 여자는 사랑이 끝났다는 걸 자신에게 감출 수
가 없답니다. 무척 고통스러운 발견이지만 그래도 사
실인 걸 어떡해요. 나, 드 라 포므레 후작 부인이 지
조 없는 경박한 여자라니! 후작님, 격노하세요, 그리
고 가장 가증스러운 이름들을 찾아보세요. 전 이미 그
걸 스스로에게 부여했으니, 이번에는 후작님이 제게

부여해 보세요. 모든 호칭을 다 받아들일 용의가 있어요. 하지만 위선적인 여자라는 호칭만은 받아들일 수 없어요. 그건 면제해 주시겠죠. 사실 전 그런 여자는 아니니까요……." ("부인!" "무슨 일이에요?" "아무것도 아니오." "이 집에서는 잠시도 쉴 수가 없군요. 손님이 없어 할 일이 거의 없을 때도 마찬가지예요. 특히 저렇게 멍청한 남편과 사는 나 같은 여자는 동정받을 만하죠!") 이렇게 말하고 나서 포므레 부인은 안락의자에 쓰러져 울기 시작했어요. 후작은 그녀 무릎 아래로 몸을 던지며 말했죠. "당신은 정말 매력적인 여자요. 멋있는 여자요. 당신 같은 여자는 둘도 없을 거요. 당신의 솔직함, 당신의 고결함이 날 혼란스럽게 하는구려. 난 수치심으로 죽을 것만 같소. 지금의 당신은 나보다 얼마나 우월한지! 당신은 얼마나 위대하며 난 얼마나 형편없는지! 먼저 말한 것은 당신이지만 먼저 죄를 지은 것은 나요. 당신의 진솔함이 내 마음을 움직이게 하는구려. 그것이 날 움직이게 하지 않는다면 난 아마도 괴물일 거요. 당신 마음의 이야기는 한 마디 한 마디가 다 내 마음속 이야기라는 걸 당신에게 고백해야만겠소. 당신이 당신 자신에게 한 말은 바로 내가 나 자신에게 한 말이라오. 하지만 난 침묵을 지켰고 또 그 때문에 괴로워했소. 난 언제쯤 그걸 말할 용기를 낼 수 있을지 알지 못했소."

"정말이에요?"

"틀림없는 사실이오. 이제 우리에겐 우리를 결합했던 그 연약하고도 기만적인 감정을 동시에 잃었다는 것에 서로를 축하하는 일만 남았소."

"그렇군요. 당신 사랑이 식었는데 내 사랑만 지속된다면 얼마나 불행한 일이겠어요!"

"또는 사랑이 먼저 식은 것은 바로 내 마음인데……."

"당신 말이 맞아요. 저도 그렇게 느껴요."

"이 순간처럼 당신이 사랑스럽고 아름답게 보인 적은 없었소. 과거 경험이 날 신중한 사람으로 만들지 않았더라면 어느 때보다도 더 당신을 사랑한다고 믿었을 거요." 후작은 이렇게 말하면서 그녀의 손을 잡고 키스를 했죠……. ("부인!" "무슨 일이에요?" "볏짚 장사요." "장부를 보세요." "장부라니……?" "아, 찾았소, 여기 있구려.") 포므레 부인은 가슴이 찢어지는 듯한 극심한 분노를 감추고 말을 다시 이었죠. "하지만 후작님, 이제 우린 어떻게 되는 거죠?"

"이제 우린 서로를 강요하지 않게 되었소. 당신은 내게 존경받을 권리가 있고 나도 당신 존경을 받을 권리를 완전히 잃었다고는 믿지 않소. 우리는 계속 만날 것이고 가장 다정한 우정이 주는 신뢰 속에 지내게 될 것이오. 보통 정열이 식으면 따르는 그 성가신 일에서도, 사소한 배신 행위에서도, 그 비난이나 불쾌함에서도 우린 벗어나게 될 거요. 우리와 같은 처지인 사람 중에서도 우린 유일한 경우가 될 거요. 당신은 당신 자유를 되찾을 것이고 내 자유는 돌려줄 것이오. 우린 사교계에 다시 나갈 테고 당신이 새 애인을 만나면 내게 그 이야기를 해 줄 것이고 나 역시 그런 일이 생기면 하나도 숨기지 않고 말해 주겠소. 하지만 내게 애인이 생긴다는 건 좀 의심이 가오. 당신이 날 아주 까다로운 사람으로 만들었으니. 얼마나 멋진 일이오! 당신은 당신 충고로 날 도와줄 것이고, 나도 당신이 어려운 상황에 빠져 내 충고가 필요하다고 생각하는 경우에는 거절하지 않을 테니. 무슨 일이 일어날지 누가 또 아오?"

자크　아무도.

여인숙 여주인　"내가 다른 여자에게 가면 갈수록 당신은 그 비교에서 승자가 될 거요. 포므레 부인이 내 행복을 위해 만들어진 유일한 여자라는 걸 확신하며 전보다 더 다정하고 더 정열적으로 당신 곁에 돌아오게 될 거요. 그리고 그렇게 당신 곁에 돌아온 다음에는 죽을 때까지 당신 곁에 있으리라는 것은 확실하오."

"당신이 돌아왔을 때 제가 없으면 어떻게 하죠? 우리는 항상 공정한 것만은 아니니까요. 당신보다 가치 없는 사람에게 어떤 취향이나 충동 또는 열정이 생길지도 몰라요."

"틀림없이 애석할 거요. 하지만 원망하지는 않을 거요. 우리가 결합했을 때 우리를 갈라놓고, 우리가 더 이상 결합하지 못할 때 우리를 가까워지게 하는 그 운명만을 원망한다면 원망할까……."

이런 대화 후 그들은 인간 마음의 무상(無常)함과 서약의 경박함 그리고 결혼의 속박에 대해 도덕적인 고찰을 하기 시작했죠……. ("마님!" "무슨 일이지?" "역마차가 왔어요.")

"나리들." 하고 여주인이 말했다. "이제 그만 가야겠어요. 오늘 밤 제 일이 전부 끝나면 그때 와서 이야기를 마칠게요. 나리들께서 관심 있으시다면 말이에요……." ("마님……!" "부인……!" "여주인……!" "갈게요, 갈게요.")

여주인이 가자 주인이 하인에게 말했다. "자크, 넌 알아보았느냐?"

자크   뭘요?
주인   여인숙 여자치곤 이야기를 지나치게 잘한다는 것 말이다.
자크   정말입니다. 이 집 사람들이 계속 방해해서 전 여러 번 초조했습니다.
주인   나도 그랬어.

그리고 그대 독자여, 숨기지 말고 말해 보라. 그대도 알다시피 솔직함이 순조롭게 진행되는 상황이다. 그대는 여기서 저 우아하고 장황한 수다쟁이 여주인을 내버려두고 자크의 사랑 이야기로 돌아가기를 바라는가? 나는 아무래도 좋다. 그녀가 다시 올라왔을 때 수다쟁이 자크가 그의 역할을 되찾아 그녀 면전에서 문을 닫을 수만 있다면 더 이상 바랄 것이 없다. 그리하여 자크가 열쇠 구멍으로 "안녕히 가시오, 부인, 내 주인은 잠이 들었소. 나도 자려 하니 다음에 우리가 여기 들를 때까지 나머지 얘기를 미룹시다."라고 말하기만 하면 끝이 날 것이다.

"육체를 가진 두 존재가 최초로 서약한 곳은 부서지는 바윗덩어리 아래서였다. 그들은 한시도 같은 모습이 아닌 하늘에다 대고 그들의 굳은 지조를 맹세했다. 주변 모든 것과 그들 내부 모든 것이 변하는데도, 그들 마음만은 이런 삶의 변전에서 벗어났다고 믿었다. 아, 아이들이여, 언제나 어린 아이들이여!"[50]

나는 이 사변이 누구 것인지 모른다. 자크 것인지 주인, 또는 나 자신의 것인지. 여하튼 이 셋 중 한 사람 것이라는 사실만은 확실하며 이 사변은 이전에 있었던, 또는 이다음에 있을 다른 많은 사변들과 더불어 자크와 주인 그리고 나를 저녁 식사까지, 저녁 식사 후까지, 여주인이 다시 돌아올 때까지 우리를 인도했을 것이다. 만약 자크가 중간에 주인에게 이렇게 말하지 않았다면 말이다. "나리께서 까닭 없이 늘어놓는 그 수많은 잠언은 우리 마을에서 밤샘할 때 하는 오랜 우화만큼의

---

50) 이 문단은 훗날 19세기 시인 뮈세가 그의 「추억」이라는 시에서 인용하여 더욱 유명해졌다.

가치도 없군요."

주인   어떤 우화인데?

자크   칼과 칼집의 우화죠. 어느 날 칼과 칼집이 싸움을 했답
니다. 칼이 칼집에게 말하기를 "이 방탕한 여자야! 넌
매일 새 칼을 받아들이는구나……." 그러자 칼집이 칼
에게 대답했죠. "당신은 바람둥이야. 날마다 칼집을
바꾸니……." "칼집, 당신이 약속한 건 이게 아니잖
아……." "칼, 당신이 먼저 날 배신했어요……." 싸움
이 식탁에까지 번지자 칼과 칼집 사이에 앉아 있던 자[51]
가 말했어요. "칼 그리고 칼집, 그대들은 변하는 게 좋
겠소. 변하는 게 그대들 마음에 드니까. 하지만 변하
지 않겠다고 약속한 건 잘못이오. 칼, 자넨 여러 칼집으
로 들어가도록 하느님이 만들었다는 걸 모르오? 그리
고 칼집, 자넨 하나 이상의 칼을 받아들이도록 만들어
졌다는 걸 모르오? 그대들은 칼집 없이 지낼 수 있다
고 맹세하는 다른 칼들이나, 어떤 칼도 받아들이지 않
겠다고 맹세하는 다른 칼집들을 미쳤다고 생각했겠지.
그런데 칼집, 그대는 단 하나의 칼에, 그리고 칼, 그대는
단 하나의 칼집에 만족할 거라고 맹세했을 때에 그대
들도 그들과 마찬가지로 미쳤다는 걸 알지 못했단 말

---

51) 원저에 쓰인 단어는 Cil이다. 옛말로 오늘날의 celui에 해당한다. '그 사
람', '……하는 자'를 의미한다.

인가."[52]

    여기서 주인은 자크에게 말했다. "네 우화는 교훈적이라기보다는 재미있군. 지금 내 머리에 어떤 묘한 생각이 떠올랐는지 아느냐? 널 여인숙 여주인과 결혼시켜, 말하기 좋아하는 남편이 끊임없이 말하는 아내와 어떻게 하는지 좀 보고 싶구나."

자크   할아버지와 할머니 댁에서 열두 살 때까지 살았는데 그때처럼 하겠죠.

주인   그들 이름이 뭐였지? 직업은?

자크   고물 장수였죠. 자종 할아버지는 자녀들을 여럿 두었는데 모두 과묵했어요. 일찍 일어나 옷을 입고 일터로 갔다 집에 돌아와서는 점심을 먹고 다시 한마디 말도 하지 않고 일터로 나가곤 했어요. 저녁이면 의자에 몸을 던졌죠. 어머니와 딸들은 말없이 실을 짓거나 바느질 또는 뜨개질을 했고, 남자들은 휴식을 취했고 할아버지는 구약 성경을 읽었죠.

주인   그리고 넌, 넌 뭘 했느냐?

자크   입마개를 물고 방 안을 돌아다녔죠.

주인   입마개를 물고!

자크   그렇습니다. 입마개를 물고요. 바로 그 빌어먹을 입마

---

52) 이 우화의 출처는 알려지지 않았지만 성적인 충동이나 자유롭고 본능적인 유희가 도덕 원칙보다 앞선다는 디드로의 견해가 두드러지는 대목이다.

개 때문에 제가 이렇게 말을 하지 않고는 못 배기는 거랍니다. 자종의 집 안에서는 일주일 동안 한 번도 입을 열지 않고 지낼 때도 가끔 있었어요. 제 할머니는 평생 동안 모자 팔아요라는 말밖에 한 적이 없었고, 프록코트 아래 손을 늘어뜨리고 꼿꼿이 서 있는 할아버지는 재고 조사를 할 때도 한 푼이라는 말만 했어요. 때로 할아버지는 성경을 믿고 싶지 않다고 생각할 때도 있었죠.

주인 왜지?

자크 똑같은 말만 반복되기 때문이죠. 할아버지께서는 성령에 걸맞지 않은 수다라고 생각했어요. 할아버지는 같은 말을 되풀이하는 사람은 그들 말을 듣는 사람을 바보로 간주하는 바보라고 했어요.

주인 자크, 네 할아버지 댁에서 십이 년 동안 입마개를 물고 지킨 그 오랜 침묵과 여주인이 말하는 동안 지킨 그 침묵을 보상하기 위해 만일……

자크 제 사랑 이야기를 하라고요?

주인 아니, 네가 하다 만 네 대위 친구 이야기를.

자크 나리 기억력은 가혹하군요!

주인 자크, 내 귀여운 자크……

자크 뭣 때문에 웃으시는 거죠?

주인 앞으로도 여러 번 날 웃기게 될 것 때문에 웃는 거란다. 네가 어렸을 때 할아버지 집에서 입마개를 물고 다니는 모습을 그려 보는 일 말이다.

자크　사람들이 없을 때면 할머니가 입마개를 벗겨 주곤 했죠. 할아버지가 그걸 보시는 날에는 무척이나 언짢아하며 할머니에게 이렇게 말씀하셨어요. "계속하시오. 그러면 저 애는 아마도 이 세상에 존재하는 수다쟁이 중에서도 가장 지독한 수다쟁이가 될 테니." 할아버지 예언이 실현된 셈이죠.

주인　자크, 내 귀여운 자크, 네 대위의 친구 이야길 해 다오.

자크　거절하지는 않겠습니다만, 나리께서는 그 이야기를 믿지 않으실걸요.

주인　그렇게도 신기한 일이란 말이냐!

자크　아닙니다. 그 일은 이미 다른 사람에게도 일어난 적이 있는걸요. 프랑스 군인인데 아마도 드 게르시[53] 각하라고 불릴걸요.

주인　그렇다면 난 프랑스의 한 시인처럼 말하지. 그는 괜찮은 풍자시를 한 편 썼는데, 그의 면전에서 자기 것이라고 주장하는 사람에게 이렇게 말했다네. "왜 선생이 안 썼겠소? 나도 썼는데……." 자크의 이야기가 그의 대위의 친구에게 일어나지 말라는 법이 어디 있단 말인가? 프랑스의 군인 게르시에게도 이미 일어난 적 있는데. 하지만 넌 그 이야기를 하면서 일석이조의 득을 보겠군. 난 게르시의 이야기를 모르니 넌 내게 두

---

53) Guerchy. 18세기 프랑스의 유명한 무인. 영국 대사까지 지낸 적이 있으나 에옹(Éon) 기사와의 결투로 불운한 말년을 보낸 실제 인물이다.

사람의 모험을 알려 주는 셈이 될 테니."

자크 잘됐군요! 하지만 그 이야기를 모른다고 맹세하세요.
주인 맹세하지.

독자여, 나도 그대에게 같은 서약을 요구하고 싶은 생각이 들긴 하지만 자크의 성격 중 한 가지 이상한 점만 지적하겠다. 필경 과묵한 자종 할아버지에게서 물려받았겠지만, 말하는 것을 무척 좋아하면서도 같은 말을 두 번 되풀이하는 것은 싫어한다는 사실이다. 그래서 그는 때로 주인에게 이렇게 말하곤 했다. "나리께서는 제게 가장 슬픈 미래를 준비해 주고 계시는 겁니다. 더 이상 말할 게 없어지면 전 뭐가 되죠?"

"다시 시작하는 거지."

"자크가 다시 시작하다뇨! 저기 높은 곳에는 반대로 씌어 있는데도요. 만약 다시 시작하는 일이 일어난다면 전 아마도 이렇게 소리 지르지 않고는 못 배길 겁니다. '네 할아버지가 들으신다면……!' 그러고는 입마개를 아쉬워하겠죠."

자크 생제르맹과 생로랑 장터[54]에서 도박을 하던 시절에…….
주인 파리군. 그런데 네 대위의 친구는 국경 주둔지의 부대장이었는데.

---

54) 당시 파리에서 가장 유명했던 장으로, 생제르맹 장터는 생제르맹 드 프레 수도원 옆에, 생로랑 장터는 파리 10구에 위치했다. 장이 열리는 날에는 서커스나 무언극도 공연되었다고 한다.

자크 제발 말 좀 하게 내버려두세요……. 여러 장교가 가게 안으로 들어갔는데 거기서 그들은 한 장교가 여주인과 말하는 것을 보았어요. 그들 중 한 사람이 그 장교에게 주사위 세 개로 하는 놀이를 제안했죠. 그런데 제 대위님께서 돌아가신 다음 대위님의 친구는 아주 부자가 되었지만 또 도박꾼이 되었다는 사실도 아셔야만 합니다. 그 친구 또는 드 게르시 씨가 승낙했죠. 하지만 운명이 상대방의 손에서만 주사위 통을 놀게 만들었는지 상대방은 이기고 또 이기고…… 끝이 안 났죠. 그리하여 도박은 점점 가열되었고 상대방은 모든 걸 다 걸었으며, 모든 것의 모든 것, 작은 반쪽, 큰 반쪽, 큰 것 전부, 모든 것의 큰 것 전부를 걸었어요. 그러자 그걸 보고 있던 한 사람이 드 게르시 또는 제 대위님의 친구에게 도박을 그만하는 게 좋겠다고 충고했죠. 상대방이 도박에 대해 더 많은 걸 안다면서 말입니다. 그저 단순한 농담에 지나지 않은 이 말에 제 대위님의 친구 또는 드 게르시 씨는 사기꾼에게 걸려들었다고 생각하고 즉시 주머니에 손을 넣어 아주 날카로운 칼을 꺼냈어요. 상대방이 주사위 통에 주사위를 놓으려고 손을 갖다 대자 그 손에다 칼을 꽂고 꼼짝 못 하게 탁자에다 못박으며 말했죠. "주사위가 속임수를 쓴 거라면 당신은 사기꾼이고, 제대로 된 것이라면 내 잘못이오." 주사위는 제대로 된 것이었어요. 그러자 드 게르시 씨가 "유감이오. 원하는 만

큼 보상하겠소······."라고 말했죠. 제 대위님의 친구
말은 아니었어요. 제 대위님의 친구는 "난 돈을 잃었
고, 신사의 손을 찔렀고, 하지만 내가 원하는 만큼 다
시 결투를 할 수 있는 기쁨을 되찾았소."라고 말했죠.
칼에 찔린 장교가 치료를 받기 위해 물러갔어요. 그러
고는 상처가 회복되자 칼을 꽂은 장교에게 가 결투를
청했죠. 드 게르시 씨는 그 요구가 정당하다고 생각했
어요. 그러나 제 대위님의 친구는 그의 목을 얼싸안
으며 "얼마나 초조하게 기다렸는지 말로 다 할 수 없
소······."라고 말했죠. 그들은 결투하러 갔어요. 이전
에 칼을 꽂았던 드 게르시 씨 또는 제 대위님의 친구
의 몸뚱이에는 검이 꽂혔고, 그래서 칼에 꽂혔던 상대
방이 그를 일으켜 집까지 데려다 주며 "다시 만나겠
죠."라고 말했어요. 드 게르시 씨는 아무 대답도 안 했
지만 제 대위님의 친구는 "나도 기대하겠소."라고 대
답했죠. 그들은 두 번, 세 번, 여덟 번, 열 번까지 싸웠
어요. 그런데 칼을 꽂은 자가 항상 그 자리에 남아 있
었죠. 그들은 둘 다 탁월하고 유능한 장교였기 때문에
그 모험은 굉장한 파문을 일으켰어요. 드디어는 정부
가 개입했고 한 사람은 파리에 잡아 놓고 다른 한 사
람은 자신의 임지에 머무르도록 했죠. 드 게르시 씨는
궁정 명령에 따랐으나, 제 대위님의 친구는 애석해했
어요. 용감한 두 사람의 성격 차이 때문이죠. 한 사람
은 현명했지만 다른 한 사람에겐 약간 광기가 있었거

든요.

여기까지는 드 게르시 씨와 제 대위님의 친구 모험 이야기가 동일한 셈이죠. 그래서 두 사람 이름을 한꺼번에 부른 겁니다. 이해하시겠습니까, 나리? 이제부터는 두 사람을 분리해서 제 대위님의 친구 이야기만 말씀드릴게요. 이 부분은 그분에게만 해당되는 일이니까요. 바로 여기서 나리께서는 우리가 얼마나 운명을 마음대로 할 수 없는지, 또 저 커다란 두루마리에 얼마나 많은 기이한 일들이 적혀 있는지를 아시게 될 겁니다!

제 대위님의 친구, 즉 칼을 꽂은 자는 고향을 한 바퀴 돌고 오겠다고 휴가를 신청했고 또 허가를 받았어요. 그가 가는 길은 파리를 거쳐야 해서 공공 마차를 탔죠. 새벽 3시에 마차가 오페라 좌 앞을 지나가는데, 때마침 사람들이 무도회에서 나오고 있었어요. 가면을 쓴 정신 나간 젊은이 서너 명이 여행자들과 함께 아침 식사를 하러 갈 계획을 세웠죠. 식사 시간이 되자 동이 텄어요. 서로를 바라보았죠. 누가 더 놀랐을까요? 그것은 칼을 꽂은 자를 알아본, 칼에 꽂힌 자였죠. 칼을 꽂은 자가 악수를 하고 키스를 하며 이렇게 만나 얼마나 다행이고 기쁜지 모르겠다고 말했어요. 그런 다음 두 사람은 즉시 창고 뒤로 가 검을 뽑았죠. 한 사람은 프록코트 차림으로 다른 한 사람은 두건 달린 무도회복 차림으로 말입니다. 칼을 꽂은 자, 즉 제 대위님의 친구가 이번에도 역시 포석 위로 내팽개쳐졌죠. 그의 적이 그를 구하기 위해 사람을 보냈고, 그 후에는 친구들과 마차에 탄 나머지 사람들과 함께 식탁에 앉아 즐겁게 먹고 마셨어요. 몇몇 사람들은 그들의 길을 계속할 차비를 했고, 또 몇몇 사람들은 가면을 쓴 채 역마차의 말 위에서 수도로 돌아갈 차비를 했죠.

그때 여인숙 여주인이 다시 나타나 자크의 이야기는 끝이 났다.

그녀가 다시 올라왔다. 독자여, 그대에게 미리 알려 두지만 내겐 그녀를 쫓아낼 권리가 없다. ── 왜 그런가? ── 그건 그녀가 손에 병 두 개를 든 채 나타났고, 다음과 같은 머리말과 함께 자크에게 말을 거는 연설가라면 누구든지 필연적으로 그의 말을 듣게끔 저기 높은 곳에 씌어 있기 때문이다.

그녀는 방 안으로 들어와 샴페인 두 병을 탁자에 내려놓으며 말했다. "자, 자크 나리, 화해합시다……." 여주인은 비록 한창 나이는 아니었지만 키가 크고 건장하며, 동작이 민첩하고 안색이 좋고 살이 쪘으며, 입술이 약간 크지만 아주 고른 이에, 넓은 뺨과 튀어나온 눈에, 각진 이마와 아주 아름다운 피부에, 개방적이고도 활달하며 명랑한 얼굴에, 약간 억센 팔, 하지만 기가 막힌 손을 지닌, 그림을 그리거나 본을 뜰 만한 손을 지닌 여자였다. 자크는 그녀의 허리 한가운데를 붙잡고 힘껏 포옹했다. 그의 원한은 좋은 술, 아름다운 여자 앞에서는 결코 오래가지 않았다. 그것은 저기 높은 곳에, 그에 대해, 그대 독자에 대해, 나 자신이나 다른 수많은 사람들에 대해 그렇게 되리라고 씌어 있기 때문이다. 그녀는 주인에게 말했다. "나리, 우리 두 사람만 마시게 내버려 두시려는 겁니까? 나리께서 아직 400킬로를 더 가셔야 한다 해도 이렇게 좋은 술은 마시지 못하실걸요." 이렇게 말하면서 그녀는 무릎 사이에 술병을 놓고 마개를 땄다. 엄지손가락으로 술병 위쪽을 감싸고 한 방울도 흘리지 않게 아주 교묘한 솜씨로 따는 것이었다. "자, 빨리 당신 술잔을 주세요." 자크가 술잔을 갖다 댔을 때 엄지손가락을 약간 옆으로 벌려 병으로 공기가 들어가게 하자 자크의 얼굴은 온통 샴페인 거품으로 덮였다. 자크도 이런 장난에 기꺼이 응했고 그리하여 여주인도 자크와 주인도 모두 웃음을 터뜨렸다. 그들은 술병의 지혜를 확인하기 위해 가득 부은 술 몇 잔을 연거푸 마셨다. 여주인이 말했다. "다행히 그들은 모두 잠자리에 들었어요. 더 이상 절 방해할 사람은 아무도 없을 거예요. 이야기를 다시 계속할 수 있게 됐어요." 자크는 샴페인 때문에 본래보다 더 활기찬 눈으로 여주인을 쳐다보며 여주인 또는 자기 주인에게 말했다. "우리의 여주인은 천사처럼 아름다웠을 겁니다. 나리, 그 점에 대해 어떻게 생각하십니까?"

주인 아름다웠다니! 그걸 말이라고 해. 지금도 여전히 아름다운데!

자크 나리 말씀이 맞습니다. 다른 여자와 비교해서 말한 게 아니라 젊었을 때 모습과 비교해서 말한 겁니다.

여인숙 여주인   지금은 별로죠. 사람들이 제 허리를 양손의 첫
　　　　　　두 손가락 사이에 붙잡았을 때 보셨어야 하는 건데!
　　　　　　이곳에 머무르기 위해 16킬로나 되는 길을 돌아 오는
　　　　　　사람들도 있었죠. 제게 반한 그 숱한 좋고 나쁜 찬미
　　　　　　자들 이야기는 그만두고 포므레 부인 이야기로 돌아
　　　　　　가죠.

자크   당신에게 반한 그 나쁜 녀석들 또는 내 건강을 위해
　　　　　　한잔 마시는 게 어떻소?

여인숙 여주인   기꺼이 마시죠. 당신을 포함하거나 포함하지
　　　　　　않아도 그럴 만한 가치가 있는 사람들이 많았죠. 제가
　　　　　　십 년 동안이나 순수한 의도로 군인들의 밥줄 노릇을
　　　　　　했다는 걸 아세요? 제가 없었더라면 전투조차 치르기
　　　　　　힘들었을 사람들을 많이 도와줬죠. 좋은 사람들이었
　　　　　　고 그들 중 누구도 원망하지 않아요. 그들도 저에 대
　　　　　　해 마찬가지일 거예요. 각서 같은 건 결코 받지 않았
　　　　　　죠. 때로는 기다려야 했지만 이 년, 삼 년, 사 년 후에
　　　　　　는 돈이 되돌아왔어요…….

　　그리고 나서 그녀는 그녀 지갑에서 돈을 퍼 간 장교들의 이
름을 늘어놓기 시작했다. 모 연대 모 대령, 모 연대 모 대위, 그
러자 자크가 소리를 질렀다. "우리 대위님! 우리 불쌍한 대위
님! 당신이 대위님을 알았단 말이오?"

여인숙 여주인   그를 알았느냐고요? 키가 크고 아주 근사한 체

격에, 약간 마르긴 했지만 고상하고도 근엄한 표정에, 튼튼한 다리, 그리고 오른쪽 관자놀이에 작은 붉은 점이 두 개 있는 사람 아닌가요? 그렇다면 당신이 그를 모셨나요?

자크   그렇소. 모셨소.

여인숙 여주인   그렇다면 당신이 더욱 좋아지는군요. 첫 번째 일자리에서의 좋은 자질이 아직도 남아 있을 테니까요. 당신 대위를 위해 건배하죠.

자크   대위님이 아직도 살아 계시다면!

여인숙 여주인   살았는지 죽었는지 무슨 상관이에요? 군인이란 죽기 위해 있는 게 아닌가요? 열 번의 공격과 대여섯 번의 전투 후에 저 너절한 검은 수단을 입은 신부들 사이에서 죽어 가는 자신을 보고 격분하는 게 군인 아닌가요? 하지만 우리 이야기로 다시 돌아가죠. 한 잔 더 마셔요.

주인   정말로 당신 말이 맞소, 여주인.

여인숙 여주인   그렇게 생각하시다니 기쁘군요.

주인   당신 포도주가 기가 막히기 때문이오.

여인숙 여주인   아! 포도주에 대해 말씀하시는 거예요? 그렇다면 그 말씀 역시 맞아요. 우리가 어디까지 이야기했는지 기억하세요?

주인   그 속내 이야기의 가장 배신적인 결론 부분까지 이야기했소.

여인숙 여주인   아르시 후작과 포므레 부인은 서로 기뻐하며 포옹하고 헤어졌어요. 부인은 후작 앞에서 자신을 너무도 억제했기 때문에 후작이 떠나자 그만큼 더 격렬한 고통을 느꼈죠. "사실이었구나……. 그는 더 이상 날 사랑하지 않는구나!"라고 그녀는 소리쳤어요. 우리가 버림 받았을 때 하는 그 기상천외한 생각에 대해서는 자세히 말하지 않겠어요. 당신네 남자들이 자랑스럽게 여길 테니까요. 포므레 부인이 자존심 센 여자라는 건 이미 말씀드렸죠. 그래도 그녀 원한에 비하면 그건 아무것도 아니었답니다. 일단 처음 끓어오르는 순간의 분노가 가라앉고 침착하게 다스릴 수 있게 됐을 때 그녀는 복수하기로 결심했어요. 정숙한 여자를 유혹하고 배신하는 남자들 모두가 무서워할 만큼 잔인한 방법으로 복수해 줄 생각이었죠. 그래서 그녀는 복수를, 그것도 아주 잔인하게 했어요. 그녀의 복수가 폭발했지만 어느 누구의 버릇도 고쳐 주지는 못했죠. 우리는 고약하게도 여전히 유혹받고 또 배신당하니 말예요.

자크   다른 여자들은 그렇다 하더라도 당신은……!

여인숙 여주인   불행하게도 제가 첫 번째죠. 아! 우리는 얼마나 어리석은가요! 게다가 그 못된 남자들이 좀 나아지기라도 하면 또 모를까, 그렇지도 못하니! 여하튼 그 얘기는 그만하고 포므레 부인은 어떻게 했을까요? 그녀는 아직 아무것도 알지 못했으므로 심사숙고하기로 했고 또 그렇게 했죠.

자크   그녀가 심사숙고하는 동안 우리가 만일…….

여인숙 여주인   그래요. 하지만 술 두 병이 다 비었군요…….
("장!" "예, 마님." "나뭇단 뒤 구석에 있는 술 두 병을 가져와."
"알았어요.") 그 문제에 대해 심사숙고한 끝에 이런 생
각을 했어요. 예전에 포므레 부인은 소송 때문에 예쁘
고 젊은 딸과 함께 파리에 올라온 한 시골 여인을 알
게 되었어요. 그런데 그 여인이 그만 소송에 져서 수
상쩍은 집을 경영할 수밖에 없게 되었다는 것을 알
게 된 거였어요. 사람들은 그녀 집에 모여 노름을 하
거나 저녁을 먹었고, 보통은 그들 중 손님 한두어 명
이 남아 자기가 선택한 여인이나 딸과 함께 밤을 보내
곤 했어요. 포므레 부인은 사람을 시켜 그들을 수소문
하도록 했고, 그들을 찾아내 자기 집을 방문하도록 초
대했어요. 그들은 포므레 부인을 잘 기억하지 못했죠.
모녀는 데농 부인과 데농 양이란 이름으로 행세했는
데,[55] 그녀를 오래 기다리게 하지는 않았어요. 이튿날
아침 당장 데농 부인이 포므레 부인 집에 나타났으니
까요. 몇 마디 인사말 후에 포므레 부인은 소송에 진
후 그녀가 무슨 일을 했는지 또 무슨 일을 하며 지내

---

55) 프랑스에서는 드(de) 또는 데(des)가 붙으면 귀족 신분임을 가리키나 모
음으로 시작하는 이름 외에는 (이를테면 데농(d'Aisnon) 양의 경우 처럼) 편
의상 드를 생략하는 경우가 많다. 아르시(des Arcis) 후작의 경우 모음으로
시작하고 '데(des)'가 이름 앞에 있어 연음하면 '데자르시'라고 불리지만 여
기서는 이름을 분명히 하기 위해 '아르시'라고만 표기하기로 한다.

는지를 물어보았죠.

데농 부인이 대답했어요. "솔직히 말해서 아주 비천하고 위험하며 별 소득 없는 일을 합니다. 마음에는 안 들지만 필요 앞에서는 법도 소용없더군요. 제 딸을 오페라단에 보내려 했지만 목소리가 작아서 형편없는 무용수밖에 되지 못했어요. 소송이 진행되는 동안이나 그 후에도 딸을 법관이나 귀족, 성직자, 금융가들 집으로 끌고 다녔지만 그들은 얼마 동안 데리고 놀다 곧 버리곤 했어요. 천사처럼 아름답지 않거나 섬세함이나 우아함이 없어서가 아니라 제 딸에게는 어떤 방탕한 정신도, 닳고 닳은 남자들의 무력증을 깨우는 데 필요한 그 어떤 재능도 없었기 때문이랍니다. 하지만 우리에게 가장 해로웠던 건 딸이 귀족 출신인 보잘것없는 사제에게 열중했다는 사실이에요. 그 작자는 신을 믿지 않았고 불경했으며 타락한 위선자에다 반(反)철학자였는데 누구라고 이름은 말하지 않겠어요. 주교직에 오르기 위한 가장 확실하고도 재능이 덜 요구되는 길을 택한 사람 중에서도 최악의 사람이었지요. 그가 딸에게 뭐라고 했는지는 모르지만, 매일 아침마다 와서 자신이 점심이나 저녁때 쓴 비방문을 읽어 주곤 했어요. 그가 주교가 될지 안 될지? 다행히도 그들 사이는 틀어졌죠. 어느 날 딸이 그에게 그가 비방하는 사람들을 아느냐고 물어보았어요. 그러자 그는 모른다고 대답했어요. 그가 비웃는 사람들에 대해 다른 감정이 있느냐고 물어보자 역시 아니라고 대답했어요. 딸은 화가 치밀어 올라 당신 같은 사람은 인간 중에서도 가장 악랄하고 가장 위선적인 사람의 역할을 한다고 말했어요."

포므레 부인은 그들이 많이 알려졌느냐고 물어보았어요.

"불행하게도 너무 많이 알려졌죠."

"내가 보기에 당신은 당신 일을 계속하고 싶은 생각이 없는 것 같은데요?"

"전혀 없어요. 제 딸은 아무리 불행한 사람이라 할지라도 자기 처지보다는 나을 거라고 매일 한탄하는걸요. 더는 아무도 우울증에 걸린 딸을 보러 오지 않는 걸요."

"내가 당신들 두 사람에게 아주 찬란한 미래를 보장해 준다면 동의하겠어요?"

"그보다 더 작은 것에도 하겠어요."

"하지만 당신이 내 엄격한 충고에 따를 수 있을지 없을지 알아봐야겠군요."

"어떤 충고든 따르리라는 걸 부인께서는 기대하셔도 돼요."

"내가 원할 때면 언제나 내 명령에 따르겠어요?"

"그 명령을 초조하게 기다릴 뿐입니다."

"그렇다면 됐어요. 집으로 돌아가세요. 이제 곧 그 명령을 받게 될 테니. 기다리는 동안 가구를 처분하고 모든 걸 파세요. 눈에 띄는 옷도 남겨 놓지 마시고. 내 계획에 부합되지 않으니."

드디어 호기심이 발동하기 시작한 자크가 여주인에게 말했다. "자, 포므레 부인을 위해 건배한다면?"

여인숙 여주인   기꺼이 하죠.

자크   데농 부인을 위해서도?

여인숙 여주인   좋아요.

자크   데농 양을 위해서 건배하는 것도 거절하지는 않겠죠? 춤에는 별 재주가 없지만 목소리는 작고 아름다운, 어쩔 수 없이 매일 밤 새 애인을 받아들여야 하는 그 우울증에 걸린 여자를 위해.

여인숙 여주인   웃지 마세요. 아주 가혹한 일이에요. 사랑하지 않으면서 그런 일을 한다는 것이 얼마나 고통스러운 형벌인지 당신이 아신다면……!

자크   데농 양의 형벌 때문에 그녀를 위해 건배.

여인숙 여주인   그만해요.

자크   여주인, 남편을 사랑하시오?

여인숙 여주인   별로요.

자크   그렇다면 당신을 동정해야겠군요. 남편이 아주 건강해 보이던데.

여인숙 여주인   반짝인다고 해서 다 금은 아니니까요.

자크   우리 여인숙 주인의 활기찬 건강을 위해 건배.

여인숙 여주인 당신 혼자나 마셔요.

주인 자크, 자크, 너 너무 급히 마시는구나.

여인숙 여주인 너무 걱정하지 마세요. 충직한 사람이니 내일은 술 마신 것처럼 보이지 않을 거예요.

자크 내일 그렇게 보이지 않을 테고, 또 오늘 저녁에는 제가 이성을 중요시하지 않으니, 나리, 그리고 우리의 아름다운 여주인, 한 번 더 건배합시다. 특히 내 마음을 끄는 데농 양의 그 사제의 건강을 위해서.

여인숙 여주인 안 돼요, 자크! 그는 위선자고, 야심가고, 무지한 사람이고, 험담가고, 너그럽지 못한 사람이에요. 자신들처럼 생각하지 않는 사람은 누구든지 무자비하게 박살 내는 사람을 우리는 아마도 그렇게 부르죠.

주인 여주인, 당신은 자크가 일종의 철학가로서 그들 자신이나 그들이 그렇게도 서투르게 변호하는 대의명분을 실추시키는 저 하찮은 바보들에 대해 무한한 존경심을 품고 있다는 걸 잘 모르는 모양이구려. 자크는 대위가 그들을 위에, 니콜, 보쉬에 같은 이들의 해독제라고 불렀다고 말했다오.[56] 그는 그 말뜻을 전혀 이

---

56) 위에(Huet)는 18세기 프랑스 성직자로 과학, 신학, 철학, 언어에 관한 많은 저서를 남겼으며 회의주의자였다. 니콜(Nicole)은 17세기 프랑스 윤리학자로 장세니스트였다. 보쉬에(Bossuet)는 17세기 프랑스 신학자이자 작가로서 프랑스 교회의 독립을 주장한 주교였으며 교조적인 장세니스트나 신비주의자, 궤변가 등을 공격했다. 따라서 이 세 사람을 한데 묶어 놓은 것은 그들의 종파가 다름에도 그 성향이 온건하고도 관용적이며 인간적인 종교를 원했다는 점에서, 디드로가 이들을 기독교의 세 스승으로 간주하고 있음을 보여 준다.

해하지 못했지만 당신도 마찬가지일 거요. 당신 남편
은 잠자리에 들었소?

여인숙 여주인 오래됐어요.

주인 이렇게 이야기하게끔 당신을 내버려 두오?

여인숙 주인 우리네 남편들은 길들었죠……. 포므레 부인은
마차에 올라타 데농네가 사는 동네에서 가장 멀리 떨
어진 변두리를 돌아다니다 교회 근처 점잖은 집에 아
파트를 하나 빌렸어요. 되도록 간단한 가구를 들여놓
은 다음, 데농과 딸을 점심에 초대하고는 그날로, 안
되더라도 며칠 후에 그곳으로 이사하게 했죠. 그들이
지켜야 하는 행동 강령을 남겨 놓고서요.

자크 여주인, 우리가 포므레 부인과 아르시 후작의 건강을
위해 건배하는 걸 잊어버렸구려. 아! 그건 공평하지
못하오.

여인숙 여주인 자크 양반, 그러세요. 술 창고가 비지는 않았으
니. 여기 그 행동 강령이, 아니, 제가 기억하는 것이 있
어요.

"—정체가 발각되면 안 되므로 절대 공공 산책로로
다니지 말 것.

—극도의 칩거 생활을 하는 것처럼 보여야 하므로 어
느 누구도, 이웃 남자나 이웃 여자조차도 집 안에 들
이지 말 것.

—독실한 신도로 보여야 하므로 내일부터 당장 맹신
도처럼 입을 것.

— 신분을 노출하는 것이 있으면 절대 안 되므로 집 안에 기도서 외에는 아무것도 두지 말 것.

— 평일이나 축일 본당 미사에 빠짐없이 참석할 것.

— 몇몇 수녀원의 응접실에 드나들도록 노력할 것. 칩거 생활을 하는 이런 여자들의 수다가 우리에게 무익하지만은 않을 것임.

— 증언이 필요해질 수도 있으니 교회 사제나 신부 들과 긴밀히 접촉할 것.

— 평상시 그들 중 어느 누구도 집에 들이지 말 것.

— 고해성사를 하러 가고 적어도 한 달에 두 번은 영성체를 할 것.

— 예전 성을 쓸 것. 점잖은 가문의 이름이며 또 조만간 누군가가 당신 고향에 당신에 대해 물어볼지도 모름.

— 때때로 적선을 베풀 것. 하지만 당신은 결코 어떤 구실로도 적선을 받아서는 안 됨. 당신은 가난하지도 않으며 그렇다고 해서 부자도 아니라는 걸 사람들이 믿게 해야 함.

— 실을 잣거나 바느질을 하거나 뜨개질을 하거나 수를 놓을 것. 그리고 만든 것을 자선단체 여인에게 팔라고 기증할 것.

— 최대한 절제된 생활을 할 것. 여인숙에서 배달해 주는 검소한 두 끼 식사로 만족하고 그게 전부일 것.

— 절대 당신 없이 당신 딸 혼자 외출해서는 안 되며 당신도 혼자서는 절대 외출하지 말 것.

—돈을 안 들이고 전도할 수 있는 방법은 하나도 소홀히 하지 말 것.

—특히 반복해서 말하지만 신부나 수도사, 맹신도 들을 절대 집 안에 들이지 말 것.

—길을 걸을 때에는 땅만 쳐다보고 성당에 가서는 하느님만 쳐다볼 것.

물론 이런 생활이 힘들다는 건 나도 인정하지만 그다지 오래가지 않을 거고, 그에 대한 각별한 보상을 약속해요. 서로 상의해 보세요. 이런 구속이 당신들 능력 밖이라면 내게 솔직하게 말하세요. 화를 내지도 놀라지도 않을 테니. 그리고 조금 전에 말한다는 걸 잊어버렸는데 신구약 성서에 친숙해져 신비성에 대한 수다를 떠는 것도 그럴듯할 거예요. 그래야 당신들이 오래전부터 맹신자였다고 생각할 테니. 당신들이 원하는 대로 장세니스트나 몰리나 교도가 되도록 하세요.[57] 하지만 최선은 당신 교회 사제의 의견을 따르는 거예요. 그리고 기회 닿는 대로 아무 때나 철학자들에 대해 격노하는 것을 잊지 마세요. '볼테르는 이단자다.'라고 외치세요. 대신 당신의 그 형편없는 사제의 책을 암송하고 필요하다면 그걸 유포하도록 하세요……."

---

57) 장세니스트는 인간 자유의지를 무시하고 신의 은총을 절대시하는 얀센파 교리를 믿는 사람을 가리킨다. 몰리나 교도는 전자와는 반대로 신의 은총과 인간의 자유의지를 조화한 스페인 몰리나 교리를 믿는 사람을 말한다. 18세기에 이 두 교파 간의 설전은 많은 사건을 일으켰다.

포므레 부인은 또 덧붙였죠. "난 당신 집에서는 결코 만나지 않을 거예요. 당신들처럼 독실한 여자들 집을 출입할 자격이 내게는 없으니까. 하지만 너무 걱정하지 마세요. 가끔 몰래 여기로 와서 우리끼리 당신들의 그 속죄 생활을 보상하도록 합시다. 하지만 독실한 신자인 것처럼 연기는 하면서도 거기에 말려들지는 마세요. 당신들 가사에 필요한 그 얼마 안 되는 경비는 내가 부담하겠습니다. 만약 내 계획이 성공하면 당신들은 더 이상 나를 필요로 하지 않게 될 것이고, 당신들 실수가 아닌데도 실패하는 날에는 당신들이 날 위해 희생한 현재 생활보다 훨씬 나은 정직한 미래를 보장할 만큼 난 부자예요. 하지만 특히 복종을, 절대적인 복종을, 내 의도에 대한 무한한 복종을 요구합니다. 그렇지 않으면 현재도 또 미래에도 아무것도 약속할 수 없어요."

주인　(담뱃갑을 툭툭 치고 시계를 들여다보며) 얼마나 무서운 여자인지! 제발 그런 여자를 만나지 않게 되기를.

여인숙 여주인　참으세요. 조금만 더 참으세요. 당신은 아직도 그 여자가 누구인지 잘 알지 못하는걸요.

자크　그동안 내 아름다운 매력적인 여주인이여, 우리 포도주 병에다 대고 한 말씀 하면 어떻겠소?

여인숙 여주인　자크 씨, 내 샴페인이 당신 눈에 비친 날 아름답게 만드는 모양이군요.

주인　좀 무례한 질문일지도 모르지만 오래전부터 말하고

싶었는데 더 이상 참을 수가 없구려.

여인숙 여주인 해 보세요.

주인 당신이 여인숙 집에서 태어나지 않았다는 걸 난 확신하오.

여인숙 여주인 사실이에요.

주인 당신은 보다 높은 신분이었는데 어쩌다 기막힌 상황을 만나 여기까지 오게 된 거요.

여인숙 여주인 동의해요.

주인 우리가 포므레 부인 이야기를 잠시 멈춘다면…….

여인숙 여주인 그럴 수는 없어요. 다른 사람 이야기는 기꺼이 해도 제 이야기는 결코 하지 않아요. 다만 제가 생시르[58])에서 자랐으며 거기서는 복음서보다 소설책을 더 많이 읽었다는 사실만 말씀드리죠. 왕실 수도원과 제가 운영하는 여인숙 사이에는 상당한 거리가 있는 셈이죠.

주인 됐소. 내가 아무 말도 하지 않은 셈 치시오.

여인숙 여주인 우리의 두 맹신도가 선도하는 동안 그들의 신앙심과 거룩한 품행의 향기가 사방에 퍼졌죠. 포므레 부인은 후작과 겉으로는 가장 완벽한 존경과 우정, 신뢰 관계를 유지했어요. 그가 아무리 오래 자리를 비운 후 돌아와도 잘 왔다고 환대했으며 결코 화를 내거나

---

58) Saint-Cyr. 루이 14세의 정부로 막강한 영향력을 행사했던 맹트농 (Maintenon) 부인이 가난한 귀족 출신 소녀들을 위하여 세운 교육 기관이다.

야단치는 법이 없었죠. 후작이 부인에게 자신이 거둔 조그만 수확들을 얘기하면 부인은 정말로 재미있어 하는 것 같았어요. 어려운 승부인 경우 부인은 후작에게 조언을 했고, 가끔가다 결혼이란 단어를 던지기도 했지만 그 어조가 너무 담담해 그녀 자신과 관련 있다곤 생각할 수도 없었죠. 후작이 부인에게 때때로 자신이 알던 여자에게 으레 하기 마련인 몇 마디 다정한 말이나 환심을 사는 언동을 하려 해도 그녀는 미소를 짓거나 그냥 내버려 뒀어요. 그녀 말을 따르자면, 자신도 그럴 수 있으리라고는 결코 생각하지 못했지만, 그녀 마음은 평온하고 또 그와 같은 친구가 한 명쯤 있는 것만으로도 충분히 행복하며, 자신이 더 이상 젊지 않아서 그런지 남자에 대한 관심이 무뎌졌다는 그런 얘기였어요.

"뭐라고요? 부인은 내게 털어놓을 것이 아무것도 없단 말이오?"

"없어요."

"내가 당신 곁에 있을 때 그렇게 당신을 쫓아다니던 그 키 작은 백작은 어떻게 됐소?"

"쫓아 보냈어요. 이제는 더 보지 않아요."

"이상한 짓을 했군. 왜 그를 멀리했단 말이오?"

"마음에 들지 않아서요."

"아! 당신 마음을 알 것 같구려. 당신은 아직도 날 사랑하는구려."

"그럴 수도 있겠죠."

"내가 돌아오기를 기대하는 거요?"

"왜, 그러면 안 되나요?"

"그래서 나무랄 데 없는 처신이 가져다줄 이점을 모두 확보하려는구려."

"그렇다고 생각해요."

"다행스럽게도 또는 불행하게도 내가 당신과의 관계를 다시 시작하게 된다면 적어도 당신은 내 잘못에 대해 침묵을 지켰다는 공은 차지할 수 있겠구려."

"당신은 제가 아주 세심하고 관대하다고 생각하는 모양이죠."

"당신이 한 일에 비추어 볼 때, 당신은 어떤 영웅적인 일도 할 수 있는 사람이오."

"그렇게 생각하시다니 별로 섭섭하지는 않군요."

"정말로 난 당신과 더불어 아주 큰 위험을 무릅쓰는 셈이오. 그건 확실하오."

자크　나도 마찬가지요.

여인숙 여주인　그런 일이 있은 후 약 석 달 동안은 아무 일도 없었어요. 포므레 부인은 자신의 계획을 실행에 옮길 때가 왔다고 믿었죠. 어느 화창한 여름날 점심 식사 때 후작을 기다리는 동안 그녀는 사람을 시켜 데농 부인과 딸에게 식물원에 가 있으라는 전갈을 보냈어요. 곧 후작이 왔고 일찍 식사를 차린 후 즐겁게 식사를 하였죠. 식사가 끝난 후에 포므레 부인은 특별히 재미있는 일이 없으면 산보나 가자고 제안했어요. 그날은 오페라도 연극도 없었죠. 그 사실을 지적한 건 바로 후작이었어요. 우연하게도 재미있는 구경거리 대신 유익한 구경거리를 보자며 자연사 박물관으로 가자고 제안한 것도 바로 후작이었고요. 나리께서도 아시다시피 거절할 이유가 없었죠. 말이 준비되자 그들은 떠났어요. 식물원에 도착해서는 군중 속에 끼어 온갖 것을 보았지만 다른 사람들처럼 실지로 본 건 아무것도 없었죠.

독자여, 난 그대에게 여기서 문제의 세 인물, 즉 자크와 주인 그리고 여인숙 여주인의 처소를 묘사하는 걸 잊어버렸다. 이런 배려를 하지 않는다면 그대는 그들이 말하는 것은 들어도 그들의 모습은 전혀 보지 못할 테니 말이다. 하지 않는 것보다는 늦게라도 하는 편이 낫겠지. 왼쪽에는 주인이 취침용 모자를 쓰고 가운을 입은 채 의자 팔걸이에다 손수건을 걸치고 손에는 담뱃갑을 들고 융단 안락의자에 나른하게 드러누워 있었고, 여주인은 문 반대편 구석에 있는 탁자 옆에서 술잔을 앞에 놓고 앉아 있었다. 그리고 자크는 여주인 오른쪽에 모자도 안 쓰고 탁자에다 팔꿈치를 기대고 포도주 병 두 개 사이로 머리를 기울인 채 앉아 있었다. 그리고 다른 포도주 두 병은 자크 가까이 바닥에 놓여 있었다.

여인숙 여주인 박물관에서 나오자마자 후작과 그의 여자 친구는 식물원에서 산보를 했죠. 그들이 문을 들어서면서 오른쪽에 있는, 수목원 가까이 첫 번째 오솔길을 따라 갔을 때 포므레 부인이 놀라며 소리를 질렀어요. "제가 틀리지 않을 거예요. 그들일 거예요. 그래요, 그들이에요."

이내 그녀는 후작을 두고 우리의 두 맹신도들을 만나러 앞으로 갔어요. 데농 딸은 단순한 옷을 입고 있었는데 아주 매력적이었죠. 그 옷은 사람들의 시선을 끌지 않아 온통 얼굴에만 주의를 집중하게 했죠.

"아! 당신이에요?"

"예, 접니다."

"어떻게 지내셨어요? 그렇게 오랫동안 무얼 하셨나요?"

"저희들의 불행을 아시죠. 그만 체념하고 얼마 안 되는 우리 재산에 걸맞게 은둔 생활을 해야만 했어요. 더 이상 사교계에 어울리는 모습으로 나갈 수 없을 때는 물러나야죠."

"하지만 왜 저를 찾아오지 않았어요? 전 사교계 사람도 아니고, 어떻든 사교계는 따분하다고 생각하는 그런 분별력 있는 사람인데……."

"돈이 없을 때 나쁜 점은 경계심을 불러일으킨다는 점이에요. 가난한 사람은 폐가 될까 봐 두려워하죠."

"당신들이 제게 폐가 된다고요! 그런 의심은 제게 모욕이나 다름없어요."

"마님, 전 결백해요. 전 어머니에게 여러 번 그렇게 말씀드렸어요. 하지만 어머니는 '포므레 부인이라고……? 더 이상 아무도 우릴 생각하지 않는단다, 내 딸아.'라고 말씀하셨어요."

"얼마나 잘못된 생각인가요! 자, 우리 앉아서 얘기나 하죠. 이분은 아르시 후작이에요. 제 친구죠. 후작이 있어도 방해되지 않을 거예요. 따님이 아주 많이 컸군요. 우리가 만나지 않은 사이에 이렇게 숙녀가 되다니!"

"우리 처지에도 좋은 점이 있다면 건강에 해로운 건 모두 없어졌다는 점이죠. 이 애 얼굴과 팔 좀 보세요. 검소하고도 규칙적인 생활, 잠, 일, 거리낌 없는 양심, 바로 이런 것들이 이 애를 이렇게 만들었어요. 대단하죠……."

그들은 앉아서 다정하게 대화를 나누었어요. 데농 부인은 말을 많이 했지만 딸은 별로 말이 없었죠. 그러나 그 두 사람은 둘 다 신심 깊은 어조로 말했는데 꾸미지 않아 자연스러웠어요. 해가 지기 훨씬 전에 우리의 두 맹신도는 자리에서 일어났죠. 아직 이른 시각이라고 말을 해도 데농 부인은 포므레 부인 귀에다 큰 소리로 그들이 실천해야 할 종교적인 의무가 아직 남았다며 더 이상 지체할 수 없다고 말했죠. 그들이 어느 정도 멀어졌을 때 포므레 부인은 그들의 거처를 물어보지 않았고 또 자기 거처도 알려 주지 않았다며 자신을 나무랐어요. "예전 같으면 그런 실수는 저지르

지 않았을 텐데.”라고 포므레 부인이 말하자 후작이
그걸 만회하기 위해 그들을 쫓아갔죠. 하지만 그들은
포므레 부인 주소는 받아들였지만 후작이 아무리 간
청해도 자기들 주소는 주지 않았어요. 후작은 포므레
부인에게 자기 마차를 그들에게 주고 싶었지만 감히
그럴 수 없었다고 고백했죠.

후작은 그들이 누구냐고 물어보는 걸 잊지 않았어요.
“우리보다 더 행복한 사람들이에요. 그들의 건강한 모
습을 좀 보세요! 또 그 평온한 얼굴은 어떻고요! 순진
하고도 예의 바른 그들 말투는! 우리들 모임에서는 보
지도 듣지도 못하는 모습이죠. 우린 맹신도들을 가엾
게 여기지만 그들은 우릴 가엾게 여긴답니다. 모든 걸
따져 보면 그들이 옳다는 쪽으로 생각이 기우는군요.”
“하지만 부인, 혹시 당신이 맹신도라도 되려는 거요?”
“왜, 그러면 안 되나요?”
“조심하시오. 우리 절교가 그 이유 중 하나라면 난 그
렇게까지 되는 건 원치 않으니까.”
“그렇다면 내가 그 키 작은 백작에게 다시 문을 여는
게 낫단 말이에요?”
“그럼, 훨씬 낫소.”
“그걸 내게 권한단 말씀이시죠?”
“물론이오. 주저하지 않고.”
포므레 부인은 후작에게 두 맹신도 이름이며 고향, 소
송 이야기며 그들의 옛 신분이며 그녀가 아는 대로,

후작의 관심을 끌 수 있도록 아주 감동적으로 이야기했어요. 그러고는 덧붙였죠. "저 여자들은 아주 보기 드문 훌륭한 사람들이에요. 특히 딸은. 저 정도 용모라면 그걸 이용하려고 마음만 먹으면 여기서는 부족한 것이 아무것도 없을 텐데. 그러나 그들은 수치스러운 편안함보다 정직하고도 검소한 삶을 더 좋아하죠. 그들에게 남은 재산이라곤 너무도 보잘것없어서 사실 저도 그들이 어떻게 살아가는지는 잘 모른답니다. 아마도 밤낮으로 일하겠지요. 원래부터 가난하게 태어난 사람들이라면 다른 많은 사람들처럼 어떻게든 견디어 가겠지만, 풍족하게 살던 사람들이 저렇게 최소한의 생활에 만족하며 기쁨까지 느끼니, 저는 도저히 이해가 안 가는군요. 바로 저런 게 종교의 힘인가 보죠. 아무리 우리 철학자들이 떠들어 봐야 역시 종교란 좋은 건가 봐요."

"특히 불행한 사람들을 위해서는 그렇겠지."

"얼마쯤 불행하지 않은 사람이 어디 있나요?"

"당신이 맹신도가 된다면 난 죽고 싶을 거요."

"아주 큰 불행이군요! 우리 인생이란 앞으로 있을 영원한 삶에 비하면 아무것도 아닌데요."

"당신은 벌써 선교사처럼 말하는구려!"

"설득당한 여자로서 말하는 거죠. 후작님, 정직하게 대답해 보세요. 우리가 저세상에서 벌받을까 봐 두려워하거나 혹은 보상받기를 기대한다면 우리가 누리는 이 모든 부(富)도 결국에는 하잘것없는 누더기로 보이지 않을까요? 젊은 여자나 남편에게 충실한 부인을 유혹하여 그녀 품에서 죽을 수 있다는 믿음을 주다가 갑자기 그녀를 끝없는 형벌의 고통으로 몰아넣는다면 그건 도저히 믿을 수 없는 미친 짓이라는 걸 인정하시겠지요."

"하지만 그런 일은 흔히 있잖소."

"신앙이 없거나 마음을 딴 데 팔기 때문이죠."

"아니, 종교적인 견해가 우리 품행에 별 영향을 주지 못하기 때문이라오. 하지만 당신은 고해소를 향해 부리나케 달려갈 것만 같구려."

"그것이 제가 할 수 있는 최선의 길이에요."

"당신, 미쳤소. 당신에게는 아직도 매력적인 작은 일들로 죄를 저지를 시간이 이십여 년이나 남았소. 그걸 놓치지 마시오. 그때 가서 후회해도 늦지 않을 테니. 당신이 원한다면 사제의 발밑에 가서 자랑할 수도 있을 거요……. 하지만 이렇게 심각한 대화라니. 당신 상상력은 지나치게 어둡구려. 당신이 깊숙이 빠져든 저 저주받을 고독 때문인가 보구려. 내 말을 믿고 빨리 그 백작을 부르시오. 악마도 지옥도 더 이상 보이지 않을 테니. 당신도 예전처럼 다시 매력적인 사람이 될 거요. 우리가 언제가 다시 사귀게 되면 내가 당신을 비난할까 봐 두려운 모양인데, 어쩌면 우리는 그러지 않을지도 모르고, 그러면 당신은 적절한 또는 적절치 않은 두려움 때문에 가장 달콤한 쾌락을 포기하는 셈이 될 거요. 사실 나보다 더 나은 사람이라는 자랑거리는 이런 희생을 치를 만큼 가치 있는 것이 못 되잖소."

"당신 말씀은 사실이에요. 하지만 날 붙잡는 건 그게 아니에요……."

그들은 제가 기억하지 못하는 다른 많은 이야기를 했어요.

자크   여주인, 한잔 마십시다. 그러면 당신 기억이 새로워질 테니.

여인숙 여주인   한잔 마시죠. 오솔길을 몇 바퀴 돈 다음 포므레 부인과 후작은 마차에 올라탔고, 부인이 말했죠. "아, 저 애가 날 얼마나 늙게 만드는지요! 저 애가 파리에 올라왔을 때는 양배추만큼도 크지 않았는데."

"우리가 산책길에서 만난 그 부인의 딸 이야기를 하는 거요?"

"그래요. 마치 시든 장미가 새 장미에게 자리를 양보하는 정원과도 같은 거라고나 할까요. 그녀를 보았어요?"

"그건 놓치지 않았소."

"어떻게 생각하세요?"

"마치 라파엘로가 그린 성모 얼굴에 몸매는 갈라테아[59]

59) 라파엘로가 그린 벽화 「갈라테아의 승리」를 가리킨다. 갈라테아는 키클로페스라는 거인이 사랑하던 바다의 요정이다.

같더군. 그리고 그 부드러운 목소리는 또 어떻고!"

"또 겸손한 시선은요!"

"또 예의 바른 몸가짐은!"

"그녀 또래 젊은 여자들에게서는 보지 못하는 그 품위 있는 말씨는 또 어떻고요. 그게 바로 교육 효과란 거죠."

"타고난 좋은 성품이 뒷받침해서 그렇겠지."

후작이 포므레 부인을 문 앞에 내려놓자 부인은 서둘러 우리의 두 맹신도에게, 맡은 역할을 훌륭하게 수행했다고 만족감을 표시했죠.

자크 그들이 시작한 것처럼 계속한다면 아르시 후작, 그가 아무리 악마라 할지라도 빠져나오지 못하겠군.

주인 그들 계획이 무엇인지 알고 싶군.

자크 전 싫은데요. 그러면 흥미가 곧 식어 버릴 테니까요.

여인숙 여주인 그날 이후 후작은 포므레 부인 집에 자주 드나들었고 부인은 물어보지 않고도 그 이유를 알아차렸죠. 부인은 결코 우리의 두 맹신도들에 대해 먼저 말하지 않고 후작이 이야기를 꺼내 주기를 기다렸어요. 그러면 후작은 초조한 나머지 아무리 무관심한 척해도 결국은 먼저 이야기를 꺼내고야 말았죠.

후작 당신의 두 친구를 보았소?

포므레 부인 아뇨.

후작 그러는 게 좋지 못하다는 걸 아오? 당신은 부자고 그들은 형편이 어려운데 때때로 식사에 초대조차 안 하다니!

포므레 부인   전 후작님이 저에 대해 조금 더 많이 안다고 생각했는데. 예전에 사랑을 나눌 때에는 저의 좋은 점만 보더니 이제 우정을 나누는 사이가 되니 결점만 보는 군요. 열 번이나 그들을 초대했지만 한 번도 성공하지 못했어요. 그들은 아주 이상한 이유로 제 집에 오는 걸 거절한답니다. 제가 그들 집에 찾아갈 때에도 길 입구에다 마차를 두고 립스틱이나 다이아몬드 장식 같은 것을 없앤 다음 간소한 옷차림으로 들어가야 해요. 그들의 그런 조심성에 대해 그리 놀랄 필요는 없어요. 아주 작은 거짓 소문도 자선을 베푸는 사람들의 경계심을 불러일으켜 도움을 중단케 하니까요. 후작님, 선행이란 많은 노력을 요구하는 모양이에요.

후작   특히 맹신도들에게는 그렇겠지.

포므레 부인   아주 조그만 이유에도 원조를 중단하니까요. 만약 내가 그들에게 관심을 두는 줄 안다면 사람들은, 포므레 부인이 보호해 주니 아무것도 필요로 하지 않을 거야라고 말하면서 자선을 그만둘 테니 말이에요.

후작   자선이라고!

포므레 부인   그래요, 자선요.

후작   그들이 당신을 아는데도 자선단체의 도움을 받고 있다고?

포므레 부인   다시 한 번 당신이 절 사랑하지 않는다는 걸 알겠어요. 당신이 절 존경하던 마음도 사랑과 더불어 식어 버렸군요. 그 여자들이 교회의 적선을 받는 게 제 잘 못 때문이라고 누가 당신에게 말했죠?

후작 미안하오, 부인, 미안하오. 내가 잘못했소. 하지만 무슨 이유로 친구의 호의를 거절한단 말이오?

포므레 부인 우리 사교계 사람들은 수줍은 영혼들의 그 신중하고도 섬세한 마음씨를 이해하는 데는 거리가 멀죠. 그들은 모든 사람의 도움을 구별 없이 다 받아들여야 된다고 생각하지 않아요.

후작 우리의 정신 나간 방탕한 생활을 속죄할 수 있는 최선의 방법을 박탈하는 셈이군.

포므레 부인 전혀 그렇지 않아요. 만약 아르시 후작께서 그들을 진정으로 동정하여 보다 가치 있는 손으로 그 도움을 전달한다면 또 누가 아나요?

후작 그리고 덜 확실한 손으로?

포므레 부인 그럴 수도 있겠죠.

후작 내가 한 20루이쯤 보낸다면 그들이 거절하리라고 생각하오?

포므레 부인 틀림없이 그럴 거예요. 그런 거절이 매력적인 딸을 둔 어머니에게는 어울리지 않는다고 생각하세요?

후작 내가 그들을 보러 가려고 했다는 걸 아시오?

포므레 부인 그랬겠죠. 후작님, 하지만 조심하세요. 그런 갑작스러운 연민의 행동은 수상쩍어 보일 테니까요.

후작 여하튼 그들이 날 받아들였으리라 생각하오?

포므레 부인　물론 아니죠! 당신의 화려한 마차며 옷차림이며 하인들이며, 게다가 당신의 그 매력적인 젊음하며, 이 내 이웃 사람들의 구설수에 오를 테고 그러면 그들은 신세를 망칠 테니까요.

후작　당신은 날 서글프게 하는구려. 내 의도가 아닌데 말이오. 그렇다면 그들을 도와주거나 만나는 것을 포기해야 한단 말이오?

포므레 부인　아마도 그럴 거예요.

후작　만약 내가 당신을 통해 도와준다면 어떻겠소?

포므레 부인　제가 책임질 만큼 순수한 도움이라고는 생각하지 않는걸요.

후작　잔인하군!

포므레 부인　그래요, 잔인해요. 그게 적절한 말이에요.

후작　무슨 생각이오! 당신 농담하는구려! 단 한 번밖에 보지 않은 여자를…….

포므레 부인　하지만 한 번 보면 잊히지 않는 그런 여자 중 하나죠.

후작　그건 사실이오. 그런 얼굴은 내내 따라다니는 법이지.

포므레 부인　조심하세요, 후작님. 당신은 슬픔을 맞이할 준비를 하고 계시는 것 같군요. 전 당신을 위로하기보다는 보호하는 편을 더 좋아해요. 당신이 지금까지 알았던 여자들과 그녀를 혼동하지 마세요. 그녀는 그들과 달라요. 그녀 같은 여자들은 시험하거나 유혹하거나 접근해서는 안 돼요. 어떻게 해도 말을 듣지 않을 테니 결코 성공하지 못할 거예요.

이런 대화 후에 후작은 갑자기 급한 일이 생각났다며 불쑥 일어나더니 근심 어린 표정을 지으며 밖으로 나 갔죠.

상당히 오랜 기간 후작은 매일같이 포므레 부인을 보 러 왔지만 정작 도착한 다음에는 자리에 앉아 침묵을 지키곤 했어요. 포므레 부인 혼자서만 말을 했고 십오 분쯤 지나면 후작은 일어서서 나가곤 했죠. 그러고 나 서 한 달쯤 소식이 없다가 다시 나타났는데 무척이나 서글프고 우울하며 초췌한 모습이었어요. 그를 본 포 므레 부인이 말을 꺼냈죠. "어째서 그런 모습이시죠? 어디서 오는 길이에요? 그동안 작은 집[60]에 있었나 요?"

후작   그런 셈이오. 절망한 나머지 아주 지독한 방탕 생활에 몸을 던졌었다오.
포므레 부인   뭐라고요? 절망이라뇨?
후작   그렇소, 절망 끝에……

이 말을 한 후에 후작은 아무 말 없이 방 안을 왔다 갔 다 하더니 창가로 가 하늘을 쳐다보고는 잠시 포므레

---

60) petite maison. 사교계 은어로 변두리의 밀회 장소를 가리킨다.

부인 앞에 멈춰 섰다가 다시 문 앞으로 가 하인을 불렀지만, 할 말이 없었는지 다시 그들을 보내고 돌아와 포므레 부인 앞으로 갔어요. 그녀는 그를 쳐다보지도 않고 일을 계속했죠……. 후작은 말을 하고 싶었지만 감히 그럴 수가 없었어요. 마침내 포므레 부인이 가엾이 여겨 말했죠. "무슨 일이에요? 당신을 안 본 지 한 달이나 됐는데 이렇게 죽은 사람 같은 모습으로 마치 형벌을 받는 영혼처럼 방황하고 있으니."

후작   정말 더 이상은 참을 수 없소. 당신에게 모든 걸 말해야겠소. 난 당신 친구 딸에게 강한 인상을 받았소. 그녀를 잊기 위해 모든 걸 다 했소, 모든 걸. 하지만 그렇게 하면 할수록 그녀 생각이 더 나는 거요. 그녀의 천사 같은 모습이 내 머리에서 떠나지 않는구려. 중요한 심부름을 좀 해 주시오.

포므레부인   뭔데요?

후작   그녀를 꼭 만나야만 하오. 그렇게 할 수 있도록 당신이 도와주어야겠소. 회색 옷 입은 내 시골 하인들[61]을 풀어놓았소. 그러나 그 모녀가 하는 일이라곤 집에서 교회로, 교회에서 집으로 오가는 것뿐이었소. 내가 직접 열 번이나 그 모녀가 오가는 길을 걸어 다녀 봤지만 그들은 나를 쳐다보지도 않았소. 그들 집 문 앞에

---

61) grisons. 비밀 업무를 수행하기 위해 풀어놓은 하인들을 지칭하는 말이다.

도 서 있었지만 소용없는 짓이었소. 그 모녀는 처음에는 날 원숭이 같은 방탕아로 만들더니, 이제는 천사 같은 맹신도로 만들었다오. 난 보름 전부터 한 번도 미사 참례에 빠진 적이 없소! 그녀 모습이 얼마나 아름다운지……!

포므레 부인은 이 모든 걸 알고 있었어요. 그녀는 후작에게 이렇게 말했죠. "당신이 거기서 회복되기 위해 모든 걸 다 시도했지만 미친 사람이 되는 걸 막을 수 없었고, 그래서 미치기로 한 마지막 시도가 성공했단 말씀이시죠."

후작 성공했다는 걸로 말하자면 어느 정도까지인지 말로는 할 수 없지만, 제발 나를 동정하여 그녀를 다시 한 번 만나게 해 줄 수는 없겠소?

포므레 부인 어려울 거예요. 하지만 한번 해 보죠. 대신 한 가지 조건이 있어요. 더 이상 그 불쌍한 사람들을 괴롭히지 말고 가만히 내버려 둬야 해요. 그 여자들이 당신의 가혹한 처사에 대해 신랄하게 비난하는 글을 제게 보내 왔다는 것을 감추지 않겠어요. 자, 여기 있어요…….

물론 후작에게 읽게 한 편지는 그들이 서로 협의해서 쓴 것이었죠. 데농 부인의 딸이 어머니 명령에 따라 쓴 것처럼 보이는 그 편지는 진술하면서도 부드럽고 감동적이었으며 우아하고 재치 있는, 한마디로 말해 후작의 머리를 혼란케 하는 온갖 것이 다 들어 있었죠. 한 단어 한 단어 읽을 때마다 후작은 감탄사를 연발했고 다시 읽지 않은 구절이라곤 하나도 없었어요. 후작은 기뻐서 울음을 터뜨리며 부인에게 말했죠. "누구도 이렇게 편지를 잘 쓰지는 못할 거요. 부인도 동의할 거요."

포므레 부인   동의해요.

후작   그리고 이런 여자들에 대해 구구절절 감탄하고 존경하게 된다는 것도.

포므레 부인   그럴 수도 있겠죠.

후작   난 약속을 지키겠소. 부탁이니 당신도 제발 약속을 어기는 일이 없도록 하시오.

포므레 부인   후작님, 실은 저도 당신만큼이나 미쳐 있답니다. 당신은 아직도 저에 대한 대단한 지배력이 있음이 틀림없어요. 전 그게 두려워요.

후작   언제쯤 그녀를 보게 되겠소?

포므레 부인   그거야 알 수 없죠. 우선 의심받지 않고 일을 처리할 수 있는 방법을 찾아야 하니까요. 그들이 당신 의도를 모르지는 않을 테니, 만약 내가 당신과 공모했다고 생각한다면 내 호의가 그들 눈에 어떤 모습으로 비치겠어요……. 하지만 후작님, 우리끼리 말인데 내가 그렇게 난처한 일을 떠맡을 필요가 어디 있죠? 당신이 사랑하든 사랑하지 않든, 또는 당신이 미쳐 날뛰든 말든 그게 나와 무슨 상관이죠? 당신 스스로 그 실마리를 풀어야죠. 당신이 내게 시키는 그 역할은 사실 아주 이상한 거예요.

후작 당신이 날 버린다면 난 파멸이오! 나 자신을 위해 말하는 것이 아니오. 그렇게 되면 당신을 모욕하는 일이 될 테니. 하지만 당신에게 그렇게도 소중한 저 매력적이고도 품위 있는 여인들을 위해 간청하는 것이오. 당신은 날 잘 알지 않소. 내가 저지를지도 모르는 그 모든 미친 짓들을 그들이 당하지 않도록 해 주시오. 난 그들 집에 가겠소. 그렇소, 미리 알리지만 그 집에 가겠소. 가서는 문을 부수고 강제로 들어가 앉을 것이오. 무슨 말을 할지 무슨 짓을 할지는 모르지만, 지금 나의 이 격한 상태에 비추어 볼 때 당신은…… 두렵지도 않단 말이오……?

나리들께서도 주목하셨겠지만…… 이 모험의 서두에서부터 지금까지 아르시 후작의 말에는 포므레 부인의 가슴을 비수처럼 찌르지 않는 말이라곤 한마디도 없었죠. 그녀는 분노하고 격분하며 숨이 막혔죠. 그래서 후작에게 떨리는, 끊어지는 목소리로 이렇게 대답했어요.

"당신 말이 맞아요. 저도 이처럼 사랑받았다면 어쩌면……. 그 점에 대해서는 그만하죠. 전 당신을 위해 행동하는 게 아니에요. 하지만 후작님, 적어도 시간은 좀 주시겠지요."

후작   아주 최소한의 시간이오, 아주 짧은 시간만을 주겠소.

자크   우리의 여주인, 여자란 도대체 얼마나 무서운 존재요! 사탄인 루시퍼도 그보다는 나을 거요. 내 몸이 다 떨리오. 마음을 진정하기 위해 한잔 마셔야겠소. 나 혼자만 마시게 내버려둘 작정이오?

여인숙 여주인   전 무섭지 않은데요……. 포므레 부인은 또 이렇게 말했어요. "난 고통 받고 있지만 혼자서만 고통 받는 건 아냐. 잔인한 사람 같으니라고! 내 고통이 언제 끝날지는 모르지만 그 사람의 고통도 영원히 지속되게 할 거야……." 그녀는 약속한 만남을 한 달이나 미루었어요. 다시 말해 그가 줄곧 괴로워하고 열광하게끔 내버려 두었죠. 그러고는 너무 오랜 시간 기다린 데 대해 마음을 진정시킨다는 구실 아래, 그의 정념에 대해 말하는 것을 허락했어요.

주인   다시 말하면 정념에 대해 이야기하면서 정념이 더욱 강해지도록 했다는 뜻이겠지.

자크   무슨 여자가 그렇지! 도대체 얼마나 무서운 여자인지! 우리의 여주인, 내 무서움이 더해만 가는구려.

여인숙 여주인   그리하여 후작은 매일같이 포므레 부인과 얘기하러 왔고, 그녀는 가장 작위적인 말로 그를 자극하고 그의 마음을 굳어지게 하고 드디어 그를 파멸의 길로 몰고 갔죠. 그는 그 여자들의 고향이며 출신, 교육, 재산, 불행에 대해 알게 되었고, 그래도 충분히 알거나 감동하지 못했다는 듯 되풀이해서 그 이야기로 되돌아가곤 했죠. 포므레 후작 부인은 후작에게 미리 겁을 준다는 구실 아래 그의 감정 진전을 지적해 그 감정의 결과에 익숙해지도록 했어요. "후작님, 조심하세요. 그렇지 않으면 중대한 결과를 초래할 거예요. 당신이 괴상한 방식으로 남용하는 내 우정이 어느 날인가에는 당신 눈에도 내 눈에도 절 용서하지 못하는 날이 올 거예요. 우리가 매일같이 광기 어린 행동을 하지 않아서가 아니에요. 전 당신이 지금까지 당신 취향이 아니었던 그런 조건 아래서 그 여자를 얻게 될까봐 두려워요."

포므레 부인은 자신의 계획이 성공할 만큼 후작이 준비되었다고 믿자 두 여자를 점심 식사에 오도록 했고, 후작에게는 그들을 속이기 위해 시골 가는 옷차림으로 나타나라고 했어요. 그리고 그대로 실행되었죠.

두 번째 요리가 나올 때쯤 하인이 후작의 방문을 알렸고, 후작과 포므레 부인 그리고 두 사람의 데농은 당황하는 연기를 아주 멋지게 했어요. 후작은 포므레 부인에게 말했죠. "영지에서 오는 길이오. 집에서는 내가 저녁에야 오는 줄 알기 때문에 집으로 가기에는 너무 이른 것 같고 또 당신이 점심 식사 자리에 날 거절하지 않으리라 생각하고 왔소……." 이렇게 말하면서 후작은 의자를 끌어다가 식탁에 앉았어요. 그의 식기는 데농 부인 옆, 데농 딸을 마주 보도록 놓였죠. 후작은 포므레 부인에게 이런 배려에 감사한다는 눈짓을 보냈어요. 처음 어색한 순간이 지나자 두 맹신도들은 좀 진정되어서 모두는 이야기를 하며 즐겁게 시간을 보냈죠. 후작은 데농 부인에게 아주 세심한 주의를 기울였고, 딸에게는 신중하고도 예의 바르게 대했어요. 세 여자는 자신에게 거슬리는 것은 아무것도 말하지 않고 아무것도 하지 않으려는 후작의 신중한 모습을 보며 몰래 마음속으로 웃으며 재미있어 했죠. 그들은 잔인하게도 후작에게 세 시간 동안이나 계속해서 맹신에 대해 말하도록 했고 또 포므레 부인은 이렇게 말했어요. "당신 연설은 당신 부모에 대한 찬사인 셈이군요. 처음 받은 교육은 결코 지워지지 않는다는. 당신은 마치 성 프랑수아 드 살[62]의 책만으로 양분을 취한 것처럼 온갖 종교적인 사랑의 미묘한 점까지 파악하시는군요. 혹시 과거에 정적주의자[63]는 아니셨나요?"

"기억 나지 않소……."

우리의 두 맹신도들이 그 대화에 그들의 우아함이며

---

62) François de Sales. 17세기 제네바 주교로 『맹신도의 생애 입문』의 저자다.
63) quietiste. 17세기 중반에 스페인 신부 몰리노스(Molinos)가 세운, 관조와 명상을 통해 마음의 절대적인 정적(靜寂)을 얻으려는 신비주의적 기독교 교리를 믿는 사람을 가리킨다.

재치며 매력이며 섬세함이며 온갖 것을 쏟아 놓았다
는 것은 두말할 필요도 없겠죠. 그들은 이야기를 하다
지나는 길에 정념이라는 주제를 건드리게 되었고 뒤
케누아(그녀의 진짜 이름이었죠.) 양은 위험한 정념은
단지 하나밖에 없다고 주장했죠. 후작도 이에 동의했
어요. 6~7시가 되자 두 여자는 붙잡을 틈도 주지 않
고 자리를 떴죠. 포므레 부인은 뒤케누아 부인과 더불
어 의무를 수행하는 일이 먼저라며 그렇지 않으면 그
즐거움을 후회로 망치지 않을 날이 하루도 없을 거라
고 주장했어요. 그래서 그들은 후작이 무척이나 아쉬
워하는데도 떠나 버렸고 후작과 포므레 부인만이 남
았죠.

포므레 부인　자, 후작님, 제가 착한 여자라는 걸 인정하시겠죠?
　　　　　파리에 어디 나만 한 여자가 있는지 한번 찾아보시죠.

후작　(그녀 앞에 무릎 꿇으며) 시인하오. 당신 같은 여자는
　　　한 명도 없소. 당신의 친절에 몸 둘 바를 모르겠구려.
　　　당신은 이 세상에서 나의 유일한 진짜 친구요.

포므레 부인　당신은 제 행동의 가치를 항상 똑같이 느낄 수 있
　　　　　다고 확신하세요?

후작　내가 그 가치를 낮게 평가한다면 난 배은망덕한 괴물
　　　일 거요.

포므레 부인　화제를 바꾸죠. 당신 마음 상태가 어떤가요?

후작　솔직히 말해야 하오? 그녀를 내 손에 넣든가 아니면
　　　내가 죽든가 해야 할 것이오.

포므레 부인   당신은 틀림없이 그녀를 갖게 될 거예요. 다만 어
       떤 식으로 가지느냐가 문제죠.

후작   두고 봅시다.

포므레 부인   후작님, 전 당신도 알고 그들도 알아요. 뻔한 일이
       에요.

후작은 약 두 달 동안 포므레 부인 집에 나타나지 않
았어요. 그 사이에 그가 한 일은 다음과 같았죠. 그는
데농 부인과 딸의 고해신부를 알게 되었는데, 그 신
부는 제가 나리들께 말씀드린 그 형편없는 사제의 친
구였어요. 신부는 부정한 음모로 일어날 수 있는 온갖
어려움을 과장하고서는 성직자의 신성한 의무를 가
장 비싼 값으로 팔아넘기고 후작이 하는 말이라면 뭐
든지 응했죠.

그 성직자가 한 첫 번째 사악한 짓은 교구 사제가 그
여자들에 대해 품고 있는 호의를 떨쳐 버리게 만드는
일이었어요. 포므레 부인의 보호를 받는 이 두 여자에
게 교회가 적선하는 것은 그들보다 더 동정받아야 하
는 극빈자들로부터 기회를 박탈하는 셈이라며 사제
를 설득했죠. 그의 목적은 그들이 가난 때문에 어쩔
수 없이 그가 원하는 것을 하게 만드는 거였어요. 그
러고 나서는 고해소에서 두 여자를 갈라놓는 일을 했
죠. 어머니가 딸에 대해 하소연을 하면 딸의 잘못을
확대하여 어머니를 더 화나게 만들었고, 반대로 딸이

어머니에 대해 불평하면 자식에 대한 어버이의 권한
은 제한되어 있다고 넌지시 말하면서, 어머니의 학대
가 어느 정도까지 이르면 자신이 그녀를 그 포악한 권
위로부터 구해 줄 수 있다고 말했어요. 그리고 속죄하
기 위해 다시 고해하러 오라고 했죠.

한번은 신부가 그녀 매력에 대해 말했어요. 노련하게
요. 그 매력은 신이 여자에게 내린 선물 중 가장 위험
한 것이라며 한 신사가 그녀로부터 받은 인상을 말해
주었지요. 물론 그 신사의 이름을 대지는 않았지만 그
가 누구인지 짐작하기란 어려운 일이 아니었어요. 이
어서 그는 하느님의 무한한 자비와 몇몇 경우 어쩔 수
없이 저지르게 되는 죄악에 대한 하느님의 용서 이야
기로 넘어갔고, 또 자신의 마음속에서 그 변명을 찾게
되는 인간 본성의 나약함과 가장 성스러운 사람이라
할지라도 피하지 못하는 어떤 일반적인 격렬한 성향
에 대해 말했어요. 그러고는 그녀에게 욕망을 느껴본
적이 없느냐고 물어보았고 혹시 꿈에서라도 그런 성
향을 발견하거나 남자들의 모습이 그녀를 혼란스럽
게 하지 않았느냐고 물어보았죠. 그런 다음 한 여자가
정열적인 남자에게 굴복해야 할지 아니면 저항해야
할지, 그래서 그를 위해 예수 그리스도가 피를 흘린
자를 죽게 내버려 두어 지옥에 떨어지게 할 것인지 하
는 문제를 제기했어요. 신부는 감히 그 문제를 결정할
수 없다고 말하면서 깊은 한숨을 내쉬며 하늘을 쳐다

보고는 고통 받는 영혼의 평화를 위해 기도했죠…….
젊은 여자는 신부가 하는 대로 내버려 두었어요. 그녀
는 신부의 이야기를 그녀 어머니와 포므레 부인에게
충실히 옮겼는데 그들은 모두 그녀에게 신부의 기도
를 북돋아 주도록 다른 속내 이야기도 하라고 권했죠.

자크 　　당신의 포므레 부인은 사악한 여자요.

주인 　　자크, 그렇게 말하긴 쉽지만 그녀의 사악함은 어디서
　　　　온 거지? 아르시 후작에게서. 그렇다면 서약한 자로
　　　　서 그가 자신의 서약을 지켰더라도 포므레 부인이 잘
　　　　못을 했을까? 우리가 다시 길을 떠날 때 그녀를 비난
　　　　하도록 하게. 난 그녀를 변호할 테니. 그러나 그 사악
　　　　한 유혹자인 신부에 대해서는 네게 맡기마.

자크 　　그 신부는 너무도 사악해서 이 일 이후부터 저는 더
　　　　이상 고해하러 가지 않을 겁니다. 여주인, 당신은 어
　　　　떻소?

여인숙 여주인 　　저는 저의 나이 많은 본당 신부에게 계속해서
　　　　고해하러 갈 거예요. 그는 호기심도 없고 사람들이 말
　　　　하는 것만 들어요.

자크 　　당신 본당 신부의 건강을 위해 한잔한다면?

여인숙 여주인 　　이번에는 당신 제안에 응하겠어요. 그분은 아
　　　　주 선량한 사람으로, 총각이나 처녀에게는 일요일이
　　　　나 축일에 춤추러 가도 좋다고 하고, 성인 남자나 여
　　　　자 들에게는 만취하지만 않는다면 저의 집에 와도 좋

다고 허락했어요. 제 본당 신부를 위하여!

자크   당신 본당 신부를 위하여!

여인숙 여주인   우리 여인네들은 그 성직자가 곧 자신의 고해
자에게 편지를 전하는 위험을 감행하리라는 걸 확신
했어요. 또 곧 그렇게 되었죠. 하지만 그 신중한 처사
라니! 그는 그 편지가 누구 것인지 모른다고 했어요.
하지만 그건 그들의 궁핍함을 안 어떤 관대하고도 자
비로운 영혼이 그들을 도와주려고 한 짓임에 틀림없
을 거라고 말했죠. 그는 그와 유사한 편지를 자주 전
했어요. 그는 충고하기를 "당신은 착한 분이고 당신
어머니는 신중하니 꼭 어머니 앞에서만 편지를 여시
오."라고 했죠. 뒤케누아 양은 편지를 받아 어머니에
게 주었고 어머니는 그 즉시 포므레 부인에게 전했어
요. 포므레 부인은 그 편지를 들고 신부를 불렀고, 그
가 받아 마땅한 비난을 퍼부으며 다시 사람들이 그에
대해 말하는 것을 듣게 된다면 윗사람에게 고발하겠
다고 위협했죠.

그 편지에서 후작은 온 힘을 다해 자신과 뒤케누아 양
을 찬미한 다음 그의 정념이 얼마나 격렬한가를 묘사
했고 납치까지도 감행하겠다는 등 아주 심한 조건을
제시했어요.

신부에게 훈계한 다음 포므레 부인은 후작을 집으로
불러 그의 처신이 신사로서 얼마나 부적절한지, 그녀
자신의 명예가 얼마나 위태롭게 되었는지를 설명하며

그 편지를 보여 주었어요. 그러고는 그들을 묶고 있는 그 깊은 우정에도 불구하고, 만약 딸에게 뭔가 명백한 사건이 터진다면 편지를 법정에서 공개하거나 뒤케누아 부인에게 전달하지 않을 수 없다고 하면서 이렇게 말했죠. "후작님, 사랑이 당신을 타락시켰군요. 당신은 잘못 태어났나 봐요. 위대한 일을 만드는 사랑이 당신에게는 비열한 짓만 하게 하니. 도대체 그 불쌍한 여인네들이 무슨 짓을 했기에 비참한 생활에다 이제는 모멸감까지 덧붙이려 하는 거죠? 딸이 아름답고 정숙하게 남기를 원한다고 해서 당신이 박해자가 된 건가요? 하늘이 준 가장 아름다운 선물을 그녀 스스로 증오하도록 만드는 것이 당신 역할인가요? 왜 저는 당신 공범이 되기로 한 거죠? 후작님, 제 발밑에 꿇어앉아 용서를 비세요. 그리고 제 가련한 친구들을 조용히 내버려 둔다고 약속하세요." 후작은 그녀 허락 없이는 아무 짓도 않겠다고 약속했어요. 하지만 그는 어떤 대가를 치르고서라도 그녀를 가져야만 했죠.

후작은 자신이 한 말을 전혀 지키지 않았어요. 어머니가 그걸 알게 되었고 후작은 주저하지 않고 자신의 범행 계획을 고백하는 편지를 그녀에게 보냈죠. 그러고는 앞날에 대한 기대감을 품도록 상당한 금액을 제시하며 편지에다 보석 상자를 덧붙여 전했어요.

세 여자는 회의를 열었죠. 어머니와 딸은 그걸 받아들이기고 싶었지만, 포므레 부인의 속셈은 달랐어요. 그녀는 그들이 처음 약속했던 것을 상기시키며 모든 것을 다 폭로하겠다고 위협했죠. 그리하여 우리 두 맹신도의 커다란 아쉬움에도 불구하고, 딸은 어쩔 수 없이 그녀에게 그렇게도 잘 어울리는 다이아몬드 귀걸이를 귀에서 떼 내어 오만과 분노로 가득한 답장과 함께 편지와 보석 상자를 돌려보냈어요.

포므레 부인은 후작에게 그가 한 약속을 신뢰할 수 없다고 불평했고 후작은 감히 그런 파렴치한 부탁을 할 수는 없었다고 변명했어요. 그러자 포므레 부인이 말했죠. "후작님, 당신에게 이미 경고한 적이 있지만 또 한번 되풀이해서 말해요. 당신이 원하는 대로 가고 있지 않아요. 하지만 지금은 설교하기에 너무 늦었어요. 말만 낭비하는 셈이 될 테니까요. 이젠 어쩔 도리가 없어요."

후작은 자신도 그녀처럼 생각한다며 마지막 시도를 하게 해 달라고 부탁했죠. 그 두 여자에게 상당한 연금을 제공하고 그의 재산을 그들과 공유하여 시골과 도시에 있는 집을 각각 평생 동안 그들 소유로 만들겠다는 거였어요. 그러자 포므레 부인이 말했죠. "그렇게 하세요, 후작님. 전 폭력만 금지해요. 그러나 명예와 미덕은 진실할 때라야 그것을 소유한 사람들 눈에 무한한 가치가 있는 법이에요. 당신의 새 제안은 예전 제안만큼 성공하지는 못할 거예요. 전 그 여자들을 알아요. 내기할 수 있어요."

새로운 제안이 제시되었고 또 세 여자의 비밀 회담이 열렸어요. 어머니와 딸은 침묵 속에서 포므레 부인의 결정만을 기다렸죠. 포므레 부인은 아무 말 없이 왔다 갔다 하더니 "아냐, 아냐, 이것만으로는 내 사무친 원한에 충분치 않아."라고 말했어요. 그리하여 곧 반대 의사를 밝히자 두 여자는 눈물을 흘리며 그녀 발밑에 몸을 내던지더니 그렇게 엄청난 재산을 거부하는 것이 얼마나 끔찍한 일인지, 또 그 재산을 받는다 하더라도 난처한 일은 없을 거라며 애원했죠. 하지만 포므레 부인은 냉정하게 대답했어요. "내가 하는 일이 당신들을 위해서인 줄 아나요? 당신들은 누구죠? 나에게 당신들에 대한 무슨 의무가 있죠? 당신들을 다시 사창가로 보내지 않을 이유가 어디 있죠? 그가 당신들에게 제안한 것이 너무 과하다고 여기겠지만 내게는 너무도 적어요. 부인, 내가 부르는 대로 답장을 쓰세요. 내 눈앞에서 그 편지를 보내세요." 그 여자들은 슬퍼했다기보다는 놀라 기겁을 하며 돌아갔죠.

자크 그 여자는 악마에 홀렸나 보군요. 뭘 원하는 거요? 막대한 재산의 절반을 희생한 걸로 식은 사랑에 대한 충분한 벌이 되지 않나요?

주인 자크, 자네는 여자였던 적이 한 번도 없잖은가, 그것도 정숙한 여자는. 자네는 포므레 부인이 아닌 자네 성격에 따라 판단하는 거라네. 내 생각을 듣고 싶으냐? 난 아르시 후작과 창녀의 결혼이 저기 높은 곳에 씌어 있을까 봐 두렵구나.

자크   저기 씌어 있다면 그렇게 되겠죠.

여인숙 여주인   후작은 얼마 안 있어 곧 포므레 부인 집에 다시
         나타났죠. "당신의 새 제안은 어떻게 됐어요?"라고
         그녀가 말했어요.

후작   제안은 했지만 거부당했소. 난 절망에 빠졌소. 내 마
         음에서 이 불행한 정열을 뿌리째 뽑아내고 내 마음을
         쥐어뜯고 싶지만 그렇게 할 수는 없구려. 부인, 날 좀
         보시오. 그 젊은 여자와 나 사이에 어떤 유사점이 있
         다고 생각하지 않소?

포므레 부인   전 그 점에 대해 아무 말도 하지 않았지만 이미 알
         아보았어요. 하지만 그게 문제가 아니에요. 어떻게 하
         기로 결정하셨나요?

후작   아무것도 결정할 수 없었소. 어떤 때는 역마차에 올라
         타 지구 끝까지 돌아다니고 싶은 충동에 사로잡히기
         도 하지만, 조금 후면 힘이 다 빠져 기진맥진한 채 머
         리가 제대로 돌아가지 않는구려. 바보가 된 모양이오.
         앞으로 어떻게 될지 나도 모르겠소.

포므레 부인   당신에게 여행은 권하지 않겠어요. 다시 돌아오
         기 위해 빌쥐프[64]까지 갈 필요는 없을 테니까요.

---

64) 파리 근교에 있는 도시 이름.

이튿날 후작은 포므레 부인에게 시골 영지로 떠난다고 편지를 보냈어요. 그리고 되도록 그곳에 오래 머물러 있으려 하니, 혹시 기회가 닿으면 자기를 위해 그녀 친구들을 도와 달라고 간청했죠. 그의 부재는 짧았어요. 그는 결혼하겠다고 결심하고 되돌아왔어요.

자크　그 불쌍한 후작이 가엾군요.

주인　나는 별로 그렇지 않은데.

여인숙 여주인　후작은 포므레 부인 집 앞에서 내렸어요. 그녀는 외출 중이었죠. 그녀가 돌아왔을 때 후작은 두 눈을 감고 깊은 몽상에 빠져 의자에 드러누워 있었죠. "아, 후작님, 당신이군요? 아마도 시골 생활이 그렇게 오래 지낼 만큼의 매력은 없었나 보죠?" 후작이 대답했어요.

"없었소. 난 어느 곳에서도 편치 못하오. 나는 내 신분이나 나이, 나 같은 성격의 남자가 할 수 있는 것 중에서도 가장 형편없는 바보짓을 하기로 결심했소. 하지만 괴로워하는 것보다는 결혼하는 편이 나을 거요. 결혼하겠소."

포므레 부인　심각한 일이에요. 심사숙고해야 해요.

후작　난 딱 한 번 심사숙고했지만 확고하오. 지금처럼 불행한 적은 결코 없었으니까.

포므레 부인　잘못 생각할 수도 있잖아요.

자크   배신자 같으니라고!

후작   여기 내가 당신에게 별로 부끄럽잖게, 내게는 그렇게
        생각되오만, 맡길 수 있는 교섭이 있소. 부인과 딸을
        만나 보시오. 부인에게 물어보시오. 그리고 딸의 의중
        을 떠보시오. 그들에게 내 의도를 말해 주시오.

포므레부인   천천히요, 후작님. 제가 해야 하는 일 때문에 그들
        을 잘 안다고 생각했지만, 지금은 당신 행복에 관계되
        는 일이니 더 자세히 알아봐야겠어요. 그들이 살던 시
        골도 알아보고 파리에 머무르는 동안에 무슨 짓을 했
        는지도 차근차근 알아볼게요.

후작   그런 신중함은 쓸데없는 것처럼 보이는구려. 비참한
        생활을 하면서도 내가 던지는 미끼에 저항하는 걸 보
        면 그들은 아주 드문 족속임에 틀림없소. 내 제안이라
        면 공작 부인까지도 손아귀에 넣었을 거요. 게다가 당
        신 자신도 말하지 않았소…….

포므레부인   당신이 듣고 싶은 것은 뭐든지 말했죠. 하지만 그
        모든 것에도 불구하고 제가 만족할 수 있도록 허락해
        주세요.

자크   고약한 년! 못된 년! 미친 년! 왜 그런 여자에게 열중
        하는 거지?

주인   그렇다면 왜 그 여자를 유혹하고 버린 거지?

여인숙 여주인   왜 아무 이유도 없이 그녀를 더 이상 사랑하지

않은 거죠?

자크   (손가락으로 하늘을 가리키며) 아, 주인님!

후작   부인, 왜 당신은 결혼하지 않소?

포므레부인   실례지만 누구와요?

후작   그 키 작은 백작과 말이오. 그는 재치도 있고 집안도
         좋고 재산도 있지 않소.

포므레부인   누가 그의 정절을 보장하죠? 아마도 당신인가요!

후작   아니오, 하지만 남편의 정절 따위는 쉽게 지나쳐도 되
         지 않소.

포므레부인   그래요. 하지만 전 그런 일에도 모욕을 느끼니 이
         상한 사람인가 보죠. 전 복수심이 강해요.

후작   그렇다면 당신은 복수를 할 것이오. 그건 자명한 일이
         오. 우리는 함께 공동 저택을 구입해 아주 즐거운 사
         인조가 될 수도 있을 거요.

포므레부인   아주 근사하군요. 하지만 전 결혼하지 않아요. 제
         가 결혼하려고 했던 유일한 사람은…….

후작   나요?

포므레부인   이젠 별로 중요하지 않으니 고백할 수 있겠군요.

후작   왜 내게 말하지 않았소?

포므레부인   그동안 일어난 일에 비추어 보면 제가 잘한 거죠.
         당신이 결혼하려는 여자는 모든 점에서 저보다 더 잘
         어울려요.

여인숙 여주인   포므레 부인은 그녀가 원하는 대로 아주 신속
하고도 정확한 정보를 수집한 다음 후작에게 여자를
아주 극찬하는 증명서를 보냈죠. 이건 파리의 것, 이
건 시골의 것 하면서요. 후작이 그걸 검토할 수 있도
록 그녀는 보름간의 말미를 더 요구했어요. 이 보름이
후작에게는 무한정 길게 느껴졌죠. 마침내 포므레 후
작 부인이 후작의 초조함과 간청에 굴복하여, 첫 번째
만남이 그녀 친구들 집에서 이루어졌어요. 모든 것에
다 합의했고 결혼이 공표되었으며, 결혼 서약을 주고
받았고, 후작은 포므레 부인에게 아주 근사한 다이아
몬드를 선물했고, 드디어는 결혼이 성사되었죠.

자크   그 무슨 음모이며 복수인지!

주인   이해할 수 없는 여자로군!

자크   결혼 첫날밤에 대한 걱정에서 날 해방해 주구려. 지금
까지는 그리 나쁘지 않은 것 같은데.

주인   이 멍청아, 입 닥쳐.

여인숙 여주인   결혼식 날 밤은 잘 지나갔죠.

자크   난 달리 믿었는데.

여인숙 여주인   당신 주인이 말씀하신 것을 믿으세요…….

그렇게 말하면서 그녀는 미소를 지었고 미소를 지으면서
자크의 얼굴에 손을 대고 코를 꼬집었다.

여인숙 여주인   하지만 이튿날…….

222

자크 이튿날도 전날 밤과 같지 않았소?

여인숙 여주인 똑같지 않았죠. 이튿날 포므레 부인은 후작에게, 아주 중요한 일이니 되도록 빨리 집으로 와 달라는 쪽지를 보냈어요. 후작은 기다리게 하지 않았죠.

포므레 부인은 분노가 가득한 얼굴로 그를 맞이했고 그 연설은 그리 길지 않았는데 이랬어요. "후작님, 제가 누구인지를 배우도록 하세요. 다른 여자들도 제 원한을 느낄 만큼 충분히 자신을 존중한다면 당신 같은 족속들이 그렇게 많지 않을 텐데. 당신은 정숙한 여자를 맞아들여 지킬 줄 몰랐어요. 그 여자가 바로 저랍니다. 그녀는 당신에게 어울리는 여자를 당신과 결혼시킴으로써 복수했어요. 그러니 제 집에서 나가세요. 트라베르시에르 거리의 함부르크 호텔[65]에 가면 당신 장모와 부인이 데농이란 이름으로 십 년 동안이나 해온 그 더러운 직업에 대해 말해 줄 거예요."

그 가련한 후작의 놀라움과 경악은 이루 말로 할 수 없었어요. 그는 어찌할 바를 몰랐죠. 하지만 그의 의혹은 도시 한 끝에서 다른 끝으로 가는 것으로 끝이 났어요. 그는 하루종일 집에 들어가지 않고 거리를 방황했죠. 그의 장모와 아내는 무슨 일이 일어났는지 어렴풋이 짐작했어요. 그래서 문을 두드리는 첫 번째 소

---

65) 호텔이란 말은 그즈음에 막 쓰인 단어로 유명한 여인숙이나 가구 딸린 셋방을 가리켰다.

리가 나자마자 장모는 자기 방으로 도망가 열쇠로 방문을 잠갔죠. 그의 아내가 혼자서 그를 기다렸어요. 남편이 다가오자 그녀는 그의 얼굴이 온통 분노로 일그러져 있는 것을 보았죠. 그녀는 그의 발밑에 몸을 던지며 땅바닥에 얼굴을 댄 채 아무 말도 하지 않았어요. "나가시오, 이 파렴치한 여자 같으니라고! 내 집에서 멀리 가시오…….." 그녀는 일어서려고 했지만 후작의 발 사이로 팔을 뻗은 채 다시 쓰러졌죠. "후작님, 저를 짓밟으세요. 밟아 뭉개세요. 전 그런 대우를 받아 마땅해요. 원하시는 건 뭐든지 하세요. 하지만 어머니만은 용서해 주세요…….."

"나가시오, 당신은 날 충분히 치욕스럽게 만들었소. 내가 죄를 짓지 않게 해 주시오…….."

그 가련한 여인은 똑같은 자세로 아무 대답도 하지 않았어요. 후작은 안락의자에 앉아 두 팔로 머리를 감싸고 의자 발밑에 몸을 반쯤 기울인 채 그녀를 쳐다보지도 않고 때때로 소리를 질렀어요. "나가시오……!" 그 가련한 여인이 꼼짝도 하지 않고 침묵하자 그는 놀랐죠. 그러자 더 큰 소리로 반복했어요. "나가시오. 내 말이 들리지 않소?" ……그런 다음 그는 몸을 기울여 그녀를 사정없이 떠밀었죠. 그녀가 의식을 잃었다는 걸 알고 그는 그녀의 허리를 붙잡아 긴 의자 위에 눕히며 한순간 연민과 분노가 교차하는 시선으로 바라보았어요. 그러다 종을 울렸고 하인들이 들어오자 그녀의 하녀들을 부르게 했죠. 그들에게 후작은 "마님이 편찮으시니 방으로 모시고 가 보살펴 드려라."라고 말했어요. 조금 후에 후작은 은밀히 그녀의 상태를 알아보러 사람을 보냈고, 그녀가 일단은 깨어났지만 계속해서 기절했다 깨어났다 그것도 자주 오랜 시간을 두고 반복하기 때문에 아무것도 보장할 수 없다는 이야길 들었죠. 한두 시간 후에 다시 그녀 상태를 알아보기 위해 은밀히 사람을 보냈을 때는 숨이 막힌 그녀가 마치 딸꾹질 같은 것을 하고 있다고 전해 들었어요. 그 소리는 마당까지 들렸죠. 세 번째 사람을 보냈을 때는 아침 무렵이었는데 그녀가 무척 많이 울었고 딸꾹질은 가라앉았으며 좀 진정된 것처럼 보인다고 들었죠.

다음 날 후작은 말에 마차를 달게 하더니 보름 동안 사라져 버렸죠. 아무도 그가 어떻게 되었는지 알 수 없었어요. 하지만 떠나기 전 그는 어머니와 딸에게 필요한 모든 것을 준비하게 하고, 자기에게 하는 것처럼 자기 부인에게도 복종하라고 명령했죠.

그 동안 두 여자는 거의 아무 말도 하지 않고 함께 보냈어요. 딸은 울음을 터뜨리고 가끔 소리를 지르거나 머리를 쥐어뜯으며 팔을 비틀었고, 어머니는 감히 곁으로 다가가 위로하지도 못했어요. 한 사람은 절망의 얼굴을, 다른 한 사람은 점점 경직되어 가는 얼굴을 보였어요. 딸은 어머니에게 스무 번이나 말했죠. "어머니, 여기서 나가요. 도망쳐요." 그럴 때마다 어머니는 반대했어요. "아니다, 내 딸아. 남아 있어야 한다. 어떻게 될지 두고 보아야 한다. 그 사람은 우릴 죽이지는 않을 거다……." "그렇게 하는 편이 더 좋을 텐데……!" 하고 딸이 말했죠. 그러면 어머니는 "바보처럼 말할 바엔 입을 다무는 게 나아."라고 대꾸했어요. 후작은 돌아와서 서재에 틀어박혀 장모와 아내에게 각각 편지 한 통씩을 썼죠. 장모는 그날로 즉시 이웃 마을 카르멜회 수도원으로 떠났고 거기서 며칠 전에 죽었답니다. 그리고 딸은 옷을 입고 남편 방으로 간신히 걸어갔어요. 필경 남편이 오라고 했겠죠. 문에서부터 그녀는 무릎을 꿇었어요. "일어나시오."라고 후작이 말했죠…….

그녀는 일어나는 대신 무릎으로 기어갔어요. 사지가 떨리고 머리는 온통 헝클어졌으며, 몸은 약간 기울어지고 팔은 옆으로 늘어진 채 고개를 든 그녀가 그의 눈을 뚫어지게 쳐다보며 눈물에 젖은 얼굴로 말했죠. "제게……." 그녀의 말 한 마디 한 마디가 울음으로 끊겼죠. "당신의 격노한 마음이 좀 가라앉으신 것처럼 보이는군요. 시간이 지나면 당신의 용서를 받을 수 있을는지요? 후작님, 제발 이렇게 빌어요. 하지만 절 용서하려고 서두르지는 마세요. 얼마나 많은 정숙한 처녀들이 부정한 아내가 되는 판인데 혹시 제가 그 반대 경우가 될지 누가 아나요? 전 아직도 당신이 제 곁에 다가올 만한 자격이 없는 여자예요. 기다리세요.

그리고 제가 용서받을 수 있다는 희망만이라도 품게 해 주세요. 절 당신 멀리에 두세요. 그러고는 제 처신을 보시고 판단하세요. 가끔 절 불러 주신다면 전 너무 행복할 거예요! 너무 행복할 거예요. 당신 집 제일 구석 컴컴한 곳에, 제가 살아도 괜찮다고 생각하는 곳을 가르쳐 주세요. 전 두말 않고 살 거예요. 제가 부당하게 차지한 이 이름과 직위를 내버리고 죽을 수만 있다면! 그리하여 당신이 만족하실 수만 있다면! 제 성격이 나약한 탓에, 또는 당신에게 매혹되어, 또는 그녀의 권위와 협박 탓에 파렴치한 행동을 하긴 했지만, 후작님께서는 제가 사악한 여자라고는 생각하시지 않겠죠. 후작님, 전 그런 여자는 아니에요. 왜냐하면 당신이 절 불렀을 때 한순간도 당신 앞에 나타나는 것을 망설이지 않았으며, 또 이렇게 감히 당신을 쳐다보며 말하고 있잖아요. 당신이 제 마음속 깊은 곳을 읽으실 수만 있다면, 그리고 제 지나간 잘못이 이제 얼마나 저로부터 멀어졌는지 아실 수만 있다면! 저와 비슷한 처지에 있는 사람들의 품행이 제게는 얼마나 낯설었는지! 타락한 생활이 주어지기는 했지만 결코 절 사로잡지는 못했어요. 전 저를 알아요. 그리고 절 공정하게 판단해 본다면 제 취향이나 감성, 성격으로 당신 것이 될 만한 충분한 자격을 지니고 태어났어요. 제가 당신을 자유롭게 만날 수만 있었다면 전 당신을 금방 받아들였을 거예요. 제겐 그럴 용기가 있었을 거예요. 당신 마음대로 절 처분하세요. 하인들을 부르세요. 제 옷을 벗기고 한밤중에 길에다 내던지세요. 모든 걸 받아들이겠어요. 당신이 제게 어떤 운명을 부여하든 복종할 거예요. 시골 구석이나 수도원의 어둠이 당신 눈에서 영원히 절 사라지게 할 수도 있을 거예요. 말씀만 하세요. 그러면 곧 거기로 가겠어요. 당신 행복이 속수무책으로 상실된 것만은 아닐 거예요. 당신은 절 잊어버릴 수도 있을 거예요……."

"일어나시오." 하고 후작이 부드럽게 말했죠. "난 당신을 용서했소. 상처 받은 그 순간에도 난 당신을 내 부인으로 존중했소. 내 입에서 당신을 모욕하는 말은 한마디도 나오지 않았소. 만약 그런 말을 했다면 난 후회하오. 아내가 불행하면 남편도 불행해진다는 사실을 아내가 기억하는 한 다시는 그런 모욕적인 말을 듣지 않으리라는 걸 맹세하오. 그러니 정숙하고 행복해지시오. 그리고 나도 그렇게 만들어 주구려. 내 아내, 일어나시오, 제발. 그리고 내게 키스해 주시오. 후작 부인, 당신은 당신 자리에 있지 않소. 아르시 부인, 일어나시오……."

그가 이렇게 말하는 동안 그녀는 손에 얼굴을 파묻고 후작의 무릎에 머리를 기대고 있었어요. 그러나 "내 아내, 아르시 부인."이란 말에 그녀는 갑자기 일어나 후작에게 달려들며 고통과 기쁨으로 반쯤 숨이 막힌 채 그를 껴안았죠. 그러고는 그에게서 떨어져 땅바닥에 몸을 내던지며 그의 발에다 키스했어요. 후작이 말했죠. "난 당신을 용서했소. 이미 말했잖소. 당신은 내 말을 믿지 않는구려."

"그렇다 하더라도 전 그 용서를 결코 믿어서는 안 돼요."

후작은 덧붙였죠. "사실 난 아무것도 후회하지 않소. 그 포므레는 복수 대신 내게 큰일을 해 준 셈이지. 가서 옷을 입으시오. 그동안 하인들이 당신 가방을 챙길 테니. 우리는 영지로 떠날 거요. 그래서 당신이나 내가 별 문제없이 다시 여기 나타날 수 있을 때까지 거기 머무릅시다……"

그들은 거의 삼 년을 줄곧 수도에서 떨어져 살았죠.

자크   그 삼 년이 하루처럼 지나갔으리라는 걸 전 맹세할 수 있죠. 그리고 아르시 후작은 가장 좋은 남편이었을 거고 또 세상에서 가장 좋은 아내를 두었을 거고요.

주인   난 절반만 동의하네. 사실 영문을 잘 모르겠지만, 난 포므레 부인과 어머니가 일을 꾸미는 내내 딸의 처신에 대해 전혀 만족하지 않았다네. 한순간도 두려움이나 망설임을 표현하지 않았고 후회도 하지 않았다네. 그녀는 별 혐오감 없이 그 오랜 기간 동안 치욕스러운 일에 가담했으며 포므레 부인이 시키는 것 모두를 주저하지 않고 하지 않았던가. 고해성사나 영성체도 하러 갔고 또 종교와 성직자들도 우롱하지 않았던가. 그녀도 다른 두 여자들만큼이나 위선적이며 비열하고 사악하다네……. 우리의 여주인, 당신은 말은 잘 하지만 아직 극작술에 대해서는 그리 잘 알지 못하는 것 같으이. 그 젊은 여자가 흥미로운 인물이 되려면 좀 더 진솔함을 부여해서 어머니와 포므레 부인의 강 요에 희생된 순진한 여자로 보이게 해야 했을걸세. 그 래서 그녀가 원치 않았는데도 그들의 잔인한 처사 때 문에 어쩔 수 없이 일 년 동안이나 지속된 범죄에 동 조한 것처럼 말일세. 그런 후에 그녀와 남편의 화해를 준비했어야 했네. 인물을 무대에 올리기 위해서는 그 역할이 일관되어야 한다네. 우리의 매력적인 여주인, 당신에게 하나 물어보겠는데 그 사악한 여자들과 모 의한 딸이 분명 남편 발밑에서 애원한 여자와 같은 인 물이오? 당신은 아리스토텔레스와 호라티우스, 비다, 르 보쉬의 규칙을 위반했소.[66]

여인숙 여주인   저는 꼽추도 똑바로 선 사람도 알지 못해요. 전 그 일을 일어난 그대로, 아무것도 빠뜨리지 않고 아무 것도 덧붙이지 않고 말했을 뿐이에요. 그리고 그녀 마

---

66) 1771년 아베 바퇴(abbé Batteux)가 『아리스토텔레스, 호라티우스, 비다, 데프레오의 네 개의 시학』이란 책을 출판했는데, 여기서 데프레오는 브왈로 (Boileau)를 지칭하는 것으로 디드로는 그것을 르 보쉬(Le Bossu)로 바꾸었다. 르 보쉬는 1675년 『서사시 개론』을 발간한 적이 있으며, 디드로도 그의 이론 을 높이 평가했다. 그러나 이런 이유만으로는 이를 설명하기에 충분치 않으 며, 그보다는 르 보쉬란 이름의 뜻이 꼽추라는 데에서 디드로가 동음이의어 말장난을 한다는 것이 더 타당한 설명이 될 것이다. 또 비다(Vida)는 16세기 이탈리아 주교로 『근대 라틴어의 시』의 저자다.

음속에 있었던 일을 누가 알 수 있죠? 그녀가 노련하게 행동하는 것처럼 보이는 그 순간에도 그녀 가슴은 슬픔으로 사무쳤는지 누가 알죠?

자크 우리의 여주인, 이번에는 내가 우리 나리의 의견에 동의하지 않을 수 없구려. 나리께서도 그걸 용서해 주실 거요. 왜냐하면 그런 일은 아주 드문 경우니까. 난 나리가 말씀하시는 르 보쉬에 대해서는 알지 못하고 또 그가 인용하는 다른 세 사람에 대해서도 알지 못하오. 하지만 전에는 데농이라고 불렸던 그 뒤케누아 양이 착한 아이였다면 그렇게 보였어야만 했을 거요.

여인숙 여주인 착한 여자인지 어떤지는 모르지만 중요한 건 그녀가 뛰어난 아내이고 그녀 남편은 그녀와 더불어 왕처럼 행복하며 다른 어떤 여자를 줘도 바꾸지 않으리라는 거죠.

주인 난 그를 축하하는 바요. 그는 현명했다기보다는 운이 좋은 편이었지.

여인숙 여주인 전 나리들께 안녕히 주무세요란 말을 하죠. 너무 늦은 데다 제일 늦게 자고 제일 먼저 일어나야 하니까요. 얼마나 고약한 직업인지요! 안녕히 주무세요, 나리들. 제가 무슨 일 때문에 나리들께 그 괴상한 결혼에 대해 이야기한다고 약속했는지 모르겠군요. 여하튼 약속을 지켰으니. 자크 씨, 당신은 별로 힘들지 않게 주무시겠군요. 벌써 눈이 반쯤 감겼으니. 자, 안녕히 주무세요. 자크 씨.

주인   당신의 모험 이야기는 알 방법이 없는 거요?

여인숙 여주인   없어요.

자크   나리께서는 이야기에 광적인 취향을 갖고 계시는군요!

주인   사실이네. 이야기는 나를 가르쳐 주고 즐겁게 해 주지. 훌륭한 이야기꾼은 드문 법이니까.

자크   바로 그런 이유로 전 이야기를 좋아하지 않죠. 제가 하는 이야기는 제외하고요.

주인   넌 입을 다무는 것보다는 서투르게라도 말하는 편을 더 좋아하지.

자크   사실입니다.

주인   난 아무것도 안 듣는 것보다는 서투르게 하는 말이라도 듣는 걸 더 좋아하고.

자크   그 점이 우리 두 사람을 다 편안하게 하는 거죠.

여주인과 자크 그리고 그의 주인이 정신을 어디에다 두었기에 뒤케누아 양에 대한 좋은 점을 하나도 발견하지 못했는지 모르겠다. 그녀는 정말 그 일이 결말에 이르기 전에는 포므레 부인의 간교를 전혀 알아차리지 못했을까? 왜 그녀는 결혼하는 것보다는 차라리 그의 제안을 받아들여 남편이 아닌 정부로 그를 받아들이지 않았을까? 그녀는 계속해서 포므레 부인의 독재와 협박에 시달리지 않았던가? 자신의 치욕적인 삶을 혐오한다고 해서 그녀를 비난할 수 있단 말인가? 그리고 그런 그녀를 존중하기로 결정했다면, 거기서 빠져나가기 위한 방법 또한 신중하고 품위 있어야 한다고 그녀에게 요구할 수 있단 말인가?

그리고 독자여, 포므레 부인을 변호하기란 더 어려울 거라고 생각하겠지? 이 점에 대해서는 자크와 주인의 이야기를 듣는 편이 더 즐겁겠지만, 그들은 더 재미있는 다른 이야깃거리가 많은지 이 일에는 소홀해진 모양이다. 그러니 내가 잠깐 동안 그 일을 맡는 것을 허락해 주길 바란다.

당신은 포므레 부인이라는 이름만 들어도 분노하며 "아, 그 끔찍한 여자, 위선자, 사악한 여자……!"라고 외치겠지. 그러나 지나친 감탄사나 노여움, 편견은 버리고 한번 이성적으로 생각해 보자. 독창적인 것이라곤 전혀 찾아볼 수 없는 보다 사악한 일들도 매일같이 행해진다. 그대는 포므레 부인을 증오하거나 무서워할 수 있다. 하지만 그녀를 경멸하지는 말라. 그녀의 복수는 끔찍하지만 어떤 타산적인 생각에도 오염되지 않았다. 후작이 선물한 아름다운 다이아몬드를 그녀가 후작의 면전에 내던졌다는 사실을 난 그대에게 말하지 않았다. 하지만 그녀는 그렇게 했다. 난 그 사실을 가장 확실한 방법을 통해 알게 되었다. 그녀의 행동은 자기 재산을 늘리거나 몇몇 명예로운 직위를 얻기 위해서가 아니었다. 뭐라고? 만약 그녀가 남편이 한 일에 대한 보상을 받으려고 똑같은 행동을 했더라면, 이를테면 훈장이나 보병연대 제1중대 지휘관 자리를 얻기 위해 장관이나 차관에게 몸을 팔고, 부유한 수도원에 들어가기 위해 성직록(聖職綠) 관리자에게 몸을 팔았다면, 그것은 당신에게 아주 단순하고도 관례적인 일로 보였을 것이다. 그러나 그녀가 배신에 대한 복수를 하자 당신은 분노했다. 당신이 그런 깊은 원한을 느끼는 것은 불가능하기 때문에, 또는 여자의 미덕을 거의 존중하지 않기 때문에 그녀의 원한이 당신을 분노하게 한다는 사실은 알지 못하고 말이다. 당신은 포므레 부인이 후작 때문에 치른 희생을 좀 생각해 봤는가? 그녀의 지갑은 어떤 경우에라도 후작에게 열려 있었다. 그리고 몇년 동안이나 후작에겐 그녀 집 외 다른 어떤 집도, 어떤 식탁도 없었다. 이런 말에 당신은 머리를 흔들 것이다. 그러나 그녀는 후작의 모든 충동이나 취향에 복종했고 또 그를 기쁘게 하기 위해 자신의 생활 방식을 송두리째 바꾸었다. 정숙한 품행으로 사교계의 존경을 한 몸에 받던 그녀가 후작 때문에 한 평범한 여자로 실추된 것이다. 그녀가 아르시 후작의 구애를 받아들이자 주변 사람들은 "그 훌륭한 포므레 부인도 결국 우리와 같은 여자에 지나지 않았군……." 하고 말했다. 그녀는 주위에서 냉소적인 웃음소리를 들었다. 그녀는 그런 조롱을 받으며 얼굴을 붉히거나 고개를 숙인 적이 한두 번이 아니었다. 그녀의 모범적인 행동이 오랫동안 주변의 품행 나쁜 여자들의 시빗거리가 되어 온 만큼 더 쓰디쓴 잔을 맛봐야 했던 것이다. 그녀는 정숙함을 과시한 경솔한 새침데기에 대해 사람들이 복수하는 방식인 온갖 추문을 견뎌 내야만 했다. 그녀는 자존심이 센 여자여서 미덕을 저버린 데 대한 수치심을 품거나 버림받은 여자라는 웃음거리가 되어 사교계를 나다니기보다는 차라리 고통 받으며 죽었을 것이다. 그녀는 애인을 잃고더 이상 만회할 수 없는 그런 지경에 이르렀던 것이다. 그 사건이 그녀를 비탄과 고독으로 몰고 갔을 때 그녀의 기질은 바로 그러했다. 남자라면 하찮은 몸짓이나 반박에도 상대방을 검으로 찔렀을 텐데! 그런데 망가지고 명예가 실추되고 배신당한 정숙한 여인에게는 왜 그 배신자를 창녀 품에 내던지는 것이 허락되지 않는단 말인가? 아, 독자여, 그대는 칭찬하는 데는 경솔하고 비난하는 데는 너무 엄격하군. 아마도 그대는 이렇게 말하겠지. 포므레 부인을 비난하는 것은 그 일 자체보다 그 일이 진행되는 방식 때문이라고. 그렇게 오랫동안 지속되는 원한, 거의 일 년 동안이나 지속되는 사기와 거짓말에는 익숙하지 않다고 말이다. 나나 자크, 주인, 그리고 여인숙 여주인도 마찬가지다. 하지만 첫 순간에 우리를 사로잡는 충동적인 움직임은 모두 용서해야 한다. 다른 사람들의 처음 순간은 짧지만 포므레 부인이나 그녀 같은 성격의 여자들의 순간은 긴 법이다. 그들의 영혼은 때때로 그 치욕적인 처음 순간을 평생 잊지 못한다. 그것이 왜 부당하고 잘못되었단 말인가? 나는 거기서 보통과는 다른 예외적인 배신 행위만을 볼 뿐이다. 만약 정숙한 여자를 유혹했다 버리는 남자를 창녀에게 보내는 법이 있다면 나는 적극 찬성할 것이다. 평범한 남자에게는 평범한 여자를.

내가 이렇게 연설하는 동안 자크의 주인은 마치 내 말을 들은 것처럼 코를 골았다. 자크는 다리 근육이 풀린 채 속옷 차림과 맨발로 방 안을 왔다 갔다 하며 부딪치는 것마다 전부 쓰러뜨리는 바람에 주인을 깨게 했다. 주인이 커튼 사이로 말했다. "자크, 너 취했구나."

"거의 그런 셈입니다."

"몇 시에 잘 생각이냐?"

"조금 후에, 조금 후에요. 그건…… 그건……."

"무슨 일이냐?"

"병에 남은 술의 김이 빠질까 봐요. 전 끝내지 않은 병을 그
대로 두는 것을 아주 싫어하죠. 잠자리에 들었을 때 그 생각이
머리에 떠오르니까요. 눈을 감지 못하게 하는 데는 다른 것이
더 필요 없죠. 우리의 여주인은 정말이지 아주 훌륭한 여자고
샴페인도 아주 훌륭해요. 그런데 김이 빠지게 내버려 둔다면
애석한 일이죠. 금방 마개를 닫을 거예요……. 그러면 더는 김
이 날아가지 않을 거예요……."

이렇게 말을 더듬으면서 자크는 속옷 차림과 맨발로 마치
그가 말할 때처럼 쉬지도 않고 병에서 술잔으로 술잔에서 입
으로 단숨에 두세 잔을 들이켰다. 그가 불을 끈 후에 일어난
일에 대해서는 다른 설명이 두 개 있다. 어떤 이들은 그가 침
대를 찾지 못한 채 벽을 더듬다 "침대가 없군. 만약 침대가 있
다 하더라도 내가 찾지 못하리라고 저기 높은 곳에 씌어 있는
모양이지. 여하튼 두 경우 다 나는 침대 없이 지내야만 하는
모양이군." 하고 말하며 의자에 다리를 뻗으러 갔다고 주장했
고, 또 어떤 이들은 의자에 발이 걸려 타일 바닥에 넘어진 뒤
그냥 거기 주저앉았다고 주장했다. 그대는 충분히 휴식을 취
한 후 내일이나 모레 이 두 설명 중에서 그대에게 적합한 걸로
택하도록 하라.

우리의 두 여행자는 밤늦게야 잠자리에 들었고 또 술을 너

무 마셨기 때문에 이튿날 아침 늦게까지 잤다. 자크는 땅바닥 또는 의자에서, 당신이 원하는 설명에 따라 잠을 잤고, 주인은 그의 침대에서 좀 더 편하게 잤다. 여주인이 올라와 날씨가 좋지 않을 것 같다고 알려 주었다. 거기다 날씨가 그들이 길을 계속 가는 것을 허락한다 할지라도 그들이 건너야 하는 강물이 넘쳐흘러 멈추든가 아니면 목숨을 걸어야 할 것이라고 말했다. 그 말을 믿지 않았던 말 탄 사람들 몇 명도 별수 없이 되돌아왔다는 것이었다. 주인이 자크에게 말했다. "어떻게 하지?" 자크가 대답했다. "우선 여주인과 아침을 먹죠. 그러면 생각이 날 테니." 아주 현명한 생각이라고 여주인이 단언했다. 아침 식사가 나오자 여주인은 흥겨워했고 주인도 그럴 준비가 되어 있었다. 그러나 자크의 병이 시작되었다. 그는 마지못해 밥을 먹었고 물은 거의 마시지도 못했으며 말도 하지 않았다. 특히 마지막 증세가 걱정스러웠는데 침대가 불편했고 잠을 제대로 못 잤기 때문이었다. 그는 사지가 아프다고 호소했고 쉰 목소리는 목병을 예고했다. 주인이 자라고 권했지만 자크는 아무것도 하려 들지 않았다. 여주인은 양파 수프를 권했다. 자크는 오한이 나니 방에다 불을 지피고 차를 준비하고 백포도주 한 병을 달라고 했다. 그 부탁은 즉시 시행되었다. 그리하여 여주인은 떠났고 자크는 주인과 단둘이 남게 되었다. 주인은 창가로 가더니 "도대체 이 무슨 날씨람!" 하고 외치고서는 (그가 신뢰하는 유일한 것인) 시계를 들여다보고 코담배를 들이마시고서는 똑같은 일을 시시각각 반복하며 소리쳤다. "이 무슨 날씨람!" 그러고는 자크를 돌아다보며 덧붙였다. "다시 네 사랑 이야기를 계속해서 끝마칠 수 있는 좋은 기회인데. 하지만 몸이 아프면 사랑이나 다른 것에 대해서도 잘 이야기할 수 없으니! 네 몸을 한번 만져 봐라. 그래서 이야기를 계속할 수 있으면 하고 그렇지 않으면 차를 마시고 자도록 해라."

자크는 침묵이 그에게는 해로우며 자신은 수다쟁이 동물이라고 주장했다. 또 자신과 같은 처지에 있는 사람들의 일차적인 이점은, 또는 자신에게 가장 중요한 것은 할아버지 댁에서 입마개를 하고 보낸 십이 년을 보상하는 자유라고 말했다. 그리고 하느님이 할아버지를 너그럽게 용서해 주기를 바란다고 덧붙였다.

주인   그렇다면 말하려무나. 우리 두 사람 다 기쁘게 해 줄 테니. 정확히는 모르겠지만 너는 외과 의사 아내의 그 부당한 제안까지 이야기했을걸. 아마도 성에서 일하는 의사를 내쫓고 자기 남편을 들여놓게 해 달라는 부탁이었지.

자크   아, 알겠네요. 하지만 잠시만요. 목을 축이고요.

자크는 커다란 컵에다 차를 가득 채우고 백포도주를 약간 부어 마셨다. 대위에게 배운 치료법이었다. 그런데 티소[67] 씨는 그걸 자크에게 배워 자신의 민간요법이라며 추천했다. 자

---

67) Tissot. 18세기 스위스 의사다. 여기서 디드로가 암시하는 책은 그의 『국민 건강을 위한 보고서』로 당시 인기가 많았다.

크와 티소 씨에 따르면 백포도주는 이뇨제로 소변을 나오게 하고 차의 싱거운 맛을 완화하며 위와 장의 원기를 회복시킨다는 것이다. 차를 마시고 나서 자크는 이야기를 계속했다.

"그렇게 해서 전 외과 의사 집에서 나와 마차에 올라타 성에 도착했고 그곳에 사는 모든 사람들에게 둘러싸였죠."

주인   거기서 넌 알려졌더냐?

자크   물론이죠. 기름 항아리 여자를 기억하십니까?

주인   기억하고말고.

자크   그 부인은 집사와 하인들의 심부름꾼이었어요. 잔은 제가 그녀에게 한 적선을 성안 모든 사람들에게 칭찬하고 돌아다녔죠. 그리하여 제 선행이 주인 귀에까지 들어갔고, 큰길에서 선행을 한 대가로 발길질과 주먹질을 당했던 일까지도 알게 되었어요. 주인이 저를 찾아 데리고 오라는 명령을 내려서 제가 성으로 가게 된 거였죠. 사람들이 절 쳐다보고 질문을 하며 칭찬했고, 잔은 절 포옹하며 고맙다고 했어요. 주인은 하인들에게 "아무것도 모자란 것 없이 편안하게 머무를 수 있도록 잘 보살펴라."라고 했고, 그 집 외과 의사에게는 "규칙적으로 왕진하도록 해라."라고 말했죠. 모든 것이 다 어김없이 실행되었어요. 나리, 저기 높은 곳에 쓰인 것을 누가 안단 말입니까? 돈을 준 것이 좋은 일이다, 나쁜 일이다, 또는 얻어맞은 것이 불행한 일이다 말들 하지만 과연 그럴까요……. 그 두 사건이 없었더라면 데글랑 씨는 결코 자크에 대해 말하는 것을 듣지 못했을 것입니다.

주인 데글랑 씨라고! 미르몽의 영주 말인가? 그렇다면 넌 미르몽 성에 있었단 말이냐? 내 오랜 친구이자 지방 총감인 데포르주 씨 아버지 집에서?

자크 바로 그렇습니다. 그리고 날씬한 몸매에 눈동자가 까만 갈색 머리 아가씨는…….

주인 잔의 딸 드니즈란 말이지?

자크 네, 바로 그녀입니다.

주인 네 말이 맞아. 사방 80킬로 안에서 가장 아름답고 가장 정숙한 여자지. 나나 그 성을 드나드는 사람들 대부분이 그녀를 유혹하기 위해 온갖 짓을 해 봤지만 허사였어. 그녀가 그들에게 작은 바보짓을 해 보이면 덩달아 더 심한 바보짓을 하지 않을 사람은 하나도 없었으니까.

여기서 자크는 말을 멈추었다. 주인이 그에게 물었다. "무슨 생각을 하는 거지? 뭘 하고 있지?"

자크 기도를 하고 있어요.

주인 너도 기도를 하느냐?

자크 때로는요.

주인 뭐라고 하지?

자크 "저 커다란 두루마리를 만든 당신이여, 당신이 누구든지, 그 손으로 저기 높은 곳에 있는 글을 쓴 사람이여, 제게 필요한 것을 언제나 알았던 당신이여, 당신의 소망이 이루어지기를 바랍니다, 아멘."이라고요.

주인 입을 다무는 편이 좋지 않을까?

자크 어쩌면 나리 말이 맞을 수도 있고 틀릴 수도 있겠죠. 전 되는 대로 기도합니다. 무슨 일이 일어나도 저 자신을 통제할 수만 있으면 그 일을 기뻐하지도 불평하지도 않을 겁니다. 하지만 저는 무분별하고 격해서 제 원칙 또는 대위님의 교훈을 잊어버리고 마치 바보처럼 웃거나 울곤 한답니다.

주인 네 대위는 결코 울지도 웃지도 않았단 말이냐?

자크 아주 드물었죠. 어느 날 아침 잔이 딸을 데리고 왔어요. 그러고는 우선 제게 이렇게 말을 걸었죠. "나리, 나리께서는 아름다운 성에 와 계십니다. 외과 의사 집보다 좀 더 나을 겁니다. 특히 처음에는 기막힐 정도로 보살핌을 잘 받을 겁니다. 하지만 전 하인들을 잘 알죠. 저도 오랫동안 하인이었으니까요. 하지만 그들의 그 훌륭한 열성도 조금씩 사그러져 갈 거고 주인들도 더 이상 당신을 생각하지 않을 겁니다. 그래서 만약 당신 병이 오래간다면 당신은 잊힌, 완전히 잊힌 존재가 되어 배고픔으로 죽고 싶은 생각이 든다 해도 그렇게 될 겁니다……." 그러고는 딸에게 돌아서며 말했죠. "드니즈, 난 네가 이 신사 분을 하루에 네 번 방문하기를 바란다. 아침, 점심, 오후 5시, 저녁 식사

무렵. 나를 대하듯 이분에게 복종하도록 해라. 자, 내
말이 끝났으니 꼭 지키도록 하여라."

주인   그 가련한 데글랑에게 일어난 일을 아느냐?

자크   모릅니다. 제가 그의 번영을 빌었는데도 아직 이루어
지지 않았다면 제 소원이 진지하지 않아서가 아닙니
다. 데글랑 성주가 절 라 불레 기사 분단장에게 주었
고, 그는 지나는 길에 몰타에서 전사했어요. 이 라 불
레 기사 분단장이 절 그의 맏형인 대위님에게 주었고,
대위님도 지금쯤은 누공(淚孔)[68]으로 돌아가셨을 겁니
다. 대위님은 절 막내 동생인 툴루즈의 차장 검사에게
주었고, 가족들은 그가 미치광이가 되자 그를 감금했
어요. 이 툴루즈의 차장 검사인 파스칼 씨가 절 투르빌
백작에게 주었고, 그는 자신의 목숨을 걸기보다는 카
푸친 수도회[69] 옷을 입고 수염을 기르는 편을 더 좋아
했어요. 이 투르빌 백작이 절 벨루아 후작 부인에게 주
었고, 그녀는 외국인과 런던으로 도망갔어요. 이 후작
부인이 절 그녀의 조카에게 주었고 그도 여자 때문에
파산해서 섬으로 갔어요. 이 조카가 절 전문 고리대금
업자인 에리상 씨에게 추천했는데, 그는 소르본 박사
인 뢰제 씨의 돈을 늘리며 관리하던 사람이었어요. 이

---

68) 또는 누관이라고 하는데, 내장 사이에 염증으로 작은 구멍이 생기는 병
증을 가리킨다.
69) 성 프란치스코 종파 중 하나로, 가톨릭 교회의 개혁과 프로테스탄트와의
투쟁에서 중요한 역할을 담당했다.

뤼제 씨가 나리께서 생활비를 대 주던 이슬랭 양 집으로 절 보냈고 이슬랭 양이 절 나리께 보낸 거죠. 충실히 섬기면 늙어서도 빵 조각을 주시겠다고 제게 약속한 나리 댁으로요. 그러므로 나리와 제가 헤어질 가능성은 거의 없답니다. 자크는 나리를 위해 만들어졌고, 또 나리는 자크를 위해 만들어졌으니까요.[70]

주인   하지만 자크, 넌 얼마 안 되는 기간에 많은 집을 잘도 돌아다녔구나!

자크   사실입니다. 때로는 쫓겨나기도 했죠.

주인   왜지?

자크   제가 수다쟁이로 태어났고 그 사람들은 모두 제가 입을 다물기를 원했기 때문이죠. 그들은 나리 같지 않았어요. 나리께서는 제가 입을 다물면 내일이라도 당장 해고할 텐데요. 저는 바로 나리께 적합한 악덕을 지닌 셈이죠. 그런데 데글랑 씨에게 무슨 일이 있었나요? 제가 차를 준비하는 동안 말씀해 주세요.

주인   넌 데글랑의 성에 머물렀는데도 그의 반창고에 대해 들은 적이 없단 말이냐?

자크   못 들었는데요.

주인   그 모험은 길을 가면서 말하기로 하고 더 짧은 걸로 해 주지. 데글랑은 도박을 해서 큰 돈을 벌었는데, 재

---

70) 여기서 인용되는 사람들이 실제 인물인가에 대해서는 많은 연구가 행해져 왔지만 별 성과가 없었다. 다만 하인들이 물건처럼 거래되는 사회 풍토와 귀족들의 타락한 모습이 좋은 대조를 이룬다.

치 있지만 진지하고 과묵하며 독창적이고 엄격한 한 여자를 좋아하게 되었단다. 아마 너도 성에서 보았을 거야. 그 여자가 어느 날 이렇게 말했지. "당신이 도박보다 절 더 좋아한다면 다시는 도박을 하지 않겠다고 맹세하세요. 그러지 않고 당신이 저보다 더 도박을 좋아한다면 사랑이니 뭐니 하는 말은 집어치우고 하고 싶은 대로 도박을 하시고요……." 데글랑은 맹세했고 더 이상 도박을 하지 않았다네. ─ 그것이 큰 도박이든 작은 도박이든 상관없이? ─ 큰 것이든 작은 것이든 상관없이. 그러고는 한 십 년 동안 너도 아는 그 성에서 같이 살았지. 그러다 어느 날 데글랑이 볼일이 있어 도시로 가게 되었는데 불행하게도 그가 예전에 브를랑[71] 놀이를 할 때 알던 사람을 자기 공증인의 집에서 만났다네. 그 사람이 그를 도박장으로 끌고 갔고 단한 번의 노름판에서 자신이 가진 모든 것을 잃었지. 데글랑의 정부는 단호했다네. 그녀는 부자였지만 보잘것없는 보조금만을 주고 그와 영원히 헤어졌다네.

자크　　유감이군요. 그분은 신사였는데.

주인　　목은 좀 어떤가?

자크　　좋지 않아요.

주인　　네가 말을 너무 많이 하고 또 충분히 차를 마시지 않

---

71) brelan. 같은 패의 카드를 석 장씩 갖고 하는 놀이. 지나치게 유행하자 루이 14세 때 금지되었다.

기 때문이야.

자크   제가 차를 좋아하지 않고 또 말하는 것을 좋아하기 때문이죠.

주인   자, 자크, 너는 이제 데글랑 집에서 드니즈 곁으로 왔다. 그녀 어머니가 적어도 하루에 네 번 방문하도록 허용한 드니즈 곁에. 못된 계집 같으니라고! 자크 같은 놈을 더 좋아하다니![72]

자크   자크 같은 놈이라니요! 자크 같은 놈도, 나리, 다른 사람이나 마찬가지로 사람입니다.

주인   자크, 네 말은 틀렸다. 자크는 절대 다른 사람과 같은 사람이 아니다.

자크   때로는 다른 사람보다 낫죠.

주인   자크, 넌 자신을 망각하고 있구나. 네 사랑 이야기를 다시 하도록 해라. 그리고 지금도 앞으로도 영원히 넌 한 명의 자크에 지나지 않는다는 사실을 명심거라.

자크   우리가 악당들을 발견한 초가에서는 자크가 그의 주인보다 조금 더 낫지 않았던가요…….

주인   자크, 무례하구나. 내 호의를 남용하다니. 내가 널 네

---

72) Jacques. 자크란 이름은 14세기부터 프랑스에서 농부를 지칭했는데 약간은 경멸조 의미가 내포되었으며 아직도 속어로 많이 남았다. 이를테면 '자크 같은 짓을 하다'란 말은 '바보짓을 하다'란 뜻이다. 이 호칭은 14세기 농부들의 반란에 기원을 둔 것으로, 그들의 대장은 '자크 영감', 그 부하들은 '자크들'이라고 불리었다. 그들이 입었던, 몸에 꼭 달라붙는 남자의 웃옷이 동음이의어 jaque인 데서 연유한다.

자리에서 끌어내는 바보짓을 하긴 했지만 거기로 다시 돌아가게 할 수도 있다. 자크, 술병과 주전자를 들고 아래층으로 내려가도록 하거라.

자크　농담이시겠지요, 나리. 전 여기가 좋은데요. 내려가지 않겠습니다.

주인　내려가라고 명령하지 않는가.

자크　나리께서 진심으로 말씀하시는 게 아니라는 걸 전 확신합니다. 어떻게 십 년 동안이나 한 쌍의 동반자로 사는 데 익숙해지게 해 놓았다가 이렇게 하실 수 있단 말입니까?

주인　중단하는 게 내 마음에 드니까.

자크　제 무례한 짓을 모두 참으시고 나서요…….

주인　더는 참고 싶지 않아.

자크　절 나리 곁 식탁에 앉게 하고 내 친구라고 부르고 나서요…….

주인　넌 윗사람이 아랫사람에게 친구라고 부를 때 그 뜻이 무엇인지도 모르느냐.

자크　나리의 모든 명령이 자크의 승인을 받지 않으면 아무 가치도 없다는 걸 사람들이 아는데도요. 제 이름에다 나리 이름을 나란히 붙여, 한 사람은 다른 한 사람이 없으면 결코 아무 데도 가지 않으며, 또 모든 사람이 자크와 그의 주인이라고 말하는데도요. 그런데 갑자기 나리께서 그 두 사람을 갈라놓고 싶다니요! 아니요, 나리. 그럴 수는 없습니다. 자크가 살아 있는 한,

그의 주인이 살아 있는 한, 그리고 그 두 사람이 다 죽은 후에도, 사람들은 자크와 그의 주인이라고 말할 거라고 저기 높은 곳에 씌어 있습니다.

주인 네게 내려가라고, 그것도 즉시 내려가라고 말했잖은가. 명령이다.

자크 제가 나리께 복종하기를 원하신다면 다른 것을 명령하도록 하십시오.

여기서 주인이 일어나 자크의 단춧구멍을 붙들고 엄숙하게 말했다.

"내려가."

자크가 냉정하게 대답했다.

"내려가지 않겠습니다."

주인이 그를 세차게 흔들며 말했다.

"내려가, 이 불량배야! 내 말에 복종해."

자크는 여전히 냉정하게 대답했다.

"불량배라고요, 나리께서 원하신다면 그렇게 부르십시오. 하지만 불량배는 내려가지 않을 겁니다. 전 사람들이 말하는 것처럼 머릿속에 있는 것이 발끝으로 가지 않는 고집 센 놈입니다. 나리께서는 쓸데없이 흥분하시는 겁니다. 자크는 자기가 있는 곳에 그대로 있을 것이며 내려가지 않을 겁니다."

그 순간까지도 자제해 오던 자크와 주인이 그만 동시에 자제력을 잃고 큰 소리로 외치기 시작했다.

"넌 내려갈 거야."

"전 내려가지 않겠습니다."

"내려갈 거야."

"내려가지 않을 겁니다."

이런 소란에 여주인이 올라와 무슨 일인지 물어보았지만 처음에는 대답이 없었다. 그들은 여전히 소리 질렀다. "내려가." "내려가지 못하겠습니다." 주인은 무거운 마음으로 방 안을 왔다 갔다 하며 투덜거렸다. "일찍이 이와 비슷한 일을 본 적 있는가?" 깜짝 놀란 여주인이 선 채로 물어보았다. "나리들, 무슨 일입니까?"

자크는 동요하지 않고 여주인에게 말했다. "제 주인의 머리가 돈 거죠. 미쳤어요."

주인　우둔하다고 말하고 싶은 거겠지.

자크　원하시는 대로 말씀하십시오.

주인　(여인숙 여주인에게) 저 녀석 말을 들었소?

여인숙 여주인　그가 잘못했어요. 하지만 참으세요. 두 분 중 한 분이 말씀해 보세요. 무슨 일인지 좀 알게요.

주인　(자크에게) 말해 봐, 이 불량배야.

자크　(주인에게) 나리께서 말씀하시죠.

여인숙 여주인　(자크에게) 자크 씨, 말하세요. 당신 주인이 명령하니. 어쨌든 주인은 주인이니까요.

자크는 여주인에게 무슨 일인지 설명했다. 여주인이 듣고 나서 말했다. "나리들, 절 심판관으로 받아들이시겠어요?"

자크와 주인 (두 사람이 동시에) 물론 기꺼이, 기꺼이 그렇게 하 겠소, 우리의 여주인.

여인숙 여주인 그리고 명예를 걸고 제 판결을 실행할 것을 약 속하실 수 있나요?

자크와 주인 명예를 걸고 약속하겠소……. 명예를 걸고.

그러자 여주인은 탁자 위에 앉아 재판관처럼 엄숙한 어조 와 태도로 말했다.

"자크 씨의 증언과 여러 사실을 종합해 볼 때 그의 주인은 훌륭한, 아주 훌륭한 주인이며, 또한 자크도 일시적이고 무상 적인 양보를 절대적이고 종신적인 소유로 혼동하는 경향이 있기는 하지만, 나쁜 하인이 아니라는 것이 입증되었으므로, 그들 사이에 성립되었던 평등을 잠시 동안만 폐지하되 즉시 원상회복시키기로 한다. 자크는 내려갈 것이며 내려간 다음 에는 다시 올라올 것이다. 그런 다음에는 그가 지금까지 누려 왔던 모든 특권을 되찾을 것이다. 그의 주인은 그에게 악수를 하며 '자크, 다시 보게 돼서 기쁘네.'라고 우정 어린 말을 할 것이고, 그러면 자크는 '저도 나리, 나리를 다시 뵙게 되어 무 척 기쁩니다.'라고 대답할 것이다. 그리고 그들이 앞으로 다시 이 일을 문제 삼거나 주인과 하인의 특권을 거론하는 일은 일 절 금지하는 바다. 한 사람은 명령하고 다른 한 사람은 복종하 며 각자 최선을 다하기를 바란다. 그리고 한 사람은 할 수 있 고, 또 다른 사람은 해야만 하는 것 사이에 지금까지 그래 왔 던 것처럼 동일한 모호함을 남겨 두기로 한다."

그녀가 판결문 낭독을 마쳤다. 그와 비슷한 유형의 논쟁이 발생했던 당시에 발간된 책에서 표절한 것이었는데, 그때 왕국의 한끝에서는 주인이 하인에게 "내려가!"라고 외치면, 다른 끝에서 하인이 "못 내려가겠습니다!"라고 외치는 소리가 들렸다.[73] 여주인이 자크에게 "더 이상 논쟁하지 말고 제게 팔을 주세요⋯⋯."라고 말했다.

자크는 고통스럽게 소리쳤다. "그렇다면 내가 내려갈 것이라고 저기 높은 곳에 씌어 있단 말인가⋯⋯!"

여인숙 여주인 (자크에게) 주인을 모실 때에는 내려가고 올라가고 앞으로 가고 뒤로 가고 남아 있고 그렇게 해야 된다는 것이 저기 높은 곳에 씌어 있죠. 머리의 명령을 발이 결코 거절할 수 없는 것처럼 말이에요. 제게 팔을 주고 제 명령이 이루어지게 하세요.

자크는 여주인에게 팔을 내밀었다. 그러나 그들이 문지방을 넘자마자 주인이 자크에게로 달려와 포옹했다. 그러고는 자크를 떠나 여주인을 포옹했다. 다음으로 그 둘을 함께 포옹하면서 말했다. "나는 이 괴짜를 절대 내쫓지 않을 것이며, 또 내가 살아 있는 한 그가 내 주인이 될 것이며 나는 그의 하인

---

73) 역사적 사실에 근거하는 대목이다. 1753년 국왕의 권리를 제한하려는 파리 고등 법원과 국왕 사이에 심한 충돌이 벌어졌는데, 국왕은 법관들을 지방으로 유배 보냈고 1771년에는 법원까지 폐쇄했다. 절대 왕정이 처한 어려움을 풍자한 부분이다.

이 될 것이라고 저기 높은 곳에 씌어 있다오…….” 그러자 여주인이 말했다. “대충 짐작하건대 이젠 더 이상 서로를 불만스럽게 생각하지는 않으시겠군요.”

여주인은 그녀가 처음이라고 간주한 싸움을 — 그러나 그런 싸움은 백 번도 더 했다. — 진정시키고 자크를 제자리에 돌려 놓고 나서는 일하러 갔다. 그러자 주인이 자크에게 말했다. “이제는 우리가 냉정을 되찾았으니 올바르게 판단할 상태가 되었다는 데 동의하지 않느냐?”

자크   명예를 걸고 약속했을 때에는 그 약속을 지켜야 한다는 것에 동의합니다. 우리의 재판관에게 이 문제에 대해 다시 거론하지 않겠다고 명예를 걸고 약속했으니 다시는 말하면 안 되죠.

주인   네 말이 옳다.

자크   하지만 그 일을 다시 거론하지 않고도 앞으로 있을 백 번이나 더 되는 논쟁을 방지하기 위해 합리적인 조치를 취하는 게 어떻겠습니까?

주인   동의하네.

자크   약정 1. 제가 나리께 꼭 필요한 사람이라고 저기 높은 곳에 씌어 있는 한, 또 나리께서 저 없이 지낼 수 없다는 걸 제가 알고 느끼는 한, 필요할 때는 언제나 이 이점을 남용할 것임.

주인   하지만 자크, 일찍이 이 같은 약정은 한 번도 만들어진 적 없었잖은가.

자크 약정이 만들어졌든 안 만들어졌든 그런 일은 항상 행해져 왔으며 또 세상이 지속되는 한 앞으로도 행해질 것입니다. 다른 사람들이라고 나리와 마찬가지로 이 법칙에서 벗어나려고 시도를 안 해 본 줄 아십니까? 나리께서는 자신이 그들보다 더 능란하다고 믿으시는 겁니까? 그런 생각은 집어치우시고, 나리께서 결코 벗어날 수 없는 필요의 법칙에 따르도록 하십시오. 약정 2. 자크가 주인에 대한 자신의 영향력과 힘을 모르지 않을 수 없으며, 또 주인은 자신의 나약함이나 관대함으로부터 벗어날 수 없다는 걸 모르지 않기 때문에 자크는 무례할 수밖에 없으며, 주인은 평화를 위해 이를 모른 체해야 할 것임. 이 모든 것은 우리가 모르는 사이에 조정되었고, 자연이 자크와 주인을 만든 순간 저기 높은 곳에서 조인되었음. 따라서 주인은 칭호를 얻고 자크는 실권을 가질 것이라고 결정하는 바임. 만약 나리께서 이런 자연의 의도에 반대하신다면 성공하지 못할겁니다.

주인 하지만 그런 조건이라면 네 몫이 내 것보다 더 낫지 않느냐?

자크 누가 그걸 반박했나요?

주인 그런 조건이라면 내가 네 자리를 차지하고 대신 널 내 자리에 앉혀야겠구나.

자크 그러면 무슨 일이 일어날지 아십니까? 나리께서는 칭호도 잃고 실권도 갖지 못하게 될 것입니다. 그러니 지금 이대로 하도록 하죠. 우리 둘 다 잘 지내니, 그리고 남은 생애 동안 속담이나 만들며 지내죠.

주인 어떤 속담인데?

자크 '자크가 주인을 끌고 간다.'라는 속담요. 사람들에게 그런 말을 듣는 것은 우리가 처음이지만 장차 나리나 저보다 더 가치 있는 수많은 사람들이 그 말을 반복적으로 듣게 될 것입니다.

주인 그건 가혹한, 아주 가혹한 것 같구나.

자크 주인님, 존경하는 주인님. 나리께서 아무리 바늘에 찔리지 않으려고 한들 바늘은 더욱 아프게 찌를 뿐입니다. 그러니 우리끼리 합의한 걸로 하죠.

주인 필요의 법칙에 합의를 하면 무슨 이득이 있지?

자크 아주 많습니다. 어디서 멈춰야 할지에 대해 마지막으로 명확히, 분명히 안다는 것이 불필요하다고 생각하십니까? 지금까지의 모든 싸움은 나리께서 제 주인이라고 불리지만 실은 제가 나리의 주인이라는 사실을 충분히 말하지 않은 데서 온 것입니다. 그런데 이제 이렇게 합의된 이상 거기에 따르기만 하면 됩니다.

주인 하지만 이 모든 것을 도대체 어디서 다 배웠지?

자크 그 위대한 책에서요. 아, 나리, 아무리 생각하고 명상하고 세상 모든 책을 연구한들 그 위대한 책을 읽지 않는다면 한 평범한 서기에 지나지 않을 겁니다.

오후가 되자 해가 나기 시작했다. 몇몇 여행자들은 강을 건 널 만하다고 단언했다. 자크는 아래층으로 내려갔다. 주인은 여인숙 여주인에게 후하게 지불했다. 여인숙 문 앞에는 나쁜 날씨 때문에 붙잡혀 있던 많은 나그네들이 길을 가기 위한 준비를 하고 있었다. 나그네들 가운데에는 자크와 주인, 그리고 그 괴상한 결혼을 한 남자와 그의 동반자도 있었다. 보행자들은 지팡이와 배낭을 들고 있었고, 다른 이들은 역마차나 마차에 탈 준비를 하고 있었다. 기마병들은 그들의 말에 올라타 이별주를 들고 있었다. 상냥한 여주인은 손에 술병을 든 채 이 사람 저 사람에게 술잔을 나누어 주며 포도주를 채우고 있었다. 물론 자기 것도 잊어버리지 않았다. 사람들은 고맙다고 말했고, 그녀도 즐겁고 예의 바르게 대답했다. 사람들은 말에 박차를 가하며 서로 인사하고 헤어졌다.

그런데 우연히 자크와 주인 그리고 아르시 후작과 그의 동반자가 같은 길을 가게 되었다. 이 네 사람 가운데 그대가 모르는 사람은 마지막 사람뿐이다. 그는 기껏해야 스물둘 또는 스물셋 정도밖에 되지 않았는데, 얼굴은 수줍음으로 물들어 있었고 왼쪽 어깨 쪽으로 머리를 약간 기울인 채 침묵을 지키고 있었다. 세상 경험이 전혀 없는 사람 같았다. 인사를 할 때에도 다리는 움직이지 않고 몸 윗부분만을 약간 기울였고, 앉을 때면 늘어진 옷자락을 잡아당겨 가랑이 사이로 포개고 갈라진 틈 사이에 손을 놓고 눈을 거의 감은 채 다른 사람의 말을 듣는 이상한 버릇이 있었다. 이 이상한 모습에 자크는 그를 알아보았고 주인 귀에다 대고 말했다. "저 젊은 사람은 수도사의 옷을 입었던 게 틀림없습니다."

"왜지, 자크?"

"곧 알게 될 겁니다."

우리의 네 여행자들은 비, 좋은 날씨, 여인숙 여주인과 주인, 니콜 때문에 벌어진 아르시 후작의 다툼에 관한 이야기를 하며 함께 길을 갔다. 그 굶주린 더러운 암캐가 계속해서 후작의 양말에다 몸을 문지르는 바람에 냅킨으로 여러 번 쫓았지만 아무 소용이 없어 그만 참지 못하고 한 번 좀 심하게 발길질을 했다는 것이다. 그러자 곧 화제는 동물에 대한 여자들의 괴상한 집착으로 돌려졌고 각자는 자기 의견을 말했다. 자크의 주인이 자크를 보며 말을 걸었다. "자크, 넌 어떻게 생각하느냐?"

자크는 주인에게 하층민들의 궁핍한 생활이 어떠하든 간에, 심지어는 먹을 빵조차 없는 사람이라 할지라도, 그들 모두에게 개가 있다는 사실에 주목한 적 없느냐고 물었다. 그리고 그 개들은 모두 재주를 부리고, 두 발로 걷고, 춤을 추고, 사냥감을 찾아서 가져오고, 왕이나 여왕을 위해 뛰어오르고, 죽은 체하는 것까지 훈련받았으며, 이런 교육이 개들을 이 세상에서 가장 불행한 동물로 만들지 않았느냐고. 이어 자크는 모든 사람은 다른 사람을 지배하려 하고, 다른 모든 계급의 지배를 받는 최하층민들 바로 밑에 동물이 있으므로, 그들 역시 누군가를 지배하기 위해 동물을 두는 것이라고 결론 내렸다. "각자에겐 자신의 개가 있죠. 장관은 왕의 개고, 차관은 장관의 개고, 아내는 남편의 개고, 또는 남편은 아내의 개, 파보리는 이 여자의 개, 티보는 길모퉁이 저 남자의 개입니다. 제가 입을 다물고 싶은데 나리께서 말하라고 할 때,(사실 드문 일이긴 하지만) 제가 말을 하고 싶은데 나리께서 입을 다물라고 할 때,(무척 힘든 일이지만) 제가 다른 이야기를 하고 싶은데 제 사랑 이야기를 하라고 할 때, 제가 사랑 이야기를 시작하는데 나리께서 중단시킬 때, 제가 나리의 개가 아니고 다른 무엇이란 말입니까? 또 의지가 약한 사람들은 의지가 강한 사람들의 개입니다."

주인   하지만 자크, 동물에 대한 이런 애착은 하층민들에게만 있는 게 아니다. 귀부인들 가운데도 한 무리 개들에게 둘러싸인 사람들이 많지. 고양이, 앵무새, 새 들은 또 어떻고.

자크   그들과 그들을 둘러싼 사람들을 우스꽝스럽게 만들죠. 그 여자들은 아무도 사랑하지 않으며 또 아무도 그 여자들을 사랑하지 않아요. 그 여자들은 자신들의 어찌할 바 모르는 감정을 개에게 내던지는 셈이죠.

아르시후작   동물을 사랑하는 것이 달리 말하면 자신의 마음을 개에게 내던지는 것이라니, 아주 독특한 해석이군요.

주인   그 동물들에게 준 것만 해도 다 모으면 불쌍한 사람들 두서너 명을 먹여 살리기에 충분할 겁니다.

자크   그래서 이제 놀라셨나요?

주인   아니다.

아르시 후작은 자크를 돌아다보며 그의 생각에 미소를 짓고서는 주인에게 말을 했다. "당신은 보통이 아닌 하인을 두

셨군요."

주인   하인이라고요? 너무 관대하시군요. 내가 그의 하인이
       죠. 늦지도 않은 바로 오늘 아침에 내게 명문화하여
       증명했으니까요.

    그들은 이야기를 하면서 숙소에 도착했고 사람들이 같은
방을 준비해 줬다. 자크의 주인과 아르시 후작은 함께 저녁 식
사를 하였고 자크와 젊은이는 따로 먹었다. 주인은 후작에게
자크의 이야기와 그의 운명론적인 사고방식에 대해 간략하게
말해 주었고, 후작은 자신과 함께 다니는 젊은이에 대해 이야
기했다. 젊은이는 프레몽트레 수도사였는데, 어떤 괴상한 모
험 때문에 수도원을 나왔다는 것이다. 친구들이 그를 추천해
서 그가 좀 더 나은 일을 구할 때까지 자기 비서로 고용했다고
했다. 자크의 주인이 말했다. "그거 참 재미있군요."

아르시후작   뭐가 재미있다는 겁니까?
주인   전 자크에 대해 말하는 겁니다. 우리가 방금 떠나온
       여인숙에 처음 들어섰을 때, 그곳에 들어서자마자 자
       크는 제게 낮은 목소리로 이렇게 말했죠. "나리, 저 젊
       은이를 보세요. 그가 수도사였다는 데 걸겠습니다."
       라고요.
후작   용케 알아맞혔군요. 어떻게 알아차렸을까요? 일찍 주
       무세요?

주인   보통은 안 그렇습니다. 게다가 오늘은 반나절밖에 여
       행하지 않아서 서둘러 잠자리에 들 필요 없습니다.

아르시 후작   더 유익하거나 유쾌한 일이 없으시다면, 제 비서
       이야기를 해 드리죠. 평범한 이야긴 아니니까요.

주인   기꺼이 듣도록 하죠.

　독자여, 그대 목소리가 들리는군. 그대는 내게 "그렇다면
자크의 사랑은……?" 하고 말하는군. 내가 그대만큼이나 그
일이 궁금하지 않다고 생각하는가? 자크는 말하기를 좋아하
며 특히 자신에 대해 말하기를 좋아한다는 걸 잊었는가? 그와
같은 신분 사람들에게는 일반적인 괴벽인데, 그들이 비천함
에서 끌려나와 연단에 서기만 하면 갑자기 흥미로운 사람으
로 변모하게 된다는 사실을 잊었는가? 당신은 민중을 공개 집
행에 끌어들이는 동기가 무엇이라고 생각하는가? 비인간성?
당신은 잘못 생각하고 있다. 민중은 전혀 비인간적이지 않다.
민중은 할 수만 있다면 그들이 모여든 사형대에서 그 불행한
사람을 법의 손아귀로부터 끄집어내려 했을 것이다. 그들은
자기가 목격한 장면을 파리 교외에 있는 집으로 돌아와 이야
기하려고 그레브 광장[74]으로 가는 것이다. 그 장면이 어떤가
는 별로 중요치 않다. 다만 그가 하나의 역할을 하기만 하면
된다. 즉 이웃 사람들을 불러 모아 자신의 말을 듣게 하기만

---

74) 1806년부터는 파리 시청 광장으로 이름이 바뀌었으며 주요 축제와 사
형, 집행이 행해지던 곳이다.

하면 된다. 거리에 재미있는 축제를 열어 봐라. 그러면 당신은 처형 장소가 텅 빈 것을 볼 테니. 민중은 구경거리에 열광하며 몰려든다. 그들은 그걸 즐기는 동안 재미있어 하지만 집에 돌아와서 하는 이야기에 더욱 재미있어 한다. 민중이 분노하면 무섭지만 그 분노는 오래가지 않는다. 그들의 비참한 생활이 그들을 관대하게 만든 것이다. 구경거리를 보러 가서 끔찍한 장면이 나오면 눈을 돌리고 마음이 울적해져 집에 돌아올 때는 모두 눈물을 흘린다. 독자여, 내가 여기서 하는 이야기는 모두 자크에게 들은 것이다. 고백하건대 난 다른 사람 생각을 가로채 내 것으로 자랑하기를 좋아하지 않는다. 자크는 미덕이라는 말도 악덕이라는 말도 알지 못하고, 인간은 다만 행복하게 또는 불행하게 태어났다고 주장한다. 상이니 벌이니 하는 말을 들어도 어깨를 으쓱한다. 그에 따르면 상이란 착한 사람들에게 용기를 주려는 것이고, 벌이란 나쁜 사람들을 무서워하게 만들려는 것이다. 그는 우리에게 자유가 전혀 없고, 또우리 운명이 저기 높은 곳에 씌어 있다면, 삶이 무슨 소용이느냐고 말했다. 인간은 마치 굴러가는 것을 의식하면서도 산기슭을 구르는 것을 멈출 수 없는 공처럼, 영광스럽거나 치욕스러운 일을 향해 필연적으로 나아가게 마련이라고 믿고 있었다. 그리고 처음 태어난 순간부터 마지막 숨을 거둘 때까지 그의 삶을 이루는 이런 원인과 결과의 연속을 알았더라면, 인간은 필연적으로 해야만 할 일을 했을 것이라는 사실을 우리가 확신할 수 있다고 믿었다. 나는 이 말에 여러 번 반박했지만 아무 소용 없었다. 실상 내가 어떤 요소들의 합계로 구성되었다 할지라도 나는 유일한 자이며, 하나의 원인에는 하나의 결과밖에 없다고 말하는 자에게 과연 뭐라고 반박할 수 있단 말인가. 나는 항상 유일한 원인이었고 따라서 하나의 결과밖에 만들어 내지 않았으며, 그러므로 나의 지속은 일련의 필연적인 결과의 연속이었다고 주장하는 자에게 말이다. 자크는 자신의 대위를 따라 그렇게 추론했다. 물리적인 세계와 윤리적인 세계의 구별은 그에게 별 의미 없어 보였다. 그의 대위는 자신이 거의 외우다시피 한 스피노자[75]에게서 이 모든 생각을 찾아내어 자크의 머리에다 쑤셔 넣은 것이었다. 이 시스템에 입각한다면 자크는 어떤 것에도 기뻐하거나 슬퍼하지 않으리라고 생각되겠지만 사실은 그렇지 않았다. 그는 거의 당신이나 나처럼 행동했다. 착한 일을 하는 사람에게는 그가 더 착한 일을 하도록 감사했고, 옳지 못한 사람을 만나면 화를 냈다. 돌에 부딪힌 개가 돌을 무는 격이라고 반박하면 그는 "그렇지 않소. 개에 물린 돌은 버릇을 고칠 수 없지만 인간은 회초리로 고칠 수 있다오."라고 말하는 것이었다. 그는 자주 당신이나 나처럼 무분별했고, 철학이 지배적인 몇몇 경우를 제외하고는 자신의 원칙을 망각하는 경향이 있었다. 그때 그는 "그건 그렇게 될 수밖에 없습니다. 왜냐하면 저기 높은 곳에 씌어

---

75) 이 부분은 스피노자의 『윤리학』에 근거한다. 그러나 스피노자가 말하는 절대적인 필연성의 세계는 모두 신으로 귀착되지만, 디드로의 결정론은 보다 유물론적이며 상대적이다. 따라서 스피노자를 인용했음에도 스피노자의 견해를 전적으로 자크나 디드로의 견해처럼 받아들이는 것은 잘못된 해석이라는 의견도 있다.

있으니까요."라고 말하는 것이었다. 그는 악을 예방하려고 노력했으며, 신중함을 경멸하면서도 신중했다. 그러다가도 사건이 터지면 자신의 후렴구로 돌아가 마음을 위로하곤 했다. 게다가 그는 선량하고 솔직하고 예의 바르고 용감하고 충실하고 충직하고 아주 고집 센 수다쟁이였다. 그리고 결코 사랑 이야기를 끝낼 수 있다는 희망도 없으면서 사랑 이야기를 시작한 것을 당신이나 나처럼 한탄하였다. 그러므로 독자여, 난 그대에게 이제 그만 단념하고, 자크의 이야기 대신 아르시 후작 비서의 이야기로 만족하라고 충고하는 바다. 게다가 자크는 커다란 손수건으로 목을 휘감고 연신 기침을 해 대면서, 전에는 그렇게도 좋아하는 포도주로 가득했던 호리병을 이제는 차로 채우고, 방금 헤어진 여주인과 그녀의 샴페인에 대해 욕을 해 대고 있다. 모든 것이, 그의 감기까지도 저기 높은 곳에 씌어 있다는 사실을 기억한다면 그렇게 하지 말아야 할 텐데 말이다.

그런데도 독자여, 여전히 사랑 이야기라니. 내가 그대에게 한 하나, 둘, 셋, 네 개의 사랑 이야기나 아직도 그대에게 해야 할 서너 개의 사랑 이야기나, 여하간 사랑 이야기는 수없이 많다. 한편 나는 그대를 위해 글을 쓰고 있으므로 그대로부터 찬미받기를 포기하거나 또는 사랑 이야기에 대한 그대 취향이 명백함으로 이런 그대 취향에 따라야 할 것이다. 운문이나 산문으로 쓰인 그대의 모든 단편 소설도 사랑 이야기며, 그대의 거의 모든 시 작품들이, 비가며 전원시며 목가며 노래며 서한체 시며 희극이며 비극이며 오페라도 모두 사랑 이야기다. 거의 모든 그림이나 조각품도 사랑 이야기다. 그대가 태어난 이래 그대는 오로지 사랑 이야기만으로 양분을 취했으며, 그런데도 그대는 전혀 싫증을 느끼지 않는다. 그대들 모두는, 남자며 여자며 크고 작은 아이들은 이런 식이 요법에 붙잡혀 있으며 앞으로도 오랫동안 그럴 것이다. 그래도 그대들은 결코 싫증을 느끼지 않을 것이다. 사실 놀라운 일이다. 난 아르시 후작 비서의 이야기가 여전히 사랑 이야기이기를 바란다. 하지만 이 이야기는 사랑 이야기가 아니며, 그래서 그대가 지겨워하지나 않을까 두렵다. 아르시 후작이나 주인, 자크, 그대 독자나 나에게는 안된 일이지만 할 수 없지 않은가.

"세상 모든 젊은 남자나 여자 들이 우수에 젖을 때가 있습니다. 모든 것을 사로잡는 막연한 불안감에 괴로워하며 그들 마음을 진정시켜 주는 것을 아무것도 발견하지 못할 때가 있지요. 그때 그들은 고독을 찾거나 눈물을 흘립니다. 수도원의 정적이 그들을 감동시킵니다. 수도원을 지배하는 평화로운 이미지가 그들을 매료하는 거죠. 그들은 성숙해져 가는 기질이 하는 첫 번째 노력을 마치 그들을 부르는 신의 목소리인 양 착각하고, 그래서 자연이 그들을 부를 때는 자연의 소망과 반대되는 생활을 할 때가 있습니다. 그러나 이런 착각은 오래가지 않는 법이며, 자연의 표현은 보다 명확해지고 그들은 그 사실을 인식하게 됩니다. 그리하여 은둔자는 후회, 우수, 허무, 광기, 또는 절망에 사로잡히는 법이죠……" 바로 이것이 아르시 후작의 머리말이었다. "열일곱 살에 세상이 역겨워진 리샤르(제 비서 이름입니다.)는 아버지 집을 도망쳐 나와 프레몽트레[76] 수도사의 옷을 입었습니다."

주인 　프레몽트레 수도사였다고요? 그에게 감사해야겠군요. 그들은 백조처럼 하얀 옷을 입었지만, 그 수도회를 창설한 성 노르베르는 그 규정에서 다만 한 가지 사항만을 빠뜨렸으니까요.

아르시 후작 　수도사 각각에게 마주 보고 앉을 사람을 지정해 주는 것 말입니까.[77]

주인 　벌거벗은 채 돌아다니는 것이 연인들의 습관이 아니었다면, 아마도 그들은 프레몽트레 수도사들로 변장했을 겁니다. 괴상한 정책이 그 교파를 지배했는데, 백작 부인이나 후작 부인, 공작 부인, 의장 부인, 의원 부인, 금융가 부인은 허용하지만 부르주아는 전혀 받아들이지 않는다는 정책이었습니다. 장사꾼 아낙네가 아무리 아름다워도 그들 가게에서 프레몽트레 수도사를 만나는 일은 거의 없었으니까요.

---

76) prémontré. 성 노르베르(Norbert)가 1120년에 프랑스 프레몽트레에 창설한 수도회로 그 수도사들은 좌석이 마주 놓인 2인용 마차를 타고 다녔는데 그 마차 덕분에 그들은 입고 있는 하얀 옷도 명예도 더럽히지 않고 바람을 피울 수 있었다. 이 수도사들은 하얀 옷은 입었지만 속옷은 입지 않았다 하여 세인의 조롱거리가 되었다.

77) 여기서 '마주 보고 앉을 사람'이라고 옮긴 프랑스어의 vis-à-vis에는 마주 보고 앉는 2인용 마차란 뜻도 있다. 프레몽트레 수도사들의 방탕한 생활을 빗대어 풍자한 것이다.

아르시 후작   리샤르도 그렇게 말하더군요. 리샤르는 그의 부
모가 반대하지만 않았다면 이 년 동안 예비 수도사 생
활을 한 후에 수도회에 입회했을 겁니다. 하지만 그
의 아버지는 그에게 집으로 들어오라고 했습니다. 그
가 진짜로 수도사가 될 수 있는 소명을 받았는지, 일
년 동안 수도원 생활의 모든 규칙을 준수했는지 어떤
지 시험해 보겠다고 했습니다. 그 계약은 양쪽에서 충
실히 이행되었습니다. 가족의 눈앞에서 시험 기간인
일 년이 지나자 리샤르는 서원을 하겠다고 요청했습
니다. 그러자 아버지는 이렇게 대답했습니다. "마지
막 결심을 하도록 일 년을 허락했는데, 나도 그럴 수
있도록 일 년을 주는 것을 거절하지는 않겠지. 다만
이 일 년간은 네가 원하는 곳에서 보내도 좋다." 이 두
번째 기간이 끝나기를 기다리는 동안 교단 사제가 그
를 고용했고, 바로 이 기간에 수도원 안에서만 일어나
는 모험 중 하나가 벌어지게 된 것입니다. 수도원 상
급자 중에는 위드송 신부라 불리는 아주 놀라운 성격
의 소유자가 있었습니다. 위드송 신부의 외모는 흥미
로웠는데, 넓은 이마에 계란형 얼굴, 매부리코에 커
다란 파란 눈동자, 아름다운 넓은 뺨, 잘생긴 입술과
이, 세련된 미소, 숱 많은 은발로 뒤덮인 머리가 그 흥
미로운 외모에 품위를 더했죠. 게다가 그는 재치 있
고 박학하며 쾌활하고, 진실된 말과 태도, 수도회와
일에 대한 애정을 보이는 사람이었죠. 하지만 열정과

쾌락이 격렬하고, 여자에 대한 집착이 지나쳤으며 극단까지 밀고 가는 천재적인 음모를 꾸미기 일쑤인 데다 품행이 방탕했고, 수도원에서 절대적인 독재를 행사했어요. 사람들이 그에게 수도원 행정을 맡겼을 때 수도원은 무지한 장세니슴에 오염된 상태였죠. 연구는 소홀해졌고, 일상적인 일들은 무질서하게 내팽개쳐졌으며, 종교 임무는 폐기된 상태였고, 성무 일과는 무례하게 올려졌으며, 남아도는 방은 자유분방한 기숙생들이 사용했죠. 위드송 신부는 그런 장세니스트들을 개종하거나 멀리했어요. 그리하여 스스로 연구를 주관했고, 일상적인 일들을 원래 상태로 되돌렸으며, 규칙을 준수하게 했고, 추문을 일으키는 기숙생들은 내쫓고 의식을 거행하는 데 적합한 예의 절차를 도입했으며, 교단을 가장 모범적으로 만들었어요. 하지만 다른 사람들이 따라야만 하는 이런 엄격한 생활에서 자신은 제외했어요. 그는 아랫사람들을 묶어 놓는 그 단단한 멍에를 자신도 공유할 만큼 그렇게 어리석지는 않았으니까요. 그래서 그들은 마음속으로 위드송 신부에 대해 깊은 분노를 느꼈고, 그 억제된 분노는 그만큼 격렬하고 또 위험했어요. 그들 각자는 그의 적이자 염탐꾼이었죠. 신부 처신에서 가장 어두운 면을 은밀히 파헤치려 했고, 숨겨진 방탕함의 목록을 각자 별도로 작성했고, 그를 파멸시키기로 작정했답니다. 신부가 하는 행동 중 어떤 것도 놓치는 법이 없었으며, 그가 이런저런 음모를 꾸미는 날이면 단번에 그 사실이 알려졌어요. 그 교단 사제에게는 수도원 바로 옆에 집 한 채가 있었는데, 그 집에는 길가로 난 문과 수도원 쪽으로 난 문이 있었어요. 위드송 신부가 그 집 자물쇠를 부수어서 사제관은 그의 야간 무대의 은신처가 되었고, 사제의 침대는 쾌락의 은신처가 되었죠. 밤이 깊어지면 길가에 난 문으로 신부 스스로 모든 신분의 여자들을 끌어들였고 또 거기서 가장 맛있는 저녁 식사를 하곤 했어요. 위드송 신부에겐 고해소가 있었는데, 고해성사를 보러 오는 신도들 중에서 그럴 가치가 있는 여자들은 모두 타락시켰죠. 여신도들 중에는 제과점 여주인도 있었는데 그녀는 매력적이고 애교가 있기로 동네에서 소문이 자자했어요. 위드송 신부는 그녀 집에 드나들 수 없었기 때문에 그녀를 자신의 할렘에다 감금했어요. 이 유괴가 그녀 남편과 부모들의 의심을 샀고, 그들은 신부를 방문했지요. 위드송 신부는 놀란 표정으로 그들을 맞이했고, 그 선량한 사람들이 그들의 슬픔을 설명하는 동안 마침 종이 울렸죠. 저녁 6시 만종 시각이었어요. 위드송 신부는 그들에게 침묵을 지키라고 하며 모자를 벗고 일어서더니 커다랗게 성호를 그은 다음 아주 다정하고도 감동적인 어조로 "주의 천사가 마리아께 아뢰니……." 라고 말했죠. 그러자 제과점 여주인의 아버지와 오빠들은 의심을 품었던 것에 수치심을 느껴 계단을 내려오면서 그녀 남편에게 말했어요. "자네는 어리석은 사람이야……. 처남은 창피하지도 않아? 삼종기도를 바치는 성인에게 그런 의심을 품다니!"

어느 겨울날 저녁 신부가 수도원으로 돌아오는데 행인들을 유혹하는 한 여자와 부딪쳤어요. 여자가 예뻐 보여서 그는 그 뒤를 쫓아갔죠. 하지만 신부가 그녀 집으로 들어가자마자 염탐꾼이 나타났어요. 다른 사람 같았으면 이 모험으로 파멸했겠지만 위드송 신부는 명석한 사람이어서 이 사건으로 오히려 경찰서장의 비호를 받게 되었죠. 서장 앞에 가서 그가 뭐라고 했는지 아십니까. 이렇게 말했어요. "저는 위드송이라는 사람인데 제 교단의 윗사람입니다. 제가 그 교단에 들어갔을 때 모든 것은 무질서했으며, 학문도 규율도 풍기(風氣)도 존재하지 않았습니다. 물의를 일으킬 정도로 영적인 생활에 소홀했습니다. 물질적인 손실 또한 상당해서 교단 파산이 예고되었죠. 저는 이 모든 것을 원상 복귀했습니다. 하지만 저도 남자고, 정숙한 여자보다는 타락한 여자에게 말을 거는 편을 더 좋아하다 보니 이렇게 되었습니다. 마음대로 처분하십시오……." 그러자 서장은 앞으로는 더 신중히 처신하라고 당부하며 신부에게 이 모험을 비밀로 하겠다고 약속하면서 그를 개인적으로 더 잘 알고 싶다는 소망을 표현했죠.

하지만 위드송 신부를 둘러싸고 있던 적들이 각자 신

부의 타락한 품행에 대한 보고서를 작성하여 교구장에게 보냈어요. 이 보고서들의 대조가 더욱 그들 일에 힘을 실어 줬죠. 교구장은 장세니스트였기 때문에 위드송 신부가 자기 의견를 따르는 사람들을 박해한 데 대해 복수하기로 결심했어요. 교구장은 교황 칙서의 유일한 지지자인 그 신부의 타락한 품행과 해이한 도덕관에 대한 비난을 통해 신부가 속한 종파 전체로 확산할 수도 있다는 생각에 무척이나 기뻤을 겁니다. 따라서 교구장은 위드송에 관계되는 사실과 행동에 관한 여러 다른 보고서를 자신이 은밀히 급파한 두 간사 손에 맡겼고, 그들에게 보고서 내용을 확인하여 법률적으로 증명해 보이도록 명령을 내렸어요. 특히 그는 그들에게 이 사건을 아주 신중하게 처리해야 한다고 당부하면서, 그 방법만이 죄인을 단번에 제압하고 궁정과 미르푸아 주교[78]의 비호에서 빼낼 수 있다고 말했어요. 그런데 미르푸아 주교 눈에는 장세니슴이 가장 큰 죄악으로, 그는 우니세니투스 칙서[79]에 대한 복종만이 첫째 미덕이라고 주장했어요. 제 비서인 리샤르가 그 간사 중 한 사람이었죠.

---

78) Mirepoix. 루이 15세에 대한 영향력이 컸던 성직자로 장세니슴을 증오했다. 교황 우니세니투스 칙서를 신봉했고 성직자 관할 장관을 지냈다.
79) 케넬(Quesnel)이란 장세니스트 신부가 쓴 『도덕적 성찰』의 101개 항목을 비판하는 교황의 칙서. 1713년에 공포되었으며 장세니스트와 몰리나 교도 사이의 교파 싸움 중 가장 의미 있는 순간이 되었다.

그리하여 그 두 사람은 그들 수련소를 떠나 위드송 신부의 수도원에 머무르며 은밀히 정보를 수집하기 시작했죠. 그들은 곧 대죄(大罪) 목록을 작성했는데 쉰여 명이나 되는 수도사들을 '수도원 감옥'에 집어넣을 수 있을 만한 그런 목록이었어요. 그들은 꽤 오래 머물렀지만 얼마나 능란하게 처신했는지 전혀 발각되지 않았죠. 위드송 신부는 교활한 사람이었지만 아무것도 의심하지 않은 채 거의 파멸의 순간에 다다랐어요. 하지만 이 신참자들이 그의 환심을 사려고 별로 주의를 하지 않는 데다가, 여행 목적도 뚜렷하지 않으며, 그들이 함께 또는 따로 외출하는 것이나 다른 수도사들과 자주 회의하는 것, 그들이 방문하는 사람들이나 그들을 방문하는 사람들이 신부에게 어떤 막연한 불안감을 불러일으켰죠. 그래서 신부는 그들을 염탐했고 또 사람을 시켜 염탐하게 했어요. 곧 신부 눈에 그들 임무가 명백해졌죠. 그러나 신부는 전혀 당황하지 않았어요. 그는 그 일에 깊이 전념하여 자신을 위협하는 폭풍우를 피하지 않고 두 간사에게 덮어씌우는 방식으로 처리했죠. 그가 선택한 그 놀라운 방법은 이랬어요.

신부가 유혹한 여자 중에는 생메다르 성당[80] 근처 한

---

80) 포부르생마르소(faubourg Saint-Marceau)라고 불리던 곳(지금은 무프타르 시장 근처)에 세워진 중세 성당이다. 많은 기적이 행해졌던 곳으로 유명하다.

숙소에 숨겨 놓은 젊은 여자가 있었어요. 그는 그녀에게 달려가서 이렇게 말했죠. "내 귀여운 사람, 모든 게 발각되어 우린 끝장났소. 일주일 안에 당신은 감금될 거고, 내가 어떻게 될지는 나도 모르오. 그러나 절망의 비명 같은 건 지르지 말고 침착하시오. 자, 내 말을 잘 듣고 그대로만 하시오. 하지만 잘 해야 하오. 나머지는 내가 알아서 할 테니. 내일 난 시골로 떠나겠소. 내가 없는 사이에 내가 말해 주는 이름의 두 성직자를 만나러 가시오.(그러고는 두 간사 이름을 말해 줬죠.) 그리고 그들에게 은밀히 말할 것이 있다고 하시오. 그들과 단둘이 있게 되면 그들 앞에 무릎 꿇고 그들의 도움과 공정한 판단을 간청하시오. 그리고 교구장에게 당신을 위해 중재해 줄 수 있도록 간청하시오. 그들이 교구장에게 큰 영향력을 행사한다는 걸 당신은 알잖소. 그러고는 오열하며 머리칼을 쥐어뜯으시오. 또 오열하며 머리칼을 쥐어뜯으며 우리 이야기를 모두 하시오. 당신에 대해서는 연민이, 나에 대해서는 증오심이 생기도록 그렇게 하시오."

"나리, 뭐라고요? 그들에게 말하라고요……."

"그렇소. 그들에게 당신이 누구이며 또 누구에게 속했는지 말하시오. 그리고 내가 당신을 고해소에서 유혹하여 당신 부모로부터 유괴했으며, 지금 있는 곳에 유배시켰다고 말하시오. 내가 당신을 겁탈하고 죄악 속으로 몰아넣은 다음 궁핍한 생활 속에 내팽개쳤다고 말이오. 그래서 이제는 더 이상 어떻게 해야 할지 모르겠다고."

"하지만 신부님……."

"내가 지시한 대로 또 내가 앞으로 지시하는 대로 하시오. 그렇지 않으면 당신의 파멸과 나의 파멸을 각오해야 하오. 그 수도사들은 틀림없이 당신을 동정하며 도와주겠다고 약속하고 두 번째 만남을 요청할 것이오. 그러면 그 만남을 수락하시오. 그들은 당신과 당신 부모에 대해 조사할 거고, 당신이 그들에게 사실 아닌 것은 전혀 말하지 않았으므로 그들은 당신을 전혀 의심하지 않을 것이오. 이 첫 번째와 두 번째 만남 후에 당신이 세 번째로 무엇을 해야 할지를 가르쳐 주겠소. 다만 당신 역할을 잘 해야 하오."

모든 일이 위드송이 예상한 대로 되었죠. 그는 두 번째 여행을 했고, 두 간사는 그 사실을 젊은 여자에게 알려 주었어요. 그녀는 다시 수도원으로 왔고 그들은 그녀에게 그 불행한 이야기를 또 한번 요청했죠. 그녀가 한 사람에게 이야기하는 동안 다른 한 사람은 그것을 수첩에다 적었어요. 그들은 그녀의 운명을 슬퍼했고, 비탄에 빠진 부모의 말을 대신 전해 주었고, 그녀에게는 안전을, 그 유혹자에게는 신속한 복수를 약속했죠. 그러나 그녀가 고백한 것에 서명하는 것을 조건으로 제시했어요. 처음에는 그녀가 이 제안에 화난 듯 보였지만 그들이 계속 주장하자 동의했죠. 다만 그 문서를 어디서 어느 날 어느 시간에 어느 곳에서 서명할 것인가 하는 문제가 남았어요. 시간이 필요했고 편한 장소를 찾아야 했으니까요. "여기서는 할 수 없어요. 수도원장이 돌아와서 저를 본다면…… 그리고 감히 저의 집도 제안할 수 없군요……." 여자와 간사들은 그 어려움을 해결하고자 시간을 가지기로 합의하고 헤어졌어요.

그날로 위드송 신부는 무슨 일이 있었는지 전부 알았어요. 그는 극도로 기쁨을 느꼈죠. 자신의 승리가 확실시되는 순간이었으니까요. 그들이 어떤 사람을 상대하는지 그 풋내기들에게 가르쳐 줄 수 있을 테니까요. 그는 그녀에게 말했죠. "자, 펜을 쥐고 내가 말하는 장소에서 만나겠다고 적으시오. 이 만남이 그들에게 적합할 거라고 확신하오. 그 집은 점잖고 거기 사는 여자는 이웃 사람들이나 세 든 사람들 가운데서도 가장 평판이 좋다오."

하지만 그 여자는 맹신도이자 가장한 은밀한 모사꾼 중 하나로, 훌륭한 집안에 비집고 들어가 부드럽고도 다정하며 번지르르한 말솜씨로 어머니와 딸들의 신뢰를 악용하여 그들을 방탕한 생활로 이끌고 가는 그런 여자였죠. 위드송이 그녀를 그렇게 이용했어요. 그녀는 그에게 여자를 알선해 주는 뚜쟁이였죠. 그러나 위드송이 그 모사꾼에게 자신의 비밀을 털어놓았는지 어떤지는 저도 모르겠습니다. 여하간 교구장의 두 사자가 만남을 수락해서 젊은 여자와 만났죠. 모사꾼이 물러갔고, 그들이 조서를 작성하는 동안, 문밖에서 큰 소리가 났어요.

"누구를 찾으십니까?"

"우린 시미옹 부인을 찾소."(모사꾼의 이름이었죠.)

"여기가 바로 그녀 집인데요."

문을 세게 두드리는 소리가 들리자 젊은 여자가 두 성직자에게 물었죠. "나리들, 대답할까요?"

"대답하시오."

"문을 열까요?"

"문을 여시오……."

문을 열라고 한 사람은 위드송과 친밀한 관계인 경찰서장이었죠. 게다가 위드송이 모르는 사람이 또 어디 있을까요? 위드송은 서장에게 자신이 처한 위험을 말하고 그가 할 역할에 대해 말해 주었죠. 서장은 들어오면서 "두 성직자가 한 여자와 얼굴을 맞대고 앉아 있다니! 여자가 나쁘지 않은 편이군." 젊은 여자의 옷차림이 너무나 부적절했기 때문에 그녀의 신분을 착각하거나, 또 두 수도사 중 나이 든 사람이 채 서른도 안 되었기 때문에 그들 사이에 무슨 일이 있었는지를 착각한다는 것은 불가능했어요. 그들은 결백을 주장했지만 경찰서장은 그의 발밑에 달려들어 용서를 비는 여자의 턱을 손으로 어루만지며 조롱했죠.

"우리는 점잖은 장소에 있습니다."라고 수도사들이

말했어요.

"그래요, 그래, 점잖은 장소요."라고 경찰서장이 말했죠.

"우리는 중요한 일로 왔습니다."

"여기로 인도한 중요한 일이 무엇인지 우린 알고 있소. 아가씨, 말해 보시오."

"서장 나리, 이분들께서 말씀하시는 건 사실입니다." 그렇지만 이번에는 서장이 조서를 꾸미기 시작했고, 그 조서에는 진실만이 나열되었으므로 두 수도사는 서명하지 않을 수 없었어요. 그들은 내려오면서 아파트 층계참에 나와 있는 세 든 사람들을 보았어요. 그 집 문 앞에는 수많은 사람들과 마차가 있었고, 욕설과 고성이 난무하는 가운데 경찰이 그들을 마차 안으로 몰아넣었어요. 그들은 외투로 얼굴을 가리고 몹시 비탄에 빠졌어요. 사악한 경찰서장이 소리를 질렀죠.

"수도사 양반들, 어떻게 이런 장소에서 이런 사람들과 왕래할 수 있단 말이오? 하지만 대단치 않을 거요. 나는 경찰로부터 당신들을 당신들 상관 손에 맡기라는 명령을 받았소. 당신들 상관은 아주 관대하고 공정한 분이어서 실제 일어난 일보다 더 엄하게 처리하지는 않을 거요. 당신들 수도원에서는 저 무자비한 카푸친 수도회처럼 그걸 이용하려고 하지는 않을 테니. 당신들이 카푸친 수도회 사람들을 상대로 하고 있다면 정말이지 난 당신들을 동정할 거요."

경찰서장이 말하는 동안 마차는 수도원을 향했고 군중은 점점 불어나 그들을 둘러싸고 전속력을 다해 따라오며 앞질렀죠. 이곳저곳에서 수군대는 소리가 들렸어요. 누구지……? 수도사들이야……. 무슨 일을 했지? 창녀 집에서 체포됐다네……. 프레몽트레 수도사가 창녀 집에 가다니! 그렇다네. 그들은 카르멜 수도회와 성 프란치스코 수도회와 경쟁한다네……. 마침내 그들은 수도원에 도착했어요. 경찰서장이 내리더니 문을 두드렸죠. 첫 번째, 두 번째, 세 번째 가서야 문이 열렸어요. 사람들이 위드송 상관에게 알렸고, 그는 그 추문을 더 부각하기 위해 적어도 삼십 분이나 기다리게 했죠. 경찰서장이 그의 귀에다 소곤거리며 중재하는 것처럼 보였고, 위드송 신부는 완강하게 거절하는 것처럼 보였어요. 그러다 마침내 신부는 아주 근엄한 표정과 단호한 어조로 서장에게 이렇게 말했어요. "우리 수도원에는 방탕한 성직자가 한 명도 없소. 저들은 나도 모르는 낯선 사람들이오. 어쩌면 악당들이 변장한 건지도 모르니 당신이 하고 싶은 대로 하시오."

이 말이 끝나자마자 문이 닫혔어요. 경찰서장은 다시 마차에 올라타더니 겁에 질려 사색이 된 우리의 두 가련한 녀석들에게 말했죠. "내가 할 수 있는 건 전부 했소. 난 위드송 신부가 그렇게 엄격한 사람인 줄은 미처 몰랐소. 제기랄, 왜 창녀 집에 갔단 말이오?"

"당신이 본, 우리와 함께 있는 여자가 창녀라면, 우린 방탕한 짓을 하기 위해 간 게 아닙니다."

"아, 수도사 양반들! 당신이 말을 걸고 있는 사람이 노련한 고참 서장이라는 걸 모르시오? 당신들은 도대체 누구요?"

"우린 성직자입니다. 우리가 입고 있는 수도복은 우리 것입니다."

"내일이면 당신들 일이 밝혀지리라는 걸 명심하시오. 사실을 말하시오. 어쩌면 내가 당신들을 도울 수 있을지도 모르니."

"우린 사실을 말했습니다. 하지만 어디로 가는 건데요?"

"프티 샤틀레[81]로 가는 길이오."

"프티 샤틀레로요! 감옥으로요!"

"안 됐소."

사실 리샤르와 그의 동반자를 내려 준 곳이 바로 그곳이었습니다. 그러나 위드송의 의도는 그들을 거기에 두는 것이 아니었죠. 그는 역마차에 올라타 베르사유로 가서는 장관에게 말했어요. 그는 이 사건을 자신에게 유리한 대로 각색했죠. "각하, 보시다시피 타락한 수도원을 개혁하고 이단자를 내쫓으면 어떤 위험에 처하게 되는지 아십니까? 조금만 늦었더라도 저는 파

---

81) petit Châtelet. 대혁명 이전의 파리 감옥.

멸했을 것이고 제 명예는 끝장났을 겁니다. 하지만 그들의 박해는 거기서 끝난 게 아닙니다. 각하께서는 곧 선행을 한 사람을 해치려는 온갖 사악한 짓들에 대해 듣게 되실 겁니다. 하지만 각하, 우리 교구장에 대해 기억하시죠…….”

“알고 있네. 난 자네를 동정한다네. 자네가 교회와 자네 교단에 공헌한 일은 결코 잊히지 않을걸세. 하느님에게 선택받은 사람들은 언제나 불운에 처해야만 했고 그래도 그들은 잘 견딜 줄 알았다네. 그들의 용기를 따라야 하네. 국왕의 자비와 비호를 기대하게. 수도사, 수도사라니! 나도 한때는 수도사였던 적이 있지만, 그들이 무슨 짓을 할 수 있는지 경험으로 잘 안다네.”

“교회와 국가의 행복을 위해 추기경 각하께서 저보다 오래 사실 수만 있다면 저는 아무 두려움 없이 지금처럼 계속해 나갈 것입니다.”

“난 지체하지 않고 자넬 거기서 구해 주겠네. 그러니 가게나.”

“아닙니다. 각하, 전 결코 못된 그 두 성직자를 석방해 주겠다는 특명을 받지 않고는 가지 않겠습니다.”

“종교와 자네 의복의 명예가 개인적인 모욕을 잊어버리게 할 정도로 자넬 사로잡고 있군. 아주 기독교인답네. 자네 같은 사람이 그러니까 별로 놀랍진 않지만 난 무척이나 감동했다네. 그 사건에 대해서는 앞으로 더 이상 거론하지 않게 될 걸세."

"아, 각하! 각하께서는 제 영혼을 기쁨으로 채워 주시는군요. 이 순간 제가 걱정하는 것은 그게 전부입니다."

"그 일에 힘쓰겠네."

그날 저녁으로 위드송은 그들을 석방하라는 명령을 받았고, 이튿날 동이 트자마자 리샤르와 동반자는 담당 경관의 인도 아래 파리에서 약 80킬로미터 떨어진 곳에 있는 그들의 본원으로 보내졌죠. 또한 장교는 편지 한 통을 지니고 있었는데 그 편지에는 교구장에게 그러한 음모를 즉시 중지할 것과 우리 두 성직자를 수도원 형벌에 처하라는 명령이 적혀 있었어요.

이 모험은 위드송의 적들 사이에 경악을 불러일으켰죠. 그의 시선을 느끼고도 떨지 않는 수도사는 수도원에 단 한 사람도 없었으니까요. 몇 달 후 위드송은 아주 부유한 수도원을 맡았고, 교구장은 극심한 원한을 품게 되었죠. 교구장은 늙었고 그래서 위드송이 그를 계승할지도 모른다는 두려움에 사로잡혔어요. 교구장은 리샤르를 깊이 사랑했는데 어느 날 그에게 이렇게 말했죠. "내 불쌍한 친구야, 그 간악한 위드송의 손아귀에 떨어지는 날 네가 어떻게 될지 몹시 걱정이구나. 넌 아직 서약하지 않았으니, 내 충고를 따라 환속하도록 하거라……." 리샤르는 그 충고에 따라 아버지 집으로 돌아갔고 그 집은 위드송 소유 수도원에서 그리 멀지 않았죠.

위드송과 리샤르는 같은 집들을 드나들게 되었고 그리하여 그들이 서로 마주치지 않는다는 것은 불가능했어요. 사실 그들은 서로 만났죠. 리샤르는 어느 날 샬롱과 생디지에[82] 사이에, 샬롱보다는 생디지에 쪽에 더 가까이 위치한, 한 성에 사는 귀부인을 방문하게 되었어요. 그런데 그곳은 위드송의 수도원에서 쏜 총알이 닿을 만큼 아주 가까웠죠. 부인이 말했어요. "우리는 이곳에 당신의 예전 수도원장이었던 분을 모시고 있어요. 아주 친절한 분이긴 하지만, 진짜 어떤 사람인가요?"

"가장 좋은 친구이지만 가장 위험한 적이죠."

"그를 다시 만나고 싶은 생각은 없으세요?"

"전혀 없습니다."

그가 이렇게 대답하자마자 이륜마차가 마당으로 들어오는 소리가 들렸고 위드송이 그 지역에서 가장 아름다운 여인과 내리는 것이 보였어요. 부인이 말했죠. "당신이 싫어해도 만나게 되는군요. 바로 저분이에요." 그 성의 귀부인과 리샤르는 이륜마차의 여인과 위드송 사제를 마중하러 갔어요. 두 여인은 서로 키스했고 위드송은 리샤르에게 다가가더니 그를 알아보고는 외쳤죠. "아, 자네인가, 내 친애하는 리샤르? 자네는

---

82) Châlons은 프랑스 마른 주의 도청 소재지며 Saint-Diziet는 프랑스 오트마른 주의 군청 소재지다.

날 파멸시키려 했지만 난 자넬 용서했네. 프티 샤틀레를 방문하게 된 걸 용서하게. 그 일에 대해서는 더 이상 생각하지 마세."

"사제 나리, 당신이 무뢰한이었다는 걸 인정하시오."

"그럴 수도 있겠지."

"정당한 판결을 한다면 샤틀레를 방문할 사람은 내가 아니고 당신이라는 사실도 인정하시겠죠?"

"그럴 수도 있겠지……. 그때 감수해야 했던 그 위험 덕분에 나는 내 생활 방식을 바꾸었다네. 아, 친애하는 리샤르, 그 일이 나로 하여금 얼마나 많은 생각을 하게 했는지! 그리고 내가 얼마나 많이 변했는지!"

"함께 오신 부인은 아주 매력적인데요."

"그런 매력에 대해서는 더는 보지 않는다네."

"몸매가 멋지군요!"

"나와는 상관없는 일이라네."

"얼마나 풍만한지요!"

"우리는 조만간 지붕 꼭대기에서 움직일 때마다 목이 부러질지도 모르는 그런 위험 속에서 느끼는 쾌락에는 싫증 나게 될걸세."

"그녀 손은 세상에서 가장 아름답군요."

"나는 그런 손을 사용하는 걸 포기했다네. 현명한 사람은 자신의 진정한, 유일한 행복인 처음 신분으로 돌아간다네."

"몰래 당신을 향해 돌아다보는 저 시선은요? 당신은

그 방면에 전문가이니 이보다 더 반짝이고 다정한 눈길은 본 적이 없다는 걸 인정하시죠. 그녀의 걸음걸이나 태도 또한 얼마나 우아하며 경쾌하고 고상한지!"

"그런 헛된 것은 더 이상 생각하지 않는다네. 난 성서를 읽고 교부(敎父)들에 대해 명상한다네."

"그러나 때로는 저 부인의 완벽함에 대해 명상하겠죠. 그녀는 몽세츠에서 멀리 사나요? 그녀의 남편은 젊은가요?"

그런 질문에 짜증이 난 위드송은 리샤르가 자기를 성인으로 여기지 않는다는 걸 확신하고 갑자기 말했죠. "친애하는 리샤르, 제기랄, 당신은 날 우습게 아는군.[83] 당신이 옳으이."

친애하는 독자여, 표현의 적절성이라는 관점에서 이런 표현을 한 것을 용서해 달라. 다른 수많은 콩트와, 이를테면 피롱과 이제는 고인이 된 바트리 사제[84]의 대화에서와 마찬가지로 여기서도 점잖은 단어를 쓴다면 모든 걸 다 망쳐 버릴 테니까. ── 피롱과 바트리 사제의 대화란 어떤 것인가? ── 그 작품의 출판인에게 물어봐라. 그들은 감히 그런 책을 쓰지는 못했

---

83) "제기랄, 당신은 날 우습게 아는군.(vous vous foutez de moi.)"은 속어다.
84) 피롱(Piron)은 풍자시와 『희화담』의 저자로, 출판인이 피롱의 작품에서 외설적인 어투나 속어를 삭제한 데 대한 디드로의 풍자다. 바트리 사제(abbé Vatri)는 콜레주 드 프랑스의 희랍어 교수로 1769년에 사망했다. 그러나 여기서 말하는 피롱과 바트리 사제의 대화에 대해서는 전혀 기록이 없다.

지만 그걸 말하기 위해 빌게 하지는 않을 테니.

우리 네 여행자들은 성에서 다시 합류하여 식사를 잘, 그것도 즐겁게 했다. 저녁이 되자 그들은 다시 만나기로 약속하고 헤어졌다……. 아르시 후작이 자크의 주인과 이야기하는 동안, 자크는 후작의 비서 리샤르와 이야기했다. 리샤르는 자크를 진짜 독창적인 사람이라 생각했는데, 독창적인 사람은 첫 번째로 교육이, 다음으로 지나친 사회 경험이 소진시키지만 않았다면 더 많았을 것이다. 마치 은화에 새겨진 것이 유통되다 보면 닳아 없어지는 것처럼 말이다. 밤이 늦었고, 시계가 주인들과 하인들에게 휴식 시간이라는 걸 알려주었고, 그들은 그 의견을 따랐다.

자크는 주인의 옷을 벗기며 말했다. "나리, 나리께서는 그림을 좋아하십니까?"

주인   좋아하지, 하지만 이야기로서 그림을 좋아하지. 화폭에 그려진 그림들은 예술 애호가만큼이나 판단력이 날카로운 나도 전혀 이해할 수 없다는 걸 고백해야겠네. 이 유파 저 유파를 구별하는 것도 꽤나 난처한 일이고. 난 아마도 부셰의 그림을 봐도 루벤스나 라파엘로의 그림이라 생각하고, 형편없는 모작을 진짜 위대한 원작으로, 6프랑짜리 서투른 그림을 1,000에퀴짜리 걸작으로 1,000에퀴짜리는 6프랑짜리로 여길걸세. 노트르담 다리에 있는 어떤 트랑블렝이라는 작자의 집에서만 나는 그림을 구하곤 했는데 그는 우리 시

대의 비참함이나 방탕의 근원이었고 또 방로의 젊은 제자들을 파멸시킨 장본인이었다네.[85]

자크 어떻게 그럴 수가 있죠?

주인 그게 너와 무슨 상관이냐? 네 그림에 대해서나 말하거라. 하지만 간단히 말이야. 난 졸리니까.

자크 나리께서 이노상[86] 분수나 생드니 문 근처에 서 보십시오. 이 두 배경은 그림 구성을 풍요롭게 해 줄 겁니다.

주인 그래, 거기 있네.

자크 그 길 한가운데에는 차체를 매는 가죽끈이 끊어져 옆으로 전복된 마차가 있습니다.

주인 그래, 보이네.

자크 한 수도사와 두 창녀가 거기서 나옵니다. 수도사는 전속력으로 도망치고 마부는 서둘러 의자에서 일어서 내리고, 마부의 복슬강아지는 수도사를 쫓아가며 그의 옷자락을 물고, 수도사는 온 힘을 다하여 개에게서 벗어나려고 하고 있습니다. 두 창녀 중 옷차림이 단정치 못한, 가슴을 다 드러낸 창녀가 배를 잡고 웃고 있죠. 또 다른 창녀는 이마에 혹이 난 채 마차 문에 기대

---

85) 일찍이 디드로는 화가들의 상업적인 경향을 비판한 적이 있는데, 이를테면 부셰(Boucher)는 유명한 사람들의 규방을 위하여 형편없는 작품을 그렸다고 평했다. 방로(Vanloo)는 미술 대학 교수로, 그의 아틀리에에는 재능 있는 젊은이들이 모였다. 일반 서민들은 미술 대학 교수나 제자 들이 은밀히 그린 모작들을 구하기 위해 파리의 노트르담 다리로 몰려갔다고 한다.
86) 파리 중심 레알 근처 생이노상 성당 앞에 레스코(Lescot)가 세운 기념비.

어 머리를 두 손으로 누르고 있어요, 그동안 사람들이 모여들었고 개구쟁이들이 달려와 소리를 지르고, 장사꾼들과 마누라들은 그들의 가게 문 앞에서 진을 치며, 다른 구경꾼들은 그들 집이나 가게 창문에 기대어 보고 있죠.

주인   제기랄! 자크, 너의 구성은 아주 질서 정연하고 풍부하고 재미있으며 다양하고 움직임으로 가득하구나. 파리에 돌아가면 그 주제를 프라고나르[87]에게 가져가거라. 그러면 그가 그걸로 무엇을 해내는지 보게 될 테니.

자크   나리께서 그림에 대한 지식을 솔직히 고백하셨기 때문에 이렇게 시선을 떨구지 않고 찬사를 받아들일 수 있군요.

주인   그 모험이 위드송 신부에게 일어난 일이라는 걸 난 확신한다.

자크   맞습니다.

독자여, 이 선량한 사람들이 자는 동안 난 그대에게 베갯머리에서 토론할 만한 질문을 하나 제안하겠네. 포므레 부인과 위드송 신부 사이에 아이가 태어난다면 어땠을까 하는 거라네. ─ 어쩌면 교양 있는 신사가 되었겠지. ─ 어쩌면 뛰어난 악당이 되었을지도 모르고. ─ 내일 아침 그에 대해 대답해 달라.

---

87) Fragonard. 18세기 프랑스 로코코 양식의 대표적 화가로, 부셰의 제자였다.

아침이 되자 우리의 여행자들은 헤어졌다. 아르시 후작이 자크나 주인과 더 이상 같은 길을 가지 않았기 때문이다. ─ 그렇다면 자크의 사랑 이야기를 다시 할 수 있겠군. ─ 나도 그러기를 바란다. 하지만 더 확실한 것은 주인이 시간을 보고 코담배를 들이마시며 자크에게 "네 사랑 이야기는?"이라고 말한 것이다.

자크는 이 질문에 대답하는 대신 이렇게 말했다. "참 놀라운 일 아닌가요! 그들은 아침부터 저녁까지 삶에 대해 불평을 해 대면서도 떠날 결심은 하지 못하니까요! 모든 걸 따져 보면 지금 삶이 그렇게 나쁘지만은 않아서 그런 건지, 아니면 미래에 더 나쁜 일이 있을까 봐 두려워서 그런 건지?"

주인 둘 다겠지. 그런데 자크, 넌 미래의 삶을 믿느냐?

자크 믿지도 안 믿지도 않습니다. 다만 그것에 대해 생각하지 않을 뿐이죠. 전 상속 재산의 전도[88]로 우리에게 부여된 삶을 최선을 다해 즐기려고 할 뿐입니다.

주인 나로 말할 것 같으면 난 자신을 번데기로 간주한다네. 어느 날 나비 또는 내 영혼이 신의 심판을 받고자 자신의 고치를 벗고 날아간다고 확신하고 싶어 하지.

자크 나리의 그림은 아주 매력적이군요.

---

88) 상속 재산의 전도는 신비주의자와 운명론자가 지지하는 학설의 차이를 설명해 주는 것으로, 자크는 어떤 형이상학적인 삶도 거부하고 즉각적인 현재의 삶을 주장하는 데 반해 파스칼이나 신비주의자는 미래의 삶을 믿는다는 점에서 다르다.

주인　내 그림이 아니라네. 책에서 읽었는데 아마도 단테라고 불리는 이탈리아 시인일걸. 「지옥과 연옥, 천국의 희극」[89]이라는 제목으로 글을 썼다네.

자크　주제가 아주 괴상한 희극이군요.

주인　정말이지, 특히 지옥편에는 아주 근사한 것들이 많단다. 그는 이교도의 시조들을 모두 불 무덤 속에 가두어 놓았는데 거기서 새어 나온 불길이 멀리까지 번져 모든 것을 황폐하게 했다네. 배은망덕한 자들은 구석진 곳에서 흘린 눈물로 얼굴이 얼어붙었고, 게으른 자들은 또 다른 구석에서 피를 흘리는데 오만한 벌레들이 그 피를 빨고 있었다네. 그런데 도대체 어떤 이유로 우리는 삶을 잃어버릴까 두려워하면서도 삶을 경멸한다고 말하는 거지?

자크　아르시 후작의 비서가 이륜마차에 탄 그 아름다운 부인의 남편 이야기를 했기 때문이죠.

주인　그녀는 과부로구나!

자크　파리로 가는 여행길에서 남편을 잃었죠. 그녀 남편은 도대체가 영성체 같은 것은 말도 못 꺼내게 하는 위인이었는데, 리샤르가 위드송 신부를 만난 그 성의 귀부인이 그를 베갱 모자[90]와 화해시켰어요.

---

89) 단테의 「신곡(La Divina Commedia)」을 가리킨다. 원제의 희극 즉 Commedia는 지옥편을 제외하고 즐거운 내용을 다루었다는 데에서 연유한다.
90) béguin. 갓난아기들이 쓰는 끈 달린 모자를 가리키나 여기서는 영성체를 받을 준비가 되었다는 비유적인 의미로 쓰였다.

주인 베갱 모자라니 무슨 말이냐?

자크 갓난아기들에게 씌우는 모자 말입니다.

주인 알겠네. 하지만 성의 귀부인은 어떻게 베갱 모자를 씌우게 했지?

자크 고인 주위에 사람들이 둘러앉았어요. 의사가 여러 번 환자의 맥박을 짚어 본 후 맥박이 너무 약하다고 생각되자 다른 사람들 옆에 가 앉았죠. 성의 귀부인이 그의 침대 곁으로 다가가더니 몇 마디 질문을 했어요. 하지만 언성을 높이지는 않았죠. 다만 들려주고 싶은 말을 그가 놓치지 않고 들을 만큼만 목소리를 높였어요. 그런 후에 그 귀부인과 의사, 거기 참석했던 몇몇 사람들 사이에 대화가 오갔는데 그걸 말씀드리죠.

귀부인 의사 선생님, 우리에게 파름[91] 부인 소식을 전해 주시겠어요?

의사 부인의 병이 위중해서 더 이상 가망이 없다고 확언하는 사람들이 있는 집에서 나오는 길이죠.

귀부인 공주님께서는 항상 신앙심이 깊었는데. 공주님은 자신이 위험한 지경에 이르렀다고 느끼자마자 고해성사와 영성체를 하겠다고 간청하셨죠.

의사 생로크 성당의 사제가 오늘 베르사유로 공주님께 성유물을 가져가겠지만 너무 늦게 도착할 겁니다.

---

91) 루이 15세의 장녀로 1759년에 죽었다.

귀부인 공주님만이 이런 본보기를 보여 준 건 아니죠. 슈브뢰
        즈[92) 백작도 병이 몹시 위중했는데 가족들이 성체를
        제안하기 전에 먼저 자신이 청했죠. 그래서 가족들을
        무척 기쁘게 했답니다.

의사   백작님은 이제 많이 나았습니다.

참석자중한사람 사람을 죽게 하기보다는 오히려 그 반대군요.

귀부인 위험한 일이 닥치면 이런 의무는 즉시 수행해야 돼요.
        환자들은 주변 사람들이 얼마나 힘들어 하는지 또 그
        런 제안이 얼마나 필요한 일인지 잘 알지 못하는 모양
        이에요!

의사   조금 전에 한 환자의 집에 다녀왔는데 그는 이틀 전에
        제게 이렇게 물었더랬죠. "의사 선생님, 제 상태가 좀
        어떻습니까?"
        "열이 높습니다. 열이 갑자기 오르는 것도 빈번하고
        요."
        "곧 다시 열이 오를까요?"
        "아닙니다. 다만 오늘 저녁에는 그렇게 될 수도 있을
        것 같아 걱정입니다만."
        "그렇다면 특별한 용건이 있는 분에게 알려야겠군요.
        의식이 있을때 해결해야 되니까⋯⋯." 그러고는 고
        해성사를 하고 성체를 영하였죠. 저녁에 가 보았더니
        열도 전혀 오르지 않았고, 어제는 좀 괜찮더니 오늘은

---

92) 루이 15세 때 여러 전투에서 중요한 역할을 했으며 1771년에 죽었다.

완전히 다 나았어요. 제가 의사 생활을 하는 동안 여러 번 그런 성체의 효험을 목격했습니다.

환자 (하인에게) 닭고기를 가져오거라.

자크 그에게 닭고기를 가져다주었지만 자를 힘이 없었어요. 그래서 하인이 닭 날개를 작은 조각으로 잘라 줬죠. 그는 빵을 달래서 급히 먹은 후 닭 날개 한 조각을 씹어 삼키려 했지만 그럴 힘이 없는지 냅킨에다 뱉었어요. 그러고는 물을 타지 않은 포도주를 가져오라고 한 뒤 입술을 축이고서는 "난 건강해."라고 말했죠. 그러나 삼십 분 후에 그는 더 이상 이 세상 사람이 아니었어요.

주인 귀부인이 최선을 다했는데도……. 그런데 네 사랑은?

자크 나리께서 수락하신 조건을 잊으셨나요?

주인 무슨 말인지 알겠다. 넌 데글랑의 성에 머무르게 되었고 나이 든 심부름꾼인 잔이 그의 딸 드니즈에게 널 돌보기 위해 하루에 네 번 방문하라고 하는 데까지 말했지. 그런데 그 이야기를 하기 전에 드니즈가 처녀였는지 어떤지를 먼저 말해 다오.

자크 (기침을 하며) 아마 그랬을걸요.

주인 그렇다면 너는?

자크 오래전에 잃어버렸죠.

주인 그렇다면 네 첫사랑은 아니구나.

자크 왜죠?

주인　　그건 네가 동정을 빼앗은 여인으로부터 사랑을 받듯
　　　　이 네게 동정을 준 여인을 사랑하기 때문이지.

자크　　때론 그렇지만 때론 그렇지 않을 때도 있는 법이죠.

주인　　넌 어떻게 동정을 잃었느냐?

자크　　잃은 게 아닙니다. 진짜로 교환했죠.

주인　　그 교환에 대해 한번 말해 보거라.

자크　　아마도 「누가복음」 1장과 흡사할 겁니다. 첫 번째 여
　　　　자로부터 마지막 여자 드니즈에 이르기까지 '낳았고'
　　　　란 말이 한없이 이어지는.[93]

주인　　드니즈는 너, 자크의 동정을 가졌다고 믿었는데 아니
　　　　란 말이지.

자크　　드니즈 전엔 우리 초가 옆에 사는 이웃 여자 둘이었죠.

주인　　네 동정을 가졌다고 믿었는데 가지지 못한 사람들 말
　　　　이지.

자크　　갖지 못했죠.

주인　　두 번이나 동정을 준 것처럼 속이다니, 그 여자들은
　　　　별로 똑똑하지 않았던 모양이군.

자크　　나리, 나리 오른쪽 입술이 치켜 올라가고 왼쪽 콧구멍
　　　　이 벌름거리는 것으로 보아 나리께서 빌기 전에 기꺼

---

93) 「누가복음」이 아닌 「마태복음」 1장에 있는 말이다. 예수 그리스도의 족
보를 말하기 위해 아브라함은 이삭을 낳았고 이삭은 야곱을 낳았고 등등 낳
았다라는 말이 마흔 번 등장하는 데 대한 디드로의 풍자다. 따라서 디드로의
불경은 명백하며, 신약 성서의 비합리적이고도 초자연적인 성격에 대한 그
의 강한 거부감에 비추어볼 때 별로 놀라운 일이 아니다.

이 먼저 말하는 편이 낫겠군요. 게다가 목병이 점점 심해지고 제 사랑 이야기가 길어지리라고 생각하니, 짧은 이야기를 한두 개 할 용기밖에 없군요.

주인 자크가 날 기쁘게 해 주고 싶다면…….

자크 어떻게 하면 될까요?

주인 동정을 잃은 이야기부터 하게나. 왜인지 말할까? 난 항상 그 커다란 사건에 관심이 많았으니까.

자크 왜죠?

주인 그런 사건들 중에서도 유일하게 재미있으니까. 나머지는 모두 무미건조하고 진부한 반복에 지나지 않지. 고해하는 예쁜 여자의 죄 중에서도 아마 고해 신부가 관심을 두는 것은 그런 일뿐일걸.

자크 주인님, 주인님의 머리는 타락했군요. 나리가 임종 시 고통 받을 때, 악마가 페라귀에게 나타났던 것과 동일한 이탈의 형태로 나타날지도 모릅니다.[94]

주인 그럴 수도 있겠지. 하지만 넌 틀림없이, 내기하는데, 마을의 한 늙고 방탕한 여자에게 순결을 잃었겠지?

자크 내기하지 마십시오. 나리께서는 지실 겁니다.

주인 네 사제의 하녀에게냐?

자크 내기하지 마십시오, 지실 겁니다.

---

94) 포르티게라(94쪽 각주 참조.)의 『리치아르데토』에서 방랑 기사인 페라귀는 은둔자로 가장하고 수녀를 납치하여 강간하려 한다. 그러나 이내 신분이 발각되고 거세형에 처해진다. 그리하여 이 거세당한 은둔자는 임종의 고통 속에서 마치 루시퍼가 나타나 자신을 비웃는 듯한 착란을 일으킨다.

주인   사제의 조카냐?

자크   사제의 조카는 침울하고 맹신으로 가득한 여자죠. 이 두 장점은 서로 잘 어울리지만 저와는 어울리지 않습니다.

주인   이번에는 내가 맞혔다고 생각되는구나.

자크   저는 그렇게 생각하지 않는걸요.

주인   장날이나 어느 시장 보러 가던 날…….

자크   장날도, 시장 보러 가던 날도 아니었죠.

주인   넌 읍내로 가고 있었지.

자크   전 읍내로 가지 않은걸요.

주인   네가 주막집에서 한 친절한 여자를 만나리라는 것이 저기 높은 곳에 씌어 있구나. 그리고 술에 취하리라는 것도…….

자크   전 공복 상태였어요. 저기 높은 곳에 씌어 있는 내용은 다만 지금 이 순간 나리께서 억측을 하느라 기진맥진하리라는 것과, 나리가 고쳐 주신 저의 결점, 즉 추측하는 버릇, 그것도 항상 엉뚱하게 추측하는 버릇을 나리께서 지니게 될 것이라는 겁니다. 나리께서 아시는 것처럼 전 예전에 영세를 받았죠.

주인   네 동정을 잃은 이야기를 영세받은 후부터 시작하려면 꽤나 길겠구나.

자크   따라서 저에게는 대부와 대모가 있었죠. 마을에서 가장 유명한 수레 만드는 목수인 비그르 영감이 있었는데 그에게는 아들이 하나 있었어요. 그 비그르 영감이

제 대부였고 아들은 제 친구였죠. 열여덟 살에서 열아홉 살 되던 해 우리는 둘 다 쥐스틴이라 불리는 한 재봉사를 사랑하게 되었어요. 그녀는 잔인하지는 않았지만 처음에는 좀 건방지게 구는 것이 자신을 돋보이게 한다고 생각하는 여자였죠. 이런 그녀의 선택이 제게로 떨어졌어요.

주인 　우리가 결코 이해하지 못하는, 여자들의 그 괴상한 특징 중 하나군.

자크 　제 대부인 비그르 영감의 거처는 가게와 다락만으로 이루어져 있었어요. 그의 침대는 가게 구석에 놓여 있었죠. 제 친구인 비그르 아들은 다락에서 잤는데 거기에 올라가려면 가게 문과 아버지 침대 중간쯤에 놓인 사다리를 기어올라 가야 했어요.

　　　제 대부인 비그르 영감이 깊이 잠들면 친구인 비그르 아들이 살며시 문을 열고, 그러면 쥐스틴이 사다리를 타고 다락으로 올라갔죠. 그리고 이튿날 동이 트자마자 비그르 영감이 잠에서 깨기 전에 비그르 아들이 다락에서 내려와 문을 열면 쥐스틴은 들어올 때와 같은 방법으로 그 집에서 빠져나갔죠.

주인 　자기 집 다락이나 다른 집 다락을 방문하기 위해서 말이지?

자크 　왜, 그러면 안 되나요? 비그르와 쥐스틴의 관계는 괜찮은 편이었어요. 하지만 순탄하지 않았고, 또 그러리라고 저기 높은 곳에 씌어 있었죠. 그래서 그렇게 되었죠.

주인   아버지 때문에?

자크   아니요.

주인   어머니?

자크   아니요, 어머니는 돌아가신걸요.

주인   연적 때문에?

자크   아닌데요. 제기랄, 결코 아니에요. 주인님, 주인님께 서 평생 이러시리라고 저기 높은 곳에 씌어 있군요. 되풀이하지만 나리께서는 살아 있는 동안 추측을 하 실 테죠, 그것도 엉뚱하게요.

어느 날 비그르는 전날 일 때문인지 아니면 밤의 쾌락 때문인지 여하간 보통 때보다 더 피곤해서 쥐스틴의 품에서 달콤하게 쉬고 있었어요. 그런데 계단 밑에서 무시무시한 소리가 들렸죠. "비그르, 비그르! 이 망할 놈의 게으름뱅이야! 아침 삼종이 울렸다. 벌써 5시 30 분이나 되었는데 아직도 다락에 있다니! 정오까지 거 기 있을 참이냐? 내가 올라가서 널 당장 내려오게 할 까? 비그르, 비그르!"

"네, 아버지?"

"그 심보 사나운 늙은 농부가 기다리는 차축은 어떻 게 되었느냐? 그 작자가 와서 다시 소동을 벌이면 좋 겠느냐?"

"차축은 준비되었어요. 십오 분 이내로 드릴 거예 요……."

쥐스틴과 제 불쌍한 친구인 비그르 아들이 느낀 공포 감에 대해서는 나리께서 판단하시도록 맡겨 두죠.

주인 쥐스틴은 다시는 다락에 올라가지 않겠다고 결심했을 테지만 그날 밤 다시 거기 갔으리라고 맹세하지. 그렇지만 그날 아침은 어떻게 빠져나왔느냐?

자크 나리께서 추측하는 게 임무라고 생각하신다면 저는 입을 다물죠……. 그동안 비그르 아들은 맨다리로 손에 바지를 쥐고 팔에다가는 윗도리를 걸친 채 침대에서 재빨리 빠져나왔어요. 비그르 아들이 옷을 입는 동안 비그르 영감은 혼잣말로 투덜거렸죠. "내 아들이 저 바람둥이 계집을 쫓아다닌 후부터 잘되는 일이 없단 말이야. 이젠 끝을 내야지, 더 이상 계속할 수 없어. 난 지치기 시작했어. 그럴 만한 가치가 있는 여자라면 또 몰라! 하느님은 저 계집이 어떤지 아실 텐데! 뼛속까지 정숙했던 내 죽은 마누라가 만약 보았더라면, 미사가 끝날 때쯤 성당 문 앞에서 모든 사람들이 보는 가운데 한 사람은 몽둥이로 팼을 거고 다른 한 사람은 눈을 파헤쳤겠지. 내 마누라를 멈추게 할 수 있는 거라곤 아무것도 없었으니까. 지금까지 난 너무 착했어. 애들은 내가 앞으로도 그러리라고 생각하겠지만 착각이야."

주인 쥐스틴이 그 말을 다락에서 들었을까?

자크 틀림없이 들었을 겁니다. 그동안 비그르 아들은 어깨에 차축을 메고 농부 집으로 갔고, 비그르 영감은 일을 하기 시작했어요. 몇 번 자귀질을 하니 코가 코담배를 필요로 했죠. 주머니나 침대 머리에서 담뱃갑을 찾아보았지만 찾을 수가 없었어요. "평소처럼 녀석이 가져간 게 틀림없어. 다락에 두고 가지 않았는지 봐야겠군……." 그래서 다락으로 올라갔고, 잠시 후에는 또 칼과 파이프가 없다는 걸 알고 다시 다락으로 올라갔죠.

주인 쥐스틴은?

자크 서둘러 옷을 들고 침대 밑으로 기어 들어가 배를 깔고 누워 있었죠. 겁에 질려 사색이 된 채로요.

주인 네 친구 비그르 아들은?

자크 차축을 주고 설치한 다음 돈을 받고 제 집으로 달려와 자신이 처한 그 끔찍한 상황을 늘어놓았죠. 전 잠시 그를 놀려 준 다음 이렇게 말했어요. "비그르, 내 말 들어. 마을로 가 원하는 곳에서 산책하고 있게. 내가 널 구해 줄 테니. 내가 바라는 건 오직 시간을 좀 달라는 것뿐이네." 나리께서는 웃으시는군요. 무슨 일이죠?

주인 아무것도 아니네.

자크 제 친구 비그르가 나가자 전 옷을 입었죠. 그때까지 침대에 있었으니까요. 제가 그의 집에 들어섰을 때, 그의 아버지는 저를 보자마자 놀라고 반가워서 소리치더군요. "대자야! 어디서 오는 길이냐? 이렇게 이른 아침부터 여기는 뭣하러 왔지?" 제 대부 비그르는 정말로 저를 좋아했기에 저도 솔직하게 대답했죠. "제가 어디서 오는지가 중요한 게 아닙니다. 제가 어떻게 우리 집으로 돌아갈지가 중요하지."

"아! 대자야, 네가 바람둥이가 다 돼 가는 모양이구나. 비그르와 네가 한패가 될까 봐 걱정이다. 밖에서 잤느냐?"

"그 점에 대해서는 아버님께서 아무 말도 들으려 하지 않으십니다."

"그가 옳아. 아무 말도 듣지 않는 게 당연하지. 하지만 우선 밥을 먹자. 그리고 술을 마시다 보면 좋은 생각이 떠오를지도 모르니."

주인 그 사람의 원칙은 훌륭하구나.

자크 전 먹거나 마시고 싶은 생각도 그럴 필요도 없으며 다만 피곤해서 자고 싶은 생각밖에 없다고 대답했죠. 그러자 젊은 시절에는 친구에게 결코 양보하지 않았던 비그르 영감이 날 놀리면서 이렇게 말하더군요. "대자야, 여자가 꽤 괜찮았던 모양이지. 네가 그렇게 푹 빠졌던 걸 보니. 비그르가 외출 중이니 다락에 올라가 그의 침대에 눕거라……. 하지만 비그르가 오기 전에 한마디만 하자. 비그르는 네 친구니 그 녀석과 마주 앉게 되면 내가 불만스럽게, 아주 불만스럽게 생각한다고 말하거라. 그 녀석을 방탕하게 만든 건 너도 알겠지만 쥐스틴이다.(마을 청년 중 그 여자를 모를 사람이 또 어디 있겠느냐?) 네가 내 아들을 그 여자와 갈라놓기만 해 준다면 내게는 큰 도움이 될 텐데. 예전엔 사람들이 착한 녀석이라 부르던 그런 아이였는데 저 불행한 만남 후부터는……. 넌 내 말을 듣지 않는구나. 네 눈이 감기고 있으니 올라가서 쉬거라."

전 올라가 옷을 벗고 담요며 시트를 들추어 보고 곳곳을 더듬어 보았지만 쥐스틴은 없었어요. 그동안 비그르 영감은 투덜거리고 있었죠. "빌어먹을 자식들 같으니라고! 자기 아버지 마음을 아프게 하는 자식이 여기 또 한 명 있군." 쥐스틴은 침대에 없었어요. 그래서 전 그녀가 침대 밑에 있을 거라고 생각했죠. 방 안이 아주 컴컴해서 몸을 기울여 손으로 만져 보다 그녀 팔과 부딪쳤을 때 전 그녀를 붙잡고 제 쪽으로 끌어당겼어요. 그녀는 부들부들 떨면서 침대 바깥으로 나왔어요. 전 그녀에게 키스하며 안심을 시키고 침대에 누우라는 신호를 보냈죠. 그녀는 두 손을 모으더니 제 발밑으로 몸을 던지며 제 무릎을 꽉 붙들더군요. 방 안이 밝았더라면 아마도 전 침묵이 이어지던 그 장면을 더 이상 버티지 못했을 겁니다만 어둠이 부끄러움을 앗아 간 덕분에 대담해졌죠. 게다가 전 예전에 그녀로부터 받은 모멸감을 잊지 않고 마음속에 간직하고 있었어요. 그래서 대답 대신 그녀를 가게로 통하는 계단 쪽으로 밀었죠. 그러자 그녀는 겁에 질려 비명을 지르더군요. 비그르 영감이 그 소리를 듣고 "꿈을 꾸는 모양이군." 하고 말했죠. 쥐스틴은 기절했어요. 그녀는 무릎의 기운이 쭉 빠져 넘어질 뻔했죠. 그녀가 착란 상태에서 억누른 목소리로 말하더군요. "그가 올 거예요, 그가 오고 있어요. 올라오는 소리가 들려요……. 이제 난 끝장이야……!" 그래서 저도 억누른 목소리로 대답했죠. "아냐, 정신 차리고 조용히 해. 그리고 침대에 누워." 그녀는 계속해서 거절하더니 제가 완강하게 버티니까 할 수 없이 체념하더군요. 그래서 둘이 나란히 드러누웠죠.

주인 이 배신자야! 이 악당아! 네가 무슨 죄를 저지르려는지 알기나 하느냐? 힘으로 안 되니까 공포감으로 그녀를 강간하려 하다니! 법정에 제소되면 넌 강간범에 내려지는 모든 가혹한 형벌을 받을 거다.

자크 제가 그녀를 강간했는지 어땠는지는 저도 모르죠. 하지만 그녀를 아프게 하지 않았고, 그녀도 절 전혀 아프게 하지 않았다는 건 알죠. 처음에 그녀는 제가 키스하던 입술을 돌려 제 귀 가까이에 갖다 대더니 낮은 소리로 말하더군요. "안 돼요, 자크, 안 돼요." 그 말에 전 침대에서 나가 계단 쪽으로 가는 척했죠. 그러자 그녀가 저를 붙들며 여전히 귀에다 대고 말했어요. "난 당신이 이렇게 고약한 사람인 줄 몰랐어요. 당신에게선 어떤 동정심도 기대할 수 없군요. 다만 한 가지 약속해 줘요, 맹세해 줘요……."

"뭔데?"

"비그르에게는 말하지 않는다고요."

주인 넌 약속하고 맹세하고, 그래서 모든 게 잘되었겠군.

자크	더 잘되었죠.
주인	더 잘되었다니?
자크	나리께선 바로 거기 계셨던 것 같군요. 그동안 걱정이 되고 초조한 비그르는 저를 만나지도 못하고 집 주위를 배회하는 데 지친 나머지 아버지 집으로 들어갔어요. 그러자 아버지는 화 난 목소리로 "아무것도 아닌 일 때문에 꽤나 오래 걸렸구나."라고 말했죠. 그 말에 비그르 아들은 더 화가 나서 대답했죠. "그 빌어먹을 차축이 너무 커서 양쪽 끝을 깎아야만 했는걸요."

"내가 이미 말하지 않았느냐. 하지만 넌 항상 네 고집대로 하려고만 하니."

"다시 붙이는 것보다는 줄이는 게 쉬우니까 그렇죠."

"이 수레바퀴 테를 가지고 문 앞에 가서 일을 끝내거라."

"왜 문 앞에 가서 하라는 거죠?"

"연장 소리가 네 친구 자크를 깨울지도 모르니까."

"자크라고요……!"

"그래, 자크다. 다락에서 쉬고 있단다. 아버지들이란 참 불쌍한 존재다. 일 하나를 하고 나면 또 다른 일이니까. 자, 움직일 거냐? 거기 바보처럼 고개를 숙이고 입을 벌린 채 팔을 축 늘어뜨리고 서 있기만 하면 일이 된다던?" 화가 난 비그르는 계단으로 달려들었죠. 그러자 제 대부인 비그르 영감이 붙들었죠. "어디로 가느냐? 피로해서 기진맥진한 그 불쌍한 녀석을 자도

주인	쥐스틴이 그 말도 들었을까?

록 내버려 둬라. 네가 만약 자크라면 쉬는데 방해받는 게 좋겠느냐?"

주인 쥐스틴이 그 말도 들었을까?

자크 나리께서 지금 제 말을 듣는 것처럼요.

주인 넌 뭘 하고 있었지?

자크 전 웃고 있었죠.

주인 그럼 쥐스틴은?

자크 그녀는 챙 없는 레이스 모자를 잡아 빼더니 머리끄덩이를 잡고 하늘을 쳐다보더군요. 적어도 제 추측에 따르면요. 그리고 팔을 비틀었죠.

주인 넌 야만인이고 네 심장은 강철 같구나.

자크 아닌데요, 나리. 전 다정다감한 사람이에요. 하지만 더 중요한 기회를 위해 남겨 두는 거예요. 그런 부를 낭비하는 사람들은 절약해야 할 때 지나치게 너무 많이 써서 정작 그들이 아끼지 않고 써야 할 때는 아무것도 없게 되는 법이죠……. 여하간 전 옷을 입고 내려갔죠. 비그르 영감이 말하더군요. "넌 푹 자야만 했구나. 네게 도움이 된 걸 보니. 여기 왔을 때는 마치 죽은 사람같이 창백한 얼굴이었는데, 지금은 막 젖을 빤 아기처럼 얼굴이 붉은 빛이고 생기가 도는구나. 잠이란 좋은 거다……! 비그르야, 지하실에 가서 포도주 한 병을 가져오거라. 아침을 먹게. 대자야, 이제는 기꺼이 식사를 하겠지?" "기꺼이 하죠……." 포도주 병이 도착했고 작업대 위에 놓였죠. 우린 그 주위에 서 있었고요. 비그르 영감이 자기 잔과 내 잔을 채우자, 비그르 아들이 자기 잔을 옆으로 치우며 사납게 말했죠. "전 이렇게 아침 일찍부터 목이 마르진 않아요."

"마시고 싶지 않으냐?"

"네."

"난 그 이유를 안다. 대자야, 쥐스틴 때문에 저러는 걸 거다. 쥐스틴 집에 갔는데 쥐스틴이 집에 없었던가 아니면 다른 남자와 있는 걸 보았기 때문이겠지. 술병을 놓고 토라지다니, 자연스러운 일이 아니다. 확실하다."

나   아저씨 추측이 맞을지도 모릅니다.

비그르 아들   자크, 농담은 그만하지. 적절하든 적절치 않든 난 농담은 좋아하지 않으니까.

비그르 영감   그가 마시고 싶어 하지 않는다고 해서 우리까지 못 마실 거야 없지. 자, 대자야, 건배.

나   대부님의 건강을 위해 건배하죠. 비그르, 친구야, 자, 우리와 함께 마시게나. 자네는 아무것도 아닌 일 때문에 너무 마음 아파하는 것 같군.

비그르 아들   마시지 않는다고 이미 말했을 텐데.

나   자네 아버지가 알아맞혔다면…… 제기랄, 자네는 그녀를 만날 거고 그녀와 이야기하다 보면 자네가 틀렸다는 걸 알게 될 걸세.

비그르 영감   저 녀석이 하는 대로 내버려 둬라. 저 녀석이 내게 준 고통을 그 여자가 그대로 녀석에게 벌하는 게 정당한 일 아니겠니? 자, 한잔 더 마시고 네 일이나 생각하자. 내가 널 네 아버지에게로 데리고 가야겠지? 그런데 네 아버지에게 뭐라고 말하기를 바라느냐?

나　　아저씨께서 원하시는 대로요. 우리 아버지가 아저씨 아들을 데리고 왔을 때 백 번이나 들은 말을 그대로 하시면 되죠.

비그르 영감　가자…….

비그르 영감이 나갔고 저도 그 뒤를 따라갔죠. 우리가 집 앞에 도착했을 때, 전 그가 혼자 들어가도록 내버려 두었죠. 비그르 영감과 제 아버지가 무슨 말을 하는지 알고 싶어 집구석 칸막이 뒤에 몸을 숨기고 한마디도 빼놓지 않고 다 들었죠.

비그르 영감　여보게, 이번에도 자네가 그를 용서해야겠네.

"용서하다니, 뭘?"
"자네, 모르는 척하는군."
"모르는 척하는 게 아니라네. 사실이 그런걸."
"자네 화났군. 그럴 법도 하지."
"난 전혀 화나지 않았다네."
"자넨 화났어. 틀림없다니까."
"자네가 바란다면 그렇다고 하지. 하지만 그전에 그 녀석이 어떤 바보짓을 했는지 알아야겠네."

"좋네. 세 번, 네 번, 그렇지만 습관이 된 건 아니고. 어쩌다 젊은 여자애들과 남자들 한 패거리가 자리를 같이했고 술을 마시며 웃고 춤추다 시간이 빨리 지나갔다네. 하지만 집 문은 닫혔고……."

비그르는 목소리를 낮추며 덧붙였죠. "아이들은 우리 말을 듣지 않는다네. 솔직히 말해서 우리라고 그 나이에 아이들보다 더 분별이 있었나? 자네는 누가 나쁜 아버지라고 생각하는가? 젊은 시절 실수를 잊어버리는 자가 아닐까? 우리는 한 번도 외박한 적이 없었는가? 자, 내게 말해 보게."

"그렇다면 비그르, 우리가 우리 부모 마음에 들지 않은 여자를 좋아한 적이 없었는지, 자, 한번 말해 보게."

"그래서 실지로 마음이 아픈 것보다 더 큰 소리를 지른다네. 그러니 똑같이 하게나."

"하지만 자크는 외박하지 않았다네. 적어도 어젯밤은. 확실하네."

"어젯밤이 아니라면 다른 날 밤이겠지. 여하간 자네가 자크에게 화를 내지만 않으면?"

"화나지 않았네."

"그렇다면 내가 간 다음에도 그를 야단치지 않겠지?"

"절대로."

"약속할 수 있겠나?"

"약속하네."

"자네 명예를 걸고?"

"내 명예를 걸겠네."

"그렇다면 내 볼일은 끝났으니 가겠네."

비그르 영감이 문지방에 이르렀을 때 제 아버지는 그의 어깨를 가볍게 치며 말했죠. "여보게, 어딘가 수상쩍은 데가 있지 않은가. 자네 아들과 내 아들은 아주 교활한 녀석들 아닌가? 그 녀석들이 오늘 우리를 속이지 않았는지 의심이 가네. 하지만 시간이 지나면 알 수 있을 테지. 자, 잘 가게."

주인 네 친구 비그르와 쥐스틴의 모험은 어떻게 끝났느냐?

자크 예정된 대로죠. 비그르는 격분했고 그녀는 더 심하게 화를 내며 눈물을 흘렸어요. 그 눈물에 그의 마음이 누그러졌죠. 그녀는 그에게 제가 그의 가장 좋은 친구라고 단언했고, 저는 그에게 그녀가 마을 여자 중 가장 정숙하다고 단언했어요. 그는 우리 말을 믿었고 용서를 빌며 우리 둘을 사랑하고 더 높이 평가했죠. 바로 이것이 제가 동정을 잃은 이야기의 시작이자 중간이자 마지막입니다. 이제는 나리께서 이 엉뚱한 이야기의 도덕적인 목적이 무엇인지 제게 가르쳐 주시기를 바랍니다.

주인 여자를 더 잘 알기 위해서지.

자크 이 교훈이 필요했던가요?

주인 친구를 더 잘 알기 위해서지.

자크   잘못했다고 용서를 비는 부인이나 딸을 용서하지 않
       는 사람을 단 한 명이라도 본 적 있습니까?

주인   부모와 자식을 더 잘 알기 위해서지.

자크   그들은 어느 시대에서나 번갈아 가며 서로 속여 왔고
       또 앞으로도 영원히 서로 속일 것입니다.

주인   네 말은 영원한 진실이므로 아무리 강조해도 지나치
       지 않네. 그러니 이 이야기 다음에 네가 해 준다고 약
       속한 이야기가 어떤 것이든 바보를 제외하고는 모두
       에게 교훈을 줄 테니 안심하고 계속하거라.

독자여, 실제로는 그대에게 속하는 몇 가지 성찰을 자크와
주인이 한 것처럼 그들에게 영광을 돌린 데 대해 일말의 양심
의 가책을 느낀다. 만약 이것이 사실이라면 자크와 주인을 불
쾌하게 하지 않고 당신은 돌려받을 수 있을 것이다. 난 비그
르[95]란 단어를 당신이 마음에 들어 하지 않는다고 느낀다. 왠
지 그 까닭을 알고 싶다. 비그르는 수레 만드는 내 목수 집안
의 진짜 이름이다. 세례 증명서며 사망 증명서며 혼인 계약서
며 전부 비그르라고 서명되어 있다. 오늘날 그 가게를 경영하
는 비그르 후손들도 비그르라고 불린다. 그들의 귀여운 아이
들이 거리를 지나가면 사람들은 "저기 비그르 아이들이 가는

---

95) 비그르란 이름은 감탄사 bigre를 고유명사화한 것으로, '빌어먹을', '제
기랄'을 의미하는 프랑스어 부그르(bougre)의 완곡한 표현이다. 이 저속한
표현은 불가리아 사람들(Bulgares) 사이에 이교도들이 많았다는 데에서 기
인한다.

군!"이라고 말한다. 그대가 불르[96]라는 이름을 발음할 때 그대는 저 유명했던 가구 제조인을 기억할 것이다. 비그르의 고장에서는 비그르란 이름을 발음할 때마다 저 유명했던 수레 만드는 목수를 떠올린다. 금세기 초반 모든 미사 경문 끝에 나오는 비그르도 바로 그 가문 중 한 사람이다. 만약 비그르 자손이 위대한 행동으로 이름을 떨친다면 비그르란 사사로운 이름도 세자르나 콩데[97]라는 이름만큼 위풍당당하게 보일 것이다. 윌리엄이란 이름에도 여러 사람이 있는 것처럼, 비그르란 이름에도 여러 사람이 있다. 만약 내가 단순히 윌리엄이라고 말한다면 잉글랜드의 정복왕도, 「파틀랭 변호사」에 나오는 옷감 장수도 아닐 것이다.[98] 윌리엄이란 이름만으로는 영웅적이지도 부르주아이지도 않으니까. 비그르란 이름도 마찬가지다. 비그르란 이름만으로는 그 유명한 수레 만드는 목수도, 그의 평범한 조상이나 평범한 후손 중 어느 누구도 아니다. 솔직히 말해서 사람들 이름에는 좋은 취향도 나쁜 취향도 있지 않은가? 잡종 개로 가득한 거리 이름이 퐁페[99]라고 불리지 않은

---

96) Boule. 루이 14세 때의 유명한 가구 제조인이자 조각가로 그 뜻은 공[球]이다.

97) 세자르는 로마 시대 장군 카이사르를 가리키며, 콩데(Condé)는 부르봉 가 앙리 2세의 아들로, 17세기 프랑스의 유명한 장군이다.

98) '잉글랜드의 정복왕'은 윌리엄(William) 1세로 노르만 왕조의 시조이자 잉글랜드의 국왕이다. 또한 「파틀랭 변호사」란 「파틀랭 선생의 소극」을 가리키는 것으로, 1464년경에 쓰인 이 작자 미상의 속극은 프랑스 극문학 최초의 걸작으로 간주된다.

99) Pompée. 퐁페는 로마 장군 마그누스 그나이우스폼페이우스의 프랑스어 표기다. 로마 총독이었던 그는 대왕이라고 불릴 정도로 과시욕이 컸으며 파

가? 그러니 그대의 그릇된 편견에서 벗어나라. 그렇지 않으면 체텀[100] 경이 국회의원들에게 했던 것처럼 하겠다. 그는 그들에게 "설탕, 설탕, 설탕의 어디가 우스꽝스럽단 말이오?"라고 말했다. 난 그대에게 이렇게 말하겠다. "비그르, 비그르, 비그르라고 불리지 않을 까닭이 어디 있단 말인가?"라고. 저 위대한 콩데 장군에게 한 장교가 말했던 것처럼, 수레 만드는 목수인 거만한 비그르도 있고, 나와 그대처럼 착한 비그르도 있고, 다른 수많은 사람들처럼 평범한 비그르도 있다.

자크 어느 결혼식 날이었어요. 장 수도사가 이웃 사람의 딸을 결혼시킨 날이었는데 전 신랑 들러리였죠. 누군가가 절 교구의 두 재담가 사이 식탁에 앉히더군요. 그들이 믿는 것처럼 제가 얼간이가 아닌데도 그들은 절 얼간이 취급했어요. 그들은 제게 첫날밤에 일어나는 일에 대해 물었죠. 제가 약간 멍청하게 대답하자 그들은 폭소를 터뜨렸어요. 재담가들의 마누라들이 반대

<hr />

르살루스 전투에서 카이사르에게 패배하였다.
100) 본명이 윌리엄 피트(William Pitt)인 이 인물은 18세기 영국 정치인으로, 1766년 체텀 경으로 임명되었다. 설탕에 관한 이 에피소드는 역사적인 사건을 근거로 디드로가 만들어 낸 농담으로 추정된다. 1664년 영국 정부는 서인도 제도에서 들어오는 설탕에 관한 관세를 올리기로 결정하고 어길 시에 대비하여 특별 재판마저 창설했다. 이 결정은 미국 쪽의 격렬한 반발을 불러일으켰고 영국 의회에서도 많은 논란거리가 되었다. 아마도 체텀 경이 국회의원들 앞에서 설탕에 관한 법령을 지지하는 입장을 펴지 않았을까 추정된다.

쪽에서 소리를 지르더군요. "무슨 일이에요? 그쪽은 아주 즐거우신 모양인데요?" "너무 재미있기 때문이오. 오늘 밤에 말해 주겠소."라고 한 남편이 대답했죠. 역시 호기심 많은 다른 아내가 자기 남편에게 같은 질문을 하자 그도 같은 대답을 하더군요. 식사는 계속되었고 질문과 저의 우둔한 대답, 폭소, 아낙네들의 놀람도 계속되었죠. 식사가 끝나자 춤, 춤이 끝나자 신랑 신부의 취침, 양말대님[101] 선물. 그리고 저는 제 침대에 누웠고, 그 두 재담가들은 그들 침대에 누워서 마누라들에게 도저히 믿을 수도 이해할 수도 없는 사실을 말했죠. 스물두 살이나 먹은 건장하고 다 큰 젊은이가, 게다가 얼굴도 잘생기고 민첩하고 바보도 아닌 제가 어머니 배에서 나온 그대로 숫총각이라는 얘기였죠. 그 이야기를 들은 마누라들도 그들만큼이나 감탄했어요. 다음 날이 되자 쉬잔이 제게 신호를 주며 말하더군요. "자크, 할 일 없어?"

"없습니다만, 무슨 일을 도와드릴까요, 이웃사촌?"

"내가 원하는 건…… 원하는 건……." 그녀는 "내가 원하는 건……."이라고 말하며 제 손을 꼭 잡더니 야릇한 시선으로 쳐다보더군요. "내가 원하는 건 네가 낫을 들고 읍 공유지에 와서 나뭇단 두세 개를 잘라

---

101) 예전에는 결혼식에 참석한 총각들이 신부의 양말대님, 또는 스타킹 밴드를 훔치는 풍습이 있었다.

주는 거야. 혼자 하기에는 너무 벅차서 그래."

"기꺼이 해 드리죠, 쉬잔 부인."

우린 낫을 들고 길을 떠났어요. 길을 가면서 쉬잔이
제 어깨에다 머리를 기대며 턱을 붙들고 귀를 끌어당
기고 옆구리를 꼬집더군요. 그곳에 도착했죠. 그런데
그곳은 경사가 져 있었고 쉬잔은 벌렁 땅바닥에 드러
눕더군요. 가장 높은 곳에 길게 드러누워 머리 너머로
팔을 추켜올린 채 두 다리를 넓게 벌렸어요. 저는 그
녀 바로 아래쪽에서 낫으로 덤불숲을 자르고 있었고,
쉬잔은 다리를 구부려 발뒤꿈치를 엉덩이 가까이 갖
다 댔죠. 추켜올린 무릎 때문에 속치마가 아주 짧아지
더군요. 전 여전히 덤불숲에서 낫을 휘두르고 있었죠.
어디를 낫질하는지 보지도 않아서 저는 엉뚱한 덤불
을 자르곤 했죠. 쉬잔이 드디어 말하더군요. "자크, 금
방 끝나지 않아?"

"원하시는 대로 아무 때나요, 부인."

"네가 일을 끝내기를 원한다는 걸 모르겠니……?" 하
고 쉬잔이 낮은 소리로 말하더군요. 그래서 끝냈죠.
숨을 돌리고 다시 끝냈어요. 그리고 쉬잔은…….

주인 있지도 않은 네 동정을 빼앗아갔겠군?

자크 사실입니다. 쉬잔은 착각하지 않았지만 미소를 지으
며 제게 말했죠. "내 남편을 놀렸구나. 이 사기꾼 녀석
같으니라고."

"무슨 말이죠, 쉬잔 부인?"

"아무것도 아냐. 충분히 알아들었겠지. 그처럼 몇 번 날 속여 다오. 그러면 널 용서해 줄 테니……."

전 나뭇단을 묶어 등에다 졌고 우리는 각자 자기 집으로 돌아갔죠.

주인   가는 도중에 잠시 쉬지도 않고?

자크   네.

주인   공유지에서 마을까지는 멀지 않았던 모양이지?

자크   마을에서 공유지로 가는 정도였죠.

주인   그 여자에겐 그 정도밖에 가치가 없었던 모양이지?

자크   다른 사람이나 다른 날에는 더 가치 있었을지도 모르죠. 가치는 매 순간마다 다른 법이니까요.

그로부터 얼마 후 우리의 또 다른 재담가의 부인인 마르그리트가 곡식을 빻기 위해 방앗간으로 가야 했는데 시간이 없었어요. 그래서 우리 아버지에게 혹시 자식들 중 누가 갈 사람이 없느냐고 물었죠. 제 나이가 제일 많았기 때문에 아버지가 절 선택하리라는 걸 의심하지 않았거든요. 그녀가 생각한 대로 되었죠. 마르그리트 부인이 우리 집을 나섰고 전 그 뒤를 따라갔어요. 곡식 자루를 그녀의 당나귀에다 싣고 방앗간까지 혼자서 끌고 갔죠. 곡식을 다 빻고 저와 당나귀는 서글픈 마음으로 돌아왔어요. 괜히 헛수고를 했다고 생각하면서 말입니다. 그런데 잘못된 생각이었어요. 마을과 방앗간 사이에 있는 조그만 숲을 지나가야 했는데, 거기서 전 길가에 앉아 있는 마르그리트 부인을 보았어요. 날이 저물어 갔죠. "자크, 드디어 나타났군! 내가 한 시간이 넘도록 얼마나 지루하게 널 기다렸는지 아느냐……?"라고 그녀가 말하더군요.

독자여, 그대는 지나치게 정확하군. 그렇다, 도시 부인들에게는 지루한 시간이고, 마르그리트 부인에게는 중요한 시간이다.

자크   물 높이가 낮았고 방아는 천천히 돌아갔고 방앗간 주인은 술이 취해 제가 아무리 서둘러도 더 일찍 올 수 없었기 때문이에요.

마르그리트   자, 거기 앉아 우리 수다를 좀 떨자.

자크   마르그리트 부인, 기꺼이 그렇게 하죠.

저는 수다를 떨기 위해 그녀 옆에 앉았어요. 하지만 우리는 둘 다 말이 없었죠. 그래서 전 그녀에게 말했어요. "하지만 마르그리트 부인, 부인께서는 아무 말씀도 안 하시고 우린 수다도 떨지 않는군요."

마르그리트   우리 남편이 너에 대해 한 말을 생각하기 때문이란다.

자크   남편께서 하신 말씀은 하나도 믿지 마세요. 농담을 잘하는 사람이니까요.

마르그리트   남편은 네가 한 번도 사랑한 적이 없었다고 확언하던데.

자크   아! 그거라면 사실이죠.

마르그리트   뭐라고! 네 평생에 한 번도 없었단 말이냐?

자크   한 번도 없었어요.

마르그리트   뭐라고! 네 나이에! 그렇다면 여자가 무엇인지도
        모른단 말이냐?

자크   마르그리트 부인, 용서해 주세요.

마르그리트   여자란 무엇이지?

자크   여자요?

마르그리트   그래, 여자 말이야.

자크   여잔…… 속치마와 챙 없는 레이스 모자와 커다란 젖
        가슴을 가진 남자죠.

마르그리트   아! 이 악당 같으니라고!

먼젓번 여자는 속지 않아서 이번만은 속이고 싶었어
요. 내 대답에 마르그리트는 웃음을 터뜨리더니 그칠
줄 몰랐죠. 전 어리둥절하며 그녀가 무엇 때문에 그
렇게 웃는지 물어보았죠. 마르그리트 부인은 제 순진
함 때문에 웃는다고 대답하더군요. "뭐라고! 너처럼
다 큰 사람이 어떻게 더 이상 모를 수 있단 말이냐?"
"모릅니다, 마르그리트 부인."
그 말에 그녀는 입을 다물었고 저도 입을 다물었어요.
제가 다시 그녀에게 말했죠. "마르그리트 부인, 우린
수다를 떨려고 앉아 있는데 부인은 한마디도 안 하시

니 우린 수다를 떨지 않는군요. 마르그리트 부인, 무슨 일이에요. 꿈을 꾸세요?"

마르그리트   그래, 꿈을…… 꿈을…… 꾼단다.

꿈을 꾼단다고 말하면서 그녀 가슴이 높이 솟아올랐고 목소리가 점점 약해지며 사지가 떨리더니 눈이 감기고 입술이 벌어지고 긴 한숨이 나온 후 그녀는 의식을 잃었어요. 전 그녀가 죽었다고 믿는 척하며 겁에 질린 듯 소리를 지르기 시작했죠. "마르그리트 부인! 부인! 말 좀 하세요. 어디 아프세요?"

마르그리트   내 아이야, 아니란다. 잠시만 날 내버려 두거라. 나도 뭣 때문에 이러는지 잘 모르겠다. 갑자기 이러는구나.

주인   그녀는 거짓말을 했군.
자크   그렇죠. 거짓말을 했어요.

마르그리트   내가 꿈을 꾸기 때문이란다.
자크   밤에 남편 옆에서도 그렇게 꿈을 꾸시나요?
마르그리트   때로는 그렇지.
자크   남편께서 놀라겠군요.
마르그리트   남편은 익숙해졌단다.

314

마르그리트 부인은 점차 의식을 회복해서 말을 하더군요. "일주일 전 혼인식 때 우리 남편과 쉬잔 남편이 널 놀리던 것에 대해 생각하고 있었단다. 그것이 내게 뭔가 연민의 감정을 불러일으켜서 나도 모르게 이렇게 야릇하게 느껴지는구나."

자크   당신은 참 착하시군요.

마르그리트   난 사람들을 놀리는 것을 좋아하지 않는단다. 그들은 기회만 닿으면 틀림없이 다시 시작할 거고 그러면 난 또 화를 내겠지.

자크   그런 일이 더 이상 일어나지 않는 건 오로지 당신 손에 달렸어요.

마르그리트   어떻게?

자크   제게 가르쳐 주시면 되죠…….

마르그리트   뭘?

자크   제가 모르는 걸 말이에요. 당신 남편과 쉬잔 남편을 그렇게 웃게 했던 거요. 그걸 알게 되면 그들은 다시는 웃지 않을 텐데요.

마르그리트   아! 안 돼, 물론 넌 착한 아이고 아무한테도 이야기하진 않겠지만 난 감히 그럴 수가 없구나.

자크   왜요?

마르그리트   그럴 수 없기 때문이지.

"마르그리트 부인, 제발 가르쳐 주세요. 그러면 전 당신에게 아주 고마워할 텐데요……." 이렇게 빌면서 전 그녀 두 손을 붙잡았고 그녀도 제 손을 붙잡았죠. 전 그녀 눈에다 키스했고 그녀는 제 입술에다 키스했어요. 그때 날이 아주 컴컴해져서 전 그녀에게 말했죠. "마르그리트 부인, 가르쳐 주지 않는 걸 보니 제가 잘되기를 바라지 않는 모양이죠. 제 마음이 무척 아프군요. 자, 일어서서 돌아가도록 하죠……." 마르그리트 부인은 잠시 침묵을 지키더니 제 한쪽 손을 잡고서는 어딘지도 모르는 곳으로 그 손을 인도하더군요. 그 결과 전 이렇게 소리 질렀어요. "아무것도 없네요, 아무것도!"

주인	이 불한당 같은 녀석! 넌 남들보다 두 배는 더 불한당이야!
자크	사실인즉 그녀는 옷을 거의 벗고 있었고 저도 마찬가지였죠. 사실인즉 제 손은 여전히 그녀 몸 텅 빈 그곳에 놓여 있었고, 그녀 손은 그녀 몸과 똑같지 않은 제 몸 그곳에 놓여 있었어요. 사실인즉 저는 그녀 몸 밑에 있었고 따라서 그녀는 제 위에 있었죠. 사실인즉 그녀의 피로를 제가 전혀 덜어 주지 않았으므로, 그녀 혼자서 끝까지 해야만 했어요. 사실인즉 그녀는 제 지시에 기꺼이 따랐고 그래서 한순간 전 그녀가 죽은 줄 알았죠. 사실인즉 그녀만큼이나 정신이 혼미해진 전, 뭐라고 말하는지도 모르면서 소리를 질렀어요. "아!

쉬잔 부인, 당신이 절 기쁘게 해 주는군요!"

주인　마르그리트 부인이라는 말이겠지.

자크　아니에요. 사실인즉 전 다른 사람으로 착각하고 마르
그리트 부인이라고 말하는 대신 쉬종[102] 부인이라고
한 거죠. 사실인즉 그녀가 그날 제게 가르쳐 주었다
고 생각한 것이, 실은 사나흘 전에, 물론 조금 다르긴
하지만 쉬종 부인이 이미 가르쳐 준 거라고 고백했죠.
사실인즉 그녀가 이렇게 말했어요. "뭐라고, 내가 아
니고 쉬종이었단 말이냐……?" 사실인즉 그래서 제
가 대답했죠. "당신도 그녀도, 둘 다 아니에요." 사실
인즉 그러면서 그녀를, 쉬종을, 그들의 두 남편을 비
웃으며 혼자서 조그만 쌍소리까지 하며 전 그녀 몸 위
에 드러누웠고, 따라서 그녀는 제 몸 아래 있었죠. 그
런 자세가 그녀를 기쁘게 해 주긴 했지만 다른 자세만
큼은 아니라고 말하면서 그녀는 다시 제 몸 위에 올라
타더군요. 따라서 전 그녀 몸 아래 있었죠. 사실인즉
잠시 동안의 휴식과 침묵 후에 우린 그녀가 제 몸 아
래 있는 것도 아니고 그렇다고 제가 아래 있는 것도
아닌 채, 다시 말해 나란히 누웠죠. 그녀는 머리를 앞
으로 숙이고 두 엉덩이를 제 두 넓적다리에다 딱 붙이
더군요. 사실인즉 제가 그 방면에 조금만 덜 정통했어
도 아마 그녀는 모든 걸 가르쳐 준 셈이었을 겁니다.

---

102) Suzon. 쉬잔(Suzanne)의 애칭.

사실인즉 마을로 돌아갈 때에는 힘이 들 정도였으니
까요. 사실인즉 제 목 병은 더 심해 가고 보름이 지나
기 전에는 말할 수 있을 것 같지 않은데요.

주인   그 여자들을 다시 안 만났느냐?

자크   죄송하지만 여러 번 만났죠.

주인   두 여자 다?

자크   두 여자 다요.

주인   그들 사이가 나빠지지 않았느냐?

자크   서로에게 도움이 되었기 때문에 더 좋아하게 되었죠.

주인   우리 신분 여자들도 그러면 좋으련만. 하지만 여자들
        에게는 각각 남자가 있으니……. 너 웃는구나.

자크   키 작은 남자가 소리를 지르고 욕설을 퍼붓고 거품을
        물고 머리로 발로 손으로 온몸으로 몸부림치며 건초
        창고 꼭대기에서 죽을 위험을 무릅쓰고 뛰어내리려
        하는 모습이 생각날 때마다 웃음이 나와요.

주인   그 작은 남자가 누구지? 쉬종 부인의 남편인가?

자크   아니요.

주인   마르그리트 부인의 남편?

자크   아니요. 항상 같은 사람이죠. 그가 살아 있는 한 항상
        똑같은 사람일걸요.

주인   그렇다면 누구지?

　자크는 그 질문에 전혀 대답하지 않았다. 그래서 주인이 덧
붙였다.

"그 키 작은 사람이 누군지만 말해 다오."

자크 어느 날 한 아이가 속옷 파는 가게 판매대 아래 앉아 온 힘을 다해 소리 질렀죠. 그 소리에 짜증이 난 여주인이 말했어요. "얘야, 왜 소리를 지르는 거냐?"
"그들이 제게 A라고 말하도록 시키기 때문이에요."
"그렇다면 왜 A라고 말하지 않니?"
"제가 A라고 말하면 그 즉시 제게 B라고 말하라고 하기 때문이죠."
제가 나리께 키 작은 남자 이름을 대기만 하면, 전 나머지 이야기도 해야 할 테니 말입니다.

주인 그럴 수도 있지.

자크 확실합니다.

주인 자, 내 친구, 키 작은 사람 이름을 대 보거라. 너도 그렇게 하고 싶어 죽을 지경이니. 자, 네 욕구를 충족하도록 해라.

자크 그는 소위 난쟁이로 꼽추에다 다리가 구부정했고 말더듬이이자 애꾸눈에다 질투심이 많고 음탕하며 쉬종을 사랑하는, 어쩌면 쉬종의 사랑을 받는, 마을의 보좌신부였죠.

자크는 속옷 파는 가게의 어린애와 꼭 닮았다. 다른 점이 있다면 그의 목이 아픈 후로는 그에게 A라고 말하게 하는 것이 무척 어려워졌다는 것이다. 그러나 한번 시작하기만 하면 스스로 알파벳 끝까지 외는 그런 아이였다.

자크　　전 쉬종의 헛간에서 그녀와 단둘이 있었죠.

주인　　아무 일도 없이 거기에 있었던 건 아니겠지?

자크　　아니죠. 그러다 보좌신부가 도착했고 그는 몹시 기분이 나빴어요. 화를 내며 명령하듯 초가 구석진 곳에서 마을의 가장 방탕한 녀석과 단둘이 뭘 하느냐고 쉬종에게 물었죠.

주인　　내가 보건대 넌 이미 평판이 자자했구나.

자크　　당연히 그런 평판을 받을 만했죠. 그는 정말로 화가 났더군요. 그 일에 대해 그가 예전보다 더 불친절한 말을 덧붙여서 저도 화가 났어요. 이 욕설에서 저 욕설로 드디어는 손찌검까지 하게 되었죠. 저는 쇠스랑을 들어 그의 다리 이쪽저쪽으로 쇠스랑 발을 쑤셔 넣었어요. 그러고는 그를 짚단처럼 건초 창고로 내던졌죠.

주인　　그 창고는 높았느냐?

자크　　적어도 10피에[103]는 되었어요. 그 불쌍한 녀석은 목이 부러지지 않고는 내려올 수 없을 정도였죠.

주인　　그래서 그다음에는?

자크　　그다음에는 쉬종의 목도리를 풀어헤치고서는 가슴을 붙잡고 애무하기 시작했죠. 그러자 그녀는 약간 저항하더군요. 그런데 거기에는 우리에게 익히 그 편리함

---

103) pied. 피트에 해당하는 옛 도량 단위.

이 알려진 당나귀 안장이 있었어요. 그래서 전 그쪽으로 그녀를 밀었죠.

주인 그녀의 속치마를 걷어 올렸느냐?

자크 속치마를 걷어 올렸죠.

주인 보좌신부가 그걸 보았느냐?

자크 제가 나리를 보는 것처럼요.

주인 그가 가만히 있었느냐?

자크 천만에요. 그는 분노를 억제할 수 없어 소리를 지르기 시작했죠. "사람…… 사람…… 사람 살려! 불이야…… 불……! 도둑이야…… 도둑…… 도둑이야……!" 그러자 멀리 있다고 믿었던 남편이 달려왔어요.

주인 유감이군. 난 신부들은 좋아하지 않는데.

자크 신부가 보고 있는데…… 나리께서도 무척 만족하셨을 겁니다.

주인 나도 그렇게 생각한다.

자크 쉬종은 일어날 틈이 있었고 저도 옷매무새를 고치고 도망갔죠. 다음에 일어난 일은 쉬종이 말해 준 겁니다. 건초 창고에 앉아 있는 보좌신부를 본 남편이 웃음을 터뜨렸고 보좌신부는 그에게 이렇게 말했어요. "웃어, 그래, 웃어라, 이 얼간이 같은 녀석아……." 남편은 이 말에 복종하며 더 크게 웃음을 터뜨렸고 누가 거기에다 그를 새처럼 올려놓았는지 물어보았죠. 보좌신부가 "날 바…… 바닥에 내려놔 줘……."라고 말하자 남편은 더 큰 소리로 웃으며 어떻게 하면 되느냐고 물었어요. "여기 올라올 때 쇠…… 쇠스랑으로 올라왔소……." "제기랄, 당신 말이 맞아. 그런 게 공부한다는 거겠지……?" 남편이 쇠스랑을 보좌신부에게 주었죠. 그러자 신부는 제가 그를 걸터앉게 한 것처럼 그 위에 걸터앉았어요. 남편은 그 가끔 사육장 도구에다 그를 태우고 헛간 몇 바퀴를 돌게 했죠. 그러고는 그 산책에 찬송가 같은 구절을 곁들이며 돌아다녔어요. "날 내려 줘. 이 악당아…… 날 내려 줘……." 남편은 그에게 말했죠. "보좌신부 나리, 내가 이런 당신 모습을 보여 주기 위해 온 마을을 돌아다녀도 뭐라고 말할 사람이 있을까요? 이렇게 근사한 예배 행렬은 본 적이 없을 텐데요……." 하지만 보좌신부가 겁만 집어먹었을 뿐, 별일 없이 끝났어요. 남편이 그를 그냥 땅바닥에 내려놓았으니까요. 그 신부가 남편에게 뭐라고 말했는지는 저도 모릅니다. 쉬종이 도망을 쳤으니까요. 하지만 이렇게 말하는 소리는 들었어요. "이 악당아……! 넌…… 신부를 때렸어……. 난 널 파문할 거야……. 넌 천벌을 받을 거야……." 그렇게 말한 사람은 키 작은 남자였고 쇠스랑을 휘두르며 쫓아가는 사람은 남편이었어요. 전 다른 많은 사람들과 함께 그곳에 도착했죠. 남편이 멀리서 절 보자마자 쇠스랑을 멈추며 말했죠. "이리 오게."

주인 쉬종은?

자크   그녀는 용케 벗어났죠.

주인   서투르게?

자크   아니요, 여자들이란 현행범으로 들키지 않는 한은 항상 잘 빠져나가는 법이죠……. 뭣 때문에 웃으시죠?

주인   날 웃게 하는 것 때문이지. 남편의 쇠스랑 끝에 매달린 신부를 떠올릴 때마다 네가 웃은 것처럼 나도 웃을 거다.

자크   이 모험이 있은 지 얼마 안 되어 그 소문이 제 아버지 귀에도 들어가서 아버지도 웃었고, 그 후에 제가 나리께 말씀드린 것처럼 입대한 거죠…….

잠시 동안의 침묵 또는 자크의 기침 후에 — 어떤 사람들은 그렇게 말했고 또 어떤 사람들은 그들이 함께 웃은 후였다고 말하기도 했지만 — 주인은 자크를 보고 말했다. "네 사랑 이야기는?" 자크는 머리를 흔들며 아무 대답도 하지 않았다.

품행도 단정하며 양식도 있고 철학자라고 뽐내는 사람이 어떻게 이런 외설적인 콩트를 쓰며 즐길 수 있단 말인가? 첫 번째로 독자여, 이것은 콩트가 아니라 역사적 사실이다. 난 거기에 죄책감을 느끼지 않는다. 어쩌면 수에토니우스[104]가 우리에게 네로 황제의 방탕한 이야기를 전할 때보다 내가 자크의 바보 같은 짓을 쓸 때 느끼는 죄책감이 더 크지 않으며 어

---

104) Suetonius. 로마 태생의 전기 작가다.

쩌면 더 적게 느끼기까지 한다. 그런데 그대는 수에토니우스의 책을 읽을 때는 전혀 비난하지 않는다. 왜 그대는 카툴루스나 마르티알리스, 호라티우스, 유베날리스, 페트로니우스, 라 퐁텐 그리고 다른 수많은 사람들에게는 눈살을 찌푸리지 않는단 말인가.[105] 그리고 왜 스토아 학자인 세네카에게는 오목거울을 사용하던 그의 방탕한 노예 이야기가 도대체 무슨 필요가 있느냐고 반박하지 않는가?[106]

왜 그대는 죽은 사람에게만 관대한가? 그대가 이런 편파성에 대해 조금만 생각해 본다면 그것이 어떤 그릇된 원칙에 근거하는지를 곧 알게 될 것이다. 그대가 순결한 사람이라면 내 책을 읽지 않을 것이고, 그대가 타락한 사람이라면 내 책을 별 문제 없이 읽을 것이다……. 게다가 내가 말하는 것에 만족하지 않는다면 장바티스트 루소[107]의 서문을 열어 보라. 그러면 거기서 그대는 내 변호를 찾아볼 수 있을 테니. 그대 중 누

---

105) 카툴루스(Catullus)는 이탈리아 태생 라틴어 시인이다. 마르티알리스(Martialis)는 스페인 태생 라틴어 시인으로 「풍자시」의 저자다. 유베날리스(Juvenalis)는 이탈리아 태생 라틴어 시인이다. 페트로니우스(Petronius)는 로마 시대 작가로 네로 황제의 측근이었으며 운문과 산문을 혼합한 『사티리콘』의 저자로 알려져 있다. 라 퐁텐(La Fontaine)은 프랑스 시인으로 『우화집』의 저자다.

106) Seneca. 로마 수사학자이자 철학가로, 네로의 스승이었던 세네카가 그의 저서에서 하인인 호스티우스가 자신의 동성애적 성향을 돋우기 위해 확대용 오목거울을 사용했다고 환기한 데 대한 디드로의 풍자다.

107) Jean-Baptiste Rousseau. 1701년 몇몇 작가에 대해 풍자적이고도 외설적인 글을 썼다 하여 고발당하자 브뤼셀로 망명했다. 1712년에 발간된 『전집』 서문에서 자신의 이런 자유분방함에 대해 변호했다. 『고백록』을 쓴 루소와는 다른 사람이다.

가 감히 『동정녀』[108]를 썼다고 볼테르를 비난할 수 있단 말인가? 아무도 없다. 그렇다면 그대에겐 인간 행위를 판단하기 위한 저울이 두 개 있단 말인가? 볼테르의 『동정녀』는 걸작이다!라고 그대는 말하겠지. ─ 그거 안됐군. 그렇다면 사람들이 더 많이 읽을 테니. 게다가 당신의 『자크』는 사실적인 것과 상상적인 것을 아무렇게나 멋없이 나열해 놓는 무미건조한 잡동사니에 지나지 않는다. ─ 그거 잘됐군. 그렇다면 나의 『자크』는 덜 읽힐 테니. 그대가 어느 쪽 편을 들던 간에 그대는 틀렸다. 내 책이 좋은 책이라면 기쁨을 줄 테고, 나쁜 책이라고 해도 그대에게 해를 끼치지는 않을 테니 말이다. 나쁜 책보다 더 순진한 것은 없다. 나는 그대가 하는 모든 바보 같은 짓을 다른 사람 이름을 빌려 쓰면서 재미있어 한다. 그대의 바보짓이 날 웃게 하는데 내가 쓴 것이 그대를 화나게 하다니. 독자여, 솔직히 말한다면 우리 둘 중에 더 나쁜 사람은 당신이다. 그대의 비난을 피하는 일이, 당신이 내 작품의 위험이나 권태로부터 피하는 일만큼이나 쉽다면 난 만족할 것이다! 비열한 위선자여, 날 좀 가만히 내버려둬라. 미쳐 날뛰는 당나귀같이 교…… 교미하라.[109] 교미라고 말하도록 허락해 달라.

---

108) 볼테르가 1762년에 발표한 이 영웅적 희극시는 기사도 소설에 대한 일종의 풍자로, 잔 다르크의 동정을 지키기 위해 성 드니가 감수한 어려움을 노래한 글이다. 당시에는 상당히 높은 평가를 받았으나 종교적이고도 민족주의적인 전통을 존중하는 사람들에게는 비난받기도 했다.

109) 여기서 '교미하다'라고 번역한 foutre란 말의 라틴어 어원은 futuo다. 직역하면 '성교를 하다'이나 일반적으로는 '제기랄, 꺼져' 등의 욕설로 쓰인다.

난 그대에게 그런 행동을 허락할 테니 내게는 그 말을 허락해 달라. 그대는 뻔뻔스럽게도 죽이다, 훔치다, 배반하다란 말은 하고 싶으면서도, 입안에서만 어물댈 뿐 감히 발설하지 못하니 말이다. 소위 말의 불순물이라고 불리는 것들은 입밖으로 내보내지 않으면 않을수록 더 그대 머릿속에 남아 있지 않은가? 그렇게 자연스럽고도 필수적이며 정당한 성행위가 어째서 그대 대화에서는 그 표현이 배제되고 또 그대 입과 눈, 귀가 오염되었다고 생각하는가? 가장 덜 사용되고, 가장 덜 글로 쓰이고, 가장 억눌려 온 표현이 일반적으로 더 많이 알려지며 이해되는 법이다. 게다가 그것은 사실로 입증되었다. 그래서 푸투오(futuo)란 단어가 빵이란 단어만큼이나 우리에게 친숙한 것 아닌가. 어느 시대에도, 어느 관용어에도 이 말이 없었던 적은 없다. 이 말의 동의어는 세계 모든 언어에 수없이 많으며, 직접적으로 표현되지 않고, 목소리도 형상도 없이, 각각의 언어에 새겨진다. 그 짓을 많이 하는 성(性)이 더 침묵을 지키는 법이다.[110] 여전히 그대의 외치는 소리가 들린다. "이 뻔뻔스러운 자야, 이 파렴치한 자야! 이 궤변가야……!" 용기를 내라, 그리고 그대가 언제나 손에 들고 다니는 그 존경받는 작가에 대해 욕설을 퍼부어라. 나는 단지 그 번역자에 불과하니. 그 작가의 문체의 파격은 오히려 품행의 순수함을 보증한다. 바로 그가 몽테뉴다. "Lasciva est nobis pagina, vita proba.

---

110) 이 부분은 몽테뉴의 작품 『수상록』 3권 5장에서 거의 그대로 인용한 것이다.

(내 글이 외설적이면 내 삶은 순수하다.)"[111]

　이후 자크와 주인은 한 마디도 하지 않고 하루를 보냈다. 자크는 기침을 했고 주인은 "지독한 기침이로군!"이라고 말하며 무심코 시계를 들여다보았으며, 아무 생각 없이 담뱃갑을 열었고, 느끼지도 못하면서 코담배를 들이마셨다. 그걸 증명해 준 것은 그가 세 번이나 네 번 연속해서 똑같은 순서로 그 일을 했기 때문이다. 잠시 후에 자크가 또다시 기침을 하자 주인이 말했다. "제기랄, 이 무슨 기침인가! 네 목젖까지도 여주인의 포도주를 즐긴 모양이지. 어제 저녁에 그 비서와 함께 있을 때도 넌 삼가지 않았어. 층계를 올라가면서도 휘청거렸고, 무슨 말을 하는지도 모르면서 지껄였고, 오늘만 해도 넌 열 번이나 멈췄어. 맹세하지만 이젠 네 호리병에 포도주가 한 방울도 안 남았을걸……?" 그러고는 입속에서 어물거리며 시계를 들여다보고는 콧구멍에 다시 한번 코담배의 향응을 베풀었다.

　독자여, 난 그대에게 자크가 호리병을 가장 좋은 포도주로 채우지 않고는 결코 길을 가지 않는다고 말하는 걸 잊어버렸다. 호리병은 말안장 앞 테에 걸려 있었다. 주인이 자크의 이야기를 다소 긴 질문으로 중단할 때마다 자크는 호리병을 꺼내어 입술도 대지 않고 직접 입안에 부어 마시며, 주인이 말을 마

---

111) 마르티알리스(Martialis)의 「풍자시」에 나오는 경구로 몽테뉴의 『수상록』에서 인용되었다.

쳤을 때에만 그것을 제자리에 놓곤 했다. 그리고 뭔가 명상을 요하는 일이 있으면 그의 첫 번째 행동은 호리병에 물어보는 일이라는 걸 그대에게 말하는 것도 잊어버렸다. 도덕적인 문제를 해결해야 할 때, 어떤 사실에 대해 토론할 때, 이 길보다 다른 길을 택해야 할 때, 어떤 일을 시작하거나 계속하거나 또는 포기해야 할 때, 정치적 거래 또는 상업이나 재정적 투기의 이득이나 손실을 따질 때, 법령의 타당성이나 불합리성 또는 어떤 전쟁의 결과를 따질 때, 여인숙 선택, 여인숙에서는 방을 선택할 때, 또 방 안에서는 침대를 선택할 때에도 그의 첫 번째 말은 "호리병에게 물어보자."였다. 그리하여 그의 마지막 말은 "이것은 호리병의 의견이자 내 의견이오."라는 것이었다. 운명이 그의 머릿속에서 침묵을 지킬 때면 그는 호리병으로 설명하곤 했는데, 그것은 일종의 들고 다니는 피티아[112] 무녀로서, 병이 비면 곧 침묵을 지키는 것이었다. 델포이 신전에서 피티아는 속치마를 걷어 올리고 삼각대에 맨엉덩이로 걸터앉아 아래에서 위로 그 영감을 받곤 했지만, 우리의 자크는 말 위에서 하늘을 향해 머리를 치켜든 채 호리병 마개를 열고 주둥이를 입에다 기울여 위에서 아래로 그 영감을 받곤 했다. 피티아 무녀와 자크가 신탁을 말할 때면 그들은 둘 다 취해 있었다. 그는 성령이 호리병 형태로 사도에게 내려왔다고 주장했으며 성신 강림 축일을 호리병의 축일이라고 불렀다. 그는

---

112) Pythia. 델포이 신전에서 아폴론의 신탁을 전하던 무녀로 삼각대에 앉아 말을 했다 한다.

모든 점술에 대한 개론서 한 권을 남겼는데,[113] 이 심오한 개론서에서 그는 박부크[114] 점술, 또는 호리병 점술을 선호하는 입장을 표명했다. 배에 미치는 술의 효과로 '신성한 술병'에 물어보는 뫼동 사제[115]에 대해 자크는 그를 무척 존경하는데도 반론을 제기했다. 그래서 "나는 라블레를 좋아하지만, 라블레보다 진실을 더 좋아한다."라고 자크는 말했다. 그는 라블레를 이단자 '앙가스트리뮈트'[116]라고 불렀다. 자크는 그 각각이 다른 것보다 더 나은 백 가지 이유를 들어 박부크 또는 호리병의 진정한 신탁은 다만 술병 주둥아리에 의해서만 들을 수 있다는 것을 증명했다. 그는 박부크를 신봉한 유명한 사람들 중에서도 금세기에 진짜로 호리병의 영향을 받은 사람들을 나열했는데 그중에는 라블레, 라 파르, 샤펠, 숄리외, 라 퐁텐, 몰리에르, 파나르, 갈레, 바데 등이 있었다.[117] 플라톤과 장 자크 루

---

113) 이 부분은 디드로가 『백과사전』에 쓴 '점술'이란 항목, 또는 라블레가 『팡타그뤼엘』 3권에 쓴 점술에 관한 부분을 환기한다고 지적된다.

114) Bacbuc. 히브리어 Bagvoug에서 온 이 프랑스어는 병, 또는 병을 비울 때 내는 소리를 가리킨다.

115) Cure dé Meudon. 라블레를 지칭한다. 라블레의 『팡타그뤼엘』에서 가르강튀아의 아들인 팡타그뤼엘은 쾌활하고도 꾀 많은 학생 파뉘르주를 만나 여러 모험을 한다. 그러다 파뉘르주의 결혼 문제를 검토하기 위해 온갖 사람들과 의논하나 그 해답을 얻지 못하고 '신성한 술병'의 신탁을 받으러 먼 여행을 떠난다. 드디어 신성한 술병의 신전에 도착하여 신탁을 받게 되나 그것은 다만 '마시라.'라는 말뿐이었다.

116) engastrimute란 단어는 그리스어 gaster(배)와 muthos(말)의 합성어로 '배로 말하는 자' 즉 복화술사란 뜻이다. 라블레의 『팡타그뤼엘』 4권에 나온다.

117) 여기서 인용되는 사람들은 거의 모두가 18세기 작가들로 무신론자이

소는 술을 마시지 않고도 좋은 술을 예찬한, 자크에 따르면 호
리병의 가짜 형제들이었다.[118] 예전에는 호리병의 유명한 성
전이 있었는데, 퐁드팽과 탕플, 갱게트였다.[119] 그는 그 성전들
역사에 대해 각각의 글로 썼다. 술 예찬자들을 둘러싼 그 열광
과 열기, 열정에 대해 아주 훌륭히 묘사했는데, 그들은 박뷔시
엥 또는 페리구르댕이라고 불렸으며,[120] 오늘날까지도 존재한
다. 식사가 끝날 무렵 식탁에 팔꿈치를 괴고 앉아 있는 그들에
게 신성한 술병 또는 성스러운 호리병이 나타나 그들 한가운
데 놓이고 획획 소리를 내며 펑하고 마개가 내던져지면서 찬
미자들을 예언적인 거품으로 뒤덮곤 했다. 그의 필사본은 두
초상화로 장식되었는데 그 밑에는 이렇게 씌어 있었다. '아나
크레온[121]과 라블레, 호리병의 대가들로 전자는 고대인을 대

자 에피퀴리안들이다. 라 파르(La Fare)는 연애 모험을 많이 한 것으로 유명
한 시인이다. 샤펠(Chapelle)은 몰리에르, 라 퐁텐의 친구이자 자유사상가로
사교적이고도 우아한 연애시를 썼다. 숄리외(Chaulieu)는 시인으로 자유분
방한 시를 많이 썼다. 파나르(Panard)는 풍자가요를 썼으며 문학인들과 예술
가들이 드나들던 지하술집 창설자다. 갈레(Gallet)는 풍자가요 가수로, 파나
르의 지하 술집에서 노래를 불렀다. 바데(Vadé)는 풍자가요를 썼으며 희가
극의 극작가다.

118) 플라톤은 『크라튈로스』에서 술이 힘과 정력을 준다고 주장한 적이 있
다. 루소는 『신엘로이즈』와 『고백록』에서 술에 대해 여러 번 언급했으며, 특
히 『달랑베르에게 보내는 편지』에서는 술꾼들을 예찬했다.

119) 17세기, 18세기 작가나 시인 들이 자주 드나들던 파리 술집들이다.

120) 박뷔시엥(Bacbucien)은 술병을 의미하는 박부크에서, 페리구르댕
(Périgourdin)은 péri(주위에)와 gourde(호리병)의 합성어로 술병 앞에 모여
앉은 사람을 가리키는 디드로의 말장난이다.

121) 고대 그리스 서정시인으로 아나크레온 파의 시풍은 롱사르와 숄리외에

표하며 후자는 근대인을 대표한다.'

　자크가 앙가스트리뮈트란 단어를 사용했단 말인가⋯⋯? 왜, 그러면 안 되는 이유라도 있는가, 독자여? 자크의 대위는 술 예찬자였고, 따라서 그 표현을 알고 있었을 것이다. 또 자크는 대위가 말한 것은 모두 그대로 받아들였기 때문에 그것을 기억했을 것이다. 하지만 사실인즉 앙가스트리뮈트란 단어는 내가 사용했고 원본에는 '복화술자(ventriloque)'라고 씌어 있다.

　이 모든 것은 대단하다. 하지만 자크의 사랑 이야기는? 하고 그대는 말하겠지. 자크의 사랑 이야기는 오로지 자크만이 안다. 그는 목 병으로 아팠기 때문에 자연히 주인은 시계와 담뱃갑으로 만족할 수밖에 없었다. 이야기의 결핍은 그대만큼이나 주인을 슬프게 한다. ─ 그렇다면 우리는 어떻게 되는 건가? ─ 사실 나도 모르겠다. 바로 이런 때가 그 신성한 술병 또는 성스러운 호리병에게 물어볼 때다. 그러나 호리병에 대한 숭배는 이제 사라졌고 그 신전도 황폐해졌다. 우리의 구세주가 태어나자 이교도들의 신탁이 끝난 것처럼, 갈레가 죽자 술병의 신탁도 입을 다물었다.[122] 그리하여 이제는 더 이상 위대한 시도, 탁월한 설득력을 지닌 표현들도, 취기와 천재로 번득

─────────

게 많은 영향을 미쳤다.
122) 하루에 포도주를 대여섯 병 마시던 갈레가 죽자 친구 파나르는 빚쟁이들을 피해 성당에서 죽은 갈레에 대해, 철든 이래 물이라고는 한 잔도 마신 적 없는 그가 바로 지붕의 낙수받이 아래 묻혔다고 한탄하면서 더는 노래를 부르지 않겠다고 슬퍼했다 한다.

이는 작품들도 찾아볼 수 없다. 모든 것은 합리적이고 딱딱하고 학구적이고 진부하다. 아, 신성한 술병이여! 아, 성스러운 호리병이여! 아, 자크의 신이여! 우리들 가운데로 다시 돌아오라……! 독자여, 난 그대에게 신성한 술병의 탄생에 대해, 술병을 동반했고 그 뒤에 일어난 기적들에 대해, 술병의 경이로운 지배와 술병이 물러간 다음에 일어난 재앙들에 대해 갑자기 말하고 싶은 생각이 든다. 만약 우리 친구인 자크의 목 병이 더 계속되고 주인이 침묵을 고집한다면, 그대는 이 일화로 만족해야 할 것이다. 난 자크가 회복되어 사랑 이야기를 다시 할 수 있을 때까지 이 일화를 계속 밀고 나가야 할 것이고…….

여기서 자크와 주인의 대화에는 정말 통탄할 만한 누락이 있었다. 어느 날인가 노도, 브로스 의장, 프랜세미우스, 브로티에 신부의 후손이 아마도 그 누락을 채울 것이다.[123] 그러면 그 필사본의 소유자인 자크와 주인의 후손들은 그것을 읽으며 웃음을 터뜨리겠지.

목 병으로 침묵을 지킬 수밖에 없던 자크가 사랑 이야기를 중단하자 주인이 자신의 사랑 이야기를 한 것처럼 보인다. 물

---

123) 여기 인용되는 사람들은 모두 라틴어 번역가나 주석자 들이다. 노도(Nodot)는 1688년에 네로의 측근이었던 페트로니우스의 작품을 발견했다고 주장했다. 브로스(Brosses)는 프랑스 디종 의회 의장으로 살루스티우스의 작품에 근거해 로마 공화정의 7세기 역사를 재구성했다. 프랜세미우스(Freinshémius)는 라틴어 사학자인 캥투스 쿠르티우스의 작품을 보완했다. 브로티에(Brottier)는 타시우스의 주석가이자 예수회도였다.

론 단순한 추측에 지나지 않지만. 원고 누락을 알리는 몇 줄의 점선 후에 다음과 같은 글이 적혀 있었다. "이 세상에 바보가 되는 것보다 더 슬픈 일은 없다……." 이 경구를 발언한 자는 자크인가, 주인인가? 아주 까다로운 논술 주제가 될 것이다. 자크가 주인에게 그런 말을 했을 정도로 무례했다면, 주인도 그 말을 스스로에게 했을 정도로 솔직했다. 어쨌든 그 일은 자명하며 보다 자명한 사실은 주인이 말을 계속했다는 것이다.

주인   그녀의 생일 전날이었는데 내겐 돈이 한 푼도 없었다네. 하지만 내 친한 친구였던 생투앵 기사는 결코 당황하는 법이 없었는데, 그가 내게 물었다네. "자네 돈이 없나?"
"한 푼도 없네."
"그렇다면 돈을 마련하는 수밖에 없지."
"어떻게 돈을 마련할 수 있는지 아는가?"
"물론이지."
그는 옷을 입었고 우린 외출했네. 그는 골목길을 몇 개 돌아 컴컴하고 작은 집으로 날 인도했는데 거기서 우리는 더럽고 조그만 층계로 4층까지 올라갔네. 그러고는 꽤 널찍한 한 아파트로 들어갔는데, 가구들이 이상하게 놓여 있었네. 특히 그중에서도 서랍장이 세 개 나란히 놓여 있었는데 모양이 전부 달랐네. 가운데 서랍장 뒤에는 천장에 비해 너무 높은 기둥머리가 달린 커다란 거울이 있었고 거울 반 이상이 서랍장에 가렸네.

서랍장 위에는 갖가지 물건들이 놓여 있었는데, 그중에는 주사위 놀이판도 두 개 있었네. 방 주위에는 꽤 근사한 의자들이 놓여 있었지만 비슷한 건 하나도 없었지. 커튼이 없는 침대 발 쪽에는 아주 훌륭한 긴 의자가 놓여 있었고, 창가에는 새가 없는, 그러나 아주 새것인 새장이 놓여 있었네. 다른 창에는 샹들리에가 빗자루 막대기에 매달려 있었고, 빗자루 막대기 두 끝은 형편없는 두 개의 짚 의자 등판에 놓여 있었네. 그리고 그림들이 사방팔방에 있었는데, 어떤 것들은 벽에 걸려 있었고, 또 어떤 것들은 바닥에 쌓여 있었네.

자크 사방 4킬로미터에 수상쩍은 장사꾼 냄새가 풍기는군요.

주인 잘 알아맞혔네. 기사와 르 브렁(우리의 중고품 장수이자 고리대금 중개인의 이름이라네.)은 서로의 품에 달려들었네. "아, 당신입니까, 기사 양반?"

"네, 접니다, 르 브렁 씨."

"어떻게 지내셨습니까? 당신을 안 본 지도 꽤 오래된 것 같은데요. 서글픈 시절입니다. 안 그렇습니까?"

"아주 서글프죠. 하지만 오늘은 그게 문제가 아닙니다. 당신에게 할 말이 있습니다……."

난 자리에 앉았고 기사와 르 브렁은 구석진 곳으로 가더니 서로 이야기를 주고받았네. 그들이 나눈 대화 중 내가 알아들은 몇 마디만 말하면 이렇네.

"적합한 사람입니까?"

"아주 적합합니다."

"성인입니까?"

"완전 성인이죠."

"아들입니까?"

"아들이죠."

"우리의 최근 두 사건을 기억하십니까……?"

"좀 더 낮게 이야기하시죠."

"아버지는요?"

"부잡니다."

"늙었습니까?"

"노쇠했죠."

르 브렁이 큰 소리로 말했네. "기사 양반, 전 더 이상 아무 일에도 끼어들고 싶지 않습니다. 항상 난처한 결과만을 가져오니 말입니다. 당신 친구라니, 좋습니다. 저 양반은 아주 신사처럼 보이는군요, 하지만……."

"르 브렁 씨!"

"전 돈이 없습니다."

"하지만 아는 사람들이 많지 않습니까!"

"모두 거지들이거나 소문난 사기꾼들입니다. 기사 양반, 당신은 그들과 거래하는 데 지치지도 않았습니까?"

"필요 앞에는 법도 없는 법입니다."

"당신을 괴롭히는 필요는 좀 이상하군요. 카드놀이나 주사위 놀이, 아니면 여자 문제니 말입니다."

"친애하는 친구여!"

"그리고 그건 항상 저란 말이죠. 난 아이처럼 마음이 약하니. 또 당신 말에 넘어가지 않을 사람이 어디 있겠습니까. 종을 울리세요. 푸르조가 집에 있는지 알아보게요. 아니, 울리지 마십시오, 푸르조가 당신을 메르발에게로 데리고 갈 겁니다."

"왜 당신은 안 가십니까?"

"그 고약한 메르발이 저나 제 친구들을 위해서 다시는 일을 하지 않겠다고 맹세했는데. 당신은 저분을 위해 보증을 서세요……. 저분은 아마도 틀림없이 신사겠지만. 전 당신을 위해 푸르조의 보증을 서죠. 그리고 푸르조는 절 위해 메르발의 보증을 서게 될 겁니다."

그러는 동안 하녀가 들어와서 말했네. "푸르조 씨 댁에 가나요?"

르 브렁은 하녀에게 말했네. "아니, 아무한테도 안 가네……. 기사 양반, 전 정말 모르겠습니다. 모르겠습니다……."

기사는 그를 포옹하고 다독거렸네. "친애하는 르 브렁 씨, 내 친구……!" 나도 다가가 기사의 청원에 합류해서 같이 부탁했지. "르 브렁 씨! 친애하는 르 브렁 씨……!"

르 브렁은 설득되었다네.

하녀는 이런 허식에 미소를 지으며 방을 나갔지. 그러자 검은 옷을 입고 다리를 절며 손에 지팡이를 든, 말더듬이에 삐쩍 마르고 주름투성이 얼굴에 눈초리는

날카로운 키 작은 남자가 눈 깜짝할 사이에 나타났다
네. 기사는 그를 향해 돌아서며 말했지. "자, 갑시다,
마티외 드 푸르조 씨, 지체할 시간이 없습니다. 자, 빨
리 우리를 안내하시오⋯⋯."

그러나 푸르조는 우리 말을 듣는 기색이 없이 조그만
양가죽 지갑을 풀었다네.

기사는 푸르조에게 이렇게 말했지. "당신 장난치고
있군. 이건 우리 일일세." 내가 다가가 작은 에퀴 하나
를 꺼내어 기사에게 주자 기사는 하녀의 턱을 만지며
그 동전을 하녀에게 주었지. 그동안 르 브렁이 푸르조
에게 말했다네. "난 반대하네. 이분들을 그곳으로 안
내하지 말게."

푸르조 르 브렁 씨, 왜죠?

르 브렁 그는 사기꾼에다 악당이야.

푸르조 메르발 씨가 ⋯⋯하다는 건 잘 알죠. 하지만 남의 잘
         못은 용서해 줘야 하는 법이고, 지금 돈이 있는 사람
         중에 내가 아는 사람은 그 사람뿐인데요.

르 브렁 푸르조 씨, 당신 좋을 대로 하시오. 선생들, 난 이 일
         에서 손을 떼겠소.

푸르조 (르 브렁에게) 르 브렁 씨, 우리와 함께 가시지 않나요?

르 브렁 내가! 하느님, 절 지켜 주소서. 난 그 야비한 자를 평
         생 다시 보지 않을 거요.

푸르조 당신 없이는 아무 일도 끝내지 못할 텐데요.

기사   사실입니다. 자, 르 브렁 씨, 그건 저를 도와주는 일입
니다. 곤경에 빠진 신사에게 은혜를 베푸는 일입니다.
거절하지는 않으시겠지요. 당신은 갈 겁니다.

르브렁   메르발에게로 가다니, 제가요, 제가!

기사   그렇습니다. 당신은 절 위해 갈 겁니다⋯⋯.

여러 번 간청하자 르 브렁은 할 수 없이 이끌려 르 브
렁, 기사, 마티외 드 푸르조, 나, 이렇게 길을 떠났네.
기사는 르 브렁의 손을 다정스럽게 치며 내게 말했네.
"이분은 아주 훌륭한 분이라네. 사교계 인간 중에서
도 가장 남을 잘 도와주고, 내가 아는 가장 훌륭한 분
이라네⋯⋯."

르브렁   기사 양반은 제게 위조지폐라도 만들게 할 것 같습니다.

우린 메르발 집에 도착했네.

자크   마티외 드 푸르조라니⋯⋯.

주인   무슨 말을 하려는 거지?

자크   마티외 드 푸르조라니⋯⋯. 제 말은, 생투앵 기사가
그런 작자들의 성과 이름까지도 안다는 거죠. 그도 그
런 악당들과 내통하는 사기꾼임에 틀림없습니다.

주인   네 말이 맞을지도 모르지. 드 메르발 씨보다 더 온화
하고 공손하고 정직하고 예의 바르고 인간적이고 동

정심 많고 사리사욕 없는 사람을 안다는 건 불가능한 일이었지. 내가 성년인 데다가 지불할 능력이 있다는 걸 알자 그는 아주 다정하고도 슬픈 표정을 지으며 엄숙한 어조로 심히 유감스럽게 생각한다고 말했네. 그러고는 그날 아침에 급히 돈이 필요한 친구를 도와주었기 때문에 한 푼도 없다는 거였어. 그러고는 나를 보며 말했지. "더 일찍 찾아오지 않았다고 후회하지 마십시오. 당신 부탁을 거절하는 게 무척 괴로웠겠지만 그래도 거절했을 테니까요. 우정이 무엇보다도 소중하지 않습니까."

우리 모두는 깜짝 놀랐다네. 그래서 기사도, 르 브렁도, 푸르조도 무릎을 꿇고 메르발에게 빌었네. 메르발이 그들에게 말했다네. "나리들께서는 모두 절 아시잖습니까. 전 도와주는 것을 좋아하고, 다른 사람들이 제 도움을 간청하게 함으로써 일을 망쳐 버리지 않으려고 노력하는 사람입니다. 하지만 제 명예를 걸고 맹세하지만 이 집에는 4루이도 없습니다……."

난 그들 한가운데서 마치 판결문을 듣는 수형자 같았네. 난 기사에게 말했지. "기사 양반, 자, 그만 갑시다. 이분들은 아무것도 할 수 없다고 하니……." 그러자 기사는 날 구석으로 끌고 가더니 "자네는 아무 생각도 없군. 그녀 생일 전날 아닌가. 내가 자네에게 말한다고 그녀에게 미리 일러두었는걸. 그녀는 자네로부터 환심을 사려는 행동이나 선물을 기대하고 있다네. 자네도 그녀를 알지 않은가. 타산적인 여자는 아니지만, 다른 여자들과 똑같이 기대에 어긋나는 건 좋아하지 않는다네. 그녀는 이미 자기 아버지와 어머니, 아주머니, 친구들에게 자랑했을걸세. 그런데 아무것도 보여 줄 게 없다면 얼마나 부끄럽게 생각할 것인가…….” 그러고는 메르발에게 가서 다시 열렬하게 간청했지. 메르발은 좀처럼 승낙하지 않다가 마침내 말했다네. “난 세상에서 가장 멍청한 작자일 겁니다. 다른 사람들이 괴로워하는 건 보지 못하겠으니. 좀 생각해 봅시다. 한 가지 생각이 떠오르긴 하지만.”

기사   어떤 생각인데요?

메르발   물건을 가지고 가면 어떻겠습니까?

기사   당신이 갖고 있습니까?

메르발   아닙니다. 하지만 전 당신에게 그 물건을 대줄 여자를 압니다. 선량하고 정직한 여잡니다.

르브렁   하지만 그녀는 우리에게 누더기를 주고 아주 비싸게 팔 겁니다. 우린 아무 이득도 보지 못할 테고요.

메르발   전혀 그렇지 않습니다. 아주 아름다운 천이나 금은 장신구, 온갖 비단들, 진주나 보석 들이랍니다. 그런 물건들로는 거의 손해를 보지 않는 법이죠. 그녀는 담보가 확실하기만 하면 아주 조그만 것에도 만족하는 착한 사람입니다. 모두 팔 것들인데 아주 헐값으로 구했답니다. 물건을 보시기나 하시지요. 보는 건 공짜니.

난 메르발과 기사에게, 내 신분이 물건 파는 일을 허용하지 않으며, 또 내가 그런 일을 싫어하지 않는다 해도 내 상황이 거기서 이득 볼 시간을 주지 않는다고 말했다네. 그러자 그 친절한 르 브렁과 마티외 드 푸르조가 동시에 말했지. "그것뿐이라면 우리가 대신 당신을 위해 팔아 주겠습니다. 반나절만 고생하면 되니까요……."

우린 오후에 다시 메르발 집에서 만나기로 했다네. 메르발은 내 어깨를 치며 번드르르하고 감동적인 어조로 말했네. "나리, 전 나리를 도울 수 있어 기쁩니다. 하지만 이런 식으로 빌리는 건 다시는 하지 마십시오. 항상 파산으로 끝이 나니까요. 이런 나라에서 아직도 르 브렁 씨와 마티외 드 푸르조 씨처럼 정직한 사람들과 거래할 수 있다는 건 기적입니다……."

르 브렁과 푸르조 드 마티외 또는 마티외 드 푸르조는 고개를 숙이며 그에게 감사했네. 메르발이 친절한 사람이며 지금까지 자신은 양심적으로 거래하려고 애써 왔지만 그렇다고 해서 칭찬받을 것까지는 못 된다고 말하면서 말일세.

메르발 잘못 생각하시는군요. 오늘날 누구에게 양심이 있단 말입니까? 생투앵 기사에게 물어보시죠. 거기에 대해 뭔가 알 테니.

우리는 메르발 집에서 나왔네. 메르발은 층계 위에서, 우리를 믿고 물건 파는 여자에게 연락해도 되느냐고 물어보았지. 우리는 그렇다고 대답했고, 넷이서 만날 시간을 기다리며 근처 주막으로 식사하러 갔다네.

식사를 주문한 건 마티외 드 푸르조였는데 그것도 아주 훌륭한 식사를 주문했지. 머릿수건을 쓴 사부아 여자 둘이 교현금[124]을 들고 우리 식탁으로 다가왔네. 르 브렁이 그 여자들을 앉게 했지. 술을 마시게 하고 이야기를 하게 했으며 악기를 연주하게 했다네. 우리의 세 회식자들이 그중 한 여자를 건드리며 즐기는 동안, 내 곁에 앉아 있던 다른 여자가 낮게 말하더군. "당신은 점잖지 못한 사람들과 함께 있군요. 저 작자들 중 경찰 기록부에 올라 있지 않은 사람은 한 사람도 없을걸요."

우리는 지정된 시각에 주막집을 떠나 메르발 집으로 갔다네. 점심 식사가 기사와 내 주머니의 돈을 바닥나게 했다고 말하는 걸 잊어버렸군. 르 브렁이, 마티외 드 푸르조가 심부름 값으로 10루이를 요구한다고 하며 그건 그에게 줄 수 있는 최소한의 돈이라 말했다고 기사는 도중에 내게 전했네. 그리고 그가 만약 우리에게 만족한다면 아주 싼값으로 물건을 살 수 있을 테고,

---

124) 중세시대 현악기로 어깨나 무릎에 놓고 연주하거나 손잡이를 돌려 연주하는 것도 있다.

그걸 팔면 그 돈은 쉽게 되찾을 수 있으리라는 거였지. 우린 메르발네 집에 갔네. 그곳에는 이미 장사꾼 여자가 물건을 가지고 와 있더군. 브리두아(그녀 이름이었네.) 양은 우리에게 예의 바르게 인사하고 경의를 표한 후에 옷감과 면직물, 레이스, 반지, 다이아몬드, 도금한 상자를 늘어놓았지. 우리는 그중에서 몇 개를 가졌네. 르 브렁, 마티외 드 푸르조, 기사가 물건 값을 매기고, 메르발이 펜으로 그걸 적었지. 총액이 1만 9,775리브르였는데 내가 어음을 끊으려 하자 브리두아 양이 경의를 표한 후에(그녀는 경의를 표하지 않고는 누구에게도 말하는 법이 없었다네.) 내게 말했네. "나리의 계획은 어음을 기한 내에 갚는 거겠죠?"

"물론이오."라고 난 대답했지.

"그렇다면 어음을 끊든 환어음을 끊든 나리는 별 상관 없으시겠지요."

환어음이란 말에 내 얼굴이 창백해졌다네.[125] 기사가 그걸 알아차리고 브리두아 양에게 말했지. "환어음이라니! 환어음이 유포되면 어느 손에 갈지도 모르는데."

"기사 나리, 농담하시는군요. 당신 같은 신분의 사람에게 어떤 경의를 표해야 할지는 저도 조금 안답니다……." 그리고 경의를 표하고 나서는 "이런 서류는

---

125) 어음은 채무자가 단순히 빚을 갚겠다는 약속 증서에 불과했지만, 환어음인 경우 다른 사람에게 양도될 수도 있어 아주 엄격한 법적 구속을 받았다.

지갑 속에 보관하다가 시간이 되어야만 내놓는답니다. 자, 보세요……." 하고 말하고 또 경의를 표하고서는 주머니에서 지갑을 꺼내더니 모든 신분의, 모든 조건의 숱한 이름들을 읽기 시작했다네. 기사는 내게 다가와 말했네. "환어음이라니! 지독히 심각해 보이잖는가! 자네가 원하는 것을 잘 생각해 보게. 저 여자는 정직해 보이네. 만기일 전에 자네는 돈을 가지게 될 테고, 아니면 내가 가질 수 있겠지."

자크　그래서 나리께서는 환어음에 서명하셨군요?

주인　그렇다네.

자크　자식들이 수도로 갈 때 작은 설교를 하는 게 어버이들의 습관이죠. 절대 나쁜 친구를 사귀지 말고, 맡은 일을 착실히 해서 상관에게 잘 보이고, 신앙 생활은 계속하고, 행실 나쁜 여자나 사기꾼은 피하고, 특히 환어음에는 절대 서명하지 말 것을요.

주인　뭘 기대하느냐. 나도 다른 사람들처럼 했단다. 첫 번째로 잊어버린 것은 아버지의 교훈이었지. 여하간 팔물건을 가지긴 했지만 내게 필요한 건 돈이었네. 그 물건 중에는 레이스 소맷부리가 몇 쌍 있었는데 무척 아름다웠다네. 기사가 그것을 원가로 가로채며 말했다네. "벌써 자네가 산 것 중 일부는 전혀 손해를 보지 않았잖은가." 마티외 드 푸르조는 시계 하나와 도금 상자 두 개를 골랐는데 즉시 돈을 가지러 갔다네. 나머지는 르 브렁이 자기 집에 보관했지. 나는 소맷부리와 아주 멋있는 장신구를 주머니에 넣었다네. 꽃다발 모양 장신구였는데 그걸 선물하려고 했지. 마티외 드 푸르조는 눈 깜작할 사이에 60루이를 가지고 왔다네. 그는 10루이를 자기 몫으로 가졌고 나머지 50루이는 내가 가졌네. 그는 시계도 상자도 팔지 않고 저당 잡혔다고 말했지.

자크   저당 잡혔다고요?

주인   그렇다네.

자크   전 어딘지 알죠.

주인   어딘데?

자크   그 경의를 표하는 여자, 브리두아 양 집이겠지요.

주인   그렇다네. 소맷부리 한 쌍과 장신구 외에도 난 근사한 반지 하나와 이중으로 도금한 흑점[126] 상자 하나를 가졌지. 내 지갑에는 50루이가 있었고. 그래서 기사와 난 아주 즐거웠다네.

자크   아주 잘됐군요. 하지만 그 모든 것에서 딱 하나 제 마음에 걸리는 게 있는데 바로 르 브렁 씨의 사심 없는 태도입니다. 그는 그 노획품에서 자기 몫으로 아무것도 안 챙겼나요?

주인   자크 너 농담하는구나. 넌 르 브렁 씨를 몰라. 난 그의 중개에 보답하겠다고 제안했지만, 그는 화를 내며 자

---

126) 여자들이 하얀 얼굴을 돋보이게 하기 위해 벨벳 천이나 검은 반창고를 이용하여 얼굴에 붙이던 점을 말한다.

기를 아마도 마티와 드 푸르조로 여기는 것 같다고 대답했다네. 자기는 결코 손을 내밀어 본 적이 없다고 말이야. 그러자 기사가 소리를 지르더군. "친애하는 르 브렁 씨. 저 사람은 항상 저렇단 말이야. 하지만 그가 우리보다 더 정직하다면 우리 얼굴이 붉어질 걸세." 기사는 그렇게 말하면서 우리가 가진 물건 중 손수건 두 상자와 모슬린 한 필을 그의 부인과 딸을 위해 받으라고 주더군. 그러자 르 브렁은 손수건이 무척 아름답고 모슬린도 아주 질이 좋으며, 그 제안이 진심에서 우러나온 것처럼 보이고, 또 자기 손에 있는 물건들을 처분하면 우리 친절을 갚을 수 있는 기회라고 믿기 때문에 가지겠다고 말했다네. 그래서 우린 출발했고, 내 사랑하는 여자의 집을 향해 전속력으로 마차를 달렸지. 그녀에게 줄 장신구와 소맷부리, 반지를 가지고 말일세. 그 선물은 아주 성공적이었네. 그녀는 아주 다정했고 그 자리에서 장신구와 소맷부리를 달아 보았네. 반지는 마치 그녀 손을 위해 만들어진 것 같았지. 너도 짐작하겠지만 우린 아주 즐겁게 저녁 식사를 했네.

자크 거기서 주무셨겠지요.

주인 아니야.

자크 그렇다면 기사가 잤나요?

주인 아마 그럴걸.

자크 그들이 그런 속도로 몰고 간다면 나리가 가진 50루이도 오래가지 못했겠군요.

주인   그렇다네. 우린 일주일 후에 나머지 물건이 어떤 이득을 남겼는지 알려고 르 브렁 집에 다시 갔다네.

자크   아무것도 안 남겼겠죠. 르 브렁은 슬퍼했고, 메르발과 그 경의를 표하는 여자에게 격노하면서 비열하고도 파렴치한 사기꾼이라고 소리 질렀겠지요. 그러고는 그들과 다시는 절대로 거래하지 않겠다고 맹세하며 나리에게 700이나 800리브르를 줬겠지요.

주인   대충 그랬지. 870리브르를 줬지.

자크   제가 셈을 조금만 할 줄 안다면, 르 브렁이 준 870리브르에, 메르발 또는 푸르조가 준 50루이, 나리가 가진 장신구, 소맷부리, 반지 해서 50루이라고 한다 해도 1만 9,775리브르어치 물건을 가지고 그게 전부라니![127]
제기랄, 그게 정직한 거라뇨! 메르발 말이 맞아요. 그런 사람들과 거래하는 일은 매일 일어나지 않죠.

주인   넌 기사가 원가로 가져간 소맷부리를 잊었어.

자크   기사가 나리에게 그에 대해 아무 말도 하지 않았기 때문이죠.

주인   그렇긴 해. 그리고 마티외가 저당 잡힌 도금 상자 두 개와 시계에 대해서도 말하지 않았어.

자크   거기에 대해선 뭐라고 말해야 할지 몰랐기 때문이죠.

주인   그러는 동안 환어음의 만기일이 다가왔네.

---

127) 1루이가 20리브르이므로 50루이에 50루이를 더하면 2,000리브르, 870리브르를 더하며 도합 2,870리브르다. 그러므로 1만 9,775리브르의 7분의 1 정도 되는 금액이다.

자크	나리 돈도, 기사 돈도 도착하지 않았겠죠.
주인	난 피신해야만 했네. 그들이 우리 부모에게 알렸지. 친척 아저씨 한 분이 파리로 오셔서 그 사기꾼들에 대한 진정서를 경찰에 제출했다네. 진정서는 한 서기에게 보내졌고, 서기는 메르발의 하수인이었지. 그 사건은 법정에서 해결해야 할 문제이므로 경찰은 아무것도 할 수 없다는 대답이었네. 게다가 마티외가 상자 두 개를 맡긴 전당포 주인도 마티외를 소환했지. 나도 그 소송에 끼어들게 되었네. 재판 비용도 상당해서 상자와 시계를 팔고도 모든 것을 지불하려면 500~600프랑이 모자랐다네.

독자여, 그대는 내 말을 믿지 않겠지만, 얼마 전에 내 이웃 마을의 청량음료 제조업자가 어린 자식 둘을 남기고 사망했다네. 집행관이 그 집으로 가 재산을 봉인했고, 그런 다음 봉인을 뜯고 재산 목록을 작성하여 경매에 붙였는데 그 값이 800~900프랑 되었지. 그 900프랑 중에서 법원 비용을 제하니 고아들 각각에게 2수씩 돌아갔다네. 그래서 고아들은 손에 2수씩 쥐고 고아원으로 갔다네.

주인	끔찍한 일이야.
자크	그래도 그런 일이 계속되는 걸요.
주인	그동안 아버님은 돌아가셨고 난 환어음의 빚을 갚고 은신처에서 나왔네. 기사와 내 애인에 대해 공정하게

말하면 그들은 내가 은신처에 있을 때 충실한 동반자였다고 말할 수 있네.

자크 나리께서는 예전과 마찬가지로 기사와 애인에게 푹 빠져 있었고, 나리 애인은 전보다 더 많은 돈을 쓰게 했을 테고요.

주인 왜지, 자크?

자크 왜라뇨? 이제 나리께서는 나리 마음대로 하실 수 있고, 또 재산이 상당하므로 나리를 완전한 바보로, 남편으로 만들어야만 하기 때문이죠.

주인 정말이지! 그게 그들 계획이었다네, 하지만 성공하지는 못했네.

자크 나리께서 운이 좋았던가 아니면 그들이 서툴렀기 때문일 테죠.

주인 네 목소리가 나아진 것 같구나. 훨씬 편하게 이야기하는 걸 보니.

자크 그렇게 보이는 거겠죠. 사실은 그렇지 못합니다.

주인 네 사랑 이야기를 다시 할 수 없느냐?

자크 할 수 없습니다.

주인 네 의견은 내 이야기를 계속하라는 거냐?

자크 제 의견은, 잠깐 멈추고 호리병을 들어 올리는 거죠.

주인 뭐라고! 목이 아픈 네가 호리병을 채우다니?

자크 그렇습니다. 하지만 제기랄, 여기 든 건 차랍니다. 그래서 생각도 안 떠오르고 계속 멍청한 거죠. 호리병에 단지 차만 있는 한, 전 항상 멍청할 겁니다.

주인　뭘 하는 거지?

자크　차를 땅바닥에 쏟고 있는 거죠. 우리에게 불행을 가져
　　　올까 두려워서요.

주인　미쳤군.

자크　현명한지 미친 짓인지, 여하튼 호리병에는 한 방울도
　　　안 남을 겁니다.

　자크가 땅바닥에 대고 호리병을 비우는 동안 주인은 시계
를 들여다보며 담뱃갑을 열고 그의 사랑 이야기를 계속하려
고 했다. 그런데 독자여, 난 그에게, 멀리서 굽은 등으로 빠른
속도로 말을 타고 달려오는 한 늙은 군인을 가리키면서 그의
입을 다물게 하고 싶은 생각이 든다. 아니면 조그만 밀짚모자
를 쓰고 붉은 속치마를 입은 채 걸어서 길을 가는, 또는 당나
귀를 타고 가는 농부 여인이던지. 그리고 그 늙은 군인이 자
크의 대위나 또는 대위의 친구가 아니란 법은 어디 있단 말인
가? — 그렇지만 그는 죽었다. — 당신은 그걸 믿는단 말인
가? 그리고 그 농부 여인이 쉬종 부인이나 마르그리트 부인,
그랑세르 여주인이나 잔 부인 또는 그녀 딸 드니즈가 아니란
법은 또 어디 있단 말인가? 소설을 쓰는 사람이라면 이런 기
회를 놓치지 않았을 것이다. 그러나 난 소설을 좋아하지 않는
다. 리처드슨의 소설은 제외하고 말이다. 나는 하나의 이야기
를 쓰고 있고, 이 이야기가 당신 관심을 끄는가 끌지 않는가에
는 전혀 개의치 않는다. 내 계획은 진실이며 난 그것을 완수
했다. 그러므로 난 장 수도사를 리스본에서 결코 돌아오게 하

지 않을 것이다. 옆에 젊고 예쁜 여자를 태우고 이륜마차를 타고 우리를 향해 오는 저 뚱뚱한 수도원장도 절대 위드송 신부는 아닐 것이다. — 하지만 위드송 신부는 죽지 않았나? — 당신은 그걸 믿는가? 그의 장례식에 참석했는가? — 아니다. — 당신은 그를 매장하는 것을 보지 않았을 텐데? — 안 보았다. — 그렇다면 그는 죽거나 살거나 할 수 있다. 당신 좋을 대로 생각하라. 이륜마차를 멈추게 하고 수도원장과 그 여행 동반자로부터 일련의 사건을 끄집어내어, 그 결과 당신이 자크의 사랑 이야기도 주인의 사랑 이야기도 알지 못하게 되는 것도 오로지 내 손에 달렸다. 그러나 나는 이 모든 수단을 경멸한다. 다만 약간의 상상력과 문장력만 있으면 소설을 쓰는 것보다 더 쉬운 일이 없다는 것을 알 뿐이다. 그러니 진실 속에 머무르도록 하자. 그리고 자크의 목 병이 나을 때까지 주인이 이야기하도록 내버려두자.

주인   어느 날 아침 기사가 무척 슬퍼 보였다네. 기사, 기사의 애인인지 아니면 나의 애인인지 어쩌면 우리 두 사람의 애인인 그녀, 그녀 아버지, 어머니, 아주머니들, 조카들과 내가 시골에서 함께 보낸 다음 날이었네. 그는 내게 그녀 부모가 내 정열에 대해 눈치를 채게끔 뭔가 경솔한 행동을 하지 않았느냐고 물었네. 내가 끈 질기게 붙어 다니는 데 당황한 그녀 아버지, 어머니가 딸에게 물었다는 걸세. 내 의도가 정직하다면 그걸 고백하는 것처럼 쉬운 일도 없을 거라고 하면서. 그런 조건에서라면 그들은 내 방문을 자랑으로 여길 테고, 그렇지 않고 이 주일 내에 내가 명백히 설명하지 않는다면 내 방문이 남의 눈에 띄어 구설수에 오를 테니 방문을 그만둬 달라는 것이었네. 거절당할까 걱정하지 않아도 될 좋은 혼처를 놓치면 딸에게 피해가 된다는 거였지.

자크   주인님, 자크에게는 선견지명이 있나요?

주인   기사는 또 말하기를 "이 주 안이라네! 기한이 얼마 안 되네. 자네는 사랑하고 있고 또 사랑을 받고 있다네. 이 주 안에 어떻게 하겠는가?" 난 기사에게 손을 떼겠다고 분명히 대답했지.

"손을 뗀다고! 그렇다면 그녀를 사랑하지 않는단 말인가?"

"사랑하지, 그것도 매우 사랑하지. 하지만 내게도 친척이 있고 이름도 신분도 야망도 있다네. 이 모든 이점을 소시민의 가게에다 처박는 일은 결코 하지 않을 걸세."

"내가 그들에게 그걸 공표해도 되겠는가?"

"마음대로 하게나. 그러나 기사, 그 작자들의 갑작스러운 세심한 배려는 놀랍군. 그들은 딸에게 내 선물을 받도록 허락했고 스무 번이나 단둘이 있도록 내버려 두었는데 말이야. 그녀는 누구든지 자기에게 좋은 마차를 제공하는 사람이면 함께 무도회로, 모임으로, 극장으로, 들판이나 도시로 가지 않았는가. 그녀 집에서

음악을 연주하던가 이야기를 할 때면 그들은 깊이 잠이 들지 않았는가. 자네도 마음대로 그 집을 드나들지 않는가. 그리고 우리끼리 말이지만 기사, 자네가 어떤 집을 드나들도록 허락받았다면 또 다른 사람도 갈 수 있는 게 아닌가? 게다가 그들의 딸은 평판이 자자하지 않는가. 사람들이 그녀에 대해 하는 말을 난 믿지도 부인하지도 않을 걸세. 하지만 그 부모들은 그들 자식의 정절에 대해 좀 더 일찍 소중히 여겼어야 하지 않는가. 자네는 내가 진실을 말하기를 바라는가? 그들은 날 얼간이로 여기고 그들 마음대로 내 코를 끌고 교회 사제 발밑에 데리고 갈 수 있다고 생각했겠지. 잘못 생각한 걸세. 아가트 양이 매혹적이라 잠시 얼이 빠졌었지만, 내가 그녀를 위해 쓴 그 엄청난 비용 때문에 명백해졌다네. 물론 그녀와 계속 만나는 걸 거절하지는 않겠지만, 앞으로 그녀가 좀 덜 엄격하리라는 확신이 서야만 가능하네.

내 의도는 내가 다른 곳에서 더 유용하게 쓸 수 있는 시간이나 재산, 탄식을 그녀 무릎에서만 영원히 낭비하고 싶지 않다는 거라네. 자네는 이 내 마지막 말을 아가트 양에게 전하게, 그리고 그전에 한 말은 그녀 부모에게 전하고. 우리 관계가 끝나든가 아니면 새로운 조건으로 나를 받아들이든가 또는 아가트 양이 지금까지보다 좀 더 나에게 잘하든가 해야만 할 걸세. 기사, 자네가 날 그녀 집에 안내했을 때 나는 뭔가 쉽게 얼을 수 있으리라고 기대했는데, 그런 건 전혀 얻지 못했네. 자네는 내게 그녀를 조금은 강요한 셈이라네."

기사   정말이지 처음에 속은 사람은 나 자신이라네. 대담한 거동에 자유분방하고도 명랑한 표정을 한, 약간 들뜬 젊은 여자가 그렇게 정조가 굳을 줄 누가 도대체 상상인들 했겠는가?

자크   뭐라고요. 도대체라니! 좀 지나치군요. 그래서 나리께서는 나리 인생에서 딱 한 번 용감하셨나요?

주인   그런 날도 있는 법이지. 난 고리대금업자 사건과, 브리두아 양 면전에서 파리 생장드라트랑[128] 성당으로 피신한 일을 마음속으로는 잊지 못하고 있었네. 그리고 다른 무엇보다도 아가트의 그 엄격함을 말이야. 질질 끄는 데 그만 지쳐 버렸다네.

자크   나리의 친구 생투앵 기사에게 그 용감한 연설을 하고 난 후 나리께서는 어떻게 하셨나요?

주인   약속을 지켜 방문을 그만뒀지.

자크   브라보! 브라보! 제 존경하는 주인님!

주인   아무것도 듣지 못한 채 이 주가 지나갔다네. 내 부재가 그 가족에게 자아낸 효과에 대해 기사가 충실히 가

---

128) Saint-Jean-de-Latran. 이 성당은 당시 파리 대주교구의 관할권에서 벗어나 있었다. 따라서 생장드라트랑 성당으로 피신한다는 말은 법의 힘이 닿지 않는 안전한 곳에 피신한다는 뜻이다.

르쳐준 걸 제외하고는 말일세. 그 말에 난 더 꿋꿋이 버텼다네. 그는 내게 말했지. "그들이 놀라 서로를 쳐다보며 말했네. 자네가 무엇 때문에 불쾌해하는지 서로에게 물었고, 딸은 의연한 척했다네. 그녀는 무관심한 체 말했지만 자존심이 상했다는 건 쉽게 알 수 있었네. '그분은 더 이상 안 보이는군요. 아마도 절 만나기를 원치 않는 모양이에요. 잘됐죠, 뭐. 그건 그분 일이니…….' 그러고는 빙그르르 몸을 돌리면서 노래를 부르며 창가로 갔다가 다시 돌아오곤 했다네. 하지만 그녀 눈은 붉게 충혈되었지. 그녀가 울었다는 걸 모두 알 수 있었네."

"그녀가 울었다고!"

"그런 다음 그녀는 자리에 앉아 뜨개질거리를 들고 일하고 싶어 했지만 할 수 없었네. 사람들이 이야기를 해도 그녀는 침묵만 지키고, 아무리 그녀를 즐겁게 하려고 애를 써도 화만 냈다네. 놀이나 산책이나 구경거리를 제안하면 그때는 승낙하지만 모든 것이 준비되면 다른 것이 더 마음에 들거나 조금 후에는 마음에 들지 않거나 했지. 자네 마음이 흔들리는 모양이군! 난 더 이상 아무 말도 하지 않겠네."

"하지만 기사, 자네는 내가 만약 다시 그들 앞에 나타난다면……."

"자네가 얼간이로 보일 거라고 생각하네. 꿋꿋이 버티고 용기를 가져야 하네. 부르기도 전에 다시 나타난다면 자네는 지는 걸세. 그런 하층민들에게 어떻게 살아야 하는지 가르쳐 줘야 한다네."

"하지만 날 부르지 않으면?"

"자넬 부를 걸세."

"날 부르는 게 늦어진다면?"

"금방 부를 걸세. 자네 같은 사람을 쉽게 구할 수는 없을 테니. 자네 스스로 돌아간다면 자넬 냉대하거나, 자네의 엉뚱한 짓에 대해 비싼 대가를 치르게 할 걸세. 자네에게 강요하고 싶은 규칙을 받아들이게 할 거고. 그래서 자네는 거기에 복종하고 무릎을 꿇어야 할 걸세. 주인이 되고 싶은가 아니면 노예가 되고 싶은가? 그것도 가장 학대받는 노예가? 선택하게. 사실대로 말하자면 자네 방법은 좀 경솔했네. 자네가 정말로 반했다는 걸 알 수 없었을 테니 말이야. 하지만 이미 저질러진 일은 저질러진 일이니. 그걸 이용할 수만 있다면 놓치지 말아야지."

"그녀가 울었다고!"

"그래, 울었네. 자네가 아니라 그녀가 우는 편이 더 낫지 않은가."

"날 부르지 않으면 어떻게 하지?"

"부를 거야. 나는 그 집에 가면 자네가 존재하지도 않은 것처럼 전혀 자네 이야기를 하지 않는다네. 그러면 그들은 날 유도 신문하고, 나도 그렇게 하도록 내버려 두지. 그래서 마침내 그들이 자네를 만났는지 물어보면 나는 무관심하게 어떤 때는 그렇다고 하고 또 어떤 때는 아니라고 대답한다네. 그러다가 다른 이야기를 하지만 이내 자네가 사라진 일에 대한 이야기로 돌아가지. 그 첫 번째 말이 그녀 아버지에게서 나왔는지, 어머니인지 아니면 또는 아가트에게서 나왔는지는 확실히 잘 모르겠지만, 여하간 이런 말이었네. '우리가 그에게 품었던 존경심이나, 그의 최근 사건에 대한 우리 관심이나 내 조카딸의 우정이나 내가 베푼 정중한 대접이나, 우리가 받은 애정의 맹세나…… 이 모든 것 후에 인간을 믿으라니요! 이런 일 후에 집을 방문하는 사람에게 문을 열라니요! 친구를 믿으라니요!'"

"그리고 아가트는?"

"그녀는 경악했다네. 단언하지만."

"아가트는?"

"아가트는 날 구석으로 데리고 가더니 이렇게 말했네. '기사님, 당신 친구에 대해 뭔가 이해가 가시나요? 제가 그로부터 사랑받고 있다고 몇 번이나 확언하셨잖아요. 당신도 아마 믿으셨겠죠. 어떻게 안 믿을 수가 있었겠어요? 저도 믿었답니다…….' 그리고 말을 멈추더니 목소리가 변하며 눈에 눈물이 고이더군……. 자네도 똑같군! 이젠 더 이상 아무 말도 하지 않겠네. 결정했네. 자네가 무얼 원하는지 알지만, 그렇게는 안 되네, 절대로 안 되네. 자네가 이렇다 할 이유도 없이 그냥 훌쩍 떠나는 바보짓을 했는데 또 그들에게 자신을 떠맡기러 가는 바보짓을 하는 건 원치 않으이. 아가 트 양과의 관계를 진전시키기 위해 이번 일을 이용해야만 하네. 자신이 자넬 소중히 여기지 않으면 자네를 잃을 수도 있다는 걸 그녀도 알아야 하네. 자네를 지키기 위해 그녀가 처신을 잘하면 또 몰라도. 이 모든 일 후에도 여전히 그녀 손에 키스하려 하다니!"

"그런데 기사, 가슴에 손을 얹고, 우린 친구 아닌가, 솔직히 말해 보게나. 정말 아무것도 얻지 못했나?"

"못했네."

"자네는 거짓말을 하고 있네. 까다롭게 구는 모양이군."

"그럴 이유가 있었다면 그렇게 했을지도 모르지. 하지만 자네에게 맹세하지만 내게 거짓말하는 행운은 없네."

"상상도 할 수 없는 일이야. 자네가 서투른 사람도 아닐 테고. 뭐라고! 한순간도 그녀 마음이 약해진 때가 없었단 말인가?"

"없었네."

"그런 순간이 있었지만 자네가 알아차리지 못해 놓쳤겠지. 자네 조금은 순진하지 않았나 염려되는군. 자네처럼 고상하고 세심하고 인정 많은 사람들에겐 그럴 만한 소지가 있지. 그런데 기사, 자네는 거기서 무얼 하는 건가?"

"아무것도 안 하네."

"자네에겐 전혀 야심이 없었단 말인가?"

"용서하게. 꽤 오래 야심을 품었지. 하지만 자네가 왔고 보았고 이겼네. 그녀가 자네를 많이 바라보고 난 전혀 바라보지 않는다는 걸 알게 되었네. 그래서 끝났다고 생각했네. 우린 좋은 친구로 남았고 그녀는 내게 자기 속마음을 이야기하고 때때로 충고도 받아들인다네. 그래서 난 하는 수 없이 자네가 내게 맡게 한 조역을 받아들이기로 했다네."

자크 나리, 두 가지를 지적해야겠군요. 하나는 제가 이야기를 할 때면 악마나 다른 사람이 꼭 제 이야기를 중단한다는 점이고, 나리 이야기는 중단되지 않고 계속된다는 점입니다. 바로 이것이 인생인가 봅니다. 한 사람은 가시덤불을 달려도 찔리는 법이 없고, 다른 한 사람은 어디다 발을 놓아야 할지 아무리 쳐다보고 걸어도 가장 평탄한 길에서도 가시덤불에 찔려 온통 살갗이 벗겨진 채 집에 도착하니 말입니다.

주인 너는 네 후렴구를 잊어버렸느냐. 저 커다란 두루마리며 저기 높은 곳에 쓰인 거며?

자크 또 다른 하나는 나리의 생투앵 기사가 대단한 사기꾼이라는 생각이 계속 드는군요. 르 브렁, 메르발, 마티외 드 푸르조인지 아니면 푸르조 드 마티외인지, 브리두아 양, 그런 고리대금업자들과 나리 돈을 나누어 가진 후에 이제는 나리에게 그의 정부를 떠맡기려 하는군요. 합법적으로 공증인과 신부 앞에서 결혼한 후에 나리 부인을 나리와 공유하기 위해서요. 아, 목이……!

주인   네가 무슨 짓을 하고 있는지 아느냐! 아주 조잡하고
      도 무례한 짓을 하고 있다…….

자크   전 능히 그럴 수 있습니다.

주인   넌 네 말이 중단당했다고 불평하면서도 내 말을 중단
      하는구나.

자크   나리가 제게 보여 준 나쁜 본보기 때문입니다. 어머니
      는 바람 피우기를 원하면서도 딸은 얌전하기를 바라
      고, 아버지는 낭비하기를 원하면서도 아들은 절약하
      기를 바라고, 주인은…….

주인   하인 말을 중단하기를 바라면서도, 그것도 자기가 원
      하는 만큼 자주 중단하기를 바라면서도, 자기 말은 중
      단되기를 원치 않고…….

   독자여, 그대는 마치 이 장면이 여인숙에서 "내려가."라고
소리지르면 "내려가지 않겠습니다."라고 외치던 장면의 반복
이라고 생각하겠지. "중단하겠습니다."라고 하면 "중단하지 못
해."라고 하는 것을 왜 난 그대에게 들려주지 않는 걸까? 내가
자크나 주인의 신경을 조금만 거슬러도 그들의 싸움이 시작된
다는 것은 확실하다. 그리고 일단 싸움이 시작되면 어떻게 끝
날지는 아무도 모른다. 그러나 사실인즉 자크는 겸손하게 주인
에게 대답했다. "나리, 전 나리 말씀을 중단하는 게 아니라 나
리께서 허락하신 것처럼 나리와 더불어 이야기하는 겁니다."

주인   그건 그렇다 치더라도 그게 전부가 아니다.

자크 또 어떤 무례한 언동을 했나요?

주인 넌 이야기꾼을 앞질러 말함으로써 널 놀라게 해 주려고 기대했던 기쁨을 빼앗아 갔다. 격에 맞지도 않은 명석함을 내세우면서 네게 말하려는 것을 간파했으니 입을 다무는 수밖에 별수 없지 않은가. 고로 난 입을 다물겠다.

자크 아! 주인님!

주인 재치 있는 자들은 저주를 받을지어다!

자크 동감입니다. 하지만 가혹하게…… 하지는 않으시겠지요?

주인 적어도 네가 저주받아 마땅하다는 건 인정하게.

자크 좋습니다. 하지만 이 모든 것에도 불구하고 나리께서는 시계를 들여다볼 것이고 코담배를 들이마실 거고 그러다 보면 나리의 화가 풀려 이야기를 계속하실 겁니다.

주인 이 괴짜는 자기가 하고 싶은 대로 날 주무른단 말이야…….

  기사와 이런 대화를 나눈 며칠 후에 그가 내 집에 다시 나타났네. 아주 의기양양한 태도였지. "여보게, 다음에도 내 예언을 믿겠는가? 우리가 더 강자라네. 자, 여기 그 여자가 보낸 편지가 있네. 그래, 편지야. 그녀로부터의 편지야……." 그 편지는 아주 달콤했네. 비난, 탄식, 기타 등등. 여하간 난 그 집에 다시 드나들게 되었지.

독자여, 그대는 여기서 읽기를 멈추는군. 무슨 일인가? 아! 알겠네. 그대는 그 편지를 보고 싶은 것이네. 리코보니[129] 부인이라면 틀림없이 보여 줬을 텐데. 그리고 포므레 부인이 그 두 맹신도에게 구술해 준 편지도 그대는 틀림없이 아쉬워했겠지. 물론 그 편지를 쓰는 일은 아가트의 편지를 다르게 쓰는 일보다 어렵겠지만, 또 내 재능을 지나치게 과신하는 것도 아니지만, 난 별 문제없이 거기서 빠져나왔을 것이네. 하지만 그 편지는 독창적이진 않았을 것이다. 티투스 리비우스의 『로마 건국사』에 나오는 장엄한 장광설이나, 벤티보글리오 추기경이 쓴 『플랑드르 전쟁』에 나오는 연설 같았겠지.[130] 사람들은 그 책들을 기꺼이 읽겠지만 환상은 깨질 것이다. 인물들이 하지도 않은 연설을 그들이 한 것처럼 가정하는 사학자는 그들이 하지도 않은 행동을 한 것처럼 가정할 수도 있다. 그러니 제발 이 편지 두 통은 무시하고 그냥 책 읽기를 계속해 주기 바라네.

주인   그들은 왜 내가 자취를 감추었는지 그 이유를 물었다네. 그래서 난 내가 말하고 싶은 것을 말했지. 그러자 그들은 내가 말한 것에 만족하고 다시 예전 상태로 돌

---

129) Mme Riccoboni. 프랑스 연극배우이자 소설가로 서간 소설을 몇 권 썼으며 디드로와 편지를 교환했다.
130) 티투스 리비우스(Tiuts Livius)는 고대 로마 사학자로 그의 『로마 건국사』는 역사적인 사실의 기록보다는 중간 중간 삽입된 연설로 더욱 유명하다. 벤티보글리오(Bentivoglio)는 루이 13세 때 교황 대사로 『플랑드르 시민 전쟁사』의 저자다.

아갔다네.

자크 다시 말해 나리께서 지출을 계속하고 사랑 문제도 더 이상 진척되지 않은 상태겠죠.

주인 기사는 꽤 초조한 기색으로 내게 소식을 물었다네.

자크 그는 진짜 초조했을지도 모릅니다.

주인 이유가 뭐지?

자크 왜냐고요? 그건…….

주인 말을 끝내.

자크 조심하렵니다. 이야기꾼에게 맡겨야죠.

주인 내 교훈이 네게 유익했던 모양이지. 기쁘군……. 어느 날 기사가 내게 단둘이 산보하자고 제안했네. 우리는 시골에서 하루를 보내기로 했지. 아침 일찍 떠나 주막 집에서 점심과 저녁을 먹었다네. 포도주는 꽤 맛이 좋아서 우린 정부나 종교 문제며 연애담이며 이것저것 이야기하며 꽤 많이 마셨지. 그는 내게 아주 솔직히 그의 모든 연애담을 털어놓았고 좋은 일 나쁜 일을 전혀 감추지 않았다네. 그는 술을 마시며 나를 얼싸안고 다정하게 눈물을 흘렸지. 그래서 나도 마시고 얼싸안고 눈물을 흘렸네. 자신의 과거 처신 중 단 하나 자책하는 행동이 있어서 무덤에서까지도 후회할 거라는 거였어. "기사여, 자네 친구에게 고백하게나. 그러면 마음이 가벼워질 테니. 무슨 일인가? 어떤 사소한 잘못이기에 자네의 세심한 마음이 그렇게 과장하는 건가?

"못 하네, 난 못 하네." 기사는 머리를 기울여 두 손에 대며 수치심에 젖은 얼굴을 가리고 소리쳤다네. "그건 비열한 짓이야, 도저히 용서할 수 없는 비열한 짓이야. 자네는 믿겠는가? 나 생투앵 기사가 한 번 배반한 적이, 그래, 자기 친구를 배반한 적이 있다는 걸 말일세."

"어떻게 된 일인데?"

"우린 서로 같은 집을 드나들었네. 자네와 나처럼 말일세. 거기에는 아가트 양처럼 젊은 여자가 있었다네. 그는 그녀를 사랑했지만 그녀가 사랑한 건 나였지. 그는 그녀 때문에 과다한 지출로 파산했고, 난 그녀에게 사랑받으며 즐겼다네. 결코 그에게 고백할 용기는 없었다네. 그러나 우리가 다시 만나면 난 그에게 전부 털어놓을 걸세. 내 마음속 깊이 간직한 이 끔찍한 비밀이 너무도 괴로워 이 무거운 짐에서 기필코 해방되어야 하네."

"기사, 잘하는 일일세."

"자네는 그렇게 충고하는가?"

"물론이지. 그렇게 충고하네."

"내 친구가 그 일을 어떻게 받아들일 거라고 생각하는가?"

"그가 자네 친구고 정의로운 사람이라면, 자네가 용서를 빌지 않아도 스스로 용서할 걸세. 그는 자네 솔직함과 후회에 감동해 자네 목에 달려들어 껴안을 걸세. 내가 그라면 그렇게 했을 테니까 그도 그렇게 할 걸세."

"자네는 그렇게 믿는가?"

"믿네."

"자네도 그렇게 행동하겠는가?"

"틀림없네."

그 순간 기사는 일어나 내게로 오더니 눈물이 가득한 눈으로 팔을 벌리며 말하더군. "여보게, 그렇다면 날 안아 주게."

"뭐라고! 기사, 그게 자네와 내 이야기란 말인가? 그리고 그 방탕한 여자가 아가트란 말인가?"

"그렇다네. 자네 말을 취소할 수도 있네. 자네가 원하는 대로 날 마음대로 하게나. 자네도 나처럼, 자넬 모욕한 것이 결코 용서할 수 없는 일이라고 생각한다면 날 용서하지 말게. 일어나 떠나게. 다시 만나는 일이 있다면 마음껏 경멸하게나. 그리고 날 수치심과 고통 속에 내버려두게. 그 몹쓸 계집애가 내 마음속에서 어떤 지배력을 보였는지 자네가 알기만 한다면! 난 신사로 태어났네. 날 야비하게 만든 그 비열한 역할 때문에 내가 얼마나 괴로워했는지 좀 생각해 보게나. 얼마나 여러 번 자네를 쳐다보기 위해 그녀로부터 시선을 돌려야 했는지. 그녀의 배신과 나의 배신에 신음하면서 말일세. 자네가 지금까지 알아차리지 못했다는 건 도저히 믿어지지 않네."

난 얼어붙은 테르미누스[131] 신처럼 꼼짝 않고 있었네.

---

131) Terminus. 토지의 경계를 담당하던 로마의 신.

기사의 연설을 듣자마자 "이 비열한 인간! 기사, 자네가 내 친구라니!"라고 겨우 소리 지를 정도였지.

"그렇다네. 난 그런 인간이었고 지금도 그렇다네. 난 자네를 그 몹쓸 여자로부터 구하기 위해 내 비밀이라기보다는 그녀 비밀을 고백하는 걸세. 날 절망케 하는 것은 자네가 그녀를 위해서 한 모든 것에 대한 보상으로 아무것도 얻지 못했다는 걸세." (여기서 자크, 웃음을 터뜨리며 휘파람을 분다.)

하지만 이건 콜레의 「포도주 속의 진실」[132] 아닌가? ── 독자여, 그대는 자신이 지금 무슨 말을 하는지 모르는 모양이군. 지나치게 똑똑한 체하면 바보가 될 뿐이다. 포도주 속에는 진실이 거의 없다. 아니면 그 반대로 포도주 속에는 거짓만이 있다. 그대에게 좀 무례한 말을 했다. 미안하네. 용서하게.

주인 내 분노가 조금씩 진정되었다네. 난 기사를 포옹했지. 그는 의자에 다시 앉아 식탁에 팔꿈치를 괴고 주먹으로 눈을 가리고는 날 감히 쳐다보려 하지 않았다네.

자크 그는 몹시 괴로워했고 나리께서는 친절하게도 위로하셨겠지요? (자크, 또 휘파람을 분다.)

---

132) 프랑스 극작가 콜레(Collé)가 1747년에 쓴 이 작품에는 생투앵 기사의 태도를 연상케 하는 대목이 나온다. 즉 상대방을 설득하고자 술에 취한 척하는 장면인데 디드로는 주인공의 후회가 어떤 덕성에서 우러나온 것이 아닌 술기운에서 비롯되었다는 점을 지적한다.

주인 　가장 좋은 방법은 그 일을 농담으로 돌리는 거라고 생
　　　각했네. 그래서 재미있는 말을 하면 그때마다 당황한
　　　기사는 이렇게 말했다네. "자네 같은 사람은 결코 없
　　　을 걸세. 자네는 유일한 사람이야. 나보다 백배나 나
　　　아. 내가 자네라면 내게 그런 모욕을 용서할 만한 용
　　　기나 관대함이 있을지 의심스럽네. 그런데도 자네는
　　　농담을 하다니. 이런 예는 찾아볼 수 없을 걸세. 여보
　　　게, 어떻게 하면 속죄할 수 있을까? 아니야, 이건 속
　　　죄할 수 없는 일이야. 난 절대로 내 죄나 자네 관대함
　　　을 잊지 않겠네. 그것들은 여기 깊이 새겨져 있네. 하
　　　나는 날 증오하고, 다른 하나는 자넬 존경하고 자네에
　　　대한 내 애정을 배가하려고 기억할 걸세."
　　　"기사, 거기에 대해서는 더 이상 생각하지 말게. 자네는
　　　자네 행동이나 내 행동을 과장하네. 자, 자네 건강을 위
　　　해, 기사, 아니 내 건강을 위해 건배하세. 자네 건강을
　　　위해 건배하는 걸 자네가 원치 않으니." 기사는 조금씩
　　　용기를 되찾았지. 그는 내게 그의 세세한 배신 행위까
　　　지 얘기했다네. 자신에게 가장 가혹한 수식어를 퍼부
　　　으면서 말이야. 딸이며 그녀 어머니며 아버지며 아주
　　　머니며 온 가족을 산산조각 내었다네. 그리고 그들이
　　　자기에게는 잘 어울리지만 내게는 당치 않은 사기꾼
　　　집단이라고 하면서 말이야. 이건 그의 표현이라네.

자크 　바로 그래서 제가 여인네들에게 술 취한 남자와는 결
　　　코 자지 말라고 충고하는 거죠. 전 기사가 저지른 경거

망동한 사랑 행위보다는 우정을 배신한 행위로 더 그를 경멸합니다. 제기랄! 그는 신사답게 먼저 나리께 고백했어야 하는데. 하지만 나리, 전 여전히 그가 악당이라고, 지독한 악당이라고 생각합니다. 그 일이 어떻게 끝날지는 저도 모르겠는걸요. 그가 잘못을 깨닫는다고 하면서 다시 나리를 속이지나 않을까 걱정됩니다. 그 주막집과 그런 동반자에게서 빨리 벗어나십시오.

자크는 술도 차도 없다는 걸 잊어버리고 호리병을 다시 들었다. 그러자 주인이 웃기 시작했다. 자크는 칠 분 삼십 초 동안 멈추지 않고 기침했다. 그의 주인은 시계와 담뱃갑을 꺼내고 이야기를 계속했다. 그대가 괜찮다면 난 그의 이야기를 중단하겠다. 자크가 믿는 것처럼 자신의 말은 항상 중단되고 주인 말은 결코 중단되지 않는다는 것이 저기 높은 곳에 씌어 있지 않다는 걸 증명하여 자크를 화나게 할 수만 있다면 말이다.

주인 (기사에게) "이렇게 말하고 나서 더는 그들을 안 보겠지?"

"내가 그들을 다시 본다고! 하지만 절망적인 것은 복수를 하지 않고 떠난다는 걸세. 한 신사에게는 배신하고 놀리고 우롱하고 뺏어가고. 다른 신사에게는, 미안하구먼, 난 아직도 나 자신을 그렇게 여긴다네, 그의 정열과 나약함을 이용하여 일련의 끔찍한 일을 저지르게 하고. 그리하여 두 친구를 서로 증오케 하고, 어쩌면 목을 조르게까지 하게 하고. 여보게, 자네가 나의 비열한 술책을 알았더라면 자네는 용감한 사람이니까 그런 원한을 품었겠지."

"아닐세. 그 정도까지는 가지 않았을 걸세. 무엇 때문에, 그리고 누구를 위해? 누구도 저지르지 않겠다고 맹세할 수 없는 그런 잘못을 위해? 그 여자가 내 부인인가? 설사 내 부인이라 해도? 내 딸인가? 아닐세, 그녀는 다만 음탕한 여자에 지나지 않네. 자네는 그런 음탕한 여자를 위해 내가 ……하리라고 믿는가? 자, 여보게, 그만하고 마시기나 하세. 아가트는 젊고 싱싱하고 하얗고 포동포동한 여자지. 살이 아주 탄탄하고 피부는 부드럽지 않았는가? 그 쾌락은 달콤했을 걸세. 자네는 그녀 품에서 행복한 나머지 친구들은 전혀 생각하지 못했을 걸세."

"그 사람의 매력이나 쾌락이 내 잘못을 용서한다 해도 이 하늘 아래 어느 누구도 나 같은 죄인은 없을 걸세."

"아, 기사. 그렇다면 난 다시 돌아가서 내 관대함을 취소하고 자네의 배신 행위를 잊기 위해 한 가지 조건을 걸겠네."

"말하게, 친구여, 명령하게. 창문으로 뛰어내릴까? 목을 맬까? 아니면 물에 빠지든지 가슴에 칼을 꽂을까?" 그 순간 기사는 식탁에 놓인 칼을 잡고 목깃을 풀어헤치더니 셔츠를 걷고 멍한 시선을 한 채 오른손으로 칼끝을 왼쪽 쇄골 오목한 부분에 갖다 대고 그리스인처럼 죽기 위해 내 명령만 기다리는 것 같았네.

"그런 게 아닐세. 기사, 그 흉측한 칼은 치우게."

"치우지 않겠네. 내가 받아 마땅한 거라네. 신호만 하게."

"그 흉측한 칼은 치우라고 하지 않았는가. 자네 속죄에 그런 커다란 대가를 원하는 게 아닐세……."

하지만 칼끝은 여전히 왼쪽 쇄골 오목한 부분에 놓여 있었네. 난 그의 손을 잡고 칼을 빼앗아 멀리 내던졌지. 그러고는 술병을 그의 잔에 갖다 대고서는 가득 부으며 말했다네. "우선 마시세. 그러고 나서 자네를 용서하기 위해 내가 어떤 지독한 조건을 거는지 말해 줄 테니. 아가트는 아주 풍만하고 육감적이었나?"

"여보게. 자네도 나처럼 알 수만 있다면!"

"잠시만 기다리게. 우선 샴페인 한 병을 가져오게 하고 그런 다음 내게 그녀와 보낸 밤 이야기를 해 주게. 이 매력적인 배신자야. 자네 사면은 그 이야기가 끝나면 주어질 걸세. 자 시작하게. 자네 내 말이 안 들리나?"

"자네 말이 들리네."

"내 결정이 너무 가혹한 것처럼 보이는가?"

"아닐세."

"꿈을 꾸는가?"

"꿈을 꾼다네!"

"내가 자네에게 무얼 요구했지?"

"아가트와 보낸 밤 이야기를."

"됐네."

기사는 날 머리에서 발끝까지 훑어보더니 혼자 중얼거렸네. "똑같은 체격에 거의 같은 나이에, 몇 가지 다른 점이 있다 해도 불빛이 없으면 그녀는 나라고 생각하고 아무것도 의심하지 않을걸⋯⋯."

"기사, 뭘 생각하는가? 자네 잔은 여전히 가득하네, 시작하지 않는가?"

"난 생각을 하네. 친구여, 곰곰이 생각을 해 보았네. 모든 일은 끝났네. 날 안아 주게. 우린 복수할 걸세. 그렇다네, 우린 그렇게 할 걸세. 내 쪽에서 하는 사악한 행동일세. 그 행동이 내게는 합당치 않다 할지라도 그 계집에게는 합당한 것일세. 그녀와 보낸 밤 이야기를 해 달라고 요구하지 않았는가?"

"그렇다네, 너무 지나친 걸 요구한 건가?"

"아닐세. 하지만 이야기하는 대신 내가 자네에게 밤자리를 마련해 주면 어떻겠는가?"

"그건 더 좋지." (자크, 휘파람을 불기 시작한다.)

그 즉시 기사는 주머니에서 열쇠를 두 개 꺼냈네. 하나는 크고 하나는 작았지. "작은 건 그곳의 만능열쇠고, 큰 것은 아가트의 침실 옆방 열쇠네. 이제는 둘 다 자네 것이네. 여섯 달 전부터 매일같이 난 이렇게 해 왔지. 자네도 그렇게 하면 되네. 자네도 알다시피 그녀 방 창문이 집 정면에 있지 않은가. 창에 불이 켜진 동안은 길에서 산책하다가 우리가 정한 신호인 바질 향신료 병이 밖에 놓으면, 현관문으로 다가가서 문을 열고 들어가 문을 닫고 살며시 계단을 올라간다네. 오른쪽에 있는 작은 복도를 돌아 서면 자네도 알다시피 그 복도 왼쪽 첫 번째 문이 그녀 방이라네. 큰 열쇠로 방을 열고 오른쪽 작은 옷 방으로 들어가면 작은 촛불이 켜져 있네. 그 불빛으로 편안히 옷을 벗고 아가트가 살며시 열어 놓은 방문으로 들어가면 그녀가 침대에 있다네. 잘 알겠는가?"

"잘 알겠네."

"사람들로 둘러싸여 있으므로 우린 침묵을 지킨다네."

"수다 떠는 것보다 더 나은 일이 있으니까."

"무슨 일이 있을 경우 난 침대에서 뛰쳐나와 옷 방에 가서 숨는다네. 그런 일은 아직 한 번도 없었지만. 우리의 일상적인 습관은 새벽 4시쯤에 헤어지는 거지. 쾌락이나 휴식이 우릴 더 오래 끌고 가면 침대에서 함께 나와 그녀는 내려가고 난 옷 방에 남아 책을 읽거나 휴식을 취한다네. 안전하게 나갈 수 있는 시간을 기다리면서 말일세. 시간이 되면 내려가 인사하고 금방 도착한 것처럼 그들에게 키스한다네."

"오늘밤에도 자네를 기다리는가?"

"매일 밤 기다린다네."

"자네 자리를 내게 양보한단 말이지?"

"진심으로. 자네가 내 이야기보다 그녀와의 밤 시간을 더 좋아해도 난 마음 아파하지 않겠네. 내가 바라는 건 다만……."

"말을 끝내게. 자네를 돕기 위해서라면 무엇인들 못 하겠는가."

"자네가 그녀 품에 아침까지 있는 걸세. 내가 도착해서 자네를 기습할 테니."

"아. 그건 너무 악랄하지 않은가."

"악랄하다고? 자네가 생각하는 것만큼 난 그렇게 악랄한 사람이 아니라네. 난 그전에 옷 방에서 옷을 벗겠네."

"자네는 악마에 홀렸군. 그건 그렇다 치더라도 내게 열쇠를 주면 자네에게는 열쇠가 없을 텐데."

"여보게, 자네는 참 바보군!"

"그렇게 바보는 아닐세."

"둘이서 같이 들어가지 말라는 법은 어디 있단 말인가? 자네는 아가트를 보러 가고 난 우리가 합의한 신호를 자네가 보낼 때까지 옷 방에 있으면 어떨까?"

"정말로 너무 재미있고 미치광이 같은 짓이어서 자칫하면 찬성하고 싶은 생각이 든다네. 하지만 모든 것을 따져볼 때 이런 우스꽝스러운 짓은 다음 밤 중 하나로 연기하는 편이 더 낫겠네."

"아, 알겠네. 자네 의도는 한 번 더 복수를 하자는 거군."

"자네가 승낙한다면?"

"좋고말고."

자크	나리의 기사는 제 생각을 완전히 뒤집어 놓는군요. 저는 ……라고 상상했는데.
주인	상상했다고?
자크	아닙니다, 나리, 계속하십시오.
주인	우리는 마셨고, 다가올 밤과 그다음에 있을 밤들, 아가트가 나와 기사 사이에 있을 밤에 대해 수많은 미친 짓을 말했지. 기사는 다시 명랑해졌고 우리 대화는 슬프지 않았네. 그는 내게 밤의 행동 규칙에 대해 가르쳐주었고, 그것을 따르기란 쉬운 일은 아니었네. 하지만 내가 유리하게 보낸 수많은 밤 덕분에, 아무리 그가 잘한다고 뻐겨도, 첫날밤에 나도 기사의 체면을 지켜 줄 정도는 되었네. 그는 아가트의 재주며 완벽함이며 편함에 대해 상세하게 끝없이 말했지. 기사는 믿기 어려울 정도의 놀라운 기술로 술의 취기에 정념의 취기를 덧붙였다네. 모험의 순간 또는 복수의 순간이 천천히 다가오는 것처럼 보였지. 우린 식탁에서 일어났고 기사가 돈을 치렀는데 처음 있는 일이었네. 우린 마차에 올라탔고 둘 다 취해 있었네. 하지만 우리 마부와 하인은 우리보다 더 취해 있었지.

독자여, 내가 여기서 마부와 말, 마차, 주인과 하인을 늪에 다 내던진다고 해도 누가 막을 것인가? 늪이 무섭다면, 그들을 안전하게 도시로 데리고 가 거기서 그들이 탄 마차를 다른 마차에 ― 내가 술 취한 젊은이들을 가두어 둘 ― 부딪히

게 하면 어떨까? 그러면 규정대로 소위 모욕적인 언사와 싸움, 결투, 난투극이 벌어지겠지. 그대가 난투극을 좋아하지 않는다면, 그 젊은이들을 아가트와 그녀 아주머니 중 한 사람으로 바꾼다 해도 누가 뭐라고 할 것인가? 하지만 그런 일은 일어나지 않았다. 기사와 자크의 주인은 파리에 도착했고, 자크의 주인은 기사의 옷을 입었다. 자정이 되자 그들은 아가트 집 창문 아래 있었다. 불이 꺼지고 바질 병이 자리에 놓였다. 그들은 길 한끝에서 다른 끝까지 한 바퀴 더 돌았고 기사는 친구에게 다시 한 번 훈계했다. 그들은 문 쪽으로 다가갔고 기사가 문을 열어 자크의 주인을 집 안으로 밀어 넣더니 현관의 만능 열쇠는 자기가 가진 채 복도 열쇠만 주인에게 주고 현관문을 잠그고는 멀어졌다. 자크의 주인은 이 세세한 일들을 간단명료하게 말한 다음 다시 말을 이었다.

"내가 아는 곳이었네. 나는 발끝으로 올라가서 복도 문을 열고 다시 문을 닫고 옷 방으로 들어갔다네. 거기 가니 조그만 촛불이 켜져 있더군. 그래서 옷을 벗고 방문이 열려 있기에 안으로 들어가 침대로 갔다네. 아가트는 자고 있지 않더군. 내가 침대 커튼을 여는 순간 벌거벗은 두 팔이 내게로 달려들며 날 잡아당기더군. 그래서 난 하는 대로 내버려두고 드러누웠지. 애무하는 손길이 날 온통 뒤덮더군. 그래서 나도 애무했지. 난 세상에서 가장 행복한 사람이었다네. 적어도 ……할 때까지는 그랬지."

자크의 주인이 자크가 잔다는 걸, 또는 잠자는 척한다는 걸 알자 소리를 질렀다. "이 바보 같은 녀석, 내 이야기의 가장 흥미로운 지점에서 잠을 자다니……!" 바로 그 순간을 자크는 기다리고 있었다. "일어나."

"그렇게 못 합니다."

"왜지?"

"제가 깨어나면 제 목 병도 깨어날 수 있기 때문이죠. 그리고 우리 두 사람 다 쉬는 게 좋다는 생각이 들어서요."

그러고는 머리를 앞으로 떨어뜨렸다.

"목 부러지겠다."

"저기 높은 곳에 씌어 있다면 틀림없이 그렇게 되겠지요. 나리께서는 아직도 아가트의 품에 있는 게 아닙니까?"

"그렇다네."

"기분 좋지 않으십니까?"

"아주 좋지."

"그렇다면 그렇게 계십시오."

"거기 있으라고, 농담이겠지."

"적어도 제가 데글랑의 반창고 이야기를 알 때까지 말입니다."

"이 배신자야, 너 복수하는구나."

"그것이 사실이라 해도 나리, 나리께서는 수많은 질문과 엉뚱한 생각으로 제 이야기를 중단했지만 제가 어디 한 마디나 했나요. 나리 이야기를 중단하시고 제발 저에게 그 선량한 데글랑 씨 반창고 이야기를 해 주실 수 없나요? 제가 그렇게도 고맙게 여기는 분인데. 그분은 돈이 없어 어찌할 바를 몰라 쩔쩔매는 저를 외과 의사 집에서 구해 주셨고, 또 그분의 성에서 드니즈를 만나게 되었고, 또 드니즈가 없었더라면 우리 여행 내내 제가 나리께 한 마디도 안 했을 텐데 말입니다. 주인님, 존경하는 주인님, 데글랑의 반창고 이야기를 해 주십시오. 원하신다면 짧게 하셔도 좋습니다. 그동안은 저도 어쩌지 못하는 졸음도 사라질 테고, 나리께서는 저의 경청을 기대하셔도 됩니다."

주인 (어깨를 추켜올리며) 데글랑의 이웃에는 한 매력적인 과부가 살았는데, 그녀는 지난 세기에 유명했던 바람둥이 여자[133]와 여러모로 자질이 비슷했지. 이성적으로는 정숙하면서도 자유분방한 그녀는 전날 저지른 잘못을 이튿날 후회하면서 그녀 삶을 쾌락에서 후회로, 후회에서 쾌락으로 보냈다네. 쾌락이라는 습관이 후회하는 마음을 억누르는 일 없이, 후회하는 습관이 쾌락을 억누르는 일 없이 말일세. 난 그녀가 생을 마감할 무렵 그녀를 알게 되었는데, 그녀는 내게 드디어 자신의 커다란 두 적으로부터 해방된다고 말했네. 그녀의 남편은 관대한 사람이었는데 그녀의 유일한 잘못마저도 용서했지. 그녀가 살아 있는 동안에는 측은히 여겼고, 그녀가 죽은 다음에도 오랫동안 그녀를 그리워했다네.[134] 그는 아내가 바람을 못 피우게 하는 것이

---

133) 니농 드 랑클로(Ninon de Lenclos)를 가리킨다. 17세기 인물로 많은 문학계 인사들의 친구였으며, 재치있고 아름다우며, 쾌락을 즐기기로 유명했다.
134) 어떻게 과부의 죽음을 남편이 슬퍼할 수 있단 말인가? 이런 오류가 고의든 착각이든 여기서 우리는 디드로의 이 작품이 평범한 소설 범주에서 벗

술을 마시지 못하게 하는 것만큼이나 어리석은 일이라고 주장했다네. 그는 사람을 고르는 그녀의 뛰어난 안목 때문에 그 숱한 남성 편력을 용서했다네. 그녀는 결코 바보나 악인의 구애는 받아들이지 않았네. 그녀의 사랑은 항상 어떤 재능이나 성실함에 대한 보상이었지. 한 남자가 그녀 애인이거나 애인이었다고 하는 건 그가 가치 있는 사람이라는 걸 입증했네. 그녀는 자신의 바람기를 알고 있었으므로 결코 정조를 지키겠다는 약속 따위는 하지 않았네. "내가 한 유일한 거짓 맹세는 첫 번째 결혼 때였어요."라고 그녀는 말했다네. 누군가가 그녀에 대한 감정을 느끼지 못하게 된다든가 또는 그녀 자신이 누군가에 대해 느꼈던 감정을 잃게 되었을 때도 그들은 친구로 남았다네. 공정함과 품행이 그렇게 다른 경우는 결코 찾아볼 수 없을 걸세. 그녀의 품행이 단정하다고는 말할 수 없지만, 그녀처럼 공정한 여자도 찾아볼 수 없었다네. 그녀의 사제는 제단에서 거의 그녀를 보지 못했지만, 그녀의 지갑은 어느 때나 가난한 사람들을 위해 열려 있었네. 그녀는 종교나 법률이란, 다리가 약한 사람에게서 뺏으면 안 되는 목발 한 쌍 같은 거라고 익살스럽게 말했지. 그녀가 자신들의 남편과 사귀는 것을 두려워하는 여자들도, 자식들과의 교제는 원했을 정도니까.

어난다는 것을 다시 한 번 확인할 수 있다.

자크 (이 빌어먹을 초상화에 대해서는 앙갚음을 하고야 말 테니 어디 두고 보자라고 중얼거리며) 나리께서는 그녀에게 반하셨던 모양이죠?

주인 데글랑이 나보다 먼저 반하지 않았더라면 틀림없이 그랬을 거야. 데글랑이 그녀를 사랑했네.

자크 그의 반창고 이야기와 사랑 이야기가 그렇게도 관계가 깊은가요? 서로 분리될 수 없을 정도로요?

주인 분리할 수는 있지. 반창고는 하나의 사건이고, 이야기는 그들이 사랑하는 동안 일어난 모든 것에 대한 이야기니까.

자크 많은 일이 일어났나요?

주인 많은 일이 일어났지.

자크 그런 경우라면, 나리께서 여주인공의 초상화 이야기에 부여한 시간과 동일한 시간을 그 모든 일에 부여하신다면, 우리는 성신 강림 축일까지도 거기서 빠져나가지 못할 걸요. 그러면 나리의 사랑도 제 사랑도 끝장이죠.

주인 그렇다면 자크, 왜 내 이야기에서 벗어나게 했지? …… 넌 혹시 데글랑의 집에서 조그만 아이를 못 봤느냐?

자크 그 심술궂고 고집 세고 버릇없고 병약한 아이 말입니까? 예, 봤죠.

주인 그 아이가 데글랑과 그 아름다운 과부 사이에서 태어난 사생아라네.

자크 그 아이는 골칫덩어리가 될 겁니다. 외아들이라는 사실이 망나니가 될 수밖에 없는 좋은 이유라면, 자신이 부자가 될 거라는 것을 안다는 것이 망나니가 될 수밖에 없는 또 다른 좋은 이유죠.

주인 그가 병약했기 때문에 아무것도 가르쳐주지 않았지. 아무도 그를 방해하지 않았고 아무도 그를 거스르는 말은 하지 않았지. 망나니가 될 세 번째 좋은 이유지.

자크 어느 날 밤 그 미치광이 녀석이 아주 끔찍한 소리를 지르자 온 집 안이 비상사태가 되었죠. 사람들이 달려오고 아이는 아버지더러 일어나라고 부탁했어요.

"아빠는 주무신단다."

"그러면 어때. 아빠가 일어나야 돼, 아빠가 일어나야 돼……."

사람들이 데글랑을 깨웠고, 데글랑이 급히 어깨에 가운을 던지며 도착했죠. "그래, 내가 왔다. 얘야, 뭘 원하니?"

"그들을 데려오게 해."

"누구를 말이냐?"

"성안에 있는 사람들 모두 말이야."

그래서 그들을 불렀어요. 주인이며 하인이며 낯선 사람이며 손님이며 잔, 드니즈, 그리고 무릎이 아픈 나도 모두 모였죠. 다만 늙은 문지기 여자는 손발이 불편해 성에서 1킬로쯤 떨어진 곳에 있는 초가에서 쉬게 했는데, 그녀만 안 왔어요. 그러자 아이는 그녀를 찾아오라고 했죠.

"하지만 얘야, 지금은 자정이란다."

"난 그러고 싶어, 그러고 싶단 말이야."

"그 여자가 멀리 산다는 걸 알지 않니."

"난 그러고 싶어, 그러고 싶단 말이야."

"그 여자는 나이가 들었고, 걸을 수도 없단다."

"난 그러고 싶어, 그러고 싶단 말이야."

그 가련한 문지기 여자는 와야만 했어요. 사람들이 그녀를 태우고 왔죠. 걸어서 온다면 차라리 흙덩어리를 먹어 치웠을 것이기 때문입니다. 우리 모두가 모이자 아이는 사람들이 그를 일으켜 옷을 입혀 주기를 원했죠. 그래서 그를 일으켰고 옷을 입혔어요. 그는 우리 모두가 큰 거실로 가서 한가운데 놓인 아버지의 커다란 의자에 자기를 앉혀 주기를 원했죠. 그래서 그렇게 했어요. 그는 우리 모두가 손을 잡기를 원했죠. 그는 우리 모두가 원을 그리며 춤을 추기를 원했죠. 그래서 우리 모두는 원을 그리며 춤을 추기 시작했어요. 하지만 그다음 일은 정말 믿기 어렵죠…….

주인 제발 남은 이야기는 하지 말거라.

자크 안 됩니다, 나리. 나리께서는 남은 이야기도 들을 겁니다. 주인님은 내게 길이가 4온[135]이나 되는 그 아이 어머니의 초상화를 별 탈 없이 묘사할 수 있다고 믿은 걸요…….

---

135) aune. 길이의 단위. 1온은 1,188미터에 해당된다.

주인　너무 귀여워해서 내가 널 망쳐 놓았구나.

자크　나리께는 안된 일이군요.

주인　넌 내가 과부의 초상화 이야기를 길고 지루하게 했다
고 마음속에 간직하고 있구나. 하지만 너도 아이의 엉
뚱한 짓에 대한 그 길고도 지루한 이야기로 내게 충분
히 앙갚음했다고 생각한다.

자크　그것이 나리 의견이라면, 아버지 이야기를 계속하십
시오. 하지만 더 이상 초상화 이야기는 하지 마십시
오. 전 초상화를 극도로 증오합니다.[136)]

주인　왜 그렇게 초상화를 증오하는 거냐?

자크　초상화는 닮는 법이 없기 때문이죠. 우연히 우리가 실
제 모델을 만나면 알아볼 수 없을 정도이니 말입니다.
그러니 사실만을, 말한 것만을 충실히 전해 주십시오.
그러면 전 어떤 사람을 상대로 하고 있는지 곧 알게
될 테니 말입니다. 한 마디 말, 하나의 몸짓이 때로는
온 도시 사람들의 수다보다도 더 많은 것을 제게 가르
쳐 주었으니까요.

주인　어느 날 데글랑이…….

자크　나리께서 안 계실 때면 전 때로 나리 서재에 가서 책
을 꺼내 보곤 했는데 보통은 역사책이었어요.

---

136) 여기서 디드로는 고전 소설 기법에 대해 일종의 반기를 들고 있다. 소위
인물의 초상이나 영혼의 내면을 묘사한다는 고전주의 미학은 하나의 환상이
며, 따라서 소설가란 다만 외부에서 관찰된 사실만을 충실히 기록해야 한다는
것이 그의 지론이다. 즉 주관적인 미학에 반해 시선의 미학을 내세우는 것이다.

주인　어느 날 데글랑이…….

자크　그때 초상화 부분은 모두 건너뛰었죠.

주인　어느 날 데글랑이…….

자크　용서하십시오, 나리. 제 말에 시동이 걸려 시동이 꺼질 때까지 해야만 했습니다.

주인　그래, 이제는 끝났느냐?

자크　네, 이젠 끝났습니다.

주인　어느 날 데글랑이 그 아름다운 과부와 주변 몇몇 귀족들을 점심 식사에 초대했다네. 데글랑의 시대가 사양길에 들고 있을 때였지. 그런데 모인 사람들 가운데에는 과부의 바람기가 쏠리고 있는 사람도 한 명 있었지. 그들은 식탁에 있었는데 데글랑과 연적은 그 아름다운 과부를 마주 보며 나란히 앉아 있었다네. 데글랑은 대화에 활기를 불어넣으려고 온갖 재치를 발휘했다네. 그는 과부에게 온갖 찬사를 늘어놓았지만 과부는 한눈을 팔며 아무 말도 듣지 않고 연적만을 바라보았지. 그때 데글랑은 손에 날달걀을 들고 있었는데, 질투심 때문에 충동적으로 주먹을 불끈 쥐자 달걀 껍데기가 깨지면서 옆 사람 얼굴을 뒤덮었네. 옆에 앉은 사람이 때리려고 손을 들자 데글랑은 그의 손목을 붙잡고 멈추게 하더니 그의 귀에다 대고 "맞은 걸로 여기겠소."라고 말했다네.[137] 깊은 침묵이 흘렀다네. 그

---

137) 뺨을 맞는다는 것은 곧 결투가 시작된다는 것을 의미한다.

아름다운 과부는 마음이 편치 않았다네. 식사는 울적했고, 빨리 끝났지. 식탁에서 일어나면서 그녀는 데글랑과 연적을 다른 방으로 불렀지. 그녀는 사람들을 화해시키려고 하는 여자가 상식적으로 할 수 있는 것은 모두 했다네. 그녀는 빌고 울고 기절하고, 그것도 진심으로 그렇게 했지. 그녀는 데글랑의 손을 붙잡고, 눈물로 가득한 시선은 다른 사람에게로 돌리면서 말했다네. "당신은 절 사랑하시죠." 그리고 데글랑에게는 "당신은 절 사랑하셨죠……." 그러고는 두 사람 모두에게 "당신들은 절 파멸시키려 하는군요. 당신들은 절 온 마을의 증오와 경멸의 대상으로 만들어 웃음거리가 되게 하려는군요! 당신들 중 누구든 상대방 목숨을 빼앗는 사람은 결코 다시 보지 않을 거예요. 내 친구도 내 애인도 될 수 없어요. 난 그 사람을 죽을 때까지 증오할 거예요……." 하고는 다시 기절하고 기절하면서도 말했다네. "당신들은 잔인하군요. 차라리 검을 꺼내어 제 가슴에다 꽂으세요. 죽으면서도 당신들이 서로 포옹하는 모습만 볼 수 있다면 전 아무 미련 없어요……!" 데글랑과 그의 연적은 꼼짝하지 않았고 그녀를 구하려고 했다네. 그들 눈에서도 눈물이 흘렀다네. 하지만 그들은 헤어져야 했고 거의 죽은 거나 다름없는 과부를 집에 데려다 주었다네.

자크 나리, 나리께서 그 부인 초상화에 대해 하신 얘기가 제게 무슨 필요가 있단 말입니까? 나리께서 말씀하신 모든 것을 이제 제가 알지 않나요?

주인　이튿날 데글랑은 그 품행이 부정한 매력적인 과부를 방문했다네. 거기서 그는 연적을 만났지. 누가 놀랐겠는가? 연적과 과부는 둘 다 데글랑의 오른쪽 뺨이 커다랗고 둥근 검정색 비단 점으로 덮여 있는 걸 보고 놀랐다네. "그게 뭐죠?"라고 과부가 물었지.

데글랑　아무것도 아니오.

연적　염증이 조금 생긴 건가요?

데글랑　곧 없어질 거요.

잠시 대화를 나눈 후에 데글랑은 나가면서 연적에게 신호를 보냈는데 그는 금방 그걸 알아들었지. 연적은 아래층으로 내려왔고, 한 사람은 길 한쪽으로 다른 한 사람은 맞은편 길 쪽으로 걸어가 아름다운 과부의 정원 뒤편에서 만났다네. 그 두 사람은 결투를 했고 데글랑의 연적이 그 자리에서 쓰러졌다네. 부상을 입기는 했지만 치명적이진 않았네. 누군가가 그를 집으로 데리고 가는 사이 데글랑은 과부 집으로 돌아가 자리에 앉고서는 전날 사건에 대해 다시 이야기를 나누었지. 그녀는 그에게 그의 뺨을 덮고 있는 그 커다랗고 우스꽝스러운 흑점이 무엇을 의미하느냐고 물었다네. 그는 자리에서 일어나 거울을 쳐다보더니 "정말 점이 너무 크군." 하고 말했지. 그는 부인의 가위로 반창고를 떼어 1~2라인[138]을 자르더니 다시 제자리에 붙이고서는 과부에게 말했다네. "이젠 어떻소?"

"1~2라인 자른다 해도 예전보다 조금 덜 우스꽝스럽게 보일 뿐이죠."

"그래도 상당하지요."

데글랑의 연적이 회복됐지. 두 번째 결투가 벌어졌고 승리는 또 데글랑 것이었네. 그렇게 해서 결투가 대여섯 번 연이어 벌어졌고, 결투가 벌어질 때마다 데글랑은 반창고를 조금 자르고서는 다시 붙였지.

자크   그 모험의 결말은 어떻게 됐나요? 제가 데글랑의 섬으로 옮겨졌을 때 흑점을 본 기억은 없는데요.

주인   없었지. 그 모험의 결말은 과부의 종말이었다네. 그녀의 오랜 슬픔이 그녀의 허약하고도 비틀거리는 건강을 완전히 해치고 말았지.

자크   데글랑은요?

주인   어느 날 우리가 함께 산책하는데 그가 쪽지를 받았다네. 그는 그걸 내게 내밀면서 말했지. "그 사람은 아주 용감했네. 난 그의 죽음에 대해 비통한 마음을 금할 수 없네." 그러면서 자기 뺨에 붙어 있는 나머지 반창고를 떼 내었는데, 그건 자주 잘려 이미 보통 크기의 흑점이 되어 있었지. 이것이 데글랑 이야기라네. 자크

---

138) 17세기 프랑스나 영국에서 쓰이던 길이 측정 단위로 2.25밀리미터에 해당한다.

는 이제 만족하는가? 내 사랑 이야기를 듣든가 아니면 자신의 사랑 이야기를 할 준비가 되었는가?

자크   둘 다 아닙니다.

주인   이유는?

자크   날씨는 덥고, 전 지쳤으며, 이곳이 아름답기 때문이죠. 시냇가 나무 그늘로 가 시원한 바람을 쐬며 잠시 쉬는 게 어떻겠습니까?

주인   그렇게 하지. 하지만 네 감기는 좀 어떠냐?

자크   열 감기인데, 의사들이 말하기를 반대는 반대에 의해 치료된다고 하더군요.

주인   신체와 마찬가지로 도덕적인 면에서도 사실이라네. 난 한 가지 이상한 사실에 주목했는데 도덕적인 격언 중 의학적인 경구로 쓰이지 않은 것은 하나도 없다는 걸세. 마찬가지로 의학적인 경구 중 도덕적인 격언으로 쓰이지 않는 것도 하나도 없고.

자크   아마 그럴 겁니다.

그들은 말에서 내려 풀밭에 드러누웠다. 자크는 주인에게 말했다. "지키시겠습니까? 아니면 주무시겠습니까? 나리께서 지키신다면 전 자고 나리께서 주무신다면 제가 지키죠." 주인이 말했다. "잠을 자게나, 자."

자크   그렇다면 나리가 지키신다고 믿어도 되죠? 그렇지 않으면 이번에는 말 두 마리를 잃어버리게 됩니다.

주인은 시계와 담뱃갑을 꺼냈다. 자크는 자려고 준비했다. 하지만 매 순간 깜짝깜짝 놀라며 잠에서 깨어나 허공에다 두 손을 쳤다. "도대체 무엇이 널 괴롭히는 거냐?"

자크   파리와 각다귀 때문이죠. 이 귀찮은 벌레들이 도대체 어디 소용이 있는지 누가 말해 주었으면 합니다.

주인   네가 모르기 때문에 아무짝에도 쓸모없다고 말하는 거냐? 자연은 쓸데없는 것이나 불필요한 건 아무것도 만들지 않는 법이란다.

자크   저도 그렇게 생각합니다. 어떤 것이 존재한다면, 그래 야 하기 때문이죠.

주인   만약 내게 지나치게 많은 피나 나쁜 피가 있었다면 어 떻게 하겠느냐? 외과 의사를 불러 피를 두세 접시 없 애겠지. 네가 불평하는 각다귀들은 날개 달린 작은 외 과 의사 한 무리로, 그 뾰족한 침으로 널 찔러 피를 한 방울 한 방울 뽑아내려고 오는 거란다.

자크   네, 하지만 그것들은 제게 피가 너무 많은지 적은지에 는 전혀 개의치 않고 닥치는 대로 물어뜯는데요. 깡마 른 녀석 한 명을 여기 오게 해 보십시오. 그 날개 달린 작은 외과 의사가 그를 무는지 안 무는지 곧 알게 될 테니. 그것들은 자기 생각만 하죠. 자연의 모든 것들 은 자기 자신만을 생각하는 법이죠. 남에게 해를 끼치 든 말든 자기만 좋으면 상관하지 않고……

그리고 나서 그는 허공을 다시 손으로 치더니 말했다. "이 날개 달린 외과 의사 녀석아, 썩 꺼져라!"

주인   넌 가로[139]의 우화를 아느냐?

자크   네.

주인   어떻게 생각하느냐?

자크   형편없다고 생각합니다.

주인   빨리도 말하는구나.

자크   빨리 증명할 수도 있습니다. 떡갈나무에 도토리 대신 호박이 달려 있었다면 그 어리석은 가로가 떡갈나무 밑에서 잠을 잤을까요? 그가 떡갈나무 밑에서 잠을 자지 않았더라면 도토리가 떨어지든 호박이 떨어지든 코의 안전과 무슨 상관이란 말입니까? 나리의 아이들에게나 그 책을 읽히도록 하십시오.

주인   너와 이름이 같은 철학자는 원치 않았는데.[140]

자크   각자 의견이 다른 법이니까요. 장 자크는 자크가 아닙니다.

주인   자크에게는 안됐군.

---

139) 라 퐁텐의 『우화집』 중 「도토리와 호박」에 나오는 인물로, 가로는 하느님이 왜 커다란 떡갈나무에 걸맞게 큰 열매, 즉 호박 같은 것을 주지 않느냐고 불평하다가 떡갈나무 밑에서 잠이 든 사이 도토리가 코 위로 떨어져 하느님이 위대하다는 사실을 깨닫는다.

140) 장 자크 루소는 『에밀』에서 라 퐁텐의 우화에 서로 다른 요소들이 뒤섞여 있어 균형이 맞지 않으며 아이들에게 득이 되기보다는 오히려 그들이 나쁜 짓을 하게 할 위험이 있다고 신랄하게 비판한 적이 있다.

자크　그 커다란 두루마리를 채우는 마지막 행의 마지막 단어를 읽지 않고서는 누가 알 수 있단 말입니까?

주인　뭘 생각하느냐?

자크　나리께서 말씀하시고 제가 대답하는 동안 나리께서는 원하시지도 않는데 말씀하셨고, 저도 제가 원하지도 않는데 대답했다는 것을 생각합니다.

주인　그리고?

자크　그리고 우린 단지 살아 있는, 생각하는 두 기계에 불과하다고 생각했습니다.

주인　하지만 지금은 뭘 원하는 거지?

자크　정말이지, 여전히 같은 생각입니다. 두 기계 안에 하나의 힘이 더 연루되었다는 점 외에는.

주인　그 힘이 무엇인데……?

자크　그 힘이 원인 없이 작동한다고 생각할 수만 있다면 정말이지 악마한테라도 잡혀가겠습니다. 제 대위님께서는 말씀하시기를 "하나의 원인을 상정하면 거기에는 하나의 결과가 따르는 법이라네. 약한 원인에는 약한 결과가, 일시적인 원인에는 일시적인 결과가, 단속적인 원인에는 단속적인 결과가, 방해받은 원인에는 느린 결과가, 중단된 원인에는 아무것도 아닌 결과가 따른다네."라고 하셨죠.

주인　하지만 나는 내가 생각하는 것을 느끼는 것처럼 나 자신 깊숙이에서도 자유롭다고 느끼는데.

자크　제 대위님께서는 "그래, 이제 네가 아무것도 원하지 않는데도 말에서 뛰어내리기를 원할 수 있느냐?"라고 하셨죠.

주인 나도 뛰어내리지!

자크 기쁘게 싫어하지도 않고 애쓰지도 않으며, 마치 주막 집 문 앞에서 즐겁게 내릴 때처럼 말입니다.

주인 완전히 그렇지는 않지만, 그게 무슨 상관이냐. 내가 뛰어내리고 또 내가 자유롭다는 것을 증명하기만 하면 되지.

자크 제 대위님은 또 이렇게 말씀하셨죠. "뭐라고! 내가 반박하지 않았더라면 네 목을 부러뜨리고 싶다는 엉뚱한 생각이 떠올랐겠느냐? 그러므로 너의 발을 붙잡고 말 안장 밖으로 내던지는 것도 다 나 때문이란다. 네 추락이 뭔가를 증명한다면 그건 네가 자유로워서가 아니라 미쳤기 때문이란다."라고요. 또 아무 동기도 없이 향유하는 자유는 편집광의 진짜 특징이라고 말씀하셨어요.

주인 내겐 너무 어렵구나. 하지만 네 대위와 너의 말에도 불구하고, 난 내가 원할 때 원한다는 것을 믿겠다.

자크 나리에겐 항상 이렇게 의지가 있었고, 또 지금도 그러시다면, 왜 지금 못생긴 여자를 사랑하기를 원치 않으시는 거죠? 왜 아가트를 사랑하지 않겠다고 하면서도 매번 사랑을 멈추지 못하신 거죠? 나리, 사람들은 실제로는 하지도 못하고 원하기만 하면서 인생의 4분의 3을 보내는 법이랍니다.

주인 사실이네.

자크 원하지 않으면서 하는 것도요.

주인 내게 증명해 보이겠느냐?

자크 나리께서 동의하신다면.

주인 동의하네.

자크 앞으로 그렇게 될 겁니다. 하지만 지금은 다른 이야기를 하죠…….

이런 허튼소리와, 그 정도로 중요한 다른 이야기를 몇 개 하고 난 후에 그들은 입을 다물었다. 자크는 날씨가 나쁠 땐 우산으로, 더울 때는 양산으로, 보통 때는 벙거지로 쓰는 그의 거대한 모자를 추켜올렸다. 그 그늘진 성소 아래서 이 세상에 존재하는 두뇌 중 가장 명석한 두뇌가 삶의 중요한 순간, 운명에 물었다. 모자의 날개가 추켜지면 그의 얼굴은 거의 몸뚱이 한가운데 놓였고 모자를 내리면 열 발짝 앞도 보지 못했다. 그래서 그에겐 항상 고개를 쳐들고 다니는 습관이 있었다. 그러므로 우리는 그의 모자에 대해 이렇게 말할 수 있으리라.

하늘을 응시하고 별을 향해 시선을 들어 올리라고 명령하면서 그는 인간의 몸 제일 위쪽에 얼굴을 두었다.

Os illi sublime dedit, cœlumque tueri

Jussit, et erectos ad sidera tollere vultus.

— 오비디우스,『변신』, 1권 85절

그리하여 자크는 그의 거대한 모자를 추켜올리고 멀리 살펴보다 한 농부가 쟁기를 단 두 마리 말 중 하나를 헛되이 매질하고 있는 것을 보았다. 젊고 힘이 센 말은 밭고랑에 드러누워, 농부가 아무리 고삐를 흔들고 빌고 어루만지고 협박하고 욕설을 퍼붓고 때려도 꼼짝하지 않으며, 일어나는 것을 완강하게 거부했다.

자크는 잠시 이 모습에 대해 생각한 다음 역시 그 모습에 주의를 기울이던 주인에게 말했다. "저기서 무슨 일이 벌어지는지 아십니까, 나리?"

주인   내가 보는 것 말고 무슨 일이 벌어지는지 내가 어떻게 알 수 있단 말이냐?

자크   아무것도 짐작하지 못하시겠습니까?

주인   못하겠는걸. 그러면 넌, 짐작이 가느냐?

자크   저 거만하고 어리석은 게으름뱅이 말은 도시에서 살았습니다. 그래서 승마용 말이라는 자신의 예전 신분에 자만하며 쟁기를 경멸하는 거죠. 한 마디로 말씀드리면 저건 나리의 말, 즉 자크의 상징이죠. 또는 그처럼 수도에서 하인 제복을 입으려고 시골을 떠나 직업 중에서도 가장 유용하고 가장 고귀한 농사일로 되돌아가기보다는 차라리 거리에서 빵을 구걸하거나 배고픔으로 죽기를 바라는 다른 수많은 비겁한 건달들의 상징이죠.

주인은 웃기 시작했다. 자크는 그의 말이 들리지 않는 농부를 상대로 말했다. "이 가련한 사람아. 때리게, 원하는 만큼 때리게나. 저 녀석은 이미 버릇이 몸에 뱄으니 아마도 채찍 끈을 더 많이 소모해야 할 걸세. 저 못된 놈에게 일의 재미와 진짜 위엄이 어떤지를 가르쳐주려면 말일세⋯⋯." 주인은 계속해서 웃었고, 자크는 초조함 반 동정심 반으로 자리에서 일어나 농부를 향해 갔다. 그가 채 이백 걸음도 가기 전에 주인을 향해 돌아서며 소리 지르기 시작했다. "나리, 빨리 오십시오, 나리의 말입니다. 나리의 말입니다."

사실이었다. 말은 자크와 주인을 알아보자마자 스스로 몸을 일으켜 갈기를 흔들며 소리를 지르더니, 뒷발로 일어서서 그의 코끝을 친구 코끝에 다정스럽게 갖다 대는 것이었다. 분개한 자크가 입안에서 어물어물 말했다. "이 망나니, 몹쓸 것, 게으름뱅이, 도대체 뭣 때문에 내가 스무 번이나 발길질하지 않았지." 그러나 주인은 반대로 말에게 키스하며 한 손으로는 옆구리를 만지고 다른 한 손으로는 엉덩이를 부드럽게 툭툭 치며 기쁜 나머지 거의 울음을 터뜨리다시피 외쳤다. "내 말, 내 불쌍한 말, 드디어 널 다시 만나게 되었구나!"

농부는 이 모든 상황을 전혀 이해하지 못했다. 그는 그들에게 말했다. "이 말이 당신들 것이었다는 건 알겠소. 하지만 내가 그 말을 가지게 된 것도 합법적이라오. 난 그 말을 요 며칠 전 장터에서 샀소. 내가 지불한 가격의 3분의 2로 사겠다면 내게 큰 도움이 되겠소. 그 말은 아무짝에도 쓸모가 없으니 말이오. 외양간에서 나오게 할 때도 힘들고, 쟁기를 달려면 더 힘들고, 밭에 도착해서는 아예 드러누워 버린다오. 열심히 일하거나 등에 짐 메는 것을 참기보다는 차라리 맞아 죽기를 원할 것이오. 저 빌어먹을 짐승을 제발 내 앞에서 치워 주시겠소? 근사한 말이지만 기병을 태우고 앞발로 땅을 걷어차는 것 외에는 아무짝에도 쓸모가 없소. 그리고 그건 내 일이 아니오……." 그들은 자기들의 두 마리 말 중 그가 원하는 놈과 바꿀 것을 제안했다. 농부는 동의했고, 그래서 우리의 두 여행자는 그들이 쉬던 장소로 천천히 되돌아왔다. 거기서 그들은 농부에게 양보한 말이 자신의 새로운 처지를 싫어하지 않고 잘 적응하는 것을 만족스럽게 바라보았다.

자크   자, 나리?

주인   네가 영감을 받은 것은 확실하구나. 하느님이냐 아니면 악마로부터냐? 난 모르겠구나. 자크, 내 친구여, 난 네가 악마에 홀리지 않았나 걱정되는구나.

자크   왜 악마죠?

주인   네가 기적을 일으키고, 네 학설이 심히 의심스럽기 때문이란다.

자크   사람들이 설교하는 학설과 실행하는 기적 사이에는 어떤 공통점이 있죠?

주인   네가 동 라 타스트[141]를 읽지 않았다는 걸 알겠구나.

---

141) Dom la Taste. 베네딕트파 수도사로 보르도에서 태어났다. 장세니스를 싫어한 그는 자신의 『신학서한』에서 악마도 인간을 악으로 몰고 가기 위해 기적을 행할 수 있다고 말했다.

자크	전 동 라 타스트를 읽지 않았죠. 무슨 말을 했는데요?
주인	하느님과 악마가 똑같이 기적을 행한다고 말했지.
자크	그는 하느님의 기적과 악마의 기적을 어떻게 구별했나요?
주인	학설에 의해서지. 학설이 좋으면 그 기적은 하느님 것이고, 학설이 나쁘면 악마 것이지.
자크	(여기서 자크, 휘파람을 불기 시작하더니 덧붙인다.) 그렇다면 누가 저처럼 무식한 자에게, 기적을 행하는 사람의 학설이 좋은지 나쁜지 가르쳐 주죠? 자, 나리, 말에 다시 올라타시죠. 나리 말을 되찾은 것이 하느님에 의해서인지 사탄에 의해서인지 무슨 상관이란 말입니까? 그렇다고 뭐가 달라진단 말입니까?
주인	아니지. 하지만 자크, 네게 마귀가 들렸다면…….
자크	거기에 무슨 약이라도 있단 말입니까?
주인	약이라고! 마귀를 쫓는 의식을 기다리는 동안 음료수로 성수만을 마시게 되겠지.
자크	제가 물을 마신다고요! 자크가 성수를요! 성수든지 성수가 아니든지, 한 방울이라도 마시는 것보다는 차라리 수천 마귀 부대가 제 몸속에 있는 게 더 낫겠는걸요. 제가 공수병[142] 환자라는 걸 나리는 모르셨나요?

— 아, '공수병 환자'라고! 자크가 '공수병 환자'라는 말을

---

142) 물을 무서워하는 병이다. '광견병'이라고도 한다.

했다고……? — 아니다. 독자여, 고백하건대 자크가 한 말이 아니다. 엄격한 비판 정신으로 희극이나 비극의 한 장면, 또는 잘 만들어진 대사 단 하나라 할지라도, 작중인물의 입에서 저자의 말을 발견하지 않고 읽을 수 있는 것이 있는지 한번 찾아보라고 말하고 싶다. 자크는 이렇게 말했다. "나리, 나리께서는 제가 물을 보기만 해도 미쳐 날뛴다는 것을 아직 모르셨나요……?" 난 자크가 말한 것과 다르게 말함으로써 덜 진실된 말을 했지만 그래도 더 짧게 말했다.

그들은 다시 말에 올라탔고 자크는 주인에게 말했다. "나리께서는 나리가 두 번 행복했고, 어쩌면 세 번째로 행복해지려는 순간까지 말씀하셨습니다."

주인 복도로 난 문이 갑자기 열리자 방은 소란스럽게 걸어다니는 사람들로 가득해졌네. 나는 불빛을 보았고 남녀가 동시에 말하는 것을 들었지. 커튼이 세차게 열리자 난 그녀 아버지, 어머니, 아주머니, 조카들과 경찰서장을 보았고, 서장은 그들에게 엄숙히 말했다네. "자, 신사 숙녀 여러분, 조용히 하십시오. 우리는 현행범을 목격했습니다. 하지만 이분은 신사고, 처벌을 받지 않으려면 단 하나의 방법만이 있습니다. 저분은 강제로 법에 집행되는 것보다는 스스로 거기에 동의하는 편을 더 좋아할지도 모릅니다."

서장이 말을 할 때마다 그녀의 아버지, 어머니가 내게 하는 비난으로 말이 중단되었다네. 그리고 또 그 말은 이불을 뒤집어쓴 아가트를 비난하는 아주머니와 조카들의 가혹한 수식어로 중단되었지. 난 아연실색하여 무슨 말을 해야 할지 몰랐다네. 서장이 나를 보고 빈정거렸지. "선생은 지금 있는 그대로가 좋겠지. 하지만 일어나 옷을 입는 것에 동의해야겠소……." 난 기사의 옷 대신 누군가가 바꾸어 놓은 내 옷을 입었다네. 누군가가 탁자를 가져왔고 서장은 조서를 꾸몄지. 그러는 동안 어머니가 딸을 때리려 하자 네 사람이 붙들었다네. 아버지가 말했지. "여보, 가만히 있으시오. 당신이 아무리 딸을 때린다 해도 하나도 달라질 게 없다오. 모든 일이 다 잘될 거요……." 다른 사람들은 고통과 분노, 노여움을 드러내는 각각 다른 자세로 의자에 뿔뿔이 흩어져 앉았다네. 그녀의 아버지가 때때로 부인을 야단쳤지. "딸의 처신을 감시하지 않으니 이 꼴이지……." 그녀의 어머니는 대답했다네. "저렇게 선량하고 정직해보이는 사람이 차마 이런 짓을 할 줄 누가 알았나요……?" 다른 사람들은 침묵을 지켰지. 조서가 작성되자 그걸 내게 낭독하더군. 꽤 많은 행렬이 우리 뒤를 따르는 가운데 날 곧바로 포르레베크[143]로 데리고 가더군.

자크   포르레베크로요! 감옥으로요!

주인   그래, 감옥으로. 가증스러운 소송이 열렸다네. 아가트

---

143) 파리 대주교구의 재판장 및 감옥이 설치되었던 곳이다.

를 결혼시키려는 것 외에는 다른 아무것도 아니었지. 그녀의 부모는 다른 어떤 타협도 하려 들지 않았네. 이튿날 아침이 되자 기사가 감옥에 나타나더군. 그는 모든 것을 알고 있었지. 아가트는 슬픔에 잠겼고 부모는 격노했고 자신은 그렇게 위험한 인물을 소개한 데 대한 가혹한 비난을 들어야 했다는 것이었네. 그들의 불행과 딸의 명예를 실추시킨 첫 번째 원인이 자기라는 거였지. 그래서 그 불쌍한 사람들에게 동정이 가더라는 거야. 그는 아가트와의 개별 면담을 요청했고 아주 힘들게 허락을 받았다네. 그녀는 그의 눈을 파헤치고 싶다고 말했고 가장 가증스러운 이름으로 그를 불렀다고 했네. 그리고 자기도 그걸 기대했다고. 그녀의 분노가 진정되고 조금은 이성을 되찾자 그 여자가 이야기를 하나 했는데 자기도 거기에 어떻게 대답해야 할지 모르겠다는 거야. "아버지와 어머니는 당신 친구와 함께 있는 날 목격했지만, 내가 그와 자면서 당신과 자고 있다고 믿었다는 걸 알려 드려야 할까……?" 그는 그녀에게 이렇게 대답했다고 했네. "진심으로 내 친구가 당신과 결혼할 수 있으리라고 믿으시오?" "아녜요, 당신이, 당신같이 비열하고 파렴치한 사람이 그런 선고를 받아야 하죠."라고 그녀는 말했다네.

난 기사에게 말했지. "하지만 기사, 날 궁지에서 구해 줄 수 있는 사람은 자네뿐이라네."

"어떻게 말인가?"

"어떻게라니? 사실대로 말하면 되지 않겠나."

"난 그렇게 하겠다고 아가트를 협박했다네. 하지만 물론, 난 아무것도 말하지 않을 걸세. 그 방법이 우리에게 유용한지는 확실하지 않지만, 자넬 치욕스럽게 하리라는 건 확실하네. 게다가 자네 잘못도 있네."

"내 잘못이라고?"

"그렇다네. 자네 잘못이라네. 내가 자네에게 제안한 대로 그 미친 짓을 했더라면 두 남자 품에 안긴 아가트를 사람들이 목격했을 테고 그러면 모든 것이 웃음거리로 끝났을 텐데. 하지만 그렇게 하지 않았고 문제는 이 궁지에서 벗어나는 일일세."

"하지만 기사, 작은 일이긴 하지만 내게 설명해 줄 수 없겠나? 어째서 내가 다시 내 옷을 입고 있고, 자네 옷은 옷장에 놓이게 되었지? 아무리 생각해 봐도 그 수수께끼가 날 당혹케 한다네. 그 일 때문에 아가트가 조금 의심스러운데, 그녀가 우리 속임수를 알아차리고 부모와 뭔가 음모를 꾸미지 않았나 하는 생각이 떠오른다네."

"자네가 올라가는 것을 그들이 보았단 말인가? 여하튼 확실한 건 자네가 옷을 벗자마자 누군가가 내게 내 옷을 돌려보내면서 자네 옷을 다시 달라고 한 거라네."

"시간이 가면 알 수 있겠지……."

기사와 내가 이렇게 슬퍼하고 위로하며 서로를 비난

하고 욕설을 퍼붓고 잘못했다고 빌고 있을 때 서장이 들어왔지. 기사는 얼굴이 창백해지더니 갑자기 나가 버렸네. 서장은 때때로 우리가 만나게 되는 그런 훌륭한 사람이었지. 그는 집에서 조서를 검토하다가 나와 이름이 같은 젊은이와 공부를 같이한 적이 있다는 사실을 기억했다네. 그래서 내가 그의 옛 동창생의 친척이거나 어쩌면 아들일지도 모른다는 생각이 들었다는 거야. 사실이었네. 그의 첫 번째 질문은 그가 들어왔을 때 도망친 남자가 누구였느냐는 거였어.

"그는 도망치지 않았어요. 단지 나갔을 뿐이죠. 내 친한 친구인 생투앵 기사랍니다."

"당신 친구라고! 당신은 이상한 친구도 다 두었구려! 내게 와서 신고한 사람이 바로 그 사람이라는 걸 당신은 모르시오? 그 사람은 그녀 아버지와 다른 친척 한 명과 함께 있었소."

"그라고요!"

"그렇소, 그 사람이오."

"서장님 말씀이 확실합니까?"

"확실하오. 그의 이름이 뭐라고 했소?"

"생투앵 기사요."

"생투앵 기사라고! 아! 당신은 당신 친구, 당신의 절친한 친구인 생투앵 기사가 어떤 사람인지 알고 있소? 그는 사기꾼이고, 수많은 나쁜 짓을 한 요주의 인물이라오. 경찰이 그런 작자들을 거리에 쏘다니게 내버려두는 건 때때로 써먹기 위해서요. 그들은 사기꾼이자 사기꾼의 밀고자라오. 아마도 경찰은 그런 작자들이 저지르는 못된 짓을 해롭다고 생각하기보다는 그들이 사건을 미리 알려 주거나 폭로하는 게 더 유용하다고 믿는 모양이오……."

난 서장에게 내 서글픈 모험을 일어난 그대로 말해 주었지. 그는 그 모험을 희망적인 눈으로 보지 않았다네. 내 죄를 사면해 줄 수 있는 것은 모두 법정에서 주장할 수도 증명할 수도 없다는 거야. 그렇지만 그는 그녀 아버지와 어머니를 소환하고, 딸에게 실토시켜 법관에게 해명하고, 내 무죄를 증명할 수 있다면 하나도 소홀히 하지 않겠다고 약속했다네. 하지만 그 작자들이 조언을 잘 받아들인다면, 당국도 해 줄 수 있는 것은 거의 없다고 미리 경고했지.

"뭐라고요! 서장님, 전 그녀와 결혼할 수밖에 없단 말입니까?"

"결혼이라니! 그건 매우 힘들 거고, 난 결혼을 걱정하는 게 아니오. 하지만 보상을 해야 할 것이고 이 경우 상당한 액수에 달할 것이오……."

그런데 자크, 넌 나에게 말할 것이 있는 모양이구나.

자크   네. 자지 않고도 돈을 지불한 저보다 나리께서 더 불행했다는 겁니다. 요컨대 아가트가 임신했다면 전 이야기 전부를 미리 짐작할 수 있습니다.

주인   아직 추측을 포기하지 마라. 내가 감금되고 얼마 후에 아가트가 서장에게 임신 사실을 보고하러 왔다고 서장이 알려 주었네.

자크   나리께서는 한 아이의 아버지가 되셨군요…….

주인   난 그 아이를 해치지 않았네.

자크   그러나 나리가 만들지 않은 아이를요.

주인   법관의 비호에도, 서장의 교섭에도 불구하고 그 무엇도 이 사건이 법정 절차를 따르는 걸 막을 수는 없었네. 그러나 딸과 부모의 평판이 워낙 나빴기 때문에 내가 감옥에서 결혼해야 할 필요는 없었지. 따라서 상당한 벌금, 즉 출산 비용과 내 친구 생투앵 기사의 행동으로 낳은 아이의 양육비와 교육비를 내도록 선고받았는데 그 아이는 생투앵 기사의 축소판이었지. 아가트는 다행히도 일곱 달과 여덟 달 사이에 커다란 남자 아이를 낳았고, 그 아이에게는 좋은 유모가 주어졌으며, 지금까지 내가 그 월급을 지불했네.

자크   나리 아들은 몇 살인가요?

주인   곧 열 살이라네. 난 그 아이를 줄곧 시골에 두었는데 거기서 학교 선생이 읽고 쓰고 셈하는 것을 가르쳤네. 우리가 가는 곳에서 그리 멀지 않아 난 이 기회에 그 사람들에게 갚을 것은 갚고 아이를 데려다 일자리를 얻게 할 생각이라네.

자크와 주인은 다시 한 번 길가에서 잠을 잤다. 자크의 사랑 이야기를 계속하기에는 여행이 거의 끝나 가고 있었다.

게다가 자크의 목 병이 나으려면 아직 멀었다. 이튿날 그들은 도착했다……. — 어디에? — 맹세컨대 난 아무것도 모른다. — 그들은 그곳에서 뭘 하려 했는가? — 그대가 원하는 것은 뭐든지. 자크의 주인이 모든 사람에게 자기 일을 말한단 말인가? 여하간 그 일은 이 주 이상은 걸리지 않을 것이다. 그 일이 잘 끝날지 잘못 끝날지, 그건 아직 나도 모른다. 자크의 목병은 그가 싫어하는 약 두 개, 단식과 휴식 덕분에 사라졌다.

어느 날 아침 주인은 자크에게 말했다. "말에 굴레를 씌우고 안장을 얹고 네 호리병을 채우거라. 너도 어딘지 아는 곳으로 가야 하니까." 그 말이 떨어지자마자 곧 실행에 옮겨졌다. 그들은 십 년 전부터 자크 주인의 비용으로 생투앵 기사의 아이가 길러지는 곳을 향해 나아갔다. 그들이 방금 떠난 숙소로부터 조금 멀어지자 주인은 하인에게 이렇게 말을 걸었다. "자크, 넌 내 사랑에 대해 어떻게 생각하느냐?"

자크   저기 높은 곳에는 참 이상한 것들도 씌어 있습니다. 어떻게 만들어졌는지 하느님만이 아는 한 아이가 여기 있으니 말입니다. 그 조그만 사생아가 이 세상에서 어떤 역할을 할지 누가 안단 말입니까? 한 나라의 행복 또는 멸망을 위해 태어나지 않았는지 누가 안단 말입니까?

주인   나는 아니라고 단언하네. 난 그 아이가 선반공이나 시계공이 되도록 하겠네. 그 아이는 결혼할 거고 아이들을 만들 거고 그의 아이들은 이 세상에서 영원히 의자

등받이를 돌릴 것이네.

자크 네, 그것이 저기 높은 곳에 쓰여 있다면요. 하지만 선
반공의 가게에서 크롬웰 같은 사람이 나오지 말라는
법은 어디 있나요? 왕의 목을 자르게 한 그가 맥주 제
조인의 가게에서 나오지 않았나요? 그래서 오늘날 사
람들이 이야기들 하길…….

주인 그 이야기는 그만하자.[144] 자, 이젠 네 건강도 좋아졌
고 내 사랑 이야기도 알았으니…… 솔직히 넌 네 사랑
이야기를 하고 싶어 못 견디겠지.

자크 모든 것이 반대하는데도요. 첫째, 우리 갈 길이 얼마
남지 않았다는 점, 둘째, 제가 어디까지 이야기했는지
잊어버렸다는 점, 셋째, 그 이야기가 끝나면 안 될 것
같은 예감이 든다는 점. 그 이야기가 우리에게 불행을
가져올 것이며, 제가 그 이야기를 다시 시작하자마자
다행스럽거나 불행한 재앙 때문에 중단될 거라는 점
때문이죠.

주인 다행 쪽이라면 좋지 않으냐!

자크 하지만 제 예감에…… 불행 쪽이리라는 생각이 듭니다.

주인 불행이라고! 좋아. 하지만 네가 말하거나 입을 다문

---

144) 주인의 신중함에 대해 몇몇 평론가들은, 이 일화가 루이 13세가 총애하
던 뒤 바리 부인이 실은 뒤 바리란 사기꾼이 수상쩍은 장소에서 구해 낸 요리
사와 수도사 사이에서 태어난 사생아라는 것을 암시한다며, 맥주 제조인의
아들로 태어나 영국의 유명한 정치가가 된 크롬웰은 하나의 포장일 수 있다
는 견해를 표명하기도 한다.

다고 해서 일어날 일이 안 일어난단 말이냐?

자크 누가 아나요?

주인 너는 두세 세기는 족히 늦게 태어났다.

자크 아닌데요, 나리. 전 모든 사람들처럼 제때 태어났는
데요.

주인 넌 유명한 점쟁이가 되었을 거다.

자크 전 점이 뭔지도 모르고 또 알려고도 하지 않는데요.

주인 그건 네 점술 개론서의 중요한 부분 중 하나인데.

자크 사실입니다. 하지만 그 책은 하도 오래전에 쓰여서 하
나도 생각이 안 나는걸요. 나리, 로마 공화국을 구한
그 예언하는 거위며 성스러운 닭이며 그 모든 점쟁이
들보다 더 많이 아는 건 호리병입니다. 그러니 호리병
에게 물어보죠.

자크는 호리병을 꺼내 오랫동안 상담했다. 주인은 시계와
담뱃갑을 꺼내 시계를 들여다보고 코담배를 들이마셨다. 자
크가 말했다. "이젠 제 운명이 좀 덜 어둡게 보입니다. 어디까
지 했는지 말씀해 주십시오."

주인 데글랑의 성에서 네 무릎이 좀 나았고, 드니즈 어머니
때문에 드니즈가 널 돌보게 되었다는 데까지 했지.

자크 드니즈는 순종했죠. 제 무릎 상처는 거의 아물었어요.
데글랑 아들이 그 엉뚱한 생각을 했던 날 밤, 저는 빙
빙 돌며 춤까지 췄는걸요. 하지만 때때로 지독한 통증

을 느꼈어요. 동료보다 조금 더 아는 성의 외과 의사의 머리에, 이렇게 통증이 끈질기게 반복되는 건 총알을 꺼냈지만 살 속에 아직도 뭔가 이물질이 있다는 것 말고는 다른 이유가 없다는 생각이 떠올랐어요. 그래서 그는 이른 아침부터 제 방으로 와 침대 가까이에 탁자를 가져오게 했죠. 커튼이 걷히자 전 탁자 위에 온갖 날카로운 기구들이 놓인 걸 보았죠. 드니즈는 제 머리맡에 앉아 뜨거운 눈물을 흘렸고 그녀 어머니는 팔장을 낀 채 슬픈 표정으로 서 있었어요. 외과 의사는 가운을 벗고 윗도리 소매를 걷어 올린 채 오른손에 메스를 들었죠.

주인   오싹하구나!

자크   저도 그랬어요. 외과 의사는 말하기를 "여보게, 자네는 고통 받는 데 지치지 않았나?"

"아주 지쳤어요."

"통증이 사라지고 다리를 보존하기를 원하는가?"

"물론이죠."

"그렇다면 다리를 침대 밖으로 내놓게. 내가 편히 일할 수 있게."

전 다리를 내놓았죠. 외과 의사는 메스 손잡이를 입에다 물고 왼쪽 팔 아래 제 다리를 놓고 단단히 고정한 다음 메스를 다시 들어 벌어진 상처 부분에 칼날을 들이밀며 깊숙하고도 꽤 넓게 도려내더군요. 저는 눈썹 하나 까딱하지 않았지만 잔은 얼굴을 돌렸고, 드니즈는 날카로운 비명을 지르며 아파했죠.

　여기서 자크는 이야기를 멈추더니 호리병을 다시 들이켰다. 남은 거리가 얼마 안 되었기 때문에 그가 술 마시는 속도도 점점 더 빨라졌다. 또는 기하학자들이 말하는 것처럼 거리와는 반비례했다. 그의 측량은 아주 정확했기 때문에 출발할 때 가득했던 호리병은 도착할 때는 항상 정확히 비어 있었다. 토목 기사 나리들은 그의 호리병으로 노정계를 만들 수도 있었을 것이다. 매번 마시는 술에는 일반적으로 그 충족이유[145]가 있었다. 이번에 마시는 것은 기절한 드니즈를 깨어나게 하고, 외과 의사가 무릎을 도려낸 고통에서 벗어나기 위해서였다. 드니즈가 깨어나자 마음이 놓인 그가 계속 이야기했다.

자크　그 커다랗게 도려낸 자리가 상처 밑바닥을 드러냈어요. 거기서 외과 의사는 족집게로 조그만 바지 천 조각을 꺼냈는데, 그것이 고통을 일으키고 제 상처가 완전히 아무는 것을 방해했던 거죠. 수술 후에 드니즈의 간호 덕분으로 제 상태는 점점 나아갔어요. 드니즈는 아주 정확히, 그리고 섬세하게 치료했죠. 그녀가 붕대를 풀 때 얼마나 용의주도하고 가볍게 손을 놀렸는지. 조금이라도 절 아프게 할까 봐 걱정하는 모습이나 상

---

145) raison suffisante. 라이프니츠의 철학 용어로, "어떤 사물도 이유 없이는 존재할 수 없으며, 어떤 명제도 근거 없이는 참될 수 없다."는 것을 가리킨다.(램프레히트, 『서양철학사』, 을유문화사, 1992, 361쪽 참조.)

처를 소독하는 모습을 보셨어야만 하는 건데. 제가 침대 모서리에 앉으면 그녀는 한쪽 무릎을 꿇었고 제 다리는 그녀 넓적다리 위에 놓였죠. 전 가끔 그녀 넓적다리를 조금 눌렀어요. 그녀 어깨에 한 손을 걸치고는 그녀 몸짓을 감동적인 시선으로 쳐다보았고, 그녀도 이런 제 마음을 나누어 가졌으리라 생각합니다. 치료가 끝나면 전 그녀의 두 손을 잡고 고맙다고 했죠. 뭐라고 말해야 할지, 제 고마움을 어떻게 표현해야 할지도 모르면서요. 그러면 그녀는 시선을 떨어뜨린 채 한 마디 말도 없이 서서 제 말을 듣곤 했죠. 성에 유일하게 오는 행상인이 지나갈 때마다 제가 뭔가 사지 않은 날은 하루도 없었어요. 어떤 때는 스카프, 어떤 때는 무늬가 있는 인도산 천, 어떤 때는 모슬린 천, 금 십자가, 면 양말, 반지, 가네트 목걸이를 사곤 했죠. 작으나마 그런 것들을 사고 나면 이번에는 그걸 어떻게 선물해야 할지, 또 그녀도 그걸 어떻게 받아야 할지 몰라 둘 다 당황했어요. 우선 전 그녀에게 그걸 보여 주었고 그녀가 마음에 들어 한다 싶으면 "드니즈, 당신을 위해 산 거요……."라고 말했죠. 만약 그녀가 받겠다고 하면 그걸 건네는 제 손은 떨렸고, 받는 그녀 손도 떨렸어요. 어떤 날은 뭐를 줘야 할지 몰라 망설이다 스타킹 고정 밴드를 샀죠. 하양, 빨강, 파랑으로 장식된 비단 대님으로 금언이 하나 쓰여 있었어요. 아침이 되자 전 그녀가 오기 전에 그걸 제 침대 옆 의자 등

받이에 걸쳐 놓았죠. 그녀는 그걸 보자마자 소리치더군요. "참 아름다운 스타킹 밴드네요!"

"내 애인을 위한 거요."라고 전 대답했죠.

"그렇다면 자크 씨, 애인이 있으신가요?"

"물론이오. 당신에게 아직 말하지 않았소?"

"안 하셨어요. 그녀는 물론 매력적인 사람이겠지요?"

"아주 매력적인 사람이오."

"그녀를 많이 사랑하나요?"

"진심으로 사랑하오."

"그녀도 당신을 똑같이 사랑하나요?"

"모르겠소, 그녀를 위해 저 스타킹 밴드를 샀는데, 그녀가 내게 호의를 베풀어 준다고 약속했는데, 그녀가 그걸 허락한다면 난 아마도 미칠 것이오."

"그 호의라는 게 뭔데요?"

"그건 저 스타킹 밴드 두 개 중 하나를 내 손으로 묶어 주는 거요……."

드니즈는 얼굴이 붉어졌고 제 말을 잘못 알아듣고 그 스타킹 밴드가 다른 여자를 위한 것인 줄 알고 슬퍼했죠. 그래서 그녀는 실수에 실수를 거듭하며 치료에 필요한 것을 찾았지만 바로 눈앞에 있는 것도 발견하지 못했죠. 또 그녀는 자신이 데운 포도주를 쏟았고, 치료하려고 제 침대로 다가와서는 떨리는 손으로 한쪽 다리를 잡더니 붕대를 거꾸로 풀었죠. 상처를 소독해야 할 때는 무엇을 해야 할지 전부 잊어버렸어요. 그녀는 필요한 도구를 찾으러 갔다 온 후 제게 붕대를 감아 줬어요. 붕대를 감으면서 전 그녀가 울고 있는 것을 보았죠.

"드니즈, 당신 우는구려. 무슨 일이오?"

"아무것도 아니에요."

"누가 당신 마음을 아프게 했소?"

"네."

"당신을 아프게 한 그 나쁜 놈은 누구요?"

"당신이에요."

"나라고?"

"그래요."

"그런 일이 어떻게 있을 수 있단 말이오?"

그녀는 대답 대신 스타킹 밴드 쪽으로 시선을 돌렸죠.

"뭐라고! 바로 이것 때문에 울었소?"

"그래요."

"드니즈, 울지 마시오. 당신을 위해 산 거요."

"자크 씨, 진실을 말씀하시는 건가요?"

"정말이오. 진실이기 때문에 이것들이 바로 여기 있 잖소."

전 이렇게 말하면서 스타킹 밴드 두 개를 내밀었어 요. 하지만 하나는 내 손에 쥐고 있었죠. 그 순간 그녀 의 눈물진 얼굴 아래서 미소가 떠오르더군요. 전 그녀 의 팔을 잡고 침대로 데리고 가 침대 모서리에 그녀 발 하나를 올려놓았죠. 그녀의 속치마를 무릎까지 걷어올리자 그녀는 두 손으로 무릎을 꽉 붙잡더군요. 전 그녀 다리에 키스하고 손에 들고 있던 스타킹 밴드를 묶어 주었죠. 그것을 묶자마자 그녀의 어머니 잔이 들어왔어요.

주인   아주 난처한 방문이었군.

자크   어쩌면 그렇고 또 어쩌면 그렇지 않았어요. 그녀는 우리가 당황하는 모습을 보는 대신 그녀 딸이 들고 있던 스타킹 밴드만 보았죠. 그녀가 말했어요. "아름다운 스타킹 밴드군요. 그런데 다른 한 짝은 어디 있죠?"

"제 다리에요." 드니즈가 대답했죠. "그는 자기 애인을 위해 샀다고 말했는데 전 그게 절 위한 거라고 판단했어요. 어머니, 한 짝을 맸으니 다른 한 짝도 제가 보관하는 게 옳지 않나요?"

"자크 씨, 드니즈 말이 맞아요. 스타킹 밴드 한 짝은 다른 한 짝이 없으면 아무 쓸모가 없어요. 그녀가 맨 것을 다시 가져갈 생각은 없으시겠지요?"

"왜 안 되죠?"

"드니즈도 저도 원치 않으니까요."

"그렇다면 우리 타협을 하죠. 어머님이 보는 앞에서 제가 다른 한 짝을 그녀에게 매 주면 어떨까요?"

"아! 안 돼요. 그런 일은 있을 수 없어요."

"그렇다면 그녀가 내게 두 개를 돌려주면 되겠군요."

"그런 일도 있을 수 없어요."

그러나 자크와 주인은 생투앵 기사의 아이와 유모를 보러 갈 마을 입구에 도착했다. 자크는 입을 다물었다. 주인은 말했다. "우리 여기서 내려 잠시 쉬도록 하자."

"왜죠?"

"십중팔구 네 사랑 이야기의 끝에 도달한 것 같으니 말이다."

"완전히 그런 건 아닌데요."

"무릎에 이르렀을 때는 갈 길이 얼마 안 남는 법이지."

"나리, 드니즈의 넓적다리는 다른 어느 여자보다 긴 걸요……."

"그래도 내리자."

그들은 말에서 내렸다. 자크가 먼저 주인의 장화 쪽으로 재빨리 달려갔다. 주인은 등자에 발을 내려놓자마자 말고삐가 풀려 뒤로 넘어졌다. 만약 그의 하인이 그를 팔로 받지 않았더라면 그는 땅바닥에 세차게 내던져질 뻔했다.

주인   자크, 네가 날 극진히 보살펴 주는구나! 조금만 잘못했더라도 내 옆구리가 처박혀서 팔이 부러지고 머리가 깨지고 어쩌면 죽을 뻔까지 하지 않았느냐!

자크   뭐 그까짓 일로!

주인   뭐라고! 이 버릇없는 놈 같으니라고. 두고 봐. 어떻게 말해야 하는지 가르쳐 줄 테니…….

주인은 손목에 회초리 끈을 두 번 감고 자크를 쫓았고 자크는 웃음을 터뜨리며 말 주위를 돌았다. 주인은 악담을 하며 노발대발하여 분노로 거품을 내뿜으며 쉴 새 없이 욕설을 퍼부으며 역시 말 주위를 돌았다. 이 경주는 두 사람이 온통 땀에 젖어 기진맥진할 때까지 계속되었다. 한 사람은 말 한쪽에 멈추었고 다른 한 사람은 말 다른 쪽에 멈추었다. 자크는 헐떡거리면서 계속 웃었고, 주인은 헐떡거리면서 화가 난 눈초리로 그를 노려보았다. 그들이 숨을 좀 돌리자 자크가 주인에게 말했다. "나리께서는 이제 동의하십니까?"

주인　내가 뭘 동의하기를 바라는 거지? 이 개자식, 야비한 놈, 불한당 같으니라고! 그렇지 않으면 넌 이 세상 하인들 중에서 가장 나쁜 놈이고 난 주인들 중에서 가장 불행한 사람일 거다.

자크　우리는 대부분의 시간을 원하지 않으면서도 행동하며 보낸다는 것을 분명히 증명해 보이지 않았습니까? 자, 나리 양심에 손을 대고 대답해 보십시오. 삼십 분 전부터 나리께서 말씀하시거나 행동하신 그 모든 것 중 나리께서 원하신 것이 약간이라도 있었습니까? 나리께서는 제 꼭두각시가 아니었습니까? 제게 그럴 생각만 있었다면 나리께서는 한 달이라도 계속해서 제 인형이 되시지 않았을까요?

주인　뭐라고, 장난이었단 말이냐?

자크　장난이죠.

주인　넌 고삐가 끊어지리라고 예상했느냐?

자크	제가 그렇게 만들었죠.
주인	네 멋대로 날 미쳐 날뛰게 하려고 내 머리에 비끄러맨 것이 놋쇠 줄이었단 말이지?
자크	잘 알아맞히시는군요.
주인	너의 무례한 대답도 계획한 거고?
자크	계획한 거죠.
주인	넌 아주 위험한 망나니구나.
자크	어느 날 대위님께서 그런 놀이로 제게 쓰라린 경험을 하게 하셨는데 그분 덕분에 전 섬세한 추론가가 되었답니다.
주인	하지만 만약 내가 부상당했더라면?
자크	저기 높은 곳에 쓰인 것과 제 선견지명에 따르면 그런 일은 일어나지 않을 거라 판단했습니다.
주인	자, 앉자. 우리에겐 휴식이 필요하다.

그들은 앉았고 자크는 말했다. "제기랄, 이 저주받을 바보 같으니라고!"

주인	필경 너 자신에 대해 말하는 거겠지.
자크	네. 호리병에 한 모금도 남겨 놓지 않은 저 자신에 대해 말하는 겁니다.
주인	유감스럽게 생각하지 마라. 난 목이 말라 죽을 지경이니 내가 이미 마셨을 거다.
자크	제기랄, 두 모금을 남겨 놓지 않은 저주받을 바보 같

으니라고!

　주인은 자크에게 그들의 무료함과 갈증을 달래기 위해 이
야기를 계속하라고 간청했다. 자크가 거절하자 주인은 화를
냈고, 자크는 주인이 화를 내게 내버려두었다. 자크는 불행한
일이 생길지도 모른다고 계속 반대하다가 드디어는 그의 사
랑 이야기를 이어 나갔다. "어느 축제일에 성주가 사냥을 갔
어요……." 자크는 갑자기 멈추더니 말했다. "전 할 수 없습니
다. 더 이상은 불가능합니다. 운명의 손이 또 한 번 제 목을 조
르는 것처럼 느껴집니다. 제발 입을 다물게 허락해 주십시오,
나리."

　"그렇다면 입을 다물고 저기 보이는 첫 번째 초가에 가서
유모 집이 어딘지 물어보거라……."

　그 집은 좀 더 아래쪽에 있었다. 그들은 각자 자기 말의 고
삐를 붙잡고 그곳에 갔다. 유모 집 문이 열리면서 한 남자가
나왔다. 자크의 주인이 소리를 지르면서 칼을 뽑았다. 문제
의 남자도 똑같이 칼을 뽑았다. 두 마리 말은 금속이 내는 날
카로운 소리에 놀랐고, 자크의 말이 고삐를 끊고 도망쳤다. 거
의 동시에 주인과 싸우던 기사가 그 자리에 쓰러져 죽었다. 마
을 농부들이 달려왔다. 자크의 주인은 재빨리 말에 올라타더
니 전속력으로 도망쳤다. 사람들이 자크를 체포해 손을 등 뒤
로 묶고 그 고장 판사에게로 데려갔고, 판사는 그를 감옥으로
보냈다. 죽은 사람은 바로 생투앵 기사였다. 바로 그날 우연이
그를 아가트와 함께 그들 아이의 유모 집으로 인도했던 것이

다. 아가트는 애인의 시체 위에서 머리를 쥐어뜯었고, 자크의 주인은 벌써 멀리 가 보이지 않았다. 자크는 판사 집에서 감옥으로 가며 "이것도 저기 높은 곳에 씌어 있으니 이렇게 되어야만 했겠지……"라고 말했다.

이 두 인물에 대해 내가 아는 모든 것을 그대에게 말했으니 여기서 멈추겠다. — 그렇다면 자크의 사랑은? — 그 이야기를 끝내지 못할 거라고 저기 높은 곳에 씌어 있다고 자크는 수백 번이나 말하지 않았는가. 난 자크가 옳았다는 것을 안다. 그리고 독자여, 그대가 화난다는 것도 안다. 그렇다면 그가 하다 만 이야기를 당신 멋대로 해 봐라. 또는 아가트를 방문하고 자크가 갇힌 마을 이름을 알아봐라. 그러고는 자크를 찾아가 질문을 해 봐라. 그는 당신 요구를 충족하려고 기꺼이 승낙할 것이다. 그것이 그의 무료함을 달래 줄 것이기 때문이다. 내가 수상쩍게 여길 만한 타당한 이유가 있는 회고록에 따라 어쩌면 여기서 누락된 부분을 보충할 수도 있다. 하지만 그게 무슨 소용이란 말인가? 사람들은 자신이 진실이라고 믿는 것에만 관심을 둘 수 있다. 그렇지만 프랑수아 라블레의 『팡타그뤼엘』과 『콩페르 마티외』[146]의 생애와 모험의 발간 이후 가장 중요한 작품인 운명론자 자크와 그 주인의 대담에 관해 충분

---

146) 16세기 최대 걸작으로 간주되는 『팡타그뤼엘』과 18세기 군소 작가 중 한 사람인 뒬로랑(Dulaurens)이 쓴 악당 소설이자 외설 소설인 『콩페르 마티외 또는 인간 정신의 잡동사니』를 같은 선상에 위치시킨 이 대목에서 디드로의 풍자가 다시 한 번 돋보인다.

히 검토하지 않고 경솔하게 판단할 사람도 있으므로, 내 능력이 닿는 한 공정하게 정신을 집중하여 그 회고록들을 다시 읽도록 하겠다. 그리고 일주일 안에 나의 최종 판단을 말해 주겠다. 나보다 더 똑똑한 사람이 내가 잘못 생각하고 있다고 증명할 때는 취소할 수도 있지만 말이다.

편집자가 덧붙인다. — 일주일이 지났다. 문제의 회고록들을 다시 읽어 보았다. 거기서 난 내가 가진 필사본에는 없는 문단을 세 개 발견했다. 첫 번째와 마지막 문단은 진본처럼 보였지만 가운데 문단은 필경 가필한 것처럼 보였다……. 여기 자크와 주인의 대담에서 두 번째 누락을 가정하는 그 첫 번째 문단이 있다.

어느 축제일 성주는 사냥을 갔고 나머지 손님들도 한 1킬로쯤 떨어진 곳에 있는 성당으로 미사 참례를 하러 갔다. 자크는 일어섰고 드니즈는 그 옆에 앉아 있었다. 그들은 침묵을 지켰고 약간 토라진 것처럼 보였는데, 사실 토라져 있었다. 자크는 드니즈에게 자기를 행복하게 해 달라고 온갖 수단을 다해 설득했지만, 드니즈는 양보하지 않았다. 긴 침묵 후에 자크는 뜨거운 눈물을 흘리며 거칠고도 쓰라린 어조로 말했다. "당신이 날 사랑하지 않기 때문이오……." 그러자 화가 난 드니즈는 그의 팔을 붙잡고 갑자기 침대로 끌고 가더니 앉으며 말했다. "자크 씨, 제가 당신을 사랑하지 않는다고요? 그렇다면 당신이 하고 싶은 대로 해 보세요……." 그렇게 말하며 그녀는 울음을 터뜨렸고 오열로 숨이 막힐 듯했다.

독자여, 그대가 자크라면 어떻게 했을지 내게 좀 말해 달라. 아무것도 안 했을 거라고? 그렇다. 그는 드니즈를 다시 의자로 데리고 가서 그녀 발밑에 꿇어앉아 흐르는 눈물을 닦아 주고 손에 키스하고 위로하고 안심시키고 자신이 진짜로 사랑받고 있음을 믿는다고 말하며, 그녀가 아무 때나 자신의 애정을 보상하고 싶을 때까지 그녀를 사랑하는 것만으로 만족하겠다고 말했다. 이 행동이 드니즈를 깊이 감동시켰다.

누군가는 어쩌면 발밑에 있는 자크가 어떻게 눈물을 닦을 수 있겠느냐고 ─ 적어도 의자가 아주 낮지 않다면 ─ 이의를 제기할 것이다. 필사본에는 이에 대해 아무것도 적혀 있지 않지만, 그렇게 가정할 수도 있다.

여기『트리스트램 샌디』의 생애에서 베낀 두 번째 문단이 있다. 운명론자 자크와 주인의 대담이 이 작품보다 먼저 쓰이지 않았고, 또 스턴 목사가 표절자가 아니라면 말이다. 그런데 난 그를 표절자라고 생각하지 않는다. 스턴에 대한 나의 특별한 존경심은 그를 그의 나라 문학가 대부분과 구별하게 하는데, 그들에겐 우리 것을 훔치고서도 욕설을 퍼붓는 습관이 있다.

어느 다른 날, 아침이었다. 드니즈가 자크를 치료하려고 왔다. 성안 모든 것은 아직 잠자고 있었다. 드니즈는 몸을 떨며 다가갔다. 자크의 문 앞에 도착한 그녀는 잠시 멈추더니 주저하다가 몸을 떨며 들어갔다. 그녀는 커튼을 감히 열지 못하고 오랫동안 자크의 침대 옆에 서 있었다. 그러다 살며시 커튼을 열었다. 그녀는 몸을 떨면서 자크에게 인사를 했고 자크에게 밤을 어떻게 보냈는지, 몸 상태는 어떤지 물어보았다. 그녀는 여전히 떨고 있었다. 그러자 자크는 한잠도 자지 못했고 무릎이 가려워서 혼났으며 아직도 가려워 죽겠다고 말했다. 드니즈는 가려움을 가라앉혀 주겠다고 제안했다. 그녀는 조그만 플란넬 조각을 들었고, 자크는 다리를 침대 밖으로 내밀었다. 그녀는 상처 아래를 플란넬 조각으로, 처음에는 한 손가락으로 다음에는 두 손가락으로 그다음에는 세 손가락, 네 손가락, 그리고 손 전체로 문지르기 시작했다. 자크는 그녀 행동을 쳐다보며 사랑에 도취되었다. 다음에 드니즈는 플란넬 조각으로 아직도 불그스레한, 아물어 가는 상처 자리를 한 손가락, 두 손가락, 세 손가락, 네 손가락, 그리고 손 전체로 문질렀다. 무릎 아래나 무릎 위 가려움을 긁어 주는 것만으로도 여전히 부족했기 때문에 더 위에서부터 가라앉혀야 했다. 가려움이 더 예민하게 느껴지는 그곳에서 드니즈는 무릎 위에다 플란넬을 놓고 꽤 세게 한 손가락, 두 손가락, 세 손가락, 네 손가락, 그리고 손 전체로 문지르기 시작했다. 그녀 행동을 계속 쳐다보던 자크는 정열이 너무도 부풀어올라 더는 참을 수 없어 드니즈의 손에 달려들어…… 키스를 했다.

표절을 했다는 것이 확실한 곳은 특히 다음 부분이다. 표절자가 덧붙였다. "내가 보여 준 자크의 사랑에 대해 만족하지 않는다면, 독자여, 더 잘해 보라. 동의할 테니. 그러나 그대가 어떤 방법으로 다루든, 그대도 나처럼 끝내리라는 걸 확신한다. ── 틀렸다, 이 당치 않은 비방자야. 난 너처럼 끝내지 않을 것이다. 드니즈는 얌전한 여자다. ─ 누가 당신에게 아니라고 했나? 자크가 그녀 손에 달려들어 키스했다고 말하지 않았나.[147] 그대 마음이 타락한 것이다. 말하지도 않은 것을 들으려 하니 말이다. ─ 그렇다면 그녀 손에만 키스했단 말인가? ─ 물론이다. 자크는 자기 아내로 맞이할 여자를 농락하기에는 지나치게 분별력 있다. 그러다 불신감을 불러일으켜 평생을 시달릴지도 모르는데 말이다. ─ 하지만 바로 앞 문단에서 자크가 자기를 행복하게 해 달라고, 온갖 수단을 다해 드니즈를 설득했다고 말하지 않았는가. ─ 그건 아마 그때만 해도 드니즈를 자기 아내로 맞이할 생각이 없었기 때문일 것이다.

세 번째 문단은 우리 가련한 운명론자 자크가 손과 발이 쇠사슬에 묶인 채 컴컴한 감방 한구석 밀짚 위에 드러누워 있는 모습을 보여 준다. 그는 대위가 말하는 철학 원칙 중 기억나는 것은 모두 떠올리면서, 생쥐와 쥐가 달려드는 것을 손과 발로 막으며, 검은 빵과 물만으로 연명하는 이 컴컴하고 축축하며 악취를 풍기는 더러운 곳을 언젠가 그리워하게 될 날이 머지않을 거라고 생각했는지도 모른다. 누군가는 우리에게, 그가 이렇게 명상을 하고 있는데 감옥과 감방 문이 부서지고 그가 강도 열두어 명들과 함께 석방되어 망드랭[148] 산적 떼에 합류

───────────

147) 여기서 '키스하다'라고 번역한 프랑스어 baiser는 육체적인 사랑 행위를 뜻하기도 한다.
148) Mandrin. 1724년에 태어난 유명한 산적. 산적 쉰여 명과 온갖 위험한 행동을 하여 전설적인 인물이 되었다. 거의 일 년 동안 그를 잡으려는 군대와

했다고 알려 주었다. 그동안 주인 뒤를 쫓던 기마 헌병대가 주인을 붙잡고 체포하여 다른 감옥에 집어넣었으나 첫 번째 모험 때 도와줬던 경찰서장의 주선으로 주인은 감옥에서 나오게 되었다. 우연이 그의 시계나 담뱃갑만큼 그의 행복에 필수적인 하인을 돌려주었을 때 주인은 두세 달 전부터 데글랑의 섬에서 은둔 생활을 하고 있었다. 코담배를 들이마시거나 시계를 들여다볼 때마다 그는 "내 가련한 자크는 어떻게 되었을까……!"라고 말하며 한숨 쉬지 않은 날이 없었다. 어느 날 밤 망드랭 산적 떼가 데글랑 성을 습격했을 때, 자크는 그곳이 자신의 은인과 애인이 살고 있는 성임을 알아보고 중간에 개입하여 그 성을 약탈로부터 보호했다. 다음에서 우리는 자크와 주인, 데글랑, 드니즈와 잔의 뜻밖의 만남에 대한 비장한 대목을 읽게 된다.

"아, 너였구나, 친구여."

"아, 나리시군요. 존경하는 주인님!"

"어떻게 이런 작자들과 함께 있게 된 거냐?"

"나리는요? 어떻게 제가 나리를 여기서 만나게 된 거죠?"

"당신이오, 드니즈?"

"당신이에요, 자크 씨? 당신이 절 얼마나 슬프게 했는지!"

그러는 동안 데글랑이 소리쳤다. "술잔과 술을 가져오거라. 빨리빨리. 우리 모두의 생명을 구해 준 분이다……."

며칠 후 성의 나이 든 문지기 여자가 사망했다. 그래서 자크

의 싸움에서 이겼으나 1755년에 마침내 붙잡혀 산 채로 처형되었다.

가 그 자리를 차지했고 드니즈와 결혼해서 제논[149]과 스피노자의 제자들을 양성하는 데 전념했다. 데글랑의 사랑을 받으며, 주인의 귀여움을 받으며, 아내의 존경을 받았다. 저기 높은 곳에 바로 그렇게 씌어 있었기 때문이다.

누군가는 내게 데글랑과 주인이 그의 아내를 사랑하게 되었다고 믿게 하려 했다. 사실이 어떤지는 나도 모르지만 어느 날 밤 그는 혼자서 "자크, 네가 바람 난 아내를 둔 남편이 되리라고 저기 높은 곳에 씌어 있다면, 네가 아무리 애를 써도 그렇게 될 것이다. 반대로 그렇게 되지 않을 것이라고 씌어 있다면 그들이 아무리 애를 써도 넌 그렇게 되지 않을 것이다. 그러니 자거라, 내 친구여……"라고 중얼거렸다.

그리하여 자크는 잠이 들었다.

---

149) 스토아 학파의 철학을 창시한 그리스 철학자.

작품 해설
디드로의 글쓰기 모험

1. 머리말

계몽주의 철학가, 백과사전파, 극작가, 예술 평론가, 소설가 등 다양한 활동과 상반되는 궤적으로 점철된 드니 디드로(Denis Diderot)의 문학 세계는 한마디로 모순과 혼돈의 세계다. 18세기 『백과사전』 편찬의 주도적인 인물로서 기존의 사고 체계를 해체하고 새로운 질서로의 개편을 추구했으면서도 말년에 가서는 안착된 부르주아 작가로 생애를 마치는 등 외면적인 삶뿐 아니라 전통적인 소설과는 거리가 먼 현대적인 의미에서의 실험 소설 작업을 수행했으면서도, 가장 상투적이고도 진부한 윤리관에 입각한 부르주아 극 이론을 제창하기도 했기 때문이다. 게다가 『운명론자 자크와 그의 주인』은 한 작품 안에서도 일관된 흐름을 도출하기는커녕 모든 것이 뒤죽박죽인 채로 무질서한 광상곡 그 자체라는 평을 받기도 한다. 이러한 모순과 혼돈은 거의 모든 연구가들의 공통된 지적으로, 때로는 충동적인 생각의 나열, 일관성이라고는 전혀 찾아볼 수 없는 난삽한 잡동사니나 표절 모음에 지나지 않는다는 부정적인 견해를 불러일으키기도 하고, 때로는 가장 명철한 현실 인식, 역사의식과 맥을 같이한다는 찬사를 낳기도 한다. 이 상충되는 시각의 진위야 어떠하든 디드로의 유물론적인 사고가 삶의 휴머니즘적인 체험 또는 자유 개념과 충돌하여, 그 불확실성이나 모순을 해결하기 위해 소설이란 다소 모호한 장르가 택해졌다는 점에는 거의 모든 연구가들의 견해가 일치한다. 이런 맥락에서 볼 때 디드로는 소설과 철학의 결합을 시도한 최초의 작가로서, 사르트르가 『구토』에서 '형이상학과 소설적인 것의 결합'을 꿈꾸었다면, 그것은 바로 18세기 계몽주의 철학가들을 겨냥한 것으로, 그 대표적인 표현이 디드로다. 18세기에 대한 강한 매혹은 밀란 쿤데라 역시 예외일 수 없어, 그는 『소설의 기술』에서 "오늘날 내가 보기에 로렌스 스턴의 『트리스트램 샌디』와 드니 디드로의 『운명론자 자크와 그의 주인』은 18세기의 가장 위대한, 어마어마한 유희로 구상된 소설 두 편인 것 같다."[1]라고 말하며, 디드로의 작품을 다시 쓰기한 희곡 「자크와 그의 주인」(1981)을 발표한다. 또한 수많은 스토리들로 둘러싸인 이 소설은 오늘날에도

---

1) 밀란 쿤데라 전집 11, 『소설의 기술』(밀란 쿤데라 지음, 권오룡 옮김), 민음사, 29쪽.

영화, 연극, 텔레비전 등에 탁월한 소재를 제공하는데, 특히 포므레 부인의 복수를 다룬 브레송 감독의 「불로뉴 숲의 여인들」은 영화사에 남는 걸작으로 기재되고 있다. 따라서 이 글에서는 소설가로서의 디드로에 초점을 맞추어 괴테와 실러가 그토록 찬미했던 18세기의 누보로망이라 할 수 있는 『운명론자 자크와 그의 주인』을 통해 이 작품이 어떻게 단일한 의미로의 환원이 불가능한, 현대성의 표현이라 할 수 있는 반사성의 미학을 구현하는지 그의 생애와 작품 배경을 간단히 살펴본 다음 알아보고자 한다.

드니 디드로(1713~1784)의 생애는 흔히 방랑 시기, 계몽과 투쟁 시기, 안착 시기의 세 시기로 구분된다. 우선 방랑 시기(1713~1746)를 살펴보면 프랑스 샹파뉴 지방 랑그르에서 칼 만드는 장인의 아들로 태어난 그는 외삼촌의 뒤를 이어 성직에서 출세하기를 기대했던 부친의 희망을 저버리고 파리로 상경한다. 온갖 비천한 일을 하며 떠돌이 생활을 했던 당시 체험은 하인 제복을 입기 위해 신성한 직업인 농부 생활을 버리고 수도로 상경한 수많은 젊은이들의 축소판인 자크를 통해서나, 그의 또 다른 걸작인 『라모의 조카』를 통해 생생히 묘사된다.

계몽과 투쟁 시기(1746~1773)에서의 디드로는 그의 보헤미안 생활을 청산하고 백과사전파의 일원으로 당시의 지식인 사회에서 주도적인 역할을 담당한다. 1746년 르브르통 출판사에서 영국의 체임버스 『백과사전(Cyclopedia or Universal

Dictionary of the Art and Science)』(1727)의 번역을 의뢰하자 디드로는 달랑베르, 콩디약과 더불어 단순한 원작의 번역이 아닌, 더구나 지식 전달이 위주인 백과사전의 종래 목적과는 달리, 과학, 철학, 예술, 종교, 사회, 기술 모든 분야에 걸쳐 인식의 통합과 실제적인 지식의 전달을 꾀하며 기존 질서의 편견과 인습으로부터 민중을 계몽하는 데 일차적인 목적을 둔 백과사전을 발간한다. 총 17권과 삽화 11권으로 구성되어 1751년부터 1772년에 걸쳐 발행된 『백과사전 또는 과학 예술 기술의 합리적 사전(Encyclopédie ou Dictionnaire raisonné des sciences, des arts et des métiers)』은 18세기 계몽 철학의 승리이며, 시대를 앞선 디드로의 진면목이 여지없이 부각된 산물이다. 이러한 선구자적인 혜안은 그로 하여금 수많은 억압과 시련에 부딪히게 하였고 『맹인에 관한 서한』(1749) 발간 이후에는 투옥 생활까지 하게 된다.

그러나 그의 이런 투쟁과 현실 참여도 말년의 안착 시기 (1773~1784)에 이르면 그 빛이 퇴색한다. 러시아 카트린 2세 여제의 초청을 받아 러시아로 떠난 그는 외동딸의 지참금을 만들기 위해 자신이 소유하고 있던 장서를 양도하고 여제의 사서관으로 임명되어 오십 년간의 수당을 미리 받았으나, 곧 외국生活에 싫증을 내고 다섯 달 만에 귀국한다. 이후 사교계 생활을 멀리하고 편안한 노후를 보내다 1784년 카트린 2세가 선사한 호사스러운 저택에서 존경받는 작가로서의 삶을 마감한다.

이러한 작가의 편력에서 무엇보다도 우리 관심을 끄는 것은 동시대의 볼테르나 루소보다도 더 철학자의 대명사로 군림하던 그가 말년에 가서 소설가로 변신했다는 점이다. 18세기는 근대 소설의 탄생을 의미한다. 그러나 동시대 사람들의 눈에는 소설은 그 자유분방한 형식이나 언어의 뒤섞임 때문에 무질서의 상징으로 간주되었으며, 그리하여 소설가는 종종 익명으로 글을 쓰거나 수치심을 느낄 정도였다. 그러나 1740년경에 이르면 영국에서 부르주아 계급의 상승과 더불어 삶의 다양성과 풍요로움을 보다 깊이 반영할 수 있는 장르로 부각되어, 리처드슨의 『파멜라』나 스턴의 『트리스트램 샌디』 등은 프랑스에서도 놀라운 성공을 거두게 된다. 이런 영향에 힘입어 소설의 놀라운 힘을 인식하게 된 디드로는 소설가란 "동시에 역사가이자 시인, 진실을 말하는 자이자 거짓말쟁이가 되어야 한다."[2]라고 역설하며, 고전주의 문학의 심리적인 성찰이나 추상적인 묘사를 거부하고 행위와 말 속에서 포착된 역동적인 진실의 표현에 관심을 기울인다. 『운명론자 자크와 그의 주인』은 바로 이런 인식론적인 변화와 더불어 배출된 것으로, 디드로의 수많은 저술 활동 중에서도 비교적 말년에 속하는 작품이다.

그러나 『운명론자 자크와 그의 주인』의 집필 시기를 정확히 규정한다는 것은 불가능하다. 디드로의 딸 방될(Vandeul) 부인의 의견에 따라 네덜란드와 러시아 여행에서 돌아온 후

---

2) Diderot, *Les Deux Amis de Bourbonne, in Oeuvres Romanesques*, Garnier, 1966, 79쪽.

거나 여행 도중인 1773년 경으로 추정되기도 하고, 또는 스턴의 『트리스트램 샌디』를 1765년경에 읽고 난 후 이와 유사한 소설을 쓰고 싶은 충동을 느꼈다는 디드로 자신의 고백을 고려하여 1765년부터 십오 년간에 걸친 오랜 기간의 산물이라 주장하는 이도 있다. 1780년 전부터 이미 이 소설의 몇 부분이 그림(Friedrich Melchior Grimm)이 주관하는 《문학통신》 독자들을 위해 복사본으로 나돌았고 그중 몇 개는 독일로 보내졌으며, 실러가 처음으로 이 작품에 나오는 포므레 부인의 에피소드를 「여인의 복수」라는 제목으로 1785년에 독일어로 번역, 발표하여 그 존재를 공식 확인했다. 그리고 완본 출판은 1792년에서야 이루어졌으며, 그것도 프랑스어가 아닌 독일어로 번역된 『자크와 그의 주인(Jakob und sein Herr)』이었다. 독일어 번역을 통해 이 소설을 읽던 프랑스 독자들은 1796년에 가서야 뷔송 출판사에 의해 프랑스어로 발간된 『운명론자 자크와 그의 주인』을 접하게 된다. 문인으로서의 디드로의 성숙기가 1769년에서 1782년 사이에 그 정점에 이르렀다고 한다면, 『운명론자 자크와 그의 주인』은 바로 이 시기의 산물로, 그것도 그의 정치적이고도 개인적인 위기 후에 이루어졌다는 점에서 우리의 주목을 끈다.(아내와의 불화, 소피 볼랑과의 만남, 루소와의 절교 등.) 이처럼 철학자, 극작가, 예술 평론가 그리고 마지막 단계가 소설가로 나타나며, 그의 나이 60여 세에 쓰인 『운명론자 자크와 그의 주인』은 『수녀』(1760), 『라모의 조카』(1762)와 더불어 그의 소설 삼부작 중에서도 디드로의 성숙도가 거의 완성 단계에 이르렀던 시기의 산물이다.

2. 의미의 흔들림

1) 여행

"그들은 어디로 가고 있었는가? (……) 사람들은 자기가 가는 곳을 안단 말인가?" 소설 서두에서부터 이렇듯 우리는 목적지도 이유도 모르는 여행의 흐름 속으로 빠져 들어간다. 주인은 이런 여행의 무료함과 피로를 달래기 위해 자크에게 이야기를 요청하고, 자크는 그의 사랑 이야기를 시작한다. 싸구려 포도주에 취해 아버지에게 매를 맞고 홧김에 입대했다는 이야기며, 전투에서 입은 무릎 부상 이야기, 초가에서 치료받은 이야기, 그러다 선행을 베푼 대가로 데글랑 성주의 성에 가게 되고 거기서 드니즈를 만나게 되었다는 내용이다. 그러나 이 이야기는 그들의 여행과 모험 이야기로 자꾸만 중단되고, 도중에 그들은 그랑세르 여인숙에서 여장을 푼다. 거기서 아르시 후작의 변절에 분노한 포므레 부인의 복수극 이야기를 여인숙 여주인으로부터 듣게 되고, 다시 여행은 계속되며, 감기에 걸려 목 병이 심해진 자크 대신 주인이 자신의 불행한 과거 이야기를 한다. 생투앵 기사의 사기에 걸려 아가트와 결혼을 강요당하다 그녀가 낳은 사생아의 양육비마저 부담하게 되었다는 것이다. 여행 마지막에 그들은 주인의 사생아를 찾으러 유모 집에 갔다가 주인이 십 년 만에 우연히 만난 생투앵 기사를 죽이고 도망가자, 대신 자크가 붙잡혀 감옥에 갔다는 것으로 이야기는 끝이 난다. 그러나 가상의 편집자의 결론 덕분에, 산적 떼의 습격을 받아 감옥에서 빠져나온 자크가 드디어 사랑하는 여인 드니즈와 결혼하여, 주인의 사랑을 받으며 스피노자와 제논의 제자들을 양성하며, 데글랑 성에서 행복하게 살았다는 것으로 이 소설은 막을 내린다.

과거의 사랑 이야기와 현재의 여행 이야기가 끊임없이 교차하는 이 글에서, 자크와 주인의 여행을 기점으로 그 연대기적 순서를 파악하여 본다면 대강 열흘 동안에 일어난 이야기로, 1부는 엿새 중 이틀이 생략된 나흘간의 여행 이야기이며, 2부는 그랑세르 여인숙에서의 이틀간의 포므레 부인의 복수극으로 이루어진 사랑 이야기고, 3부는 아르시 후작의 위드송 신부 이야기(여드레), 주인의 사랑 이야기, 그리고 여행의 결말로 이루어져 있다. 그러나 3부 이야기는 여정에 관한 구체적인 언급이 없기 때문에 열흘이라는 것도 다만 하나의 가정일 뿐 확실치 않다. 게다가 가상의 결론을 그대로 받아들인다면, 자크가 감옥에 있는 동안 주인은 두세 달 전부터 데글랑 성주의 성에서 살았으며, 따라서 3부에서의 시간의 확대는 1, 2부와는 대조를 이룬다. 또 이야기의 배경이 되는 연대기적 시간도 잘못된 행정과 빈곤으로 악당들이 들끓고 있다는 간단한 언급과 자크가 참전했다는 퐁트누아 전투 등으로 미루어 1750년부터 1780년대 프랑스의 현실을 반영하는 것이라고 추정되나, 그것도 앙시엥 레짐 때 프랑스의 전반적인 농촌 현실을 감안할 때, 그 구체적인 연대기 측정은 불가능하다. 더욱이 들판(1일)-주막집(2일)-콩슈의 국왕 대리관 집(3~4일)-주막집(5일)-그랑세르 여인숙(6~7일)-아르시 후작의 성(?)

(8일)-큰길(?)(9일)-감옥(10일)으로 이어지는 공간 이동 또한 그 막연한 묘사 때문에, 이 작품을 사실주의적 표현으로 간주하려는 사람들에게는 당혹감을 불러일으킨다. 콩슈를 지나갔다는 작가의 언급도 작품 열쇠를 제공하기보다는 오히려 독자를 당황하게 만드는 요소다.(콩슈라는 마을이 프랑스에 둘 있으며 그 지형 속 묘사와도 일치하지 않는다.) 다만 디드로가 여행을 별로 하지 않았다는 자전적인 사실에 비추어 볼 때, 파리에서 고향 랑그르로 간 일 또는 그의 나이 60세에 한 파리에서 헤이그, 또는 러시아로의 여행이 아닌가 추정될 뿐이다. 여하간 이 삼분법적인 구조는(책 쪽수도 거의 같은 비중을 차지한다.) 의미 있는 것으로, 이 소설을 구성하는 담론 세 개가 자크와 주인의 여행 이야기, 자크의 과거 이야기, 작가의 이야기가 그 주요 골자라는 것을 말해 준다. 여행 이야기를 1차 이야기로 간주할 때, 열 개도 넘는 2차 이야기의 편입은 전통적인 연대기적 구성 방식 대신에 연결, 병행, 삽입이 교차하는 방식으로 이루어지며, 그것도 가속, 생략, 회상, 예측 등의 빈번한 사용과 더불어 소설의 지속적인 흐름을 깨뜨린다. 이야기의 화자 또한 자크에서 출발하여(부상 이야기, 형인 장 수도사 이야기, 대위 이야기, 르 펠티에 이야기) 작가(퐁디셰리 시인 이야기, 구스 이야기)-구스(첼로 켜는 남자 이야기)-그랑세르 여인숙 여주인(포므레 부인의 이야기)-아르시 후작(위드송 신부 이야기)-자크(쥐스틴, 쉬잔, 마르그리트와 동정을 잃은 이야기)-주인(생투앵과 아가트 이야기, 데글랑 성주 이야기) 등 그 복잡한 서술 상황은 어느 이야기가 핵심적이고 어느 이야기가 부수적인지도 구별

하기 어렵다. 서술적 이야기와 대화체 병행, 소설의 다른 차원에 속하는 인물들의 만남(2차 이야기의 주인공 아르시 후작이 1차 이야기의 자크와 주인을 만나 함께 여행하는 것), 게다가 독자의 빈번한 질문과 작가의 개입은 이 작품의 불연속적인 성격을 더욱 강조한다.

우선 여행이란 테마를 통해 이 소설의 정의를 모색하여 본다면, 첫 번째 거론될 수 있는 것이 악한소설(roman picaresque)이다. 악한소설은 16세기에 스페인에서 시작되어 당시 유행했던 문학 형태로(이 용어가 공식 채택된 것은 19세기에 이르러서지만)『운명론자 자크와 그의 주인』과 닮은 점이 많다. 여행, 방황, 모험이라는 공통 주제를 다루며, 많은 장소들이 등장하고 스토리의 전형적인 배경인 큰길과 여인숙이 주 공간이라는 점, 군중의 움직임과 생생하고도 활기찬 행위 묘사를 한다는 점을 들 수 있으며, 인물 유형도 악당, 농부, 여인숙 주인, 행상인, 밀수업자, 사기꾼 등 전형적인 악한소설과 일치함으로써 모든 것이 '움직임 그 자체'[3]인 악한소설의 장르적인 특성을 확인한다. 또한 전통적인 악한소설이 현실과의 거리감을 유지하며 세계와 사회에 대한 조소적이고도 풍자적인 시선을 던지는 것은 작가가 자신이 처한 현실의 부조리를 변화시킬 수 없다는 무력감에서 아이러니와 유머로 도피하는 것이라 할 수 있다. 따라서 이런 풍자적인 태도는 완전

---

3) S. Lecointre et J. Le Galliot, *Jacques le Fataliste et son Maître*, Bordas, 1974, 189쪽. 이 부분은 주로 이 책에서 참조하였다.

히 무상적이고 터무니없지만은 않은, 무엇보다도 현실에 대한 깊은 인식에서 출발한다는 점에서 디드로의 사실주의 문학에 대한 인식과 맥을 같이한다. 그러나 있는 그대로의 세계에서 출발하여 바람직하지 못한 현실과 바람직한 현실 사이의 거리를 부각함으로써 현실 묘사의 미메시스적인 기능을 강조하고, 연애 이야기나 모험이 사태 진전의 핵심을 차지하는 대부분의 악한소설에 비해, 『운명론자 자크와 그의 주인』은 그 제목이 말해 주듯 철학적인 논의가 더 많은 부분을 차지한다는 점에서 커다란 차이를 보인다. 게다가 악한소설은 피카로(picaro)라 불리는 다소 능란하고 교활하며 꾀바른 인물이 사회 하층 세계에서 자라나 도덕성 대신 냉소적인 성격을 띠며 독자의 동정심을 유발한다. 그러나 자크는 이런 하층 사회의 어려움을 체험한 자가 아니며, 비록 피카로처럼 그가 처한 사회의 윤리관을 그대로 수용하지는 않는다 할지라도, 조소로 일관하기보다는 사물에 직접 교훈을 청하고 행동하는, 보다 적극적인 인물이라는 점에서 피카로와는 다르다. 또 악한소설은 피카로가 자신의 체험을 1인칭으로 회고적으로 말하는 이야기다. 그러나 이 소설에서는 현재 이야기와 과거 이야기가 끊임없이 교차하는 형태를 취하며, 사회의 여백에 서 있던 피카로가 소설 결론에 가서 기존 질서에 편입되는 것과는 달리, 자크는 출발에서도 결론에서도 사회의 여백에 있지 않으며, 그렇다고 편입된 자도 아니다. 그렇다면 볼테르의 『캉디드』나 루소의 『신엘로이즈』처럼 형성 소설에 속하는 걸까? 아무것도 모르던 인물이 삶의 체험에 의해 마침내 세계와 직면하는 그런 인물들에 비해, 주인이나 자크는 여행 출발에서나 결론에서 그들 원래 성격이나 기질 그대로 남으며, 진정한 의미에서의 변모나 삶의 무의미를 각성하는 것과도 거리가 멀다.

따라서 이 작품은 셀린(Céline)의 『밤의 끝으로의 여행 (Voyage au bout de la nuit)』처럼 사실주의적인 악한소설의 형태를 취하면서도 모든 형태의 글쓰기를 수용하며 동시에 거부하는, 그리하여 장르 규정이나 단일한 의미로의 환원이 불가능한 글쓰기의 모험일 뿐이다. 여행이란 테마의 구체적인 동기도 목적도 밝혀지지 않은, 더구나 새로운 세계나 진리의 발견 같은 전통적인 의미에서의 여행의 상징과도 거리가 먼 그것은, 에릭 발테르의 지적처럼 글쓰기의 모험을 가리키는 은유적 표현으로 해석될 수밖에 없다.[4] 이 작품의 머리말에서 "그들은 어디로 가고 있었는가? 사람들은 자기가 가는 곳을 안단 말인가."라는 구절은 바로 시작도 끝도 모르는 글쓰기의 모험을 가리키는 것으로, 우연과 충동적인 생각에 몸을 맡기는 상상 속 여행을 의미한다. "나는 나의 성찰의 대상이 떠오르는 대로, 그리고 펜이 움직이는 대로 나의 사고를 따라가게 내버려두겠다. 그보다 더 잘 정신의 움직임과 발걸음을 대변하는 방법은 없기 때문이다."[5]란 디드로의 말은 바로 글쓰기의 불확실한 모험, 상상력과 충동에 따른 역동적인 글쓰기의 움직임을 투영한다. 끊임없는 중단과 이탈로 이루어진 이 글

---

4) Eric Walter, *Jacques le fataliste de Diderot*, coll. *poche critique*, Hachette, 1975, 44쪽.

5) Diderot, *Pensées sur l'interprétation de la nature*, J. Vrin, 1983, 2쪽.

쓰기의 모험은 작품 앞부분과 끝부분에 두 번 개입하는 운명과 그것을 상징하는 말의 변덕스러운 조짐에 의해서 은유적으로 묘사된다. 글쓰기는 상상의 여행이며 또 우연의 연속이다. 그런데 이 우연이란 자크에게는 운명의 동의어인 것이다. "우리가 운명을 이끌고 간다고 믿지만, 실은 운명이 우리를 이끌고 가는 것이다. 그리고 자크에게서 운명이란 그에게 다가오거나 그를 건드리는 모든 것이었다. 즉 그의 말, 그의 주인, 수도승, 개, 여자, 수노새, 까마귀……." 이렇듯 느닷없이 우리에게 다가온 현실의 기호들, 그 만남이 우연이듯이, 그것을 표현하는 언어 또한 필연적으로 분열되고 분산된 언어의 나열일 수밖에 없다. 이런 상상적인 여행을 통해 우리는 주인과 하인, 작가와 독자와 더불어 시작도 끝도 모르는 말의 세계로 빠져 들어가며, 이제 작품에 의해 열린 공간에서 그 의미를 함께 추적하게 될 것이다.

2) 주인과 하인

그렇다면 이런 여행을 하는 주인과 하인은 누구일까? 우리는 그들이 가는 곳을 모르듯이 주인의 이름도 과거도 모른다. 우리가 아는 것은 다만 그가 시계를 들여다보며 코담배를 마시며 자크의 이야기를 듣는 것으로 소일한다는 사실뿐이다. 이렇듯 나약하고도 나태해 보이는 이 '자동인형'은 당시의 무기력한 귀족 계급을 상징하는 것으로 "그대는 아직 이런 사람은 알지 못한다. 그의 머리에는 거의 든 것이 없다. 그가 뭔가 이치에 맞는 말을 한다면, 암기한 것이거나 아니면 순간적인 충동에 따라서다. 그에게도 당신이나 나처럼 눈이 있긴 하지만 대부분의 경우 보고 있는지 안 보고 있는지도 알 수 없다. 그렇다고 해서 자는 것은 아니지만 깨어 있는 것도 아니다. 그는 자신을 존재하게끔 내버려두며 그것이 그의 일상적인 기능이다." 그의 성장 과정을 알 수 있는 유일한 기대마저도("아, 수도승들, 수도승들!" "나리께서는 그들 손에 자라셨나요?" "언젠가는 말해 주지.") 작가의 소홀함 때문인지 또는 의도적인지는 모르지만, 3부에 가면 주인이 아닌 아르시 후작이 그를 동반한 리샤르를 통해 들은 수도원 이야기를 함으로써 깨지고 만다. 따라서 한 인물의 과거나 심리적인 두께를 더할 수 있는 인지 조건이 결여됨으로써 주인의 총체적인 모습을 파악하기란 불가능해진다. 주인은 자크가 모셨던 수많은 주인들 중 한 사람으로 사회적 신분의 한 상징일 뿐이다.

이에 반해 하인은 비가 올 때는 우산으로, 날씨가 좋은 때는 양산으로 사용되는 챙 넓은 모자를 쓰고, 호리병에 탐닉하는 전천후 인간이다. 그는 고물상 자종의 손자로, 십이 년 동안 할아버지가 입마개를 물고 다니게 했을 때의 구속을 보상하기 위해 열광적인 수다쟁이가 되었다. 이처럼 주인과 하인은 그들의 표시(시계와 호리병), 성향(게으름뱅이와 수다쟁이), 이데올로기(유심론자와 운명론자)에 따라 구별되며, 이러한 차이는 당시 지배 계급과 피지배 계급 간 성향을 그대로 반영한 것으로 간주된다. 자크는 나태한 귀족 계급 앞에서 무기력하기만 한 피지배 계급의 유일한 자유, 즉 말의 자유를 확인한다. 권태와 말, 시계와 호리병은 이런 시간이나 제도에 맹목적으로 복종하는 자동인형과, 말과 취기를 통해 그것을 토로하고 망각하는 민중의 성향을 상징적으로 표현해 준다. 또한 엘베티우스가, 인간이란 자기만 생각할 뿐 타자의 아픔에 대한 감정이 결여되었다며 그 증거로 잔혹한 구경거리를 즐기는 민중의 성향을 비판한 데 반해, 디드로는 사형집행에 대한 민중의 열정은 비인간성의 증거가 아니라 그들 욕구불만을 해소하는 한 방편일 뿐이라고 주장한다. 고대 그리스에서처럼 집단적인 카타르시스 역할을 하던 노천극장이 존재했던 시절과는 달리 근대에 와서 이 모든 구경거리는 사라졌으며, 거리 구경거리는 일상적인 삶의 노예가 된 민중에게 판단력과 상상력을 일깨워 주는 유일한 기회로 연민과 즐거움을 불러일으킨다는 것이다. 마치 작품 서두에서 초가 농부가 돈이 안 드는 유일한 오락거리인 아기를 만드는 일로 낮에 받은 수모를 달래는 것처럼, 거리 구경거리는 그들에게 욕구 불만 해소와 보상 심리를 보장한다. 게다가 민중은 구경거리 자체보다는 집에 돌아와 이웃에게 하는 이야기로 더욱 열광한다. 이야기는 그들로 하여금 주위 관심을 집중시키는 흥미 있는 인물로 변모케 하며,(르 펠티에 이야기를 하는 거리의 이발사처럼) 역사적 사건의 여백에서 갑자기 간접적으로나마 사건에 참여하게 한다.

이렇듯 민중을 대변하는 인간 자크는 또 한편 지칠 줄 모르는 추론가다. 그는 사건의 징후 앞에서 끊임없이 예증하며 그 위험이나 징조를 해석하려고 애쓴다.(세 번째 날 말의 이상한 조짐 앞에서 끊임없이 그 기호를 해독하는 자크의 몸짓.) 이렇듯 그는 또 다른 수다쟁이인 여인숙 여주인 앞에서 잠시나마 이야기꾼 자리를 양보하나 그것도 그가 원한 것은 아니며, 주인의 명령, 불의의 사건, 목 병, 취기 등 불가항력적인 사건을 제외하고는 잠시도 말하고 추론하는 것을 멈추지 않는다. 그의 이런 추론이나 말은 다만 생각으로만 끝나지 않고 행동으로도 확인되며, 그는 약자 앞에서는 과감히 선행을 베풀고 악 앞에서는 용감히 맞설 줄 아는 행동하는 인간이다.(기름 항아리를 깨뜨린 잔에게 선행을 베푸는 것이나, 여인숙에서 악당들과 맞서는 장면.) 행동하는 인간인 자크는 어떤 점에서는 투쟁하는 철학자, 계몽주의 투사인 디드로의 모습을 반영하는 것으로, 주인은 이 일종의 철학자에 대해 연민마저도 느낀다. 주인은 소크라테스의 변론을 통해 자크를 철학자로 지칭하며 자크가 감수해야만 하는 그 위험한 임무에 애도를 표한다.

오래전부터 현인의 역할은 미치광이들 사이에서는 위험했다네. (……) 자크, 자네는 일종의 철학자일세. 인정하게. 철학자란 권세가들에게는 무릎을 꿇지 않아 가증스러운 자이고, 직업상 특권 계급의 보호자인 법관들에게는 그들을 고발하는 가증스러운 자이며, 성전 제단 밑에서 그들을 거의 보지 못하는 사제들에게도 가증스러운 자이며, 원칙 없는 인간이자 철학을 예술의 파괴자로 간주하는 시인들에게도 가증스러운 자라네. (……) 자크, 내 친구여, 자네는 철학자네. 그대를 위해서는 안 된 일이지만, 지금 우리가 당면한 사실에서 미래에 일어날 일을 읽는 것이 허용된다면, 그리고 저 높은 곳에 씌어 있는 것이 때로 일어날 일보다 먼저 나타날 수 있다면, 난 자네 죽음이 철학적일 것이며, 또 소크라테스가 독약 든 잔을 기꺼이 받아 마신 것처럼 자네도 밧줄을 그렇게 받아들일 거라는 사실을 감히 추정하는 바네.

왕이나 권세가, 사제, 시인, 민중으로부터도 배척받는 고독한 철학자로서의 자크에 대한 주인의 찬사는 여인숙 여주인 앞에서, 아르시 후작 앞에서도 거듭 확인된다. 하지만 자크는 "모든 것은 저기 높은 곳에 씌어 있죠."라는 후렴구를 되풀이하는 운명론자이며(모든 소박한 출신들이 그러하듯이 체념의 철학이다.) 비록 대위와 주인의 서재에서 배운 스피노자 학설에 의해 결정론 신봉자로 탈바꿈하기도 하지만, 그의 이런 학설은 모든 이상주의적 환상을 파기하는 것으로 그의 자발적인 행동이나 자유 의지와도 대립된다.(뒤에서 살펴보기로 한다.) 게다가 이런 철학자 자크의 정체는 책 마지막 부분에 가면 신성한 술병의 지혜를 체득한 라블레의 주인공마냥 모든 진리는 술 속에, 배 속에 있다는 복화술자, 쾌락주의자로 변모한다. 모든 것이 평범한 일상적인 세계에서 취기와 천재가 번득이는 과거 세계를 아쉬워하는 듯, 자크는 갑작스레 술 취한 천재의 위치를 부여받는다. 이렇듯 자크에겐 군인이자 하인, 실추한 농부, 계몽주의 철학자, 운명론자, 스피노자의 제자, 술병의 사도 등 다양한 정체성이 있으며 그 일관된 모습을 파악하기란 불가능하다.

불투명하기만 한 주인, 지나치게 많은 의미가 부여된 하인,

이런 주인과 하인의 관계를 통해 과연 작가는 무엇을 말하려는 걸까? 몇몇 평가들의 지적처럼 그들 서약에 미루어 지배계급과 피지배 계급 간 관계 전복을 의미하는 걸까? 그랑세르여인숙에서, 하인이 사랑하는 여자가 드니즈라는 사실을 알고 주인이 술에 취한 하인을 무시하는 발언을 하자, 이에 화가 난 하인은 주인에게 무례하게 대한다. 그러자 주인은 지금까지 여행 동반자로 같은 방에서 지내며 동등하게 대해 왔던 특권을 취소하고, 자크에게 방에서 내려갈 것을 명령한다. 그러나 자크는 명령에 불복하고, 그리하여 두 사람 사이에는 심한 설전이 벌어진다. 그들 싸움에 놀란 여인숙 여주인이 중재를 제안하고, 내려간 다음에는 다시 올라와 기존 특권을 다시 향유하라는 현명한 판단을 내린다. 이런 여주인의 중재 후 자크는 주인에게 그것을 명문화할 것을 제안하며 일방적으로 서약을 선언한다.

자크가 주인에 대한 자신의 영향력과 힘을 모르지 않을 수 없으며, 또 주인은 자신의 나약함이나 관대함으로부터 벗어날 수 없다는 걸 모르지 않기 때문에 자크는 무례할 수밖에 없으며, 주인은 평화를 위해 이를 모른 체해야 할 것임. (……) 따라서 주인은 칭호를 얻고 자크는 실권을 가질 것이라고 결정하는 바임.

과히 혁명적이라 할 수 있는 이 발언은 때에 따라서는 계급의식의 파기로, 또 때에 따라서는 능력 있는 자가 지배하는 부르주아적 민주주의의 예시로, 또는 체제는 인정하되 필요 법칙에 의해 점진적인 개혁을 하자는 디드로의 보수적인 시각의 표현으로 해석되기도 한다. 관계 전복의 예시로 보는 견해는 이 책에서 부정적으로만 제시되는 귀족들의 타락상과 특히 책 결말에서 자크가 주인과 데글랑 성주라는 두 연적을 물리치고 드니즈와 결혼했다는 사실에서 그 타당성을 제시한다.[6] 그러나 마지막 결론 부분은 가상 편집자의 의견, 즉 허구 속 허구로 우화적인 색채를 띠며, 프뤼네르 같은 비평가는 오히려 엄격한 의미에서 책의 종결 부분은 주인이 도망 가고 자크가 감옥에 갇힌 것이라고 지적하기도 한다.[7] 주인은 지금까지 보여 왔던 나약한 태도와는 달리 돌연히 용감하고도 잔인한 사람으로 변신하여 자크에게 상의하지도 않고 일순간도 지체하는 일 없이 생투앵 기사를 죽이고 도망간다. 비록 충동에 따른 행동이긴 하지만, 마치 그의 애매모호하고도 불투명한 태도가 이 마지막 순간을 장식하기 위해 존재하는 것처럼. 즉 주인은 어떤 점에서는 승리자인 것이다. 가상의 결론에서도 주인은 경찰에 붙들리긴 하지만 예전에 알던 경찰서장 덕분에 살인을 저지르고도 처벌받지 않으며, 감옥에서 나와 데글랑 성에서 편안한 생활을 영위한다. 게다가 주인이 자크의 연적이라고는 하나, 그가 진정으로 드니즈를 사랑했는지 아

---

6) 이동렬, 「운명론자 자크에 나타난 사회 묘사」, 『문학과 사회 묘사』, 민음사, 1988, 175쪽.

7) F. Pruner, *L'Unité secréte de Jacques le Fataliste*, Lettres Modernes, Minard, 1970, 198쪽.

니면 단순히 순간적인 쾌락 대상으로 간주했는지는 알 수 없는 일이다. 이렇듯 관계 전복의 예시로, 또는 "야만적인 사회에서 정의를 유지한다는 것이 얼마나 부조리한가를 보여 주는 비유"[8]로 해석될 수 있는 이 대목은 사실 구체적이고도 역사적인 사실을 배경으로 한다. 1753년 루이 15세와 파리 최고 법원의 관계는 점점 악화되어 국왕은 그들을 지방으로 유배했고 1771년에는 법원까지 폐쇄했다. 이 같은 조치는 철학자들이나 여론의 분노를 자아내 정치적, 사회적 조직이 민중에 대해 '절대적이고 종신적인 소유'를 허용하지 않는다 할지라도, 이미 관습이 그런 상당한 자유를 허용한 이상 점진적인 법개혁이 필요하다는 여론이 지배적이었다. 즉 주인으로 상징되는 특권 계급은 자크로 상징되는 피지배 계급에 부여된 그 '일시적이고 무상적인 양보'를 의문시해서는 안 된다는 견해다. 이런 맥락에서 본다면 이 대목은 단순한 계급 논쟁이나 관계 전복의 예시라기보다는, 자크 프루스트의 지적처럼 "1780년대 사회에서나 그 정신으로 비추어 볼 때 전혀 상상할 수도 없는 계급투쟁의 현실을 반영하는 게 아니라, 권력과 지식, 왕과 철학자 사이에 존재했던 계몽주의 시대의 근본적인 모순된 현실을 반영하는"[9] 것으로 이해되어야 할 것이다. 즉 자크는 어떤 점에서는 철학자 디드로를 상징하며, 언제나 민중과 권력가의 중간에서 앎을 주도하며 개혁을 부르짖으나 특권층

---

8) F. Pruner, 같은 책, 315쪽.

9) J. Proust, *Jacques le Fataliste*, "Postface", Livre de Poche, 1972, 328쪽.

의 하인이 될 수밖에 없었던 지식인의 현실을 풍자한 것이라 할 수 있다. 왜냐하면 인간의 지배 욕구가 존재하는 한 이러한 주종 관계는 어떤 시대에서도 어떤 사회제도에서도 존속될 수밖에 없는 현실로, 군주-신하, 주인-하인, 남자-여자, 스승-제자, 출판업자-작가, 비평가-작가, 작가-독자, 또는 의지가 강한 사람-의지가 약한 사람 등 모든 인간관계를 지배하는 모태가 되기 때문이다. 자크의 개 변론은 이런 점에서 시사적이다.

자크는 주인에게 하층민들의 궁핍한 생활이 어떠하든 간에, (……) 그들 모두에게 개가 있다는 사실에 주목한 적이 없느냐고 물었다. 그리고 그 개들은 모두 재주를 부리고, 두 발로 걷고, 춤을 추고, 사냥감을 찾아서 가져오고, 왕이나 여왕을 위해 뛰어오르고, 죽은 체하는 것까지 훈련받았으며, 이런 교육이 개들을 이 세상에서 가장 불행한 동물로 만들지 않았느냐고. 이어 자크는 모든 사람은 다른 사람을 지배하려 하고, 다른 모든 계급의 지배를 받는 최하층민들 바로 밑에 동물이 있으므로, 그들 역시 누군가를 지배하기 위해 동물을 두는 것이라고 결론 내렸다. "각자에겐 자신의 개가 있죠. 장관은 왕의 개고, 차관은 장관의 개고, 아내는 남편의 개고, 또는 남편은 아내의 개고, 파보리는 이 여자의 개, 티보는 길모퉁이 저 남자의 개입니다. 제가 입을 다물고 싶은데 나리께서 말을 하라고 할 때 (……) 제가 나리의 개가 아니고 다른 무엇이란 말입니까? 또 의지가 약한 사람들은 의지가 강한 사람들의 개입니다."

그렇다면 이런 주종 관계에서 누가 진정한 주인일까라는 문제가 제기된다. "자크가 주인을 끌고 간다."라는 속담은 칭호가 의미하는 권력의 인간인 주인 앞에 어떤 사건에 부딪혀서도 그것을 읽을 줄 알고 추론할 줄 아는 지성인 자크의 우월성을 입증하는 말이다. "최악의 조건은 다른 사람을 섬기는 것이다."[10]라는 디드로의 발언은 가정교사로, 출판업자의 심부름꾼으로, 여제의 사서로, 평생을 하인 신분에서 벗어나지 못했던 디드로의 구체적인 체험을 대변하는 말로, 어떤 점에서 지식인이란 수없이 주인을 바꾸는 한 명의 자크에 지나지 않는 것이다. 그러나 이것은 자크의 주인도 마찬가지다.

그대가 그대 주인을 따라다니는 것처럼 자크도 그의 주인을 따라다닌다. 그리고 자크의 주인은 자크가 그를 따라다니는 것처럼 자기 주인을 따라 다닌다. ─ 그렇다면 자크의 주인의 주인은 누구인가? ─ 이 세상에 주인이 부족하기라도 하단 말인가? 당신처럼 자크의 주인에게도 수많은 주인이 있다. 하지만 자크의 주인의 그 수많은 주인들 가운데는 한 사람도 좋은 사람이 없는 것처럼 보인다. 매일같이 주인을 바꾸기 때문이다.

우리는 이 대목에서 주인을 반드시 타락한 부정적인 귀족 계급으로만 여겨야 할 것인가 하는 의문을 품게 된다. 그는 앞에서도 언급한 것처럼 귀족이라는 사실(기병대에서 근무한 적

---

10) Diderot, *Oeuvres Philosophiques*, Garnier, 383쪽.

이 있었다는 간단한 언급을 통해 그도 다른 귀족들처럼 무사 계급 출신이라는 걸 알 수 있다.)과 사기꾼들의 농간에 재산을 탕진했다는 사실 외에는 전혀 묘사가 되지 않는다. 물론 주인은 제도에 복종하는 자동인형이다. 그러나 하인에게 온정을 베풀 줄도 알고(자크가 사형 집행인 집 대들보에 부딪쳐 다쳤을 때 자크를 간호하며 밤을 새우는) 자크의 말에 감동할 줄도 안다.(자크가 잔에게 베푼 선행에도 불구하고 악당들에게 발길질당했다는 이야기를 듣고 흥분하는) 그의 이런 불투명함과 모호함, 행동이 아닌 사고로 일관하는 태도에서 오히려 권력 앞에서 무기력하기만 한, 그러나 현실에 순응할 수밖에 없었던 당시 지식인의 이미지를 찾아볼 수 있지는 않을까? 자크가 행동하는 지식인의 표상이라면, 주인은 그와 같은 행동의 필요성을 인지하면서도 그 시도가 헛되다는 걸 알고 무력감과 나태에 빠진 회의적인 지식인을 대변하는 게 아닐까? 그는 자크의 결정론에 대한 지나친 믿음에 대해 비판을 멈추지 않으면서도, 자기 내부 열정을 표현하는 데 실패한 퐁디셰리 시인이나 라모의 조카처럼 좌절감과 나약함을 투영한다. 이렇듯 작가의 이미지는 행동하는 지식인 자크, 무력하고 회의적인 지식인 주인, 실패한 시인 퐁디셰리, 비도덕적인 열정을 품은 구스를 통해 세분화되며, 그리하여 작품을 다의적인 공간으로 몰고 간다. 또한 주인과 하인, 혹은 주인과 노예라는 이 영원한 화두는 훗날 헤겔을 거쳐 라캉에 이르기까지 현대 철학의 핵심적인 화두로 자리 잡게 된다.

3) 열정

게다가 디드로가 비판하는 권력 체계에 대한 담론은 그들의 엄청난 에너지와 열정에 대한 찬사로 중첩되어, 타인을 안다는 것이 얼마나 힘든 일이며 같은 행동도 시간이나 상황에 따라 달리 판단될 수 있다는 그의 상대주의 도덕관과 더불어 그 부정적인 고발의 의미를 퇴색시킨다. 르 펠티에는 기독교도로서 자선을 베풀다 모든 재산을 탕진한 인물이다. 그는 다른 사람의 모욕을 감수하면서도 자선을 중단하지 않으며 그의 이런 행동을 대위는 부랑자이며 비겁자라고 여기나, 자크는 "사람들은 각자 자기 방식대로 모욕과 선행을 판단하는 법입니다. 또 어쩌면 시간이 달라지면 판단하는 것도 달라질 테고요."라고 판단의 상대성을 역설하며 그를 옹호한다. 물론 르 펠티에는 도덕적인 에너지의 창출자로 긍정적인 열정을 품고 있다. 그러나 복수욕에 사로잡힌 포므레 부인이나 출세욕에 사로잡힌 위드송 신부, 명예욕에 사로잡힌 데글랑 성주는 무위나 방종의 생활을 영위하는, 혹은 수단과 방법을 가리지 않고 출세하려는 타락한 귀족들의 부정적인 열정을 표상한다. 그러나 작가는 그들을 비판하기에 앞서 그들의 열정을 찬미하며 보통 사람과는 다른 예외적인 인물로 간주하는 데 주저하지 않는다.

우선 포므레 부인을 살펴보면, 그녀는 변심한 애인을 벌하기 위해 애인을 창녀와 결혼시킴으로써 상처 받은 자존심을 보상받으려 한다. 그녀의 복수는 아르시 후작이 다른 여자를 사랑했기 때문이 아니라, 그가 자연 법칙에 순응하여 더 이상 정념의 처음 순간처럼 그녀에게 맹목적인 열정을 바치지 않았기 때문이다. 이런 그를 시험하기 위해 자신의 마음이 변한 것처럼 꾸미는 정념의 무상성에 대한 거짓 담론에서부터, 재판으로 파산하여 창녀 생활을 하는 데농 양을 맹신자 행세를 하게 하는 종교적인 담론의 2단계를 거쳐, 드디어는 사랑에 빠진 후작이 거기서 벗어나기 위한 온갖 시도에도 불구하고 "괴로워하는 것보다는 결혼하는 편이 나을 거요."란 말을 하게 하는 3단계인 정념의 파괴적인 담론에 이르기까지, 온갖 사악한 음모를 멈추지 않는다. 이런 그녀의 끈질긴 원한이나 음모 앞에 자크와 주인은 모두 부정적인 비판을 늘어놓지만, 작가는 이 비판에 동의하지 않는다. 비록 변심한 애인을 벌하기 위해 창녀와 결혼시키려는 포므레 부인의 복수가 지나친 것은 사실이지만, 그녀의 원한은 어떤 이해관계로도 오염되지 않은 순수한 것이며, 만약 그녀가 남자였다면 당연히 검으로 상대방을 죽일 수도 있었으며, 또 그런 것이 사회에서도 용인되는데, 왜 그녀가 여자라고 해서 그녀를 비도덕적인 사람으로 간주해야 한단 말인가? 그러므로 탕아에게는 탕아에 걸맞은 창녀를, 평범한 남자에게는 평범한 여자를, 예외적인 사람에게는 예외적인 판단 기준을 적용해야 한다는 화자-작가의 포므레 부인에 대한 변론은, 그러므로 지극히 개인적이고 상대적이며 여성주의적인 도덕관으로, 기존의 도덕관과는 상충된다 하겠다. 비록 그 사건이 포므레 부인에게는 비극적인 결말을 가져다주었다 할지라도(그녀의 복수에도 불구하고 아르시 후작이 창녀를 용서하고 그녀와 행복한 결혼 생활을 하게 되었다는) 그녀의 완강함이나 추진력은 보통 사람에게서는 찾아볼 수 없는 예외적인 인간의 것이다. 이런 작가의 변론의 의미를 우리는 대강 세 가지로 요약할 수 있다. 하나는 여성 조건에 대한 일반적인 성찰이다. 여성과 남성 사이에 존재하는 불평등한 요소에 대한 지적이나, 쾌락만을 추구하는 사회에서 그것을 수동적으로 받아들이는 데농 양 같은 객체로서의 여성과, 포므레 부인이나 여인숙 여주인처럼 나름대로의 원칙과 자율성을 남성에게 부여할 줄 아는 주체로서의 여성의 구별은 당시 남성 중심주의 사회에서는 상당히 진보적인 견해라 할 수 있다.[11] 또 하나, 기존 도덕관념이나 관례적인 시각을 거부하며 사태를 명철하게 파악하고 그것을 행동으로 몰고 가는 확고한 의지력과 지성에 대한 찬사를 통해서 우리는 디드로의 휴머니즘적인 시각을 확인할 수 있다. 어떤 점에서 포므레 부인의 비극은 소통의 단절에 있다.(그녀는 여러 번에 걸쳐 자신의 내면적인 고통을 후작에게 비추나 후작은 아무것도 이해하지 못한다.) 그녀의 이런 열정과 에너지, 고독은 위대한 영혼만이 느낄 줄 아는 것으로, 인간의 존엄성과 위대함에 대한 작가의 신뢰의 표현이다. 세 번째로 앞에서 언급한 상대적이고도 개별적인 도덕관의 제시다. "첫 순간에 우리를 사로잡는 충동적인 움직임은 모두 용서해야 한다. 다른 사람들의 처음 순간은 짧지만 포므레 부인이나 그녀 같은 성격의 여자들의

---

11) S. Lecointre et J. Le Galliot, 앞의 책, 124쪽.

순간은 긴 법이다. 그들의 영혼은 때때로 그 치욕적인 처음 순간을 평생 잊지 못한다."라는 대목에서처럼 인간은 각자 기질에 따라 행동할 수밖에 없으며 따라서 판단 기준 역시 달라져야 한다. 각자에게는 각자의 가치 기준과 도덕관이 존재한다. 그러므로 그것을 무시하고 똑같이 판단하려는 보편적인 사회적 규범이 잘못된 것이다. 그러나 문제는 이런 예외적인 인물이 사회의 안녕을 깨뜨렸을 때 어떻게 될까 하는 점이다. 어떤 점에서 아르시 후작과 데농 양의 행복한 결말은 운명의 개입으로 설명될 수도 있지만, 또 상식에 어긋난 행동을 한 개인에 대한 사회의 징벌로 해석될 수도 있기 때문이다. 이런 상대적이고도 개별적인 도덕관이나 열정에 대한 찬사는 합리적이고도 유용한 도덕의 필요성 앞에(디드로는 루소와는 달리 사회 생활을 인정한다.) 그 모순을 드러내며, 작가는 이에 대한 구체적인 대답을 주지 않는다.

위드송 신부 이야기 또한 종교가 정치와 결탁하는 당시 현실을 고발하는 계기도 되지만, 사태를 파악하는 명철한 의식, 확고한 의지와 판단력, 지성 등은 그를 타의 추종을 불허하는 예외적인 인물로 만들며, 어떤 점에서 그는 포므레 부인의 분신인 셈이다.("포므레 부인과 위드송 부인 사이에 아이가 태어났으면 어땠을까." 하는 작가의 질문은 의미 있는 발언이다.) 장세니스트와 몰리나 교도 사이의 분쟁을 이용하여 자기 출세의 발판으로 삼으려는 신부는 성직을 이용하여 사회 신분 상승을 노리는 민중 출신인 자크의 형 장 수도사와 같은 선상에 놓여 타락한 종교의 이미지를 부각한다. 그의 탁월한 계략은 그의 정체를 파악하고 고발하려는 두 젊은 간사의 노력을 무력화해 버리며, 오히려 이를 자신의 위치를 공고히 하는 데 이용한다. 이렇듯 음모와 술수의 천재인 위드송 신부, 원칙 없는 괴짜 구스, 명예욕에 불타는 대위와 데글랑, 복수욕에 사로잡힌 포므레 부인, 이 모두는 디드로가 천재의 조건으로 제시하는 열정과 에너지를 지녔으며 이성이 지배하는 합리적인 세계에 위반되는 사람들이다. 데글랑의 반창고는 이 명예욕의 물질적인 상징으로, 그가 받은 자존심의 상처는 삶과 죽음의 문제에 버금간다. 그의 반창고는 명예의 완전한 회복과 더불어서만 (연적의 죽음) 사라진다. 이성과 열정, 그것은 디드로에게서도 해결할 수 없는 모순으로 결정론과 자유의 문제만큼이나 미해결인 채 남아 있다.

4) 운명

또한 자크는 운명론자다. 그러나 "우리의 바람이나 행위에 상관없이 인간의 운명이 미리 결정되었다고" 믿는 이런 "신학적이고도 신화적인"[12] 운명론은 이 작품에서 모든 것이 원인과 결과의 연쇄 작용에 의해 이루어진다는 결정론과 혼동된다. 그의 재갈 사슬 이론은 바로 이런 결정론적인 시각의 표현으로 "다음에 일어나는 모든 좋고 나쁜 모험도 모두 이 총알 한 방 때문이라는 건 틀림없는 사실입니다. 그것들은 모두

---

12) 같은 책, 192쪽.

재갈 사슬의 고리처럼 연결되어 있죠. 그 총알이 없었더라면 예컨대 저는 평생 사랑도 해 보지 못하고, 절름발이도 되지 않았을 테니 말입니다."라는 대목에서도 확인된다. 그렇다면 왜 자크를 운명론자로 만든 것일까? "철학적으로 운명론이란 단어는 잘못 선택되었다. 그것은 종교적인 신앙을 정의하나 자크는 믿는 자가 아니다. (〔존재론적인〕) 필연론 또는 오늘날의 언어로는 (〔인식론적인〕) 결정론이라 말하는 것은 구별되어야 할 것이다."[13]라는 벨라발의 견해는 다음과 같은 지적과는 상충되는 것으로, "자크는 결정론자가 아닌 운명론자다. 이 차이에 주목해야 할 필요가 있다. 디드로가 주인공을 운명론자로 만든 것이 문학적인 이유 때문이라는 것은 의심할 여지가 없다. 소설을 쓰면서 디드로는 몇 가지 요구에 직면한다. 한편으로는 심리적인 일관성을 유지해야 한다는 것으로, 자크의 운명론은 민중의 운명론이다. 또 다른 편에서는 독자의 관심과 호기심을 불러일으키고 유지해야 한다는 것이다."[14]라는 견해도 있다. 이렇듯 운명론이라는 용어 자체의 모호함 때문에, 여러 해석이 가능한 이 작품에서 자크의 학설은 결정론이나, 그 용어의 채택이 1793년에 가서야 칸트에 의해 공식적으로 이루어졌다는 사실을 고려한다면, 결정론이라는 용어가 작품에 지나치게 현학적인 색채를 부여했으리라는 것은 의심할 여지가 없다.

---

13) Y. Belaval, "Notes", *Jacques le Fataliste et son Maître*, Folio, 1973, 343쪽.
14) S. Lecointre et J. Le Galliot, 앞의 책. 192쪽

그렇다면 디드로가 말하는 운명론과 결정론은 구체적으로 무엇을 의미하는 것일까?

자크는 미덕이라는 말도 악덕이라는 말도 알지 못하고, 인간은 다만 행복하게 또는 불행하게 태어났다고 주장한다. (……) 물리적인 세계와 윤리적인 세계의 구별은 그에게 별 의미 없어 보였다. 그의 대위는 자신이 거의 외우다시피 한 스피노자에게서 이 모든 생각을 찾아내어 자크의 머리에다 쑤셔 넣은 것이었다. 이 시스템에 입각한다면 자크는 어떤 것에도 기뻐하거나 슬퍼하지 않으리라고 생각되겠지만 사실은 그렇지 않았다. 그는 거의 당신이나 나처럼 행동했다. 착한 일을 하는 사람에게는 그가 더 착한 일을 하도록 감사했고, 옳지 못한 사람을 만나면 화를 냈다. 돌에 부딪힌 개가 돌을 무는 격이라고 반박하면, 그는 "그렇지 않소. 개에 물린 돌은 버릇을 고칠 수 없지만 인간은 회초리로 고칠 수 있다오."라고 말하는 것이었다. 그는 자주 당신이나 나처럼 무분별했고, 단지 철학이 지배적인 몇몇 경우를 제외하고는 자신의 원칙을 망각하는 경향이 있었다.

다소 긴 듯한 위 인용문에서 우리는 자크의 운명론과 결정론의 관계, 그리고 그의 이런 학설에도 불구하고 현실의 구체적인 체험 앞에서 그 학설의 약점을 인정하는 역설을 보게 된다. 즉 우주의 모든 것은 하나의 총체를 이루므로 물리적 세계와 도덕적 세계의 구별은 의미가 없다. 인간의 심리적인 성향이나 실존은 그가 구성된 물질적이고도 감각적인 요소의 총체에 의해 결정되므로 각 개인의 기질이나 성향, 의지, 직관 등은 인간이 태어나면서부터 정해진다. 인간은 이렇듯 자기가 태어난 기질에 따라 필연적으로 해야만 할 일을 할 따름이며 자유 의지와는 무관하다. 이런 점에서 볼 때 퐁디셰리 시인 이야기는 좋은 본보기다. 그는 형편없는 시를 쓰도록 태어났으므로 그의 노력이나 시에 대한 열정에도 불구하고 그는 실패할 수밖에 없다. 인간은 천재로 또는 바보로, 행복한 사람 또는 불행한 사람으로 태어나는 것이며, 아르시 후작의 운명도 그의 복합적인 기질(다정하면서도 바람둥이인) 속에, 포므레 부인의 원한도 그녀의 타고난 기질 속에 이미 씌어 있다. 그러므로 이런 결정론에 따르면 인간은 이미 그 운명이 출발에서부터 결정되며, 모든 것은 원인과 결과에 의해 재갈 사슬 고리처럼 연결된다.(1부에서 말이 이상한 조짐을 보인 것도 사형 집행인의 말이란 사실에서 설명된다.) 그러나 모든 것이 설명되고 예측되며 연결된 이 시스템에서 우리는 구체적인 체험에 의해 모순되는 요소들이 나타나는 것을 보게 된다. 하나는 앞에서 살펴본 것처럼 자연 법칙이 사회생활 법칙과 위반되는 경우로, 이 점에 대해 "인간은 회초리로 고칠 수 있다오."라는 구절은 사회의 안녕을 위해서는 제재를 가할 수밖에 없다는, 즉 실제적이고도 유용한 도덕의 필요성을 인정한다는 걸 의미한다. 이런 사회적인 법칙이나 교육의 필요성은 자연의 필연성이라는 법칙에는 상충되는 것으로, 여기서 디드로는 도덕적인 결정론은 하나의 환상이며, 그것은 사회적인 현실과도 심리적인 현실과도 부합되지 않는다는 것을 인정한다. "그는 거의 당신이나 나처럼 행동했다."라는 말은 결정론적인 전제에도 불구하고 자크는 자유인인 것처럼 행동한다는 의미다. 즉 자크는 모든 것이 저기 높은 곳에 결정된 대로 이루어진다고 믿으면서도 자신의 직관이나 감정, 의지에 따라 행동하기를 멈추지 않는다.(악당과의 싸움이나 선행을 베푸는 행위 등) 그의 이런 행동은 자신의 후렴구와도 상반되는 것으로, 그는 더 이상 결정론자도 운명론자도 아닌 셈이다. 게다가 스피노자나 라이프니츠가 말하는 결정론은 모든 행동이나 사건이 종국에는 절대적인 가치이자 필연성의 표상인 신으로 귀착된다. 그러나 디드로의 결정론은 유물론적이고 상대적인 것으로, 철학자의 모든 사변이나 학설이 비록 어떤 총체적인 진리를 규명하기 위해 필요하다 할지라도 개별적이고도 구체적인 삶의 다양한 현실 앞에서는 왕왕 모순되는 것을 보게 되며, 이 모순이나 부조리야말로 삶의 다양함과 풍요로움을 입증하는 것이라는 지극히 개별적이고도 구체적인 삶의 철학을 내세우고 있는 것이다.

또한 운명론과 결정론은 그것이 다만 신이냐 물질이냐 하는 차이를 떠나, 운명론이란 일체의 자유 의지를 부정하나, 결정론이란 만약 우리가 원인의 유희에 개입할 수만 있다면 그에 따라 결과를 수정할 수 있다는 학설이다. 그러나 인간은 어떤 점에서는 원인보다 결과의 동물이다. 인간은 원인 자체를 모르는 경우가 많으며, 삶의 구체적인 현장에서 인간은 자신에게 다가오는 어떤 비극적인, 설명할 수 없는 힘의 개입을 체험하게 된다. 그 불가항력적인 힘이나 불가지론적인 양상(신의 섭리나, 또는 그 호칭이 무엇이든 간에) 앞에서 인간은 허수아비가 될 수밖에 없다. 우리의 모든 자유 의지나 노력을 무력하게 만들어 버리는 것으로, 인간은 그 원인을 이해하지도 못하고 그냥 받아들일 수밖에 없다. 그러므로 운명은 이런 "외적인 세계의 압박이자 충동적인 우연의 설명할 수 없는 개입"[15]으로, 바로 이런 맥락에서 작가는 자크를 자신의 추상적이고도 철학적인 결정론적인 전제에도 불구하고 운명론자로 만든 것이다. 따라서 운명은 이 작품에서 결정론적인 사고의 전제로서 우리가 현재 처한 상황에서 아무리 노력해도 그것은 우리가 태어난 기질 그대로 반영된다는 '필연성'으로서의 의미와, 결코 예측할 수도 변경할 수도 없는 거대한 '우연'의 개입이라는 비극적인 현실로서의 의미라는 두 의미를 지닌다. 불가항력적이고 비합리적인 현실 앞에 아무리 추론하고 학설을 세우고 노력해도 저기 높은 곳에 씌어 있는 두루마리의 저자도 그 내용도 모르는 인간은 비극적인 존재가 될 수밖에 없다. 자신의 의지나 열정에도 불구하고 포므레 부인의 결말은 그녀가 원하는 대로 되지 않으며, 주인이 생투앵 기사를 만나 죽이게 되리라는 것도 어떤 점에서는 운명의 장난인 것이다. 운명의 장난에 의한 자크의 입대, 운명의 장난에 의한 주인 살인, 이 작품의 시작과 결말은 "우리가 운명을 이끌고 간다고 믿지만 실은 운명이 우리를 이끌고 가는 것이다."라는 말처럼 작품의 진정한 주제이자 삶의 진정한 양상인 것이다. 게다가

---

15) S. Lecointre et J. Le Galliot, 앞의 책, 193쪽.

자크는 운명론자가 될 수밖에 없다. 그의 사회적 신분은 그가 아무리 주인보다 추론을 잘하고 성찰을 잘한다 해도 주인이 되는 것을 허용치 않으며, 주인은 아무리 무력하고 나태해도 주인일 수밖에 없는 것이다. 이와 같은 현실 인식은 마치 철학자가 아무리 노력을 해도 권력의 시녀가 될 수밖에 없는 것과도 맥을 같이한다.

그렇다면 삶의 이런 비극적인 현실 앞에는 그 어떤 해결책도 없는 것일까? 삶의 진정한 의미도, 자신이나 타인의 모습도 해독이 불가능하다면, 또 그 비극적인 현실을 바꿀 수도 없다면, 자크의 대위처럼 모든 것을 조소하며 무관심의 자유를 향유해야 할까? 그러나 이 무관심의 자유는 광기에 지나지 않으며, 타인을 희생하고 자유를 행사한다는 믿음이나 투쟁, 반항도 역시 잘못된 것이다. 자크는 운명론자이면서도 동시에 신중하고 열정적이며 삶에 의미를 부여한다. 즉 불완전하고 부조리하고 부당한 세계라 할지라도 그의 끝없는 물음과 성찰은 인간 조건과 한계를 벗어나려는 시도처럼 보이며, 비록 그것이 이 작품에서는 왕왕 희극적인 색채를 띤다 할지라도, 그 열정과 에너지는 우리를 끝없는 감동의 세계로 몰고 가는 것이다.

3. 글쓰기의 모험

1) 작가와 독자의 대화

우리는 이 작품이 1인칭으로 지칭되는 작가[16]와 2인칭으로 지칭되는 독자의 대화에서 시작한다는 사실에 주목하지 않을 수 없다. 그렇다면 이 물음과 응답의 시스템은 무엇을 의미하는 걸까? 이 작품의 첫 목소리는 전통적인 의미에서의 화자의 목소리도, 작중인물의 목소리도 아니다. 가상의 독자 목소리로 텍스트에 기록되자마자 작가 의식 안에 자리 잡아 그의 상상 속 모험을 동반하는 허구의 목소리다. 일반적으로 소설이 하나의 이야기와 그것을 조직하고 서술하는 화자의 존재로 이루어진다고 한다면, 암암리에 독자와 작가 사이에 일종의 묵계가 이루어졌음을 의미한다. 즉 작가는 독자의 사회, 문화 체계에 부합되는 언어나 내용을 선택함으로써 작품의 가독성(lisibilité)을 확보하며, 독자는 화자의 서술 행위에 의거한 간접 체험에 만족하여 소설적인 환상 속에 빠져든다. 그러나 『운명론자 자크와 그의 주인』의 경우, 출발의 목소리는 이런 일반적인 서술 양식과는 달리 독자의 목소리로 시작되며 그것도 물음으로 일관한다. 이런 독자의 시선 앞에서 작가는 끊임없이 자신의 이야기를 구경거리로 바라보며 그에 대해

16) 이 작품에서는 여러 화자가 등장하는데, 작품에서 독자와 대화를 나누는 화자는 직접 작가라 지칭된다. 따라서 이 글에서는 작가와 화자라는 용어를 구태여 구분하지 않고 사용하고자 한다.

비판, 또는 변호하는 것이다. 이렇듯 담론의 소통을 중개하거나 설정하는 모태로 작용하는 독자의 시선은 이 작품의 독창적인 양식으로, 그 끊임없는 물음과 개입은 작가로 하여금 글쓰기에 대한 성격이나 방향을 규정케 하며 재검토하도록 만든다. 그러므로 우리는 이런 작가와 독자의 대화를 통해 하나의 글쓰기가 어떻게 모색하고 부정하며 새로운 가능성을 찾아 나서는지를 알 수 있다.

또 독자의 시선은 작가의 이미지를 이분화한다. 이야기를 조직하고 말하는 전통적인 화자의 이미지는 삼인칭 목소리로,("자크는 그의 사랑 이야기를 하기 시작했다. 점심 식사 후였다.") 독자와 직접 대화를 하는 일인칭 목소리("독자여, 그대도 보다시피 내 이야기는 순조롭게 진행되고 있다. (……) 그대로 하여금 자크의 사랑 이야기를 일 년, 이 년 혹은 삼 년 후에나 듣게끔 기다리게 하는 것도 오로지 내 손에 달렸다.")와 대조를 이룬다. 이런 화자, 작가의 이미지 외에도 또 다른 이미지는 작가-배우의 이미지로, 자기가 만든 허구 세계에 직접 개입하고 참여하는 화자다.[17] ("거기서 시끄러운 소리가 들린다……. ― 들린다고? 당신은 거기 없는데? 당신과 전혀 상관없는 일이다. ― 사실이다. 하지만 자크와 주인은…… 엄청난 소리가 들린다. 두 남자가 보인다. ― 당신은 아무것도 보지 않는다. 당신 이야기가 아니다. 당신은 거기 없다.") 이런 작가의 이미지는 여러 기능을 담당한다. 전통적인 의미로서의 이야기를 조직하고 말하는 서술 기능 외

---

17) E.Walter, 앞의 책, 28쪽.

에도, 이야기 동기나 진위를 입증하는 증언 기능, 독자와의 끊임없는 대화를 추구하며 소통을 원활히 하는 친교 기능, 자신의 문학적인 견해나 이데올로기를 표명하는 비평 기능 등 그 다양한 역할은 작품의 진정한 주체임을 확인한다.[18]

이렇듯 다양하게 나타나는 작가와, 그에게 준엄한 비판을 가하며 질문으로 일관하는 독자의 대화가 글쓰기 방향마저도 결정하는 중요한 모티프라면 그 물음과 응답 체계는 어떻게 이루어지는 것일까?

그들은 어떻게 만났는가? 모든 사람들처럼 어쩌다 우연히. 그들의 이름은 무엇인가? 그게 당신과 무슨 상관인가? 그들은 어디서 오고 있었는가? 가장 가까운 곳에서. 그들은 어디로 가고 있었는가? 사람들은 자기가 가는 곳을 안단 말인가? 그들은 무슨 말을 하고 있었는가? 주인은 아무 말도 하지 않았고 자크는 그의 전 주인인 대위가 "여기 우리에게 일어나는 모든 좋고 나쁜 일은 저기 높은 곳에 씌어 있다."라고 말했다고 했다.

위 인용문에서 독자의 질문이 다른 무엇보다도 앎의 욕망을 표현한다면 그 내용은 실상 관례적이라 할 수 있다. "그들은 어떻게 만났는가?"라는 동기에 대한 질문에서 출발하여 공간(어디서), 내용(무엇을)으로, 작중인물들을 그 이름과 역할 안에 위치시키며 허구적인 공간에 자리 잡게 한다. 반과거

---

18) 같은 책, 27~31쪽.

시제 사용은 이 물음이 어떤 구체적인 허구 세계를 대상으로 하고 있음을 확인한다. 그러나 작가의 대답은 이런 관례적인 질문에 대해 '모든 사람'이란 단어나 '사람들(on)'이라는 삼인칭 부정형 대명사를 사용함으로써 여러 해석 가능성을 연다. 즉 구체적인 여행에 대한 물음을(따라서 어떤 점에서는 대답 자체를 규정짓는) 일반적이고도 막연한 체험으로 확대하거나("모든 사람들처럼") 상징적인 운명의 의미로("어쩌다 우연히") 이동시킴으로써 묻는 사람을 당혹스럽게 한다. 화자의 아내와 구스의 대화에서도 구스의 대답은 전혀 엉뚱하지만은 않은, 무의미한 것처럼 보이는 대답 속에 자신의 고유 메시지를 함축한다. "구스 선생님이시군요?" "네, 부인, 저는 다른 사람이 아닙니다." "어디서 오는 길이세요?" "제가 갔던 곳에서요." "오늘은 평소와는 달리 옷을 잘 입으셨네요? 그런데 왜 깨끗한 양복 속에 더러운 셔츠를 입으셨죠?" "셔츠가 하나밖에 없으니까요." "왜 하나밖에 없죠?" "한 번에 몸뚱어리가 하나밖에 없기 때문입니다." 여기서 화자의 아내는 관례적이고 실질적인 언어 사용으로 구체적인 대답을 요하나, 구스의 대답은 형이상학적이고도("저는 다른 사람이 아닙니다.") 함축적인 언어("제가 갔던 곳에서요.") 사용으로 의미의 확대를 수행한다. 즉 구스란 인물은 가장 실제적인 일상생활마저도 소홀히 할 만큼 내적인 삶의 풍요로움 속에 사는 독창적인 인물로, 그의 이런 성향은 언어 사용에서 확인된다.

여주인과 자크의 대화에서도 이 질문과 응답의 틀은 마찬가지다. "멀리 가시나요?" "모르오." "누군가를 따라가시나요?" "아무도 따라가지 않소." "그렇다면 (……) 재미로 여행하시나요?" "또는 고통 때문에?" "재미로 여행하시길 바라요." "당신 소망은 아무 소용 없을 거요. 저기 높은 곳에 쓰인 대로 이루어질 테니." 여인숙 여주인의 여행에 관한 구체적인 질문에 대해 자크는 그 질문의 의미를 확대해 여행이라는 일차적인 의미에다 고통 또는 운명이라는 이차적인 의미를 부여함으로써 "인생은 삶에서 죽음으로 가는 여행이다." 또는 여행의 목적은 운명이 정해진 대로 이루어질 뿐이라는 형이상학적인 의미를 덧붙이는 것이다.

이런 물음과 응답 체계는 자크와 하인, 작가와 독자, 그리고 이차적인 인물들에까지 적용되는 것으로, 어떤 점에서 주인과 독자가 상투적이고도 관례적인 시각에 의한 앎의 욕망을 표현한다고 한다면, 그 청취자인 자크와 작가는 의미의 확대나 모순되는 대답으로 앎의 어려움이나 위반적인 시각을 드러낸다고 할 수 있다. 따라서 질문하는 사람은 이런 불충분한 대답에 항상 욕구불만을 느끼며, 그 대답의 의미를 해석하기 위해 자신의 질문을 검토할 수밖에 없고, 그리하여 작품은 다시 원점으로 돌아간다. 그러므로 이런 물음과 응답 체계는 한편으로는 작품의 지속적인 흐름을 깨뜨려 이야기의 불연속성을 강조하며, 다른 한편으로는 독자로 하여금 의미의 불확실성과 직면하여 나름대로 새로운 해석이나 판단을 유도함으로써 관례적이고 상투적인 시각에서 벗어날 수 있게 한다. 사랑 이야기만을 원하는 독자에게,("그런데도 독자여, 여전히 사랑 이야기라니. 내가 그대에게 한 하나, 둘, 셋, 네 개의 사랑 이야기나 아직도 그대에게 해야 할 서너 개의 사랑 이야기나, 여하간 사랑 이야기는 수없이 많다.") 또는 소설적인 환상에 빠진 독자에게 그것이 얼마나 자의적인가를,("그러나 이 선량한 사람들 사이에 악당을 끌어들여 이 대화에 다른 색채를 부여하는 것도 내 마음 아닌가? 그러면 당신은 사람들이 침대에서 자크를 끌어내어 큰길이나 웅덩이에 처박는 모습을 보았을 테고, 또는 자크가 그런 모습으로 보이기도 했을 텐데.") 또는 고인이 된 유명한 작가에게는 관대하고 또 어떤 작가에게는 지나치게 엄격한 태도를 취하는 일종의 변태적인 취향에 대하여,("품행도 단정하며 양식도 있고 철학자라고 뽐내는 사람이 어떻게 이런 외설적인 콩트를 쓰며 즐길 수 있단 말인가?" "왜 스토아 학자인 세네카에게는 오목거울을 사용하던 그의 방탕한 노예 이야기가 도대체 무슨 필요가 있느냐고 반박하지 않는가? 왜 그대는 죽은 사람에게만 관대한가?") 또는 독자를 친구라 부르며 이야기에 관심을 갖도록 유혹의 몸짓을 하는 것은 일반적인 의미에서 단순한 소비자로서의 독자가 아닌 작품 창작 과정에 직접 참여하고 글쓰기 방향을 같이 모색하며 해독하는 보다 능동적인 독자상에 대한 환기인 것이다. 책의 결말에서도 여러 가능한 해결책(감상 소설, 외설 소설, 악당 소설)을 제시하는 것은 독자의 적극적인 해석 행위나 자유로운 판단을 유도하는 것으로, 우리가 앞에서 언급한 자유의 이미지는 바로 이런 독자의 이미지를 두고 하는 말인지도 모른다. 더 이상 허구 세계에 안착하지 않고 항상 새로운 의미로의 탐색을 함께하는 독자, 이런 독자와의 끊임없는 대화를 통해 작가는 그의 글쓰기 모험을, 독자는 그의 글 읽기 모험을 계속해

나가며 창조적인 관계로 발전하게 되는 것이다.

2) 언어

말의 인간인 자크와 글쓰기 주체인 작가는 자신의 생각이나 감각에 일치하는 말을 찾아 헤매나, 언어와 사고 사이에 존재하는 거리감 때문에 절망감을 느낀다.

제가 생각하는 대로 말할 수만 있다면 얼마나 좋을까요! 그러나 저기 높은 곳에, 생각은 잘하는데 말이 따라가지 않을 거라고 적혀 있으니. (……) 여기서 자크는 아주 미묘하고도 어쩌면 정말로 진실된 형이상학 문제에 부딪혀 쩔쩔맸을 것이다. 그는 주인에게 고통이란 말이 아무것도 의미하지 않으며, 다만 우리가 경험한 적 있는 감각을 기억 속에서 떠올릴 때에만 뭔가 의미하기 시작한다는 것을 설득하려고 애썼다.

언어에 대한 디드로의 끈질긴 성찰은 작품의 시대 상황에 비추어 볼 때 상당히 놀랄 만하다. 고통이라는 말은 그 구체적인 체험이 수반되지 않는 한 아무것도 의미하지 않는다는 주장은 바로 추상적, 사회적 규칙의 총체인 랑그(langue)와 개인의 감각적, 물리적 체험에서 비롯되는 파롤(parole)의 차이를 이미 소쉬르 이전에 인식했다는 것을 말해 준다. 언어의 이런 이중성이 야기하는 표현의 어려움은 또 소통의 어려움으로 이어진다.

있는 그대로 말하라니요! 그런 일은 도시 전체를 뒤져도 아마 하루에 한 번 찾아보기도 힘들걸요. 게다가 듣는 사람은 말하는 사람보다 사정이 더 나은 가요? 말하는 것을 있는 그대로 이해시키는 일도 도시 전체를 뒤져 하루에 한 번 찾아보기도 힘들걸요. (……) 이 세상에서 말한 대로 이해되는 게 하나도 없다면, 그보다 더 나쁜 일은 자기가 한 행동이 달리 평가되는 일이죠.

언어와 사고, 표현과 전달, 행동과 판단 사이에 존재하는 이와 같은 거리감은 수많은 오해와 착각을 불러일으키며(여인숙 여주인이 총애하는 니콜이 사람이 아닌 개라는 일화가 그 희화적인 표현이다.) 그리하여 디드로의 상대주의적인 도덕관으로 이어지기도 하지만, 어차피 현실이 그것을 말하는 사람의 취향과 열정, 기질에 따라 변형되어 표현될 수밖에 없다면, 그 말을 듣는 사람 역시 자신의 감정이나 기질에 따라 왜곡된 말만을 듣게 되며, 따라서 말을 하는 행위나 말을 듣는 행위에는 처음부터 한계가 있을 수밖에 없다는 견해다.

이런 표현과 전달의 어려움은 앞서 지적한 것처럼 무엇보다도 언어의 추상적인 성격에서 비롯되며, 이 점은 특히 백과사전이라는 실제적인 편찬 작업을 수행했던 디드로에게는 무척이나 중요한 문제였던 것처럼 보인다. "저녁때 내 담뱃갑에 남은 담배는 하루 일과의 즐거움에 정비례하거나 또는 권태로움에 반비례한다. 독자여, 내가 이렇게 기하학에서 빌린 용어로 말하는 것을 용서해 주기를 바란다. 나는 그 용어가 정확하다고 생각하기 때문에 앞으로도 자주 사용할 것이다."는 바로 계몽주의 철학자인 디드로의 언어관을 말해 주는 대목으로, 계몽주의 철학자들은 라이프니츠의 영향을 받아 바로 이런 합리적이고도 과학적인 언어 구축에 따라 세계를 설명하려 했으며, 그리하여 우리 눈에 보이는 것은 모두 관찰 대상이 되며, 그것을 관찰하는 인간은 하나의 객관적인 주체로 지식의 총체적인 범주 속에 자리 잡게 된다. 그러나 이런 객관적인 관찰자가 도달하는 것은 반비례니 정비례니 하는 지극히 개념적이고도 추상적인 진리뿐으로, 삶의 다양하고도 구체적인 표현 앞에서 자주 무력감을 느끼게 된다.[19] 특히 개념적이고도 추상적인 언어 속에 인간이라는 구체적인 주체가 자신의 개인적인 직관과 기질에 따라 그 닫힌 체계에 참여하기를 거부할 때는 더욱 그러하다.

또 대위님께서는 신중함이란 하나의 가정이며, 경험은 현재 우리가 처한 상황을, 기대하거나 두려워할 미래 결과들의 원인으로 여기게 한다고 생각하셨죠. (……) 전 조금씩 대위님의 말투에 익숙해졌어요. 또 대위님께서는 충분히 경험했다고 자랑할 수 있는 사람이 어디 있느냐고 하셨죠. 경험을 많이 했다고 자만하는 사람들도 실수를 하지 않은 적이 있느냐고요. 게다가 자기가 처한 상황을 정확히 판단할 줄 아는 사람은 또 어디 있

19) L. Salkin Sbiroli, "Les Paradoxes comiques de Jacques le Fataliste", Recherches sur Diderot et sur l'Encyclopédie, 3, octobre, 1987, 15쪽.

느냐고요. 우리 머릿속에서 일어나는 계산과 저기 하늘에서 하는 계산은 아주 다르다고요.

이 말은 합리적이고도 추상적인 학설 또는 이론적인 언어(저기 하늘에 씌어 있는, 즉 자크에게는 운명론이라는 학설)와 우리 각 개인의 머릿속에서 이루어지는 개별적이고도 구체적인 언어 사이에는 거리감이 존재한다는 사실을 말해 준다. 어떤 점에서 볼 때 주인과 하인에겐 각자 자신의 학설을 뒷받침하는 이론과 언어가 있다. 유심론자의 것이든 결정론자의 것이든. 그러나 현실의 구체적인 체험 앞에서 그들은 큰 차이를 보인다. 즉 관례적인 기존 언어 체계를 그대로 반복하는 일종의 자동인형인 주인("그가 뭔가 이치에 맞는 말을 한다면, 암기한 것이거나 아니면 순간적인 충동에 따라서다.")과, 이론적인 언어를 받아들이면서도 자신의 개별적이고도 감각적인 체험에 따라 그 유효성을 끊임없이 타진하는 하인.("원칙이란 (……) 다만 자신을 위해 다른 사람을 지배하려고 내리는 규칙이 아니라면 말입니다. 생각하는 것과 행동하는 건 다르니까요.") 이와 같은 대립을 통하여 디드로는 단순히 유심론이냐 결정론이냐 하는 철학적인 문제를 넘어서서, 랑그와 파롤 사이에 존재하는 그 간극으로 우리 시선을 유도한다. 모든 것을 묘사할 수 있는 보편적인 언어란 환상에 지나지 않는다. 그것은 과학 용어처럼 추상적인 진리만을 제공할 뿐이며 삶의, 인간의 그 풍요롭고도 다양한 진실을 포착할 수 없는 것이다. 따라서 각 인물들의 개별적이고도 이질적인 언어 사용을 통해서만 이런 삶의 복합적인 양상을 표현할 수 있으며, 비록 그것이 무질서하고 비일관적으로 보일지라도 그 모순이 바로 삶의 진실이라는 견해다.

또한 이런 표현이나 소통의 어려움은 종종 언어의 사회적 의미에서 비롯된다. 언어는 하나의 제도다. 그러므로 종종 우리에게 억압을 가하며 자연스러운 감정을 터부시한다. '교미(foutre)'라는 단어를 사용하면서 작가는 그렇게 가장 자연스러운 인간의 생리현상을 왜 억제해서 표현해야만 하는가에 대해 질문을 던진다.

그렇게 자연스럽고도 필수적이며 정당한 생행위가 어째서 그대 대화에서는 그 표현이 배제되고 또 그대 입과 눈, 귀가 오염되었다고 생각하는가? 가장 덜 사용되고, 가장 덜 글로 쓰이고, 가장 억눌려 온 표현이 일반적으로 더 많이 알려지며 이해되는 법이다.

이러한 작가의 발언은 저속한 표현을 금기시하는 문학 언어의 일반적인 규약에 반기를 드는 것이기도 하지만, 또한 사회어의 억압적인 실체를 고발하는 말이기도 하다. 사회어는 자연어에 비해 덜 보편적이므로 시대나 제도에 따라 항상 변질될 가능성이 있다. 이런 점에서 볼 때 주인과 아가트의 사랑은 체면으로 가장된 억압된 사회어의 대표적인 표현이며, 이에 반해 젊은 시절 동정을 잃었던 자크의 이야기는 어떤 억압으로도 오염되지 않은 순수한 자연어의 분출이다. 귀족 세계에서 성이라는 문제가 체면이나 전통 탓에 금기시되었다면,

민중의 세계에서는 가장 자연스러운 생리현상으로 받아들여지며, 따라서 여자 농부들의 부정이나 간통도 억압되지 않은 순수한 욕망의 표현으로 인식된다. 이렇듯 사회 규약으로서의 언어가 가지는 실체는 몸의 언어 앞에서 그 무력감을 드러내며, 이는 초가에서 농부와 농부 아내의 성적 쾌락의 장면을 통해서 상징적으로 묘사된다. "아냐, 아냐 (……) 그래, 그래. (……) 아, 내 귀, 내 귀! (……) 하지만 아내는 다급하고도 나지막하게 여러 번 내 귀, 내 귀라고 반복하더니, 구…… 이…… 하고 말을 끊어 가며 더듬었고, 그런 다음 긴 정적이 뒤를 이었다." 이렇듯 논리적인 이성의 언어는 몸의 언어 앞에 자취를 감추고 의미 없는 음향의 낱알만이 남는다.

명칭이나 분류로서의 언어가 가진 추상적인 성격과 사회적 규약으로서의 언어 현상에 대한 이러한 성찰은 디드로에게서 이론적인 언어와 실제적인 언어를 병행하여 사용함으로써 그 거리감을 극복하는 시도로 나타난다. 여인숙 여주인이 포므레 부인 이야기를 하는 동안 우리는 정열이라든가 복수라든가 감정이라든가 가장 추상적인 심리적인 언어의 나열을 접하게 된다. 그러나 이런 심리적이며 추상적인 묘사를 끈질기게 방해하는 것은 여인숙 하녀나 남편의 실제적이고도 구체적인 언어로, 그 산문적인 성격은 포므레 부인의 비극적인 정념의 세계와 대조를 이룬다. "그의 열정이나, 고독, 다감한 성향, 한마디로 말해 우리 모두를 남자들의 유혹에 굴복케 하는 그런 점의 도움을 받아…… ("마님!" "무슨 일이지?" "집배원이 왔어요." "녹색 방에 안내하고 보통 식사로 대접해.") (……) 여자들만이 사랑할 줄 안답니다. 남자들은 사랑에 대해 아무 것도 몰라요……. ("마님!" "무슨 일이지?" "탁발 수도사가 왔어요." "여기 나리들 몫으로 12수, 내 몫으로 6수를 주렴. 그리고 다른 방에도 가 보라고 하고.")" 또는 "이런 대화 후 그들은 인간 마음의 무상(無常)함과 서약의 경박함 그리고 결혼의 속박에 대해 도덕적인 고찰을 하기 시작했죠…….("마님!" "무슨 일이지?" "역마차가 왔어요.")" 사랑, 열정, 고독, 무상성 등 포므레 부인의 비극적인 정념을 묘사하는 온갖 수사학적인 유려함은 집배원, 탁발 수도사, 돈, 역마차 등 가장 현실적이고 일상적인 표현 앞에서 그 긴장감을 상실하며, 일종의 희극적인 분위기를 창출한다. 이처럼 상반되는 두 언어의 공존은 하나의 이야기가 현실과 유리된 이야기로 끝나지 않고, 듣는 사람의 현실과 어떻게 연결될 것인가라는 구체적인 서술 상황에 대한 환기이기도 하지만, 추상적인 언어와 실제적인 언어 사이에 존재하는 거리감을 드러냄으로써 언어의 복합적이고 모순되는 성격을 부각하는 데 일조하기도 한다. 다음 대목에서도 이런 이질적인 두 코드의 공존은 확인된다. "사실인즉 그녀는 옷을 거의 벗고 있었고 저도 마찬가지였죠. 사실인즉 제 손은 여전히 그녀 몸 텅 빈 그곳에 놓여 있었고, 그녀 손은 그녀 몸과 똑같지 않은 제 몸 그곳에 놓여 있었어요. 사실인즉 저는 그녀 몸 밑에 있었고 따라서 그녀는 제 위에 있었죠."

이 "사실인즉"이란 단어의 끈질긴 반복은 모든 것을 추론이나 연역에 의해 개념화하고 공식화하려는 계몽주의 철학자로서의 목소리를 대변하는 것으로, 그 뒤를 잇는 구체적인 성

행위와는 대조를 이룬다. 이 작품에 서술된 담론 형태도 때에 따라서는 가장 사변적이고도 철학적인 담론으로 나타나기도 하지만, 또 때에 따라서는 가장 산문적이고도 일상적인 속어나 민담 형태를 취하기도 한다. "육체를 가진 두 존재가 최초로 서약한 곳은 부서지는 바윗덩어리 아래서였다. 그들은 한시도 같은 모습이 아닌 하늘에다 대고 그들의 굳은 지조를 맹세했다. 주변 모든 것과 그들 내부 모든 것이 변하는데도, 그들 마음만은 이런 삶의 변전에서 벗어났다고 믿었다. 아, 아이들이여, 언제나 어린 아이들이여!" 이 철학적인 사변은 후일 뮈세(Musset)가 그의 「추억」이란 시에서 인용하여 유명해졌지만, 그 뒤를 잇는 자크의 칼과 칼집 우화와 비교해 볼 때, 그 이질적인 언어 사용은 웃음을 금치 못하게 한다. "칼이 칼집에게 말하기를 '이 방탕한 여자야! 넌 매일 새 칼을 받아들이는구나…….'" 인간의 마음이 변하는 것은 어쩔 수 없는 자연 현상이다. 그러므로 이런 자연스러운 감정을 도덕 규범이나 언어의 현란함 속으로 은폐하는 것은, 인간이 육체와 정신이라는 이질적인 복합체인만큼 완전한 개화를 방해하는 것과 다름없다. 그러므로 현실과 유리되지 않은 민중 언어와 철학적, 수사학적인 사변을 병행함으로써만 개별적이고도 구체적인 현실 인식과 그 객관적이고도 개념적인 인식을 동시에 가능케 한다는 지극히 현대적인 견해다.

이렇듯 추상적, 사회적 실체로서의 랑그와 육체적, 심리적 충동의 산물로서의 파롤의 구분은 이 작품에서 칭호(titre)와 실권(choses)이라는 말로 상징적으로 표현되며, 언어와 사고,

행동과 판단, 이론적인 언어와 실제적인 언어, 사회어와 개별어, 사변적인 언어와 민중적인 언어 등 그 수많은 언급과 성찰은 디드로의 언어관이 얼마나 시대를 앞섰는가를 확인하게 해 준다. 이런 점에서 볼 때 디드로의 소설적인 언어는 비록 이질적이고도 비일관적인 복합체처럼 보일지라도 언어의 모호성이나 한계를 극복하려는 시도며, 철학적이고도 추상적인 언어 뒤편에 담긴 삶의, 인간의 풍요로움과 다양성을 담으려는 의지의 표현이라고 할 수 있다.

3) 사실주의적 글쓰기

언어에 관한 성찰 외에도 이 작품에서 끈질기게 조명되는 것은 글쓰기에 관한 성찰이다. 소설이나 콩트에 대한 작가의 되풀이되는 주장은 이 작품이 과연 허구일까 하는 의문을 품게 하는 동시에, 디드로의 사실주의적 글쓰기에 대한 선호와 더불어 소설에 대한 소설, 문학에 대한 문학이라는 느낌마저도 준다. "내가 소설을 쓰고 있지 않다는 것은 확실하다. 소설가라면 틀림없이 사용했을 것을 무시하고 있으니까 말이다. 내가 쓰는 것을 진실로 간주하는 자는 허구나 우화로 간주하는 자보다는 오류를 덜 범하는 셈이다." 또는 "콩트를 쓴다는 것은 얼마나 쉬운 일인가!" 이러한 작가의 발언은 소설에 대한 일반인들의 부정적인 시각을 투영하면서, 동시에 18세기에 주를 이루던 소설의 일반적인 경향에 대한 비판을 제시한다 할 수 있다. 디드로는 볼테르의 콩트처럼 시간과 공간 차이를 통해 낯설게 하기의 감정을 불러일으키거나, 이국 취향적인 모험을 묘사하는 것을 거부한다. 소설은 어떤 예외적인 인물이나 사건 이야기가 아닌 우리 일상 한가운데서 만날 수 있는 이야기로서, 사실을 있는 그대로 재현하는 것이 아니라, 사실의 환상을 불러일으키는 것, 즉 사실임 직한(vraisemblable) 것을 겨냥해야 한다고 역설한다. "아마도 그대는 진실이란 종종 차디차고 상투적이며 진부하다고 말하겠지. (……) 진실이기 위해서는 몰리에르나 르냐르, 리처드슨, 스텐처럼 써야 한다네. 진실에는 재미있는 부분이 있기 마련이며, 재능 있는 작가만이 그걸 포착할 수 있다." "재능이 있을 때는 그렇지만 재능이 없을 때는 어떡하는가?" "재능이 없다면 글을 쓰지 말아야지." 이처럼 사실을 있는 그대로 묘사한다는 것은 상투적이고도 진부한 진실만을 전할 뿐이며, 몰리에르나 리처드슨처럼 독자에게 즐거움과 유익한 가르침을 동시에 주기 위해서는 핵심적인 부분을 포착할 수 있어야 한다. 그러므로 디드로의 사실주의 미학은 있는 그대로의 자연 모방이 아닌 선별적인 자연 모방이다.

그렇다면 허구적인 스토리를 사실임 직하게 만들기 위해 작가는 어떤 방법을 택한 것일까? 하나는 리처드슨처럼 허구적인 이야기를 실제로 일어난 것처럼 꾸미는 방법으로,[20] 포므레 부인 이야기는 "저처럼 자는 게 급하지 않으시다면 말씀드리지요. 그들 하인이 제 하녀에게 말한 그대로요."라고 말

---

20) E.Walter, 앞의 책, 55쪽.

하면서, 그 복잡한 이야기 전달 과정(아르시 후작의 하인→여인숙 여주인 하녀→여인숙 여주인의 남편→여인숙 여주인)을 밝히는 여인숙 여주인의 말을 통해, 그리고 대위 이야기는 "자크가 주인에게 이야기한 바로나, 또는 어느 해인지는 모르겠지만 성 루이 축일에 내가 앵발리드 관에서 그 건물 행정 책임자인 생테니엔 씨와 식사를 하다 들은 바에 따르면 정말이다. 그 (……) 이야기를 하던 화자는 전혀 익살꾼 같지 않은 아주 진지한 사람이었다."라는 자크와 작가의 이중 증언을 통해 이루어진다. 또 하나는 역사적인 사실을 허구적인 세계에 끼워넣는 방법이다. 실제로 존재했던 수학자 프레몽발을 마치 허구 인물인 구스의 친구인 것처럼 꾸민다든지, 유명한 트롱생 의사를 작중인물 중 한 사람인 아르시 후작이 아는 사람인 것처럼 가장하는 것, 루이 15세의 장녀인 파름 부인 이야기를 소설 속 한 일화로 처리하는 것 등 그 예는 수없이 많다. 에릭 발테르가 지적한 이러한 방법 외에도, 또 다른 방법은 확인되지 않은 이야기에 대한 작가의 거리감의 표현이다. 작품 첫 부분에 나오는 대위의 죽음 이야기에 관한 진위 여부나 무장한 사람들의 정체를 밝히기를 거부하는 것, 위드송 신부와 창녀가 탄 마차가 뒤집히는 장면을 마치 자크가 상상하는 그림으로 처리하는 것 등은 모두 이런 거리감을 확인한다.

그러나 디드로의 사실주의 미학은 모방의 함축소인 세부적인 것의 묘사, 실제 인물에 부합되는 사회어의 사용, 몸짓이나 기벽 등의 묘사를 통해 더욱 진가를 발휘한다. 초가 구석에서 "제 상처를 치료하는 데 쓴 포도주에다 개미에게서 빼앗은 설탕 몇 조각을 넣어 마시라고 주더군요."라는 구절은 당시 농촌 생활의 비참한 모습을 한마디로 압축하는 대목이며, 주인이 수상쩍은 인물인 메르발의 집을 찾아갔을 때 목격한, 빗자루 막대기에 매달린 샹들리에 이야기는, 바로 바르트가 말하는 세부적이고도 무의미한 것처럼 보이는 요소가 실은 사실 효과를 자아낸다는 것을 확인해 준다. 또한 디드로는 인물의 개별적인 성향과 사회 신분을 드러내는 사회어나 속어 사용에 각별한 관심을 기울인다. 외과의사의 전문용어나 사기꾼들이 사용하는 은어,(예를 들면 생투앵 기사와 메르발의 대화) 맹신자나 고해신부의 위선적인 언어 등 인물의 구체적인 현실을 그들의 언어를 통해 조명한다. 농부와 농부 아내의 대화에서도 일반적으로 남편은 아내에게 하대를 하나 잠자리에서는 그런 불평등이 사라지는 것이라든지, 자크와 주인의 대화에서도 주인은 하인에게 하대를 하지만 그를 철학자로 평가하거나 엄숙한 학설을 논할 때에는 존대하는 등 언어를 통한 사회 현실의 반영이나 심리적인 두께에 각별한 관심을 기울인다. 이러한 사회어의 준수에서 자크의 이질적인 언어 사용이나 재판관의 언어를 흉내 내며 싸움을 중재하는 여인숙 여주인의 언어는 그 원칙에 위반되는 것처럼 보이나, 그 또한 자크는 농부이지만 대위나 주인의 서재에서 혼자 공부한 독학자이며, 여주인도 귀족 학교인 생시르에서 교육받아 두 세계를 자유롭게 넘나들 수 있다는 점에서 설명이 된다. 이렇듯 인물 각각에게는 고유 언어가 있으며 또 고유 몸짓과 기벽이 있다. 마치 무언극의 배우처럼 디드로의 인물들은 어떤 점에서는 언어보다는 그 몸짓을 통해 자신을 더 많이 드러낸다고 할 수 있다. 왜냐하면 몸짓은 언어보다 덜 인위적이며 덜 상투적인 몸의 언어, 개인어이기 때문이다. "전 초상화를 극도로 증오합니다. (……) 초상화는 닮는 법이 없기 때문이죠. 우연히 우리가 실제 모델을 만나면 알아볼 수 없을 정도이니 말입니다. 그러니 사실만을, 말한 것만을 충실히 전해 주십시오. 그러면 전 어떤 사람을 상대로 하고 있는지 곧 알게 될 테니 말입니다. 한 마디 말, 하나의 몸짓이 때로는 온 도시 사람들의 수다보다도 더 많은 것을 제게 가르쳐 주었으니까요." 매력적인 과부 이야기를 통해 디드로는 고전주의 기법인 초상화가 영혼의 가장 은밀한 부분에 접근하여, 그 특징적인 심성을 하나로 요약하여 인물의 전형(type)이나 법칙을 서술하려는 데 대해, 이런 주관적인 미학에 반기를 들며 객관적인 시선의 미학을 통해 그 역동적인 움직임을 파악하는 것이 무엇보다도 중요하다는 점을 역설한다. 심리적인 고찰은 하나의 환상일 뿐이며 보편적이고도 상투적인 진리만을 전달한다. 이런 정태적인 초상화에 비해 몸짓이나 기벽, 말, 구체적인 행동을 통한 인물 묘사는 삶의 현장에서 포착된 지극히 개별적이고도 역동적인 언어를 보여 준다. 그리하여 시계를 보는 주인의 몸짓에서는 기계처럼 제도권 언어나 체제에 순응하는 모습을, 개에 대한 여주인의 지나친 열정에서는 그녀의 불행한 결혼 생활을, 리샤르가 앉은 모습에서는 그의 수도사 신분을, 지나치게 예의 바른 브리두아 양의 태도에서는 전문적인 사기꾼의 표시를, 꼽추인 보좌신부의 이야기에서는 억제된 성의 변태

성을, 결투광이었다가 도박광으로 변신한 대위의 친구와 데글랑의 이야기에서는 그들의 광기나 무사계급의 타락상을 재현한다.

그러나 이런 사실주의에 대한 주장이나 실천에도 불구하고 작가는 그것을 맹목적으로 준수하지도 않고 또 그 투명성에도 개의치 않는다. 데글랑 성주가 좋아하는 연인이 과부라고 했다가 그 남편이 그녀가 죽은 다음에도 그리워했다는 이야기나, '이웃 도시의 두 부르주아'가 '파리에서 오는 두 귀족'으로 바뀌었다가, 그중 젊은 사람의 장모가 죽었다고 해 놓고 나중에 가서는 그 사람이 젊은 사람이 아닌 아르시 후작의 장모로 드러나는 것이라든지, 또는 대위 이야기도 결투하는 기쁨을 빼앗겨 깊은 우울증에 빠져 죽었다고 했다가 나중에는 누공으로 죽었다고 하는 것이라든지, 이러한 서술은 전혀 사실주의 논리에 부합되지 않는다. 또 호칭 문제도 리샤르를 간사로 고용한 사제 또는 수도원장(abbé)이 아무 설명 없이 교구장(général)으로 바뀐다든지, 자크의 동정을 빼앗은 상대도 마르그리트에서 쉬잔으로, 또 쉬잔에서는 쉬종(물론 쉬잔의 애칭이기는 하지만)으로, 작가는 그 혼동이나 오해 가능성에 전혀 아랑곳하지 않는다. 한 개인의 설득력 있는 자전적 체험을 통해 삶의 총체성을 표현하려 하는 사실주의 소설에서, 이름은 각 인물의 정체성의 지표나 다름없는, 따라서 소설의 가장 핵심적인 요소라고 할 수 있는 데 반해, 이 작품에서는 지극히 평범한 자크라는 농부 출신을 가리키는 보통명사화되다시피 한 이름을 제외하고는, 인물들 거의 대부분이 주인, 농부, 외과의

사, 친구, 여인숙 주인, 여인숙 여주인 등 자신이 맡은 역할로
만 환원된다.

게다가 작품의 세부적인 묘사 차원을 떠나 보다 큰 서술 단
위 차원에서 살펴본다 해도(사실임 직한 것의 기준이 일반 견해
에 부합되는 것이라는 주네트나 바르트의 정의를 따른다면) 포므레
부인의 복수극은 일반적인 상식을 벗어나 예외적이며, 자크
의 모험 또한 엉뚱하고도 기이한 이야기다.(사형집행인이 그를
구해 줬다든지, 또는 그와의 우연한 해후 같은.) 특히 데글랑 성주
가 어느 날 달걀을 얼굴에 맞았다 해서 피비린내 나는 결투로
연적과 그의 연인을 죽음으로 몰고 가는 이야기 등은 사실임
직한 것과는 거리가 멀며 오히려 우화적인 색채를 더 많이 띤
다고 할 수 있다. 또는 그의 전 주인인 대위와 그 친구 이야기
에서도, 서로 사랑하면서도 가장 증오하는 두 인물의 극단적
인 성향이라든가 대위 친구, 포므레 부인, 위드송 신부 등 수
많은 인물들에 대한 총체적인 설명이나 판단의 거부는 사실
주의에서 말하는 심리의 일관성이나 명료함과는 거리가 멀다
하겠다. 더욱이 분배의 정의를 위해 남의 책을 훔치거나 수표
에 거짓 숫자를 표기하면서도 친구를 위해 가진 것을 전부 팔
았다든지, 그러면서도 동시에 하녀와 같이 살기 위해 소송을
거나 하녀에게 모든 걸 빼앗기고 감옥으로 가게 되었다는 구
스의 이야기는 사실주의 미학과는 거리가 먼 과장법의 우화
로 간주될 수밖에 없다. 또한 리샤르가 임종 때 느끼는 인간의
공포감에 대해 말하면서 예로 든 무신론자의 엉뚱한 행동은
(죽음에 대한 공포를 느끼면서도 성체를 영하는 대신 닭고기를 가져

오라고 했다가 삼십 분 후에 죽었다는 이야기) 작품의 의미작용과는 거리가 멀며 그 무상성이 오히려 독자를 당혹스럽게 만들기도 한다. 또한 실제 인물인 드 게르시 후작 이야기와, 허구 인물인 대위 친구의 도박과 그에 따른 결투 이야기를 중첩함으로써 현실과 허구에 대한 경계마저도 불분명하게 만든다. 그리고 자크가 주인의 하인이 된 것은 십 년 전부터로, 주인의 사생아가 열 살이라고 한다면 생투앵 기사와 아가트와의 마지막 장면은 또 어떻게 설명할 수 있을까? 생투앵 기사의 죽음 앞에 통곡하는 아가트의 사랑은 이 작품의 모든 인물들을 지배하는 변화의 법칙에 위반되며, 그것도 십 년이라는 긴 세월 동안의 한결같은 열정과 정절은 생투앵 기사와 아가트의 전력이나 성향에 비추어볼 때 도저히 납득하기 어려운 사실이다. 이렇듯 시간적인 거리감이나 심리적인 일관성에도 전혀 개의치 않는 작가의 태도나, 작품에 인용되는 그 수많은 우화(이솝 이야기, 칼과 칼집 우화, 가로 우화, 결혼반지 이야기)와 교훈담의 나열은 작품의 사실주의적 측면보다는 비유적이고 상징적인 측면을 더 부각하는 데 기여한다. 자크와 주인이 머무른 거대한 성 이야기는 이런 점에서 상징적이다.

그들은 거대한 성을 향해 가고 있었다. 그런데 그 성 정면에는 이런 글이 씌어 있었다. "난 어느 누구에게도 속하지 않으며 동시에 누구에게나 속한다." (……) 그렇다면 그들은 성안으로 들어갔는가? ─ 아니다, 그 표지판은 가짜다. 혹은 그들은 들어가기 전에 이미 거기 있었다. (……) 그렇다면 그들은 거기서 뭘 했는가? ── 자크는 저기 높은 곳에 씌어 있는 것을 말했고, 주인은 자기가 원하는 것을 말했다. 그리고 그들은 둘 다 옳았다. ── 거기서 그들은 어떤 사람들을 만났는가? ── 가지 각색의 사람들을. ── 거기서 사람들은 무슨 말을 하고 있었는가? ── 몇 마디의 진리와 수많은 거짓말들을.

비유(allégorie)란 상상력이 고갈된 사람들이 늘 도피하는 수단이라 비난하면서도, 작가는 이 구절을 통해 여러 가능성의 세계인 소설적인 공간, 또는 시대적인 현실 반영(공동 권리를 무시하고 힘으로 모든 것을 빼앗는 사회상)의 비유로 성의 이미지를 조명한다. 따라서 사실주의 문학에서 의미 없는 것은 없으며, 모든 것이 명료해져 독자는 마침내 투명한, 이해 가능한 세계에 이르게 된다는 루카치의 말은 이 작품에서는 더이상 통용되지 않는다. 디드로는 『부르본의 두 친구』에서 기존 소설을 호머와 베르길리우스의 신비 소설, 라퐁텐의 익살 소설, 스카롱이나 세르반테스의 역사 소설로 분류한 적이 있다.[21] 이 중에서 디드로의 관심을 끄는 것은 물론 세 번째 유형인 역사 소설로 작가가 역사가이자 시인으로서의 조건만 수행할 수 있다면 "자연의 진실이 예술의 힘을 덮을 수 있는" 유일한 장르라고 역설한다. 그러나 세부적인 것의 존중이나 사회어 사용, 조그만 몸짓이나 구체적인 상황에 대한 그 끈질긴 강조에도 불구하고 이 작품의 철학적 의미나 우화적 색채, 그

---

21) Diderot, *Les deux amis de Bourbonne*, in Oeuvres Romanesques, 790~791쪽.

상징성을 고려해 볼 때 단순한 시대 현실의 재현이라는 결론을 내리기는 어렵다. 물론 작품에 나오는 비참한 농촌 현실이나 사기꾼 집행관 등 돈이 지배적인 사회 풍조, 쾌락만을 추구하는 타락한 성의 만연,(작품 결말에서 사생아로 상징된다.) 방종과 무위만을 일삼는 귀족 등, 이런 현실 묘사는 작품의 형이상학적인 의미에 부합되지 않으며, 앞서 살펴본 것처럼 일관된 해석을 내리기에도 불가능하다. 1부의 비참한 농촌 현실은 3부에서 자크가 하는 동정을 잃은 이야기에 이르면 아주 풍요로운 농촌 풍경으로 바뀐다. 그리고 사생아 출현도 기존 가족 제도나 결혼 제도를 뒤흔드는 위반적인 시각으로 해석될 수도 있지만, 3부에 나타난 비그르와 비그르 영감의 묘사를 통해서는 어떤 이상적인 부자상을 제시하고 있어 오히려 전통적인 혈연 관계를 미화하는 것처럼 보이기 때문이다. 주인과 하인 관계도 앞에서 살펴본 것처럼 여러 해석이 가능하다.

따라서 이 작품을 사실주의적 표현으로 정의하고자 한다면 그것은 내용보다는 오히려 글쓰기 자체에서 찾아야 하지 않을까? 즉 분열되고 무질서한 것처럼 보이는 디드로의 글쓰기는 구성의 허점이 아닌, 오히려 글쓰기의 모험에 대한 냉철한 현실 인식의 반영이 아닐까? 우리 삶이란 논리적이고 일관되지 않은, 우연과 충동에 따른 불연속적이고 예측불허인 순간들의 연속인 것이다. 따라서 이야기 또한 현실과 차단된, 작가가 임의로 논리적으로 배열해 놓은 단선적이고도 지속적인 흐름이 될 수 없으며, 만약 그렇게 된다면 그것은 작가의 인위적인 기교에 지나지 않을 것이다. 논리적인 것은 우리 이성이지, 삶이 아니다. 우연하고도 하찮은 기회에 우리 앞에 다가온 기호들, 결코 설명할 수 없는 운명의 개입, 이런 삶의 현실 앞에 글쓰기 역시 조각조각난 체험의 파편들로 분산되고 분열된 형태를 취할 수밖에 없으며, 이런 파편적인 글쓰기야말로 모든 것이 운명이나 우연의 지배를 받는 삶의 현실이나 자크의 상상적인 모험에 걸맞지 않을까? "우리는 저기 높은 곳에 쓰인 것 아래서 우리 소망과 기쁨, 슬픔 속에 제정신이 아닌 채 어둠 속을 걸어가는지도 모릅니다."라는 대목은 바로 현실의 불확실성이 삶의 진정한 의미이며, 따라서 글쓰기라는 모험 또한 불연속적인, 결코 완결될 수 없는, 다만 가능성의 세계일 뿐이라는 사실을 암시하는 것은 아닐까? 모든 것이 한꺼번에 쓰인 저 두루마리처럼 그 수많은 가능성 앞에서 우리 삶이나 상상과도 같은 여행은 항상 새롭게 시작되며, 콩트와 소설, 악한 소설과 철학 소설, 사실주의적 글쓰기와 비유적인 글쓰기, 그 흔들림과 모호함이 『운명론자 자크와 그의 주인』을 항상 새로운 의미로 열리게 하는 것은 아닐까?

4. 맺음말

가장 열렬한 유물론자이면서도(『달랑베르의 꿈』) 엘베티우스의 맹목적인 유물론을 반박하며 인간이 다만 원인과 결과의 맹목적인 결정론에 복종하기보다는 물질 한가운데서의 화해로운 조화를 꿈꾸는 휴머니스트였던 디드로.(『엘베티우스 인간론의 반박』) 그는 과학적이고도 합리적인 사상을 부르짖으면서도 인간은 천성적으로 선과 행복을 지향하며, 비록 그것이 결정론의 원칙과 대립된다 할지라도 개인 성향이나 자유 의지는 부정할 수 없는 명백한 사실이라고 역설한다. 이렇게 결정론적인 전제와 휴머니즘적인 현실의 체험 사이에서 그 모순을 해결할 수 있는 출구가 바로 회의론자로서의 소설가의 길이었으며, 그 구체적인 방법이 대화체 사용이었다. 대화체 사용은 디드로의 수많은 역설과 모순에 해결책을 제시하지 않은 채 질문을 던지게 함으로써 의미의 흔들림을, 현실의 불확실성을 조망할 수 있게 한다. 또한 빈번한 작가의 개입과 독자의 질문은 디드로의 소설에 대한 지칠 줄 모르는 열정과 모색을 대변하는 것으로 이 소설이 소설에 대한 소설, 가능성의 공간으로서의 글쓰기라는 사실을 더욱 부각한다. 소설이란 무엇보다도 재미있어야 하며 진실을 가르쳐 주어야 한다는 디드로의 말은, 곧 글쓰기는 작가의 형이상학의 반영이지만 동시에 그 세계의 인식은 삶의 현장에서 포착된, 보다 개별적이고도 구체적인 언어를 통해 이루어진다는 의미다. 이런 점에서 볼 때, 그는 고전주의 문학에서 찾아볼 수 있었던 이상적인 인간의 구현이나 추상적, 심리적 진리의 나열과는 거리가 먼, 매일매일의 일상생활에서 우리가 쉽게 접할 수 있는 평범한 인물 이야기를 통해 객관적으로 그 현실을 묘사하려고 했다는 점에서 사실주의 문학의 기틀을 마련한다 하겠다. 아우얼바하의 사실주의 문학의 정의가 무엇보다도 사실임 직한 것(vraisemblance)과 재현(représentation)의 개념에 근거한다면, 그것은 바로 디드로의 소설에 대한 정의와 상통한다. 그러나 사실주의 문학의 정의를 일관성(cohérence)과 명료함(intelligibilité)에서 찾으려 했던 루카치와는 달리, 어떤 총체적인 인간상도, 투명한 세계관도 이 작품에서는 찾아볼 수 없으며, 다만 루카치가 현대성의 특징이라고 불렀던 부분적인 것과 분열된 시각의 표현만을 만날 뿐이다. 말 한 마디, 몸짓 하나가 때로 우리에게 인물의 전체적이고도 완전한 묘사보다도 더 많은 것을 가르쳐준다고 말하는 주인공 자크의 말에서 디드로의 글쓰기가 통상적인 사실주의 글쓰기와는 다른 새로운 유형의 글쓰기를 제시하고 있음을 알 수 있다. 그의 글쓰기는 시작도 끝도 모르는 다만 가능성의 체험으로서, 자신이 처한 세계의 모든 것에 물음을 던져 보고, 그 모순되는 불확실한 움직임을 문학적 공간에 끌어들이려는 보다 역동적이고 현대적인 글쓰기다. 따라서『운명론자 자크와 그의 주인』은 디드로 자신의 모순과 역설의 가장 완성된 표현으로서, 자크라는 한 비범한 민초를 통해 그의 유물론적인 결정론과 휴머니즘적인 열정과 에너지를 끊임없이 분출하고, 사회와 예술에 대해 지칠 줄 모르는 성찰을 수행하는 디드로 문학의 열쇠라 할 수 있을 것이다.

실러와 괴테를 매혹했던 소설, 쿤데라가 18세기 최고의 걸작으로 간주하는『운명론자 자크와 그의 주인』을 처음 접했을 때, 나는 작가의 뛰어난 유머와 해학, 자크라는 인물의 휴머니즘적인 열정에 강한 인상을 받았다. 도저히 18세기 작품이라는 사실이 믿어지지 않는, 오히려 포스트모던적인 시각에 부응하는 지극히 현대적인 글쓰기였기 때문이다. 바르트의 말처럼 프랑스 문학의 특징이 다양성과 새로운 것을 향한 끝없는 호기심으로 정의된다면, 그래서 프랑스적인 정체성을 구현하는 작품이나 인물을 하나로 요약하는 것이 불가능하다면,(베르코르의 소설을 영화로 옮긴 멜빌의 「바다의 침묵」에 나오는 주인공의 말처럼) 그럼에도 구태여 한 작품을 골라본다면, 『운명론자 자크와 그의 주인』 그리고 이 작품에 나오는 자크야말로 가장 프랑스적인 인물이 아닌가 하는 생각이 들었다. 프랑스인의 특징이라 할 수 있는 '에스프리'가 넘쳐흐르는, 악을 보면 참지 못하고 용감히 싸우며, 그러면서도 삶을, 자유를, 타자를 사랑하고 존중할 줄 아는 자크에게서 우리는 '프랑스 혁명'의 목적이었던 보편주의적이고 합리주의적인 인간의 가치를 확인할 수 있기 때문이다. 이십 년 만에 다시 개정판을 내는 용기를 얻게 된 것도 바로 이런 자크에 대한 매혹과 또 이 매혹을 더 많은 분들과 공유하고 싶은 욕망에 연유한다. 관심 있는 분들의 애정 어린 충고를 기대해 본다. 새로운 번역의 기회를 마련해 주신 민음사에 깊은 감사를 드린다.

2013년 9월

김희영

작가 연보

1713년   랑그르(Langres)에서 10월 5일 칼 만드는 장인인
         디디에 디드로(Didier Diderot)와 앙젤리크 비뉴롱
         (Angélique Vigneron) 사이에서 장남으로 출생. 소박
         하지만 그 직종에 오래전부터 종사해 온 평판 좋은
         가문으로 종교와 윤리를 무엇보다도 소중히 여기
         는 엄격한 집안이었음. 출생 다음 날 영세를 받음.
1722년   세 여동생의 출생. 그중 두 동생의 사망 이후 후일
         교회 참사원이자 신부가 된 남동생 디디에피에르
         디드로(Didier-Pierre Diderot) 출생.
1723년   랑그르의 예수회 학교에 입학해 1728년까지 다님.
         모범생은 아니었지만 뛰어난 학생으로 평가.
1726년   외삼촌 디디에 비뉴롱(Didier Vigneron)의 참사 회
         원직을 계승하기 위해 삭발례를 받음.

1728년	디디에 비뉴롱이 사망하자 파리 예수회 학교에서 학업을 계속하기 위해 가을에 고향을 떠남. 후일 딸의 시어머니가 될 젊은 시절의 애인이었던 라 살레트(La Salette)를 떠나 파리의 루이 르 그랑 고등학교와 예수회 아르쿠르 학교, 장세니스트들이 운영하는 보베 학교에서 1732년까지 학업을 계속.
1732년	파리 대학에서 문학사(maître ès arts) 학위를 받음.
1733년	랑그르 출신인 클레망 드 리(Clément de Ris) 대소인(代訴人) 집에서 삼 년 동안 연수를 받은 것으로 추정.
1734년	금융인 랑동 드 마산(Randon de Massane) 집에서 석 달 동안 가정교사를 지낸 것으로 추정.
1736년	디드로의 아버지가 아들의 보헤미안 생활에 화가나 빚을 갚아 줄 것을 거절하자 같은 고향 출신이자 칼 만드는 동업자인 푸쿠(Foucou)가 디드로의 채무를 갚아 주고 숙소를 제공. 이에 디드로의 아버지는 친척 중 한 사람인 룩셈부르크 카르멜 수도회 부사무장인 앙주(Ange) 수도사(『운명론자 자크와 그의 주인』에 나오는 인물)에게 감시를 부탁. 이 기간 동안 디드로의 생애는 잘 알려지지 않았으나 라틴어-영어 사전으로 영어를 배웠으며, 수학을 가르치고, 소르본 대학 신학부와 연극 사이에서 진로 문제를 망설이는 등 그의 지적 수련에 중요한 시기였다고 평가.

1741년	9월에 랑그르 출신의 라 살레트가 파리에 오자 다음해 1월에 생쉴피스 신학교에 들어가겠다는 의사를 표명. 같은 무렵에 린네르 제품 제조인의 딸인 안앙투아네트 샹피옹(Anne-Antoinette Champion, 1710년 출생)을 알게 됨. 다음 해 독일에서 출판하게 될 『바퀼라르 다르노에게 보내는 서한체 시(Epître Baculard d'Amaud)』를 집필.
1742년	5월, 영국 사람 템플 스테냔(Temple Stanyan)의 『그리스사(L'Histoire de Grèce)』를 번역하여 출판 허가를 받음. 안앙투아네트 샹피옹과의 빈번한 서신 교환에서 결혼을 약속. 8월, 루소(J. J. Rousseau)와 만남. 12월, 결혼 승낙을 받기 위해 랑그르로 감.
1743년	1월, 아버지에 의해 수도원에 감금된 디드로는 그곳을 빠져나와 파리로 도망. 4월, 『그리스사』 출간. 10월, 무에트(Mouette) 공증인 집에서 결혼 서약. 11월 6일 자정에 파리의 생피에르 오 뵈 교회에서 샹피옹과 결혼. 두 사람은 생빅토르 거리에 숙소를 정함. 디드로의 친구이자 수학자인 프레몽발(Prémontval)이 피종(Pigeon) 양을 납치하여 결혼. 이 일화는 『운명론자 자크와 그의 주인』에도 수록.
1744년	4월, 출판사로부터 로버트 제임스(Robert James)의 『의학사전(Dictionnaire Universel de Médecine)』 공동 번역을 의뢰받음. 8월 13일, 딸 앙젤리크가 태어나나, 한 달만에 트라베르시에르 거리로 이사. 루소를

통해 콩디야크(Condillac)를 알게 됨. 1747년까지 외과의사인 세자르 베르디에(César Verdier)의 강의를 들음.

1745년   샤프스베리(Shaftesbury)의 『미덕과 가치에 관한 소고(Essai sur le mérite et la vertu)』를 번역 출판. 문단의 연애꾼인 퓌지외(Puisieux)부인이 그의 정부가 됨. 『운명론자 자크와 그의 주인』에서 자크가 부상을 입었다는 퐁트누아 전투가 5월 11일 프랑스의 승리로 끝남.

1746년   1월, 출판업자인 르 브르통(Le Breton)이 영국 체임버스(Chambers)의 『백과사전(Cyclopedia or Universal Dictionary of the Art and Science)』 번역을 기획하여 디드로에게 상의. 4월, 종교적 맹신에 관한 『철학 단상(Pensées Philosophiques)』을 발간했으나, 파리 최고 법원에 의해 7월에 제작 금지됨. 5월, 아들 프랑수아가 태어나나 1750년에 사망. 6월, 과학자인 달랑베르(d'Alembert)와 더불어 『백과사전』 출판 계약에 서명.

1747년   6월, 페로(Perrault) 경찰 대리관이 베리에(Berryer) 국왕 대리관에게 생메다르 성당의 사제인 아르디드 레바레(Hardy de Lévaré)의 '불쌍한 디드로'의 무신론을 고발하는 고소장을 전달. 10월, 과학자인 달랑베르와 함께 『백과사전』 편집 책임을 맡음.

1748년   1월, 다소 외설적인 소설이라는 평을 받는 『경솔한 보석(Les Bijoux indiscrets)』을 뒤랑 출판사에서 출판. 5월, 『여러 개의 상이한 수학 주제에 관한 논문(Mémoires sur différents sujets de mathématiques)』을 집필하여 한 달 후에 출판. 12월, 의학과 외과의술 논쟁에 관한 『외과의사 모랑에게 보내는 서한(Lettre au chirurgien Morand)』을 소책자로 발간.

1749년 6월, 『맹인에 관한 서한(Lettre sur les aveugles)』 출간. 7월, 뱅센 감옥에 투옥되어 베리에의 심문을 받음. 8월, 아게소(Aguesseau) 대법관과 베리에 대리관에게 관용을 비는 탄원서를 제출. 루소가 감옥을 방문. 11월, 석방. 이해 말 퓌지외 부인과의 관계를 청산했으며, 독일 태생인 돌바크(d'Holbach)와 멜초아 그림(Melchoir Grimm)을 알게 됨. 전자는 『백과사전』 집필에, 후자는 그의 예술 평론집 『살롱(Salon)』 집필에 중요한 역할을 함.

1750년 『백과사전』 1권 편찬 작업에 몰두. 10월, 「백과사전 취지문(Prospectus)」 발표. 아들 드니 로랑(Denis Laurent)이 태어나나 12월 말에 사망.

1751년 1월, 「백과사전 취지문」에 관해 베르티에(Berthier) 신부와 논쟁. 2월, 『농아에 관한 서한(Lettre sur les Sourds et Muets)』이 발간되어 판매. 3월, 디드로와 달랑베르가 베를린 한림원 회원으로 임명. 6월 28일, 『백과사전』 1권 발간. 9월, 『백과사전』 편찬에 중요한 역할을 하게 될 조쿠르(Jaucourt) 기사와 알게 됨.

11월, 소르본 대학에서 후일 이단자로 간주될 프라드(Prades) 신부의 신학 박사 학위 논문이 통과.

1752년 1월 22일, 『백과사전』 2권 발간. 2월, 『백과사전』 1권과 2권이 정부에 의해 금지. 7월, 『프라드 신부 변론(Apologie de M. l'abbé de Prades)』을 익명으로 발표. 8월, 디드로 부인이 시아버지와 화해하러 랑그르로 감.

1753년 9월, 무남독녀인 마리 앙젤리크 디드로(Marie Angélique Diderot)가 태어나 이튿날 영세를 받음. 11월, 『백과사전』 3권 발간. 같은 시기에 『자연의 해석에 관하여(De l'interprétation de la nature)』의 초판이 발간되고 다음 해 1월 개정판 발간.

1754년 10월 14일, 『백과사전』 4권 발간. 10~12월, 결혼 후 처음으로 랑그르 방문.

1755년 2월 10일, 문인들 중 유일하게 몽테스키외의 장례식에 참석. 4월, 『밀랍화의 비결과 역사(L'Histoire et le Secret de la peinture en cire)』 발간. 7월 1일, 디드로 연구에 중요한 자료가 되는 소피 볼랑(Sophie Volland)에게 첫 서신을 보내나 후에 분실. 11월, 『백과사전』 5권 발간.

1756년 4월, 루소 방문. 5월 1일, 『백과사전』 6권 발간. 6월 29일, 운명과 결정론에 관한 「랑두아(Landois)에게 보내는 서한」을 《문학통신(Correspondance littéraire)》에 발표. 11월, 데피네(d'Epinay) 부인과 만남.

1757년   2월, 「도르발(Dorval)과의 대담」이 함께 수록된 극
         작품 『사생아(Le Fils Naturel)』발간. 3월, 루소와의
         불화 시작. 11월 15일, 『백과사전』 7권 발간.

1758년   2월 19일, 볼테르에게 보낸 편지에서 『백과사전』
         을 결코 포기하지 않겠다는 의사 표명. 11월, 극작
         품인 「집안의 가장(Pére de famille)」 발간. 같은 책
         에 부르주아 극 이론인 「극시론(Discours sur la poésie
         dramatique)」을 수록.

1759년   1월, 『백과사전』이 다시 파리 최고 법원에 의해 금
         지. 3월, 『백과사전』 발행 허가 취소. 5월, 소피 볼랑
         에게 편지 발송. 후일 보존된 첫 번째 편지임. 6월,
         아버지 사망. 7~8월, 랑그르로 가서 유산을 공동
         상속받아 연금으로 1,200프랑을 받음. 또 소피 볼
         랑의 집에서 몽세츠의 사제인 뒤리에(Durier) 신
         부를 만남. 이 인물은 후일 『운명론자 자크와 그의
         주인』에서 위드송 신부의 모델이 됨. 9월, 그랑발
         에서 『살롱』을 집필. 『살롱』은 디드로의 친구이자
         《문학통신》편집자인 그림의 요청으로 격년마다 개
         최되는 미술 전시회인 '살롱'을 방문하여 1781년
         까지 쓴 디드로의 첫 번째 예술 평론집임.

1760년   2월, 크루아마르(Croismare) 후작과의 서신 교환이
         소설 『수녀(La Religieuse)』를 집필하는 동기가 됨.
         5월, 팔리소(Palissot)의 『철학자』 공연. 7월, 《문학
         통신》에 「공공기념물 건축에 관한 성찰」 발표. 볼

테르가 디드로를 프랑스 한림원 회원으로 추대하
기 위해 노력.

1761년   2월, 극작품 「집안의 가장」이 파리에서 공연되었
으나 성공하지 못함. 9월, 『백과사전』 마지막 열 권
의 검토 작업을 끝냄. 1761년 『살롱』 집필.

1762년   2월, 영국 작가 스턴(Stern)이 디드로에게 소설 『트
리스트램 샌디』 첫 여섯 권을 보냄. 8월, 파리 최
고 법원이 예수회 폐지. 이에 대해 디드로는 "마침
내 강력한 많은 적들로부터 해방되었다."라고 말
함. 디드로에게 많은 영향을 미친 영국작가 리처
드슨에 대한 일종의 문학평론집인 『리처드슨 찬사
(Eloge de Richardson)』 발간. 9월, 러시아 카트린 2세
여제가 러시아에서 『백과사전』 출판을 완성하라고
제안하는 편지를 볼테르를 통해 전달했지만 거절.
『라모의 조카(Neveu de Rameau)』 집필 기획.

1763년   9월, 『살롱』 3호 집필. 10월, 삼 년 동안 파리에 체
류하게 될 데이비드 흄(D. Hume)을 소개받음.

1764년   11월, 르 브르통 출판사에 의해 『백과사전』 마지막
열 권에서 일부 내용이 삭제된 것을 발견했지만 작
업을 마칠 것을 수락.

1765년   4월, 루소와 디드로를 화해시키려는 시도가 루소의
거부로 무산. 카트린 2세에게 장서를 양도해도 된
다는 허가를 받음. 그 대가로 1만 5,000프랑과 해마
다 100피스톨을 받기로 함. 또 가리크(Garrick)가 돌

바크에게 보낸 『트리스트램 샌디』 7~8권에서 디드로는 『운명론자 자크와 그의 주인』을 집필하게 될 두 일화를 발견. 9월, 『살롱』 4호 집필. 10월, 파리에서 체류하던 스턴과 만남.

1766년　1월, 『백과사전』 마지막 열 권이 외국인 구독자들에게 배포. 디드로가 쓴 수많은 항목들 중에는 '스피노자'에 관한 항목도 있음. 11월, 카트린 여제가 오십 년 수당을 미리 지불. 「회화에 관한 소고」가 《문학통신》에 게재. 뒬로랑(Dulaurens) 사제가 『운명론자 자크와 그의 주인』의 모델이 되는 『콩페르 마티외(Compère Mathieu)』 발간.

1767년　1월 7일, 동생 디드로 신부가 랑그르 성당 참사회원으로 임명. 10일, 상트페테르부르크 예술원 회원으로 임명. 7월, 라 리비에르(La Rivière)의 책을 읽고 중농주의에 관심을 가짐. 9월, 『살롱』 5호를 집필했으나 다음 해 11월에 가서야 완성.

1768년　8월, 생플로랑탱 백작(『운명론자 자크와 그의 주인』에 나오는 인물)에 의해 버림받은 한 여인을 위해 중재.

1769년　5월, 그림이 독일로 떠나면서 《문학통신》 업무를 디드로와 데피네 부인에게 맡김. 7월, 모(Maux) 부인에게 반함. 8월, 「집안의 가장」이 파리 국립 극장에서 공연되어 성공. 9월, 『달랑베르의 꿈(Rêve de d'Alembert)』 탈고, 『살롱』 6호 집필 시작. 11월, 「가리크와 영국배우들」에 관한 기사 작성. 후일 그의 극 이론 『배우에 관한 역설(Paradoxe sur le comédien)』의 모태가 됨. 12월, 6월에 갈리아니(Galliani) 신부가 이탈리아로 떠나면서 디드로에게 맡긴 『밀에 관한 대화(Les Dialogues sur les blés)』 발간.

1770년   8~9월, 랑그르로 가서 카루아이용 드 방될(Caroillon de Vandeul)과 딸의 결혼을 준비. 이 여행이 「아버지와 자식에 관한 대담」과 『부르본의 두 친구(Deux amis de Bourbonne)』의 집필 계기가 됨. 11월, 모 부인과 잠정적 절교.

1771년   3월, 「아버지와 자식에 관한 대담」이 《문학통신》에 발표. 여기에 디드로의 아버지와 자식들에 대한 그림의 자전적인 해설 수록. 9월 12일, 『운명론자 자크와 그의 주인』의 초고 완성. 26일, 파리 국립 극장에서 「사생아」가 공연되었으나 실패. 『살롱』 7호 집필. 11월, 이탈리아 극작가 골도니의 작품 『자선을 베푼 퉁명스러운 사나이』 파리에서 공연.

1772년   3월, 『여성에 관한 소고(Essai sur les Femmes)』 집필 기획. 9월, 딸 앙젤리크 디드로와 방될의 결혼식. 10월, 『이것은 콩트가 아니다(Ceci n'est pas un conte)』와 『카를리에르 부인(Mme de la Carlière)』 완성. 『부갱빌 여행기 부록(Supplément au Voyage de Bougainville)』 초고 집필.

1773년   3월, 그림이 독일로 떠남. 마이스터(Meister)에게 《문학통신》을 맡김. 6월 11일, 디드로는 그의 원고를 내종(Naigeon)에게 맡기고 헤이그로 떠남. 석 달 동안 헤이그의 러시아 대사관저에서 머무르면 서 『네덜란드 여행기(Voyage de Hollande)』와 『엘 베티우스 인간론의 반박(Réfutaion de l'Homme d' Helvétius)』을 집필. 8월 20일, 독일과 러시아를 향해 출발, 10월 8일, 상트페테르부르크에 도착하여 3월 5일까지 체류.

1774년   3~4월, 상트페테르부르크를 떠나 함부르크를 거쳐 헤이그에 도착. 4~9월, 헤이그에서 학구적인 나날을 보냄. 『원수(元帥)부인과의 대담(Entretien avec la Maéchale)』, 『군주들의 정치(Politique des souverains)』 집필. 10월 21일, 파리로 돌아옴.

1775년   4월, 겨울 내내 수학과 계산기에 몰두. 5월, 『러시아를 위한 대학 설계(Plan d'une université pour la Russie)』를 집필하여 그림에게 전달. 6월 27일, 외손자인 드니 시몽 카루아이용 드 방될 출생. 9월, 『살롱』 8호 집필.

1777년   4월, 『두 인도사(L'Histoire des deux Indes)』와 『철학자 세네카의 생애에 관한 소고(Essai sur la Vie de Sénèque)』 집필. 11월, 그림이 이 년의 부재 후 파리로 돌아옴.

1779년   5월, 카트린 여제가 그림을 통해 디드로에게 2,000 루블을 전달. 이 금액은 1만 프랑에 해당하는 것으로 자식을 위해 쓰임.

1780년	7월 전에 『클로디우스와 네로의 통치론(Essai sur les règnes de Claude et de Néron)』 집필을 마침. 8월, 랑그르의 시장이 랑그르 시청에 전시하기 위해 디드로의 흉상을 요청.
1781년	4월, 우동(Houdon)이 만든 디드로의 흉상이 랑그르 시청에 전시. 7월, 『운명론자 자크와 그의 주인』을 아내에게 읽어 줌. 9월, 『살롱』 9호 집필.
1783년	3월, 그림이 카트린 여제에게 디드로의 병 소식을 알림. 10월, 달랑베르 사망.
1784년	2월, 뇌일혈로 졸도했으나 서서히 회복. 소피 볼랑 사망. 4월, 11세 외손녀 사망. 7월 15일, 리쉴리외가의 호화로운 저택으로 이사 갔으나 31일에 사망. 8월 1일, 파리 생로크 교회에 안치. 9월, 카트린 여제가 디드로의 부인에게 100루블을 하사.
1785년	11월 디드로의 딸 방될 부인이 카트린 여제에게 증정한 디드로의 장서와 원고가 상트페테르부르크에 도착. 《라이니셰 탈리아(Rheinische Thalia)》에 실러가 『운명론자 자크와 그의 주인』의 일부를 「포므레 부인의 에피소드」라는 이름으로 번역하여 게재.
1796년	9월 26일, 뷔송(Buisson) 출판사가 그림의 작업실에서 발견한 원고를 토대로 『운명론자 자크와 그의 주인』을 발간. 10월 26일, 러시아 프레데리크 2세의 동생이 『운명론자 자크와 그의 주인』의 필사본

을 프랑스로 우송했으나 이미 작품이 발간된 후라
큰 영향을 못 미침.

1798년   내종(Naigeon)에 의해 『디드로 전집』 발간.

세계문학전집 311

운명론자 자크와 그의 주인

1판 1쇄 펴냄 2013년 9월 20일
1판 8쇄 펴냄 2022년 2월 25일

지은이 드니 디드로
옮긴이 김희영
발행인 박근섭, 박상준
펴낸곳 (주)민음사

출판등록 1966. 5. 19. (제 16-490호)
서울특별시 강남구 도산대로1길 62(신사동) 강남출판문화센터 5층 (우편번호 06027)
대표전화 02-515-2000 팩시밀리 02-515-2007
www.minumsa.com

ISBN 978-89-374-6311-2 04800
ISBN 978-89-374-6000-5 (세트)

* 잘못 만들어진 책은 구입처에서 교환해 드립니다.

세계문학전집 목록

세계문학전집은 계속 간행됩니다.